D0870652

14 Feb 2008

El amor, a quien pintan de ciego,
es vidente y perspicaz por que
el amante ve cosas que el
indiferente no ve y por eso ama.
    —Jose Ortega y Gasset

Pau:
Otro año mas y otro libro,
espero lo disfrutes y que nunca
rompamos esta tradicion.
Cada dia me haces mas feliz

        Te amo
        Rodrigo

El mejor relato del mundo
y otros no menos buenos

SELECCIÓN Y PRÓLOGO DE W. SOMERSET MAUGHAM

RUDYARD KIPLING

El mejor relato del mundo
y otros no menos buenos

Selección y prólogo de W. Somerset Maugham

Rudyard Kipling
traducción de Miguel Martínez-Lage

sextopiso

TÍTULO ORIGINAL
Maugham's Choice of Kipling's Best

Copyright © by the Natural Trust for Places of Historic Interest of
Natural Beauty

Selection and Introduction: Copyright © by The Royal Literary Fund

Primera edición en español: 2007

Traducción
MIGUEL MARTÍNEZ-LAGE

Fotografía de portada
SYLVIA PLACHY

Copyright © EDITORIAL SEXTO PISO, S.A. DE C.V., 2007
San Miguel # 36
Colonia Barrio San Lucas
Coyoacán, 04030
México D.F., México

SEXTO PISO ESPAÑA, S. L.
c/ Monte Esquinza 13, 4.º Dcha.
28010, Madrid, España.

www.sextopiso.com

Diseño
ESTUDIO JOAQUÍN GALLEGO

ISBN: 978-84-96867-10-9
Depósito legal: M-49689-2007

Impreso en España

ÍNDICE

INTRODUCCIÓN

William Somerset Maugham (1952)

En este ensayo me ocuparé solamente de los relatos de Rudyard Kipling. No son de mi incumbencia sus versos, como tampoco lo son, salvo en la medida en que a veces afectan de manera directa a los relatos, sus opiniones políticas.

Al hacer esta selección he tenido que decidir si debería guiarme sólo por mi propio criterio e incluir aquellos que más me gustan. En tal caso, habría elegido la práctica totalidad de los cuentos de la India, ya que en ellos, a mi entender, Kipling da el máximo. Cuando escribió relatos sobre los nativos de la India y sobre los británicos en la India, se sentía literalmente a sus anchas y escribió con una facilidad, con una llaneza, con una libertad, con una inventiva tales que les prestan una calidad que no siempre supo alcanzar en los relatos en los que trata de un material narrativo diferente. Incluso los más livianos son legibles sin problema. Plasman el sabor de Oriente, el olor de los bazares, el languidecer de las lluvias, el calor de la tierra que abrasa el sol, la ardua vida de los barracones militares en los que estaban acuarteladas las tropas de ocupación, así como esa otra vida, tan inglesa, a la par que tan ajena a lo genuinamente inglés, que llevaban los oficiales, los civiles indios, el enjambre de oficiales de rango menor que combinaban sus esfuerzos en la administración de tan vasto territorio.

Hace ya muchísimos años, cuando Kipling aún gozaba de su momento de máxima popularidad, con cierta frecuencia encontraba yo a civiles indios y a profesores de las universidades de la India que hablaban de él con algo muy semejante al desprecio. En parte se debía a unos celos innobles, pero en el fondo naturales. Molestaba que un periodista anodino, de poca o nula trascendencia social, se hubiera forjado un renombre mundial. Protestaban porque no conocía a fondo la India. ¿Y quién entre todos ellos la conocía? La India no es un país, sino un continente. Es verdad que Kipling parece haber tenido tan sólo un conocimiento íntimo de la región del noroeste. Al igual que cualquier otro escritor sensato, situó el desarrollo de sus relatos en la región que mejor conocía. Sus críticos angloindios le echaban en cara que no se hubiese ocupado de tal o cual asunto, que para ellos tenía particular importancia. Su simpatía estaba por lo común del lado de los musulmanes, más que de los hindúes. Se tomó un interés a lo sumo pasajero y superfluo por el hinduismo, por la religión que tiene tan hondas raíces y tan gran influencia en la inmensa mayoría de la ingente población de la India. Había en los musulmanes cualidades que despertaron su admiración: rara vez habló de los hindúes con aprecio verdadero. No parece que nunca se le ocurriese que entre ellos había eruditos contrastados, científicos distinguidos, filósofos capaces. Para él, por ejemplo, el bengalí era un cobarde, un atolondrado, un fanfarrón, que propendía a perder la cabeza en cualquier situación de emergencia y que se escaqueaba de sus responsabilidades. Es una lástima, aunque Kipling estaba en su derecho —como lo está cualquier escritor— de tratar aquellos asuntos que más le atrajeran.

Sin embargo, tuve la sensación de que si en este volumen me circunscribiese a los relatos de la India, nunca daría al lector una justa impresión del muy variado talento de Kipling. He incluido, por tanto, unos cuantos relatos que se desarrollan en un ambiente inglés, y que han sido objeto de amplia admiración. No tengo la intención de dar aquí más detalles biográficos que los estrictamente útiles, a mi entender, para la consideración de sus relatos. Nació en 1865 en Bombay, donde su padre era profesor de escultura arquitectónica. Tenía poco más de cinco años cuando sus padres lo llevaron junto con su hermana menor a Inglaterra, donde los colocaron con una familia de acogida, en cuyo seno, debido a la hosquedad y a la estupidez de la mujer que los cuidaba, fueron ambos muy desdichados. El chiquillo infeliz fue víctima de inquinas, abusos y palizas. Cuando al cabo de unos años su madre volvió a Inglaterra, quedó hondamente contrariada por lo que descubrió, y se llevó a las dos criaturas. A los doce años Kipling fue enviado interno a un colegio de Westward Ho. Se llamaba United Services College, y había sido fundado poco antes para proporcionar una educación no muy costosa a los hijos de los funcionarios que se preparaban para ingresar en el ejército. Eran unos doscientos internos, alojados como un rebaño en una hilera de casas de hospedaje. Cómo fuera realmente este establecimiento educativo es algo que nada tiene que ver conmigo; aquí me interesa solamente el retrato que Kipling ha pintado de él en una obra de ficción a la que puso por título *Stalky & Co.* Rara vez habrá pintado nadie un cuadro más aborrecible de la vida escolar. Con la excepción del director y el capellán de la institución, los profesores son representados como seres salvajes, brutales, intolerantes, sectarios e incompetentes. Los alumnos, presuntos hijos de caballeros, carecen de la decencia más instintiva. A los tres muchachos de los que se ocupa Kipling en estos relatos les pone por nombres Stalky, Turkey y Beetle, es decir, «el que acecha», «el pavo» y «el escarabajo pelotero». Stalky es el cabecilla. Es en todo momento el ideal que tiene Kipling del soldado y caballero galante, ingenioso, sobrado de recursos, aventurero, animoso. Beetle es el retrato que hizo Kipling de sí mismo. Los tres hacen gala de un humor peculiar, con bromas de mal gusto y en ocasiones desagradables, por no decir singularmente repugnantes. Kipling ha narrado sus aventuras con un ímpetu tremendo. Es de justicia reconocer que los relatos están contados con tal brillantez que, aun cuando nos pongan la carne de gallina, cuando uno ha empezado a leerlos no los deja hasta el final. No me habría detenido en ellos si no fuera para mí clarísimo que las influencias a las que Kipling estuvo expuesto durante los cuatro años que pasó en el que él llamaba «el Coll» terminaron por apoderarse de él de un modo tal que ni a lo largo de toda su trayectoria las llegó a superar. Nunca fue del todo capaz de librarse de las impresiones, los prejuicios y la pose espiritual adquiridas entonces. En efecto, ni siquiera hay indicios de que aspirase a dejar todo aquello atrás. Conservó hasta el final su afición a lo brusco y lo turbulento, a las gamberradas en las que se hiciera sudar la gota gorda a alguien, el gusto por las bromas pesadas de los adolescentes. No parece que nunca se le pasara por la cabeza que el colegio en cuestión era muy de tercera fila, que aquellas baladronadas estaban fuera de lugar en cuanto traspasara sus muros o que sus compañeros fueran una pandilla de cuidado. De hecho, cuando fue a visitarlo años después escribió una crónica con cierto encanto, en la cual rinde un homenaje sentido, y de campanillas, al viejo disciplinario al que tuvo en sus tiempos por director, expresando además su gratitud por los grandes beneficios que se le hicieron extensivos durante el periodo en que vivió y estudió bajo su vara rigurosa.

Cuando a Kipling le faltaba poco para cumplir los diecisiete, su padre, que era entonces responsable del Museo de Lahore, le encontró trabajo como adjunto a la dirección del periódico inglés, *The Civil and Military Gazette*, que se imprimía y distribuía en esa ciudad. Dejó el colegio para regresar a la India, cosa que sucedió en 1882. El mundo en que ingresó era muy distinto del mundo en que vivía. Gran Bretaña estaba en pleno apogeo de su poder imperial. Un mapa del mundo mostraba en rosa amplios segmentos de la superficie terrestre sujetos a la soberanía de la reina Victoria. La madre patria era inmensamente rica. Los británicos eran los banqueros del mundo. El comercio británico colocaba sus productos en los puntos más remotos del globo, y su calidad por lo general se consideraba superior a la de los fabricados en cualquier otro país. Reinaba la paz en general, excepción hecha de alguna que otra expedición de castigo. El ejército, si bien no muy numeroso, gozaba de confianza en sus fuerzas (a pesar del revés sufrido en Majuba Hill)[1] y parecía seguro de aguantar por sí solo contra cualquier fuerza que pudiera desencadenarse en contra de sus intereses. La marina mercante británica era la mayor del mundo. En cualquier deporte, los británicos eran superiores a los demás. Nadie podía competir con ellos en los deportes que practicaban, y en las clásicas de hípica era prácticamente inaudito que un caballo de cualquier país extranjero pudiera imponerse a los suyos. Parecía que nada pudiera cambiar jamás una situación tan feliz en todos los sentidos. Los habitantes de «estas nuestras islas», como eran llamadas entonces, confiaban plenamente en Dios, y éste, según se les había asegurado, había tomado el Imperio Británico bajo su especial manto. Es cierto que los irlandeses empezaban a dar la lata. Es cierto que los obreros de las fábricas estaban mal pagados, y que trabajaban en exceso, a veces hasta caer reventados. Pero ésas parecían consecuencias inevitables de la industrialización del país; no había nada que hacer a ese respecto. Los reformistas que trataron de mejorar lo que les había tocado en suerte fueron tenidos por alborotadores y revoltosos. Es cierto que los trabajadores del campo vivían en chabolas miserables y que ganaban unos jornales penosos, pero las muy caritativas esposas de los terratenientes y hacendados los trataban con amabilidad. Eran muchas las que se ocupaban del bienestar moral de sus aparceros, a los que obsequiaban caldo de carne concentra-

---

1   Escaramuza que tuvo lugar en la guerra durante los bóers el 27 de febrero de 1881, y que fue una victoria aplastante para los enemigos del Imperio británico. [Ésta y todas las notas del libro son notas del traductor.]

do y gelatina de manos de ternera cuando estaban enfermos, además de enviarles ropa para sus hijos. Se decía que en el mundo siempre hubo ricos y pobres, que siempre los habría, y de ese modo parecía quedar zanjada la cuestión.

Los británicos viajaban en abundancia por el continente europeo. Acudían en tropel a los lugares considerados más saludables, como Spa-Francorchamps, Vichy, Homburg, Aix-les-Bains y Baden-Baden. En invierno iban a la Riviera. Se construyeron villas suntuosas en Cannes y en Montecarlo. Se erigieron hoteles enormes para darles alojamiento en temporada. Tenían dinero a espuertas y lo gastaban con liberalidad. Tenían la sensación de ser una raza aparte, y nada más poner pie en Calais se les metía en la cabeza que se encontraban entre indígenas, no indígenas como pudieran serlo los indios o los chinos, por descontado, pero indígenas pese a todo. Sólo ellos se aseaban, y las bañeras portátiles con las que a menudo viajaban eran prueba tangible de que no eran como los demás. Eran saludables, atléticos, sensatos, y eran en todos los sentidos superiores al resto de los seres humanos. Como disfrutaban de sus estancias entre nativos cuyas costumbres eran curiosamente ajenas a lo inglés, y pese a considerarlos frívolos (caso de los franceses), perezosos (los italianos) y estúpidos, aunque graciosos (los alemanes), con la bondad de corazón que les era connatural les tenían aprecio. Nunca se les metió en la cabeza que la cortesía con la que eran recibidos, las reverencias, las sonrisas, el deseo de complacerles, se debieran a su generosidad en el gasto, ni que a sus espaldas los «nativos» se mofaran de ellos por su tosquedad en el vestir, su tendencia a embobarse con nada, sus feos modales, su insolencia, su mentecatez al dejarse perpetuamente cobrar más de la cuenta, y a su condescendencia en lo tolerante de su trato. Hicieron falta guerras y desastres para que empezaran a caer en la cuenta del enorme error en que habían incurrido. La sociedad angloindia en la que fue introducido Kipling cuando se reunió de nuevo con sus padres en Lahore compartía en su totalidad la prepotencia y la complacencia de sus semejantes en la metrópoli.

Como su cortedad de vista le impidió entretenerse con los juegos al uso, Kipling aprovechó los ratos de ocio en el colegio para leer muchísimo y para escribir bastante. El director del colegio al parecer quedó impresionado por lo muy prometedor que en este sentido se demostró, y tuvo el buen criterio de darle acceso libre a su propia biblioteca. Allí escribió los relatos que después iba a publicar en forma de libro con el título de *Cuentos llanos de las montañas* cuando tuvo algunos ratos de asueto que le dejaban libres sus deberes como adjunto a la dirección de *The Civil and Military Gazette*. A mi juicio, el principal interés que tienen reside en la imagen que plasman de la sociedad con la cual se las tuvo que ver. Es una imagen devastadora. No hay el menor indicio de que ninguna de las personas a propósito de las cuales se puso a escribir tuviera el menor interés por el arte, la literatura o la música. Parece ser que prevalecía en ese medio social la idea de que había gato encerrado en un hombre que se esforzó lo indecible por aprender cuanto pudo acerca de todo lo indio. De uno de sus personajes escribió Kipling: «Sabía de los indios todo lo que a un hombre le conviene saber». Quien estuviera absorto en su obra parece que fuese entonces considerado con una aprensión considerable; en el mejor de los casos era un excéntrico, y en el peor era un pelma. La vida que describe es de una total vacuidad, frívola. Da miedo contemplar la autosuficiencia de todas esas personas. ¿Qué clase de personas eran? Era gente normal y corriente, de clase media, procedente de familias modestas de Inglaterra, hijos e hijas de funcionarios al servicio del gobierno ya jubilados entonces, de presbíteros, de médicos y abogados. Los hombres tenían la cabeza llena de serrín; los que hubieran estado en el ejército o hubieran cursado estudios universitarios habían adquirido algo de lustre; las mujeres eran en cambio superficiales, provincianas, remilgadas. Pasaban el tiempo dedicadas a vanos flirteos, y su entretenimiento principal parece que consistiera en arrebatar a un hombre de las garras de otra mujer. Tal vez, como Kipling escribió en una época de mojigatería indecible, por lo cual siempre tuvo miedo de sorprender en demasía a sus lectores, o como tuvo un rechazo innato a abordar cualquier cuestión relacionada con el sexo, aun cuando en estos relatos no escasean los comportamientos mujeriegos, en muy raras ocasiones se llega al ayuntamiento carnal. Al margen del pie que diesen esas mujeres a los hombres por los que sentían innegable atracción, cuando llegaba la hora de la verdad se echaban atrás espantadas. Eran, en resumidas cuentas, lo que en inglés se describe mediante una grosera palabra compuesta, y en Francia, con algo más de elegancia, llaman *allumeuses*.

Es sorprendente que Kipling, con su presteza mental y su maravillosa capacidad de observación, con sus amplísimas lecturas, diera en fiarse de tales personas y en tomarlas por lo que aparentaban ser. Cierto que era muy joven cuando escribió *Cuentos llanos de las montañas*, que se publicó cuando tenía veintidós años. Es tal vez comprensible, y natural, que habiendo salido directamente de las brutalidades de Westward Ho para llegar de golpe a la nada pretenciosa residencia del responsable del museo de Lahore, se sintiera deslumbrado al conocer de primera mano una sociedad que para su ojo inexperto era el no va más del glamour. Del mismo modo quedó deslumbrado el pequeño Marcel cuando tuvo acceso al exclusivísimo círculo de Madame de Guermantes. La señora Hauskbee no era ni tan brillante ni tan ingeniosa como Kipling habría querido hacernos pensar. Revela su esencial monotonía cuando la hace comparar la voz de una mujer con el rechinar de los frenos de un convoy del metro que llega y se detiene en la estación de Earl's Court. Se nos pide que creamos que era una mujer a la moda. De haberlo sido, nunca hubiera frecuentado los alrededores de Earl's Court, salvo para visitar a una de sus nodrizas de antaño, en cuyo caso nunca hubiera ido en metro, sino en un coche de punto.

No obstante, *Cuentos llanos de las montañas* no sólo versa sobre la sociedad angloindia. El volumen contiene algunos relatos que tratan sobre la vida en la India, y algunos sobre la soldadesca. Cuando se para uno a considerar que fueron escritos cuando su autor todavía era adolescente, o poco más, se nota en ellos un dominio asombroso. Kipling ha dicho que los mejores se los proporcionó su padre. Creo que haríamos bien si atribuyésemos esta afirmación al amor filial. Tengo la convicción de que un escritor en muy contadas ocasiones podrá hacer uso de una historia que se le haya dado preparada de antemano, tan pocas veces, desde luego, como se da el caso de que una persona tomada de la vida real pueda ser transferida tal como es a una ficción, manteniendo por añadidura un aire de verosimilitud. Obviamente, el autor extrae sus ideas de alguna parte; no emanan de su cabeza como Palas Atenea de la de su progenitor, en una panoplia perfecta, lista para ser escrita. Es sin embargo curioso qué pequeña insinuación, qué vaga sugerencia llegan a bastar para dar a la invención del autor el material necesario sobre el cual trabajar, capacitándole, a su debido tiempo, a construir un relato con una disposición apropiada. Tomemos por ejemplo un relato de una época posterior, *La tumba de sus antepasados*. Es muy posible que tan sólo hubiera necesitado un comentario de pasada por parte de uno de los oficiales que Kipling conoció en Lahore, como, por ejemplo: «Qué gracia tienen estos indígenas: había un individuo llamado Tal y Cual que estuvo acuartelado entre los bhili, a los cuales su abuelo había mantenido en perfecto orden durante siglos; pues el abuelo en cuestión estaba enterrado por allí, y se les metió en la cabezota que él era la reencarnación del viejo, por lo que pudo hacer lo que le vino en gana con ellos». Habría sido suficiente para poner en marcha la vívida imaginación de Kipling, para que se pusiera a trabajar en algo que había de ser un cuento entretenido y delicioso. *Cuentos llanos de las montañas* es un libro muy desigual, como de hecho lo fue siempre la obra de Kipling. Es algo que me parece inevitable en un autor de relatos. Es sumamente difícil escribir un relato; que sea bueno o malo depende no sólo de la concepción del autor, de su poder de expresión, de su destreza en la construcción, de su inventiva y de su imaginación: depende también de la suerte. Es algo parecido a lo del astuto japonés, que toma de su montoncito de aljófares, todos a sus ojos indistinguibles unos de otros, el primero que le viene en gana, y que lo inserta en una ostra sin saber si se convertirá en una perla redonda, perfecta, o en un objeto contrahecho, carente de belleza y de valor. Tampoco es el propio autor buen juez de su obra. Kipling tenía en muy alta estima *La litera fantasma*. Creo que si hubiera sido un artista más consumado cuando lo escribió se habría percatado de que había que decir, agotando el comportamiento del hombre, mucho más de lo que a él se le ocurrió en su día. Es sumamente desafortunado dejar de estar enamorado de una mujer casada, con la que uno ha tenido una relación amorosa, para enamorarse de otra con la cual aspira uno a casarse. Pero son cosas que pasan. Y cuando esa mujer no acepta la situación en que uno se encuentra, si bien lo aborda y lo detiene e importuna, e incluso lo acosa con lágrimas y súplicas, no es antinatural que uno a fuerza de impaciencia termine por perder los estribos. La señora Keith-Wessington es la *crampon* más persistente que ha existido en la ficción, ya que incluso después de muerta sigue asediando al desdichado individuo con su litera fantasma. Lejos de merecer nuestras censuras, Jack Pansay bien merece toda nuestra simpatía. Si un relato ha sido difícil de escribir, el autor fácilmente lo tendrá en mayor estima que otro que ha parecido escribirse por sí solo, y por este motivo a veces se produce un error psicológico en cuya base no repara, llegando a ver algunas veces en el relato terminado lo que vio mentalmente cuando lo concibió, y no lo que ha puesto ante los ojos del lector. No debería sin embargo sorprendernos que Kipling a veces escribiese relatos más bien pobres, poco convincentes o banales; más bien debería maravillarnos que escribiera tantos que son de una excelencia sin par. Era un hombre de una variedad pasmosa.

En el ensayo que T. S. Eliot escribió a modo de prefacio a una selección de poemas de Kipling de la que se hizo también responsable, parece dar a entender que la variedad no es por cierto una cualidad digna de elogio en un poeta. No seré yo quien se aventure a discutir ninguna opinión de Eliot allí donde esté la poesía involucrada, pero por más que la variedad no sea quizá de mérito en un poeta, sin lugar a dudas lo es en un escritor de ficción. El buen escritor de ficción posee la peculiaridad, en cierto modo compartida por todos los hombres, aunque en él sea más abundante, de no tener solamente un único yo, sino que es una extraña mezcla de varios yoes o, caso de que ésta resulte una manera extravagante de decirlo, de aspectos discordantes de su personalidad. Los críticos no eran capaces de entender cómo un mismo hombre pudo escribir una farsa como *Brugglesmith* y un poema como *Himno de despedida*, acusándolo de insinceridad. Fueron injustos en esto. Fue el yo llamado Beetle el que escribió *Brugglesmith*, mientras fue el llamado Yardley-Orde el que escribió *Himno de despedida*. Cuando la mayor parte de nosotros repasamos nuestra historia, a veces hallaremos consuelo en la creencia de que es uno de nuestros yoes, al que sólo nos cabe deplorar, el que por lo común no en razón de nuestros méritos ha perecido. Lo más extraño de Kipling es que ese yo llamado Beetle, cuya desintegración hubiera supuesto cualquiera que habrían provocado la edad y la experiencia misma de la vida, ha seguido vivo y coleando, con sus fuerzas intactas casi hasta el día mismo de su muerte.[2]

De niño, en Bombay, Kipling hablaba con su *ayah* nativa y con los criados el indostaní como si fuera su lengua materna, y en *Algo sobre mí mismo* ha referido que cuando era conducido ante sus padres traducía lo que tuviera que decir a un inglés defectuoso.[3] Cabría suponer que a su regreso a la India recuperó rápidamente su antiguo conocimiento de aquella lengua. En

---

2   En una carta a E. L. White, el 17 de agosto de 1894, dice Kipling: «El Cielo ha sido bondadoso conmigo durante mi estancia en Inglaterra, donde pude librarme de varios poemas, de otros cuatro cuentos del *Libro de la selva* y de una pieza farsesca y disparatada, más vil aún que *Brugglesmith*, que me hizo reír a carcajadas durante tres días seguidos... Me pregunto si la gente recibirá siquiera de mis relatos una milésima parte de la diversión que yo vivo escribiéndolos».

3   Digo «indostaní», y no «hindi», del mismo modo que digo «la India», y no «India», a riesgo de incurrir en un registro que tal vez políticamente no sea precisamente correcto, de acuerdo con los usos propios de la mentalidad y la época de Maugham, que no son los de la nuestra.

ese mismo libro de memorias ha relatado, en términos que no cabría mejorar, cómo en Lahore encontró los materiales de los que poco después iba a hacer un uso tan eficaz. Como periodista «describí la inauguración de grandes puentes y otros momentos similares, para lo cual debía pasar una o dos noches con los ingenieros; describí inundaciones de la vía férrea —otras noches a la húmeda intemperie, con los desdichados capataces de las brigadas de reparación—; describí fiestas de aldea, con las consiguientes epidemias de cólera y viruela; motines populares a la sombra de la mezquita de Wazir Jan, donde esperaban las tropas con paciencia, tendidas en cercados de madera o en las calles adyacentes, hasta que llegase la orden de ponerse en marcha y golpear al gentío en los pies con la culata del fusil... y los alaridos en la ciudad inflamada, embriagada de sus fanáticas creencias, reducida a la obediencia sin derramamiento de sangre...». A menudo, de noche, «vagaba hasta el alba por los sitios más singulares: tabernas, garitos, cuchitriles donde se fumaba opio, que nada tienen de misteriosos, o visitaba espectáculos difíciles de ver, como los teatros de marionetas y los bailes indígenas, o bien penetraba por las angostas galerías, bajo la mezquita de Wazir Jan, por el mero gusto de ver lo que habría en ellas...». «Y también había noches "húmedas" en el club o en el casino de oficiales, durante las cuales los muchachos sentados a la mesa, medio enloquecidos por el calor, pero con sensatez suficiente para seguir pegados a la cerveza, y con un estómago a prueba de casi todo, procuraban alegrarse y, sea como fuere, lo conseguían... Llegué a conocer a la soldadesca de aquellos tiempos con motivo de mis visitas a Fuerte Lahore y, con menos frecuencia, a los acantonamientos de Mian Mir... Sin las trabas del que posee un cargo oficial, y gracias en cambio a mi oficio, podía desplazarme a voluntad en la cuarta dimensión. Pude entonces comprobar la verdad desnuda de los horrores de la vida que lleva el soldado raso y los innecesarios tormentos que había de sobrellevar debido a la doctrina cristiana que impone que "el pecado se paga con la muerte"».

En esta selección he querido incluir dos relatos en los que figuran tres soldados: Mulvaney, Learoyd y Ortheris. Han gozado de inmensa popularidad. Creo que para muchos lectores tienen la desventaja de estar escritos en el peculiar dialecto de los propios hablantes. No es fácil decidir hasta qué punto le conviene a un autor avanzar en esta dirección. Es manifiesto que sería absurdo poner a hablar a hombres como Mulvaney y Ortheris en la lengua culta de un profesor del King's College, aunque hacerlos hablar de manera consistente el dialecto que empleaban podría resultar narrativamente muy tedioso. Posiblemente, la mejor solución consista en utilizar algún giro o expresión, la gramática y el vocabulario de las personas implicadas, pero reproduciendo las peculiaridades de la pronunciación con la mayor frugalidad, para no incomodar al lector. No fue ése, sin embargo, el recurso empleado por Kipling. Reprodujo fonéticamente el acento de los tres soldados. Nadie ha encontrado el menor defecto en el acento del condado de York que se gasta Learoyd, corregido por el padre de Kipling, quien no en vano era de York; en cambio, los críticos han sostenido que ni el irlandés de Mulvaney ni el *cockney* de Ortheris eran del todo genuinos. Kipling era un maestro de la descripción y sabía relatar los incidentes con brillantez, pero a mí no me parece que sus diálogos sean siempre verosímiles.[4] Puso en

---

4   Ecuánime como siempre, Maugham señala una de las particularidades más idiosincrásicas y difíciles de trasladar del estilo de Kipling, como es el marcado acento de muchos de sus personajes. No es, ni mucho menos, el único escollo que presenta. Curiosamente, la solución que propone Maugham es la que mejor se compadece con una traducción al castellano, ya que en nuestra cultura literaria no hemos sido muy amigos de la transliteración fonética, en la que tampoco, como es comprensible, si es que no era de esperar, hemos tenido gran fortuna. En esta traducción se ha procurado por tanto dar un sabor peculiar a la expresión oral de los personajes más marcados por medio de un léxico y una sintaxis acordes con los sociolectos, dialectos e idiolectos que emplean, a sabiendas de que ese sabor en el mejor de los casos no pasa de ser un sucedáneo. Ya se sabe que el traductor suele verse obligado a cocinar sin sal, y no porque el lector sea hipertenso. Con suerte, la finura de su paladar —y una pizca de imaginación verbal— podrá paliar mal que bien las deficiencias naturales de la lengua de llegada, las debidas al salto realizado en el terreno de la cultura y en el tiempo y, cómo no, las inherentes a la penuria del propio traductor. Si estos relatos

boca de Ortheris expresiones que jamás podría haber empleado, e incluso cabe pararse a pensar cómo demonios pudo dar un personaje así con una cita de *Baladas de la Antigua Roma*, de Macaulay. Tampoco puedo creer que una mujer de tan buena crianza como es la madre del chico de la leña, en el cuento del mismo título, presuntamente hable al hijo, refiriéndose al padre, diciendo «el *pater*». A veces, el lenguaje que emplean los oficiales y funcionarios de la India resulta de una vehemencia poco convincente. A mi entender, el diálogo de Kipling sólo es irreprochable cuando traduce a un inglés comedido y digno el hablar de los indios. El lector recordará que cuando era niño y hablaba con sus padres tenía que traducir del indostaní al inglés lo que quisiera decir: posiblemente fuera ésa la variante del habla que acudía a él con mayor naturalidad.

En 1887, tras cinco años en la subdirección *de The Civil and Military Gazette*, Kipling fue enviado a Allahabad, bastantes cientos de kilómetros más al sur, a trabajar en un periódico hermano de éste, pero mucho más importante: *The Pioneer*. Los propietarios habían puesto en marcha una edición semanal para que se distribuyera en Inglaterra, la dirección de la cual decidieron concederle. Una página entera estaba dedicada a la ficción. Los *Cuentos llanos de las montañas* se habían limitado a una extensión cada uno de mil doscientas palabras como máximo, pero a partir de ahora dispuso de espacio suficiente para escribir relatos de hasta cinco mil. Escribió «cuentos de soldados», «cuentos de indios», «cuentos del sexo opuesto»… Entre ellos figuran relatos tan poderosos, y tan truculentos, como *La marca de la bestia* y *El retorno de Imray*.

Los relatos que escribió Kipling en este periodo se publicaron en seis volúmenes con cubiertas de cartulina a cargo

---

formasen por ejemplo el cúmulo de los mil y un sucesos que se producen en el transcurso de un partido de polo disputado entre los equipos de dos regimientos de caballería, en un campo improvisado a tal fin delante de un acuartelamiento en las mesetas del altiplano previo al Himalaya, y si hubiera conseguido que el lector viese el partido en blanco y negro, qué remedio, pero con una nitidez aceptable, me daría por satisfecho.

de la Biblioteca de Ferrocarriles de India, de Wheeler, y con el dinero que ganó por este medio, más un encargo para escribir piezas de viajes, dejó la India para ir a Inglaterra «pasando por el Lejano Oriente y los Estados Unidos». Sucedió en 1889. Había pasado siete años en la India. Sus cuentos eran conocidos en Inglaterra, y cuando llegó a Londres, siendo todavía muy joven, encontró editores ansiosos por aceptar cualquier cosa que escribiera. Se acomodó en una casa de Villiers Street, junto al Strand. Los relatos que allí escribió son de la mayor calidad, una calidad que después alcanzó a menudo, pero que no sobrepasó jamás. Entre ellos se encuentran *En el cerro de Greenhow*, *El cortejo de Dinah Sadd*, *El que fue*, *Sin el beneficio del clero* y *Al final del trayecto*. Es como si ese nuevo entorno en el que se encontró diese una renovada viveza a los recuerdos de la India. Es algo que sucede a menudo. Cuando un autor vive inmerso en el escenario de su relato, tal vez incluso entre las personas que le han inspirado los personajes de su invención, posiblemente se encuentra desconcertado ante la masa de las impresiones recibidas. Los árboles no le dejan ver el bosque. En cambio, la ausencia borra de su memoria todos los detalles redundantes, todos los hechos que no son esenciales. Obtiene entonces una vista a ojo de pájaro, por así decir, del asunto que le ocupa, y de ese modo, con menos materiales que le estorben, puede dar a su relato la forma que lo complete.

Fue también entonces cuando escribió un cuento al que puso por título *El mejor relato del mundo*. Es interesante, porque en él se ocupa, creo que por primera vez, de la metempsicosis. Era natural que el tema le atrajera, pues se trata de una creencia enraizada en la sensibilidad hindú. Es algo que a los pobladores de la India les suscita tan pocas dudas como a los cristianos del siglo XIII el hecho de que Cristo naciera de una Virgen o que en efecto resucitara. Nadie puede haber viajado por la India sin percatarse de las hondas raíces que tiene esta creencia no ya entre las capas incultas, sino también entre los hombres de cultura y experiencia de las cosas de este mundo. Se oye en cualquier conversación o se lee en los periódicos que tal o cual individuo afirma recordar algo de su existencia pasada. En este relato, Kipling aborda la cuestión con una imaginación poderosísima. A ella regresó en un cuento mucho menos conocido, el titulado «*La radio*». En él dio un empleo eficaz a lo que era entonces un nuevo juguete para el aficionado de mentalidad científica, a fin de convencer al lector de la posibilidad de que el dependiente de farmacia de su relato, que muere de tuberculosis, pudiera bajo el efecto de una potente droga recordar una vida anterior, en la cual fue John Keats. Para todo el que haya estado en la pequeña habitación de Roma, con vistas a las escaleras que descienden a Piazza di Spagna, y haya visto el dibujo que hizo Joseph Severn del rostro demacrado del poeta muerto, el relato de Kipling resulta de un maravilloso patetismo. Es emocionante contemplar al dependiente de farmacia, moribundo, enamorado aún, desviviéndose en un estado como de trance en el que repite los versos que escribió Keats en *La víspera de Santa Agnes*. Es una historia enternecedora, contada de manera admirable.

Seis años después, en un relato tan apasionante como *La tumba de sus antepasados*, al cual ya hice antes referencia, Kipling retomó de nuevo el tema de la metempsicosis, esta vez de tal modo que no desafía la ley de la probabilidad. Son ahora los bhili, la tribu de las montañas en cuyo ámbito se desarrolla el relato, los que creen que el joven oficial subalterno, el héroe del relato, es la reencarnación de su abuelo, que pasó muchos años entre ellos, y cuya memoria siguen reverenciando. Aquí al lector le queda leer y disfrutar, de modo que no diré más a este respecto. Kipling nunca logró con mayor éxito la creación de esa calidad indefinible que a falta de mejor palabra llamamos «ambiente».

Tras pasar dos años en Londres, años de duro trabajo, Kipling tuvo una grave crisis de salud, y con gran sensatez decidió hacer el resto de un largo viaje. Regresó a Inglaterra para contraer matrimonio y, con su flamante esposa, emprendió la vuelta al mundo, pero ciertas dificultades económicas le obligaron a ponerle punto final de forma prematura. Se asentó en

Vermont, donde se hallaba establecida desde tiempo atrás la familia de su mujer, cosa que sucedió en el verano de 1892. Allí estuvo, con algunos interludios, hasta 1896. En esos cuatro años escribió unos cuantos relatos, muchos de los cuales fueron de una calidad como sólo él sabía alcanzar. Fue entonces cuando escribió *En el Ruj*, cuento en el que Mowgli hace su primera aparición. Fue un golpe de inspiración que propició la escritura del *Libro de la selva* y el *Libro de las tierras vírgenes*, en los que, a mi entender, sus grandes dotes de escritor, y su variedad, hallan su expresión más consumada. Ponen de manifiesto su talento maravilloso en el arte de contar un cuento, poseen un humor delicado, son románticos y son verosímiles. El recurso de hacer hablar a los animales es tan antiguo como las fábulas de Esopo, e incluso bastante más, y La Fontaine, es bien sabido, lo empleó con tanto encanto como ingenio, aunque me parece que nadie ha coronado la muy difícil hazaña de persuadir al lector de que es tan natural que hablen los animales como lo es que hablen los hombres, nadie, digo, de una forma tan triunfal como Kipling en el *Libro de la selva* y en el *Libro de las tierras vírgenes*. Empleó ese mismo recurso en el relato titulado *Un delegado ambulante*, en el cual los caballos de jugar al polo se enzarzan en una discusión de tintes políticos, aunque hay en este relato un elemento evidentemente didáctico que le impide ser del todo redondo.

Fue durante esos años de fertilidad cuando Kipling escribió *El chico de la leña*, un relato que ha impresionado profundamente a tantas personas que, si bien no es uno de mis preferidos, me ha parecido aconsejable incluirlo en esta selección. Aprovechó en este cuento una noción que ha atraído a los escritores de ficción tanto antes como después de él, esto es, la noción de que dos personas sistemáticamente tengan los mismos sueños. La dificultad inherente estriba en dar interés a esos sueños. A la hora del desayuno, escuchamos con cierto nerviosismo a la persona que insiste en contarnos el sueño que ha tenido durante la noche, y un sueño descrito en el papel tiende a producir en nosotros esa misma impaciencia. En un relato anterior, Kipling había hecho esto mismo, aunque a escala menor: *Los constructores del puente*. Aquí me parece que cometió un error. Tenía una buena historia que contar. Trata sobre una crecida que de pronto se precipita contra un puente sobre el río Ganges, que al cabo de tres años de denodados trabajos está a punto de darse por terminado. La dudas germinan en la mente de los dos hombres blancos que están al frente de las operaciones, pues no parece ni mucho menos seguro que tres de los arcos, aún sin terminar, aguanten la carga del agua desbordada, y temen que, si los botes que transportan las piedras rompen amarras, las vigas queden dañadas. Han recibido por telegrama la noticia de que la crecida es inminente, y junto con su ejército de obreros pasan una noche agónica, haciendo todo lo posible por fortificar los puntos flacos de la construcción. Todo esto se describe con la fuerza, con el detalle revelador en el que Kipling era un maestro. El puente soporta la presión del agua desatada y todo sale bien. Eso es todo. Podría ser que a Kipling le pareciera que no era suficiente. Findlayson, el ingeniero jefe, ha estado demasiado ansioso, demasiado ocupado para tomarse la molestia de comer nada, y a la segunda noche cae indispuesto. Su ayudante, un lascar, le convence de que tome unas píldoras de opio. Llega entonces la noticia de que se ha partido una guindaleza y los botes de las piedras están sueltos. Findlayson y el lascar corren a la orilla y suben a uno de los botes de las piedras con la esperanza de impedir que cause daños irreparables. La fuerza del río arrastra a la pareja, que termina medio ahogada en una isla. Agotados, y bajo el efecto del opio, quedan dormidos y tienen los dos el mismo sueño, en el cual ven a los dioses hindúes en forma de animales, Ganesh el elefante, Hanuman el simio, por último el propio Krishna, y los oyen hablar. A la mañana siguiente, cuando despiertan, los rescata una partida que salió en su auxilio. Pero ese sueño doble es innecesario, y la conversación entre los dioses, por ser también superflua, resulta un tanto tediosa.

En *El chico de la leña*, los sueños idénticos son un elemento esencial del relato. Aquí le toca al lector leer si quiere, y espero que esté de acuerdo conmigo en que Kipling ha descrito estos sueños de manera especialmente feliz. Son sueños extraños, románticos, aterradores, misteriosos. La larga serie de sueños que estos dos personajes han compartido desde su infancia, aun cuando no se llegue a saber por qué, parece tan indicativa de algo de mayor importancia que resulta en cierto modo una decepción que tan asombrosas ocurrencias den por resultado el clásico «chico conoce chica». Se trata de la misma dificultad que ha de afrontar el lector en la primera parte del *Fausto* de Goethe. Difícilmente parece que haya merecido la pena que Fausto haya vendido su alma para ver a Mefistófeles realizar trucos de magia en una bodega, o para llevar a efecto la seducción de una criada sin demasiadas luces. Me cuesta trabajo considerar *El chico de la leña* uno de los mejores cuentos de Kipling. Las personas implicadas en ella son de tal bondad que no parecen reales. El chico de la leña es heredero de una hacienda espléndida. Sus padres lo idolatran, al igual que lo idolatra el tutor que le enseña a tirar con escopeta, los criados, los arrendatarios. Tiene una puntería excelente, monta de maravilla, trabaja de firme, es un soldado valeroso al que admiran sus hombres, y tras una batalla en la frontera del noroeste recibe la condecoración de la Orden de Distinción en el Servicio y pasa a ser el capitán más joven de todo el ejército británico. Es inteligente, es sobrio, es casto. Es perfecto y es increíble. Aunque crítico por criticar, no puedo negar que se trata de un buen cuento, un cuento conmovedor, contado de manera admirable. Es preciso considerarlo no un cuento que incida sobre la vida real, sino un cuento fantástico en la misma línea que *La bella durmiente* o *Cenicienta*.

Durante sus breves periodos de permiso, Kipling llegó a conocer a fondo la sociedad angloindia sobre la cual escribió en *Cuentos llanos de las montañas*, aunque sus experiencias periodísticas, tan bien plasmadas en el pasaje que he citado antes, sin duda le llevaron a entender con claridad que en esos relatos breves había descrito tan sólo un aspecto de la vida angloindia. Todo lo que vio en sus sucesivos encargos le impresionó profundamente. Ya me he referido a *Los constructores del puente*, a la sucinta crónica de aquellos hombres que con un salario escaso, con pocas posibilidades de alcanzar el reconocimiento, dieron la juventud, la fuerza y la salud por alcanzar el máximo de su capacidad en un trabajo que debían llevar a cabo. En un relato de título desafortunado, *Las conquistas de William*, Kipling ha escrito una historia en la que muestra cómo dos o tres hombres normales, más bien corrientes, y una mujer, la William que le da título, luchan contra los efectos de una hambruna desastrosa a lo largo de toda la estación calurosa y salvan a una horda de chiquillos que de lo contrario habrían perecido de inanición. Es un relato de una tenacidad terca y abnegada, narrado con sobriedad. En estos dos cuentos, y en algunos más, Kipling ha contado las peripecias de hombres y mujeres desconocidos que dedicaron la vida a servir a la India. Cometieron múltiples errores, pues eran seres humanos. Muchos fueron estúpidos sin remedio. Muchos estaban encorsetados por los prejuicios. Muchos carecían de imaginación. Mantuvieron la paz y el orden, administraron la justicia, construyeron carreteras, puentes, vías de ferrocarril. Lucharon contra las hambrunas, las inundaciones, las epidemias. Trataron a los enfermos. Aún está por ver si quienes les han sucedido no en los puestos de máxima responsabilidad, sino en la modestia de las funciones en manos de las cuales se halla la suerte del común de las personas, sabrán y podrán hacer tan buen trabajo como ellos.

Las conquistas de William no sólo es un cuento sobre una hambruna; es también una historia de amor. He señalado antes que Kipling parecía retroceder asustado, como un potrillo sin domar, de todo tratamiento del sexo. En los cuentos de Mulvaney hace alguna referencia de pasada a los amoríos de la soldadesca, y en *Algo sobre mí mismo* incluye un pasaje indignado en el cual comenta la estúpida y criminal locura de las autoridades que consideraban impío que «fuera preciso inspeccionar a las prostitutas de los bazares, o que a los hombres se les enseñaran las precauciones elementales en sus tratos con ellas. Esta virtud tan propia de la oficialía costó a nuestro ejército en la India un precio carísimo, a saber, nueve mil hombres blancos fuera de la circulación debido a las enfermedades venéreas». Sin embargo, no es el amor lo que le concierne en esta observación, sino un instinto normal en los hombres, que exige su satisfacción. Sólo me vienen a la memoria dos relatos en los que Kipling haya intentado (con éxito) representar la pasión. Uno es *Amor de las mujeres*, razón por la cual lo incluyo en este libro. Es un relato terrible, tal vez brutal, pero contado con finura y con vigor; el final, aun inexplicado y sumido en el misterio, resulta poderoso. Los críticos han considerado defectuoso ese final. Una vez, Matisse enseñó uno de sus cuadros a una visita, quien exclamó: «Nunca he visto una mujer como ésa», a lo cual contestó el pintor: «Señora, no es una mujer; es un cuadro». Si al pintor se le permiten ciertas distorsiones para lograr el efecto que aspira a plasmar, no hay motivo por el cual al escritor de ficción no se le puedan conceder las mismas libertades. La probabilidad no es algo que quede zanjado de una vez por todas; es aquello que uno logra que sus lectores acepten tal cual. Kipling no quiso escribir un informe oficial, sino un relato. Tenía pleno derecho a darle todo el efectismo dramático que quisiera, si es que eso quería hacer, y si el oficial que empezó siendo soldado raso que protagoniza el relato no dijera en la vida real a la mujer que seduce y arruina las palabras que Kipling pone en sus labios, es lo de menos. Es verosímil, y el lector se conmueve al leerlo, tal como Kipling quería.

El otro relato en que Kipling ha descrito una genuina pasión amorosa es *Sin el beneficio del clero*. Es un relato hermoso y patético. Si tuviera que elegir para una antología el mejor cuento que haya escrito Kipling, creo que éste sería el elegido. Hay otros más característicos, como es el caso de *El jefe del distrito*, pero en éste ha llegado tan cerca como permite el medio al objetivo que se propone el escritor de relatos, a la meta que difícilmente puede soñar con alcanzar: la perfección.

Me ha llevado a escribir lo anterior la escena de amor que presta a *Las conquistas de William* su final feliz. Resulta extrañamente sonrojante. Las dos personas en cuestión están mutuamente enamoradas, eso queda claro, pero no hay ni asomo de éxtasis en su amor. Es más bien un asunto vulgar, que ya tiene cierta calidad doméstica. Son dos personas excelentes y sumamente sensatas, que sabrán cumplir perfectamente en la vida conyugal. La escena de amor resulta adolescente. Cabría esperar que un muchacho de un internado volviera a su casa a pasar las vacaciones y hablara de ese modo con la hija del médico del pueblo, y no en cambio que hablen así dos personas adultas, eficaces, que acaban de vivir una experiencia desgarradora y peligrosa.

Aunque sea una generalización, yo diría que un autor alcanza su máximo poderío cuando tiene entre treinta y cinco y cuarenta años. Hasta entonces no ha hecho sino aprender lo que Kipling meticulosamente llamaba su oficio. Hasta entonces su obra es inmadura, provisoria, experimental. Al aprovecharse de los errores del pasado por el mero proceso que es la vida, que le aporta experiencia y conocimiento de la naturaleza humana, y al descubrir sus propias limitaciones y aprender en qué asuntos es competente, y cómo abordarlos con la mayor competencia, adquiere un verdadero dominio sobre el medio elegido. Se halla entonces en plena posesión del talento que pueda tener. Producirá las mejores obras de las que es capaz tal vez por espacio de unos quince años, veinte si tiene suerte, y entonces su capacidad irá menguando gradualmente. Pierde el vigor de la imaginación que tuvo en la flor de la vida. Ha dado todo lo que podía dar. Seguirá escribiendo, ya que escribir es un hábito fácil de contraer y difícil de superar, pero cuanto escriba sólo será un pálido recordatorio de lo que escribió en la flor de la edad.

En el caso de Kipling no fue así. Fue inmensamente precoz. Tenía plena posesión de sus poderes desde el principio. Algunos de los relatos de *Cuentos llanos de las montañas* son tan triviales que más avanzada su vida seguramente no le hubieran parecido dignos de escribirlos, si bien están contados con claridad, con viveza, con eficacia. Técnicamente son irreprochables. Los defectos que puedan tener se deben a la insensibilidad de la juventud, no a su falta de destreza. Y cuando nada más dejar atrás la adolescencia fue asignado al puesto de Allahabad y supo expresarse en cuentos de mayor longitud, escribió una serie de relatos que sólo pueden con justicia considerarse magistrales. Cuando llegó a Londres, el editor de *Macmillan's Magazine*, al cual fue a visitar, le preguntó qué edad tenía. No es de extrañar que cuando Kipling le dijo que en pocos meses cumpliría veinticuatro exclamara «¡Dios mío!». Su consumado dominio del relato era ya verdaderamente asombroso.

Pero todo tiene un precio en este mundo. A finales de siglo, es decir, cuando rondaba los treinta y cinco, Kipling había escrito sus mejores relatos. No quiero dar a entender que después escribiera malos relatos, no podría haber hecho una cosa así ni siquiera adrede; son suficientemente buenos, pero carecen de la magia que emana de los primeros cuentos sobre la India. Sólo cuando retornó por medio de la imaginación a las escenas primeras de su vida y escribió *Kim* recobró de hecho esa magia. *Kim* es su obra maestra. Al principio debe parecer extraño que Kipling, tras marchar de Allahabad, nunca más visitara la India, salvo para hacer una corta visita a sus padres en Lahore. Al fin y al cabo, fueron sus cuentos de la India los que le dieron una fama inmensa en su tiempo. Él la llamaba notoriedad, aunque era fama. Sólo se me alcanza a suponer que había dado en pensar que la India ya le había dado todos los asuntos de los que podía ocuparse. Una vez, tras pasar un periodo en las Antillas, me envió recado para decirme que haría bien en ir allí, pues había numerosos cuentos que escribir sobre los habitantes de aquellas islas, aunque no eran el tipo de relato que él sabía escribir. Debió de sentir que había numerosos relatos en la India, al margen de los que ya había escrito, aunque no eran del tipo de relato que él sabía escribir. Para él, la veta estaba agotada.

Terminó la guerra de los bóers y Kipling viajó a Sudáfrica. En la India había concebido una admiración juvenil, conmovedora, si bien un tanto absurda, por los oficiales del ejército con los que estuvo en contacto. Sin embargo, aquellos gallardos caballeros que daban tan espléndida estampa en el campo de polo, en las yincanas, en los salones de baile y en los picnics, eran de una incompetencia espeluznante cuando llegaba la hora de librar una guerra muy distinta de las expediciones de castigo que habían llevado en la frontera del noroeste. Tanto los oficiales como los soldados rasos eran valientes, como él los había considerado siempre, pero estuvieron mal dirigidos por sus superiores. Kipling, consternado, sobrevivió a duras penas al embrollo de aquella guerra. ¿Llegó a darse cuenta de que había sido el primer desgarrón en aquella tela grandiosa que era el Imperio Británico, del que se enorgullecía, y por el que tanto había hecho, en verso y en prosa, para despertar esa misma conciencia de orgullo entre sus conciudadanos y demás súbditos? Escribió dos relatos, *El cautivo* y *Su manera de hacer*, en los que atacó la ineficacia de las autoridades allá en Inglaterra y la incompetencia de los oficiales al mando. Son buenos relatos, y si no les he dado acogida en este volumen es por el fuerte elemento propagandístico que contienen y porque, como cualquier relato que tenga un interés puntual, el paso del tiempo les ha restado significación.

Es mi deber advertir al lector que mi opinión de que los mejores relatos de Kipling son los ambientados en la India no la comparten los críticos más eminentes. Estos piensan que Kipling escribió en lo que llaman su tercer periodo relatos de una hondura, una penetración y una compasión cuya inexistencia deploran en sus cuentos de la India. Para ellos, la etapa culminante de sus logros hay que buscarla en *Una residencia forzosa*, *Una virgen para las trincheras*, *La casa de los deseos* y *El arroyo de la amistad*. *Una residencia forzosa* es un relato que tiene encanto, aunque sin duda es bastante obvio; si bien los otros tres son muy buenos, a mí no me parecen exactamente notables. Un autor de tan grandes dotes narrativas como Kipling no tenía por qué escribirlos. *Precisamente así*, *Puck* y *Nuevas historias de Puck*, o *Recompensas y hadas*, son libros para niños, y su mérito hay que juzgarlo por el placer que a los niños proporcionen. Los primeros sin duda han dado placer. Casi se oyen las risas con que escucharon cómo el elefante adquirió la trompa. En los otros dos libros, Puck se aparece a un niño y a una niña y conjura para su instrucción diversos personajes por medio de los cuales los pequeños adquieren un conocimiento elemental y romántico de la historia de Inglaterra. No me parece un feliz recurso narrativo. Los relatos, por supuesto, están bien trabados; el que más me gusta es *Sobre la gran muralla*, en el que aparece Parnesius, el legionario romano, aunque me habría gustado más si hubiera sido una reconstrucción directa de la ocupación romana de Gran Bretaña.

El único relato de todos los que escribió Kipling tras asentarse en Inglaterra que de ninguna manera he querido dejar fuera de esta selección es «*Ellos*». (Al leerlo, es preciso tener en cuenta que el empleo que hace del motivo de la Casa Encantada en la casa de campo en que tienen lugar los acontecimientos que relata, y que a uno le recuerda antiguallas como «Ye Olde Tea Shoppe» y otros horrores semejantes, aún no era algo que se hubiera vuelto repugnante gracias a los vulgares proveedores de lo caprichoso y lo cursi.) «*Ellos*» es un relato espléndido, un conmovedor esfuerzo de la imaginación. En 1899, Kipling fue con su esposa e hijos a Nueva York, y su hija mayor y él mismo contrajeron un resfriado que dio lugar a una neumonía de consideración. Los que tenemos edad suficiente aún recordaremos la preocupación que se sembró por todo el planeta cuando los telegramas y noticias de última hora anunciaban que Kipling se encontraba en puertas de la muerte. Él se restableció, pero su hija mayor falleció. No es posible dudar que «*Ellos*» está inspirado en la pena inmensa que le causó la pérdida. «A partir de mis grandes pesares confecciono estas pequeñas canciones», dijo Heine. Kipling escribió un relato exquisito. A algunos les ha resultado oscuro, a otros sentimental. Uno de los riesgos que afronta el escritor de ficciones es el peligro de deslizarse desde el sentimiento hasta la sentimentalidad. La diferencia entre lo uno y lo otro es sutil. Podría darse el caso de que la sentimentalidad fuera mero sentimiento que casualmente no nos agrada. Kipling tenía el don de

33

conmover y provocar las lágrimas, aunque a veces, en sus relatos no destinados al público infantil, en los que sin embargo trata del mundo infantil, sean lágrimas que a uno le causan molestias. No hay nada oscuro en «*Ellos*». A mi entender, no hay nada siquiera sentimental.

Kipling tenía un profundo interés por los inventos y los descubrimientos que entonces estaban transformando nuestra civilización. Recordará el lector qué uso tan eficaz hizo de la radio en el relato del mismo nombre. Le fascinaban las máquinas, y cuando algo le fascinaba escribía sobre ello. Se tomaba grandes molestias para no cometer errores de hecho, y si algunas veces los cometía, como sucede en todos los autores, eran hechos tan desconocidos a la mayoría de los lectores que casi nadie se daba cuenta. Le entusiasmaban los detalles técnicos por sí mismos, no para hacer alarde de sus conocimientos, ya que aun siendo un hombre de inclinaciones polémicas y a veces presuntuoso, también era un autor modesto y nada engreído. Era como un concertista de piano que se regocija ante la brillantez y la facilidad de su ejecución, y que escoge una pieza no por su valor musical, sino porque le brinda la ocasión de hacer gala de sus grandes dotes pianísticas. En uno de sus relatos, Kipling dice que tuvo que interrumpir al narrador continuamente, para pedirle que explicara los términos especializados que empleaba. El lector de estos relatos, y es cierto que no son pocos, no es capaz de hacer lo propio, por lo cual se halla desconcertado. Serían relatos más legibles si el autor no hubiera sido tan meticuloso. En *Sus legítimas ocasiones*, por ejemplo, deduzco que sólo un oficial de la marina será capaz de entender en su totalidad lo que sucede, y estoy más que dispuesto a creer que a ese lector sin duda le parecerá un cuento fenomenal. *007* es un relato que versa sobre una locomotora; *El barco que se encontró a sí mismo* es un relato sobre un vapor que recorre el océano. Creo que es preciso ser respectivamente maquinista de ferrocarril e ingeniero naval para leerlos con la debida comprensión. En *El libro de la selva*, y en *El gato maltés*, Kipling dio a diversos animales la facultad de hablar de una manera sumamente convincente; empleó ese mismo recurso en el caso de la locomotora llamada *007* y el navío llamado *Dimbula*. No creo que le haya salido a cuenta. No puedo creer que el lector de a pie sepa, ni que le importe, qué es una franja de quilla, un tirante de pantoque, un cilindro de alta presión o un marco de membrana.

Estos relatos ponen de manifiesto otra faceta del variadísimo talento de Kipling, aunque no me ha parecido necesario incluir ninguno en esta selección. El objeto de la ficción (desde el punto de vista del lector, que puede a menudo diferir mucho del punto de vista del autor) es el entretenimiento. En este sentido, a mi entender no poseen un valor muy elevado.

He tenido más dudas en lo que se refiere a los relatos que giran sobre una broma pesada, sobre una reprimenda o una borrachera, que escribió de vez en cuando. Kipling tenía un ramalazo rabelesiano que la hipocresía de su tiempo, con su intencionado dar la espalda a lo que se suele llamar las verdades de la vida, le obligó a manifestar en el contexto de las gamberradas y las cogorzas. En *Algo sobre mí mismo* relata que mostró a su madre un cuento que versaba sobre el sexo opuesto, y que su madre «lo condenó», además de escribirle así: «No lo vuelvas a hacer». Por esa alusión cabe deducir que trataba sobre el adulterio. Que a uno la descripción de una borrachera le resulte divertida depende, creo yo, de su idiosincrasia personal. Yo he tenido la mala fortuna de vivir mucho entre borrachines; por mi parte, me han resultado tediosos en sus mejores momentos, y repugnantes en los peores. Pero es evidente que esta sensación que tengo yo no es la más corriente. Los relatos que tratan sobre un borracho poseen un intenso atractivo, como lo demuestra la popularidad de *Brugglesmith*, antes citado, cuyo héroe homónimo es un rufián y un crápula, o la de Pyecroft, un suboficial escocés que a Kipling le divertía tanto que le dedicó varios relatos. Las bromas pesadas, hasta un pasado aún muy reciente, parecen haber tenido un atractivo universal. La literatura española del Siglo de Oro abunda en ellas; todos recordamos las bromas pesadas e incluso crueles que se le gastaron a don Quijote. En la época victoriana aún eran considesradas algo gracioso, y por un libro recientemente publicado podemos incluso comprobar que se gastaban con entusiasmo en los círculos de la alta sociedad. Aquí de nuevo depende todo del temperamento de cada cual, de que le diviertan o no estas cosas. Yo he de confesar que leo los cuentos de Kipling que tratan sobre esta cuestión con patente incomodidad. Y la hilaridad que inunda a quienes han perpetrado la hazaña me crispa; no se contentan con reír de la humillación de su víctima, sino que incluso se caen unos encima de los otros sin poder contener la risa, cuando no se caen de la silla, se echan a rodar por el suelo o se terminan por sujetar de la alfombra, riendo a mandíbula batiente. En uno de los cuentos, el narrador llega a tomar una habitación en una posada para poder reír a sus anchas. Sólo hay un cuento de este estilo que me haya parecido francamente entretenido, y como me ha parecido oportuno dar al lector al menos una muestra de esta clase de relato, lo he recogido en este volumen. Se titula *El pueblo que votó que la tierra era llana*. La comedia es en él generosa, la víctima se merece el castigo, y el castigo es severo sin llegar a ser brutal.

En este ensayo sólo me he referido de pasada al éxito cosechado por Kipling. Fue sencillamente enorme. No se había visto nada semejante desde que Dickens tomó al asalto el mundo de los lectores con *Los papeles del club Pickwick*. Y tampoco tuvo que esperar a que llegase. Ya en 1890 Henry James escribió a Stevenson para decirle que Kipling era «la estrella del momento», que era el más encarnizado rival de Stevenson, y Stevenson escribió a Henry James para decir que Kipling era «demasiado listo para vivir». Parece como si ambos estuvieran un tanto pasmados ante la irrupción de aquel «niño monstruo», como lo llamó James. Los dos reconocieron la brillantez de sus facultades, pero con reservas. «Me asombra por su precocidad y por la variedad de sus atributos —escribió Stevenson—. Pero me alarma por lo copioso y apresurado de su producción... Yo nunca fui capaz de nada así, y a buen seguro nunca he sido culpable de algo semejante, de semejante orgía de producción...

Contemplo, leo, admiro, me regocijo en lo que me toca, pero en lo que se refiere a una ambición que todos tenemos, relativa a su vez a nuestra lengua y literatura, me siento herido... Es cierto que Kipling posee grandes dones; las hadas madrinas de los cuentos de hadas estaban todas achispadas cuando lo bautizaron. ¿Qué hará con todos ellos?».

No obstante, la abundancia no es un defecto en un escritor, sino un mérito. Todos los grandes autores han tenido una copiosa producción. Es cierto que no todo lo escrito tiene el mismo valor; sólo un mediocre puede mantener un nivel constante. Como los grandes autores escribieron grandes cantidades, de vez en cuando produjeron grandes obras. Kipling no es una excepción. No creo que ningún escritor pueda ser un buen juez de los escritos de sus contemporáneos, ya que como es natural le gusta por encima del resto el tipo de cosas que él mismo escribe. Le resulta difícil apreciar méritos que no posee. Stevenson y James no eran hombres cicateros, y reconocieron la gran capacidad de Kipling, como queda dicho. Sin embargo, por lo que de ellos sabemos es de suponer que quedaron desconcertados por la exuberancia jactanciosa y la sentimentalidad de algunos de sus relatos, así como por la brutalidad y la severidad sombría de otros.

Kipling, como es natural, tuvo sus detractores. A los lentos y esforzados escritores que tras años de duro trabajo habían logrado ocupar un lugar modesto en el mundo de la literatura se les hizo muy arduo de sufrir que ese joven, caído como quien dice del cielo, aparentemente les ganase por la mano sin el menor esfuerzo, y con un triunfo tan espectacular. Como ya sabemos, se consolaron profetizando (igual que se hizo con Dickens en su día) que así como había ascendido como un cohete habría de caer como el vástago del mismo. A Kipling se le reprochaba que pusiera demasiado de sí mismo en sus relatos. Pero cuando se trata de ir al grano, ¿qué otra cosa puede dar un autor si no se da a sí mismo? A veces, como Sterne por ejemplo, o Charles Lamb, se nos da con una franqueza cautivadora, y es al mismo tiempo la inspiración y el puntal de su creatividad; aun cuando haga todo lo posible por ser objetivo, lo que escribe se imbuye de un modo inevitable de su ego. No es posible leer una docena de páginas de *Madame Bovary* sin tener la fuerte impresión que produce la personalidad irascible, pesimista, mórbida y egocéntrica de Flaubert. Los críticos de Kipling cayeron en un error al echarle en cara que introdujera su propia personalidad en sus relatos. Lo que con esto quisieron decir, como es lógico, es que no les agradaba la personalidad que él presentaba, y eso es comprensible. En sus primeras obras exhibió características que resultaban ofensivas. Se tenía la impresión de que fuera un joven arrogante y engreído, de una chulería extravagante, sabedor de todo lo que hubiera por saber. Esto forzosamente despertó el antagonismo de sus críticos. Asumir una superioridad tan clara como se percibe en esos rasgos poco amistosos es una afrenta para el amor propio de cualquiera.

A Kipling se le acusó ampliamente de incurrir en la vulgaridad, igual que a Balzac y a Dickens, y creo que es sólo porque los tres trataron aspectos de la vida que ofendían a las personas refinadas. Hoy estamos más encallecidos: si llamamos a alguien refinado no creemos que le estemos haciendo un cumplido. No obstante, una de las acusaciones más absurdas que se han vertido contra él es que sus relatos eran anecdóticos, acusación con la cual los críticos que la esgrimieron pretendieron condenarlo (aún siguen haciéndolo); si se hubiesen tomado la molestia de consultar el Oxford English Dictionary, habrían visto que uno de los sentidos del término es éste: «Narración de un incidente aislado, o de un único acontecimiento, contada de manera que sea en sí misma interesante o pasmosa». Es una definición perfecta del relato breve. La historia de Ruth, la historia de la matrona de Éfeso, la historia que cuenta Boccaccio de Federico degli Alberighi y su halcón son anécdotas. También lo son *Bola de sebo*, *El miedo* y *La herencia*. Una anécdota es el esqueleto de un relato, es lo que le da forma y coherencia, lo que el autor reviste con la carne, la sangre, los nervios. Nadie tiene la obligación de leer relatos, y si a uno no le gustan, a menos que contengan algo más que una historia, pues no hay nada que hacer. A quien no le gusten las ostras no se le puede echar en cara, si bien es irracional condenar las ostras porque no posean la calidad emocional de un solomillo con pudin de riñones. Igualmente irracional es considerar defectuoso un relato porque sólo es un relato. Es justamente lo que han hecho algunos de los detractores de Kipling. Era un hombre de un talento extraordinario, pero no era un gran pensador; desde luego, no se me ocurre ni un solo gran novelista que lo fuera. Tenía un consumado olfato para relatar historias de un tipo determinado, y además disfrutaba contándolas. Era tan sensato que en los más de los casos se limitó a hacer lo que mejor sabía hacer. Como era un hombre juicioso, sin duda le agradaba que a la gente le gustaran sus relatos, y se encogía de hombros cuando no gustaban.

Otro defecto que se le achaca es que tuviera un escaso poder de caracterización del personaje. No creo que los críticos que se lo echasen en cara entendieran del todo qué lugar ocupa la caracterización en un relato breve. Obviamente, se puede escribir un relato con la intención de desplegar un carácter. Flaubert lo hizo en *Un corazón sencillo*, Chejov lo hizo en *La novia*, que a Tolstoi le entusiasmaba. Un purista podría objetar que no son relatos, sino novelas resumidas. A Kipling le importaban los incidentes. En un relato de esta índole basta con relatar, sobre las personas que toman parte en él, lo suficiente para darles vida propia. Se las muestra en el momento que a uno le ocupa; son inevitablemente estáticas. Para mostrar el desarrollo del carácter, un autor necesita el paso del tiempo y el espacio de maniobra que presta una novela. Es posible que el personaje de ficción más notable sea Julien Sorel, aunque ¿cómo iba Stendhal a mostrar el desarrollo de un personaje tan complejo en un relato breve? Mi impresión es que Kipling dibujaba sus personajes con bastante firmeza por esta misma razón. Y hay una distinción que hacer entre los «caracteres» y el carácter. Mulvaney, Ortheris y Learoyd son «caracteres». Es fácil crearlos. Findlayson, en *Los constructores del puente*, y Scout y William en *Las conquistas de William* poseen carácter. Es mucho más difícil delinearlos. Es cierto que son normales y corrientes, pero eso da sentido a la narración, y no cabe duda de que Kipling era consciente de ello. El padre y la madre del chico de la leña no son, como pensaba Kipling, hacendados de campo que viven en una finca heredada de sus antepasados, sino que son una agradable pareja, digna de las *Cinco Ciudades* de Arnold Bennett, que, tras hacerse acreedores a lo que les compete, se asientan en el campo. Aunque esbozados muy a la ligera, están vivos y palpitantes y son seres humanos reconocibles. La señora Hauskbee no era la criatura a la moda y la señora distinguida que ella creía ser; era más bien una mujercilla de segunda que se tenía en muy elevada opinión, si bien dista mucho de ser un personaje sin entidad. Todos hemos conocido a mujeres como ella. Yardley-Orde, en *El jefe del distrito*, muere a las cuatro páginas de que comience el relato, aunque Kipling lo caracteriza de manera tan suficiente que cualquiera podría escribir la historia de su vida plegándose al patrón de una de las *Vidas* de Aubrey.

Un distinguido escritor, no hace mucho tiempo, me dijo que sentía tal repelencia por el estilo de Kipling que no era capaz de leerlo. Los críticos de su tiempo parece que lo consideraban brusco, entrecortado, manierista. Uno de ellos dijo que «es preciso insistir en que el lenguaje coloquial no es una virtud, y el abuso de la frase corta no es garantía de tersura». Cierto. Un autor emplea el lenguaje coloquial para reproducir la conversación con exactitud, y en el transcurso de su narración para dar a su prosa un aire conversacional. La principal objeción que cabe hacerle es que ese lenguaje es transitorio, y que en pocos años queda anticuado y puede incluso resultar incomprensible. A veces, por supuesto, algunas acuñaciones del lenguaje coloquial entran en la lengua y adquieren una validez literaria tal que ni siquiera un purista podría ponerles objeciones. Kipling escribía con frases más cortas de lo que era habitual en su tiempo. Eso ya no puede sorprendernos, y como los lexicógrafos nos dicen que una frase es una serie de palabras, que forman la expresión gramaticalmente completa de un solo pensamiento, no parece que haya motivo para que, cuando un autor hace esto mismo, no lo señale con un punto y seguido en donde le conviene. Tiene todo el derecho de hacerlo. George Moore, crítico nada indulgente de sus coetáneos, admiraba el estilo de Kipling por su sonoridad y su ritmo. «Otros han escrito con mayor belleza, pero nadie, que yo recuerde, de manera tan copiosa... Escribe con toda la lengua a su disposición, con la lengua de la Biblia y con la lengua de la calle». El léxico de Kipling es riquísimo. Elegía sus palabras, muy a menudo inesperadas, en función de su coloración, su precisión, su cadencia. Sabía qué deseaba decir y lo decía de un modo incisivo. Su prosa, que es lo único que aquí me concierne, tenía aliento y tenía vigor. Al igual que cualquier otro escritor, tenía sus manías. Algunas, como su indecorosa adicción a las frases bíblicas, supo descartarlas pronto; otras las conservó. Durante toda su vida no dejó de comenzar las frases por un pronombre relativo. Lo cual es una pena. Siguió haciendo un uso deplorable del poético y antañón *ere* cuando lo natural habría sido decir *before* ('antes'). Al menos una vez escribió la contracción coloquial *e'en* por *even* ('incluso'). Son detalles de poca monta. Kipling se ha apropiado a tal extremo de su estilo que no creo que hoy en día nadie se tomase la molestia de escribir como él aun cuando de hecho pudiera, aunque tampoco entiendo cómo es posible negar que el instrumento que se construyó era admirablemente apropiado al propósito que le dio en todo momento. Rara vez se permitía largas descripciones, pero con el ojo que tenía, con su presteza de percepción, por medio de su instrumento sabía poner ante el lector, con extrema viveza, la abigarrada escena de la India en toda su fantástica variedad.

Si en este ensayo no he dudado en señalar lo que me parecen defectos de Kipling, tengo la esperanza de haber dicho con claridad qué alta opinión tengo de sus méritos. El relato breve no es, en general, una forma de ficción en la que los ingleses hayan sobresalido. Los ingleses, como bien se ve en sus novelas, son propensos a lo difuso. Nunca han tenido demasiado interés por la forma. Esta forma exige ceñirse a lo esencial. Lo sucinto no casa bien con su sensibilidad. Pero el relato breve exige una forma, y exige que sea sucinta. Lo difuso acaba con él. Es una forma que depende de la construcción. No admite cabos sueltos, ha de ser algo completo en sí mismo. Todas estas cualidades se encuentran en los relatos de Kipling cuando daba de sí el máximo, cuando alcanzaba cotas magníficas de narrador, lo cual, por suerte para nosotros, sucede relato tras relato. Rudyard Kipling es el único autor de relatos breves que se ha dado en nuestro país y que esté a la altura de Guy de Maupassant y de Chejov. Es nuestro narrador más grande. Me cuesta creer que se le pueda llegar a igualar. Estoy seguro de que no se le podrá sobrepasar.

W. S. M., 1952

«EL MEJOR RELATO DEL MUNDO»

O si acabaran los gallardos años
y la antigüedad en la tumba diera,
rey fuera yo de Babilonia entera,
y tú un buen esclavo cristiano.

W. E. Henley

Se llamaba Charlie Mears. Era el único hijo de su madre, que había enviudado, y vivía en el norte de Londres, desde donde acudía a la City a diario, pues trabajaba de empleado en un banco. Tenía veinte años y rebosaba de ambiciones. Lo conocí en un salón de billares abierto al público, donde el encargado de anotar los tantos de los contrincantes lo llamaba por su nombre de pila, mientras él al encargado lo llamaba «Bullseye». Charlie explicó con cierto nerviosismo que había ido al salón sólo a mirar, y como mirar un juego de destreza no suele ser un entretenimiento que salga barato a los jóvenes, sugerí a Charlie que más le valía volver con su madre.

Aquél fue el primer paso que dimos no sé si hacia una sólida amistad, pero sí hacia un mejor conocimiento mutuo. Me visitaba algunas veces a última hora de la tarde en vez de irse de parranda por Londres con sus compañeros de oficina. No tuvo que pasar mucho tiempo hasta que, hablándome de sus cosas

—como es fuerza que hagan los jóvenes—, me comunicó algunas de sus aspiraciones, que eran de índole literaria. Deseaba forjarse un nombre imperecedero sobre todo por medio del verso, aunque no estaba a salvo de la tentación de enviar algunos cuentos de amor y muerte a las revistuchas que se vendían al precio de un penique en las máquinas expendedoras. Mi destino iba a consistir en permanecer sentado mientras Charlie me leía poemas suyos de muchos cientos de versos cada uno, y abultados pasajes de obras teatrales que sin duda, cuando las concluyese, iban a lograr que el mundo entero se estremeciera de emoción. Mi recompensa no fue otra que granjearme su confianza sin reservas, así como las revelaciones íntimas y las cuitas de un joven, que son casi tan sagradas como las de una doncella. Charlie jamás se había enamorado, pero estaba ansioso de enamorarse a la primera oportunidad que se presentara; creía en todas las cosas buenas y en todas las cosas honrosas, pero al mismo tiempo ponía un cuidado llamativo en hacerme saber que se manejaba de sobra por el mundo, como correspondía a un empleado de banca que ganaba un jornal de veinticinco chelines por semana. Rimaba en sus poemas «amor» con «ruiseñor» y «luna» con «laguna», devotamente convencido de que esas rimas nunca se le habían ocurrido a nadie antes que a él. Los dilatados lapsos que dejaba en sus obras de teatro sin terminar los salvaba con palabras presurosas de disculpa y de pura descripción, tras las cuales seguía adelante, pues veía con claridad meridiana lo que se proponía hacer, tanto que le parecía que ya estuviera hecho, con lo cual recurría a mí en busca de aplauso.

Recelo de que su madre nunca vio con buenos ojos sus aspiraciones; sé que su escritorio, en su casa, era la mera prolongación del lavamanos. Esto me lo contó casi al comienzo mismo de nuestra relación, cuando saqueaba los libros de mis estantes, poco antes de implorarme que le dijera la verdad acerca de las posibilidades que tenía de «llegar a escribir algo de veras grande, ya sabe usted». Es posible que le diera yo demasiados ánimos, pues una noche vino a verme con los ojos encendidos de emoción, y me dijo sin resuello:

—¿Le importa..., me permitiría que me quedase aquí a escribir durante toda la tarde? No le interrumpiré, se lo aseguro. Es que en casa de mi madre no tengo dónde escribir cómodamente.

—¿Y a qué viene todo esto? —pregunté, sabiendo a la perfección qué era lo que ocurría.

—Se me ha ocurrido una idea con la cual se podría confeccionar el relato más espléndido que jamás se haya escrito. Permita que lo escriba aquí, se lo ruego. ¡Es una idea fantástica!

No habría sido posible resistirse a tal súplica. Le preparé una mesa. Apenas me dio las gracias. Se lanzó de lleno a trabajar. Por espacio de hora y media rasgó la pluma el papel sin descanso. Al cabo, Charlie soltó un suspiro y se revolvió el cabello. Los rasguidos fueron espaciándose, hubo más tachaduras, al fin cesó del todo. El mejor relato del mundo no quería salir.

—Ahora me parece una auténtica porquería —dijo en tono de lástima—. Pero cuando lo estaba pensando me pareció fenomenal. ¿Qué es lo que pasa?

No pude desanimarle diciéndole la verdad.

—Tal vez sea que no estás de buen ánimo para escribir —le dije en cambio.

—Sí, sí que tengo ánimo. Y me siento inspirado hasta que me paro a mirar lo que me sale. Qué asco.

—Anda, léeme lo que has escrito —dije.

Leyó y era portentosamente malo, e hizo una pausa tras cada una de las frases más hinchadas, como si esperase una muestra de aprobación; a pesar de lo ampuloso estaba orgulloso de esas frases, como en el fondo sabía yo que debía estarlo.

—Lo tienes que comprimir —sugerí con cautela.

—Detesto tener que cortar. La verdad, no creo que pudiera cambiar ni una sola palabra sin alterar el sentido. En voz alta suena mejor que cuando lo estaba escribiendo.

—Charlie, lo que tienes es una enfermedad alarmante que afecta a un gran número de personas. Déjalo estar, ya lo retomarás la semana que viene.

—Es que querría terminarlo cuanto antes. ¿Qué opinión le merece?

—¿Cómo voy a juzgarlo si no está siquiera a medio escribir? Anda, cuéntame el relato tal como lo imaginas.

Charlie me lo contó, y en su relato oral estaba presente todo lo que su ignorancia había impedido escrupulosamente que escapara y se plasmara por escrito. Lo miré despacio, preguntándome si acaso era posible que no hubiera reparado en la originalidad, en el poder de la idea que se le había ocurrido. Era de un modo inconfundible una idea sin igual. Los hombres se han llenado de orgullo gracias a ideas que no eran ni de lejos tan excelsas como ésa, y menos aún tan viables. Charlie seguía farfullando con toda serenidad, interrumpiendo la corriente de pura fantasía con muestras de las espantosas frases que se proponía emplear. Lo escuché hasta que terminó. Sería un disparate, me dije, permitir que su idea siguiera en sus manos ineptas cuando yo podría hacer algo realmente grande con ella. No todo lo que podría hacerse con ella, de acuerdo, pero mucho, ¡muchísimo!

—¿Qué le parece? —preguntó al fin—. Creo que lo voy a titular: *El relato de un barco.*

—Creo que la idea es francamente buena, pero no sé si podrás con ella, porque exige un desarrollo sostenido. Yo diría...

—¿A usted le sería de alguna utilidad? ¿Querría servirse de ella? Para mí sería un gran honor —dijo Charlie al punto.

Hay en este mundo pocas cosas más dulces que la admiración franca y sin cortapisas, vehemente, espontánea, que a uno le pueda profesar un joven. Ni siquiera una mujer que nos ame ciegamente acompasa sus andares al paso del hombre al que adora, y tampoco inclina su sombrero de acuerdo con el ángulo con que él lleva el suyo, y mucho menos sazona sus parlamentos con las interjecciones y exabruptos preferidos por él. Charlie en cambio hacía todas esas cosas. Con todo y con eso, era necesario que mi conciencia quedara a salvo antes de que me apoderase de los pensamientos de Charlie.

—Hagamos un trato: yo te doy cinco libras por la idea —le dije. Charlie se convirtió en el acto en el empleado de banca que era.

—Oh, eso es imposible. Entre dos compañeros, si me permite que lo tenga por compañero, ya sabe usted, y además hablando como hombre de mundo que soy, no podría aceptarlo. Quédese con la idea si le encuentra alguna utilidad. Yo tengo montones de ideas parecidas.

Era cierto. Nadie lo podía saber mejor que yo. Pero eran ideas tomadas de otros sin que él lo supiera.

—Tómatelo como si fuera un asunto de negocios entre dos hombres de mundo —repliqué—. Con cinco libras podrás comprar unos cuantos libros de poemas. Los negocios son los negocios, y puedes tener la certeza de que no propondría yo esa cantidad a no ser que...

—Ah, bueno. Si lo plantea de ese modo... —dijo Charlie, y me pareció visiblemente conmovido al pensar en esos libros. Cerramos el trato en el bien entendido de que él podría venir a verme cada vez que quisiera, a contarme todas las ideas que se le pudieran ocurrir, y que dispondría de una mesa para escribir sin que nadie le molestara, además del derecho inapelable a darme la lata con todos sus poemas y fragmentos de poemas.

—En tal caso —dije—, cuéntame cómo se te ocurrió esta idea.

—Vino a mí por sí sola. —A Charlie se le abrieron un poco los ojos.

—Ya, pero es mucho lo que me has contado sobre el héroe, y que sin duda has tenido que leer en alguna parte.

—No tengo tiempo para leer, más que cuando usted me permite que pase aquí un rato. Los domingos monto en bicicleta o paso el día entero en el río. No hay ningún error en lo que al héroe se refiere, ¿verdad?

—Cuéntamelo otra vez, y creo que lo entenderé con más claridad. Dices que tu héroe se dedicó a la piratería. Bien. Y..., ¿cómo vivía?

—Iba en el entrepuente de esa especie de barco del que le he hablado.

—¿Qué clase de barco?

—De los que se mueven con remos, de modo que el mar entra por los boquetes de los costados y los remeros se ven metidos en el agua hasta las rodillas. Hay un banco que corre entre las dos hileras de remos, y un capataz armado con un látigo que va de punta a punta del barco para que los hombres remen con toda su fuerza.

—¿Y tú cómo lo sabes?

—Está en el relato. Hay una cuerda que cuelga por encima. Está atada al puente. El capataz se sujeta a ella cuando el barco cabecea. Cuando el capataz no acierta a sujetarse con la cuerda y cae entre los remeros, recuerde que el héroe se ríe de él y que por eso le propina unos latigazos. Va encadenado al remo, como es natural…; el héroe.

—¿Cómo va encadenado?

—Con un aro de hierro que lo sujeta por la cintura y lo clava al banco en que va sentado, y una especie de brazalete en la muñeca izquierda, que lo encadena al remo. Se halla en el entrepuente, que es donde van los peores; allí, la única luz que llega es la que entra por las escotillas y los boquetes de los remos. ¿Se imagina usted la luz del sol que entra lo justo entre la empuñadura y el boquete y que oscila con el movimiento del barco?

—Lo imagino. Lo que no imagino es que tú lo imagines.

—¿Cómo iba a ser de otro modo? Ahora, escúcheme bien. Los remos largos de cubierta los manejan cuatro hombres por cada banco; los intermedios, tres; los del entrepuente inferior del barco, sólo dos. Recuerde que todo está oscuro en el entrepuente inferior y que allí los hombres enloquecen. Cuando un hombre muere encadenado al remo en ese entrepuente no lo arrojan por la borda, sino que lo despedazan allí mismo y lo arrojan a trozos por el boquete del remo.

—¿Y eso por qué? —le pregunté asombrado no tanto por la información, sino por el tono de autoridad con que lo había expuesto.

—Para ahorrarse complicaciones y para meter miedo al resto de los remeros. Harían falta dos capataces para arrastrar el cuerpo del muerto a cubierta; si los hombres del entrepuente se quedan solos, podrían dejar de remar e incluso podrían tratar de arrancar los bancos tirando todos a una de sus cadenas.

—Veo que tienes una imaginación portentosa. Tienes respuesta para todo. ¿Se puede saber dónde has estado leyendo para documentarte sobre las galeras y los galeotes?

—Que yo recuerde, en ninguna parte. Cuando tengo ocasión me gusta remar un poco. Pero es posible, si usted lo dice, que algo haya leído en alguna parte.

Poco después se marchó para cerrar algún trato con varios libreros, y me quedé preguntándome cómo era posible que un empleado de banca de veinte años de edad pusiera en mis manos tanta prodigalidad de detalles, dados todos ellos con total certeza, el relato de una aventura extravagante y sanguinaria, de motines, piratería y muerte en mares sin nombre. Había llevado a su héroe por un laberinto de desesperación, hasta el momento en que se rebeló contra los capataces del navío y se hizo con el mando de un barco propio, y al final incluso llegó a establecer un reino en una isla «en algún punto del mar, ya sabe usted». Encantado de la vida con mis mezquinas cinco libras, se marchó entonces a comprar las ideas de otros hombres, con la aspiración de que en ellos pudiera aprender a escribir. Me quedó el consuelo de saber que esta idea me pertenecía a mí, no en vano había adquirido el derecho mediante el pago, y pensé que, en efecto, algún provecho podría sacarle.

La siguiente vez que vino estaba borracho, soberanamente borracho de tanto beber de los poetas que por vez primera se le habían revelado. Tenía las pupilas dilatadas y se atropellaba al hablar, además de envolverse en citas ajenas, tal como un mendigo se hubiera investido con la púrpura de los emperadores. Sobre todo se había embriagado con Longfellow.

—¿No le parece espléndido? ¿No es soberbio? —exclamó tras saludarme con prisa—. Escuche, escuche esto:

¿Y no querrías tú —preguntó el timonel—
los secretos del ancho mar aprender?
Sólo quien sus peligros desafía
comprenderá sus misterios con porfía.

—¡Diantre!

Sólo quien sus peligros desafía
comprenderá sus misterios con porfía.

Lo repitió una veintena de veces, caminando de un lado a otro de la sala, olvidado de mí.

—Pero esto también yo lo comprendo —dijo para el cuello de su camisa—. Oiga, no sé cómo darle las gracias por ese billete de cinco. Escuche esto otro:

Recuerdo negros embarcaderos, y ensenadas,
y las mareas de olas desatadas bramar,
y los marinos españoles, y Barbados,
y la belleza, y el milagro de los barcos,
y la Honda magia del mar.

—No he desafiado yo ningún peligro, pero tengo la impresión de que acerca de eso lo sé todo.

—Desde luego, diríase que tienes un buen dominio del mar. ¿Lo has visto alguna vez?

—Cuando era pequeño me llevaron una vez a Brighton; vivíamos entonces en Coventry, antes de venirnos a Londres. Nunca vi...

Cuando sobre el Atlántico desciende
el titánico temporal huracanado del equinoccio.

Me sacudió tomándome por el hombro para hacerme entender la pasión que a él mismo lo sacudía.

—Cuando sobreviene la tormenta —continuó—, creo que todos los remos del barco del que le hablé el otro día se tronzan como si fueran palillos, y los galeotes sufren fortísimos golpes en el pecho con las empuñaduras de los remos que se estrellan contra ellos a su antojo. Ahora que me acuerdo, ¿ha hecho ya algo con aquella idea que se me ocurrió?

—No. Estaba a la espera de que me contases algo más. Dime cómo demonios es posible que tengas tanta certeza al comentar los aderezos del barco con todo detalle. Tú no sabes nada de náutica...

—No sé cómo es posible, pero para mí es lo más real del mundo, y lo sigue siendo hasta el momento en que procuro ponerme a escribirlo. La otra noche estuve pensando en ello, en la cama. Fue después que me prestara usted *La isla del tesoro*; inventé otro montón de cosas para incluirlas en el relato.

—¿Qué clase de cosas?

—Por ejemplo, la comida que se les daba a los hombres. Higos podridos y alubias negras con vino en un odre, que iba pasando de un banco a otro.

—¿Tan antiguo era el barco?

—¿Tan antiguo? No sé yo si fue hace mucho tiempo o hace poco. No es más que una idea, aunque a veces se me antoja tan real como si fuera verdad. ¿Le molesta que hable de ello?

—No, no. Al contrario. ¿Qué más cosas se te han ocurrido?

—Bueno... es que son tonterías. —Charlie se puso colorado.

—No te apures. Cuenta, cuenta.

—Bien, pues estaba repasando el relato, y al cabo de un tiempo me levanté y me puse a escribir en una hoja suelta las cosas que los hombres seguramente inscribían en los remos con el borde mellado del brazalete. Me pareció que resultaría más verosímil. Para mí es sumamente real, ya se lo he dicho.

—¿Has traído esa hoja?

—Sí, pero..., ¿de qué sirve que se la muestre? No son más que rayaduras sin sentido. Claro que a lo mejor no estaría mal reproducirlas en el libro, por ejemplo en portadilla.

—Yo me ocuparé de esos detalles. A ver, enséñame qué escribían tus hombres.

Sacó del bolsillo una hoja de papel con una serie de signos que formaban un solo renglón, y la guardé con todo esmero.

—¿Qué se supone que significa todo eso? —pregunté.

—Pues no lo sé. Mi intención era que significase: «Estoy reventado de cansancio». Es una soberana estupidez, lo sé —señaló—, pero todos los hombres del barco se me antojan tan reales como lo son las personas de carne y hueso. Haga algo con la idea, y que sea pronto; mucho me gustaría verla por escrito y a ser posible impresa.

—Con todo lo que me has contado, saldría un libro bien largo.

—Pues hágalo. Sólo tiene que sentarse a escribir.

—Necesito tiempo para eso. ¿No tienes más ideas?

—Ahora mismo no. Es que estoy leyendo todos los libros que compré el otro día. Son espléndidos.

Cuando se fue, eché un vistazo a la hoja en la que estaba la inscripción. Me sujeté la cabeza con ternura entre ambas manos para cerciorarme de que ni me daba vueltas ni se me iba del sitio. Entonces... pareció que no hubiese un intervalo entre el momento en que salí de la casa en que me alojaba y el momento en que me encontré discutiendo con un policía delante de una puerta en la que un rótulo decía *Prohibido el paso,* en un pasillo del British Museum. Todo lo que deseaba, y lo que solicité con toda la cortesía de que fui capaz, fue ver al «especialista en antigüedades griegas». El vigilante no sabía otra cosa que aplicar a rajatabla las normas del Museo, por lo que se hizo necesario realizar sucesivas incursiones en todos los departamentos y despachos del recinto. Un anciano caballero al que tuve que interrumpir durante la hora del almuerzo puso fin a mis pesquisas al sostener la hoja entre el índice y el pulgar y olisquearla con manifiesto desdén.

—¿Qué significa esto? Mmm... —dijo—. Por lo que alcanzo a comprender, esto es un intento de escritura de un griego sumamente corrompido, llevado a cabo casi con toda seguridad —aquí me lanzó una mirada cargada de intención— por un analfabeto. —Leyó despacio lo que decía en el papel: «*Pollock, Erckmann, Tauchnitz, Henniker*». Los cuatro nombres me resultaban vagamente conocidos.

—¿Podría indicarme qué es lo que se supone que significa toda esa corrupción lingüística? Me valdría con saber el meollo de lo que contiene —le solicité.

—Muchas veces... Han sido muchas las veces... en que... A ver, en que me ha vencido la fatiga en este desempeño. Ahí tiene. Eso es lo que viene a decir. —Me devolvió el papel y desaparecí de allí sin darle una sola palabra de agradecimiento, una sola explicación, una disculpa siquiera.

Tal vez se me disculpe por haber olvidado tanto. Entre todos los hombres del mundo, a mí se me había dado ocasión de escribir el relato más portentoso, nada menos que la historia de un esclavo griego en galeras, relatada por él mismo. No era de extrañar que el sueño le hubiera parecido tan real a Charlie. Los Hados, que tanto esmero ponen en cerrar las puertas de cada vida sucesiva según van quedando éstas atrás, en este caso habían incurrido en un descuido, y Charlie contemplaba, sin saberlo, aquello que jamás se le había permitido escrutar a hombre alguno desde que el tiempo es tiempo. Sobre todas las cosas, era absolutamente ignorante del conocimiento que me había vendido por cinco libras, y por siempre habría de conservar esa ignorancia, ya que los empleados de banca no entienden la metempsicosis, y una sólida educación comercial no comprende el griego. Él me surtiría de todo cuanto apeteciese; me puse a dar brincos de contento entre los dioses mudos de Egipto, me reí ante sus rostros maltrechos por el tiempo; él me aprovisionaría de todos los materiales que pudiera precisar yo para dar fuste a mi relato, para darle tal certeza que el mundo entero lo tomaría por mera ficción impúdica, por una invención improvisada primero y adornada después. Yo, solamente yo, sabría en mi fuero interno que era absoluta y literalmente fiel a la verdad. Yo, solamente yo, tenía en la mano semejante piedra preciosa, y sólo yo podía proceder a su corte y al pulido de cada una de sus facetas. Por consiguiente, me puse a bailar entre los dioses de la corte de Egipto hasta que uno de los vigilantes me vio y dio unos cuantos pasos decididos hacia donde me encontraba.

Tan sólo me restaba apremiar a Charlie a que hablara, tarea en la cual no mediaba dificultad. Pero había olvidado los dichosos libros de poesía. Vino a visitarme una vez y otra, tan inservible como un fonógrafo pasado de vueltas, embriagado de Byron, Shelley o Keats. Sabedor entonces de lo que había sido el muchacho en sus vidas anteriores, y desesperado por no perder ni palabra de su cháchara, no pude ocultarle mi respeto, mi interés. Ambos los tomó erróneamente, cual si fueran muestra de respeto por el alma actual de Charlie Mears, para el cual era la vida tan novedosa como lo fuera para Adán, e interés por sus lecturas; de ese modo puso a prueba mi paciencia y a punto estuvo de hacerla trizas con sus recitados de poemas, no ya los suyos, sino los de otros. Ganas tuve de que todos los poetas de lengua inglesa quedaran borrados de la memoria de la humanidad. Blasfemé tomando en vano los nombres más sagrados de la lírica por haber desviado a Charlie de la senda de la narración directa, y porque más adelante espolearían en él el deseo de emularlos, pero ahogué mi impaciencia hasta que la primera hinchazón del entusiasmo se agotara por sí sola y el muchacho retomara sus sueños.

—¿De qué sirve que le diga lo que pienso cuando estos hombres escribían cosas para que las leyeran los ángeles? —masculló una tarde—. ¿Por qué no escribe usted algo que se parezca a lo que ellos escribieron?

—No creo que estés siendo justo conmigo —dije, aunque tuve que refrenar mi ímpetu.

—Yo le he dado la historia —dijo cortantemente, y se lanzó de nuevo a la lectura de *Lara*.

—Así es, pero yo quiero los detalles.

—¿Se refiere a todo eso que me invento acerca de ese condenado barco que se empeña usted en llamar galera? Eso es pan comido. Seguro que podría usted inventarlo por su cuenta y riesgo. Suba un poco la lámpara de gas, que quiero seguir leyendo.

Podría haberle hecho añicos el globo de la lámpara estampándoselo en la cabeza por ser tan empecatadamente estúpido. Podría sin duda inventar cosas por mí mismo con sólo saber lo que Charlie no sabía que sabía. Pero como las puertas estaban cerradas a mi espalda sólo me quedaba aguardar sus placeres de juventud y desvivirme por alimentar en él un buen temple. Bastaba con bajar la guardia un solo instante para que se echase a perder una revelación de valor incalculable: una y otra vez dejaba sus libros allí encima, como cayeran; los guardaba en la casa en que me alojaba yo, pues su madre se habría quedado perpleja ante semejante dispendio en el caso de haberlos llegado a ver, y de nuevo se lanzaba a sus ensoñaciones marineras. Volví a maldecir a todos los poetas de Inglaterra. La plástica mentalidad del empleado de banca se había llenado en exceso, había adquirido color, estaba distorsionada por efecto de todo lo que había leído, y el resultado de todo ello era que sus palabras se atropellasen en una confusa maraña, mezcladas con otras voces, de manera muy semejante a los murmullos y zumbidos que se oyen en un teléfono de la City a la hora de mayor actividad.

Habló de la galera —de su propia galera, por más que él no lo supiera— y lo hizo con ilustraciones tomadas de la *Esposa de Abydos*. Apuntaló las experiencias de su héroe con citas tomadas de *El corsario*, y las aliñó con hondas, desesperadas reflexiones morales que había extraído de *Caín* y de *Manfred*, con la esperanza clara de que yo le encontrase algún uso a todo aquello. Sólo cuando la conversación se centró en Longfellow me pareció que enmudecían todas aquellas interferencias, y sólo entonces supe que Charlie estaba diciendo la verdad tal y como la recordaba.

—A ver qué te parece esto… —le dije una noche tan pronto entendí cuál era el medio en el que mejor funcionaba su memoria, y sin darle tiempo a que pusiera ningún reparo le leí casi en su totalidad *La saga del rey Olaf*.

Me escuchó boquiabierto, sonrojado, tamborileando con los dedos de una mano en el respaldo del sofá en que se había sentado, hasta que llegué al *Canto de Einar Tamberskelver* y a la estrofa que dice así:

Entonces Einar retira
la flecha del arco destensado
y dice al rey: «¡Ésta es Noruega
que se aparta de tu mano!».

Se le escapó una exclamación de puro deleite ante el sonido de los versos.

—¿No es un poco mejor que Byron? —aventuré.

—¿Mejor, dice usted? ¡Si es que es verdad! ¿Cómo es posible que lo haya sabido?

Rebobiné y repetí la estrofa que dice:

Olaf, de pie y atento en popa,
pregunta: «¿Qué ha sido eso?
Algo he oído, como si encallase
un barco deshecho».

—¿Cómo pudo saber con tal exactitud cómo chocan los barcos y cómo se arrancan uno a uno los remos de los boquetes? Si es que la otra noche, sin ir más lejos… Bueno, vuelva atrás, se lo ruego, y lea *El arrecife de los alaridos*, se lo ruego.

—No, perdona. Estoy cansado. Charlemos un rato. ¿Qué ibas a decir que sucedió la otra noche?

—Tuve un sueño espantoso. Transcurría en una de esas galeras dichosas. Soñé que me ahogaba en pleno combate. Nos encontramos de pronto al costado de otro barco, prácticamente en la embocadura del puerto. La mar estaba en calma, sólo el batir de nuestros remos la agitaba. ¿Sabe usted cuál es mi puesto en la galera? —Al principio habló con titubeos, con ese genuino temor que tiene cualquier inglés ante la posibilidad de que su interlocutor pueda reírse de él.

—No. De eso no me has hablado nunca —respondí con mansedumbre, aunque el corazón comenzó a latirme con fuerza.

—Voy en el cuarto remo contando a partir de proa, por la borda de estribor, en el primer entrepuente. Íbamos cuatro en ese remo, los cuatro encadenados. Recuerdo haber mirado y haber hecho lo posible por soltarme de los brazaletes que me esposaban al remo antes que comenzara el combate. Nos arrimamos entonces al otro barco y todos sus guerreros saltaron por la amura a la cubierta del nuestro, y entonces mi banco se partió en dos y me vi inmovilizado, con los otros tres compañeros encima de mí y el remo, inmenso, sobre nuestras espaldas.

—¿Y bien? —Charlie tenía los ojos encendidos. Miraba a la pared, más allá de donde estaba yo sentado.

—No sé cómo libramos el combate. El resto de los hombres me pisoteaban la espalda, tuve que permanecer agazapado. Nuestros remeros por la banda de babor, atados como estaban a sus remos, ya lo sabe, comenzaron a dar gritos y a remar en sentido inverso. Me llegaba el jaleo en el agua y me percaté de que dábamos casi una vuelta completa sobre nosotros mismos, como si el barco fuera un abejorro, y supe al mismo tiempo, agazapado en el vientre del barco, que una galera embestía de proa contra nosotros, y en efecto nos impactó por la banda de babor. A duras penas pude levantar la cabeza y vi el barco enemigo por encima de la borda. Quisimos presentarle la proa en el momento del encontronazo, pero ya era demasiado tarde. Sólo pudimos virar un poco, porque la galera que nos abordó por estribor se había enganchado y detenía nuestros movimientos. Entonces... ¡qué estrépito, qué topetazo! Nuestros remos por la banda de babor se fueron tronzando uno a uno a medida que la otra galera, la que sí tenía movimiento, continuaba la embestida. Los remos del entrepuente inferior reventaron la tablazón interior con el cabo para arriba y las palas para abajo, y hubo uno que saltó por los aires y cayó muy cerca de donde estaba yo.

—¿Cómo fue posible?

—La proa de la galera que tenía libertad de movimiento embistió contra los remos, uno por uno, haciendo palanca en los propios boquetes de los remos, y de los entrepuentes inferiores subía un estruendo ensordecedor. El espolón de proa de la galera enemiga finalmente nos pilló casi por el medio y nos escoramos a una banda, y los marinos de estribor soltaron los garfios y las cuerdas y los lanzaron a cubierta para abordarnos; las flechas y la brea caliente, o algo que en todo caso quemaba la piel, caían a mansalva, y con la escora nos fuimos a pique, con la borda de babor cada vez más arriba, y al volver la cabeza al máximo vi el agua encalmarse al nivel de la amura de estribor, y entonces se formó una ola que barrió la totalidad del navío entrando por estribor. Caí, me di un golpe en la cabeza y desperté.

—Un momento, Charlie. Cuando el mar entró de golpe por encima de las amuras, ¿qué aspecto tenía? —No me faltaban razones para preguntarlo. Un conocido mío había naufragado una vez cuando viajaba a bordo de un barco con una vía de agua en una zona de mar en calma, y había tenido tiempo de ver detenerse el agua a la altura de la borda durante un instante antes de anegar la cubierta entera.

—Parecía una cuerda de un banjo tensada, y pareció que así fuera a quedarse durante años —dijo Charlie.

—¡Exacto! —El otro hombre me había dicho lo siguiente: «Parecía un hilo de plata tensado sobre la amura, como si no fuera a quebrarse nunca». Había tenido que pagar con todo lo que tenía, menos la vida, por esa ínfima sabiduría sin ningún valor, y yo había recorrido diez mil millas de fatiga para encontrarme con él y recibir de segunda mano su saber. En cambio, Charlie, el empleado de banca que ganaba veinticinco chelines a la semana, que jamás se había alejado de los caminos más trillados, lo sabía todo al dedillo. No me sirvió de consuelo que en una de sus vidas hubiera tenido que morir a la fuerza para obtener esa ganancia. También yo tenía que haber muerto decenas de veces, sólo que todo había quedado atrás, pues quizás habría podido servirme de mi saber, pero las puertas estaban cerradas.

—¿Y luego? —pregunté, esforzándome por alejar de mí al demonio de la envidia.

—Lo más curioso, sin embargo es que en medio de todo el tráfago del combate no me sentí ni mucho menos pasmado, ni tampoco asustado. Era como si hubiera estado presente en mil combates como aquel, no por nada se lo dije al hombre que estaba a mi lado en el banco cuando empezó el combate. Pero el canalla del capataz que teníamos en mi entrepuente se negó a aflojarnos las cadenas para darnos una oportunidad. Siempre dijo que nos pondría en libertad después de una batalla, pero no lo hizo nunca. Nunca nos dio la libertad. —Charlie sacudió la cabeza con un gesto abrumado de dolor.

—¡Qué sinvergüenza!

—Eso mismo habría dicho yo. Nunca nos daba suficiente comida, y a veces pasábamos tanta sed que no dudábamos en beber agua de mar. Aún noto en la boca el sabor del agua de mar.

—Cuéntame algo acerca del puerto en el que se libró el combate.

—Eso no lo he soñado. Sé de todos modos que fue en la bocana de un puerto, porque estábamos amarrados a un argolla sujeta a su vez a un muro blanco, y porque toda la superficie de la piedras que cubría el agua estaba forrada de madera para impedir que nuestro espolón se mellara con el cabeceo de la marea.

—Es curioso. Nuestro héroe estaba al mando de la galera, ¿no es cierto?

—¡Ya lo creo! Siempre estaba de pie en la proa y daba voces de ánimo. Él fue quien mató al capataz.

—Pero al final perecisteis todos ahogados. ¿No es así, Charlie?

—La verdad es que eso no acaba de encajar —dijo con aire de desconcierto—. Es seguro que la galera se fue a pique con todos los que estábamos a bordo, a pesar de lo cual no sé por qué en mi fuero interno sigo pensando que el héroe siguió con vida. Es posible que saltara al barco atacante. Yo eso no lo pude ver, claro. Ya estaba muerto.

Se estremeció y protestó, diciendo que no podía recordar nada más.

No quise insistirle, aunque con la intención de darme por satisfecho de que era de veras ignorante en lo referente al funcionamiento de su propio intelecto, le presenté con toda intención el libro de Mortimer Collins titulado *Transmigración*, e incluso le di un resumen de la trama antes de que lo abriese.

—¡Todo esto es una sarta de estupideces! —dijo con toda franqueza al cabo de una hora que dedicó a hojearlo—. No entiendo a qué vienen estas majaderías sobre Marte, el Planeta Rojo, y el rey; no sé a qué viene todo esto, la verdad. Ande, páseme de nuevo el volumen de Longfellow, por favor.

Le pasé el libro que me pedía y me puse a escribir todo lo que acerté a recordar a partir de su descripción de la batalla naval, no sin pedirle de vez en cuando confirmación de tal o cual hecho, de tal o cual detalle. Me dio respuesta sin levantar los ojos del libro, con la misma confianza que si todo su saber se hallase desplegado ante sus ojos, en la página impresa. Le hablé en mi tono de voz más normal, con la esperanza de que la corriente no se interrumpiese, y supe que él ni siquiera fue en esos momentos consciente de lo que me estaba diciendo, pues sus pensamientos se encontraban en alta mar, de la mano de los poemas de Longfellow.

—Charlie —pregunté—, cuando se amotinaron los galeotes, ¿cómo mataron a los capataces?

—Arrancaron de cuajo los bancos de la tablazón y les rompieron la cabeza a golpes. Esto sucedió cuando había mar muy gruesa. Uno de los capataces del entrepuente inferior resbaló en la plancha central del barco y cayó entre los galeotes. Lo estrangularon contra el costado del barco, con las manos encadenadas, prácticamente sin hacer ningún ruido, y en esos momentos estaba tan oscuro que el otro capataz no pudo ver qué había ocurrido. Cuando preguntó qué pasaba, lo hicieron caer y también lo estrangularon sin que nadie se enterase, y los del entrepuente inferior se abrieron paso hasta cubierta, con sus trozos de bancos rotos a rastras. ¡Qué alaridos! Todavía los estoy oyendo.

—¿Y qué pasó después?

—No lo sé. El héroe se marchó… Pelirrojo y con la barba roja, desapareció sin más. Creo que fue después de que hubiera capturado nuestra galera, eso sí.

Le irritaba el tono de mi voz, e incluso el sonido de mis palabras, o mis preguntas, e hizo un gesto impreciso con la mano izquierda, como se suele hacer cuando alguna interrupción resulta en especial molesta.

—No me habías dicho hasta ahora que fuera pelirrojo, ni que hubiera capturado vuestra galera —dije tras un intervalo discreto.

Charlie ni siquiera levantó los ojos de la página.

—Era pelirrojo cual oso pardo —dijo como si estuviera distraído—. Era oriundo del norte; así lo dijeron en la galera cuando fue en busca de remeros. No de galeotes, no de esclavos, sino de hombres libres. Después, en realidad muchos años después, nos llegaron noticias suyas por otro barco, o bien será que volvió él mismo.

Movía los labios en silencio. Estaba embelesado, paladeando una vez más alguno de los poemas que tenía ante los ojos.

—¿Y dónde había estado? —Prácticamente susurraba yo cada frase, para que mis palabras llegaran mansamente a la sección del cerebro de Charlie que seguía trabajando para mí.

—Estuvo en las playas —dijo por toda respuesta tras un minuto de silencio—. ¡En las largas y maravillosas playas!

—¿En Furdurstrandi? —pregunté con un cosquilleo que me recorría de la cabeza a los pies.

—Así es, en Furdurstrandi —pronunció la palabra de un modo novedoso—. Y también vi... —le falló la voz.

—¿Sabes acaso qué has dicho? —grité con una total falta de cautela.

Me miró con enojo.

—¡No! —me espetó—. ¡Y ojalá fuera usted capaz de dejarme leer tranquilo! Escuche esto...

En cambio, Othere —viejo lobo de mar—
ni avivó el paso, no paró en la bruma
hasta que el rey le prestó oído,
y sólo entonces empuñó la pluma
y anotó cada palabra de corrido.

Y al rey de los sajones
en honor a la verdad,
alzó respetuoso la cabeza,
tendió la mano con nobleza
y dijo: «Ved este talismán».

—Por Dios, qué hombres debieron de ser aquellos para navegar hasta los más lejanos confines sin saber siquiera cuándo iban a avistar tierra... ¡Ahí tiene usted!

—Charlie —le rogué—, si al menos tuvieras un poco de sensatez, no te pido más que un minuto o dos a lo sumo, convertiría al héroe de nuestro relato en un personaje a la altura de Othere.

—¡Pamplinas! Ese poema lo escribió Longfellow. A mí ha dejado de interesarme la posibilidad de escribir nada, se lo digo en serio. Yo lo que quiero es leer. —Estaba completamente fuera de mi sintonía. Maldije mi mala suerte y me despedí de él.

Imagínese uno ante el cofre que contenga el mayor tesoro del mundo, que sólo vigila un niño, un niño perezoso e irresponsable que juega a las tabas, un niño de cuyo favor depende la obtención de la llave, y sólo de ese modo se llegará a concebir la mitad del tormento que estaba yo sufriendo. Hasta esa noche, Charlie no había contado nada que no estuviera en relación con las experiencias de un esclavo griego condenado a galeras. En esos momentos, o es que no había virtud en los libros, había relatado una especie de aventura desesperada de los vikingos, la singladura de Thorfin Karlsefne a la Tierra del Vino, que así llamaban a América, en el siglo IX o X a lo sumo. La batalla librada en la embocadura del puerto la había presenciado, desde luego; había descrito su propia muerte. Pero ésta representaba una zambullida mucho más prodigiosa en el pasado. ¿Cabría tal vez la posibilidad de que se hubiera saltado media docena de vidas y de que a duras penas estuviera recordando un episodio acaecido mil años después? Todo era un embrollo enloquecedor, pero lo peor de todo era que Charlie Mears en condiciones normales era la última persona en el mundo entero que podría poner cierto orden en el caos. Yo sólo podía limitarme a esperar y a tomar nota, aunque aquella noche me acosté invadido por las imaginaciones más desaforadas. Nada era en verdad imposible, nada, con tal que la abominable memoria de Charlie fuera fiel a lo vivido.

Podría reescribir quizás la saga Thorfin Karlsefne como jamás se había escrito, podría relatar el descubrimiento de América, el primero y verdadero, siendo yo mismo el descubridor. Pero estaba por completo a merced de Charlie, y mientras tuviera al alcance de la mano uno de los volúmenes que comercializaba la casa editorial Bohn por tres chelines y seis peniques, Charlie no me iba a decir nada. No me atreví a maldecirlo abiertamente; a duras penas me atreví a refrescarle la memoria, pues me las estaba viendo ante experiencias acaecidas un millar de años atrás, y relatadas por boca de un muchacho de mi tiempo, sólo que el chico de hoy en día se ve afectado por cada cambio de tono, por cada vaivén de la opinión, de modo que ha de estar a la altura incluso cuando más desea decir la verdad.

No volví a ver a Charlie en casi una semana. La siguiente vez que lo vi fue en Gracechurch Street, y llevaba un libro de cobros sujeto por una cadena al cinturón. Por razones de trabajo tenía que ir hasta el Puente de Londres, así que decidí acompañarlo. Se sentía honrado por la importancia que le daba el libro de cobros, y además la magnificaba. Cuando pasamos a la otra orilla del Támesis nos detuvimos a observar cómo descargaban de un vapor grandes lajas de mármol blanco y marrón. Una barcaza surcó las aguas a popa del vapor, y desde ella mugió solitaria la sirena de un barco. A Charlie le cambió la cara, que dejó de ser la del empleado de banca y se convirtió en la de un desconocido, un hombre —aunque él difícilmente lo hubiera creído— mucho más sagaz. Alargó el brazo sobre el parapeto del Puente y, riéndose con fuerza, dijo así:

—Cuando oyeron cómo mugían nuestros toros hubo que ver cómo huyeron los de Skroeling.

Sólo dejé que pasara un segundo, pero la barcaza y su sirena, como el mugido de una vaca, había desaparecido bajo la popa del vapor antes de que respondiera.

—Oye, Charlie, ¿tú qué supones que son los de Skroeling?

—Nunca había oído eso, nunca en la vida. Parece que sean gaviotas de una especie nueva. ¡Hay que ver cómo es usted cuando hay que hacer preguntas! —replicó—. He de ir a ver al cajero de la Compañía de Ómnibus. ¿Querrá esperarme y luego almorzamos juntos en algún sitio? Tengo una idea para un poema.

—No, gracias. Me marcho. ¿Estás seguro de que no sabes nada de los de Skroeling?

—De veras que no, a menos que sea un caballo que vaya a participar en la carrera de obstáculos de Liverpool. —Con un gesto de despedida, desapareció entre el gentío.

Sin embargo, en la saga de Eric el Rojo o en la de Thorfin Karlsefne está escrito que hace novecientos años, cuando las galeras de Karlsefne llegaron a las cabañas de Leif, que éste había erigido en una tierra ignota, llamada Markland, que podría —o no— haber sido lo que hoy es Rhode Island, los de Skroeling, y sabe Dios quiénes son, quiénes pudieron ser —o no—, trabaron relaciones comerciales con los vikingos, y al final salieron huyendo, porque les atemorizó el mugir del ganado vacuno que Thorfin había llevado consigo en los barcos de su flota. A pesar de todo lo cual, ¿qué podía saber un esclavo griego de toda esa historia? Vagué por las calles devanándome los sesos, tratando de desentrañar el misterio, y cuanto más lo sopesaba más desconcertante se me hacía. Una sola cosa me parecía indudable, y esa certeza me cortó la respiración durante un momento. Si llegara a conocer plenamente alguna parte de todo aquello, no sería de la vida ni del alma que residía en el cuerpo de Charlie Mears, sino de media docena o una docena entera de existencias agotadas en el agua azul, en los albores del mundo.

Me paré entonces a repasar la situación.

Era evidente que si recurriese a mis conocimientos me quedaría solo y sería inabordable para todos los demás, al menos hasta que el resto de los hombres fueran tan sabios como yo. Algo sería, desde luego, aunque con aplomo, con hombría, pecaba de ingratitud. Parecía amargamente injusto que la memoria de Charlie flaquease y que me abandonase allí donde más la necesitaba. Grandes poderes del Cielo Eterno…, y los miré entre el humo y la niebla, ¿acaso los Señores de la Vida y de la Muerte estaban al tanto de lo que todo esto significaba para mí? Está en juego nada menos que la fama eterna, la fama en su mejor vertiente, la que de uno proviene, la que solamente uno comparte. Me daría por contento —al recordar a Clive, me dejó pasmado mi propia moderación— con el mero derecho a contar un solo relato, a elaborar una pequeña aportación a la literatura ligera de la época. Si a Charlie le fuese dado recordar sin interrupción durante una hora entera, durante sesenta brevísimos minutos, y si recordase las existencias que en su ser se habían dilatado a lo largo de un millar de años... estaba dispuesto a prescindir de todos los beneficios, de todos los honores que pudiera obtener debido a sus confidencias. Me abstendría de tomar parte en la conmoción que seguiría a lo largo y ancho de ese pequeño rincón del universo que se hace llamar «el mundo». Aquello habría que publicarlo anónimamente. No, qué va: haría creer a otros hombres que eran ellos quienes lo habían escrito. Contratarían a esos ingleses que trabajan como hombres anuncio, con una pancarta de cuero por delante y otra por detrás, para que lo anunciaran a los cuatro vientos. Los predicadores hallarían en él una nueva norma de conducta; jurarían que era algo totalmente novedoso, y que les había dado la clave para disipar el miedo a la muerte en la humanidad entera. Todos los orientalistas de Europa lo avalarían profusamente recurriendo a los textos escritos en sánscrito y en pali. Terribles mujeres inventarían sobre la marcha variantes impías sobre la creencia de los hombres para mayor elevación de sus hermanas. Las iglesias y las religiones entablarían guerras atroces por ello. Entre el momento en que se detuvo un ómnibus y el instante en que arrancó de nuevo predije las algaradas que se producirían entre media docena de denominaciones y credos diversos, todos ellos profesos de «la doctrina de la Metempsícosis Verdadera aplicada al mundo y a la Nueva Era»; vi asimismo la frigidez con que los periódicos ingleses más respetables, como vacas asustadizas, rehuirían la sencillez y la belleza del relato. Se precipitó mi imaginación, se adelantó cien, doscientos, mil años. Vi con gran pesar que los hombres procederían a mutilar y desfigurar el relato; conjeturé que los credos rivales lo tergiversarían hasta que, por fin, el mundo occidental que como si le fuera la vida en ello se aferra al miedo a la muerte con más vigor que a la esperanza de la vida misma, lo dejara a un lado y lo calificase de superstición si acaso interesante, para salir en estampida detrás de algún credo tiempo atrás olvidado, tanto que pareciera completamente novedoso. Con esto modifiqué los términos del pacto que estaba dispuesto a sellar con los Señores de la Vida y de la Muerte. Básteme con saber, escribí el relato; básteme con poseer la certeza, el saber que he escrito la verdad, y me comprometo a quemar el manuscrito en solemne sacrificio. A los cinco minutos de poner punto final estaba dispuesto a destruirlo todo. Pero era preciso que me fuera dado escribirlo con certeza absoluta.

No recibí respuesta. Los colores encendidos de un cartel que anunciaba el Aquarium me llamaron la atención, y me pregunté si sería realmente sabio, si sería prudente llevar con añagazas a Charlie hasta ponerlo en manos del hipnotizador profesional; me pregunté si, cuando estuviera sujeto a sus poderes, hablaría de sus vidas pasadas. Si así fuera, y si los espectadores lo creyeran... No, imposible: a Charlie le entraría el miedo, se pondría nervioso, o bien se las daría de pretencioso cuando lo quisieran entrevistar. En uno u otro caso, comenzaría a mentir llevado en alas del miedo o de la vanidad. No: estaba más seguro en mis propias manos.

—Son unos botarates muy graciosos ustedes los ingleses —dijo una vocecilla a mi lado, y al darme la vuelta reconocí a un conocido, a un joven bengalí que estudiaba derecho y que se llamaba Grish Chunder, cuyo padre lo había enviado a Inglaterra para que se civilizase. El viejo era un oficial nativo ya jubilado, y con un jornal de cinco libras al mes se las había ingeniado para darle a su hijo doscientas al año y rienda suelta para que viviera a sus anchas en una ciudad en la que podía hacerse pasar por cadete de una casa real, contar los cuentos que quisiera sobre la brutalidad de los burócratas que en la India aplastaban la cara de los pobres.

Grish Chunder era un bengalí joven, grueso, robusto, que vestía con cuidado exquisito, con levita, sombrero de copa, pantalón claro y guantes color canela. Yo sin embargo lo había conocido en los tiempos en que el brutal gobierno de la

66

India subvencionaba su educación universitaria mientras él aportaba artículos sediciosos y más bien enclenques al *Sachi Durpan*, además de intrigar con las esposas de sus condiscípulos, tan jóvenes o más que él.

—Tiene mucha gracia y es en el fondo una tontería de botarates —me dijo, y señaló el cartel—. Pienso ir al Northbrook Club. ¿Me acompaña?

Caminé con él durante un trecho.

—No se encuentra usted bien —me dijo—. ¿Qué es lo que le desasosiega? Veo que no quiere hablar.

—Grish Chunder, has recibido una educación demasiado buena para creer en un dios, ¿no es cierto?

—Sí, así es, ¡aquí! Pero cuando vuelvo a mi país debo reconciliarme con la superstición popular, y debo realizar las ceremonias de purificación, y cuando llegue el día mis esposas ungirán a los ídolos.

—Y se adornarán con *tulsi* y celebrarán el festejo del *purohit*, y te reintroducirán en la casta a la que perteneces, y harán de ti un buen *khuttri* de nuevo, oh, adelantado librepensador. Y comerás alimentos *desi*, y gustarás de todo ello, desde los olores del patio hasta el aceite de mostaza con el que te embadurnen.

—Me gustará muchísimo, no le quepa ninguna duda —dijo Grish Chunder a pecho descubierto—. El que ha sido hindú por siempre ha de serlo. De todos modos, me gustaría saber qué es lo que creen que saben los ingleses.

—Pues mira, te voy a contar algo que un inglés sí sabe. Para ti es un cuento ya sabido.

Comencé a relatar la historia de Charlie en inglés, pero Grish Chunder formuló una pregunta en su lengua vernácula, y la historia siguió su curso con toda naturalidad en la lengua que mejor se prestaba a su narración. A fin de cuentas, nunca podría haberse relatado en inglés. Grish Chunder me prestó atención, asintió de cuando en cuando, y al final subió a la casa en que me alojaba, donde terminé el relato.

—*Beshak* —dijo en tono sentencioso—. *Lekin darwaza band hai* (Sin duda, pero la puerta está cerrada). He oído hablar de esos recuerdos que se tienen de una existencia anterior entre las personas de mi pueblo. Naturalmente que es entre nosotros historia de sobra conocida, pero que eso le suceda a un inglés, a un *mlech* que se alimenta con carne de vaca... ¡por Júpiter que es cosa sumamente peculiar!

—¡Descastado serás tú, Grish Chunder! No me digas que no, porque comes carne de ternera a diario. A ver si podemos repasar esto entre los dos. El muchacho recuerda sus encarnaciones anteriores.

—¿Y eso lo sabe él? —dijo Grish Chunder con aplomo, balanceando las piernas al sentarse sobre la mesa. Había pasado a hablar inglés.

—Él no sabe nada de nada. ¿Acaso estaría yo hablando contigo si él lo supiera? ¡Adelante, te escucho!

—No hay forma de seguir adelante, amigo mío. Si va usted con ese cuento a sus amigos, todos le dirán que está usted loco de remate y además lo pondrán en los periódicos. Suponga, en cambio, que los demanda usted por calumnias.

—Dejemos eso al margen por completo. ¿Hay alguna posibilidad de que a él se le pueda hacer hablar?

—Hay una posibilidad. ¡Desde luego, claro que sí! Pero si él hablase con usted, esto supondría que todo este mundo ahora mismo... ipso facto, más bien, caería sobre su cabeza, la de usted quiero decir. Estas cosas no están permitidas, no sé si se da cuenta. Ya se lo he dicho: la puerta está cerrada.

—¿Ni la más mínima posibilidad?

—¿Y cómo quiere que la haya? Usted es cristiano, y en sus libros tienen ustedes prohibido comer el fruto del Árbol del Conocimiento; de lo contrario, no morirían ustedes jamás. ¿Cómo iban todos ustedes a tener miedo a la muerte si supieran lo que su amigo no sabe que en el fondo sabe? Miedo me da que me caiga un puntapié, pero no tengo miedo a la muerte, porque sé lo que sé. A ustedes no les da miedo el puntapié, pero tienen miedo a la muerte. Si no fuera así, ¡por Dios!, ustedes los ingleses se subirían por las paredes en un visto y no visto, y así trastocarían todo el equilibrio de poder que existe, y la conmoción sería sencillamente morrocotuda. Mal asunto, ya lo creo. Pero no tema. Su amigo recordará cada vez menos, irá perdiendo esos recuerdos, y además creerá que se trata de sueños. Luego llegará el día en que lo olvide del todo. Cuando aprobé mi examen final de bachillerato en Calcuta, todo aquello estaba en el libro de referencia sobre Wordsworth. «Estelas de nubes gloriosas», ya sabe usted.

—Ésta parece ser una excepción a la regla.

—Amigo mío, no hay excepciones a las reglas. Unas no son tan rigurosas como otras, pero todas ellas son reglas a la hora de la verdad. Si ese amigo suyo hubiera dicho tal y cual cosa, o tal y cual otra, y hubiera indicado de ese modo que recuerda o recordaba todas sus vidas perdidas, o al menos un fragmento de una vida perdida, no pasaría ni una hora más en el banco en que trabaja. Lo despedirían sobre la marcha porque lo tendrían por loco, y lo encerrarían en un manicomio. De eso supongo que se da usted perfecta cuenta.

—Claro, claro, pero es que no estaba pensando en él. Su nombre no tiene siquiera por qué aparecer en el relato.

—¡Ah! Entiendo. Pues sepa que ese relato jamás quedará escrito. Inténtelo si quiere.

—Eso pienso hacer.

—En beneficio de su reputación y, además, por el dinero, naturalmente...

—No. Si lo escribo, será sólo por el gusto de escribirlo. Le doy mi palabra de honor que así ha de ser.

—Ni siquiera por ésas tiene usted la más mínima posibilidad. No puede jugar con los dioses. Tal como está, el relato es muy bonito. Como se suele decir: déjelo estar. Se lo digo en serio. Y actúe deprisa; a su amigo no le durará el estado en que se halla.

—¿Qué quieres decir?

—Lo que he dicho, ni más ni menos. Hasta la fecha, no se ha parado a pensar en una mujer.

—Sí, sí que lo ha hecho. —Recordé en ese instante alguna de las confidencias que me había hecho Charlie.

—Lo que quiero decir es que ninguna mujer ha pensado en él. Cuando llegue ese día... *bus... hogya...* ¡sanseacabó! Lo sé. Y hay millones de mujeres ahí mismo. Las criadas, sin ir más lejos. Son de las que se besan con el primero que pasa detrás de la puerta.

Hice involuntariamente una mueca al pensar que mi relato pudiera arruinarse por culpa de una criada. Con todo y con eso, nada podía ser tan probable.

Grish Chunder sonrió.

—Sí... Y también hay muchachas bonitas... primas suyas de usted, o tal vez no exactamente de usted. Bastará con que su amigo devuelva un solo beso y el recuerdo lo sanará de toda esta tontería, pues de lo contrario...

—¿De lo contrario qué? Tenga en cuenta que él no sabe que sabe.

—Descuide, lo sé. De lo contrario, estaba diciendo, si no sucede nada se verá inmerso en el comercio y en las especulaciones financieras, como todos los demás. Así ha de ser. Se dará usted cuenta a su debido tiempo que es así por fuerza, así ha de ser. Pero me temo que la mujer llegará antes. Eso creo.

Alguien llamó a la puerta, y Charlie entró impetuosamente. Acababa de librarse de la oficina, y a juzgar por su mirada me di cuenta de que había venido a verme dispuesto a sostener una larga conversación, probablemente con poemas en los bolsillos. Los poemas de Charlie eran fatigosos, pero algunas veces lo habían llevado a hablar de la galera.

Grish Chunder lo miró atentamente durante un minuto.

—Disculpe —dijo Charlie con zozobra—. No sabía que tuviera usted compañía.

—Estaba a punto de marcharme —dijo Grish Chunder.

Me llevó al vestíbulo cuando se disponía a salir.

—Ése es su hombre —dijo con prisas—. Le aseguro que nunca dirá todo cuanto usted desea. Olvide esas pamplinas. En cambio, se le daría muy bien hacerle ver las cosas. Suponga que fingimos que todo haya sido un juego —nunca había visto yo a Grish Chunder tan apasionado— y que vertimos el tintero en su mano. ¿Qué le parece? Le aseguro que podría ver todo lo que un hombre sea capaz de ver. Voy a buscar la tinta y el alcanfor. Es un vidente, nos dirá muchísimas cosas.

—Tal vez sea todo lo que dices, pero no pienso confiarlo a tus dioses y a tus demonios.

—No le hará ningún daño. Tan sólo se sentirá un poco estúpido, un poco atontado cuando despierte. Ya ha visto lo que pasa cuando un muchacho mira al fondo del charco de tinta.

—Esa es la razón por la cual no pienso consentirlo nunca más. Más vale que te marches, Grish Chunder.

Se marchó, aunque no sin insistir desde el pie de la escalera en que estaba arrojando por la borda mi única posibilidad de contemplar el futuro.

Me dejó impertérrito, pues lo que me importaba era el pasado, y no el hecho de que un muchacho hipnotizado se asomara al fondo de un espejo o de un charco de tinta, cosa que no me ayudaría en mi empresa. Reconocí sin embargo cuál era el punto de vista de Grish Chunder, y me provocó cierta simpatía.

—¡Qué bestia era ese moreno! —dijo Charlie cuando volví con él—. Bueno, vea esto; he terminado un poema. Es lo que hice en vez de jugar al dominó después de almorzar. ¿Me permite que se lo lea?

—Déjame leerlo a mí.

—En tal caso no captará la expresión apropiada. Además, usted siempre hace que mis cosas suenen como si las rimas estuvieran todas torcidas.

—Adelante, léelo en voz alta. En el fondo, eres como todos los demás.

Charlie dio lectura a su poema, que no era, en el fondo, mucho peor que la media de sus versos. Había leído estudiosa y fielmente sus libros, pero no le complació que le dijera que me gustaba más mi Longfellow sin diluirlo en Charlie.

Repasamos entonces el manuscrito verso a verso. Charlie se defendió de todas mis objeciones y propuestas de enmienda:

—Sí, eso podría estar mejor, pero no capta usted cuál es mi intención.

Charlie, al menos en un sentido, era muy parecido a un determinado tipo de poeta.

Había un garabato a lápiz al dorso del papel.

—¿Qué es esto? —le dije.

—Ah, bueno... Eso no es poesía. Son unas tonterías que esribí anoche antes de acostarme, y me resultó demasiado engorroso hallar las rimas, de modo que hice una especie de verso blanco.

A esto llamaba Charlie versos blancos:

Avanzábamos de ceñida con el viento en contra y las velas adrizadas.
¿Es que nunca nos daréis la libertad?

Comíamos pan y cebolla y vosotros tomabais ciudades, o volvía-
mos a bordo presurosos cuando el enemigo parecía que fuera a
vencernos.

Recorrían los capitanes la cubierta de punta a cabo con buen tiem-
po y cantaban canciones, pero nosotros íbamos a oscuras en la
bodega.

Desfallecíamos con el mentón apoyado en los remos y no veíais que
estábamos ansiosos, pues aún nos mecíamos sin descanso.
¿Es que nunca nos daréis la libertad?

El salitre daba a la empuñadura de los remos la aspereza de la piel
del tiburón; teníamos cortes hasta el hueso en las rodillas, lle-
nos de sal; el cabello se nos pegaba a la cara, los labios teníamos
resquebrajados y nos sangraban las encías, y nos azotabais por
no tener fuerzas para remar.
¿Es que nunca nos daréis la libertad?

Pero de aquí a nada huiremos por las escotillas, como corre el agua
por la pala de los remos, y por más que digáis a los otros que
remen tras nosotros nunca nos daréis caza mientras no pren-
dáis lo que avena el remo y amarréis los vientos a la panza de
las velas.
¿Es que nunca nos daréis la libertad?

—Mmm... ¿Qué es lo que avena el remo, Charlie?

—El agua del mar batida por los remos. Es una de esas cosas que se cantaban en la galera, no sé si me entiende. ¿No piensa usted terminar nunca ese relato y hacerme partícipe de los beneficios?

—Eso es algo que de ti depende. Si de entrada me hubieras contado más cosas sobre tu héroe, a estas alturas ya podría tenerlo terminado. Lo que pasa es que tus ideas son muy vagas.

—Es que sólo pretendo que se haga una idea más o menos general... El ir y venir de un sitio a otro, las batallas, en fin... ¿No es usted capaz de poner lo que falta? Haga que el héroe salve a una muchacha en una galera pirata y que se case con ella o algo así.

—La verdad es que eres un colaborador de grandísima ayuda. Supongo que el héroe pasó por algunas aventuras antes de casarse.

—En tal caso, conviértelo en la astucia en persona, en una especie de... Sí, en una especie de político que va por el mundo sellando tratados y luego rompiéndolos, un tipo de negros cabellos que se esconde tras el mástil cuando empieza el combate.

—Pero si el otro día dijiste que era pelirrojo...

—Imposible. Descríbalo bien y diga que es de negros cabellos. No tiene usted imaginación.

Al ver que acababa de descubrir la totalidad de los principios a partir de los cuales a un medio recuerdo falsamente se le llama imaginación, me sentí autorizado a reír, pero me abstuve de hacerlo en aras del relato.

—Tienes toda la razón. Eres tú quien posee una imaginación formidable. Así pues, un tipo de negros cabellos en una embarcación con varios entrepuentes —dije.

—No, es un barco abierto, una especie de bote de gran tamaño.

Era para volverse loco.

—Tu barco está construido como un barco con entrepuentes. Lo dijiste tú mismo el otro día —protesté.

—No, no, no es ese barco. Aquél sí tenía entrepuentes... Por Júpiter, tiene usted razón. Me ha hecho pensar que el héroe era pelirrojo. Y si era pelirrojo es natural que fuese un barco abierto, con las velas pintadas.

Me dije que con toda certeza tenía que recordar en esos momentos que había prestado servicio en dos galeras al menos, en la galera griega con remeros en cubierta y en los dos entrepuentes, a las órdenes del hombre de negros cabellos y de inclinaciones «políticas», y de nuevo en una serpiente marina de los vikingos, a las órdenes del hombre «pelirrojo cual oso pardo», que viajó por mar hasta las costas de Markland. El demonio me incitó a hablar.

—¿Por qué dices «es natural», Charlie?

—No lo sé. ¿Me está tomando el pelo?

Se había cortado la corriente al menos de momento. Tomé un cuaderno y fingí que tomaba notas.

—Es un gran placer trabajar con alguien tan rebosante de imaginación como tú —dije, tras una pausa—. El modo en que has plasmado el carácter del héroe es sencillamente una maravilla.

—¿De veras se lo parece? —repuso sonrojándose de placer—. A menudo me digo que llevo dentro más de lo que mi ma... más de lo que la gente piensa.

—Tienes un gran potencial.

—Entonces, ¿me permite enviar a la revista *Tit-Bits* un artículo sobre «Costumbres de los empleados de banca» para ganar el premio que conceden? Es una guinea...

—No era eso lo que tenía en mente, amigo. Quizás sea mejor esperar un poco y seguir adelante con el relato de las galeras.

—Ah, pero es que eso no me dará ninguna fama. *Tit-Bits* en cambio publicará mi nombre y dirección si gano el premio. ¿De qué se sonríe? Le aseguro que lo publicarán.

—Lo sé, lo sé. Bueno, ¿qué te parece si sales a dar un paseo? Me gustaría estudiar las notas que tengo sobre nuestro relato.

El joven de dudoso comportamiento que me dejó solo, un tanto dolido, e incluso molesto, bien podría haber sido, por lo que alcanzaba a saber, miembro de la tripulación del *Argos*; sin lugar a dudas, había sido esclavo o camarada incluso de Thorfin Karlsefne. Por consiguiente, tenía un profundo interés por los premios literarios de menor relieve. Recordé lo que había dicho Grish Chunder y me reí sonoramente. Los Señores de la Vida y de la Muerte nunca permitirían que Charlie Mears hablase con pleno conocimiento de sus pasados sucesivos, y yo me veía en la necesidad de entresacar uno a uno los retazos de cuanto me había contado por medio de mis pobres invenciones, mientras Charlie se dedicaba a escribir sobre las costumbres de los empleados de banca.

Reuní y coloqué en una carpeta todas las notas que había tomado; el resultado neto distaba mucho de ser halagüeño. Las leí por segunda vez. No había en ellas nada que no se pudiera haber recopilado de segunda mano espigando los libros ajenos, con la sola, posible excepción del relato sobre la batalla en el puerto. Las aventuras de un vikingo habían sido escritas una y mil veces con anterioridad; el relato del galeote griego no era ninguna novedad, y aunque yo había escrito ambos, ¿quién podía poner en entredicho o por el contrario confirmar la exactitud de los detalles? Igual daría que contase un relato que se desarrollara dentro de dos mil años. Los Señores de la Vida y de la Muerte eran tan astutos como Grish Chunder había dado a entender. No permitirían que jamás trascendiera nada que pudiera trastornar o en su defecto sosegar el espíritu de los hombres. Aunque de esto no me cupiera la menor duda, no era capaz de olvidar el relato. Tras el decaimiento vino la exaltación no una, sino veinte veces a lo largo de las semanas que siguieron. Mi estado de ánimo variaba con la luz de marzo, con las nubes veloces. De noche, o con la belleza de una mañana primaveral, me daba cuenta de que podía escribir ese relato y, por tanto, de mover los continentes. En las tardes de lluvia y viento comprendía que el relato podía en efecto escribirse, pero que al final no sería sino una pieza fraudulenta, barnizada de oropeles, una falsedad de las que se comercializaban en las tiendas de imitación de Wardour Street. No fueron precisamente bendiciones lo que dediqué a Charlie, aunque no por culpa suya. Parecía estar afanoso con sus concursos literarios, de modo que le vi cada vez menos con el paso de las semanas, a medida que la tierra se iba resquebrajando y entraba en sazón para la llegada de la primavera, y los retoños se henchían en sus vainas. No se tomaba la molestia de leerme ni de hablar de lo que había leído, si bien notaba yo un retintín de aplomo en su voz. Apenas me preocupé de recordarle la galera cuando nos encontrábamos; Charlie en cambio aludía a su existencia en todas las ocasiones, y siempre a modo de posible relato del cual era posible ganar algún dinero.

—Creo que me merezco el veinticinco por ciento, ¿no le parece? —dijo con maravillosa franqueza—. Yo le he proporcionado todas las ideas, ¿no es cierto?

Esta codicia por la plata era novedosa en su naturaleza. Supuse que se había desarrollado en la City, de donde Charlie también empezaba a tomar ese curioso deje nasal que caracteriza al hombre de la City no precisamente cultivado.

—Ya hablaremos de eso cuando esté terminado. En estos momentos no consigo sacar nada en limpio. Los héroes, ya sean pelirrojos, ya sean de negros cabellos, me resultan difíciles por igual.

Estaba sentado junto a la chimenea y miraba fijamente las ascuas al rojo.

—No puedo comprender que le resulte tan difícil. Para mí, todo está más claro que el agua —replicó. Salió en ese momento un chorro de gas entre los hierros de la chimenea; se encendió y siseó suavemente—. Supongamos que tomamos las aventuras del héroe pelirrojo en primer lugar, desde el momento en que viajó al sur, capturó mi galera y puso proa a las playas.

Supe que no era conveniente interrumpir a Charlie. No tenía a mi alcance ni pluma ni papel, pero no me atreví a moverme, no fuera que una vez más se cortase la corriente establecida. El chorro de gas siseaba; Charlie bajó la voz hasta no ser sino un susurro, y relató una historia de navegación a bordo de una galera abierta hasta las costas de Furdurstrandi, puestas de sol en alta mar, todo ello visto a través de la curvatura de una vela que navegaba día tras día, un atardecer tras otro, apuntada la proa de la galera al centro del disco poniente, y...

—Navegábamos con el sol por única guía —aseveró Charlie. Habló del desembarco en una isla, de las exploraciones por sus bosques, en donde la tripulación mató a tres hombres a los que hallaron durmiendo bajo los pinos. Sus espectros, al decir de Charlie, siguieron a nado a la galera, ahogándose prácticamente, y los hombres de la tripulación se echaron a suertes a cuál de ellos se arrojaba por la borda a modo de sacrificio a los extraños dioses a los que habían ofendido. Subsistieron entonces alimentándose con algas cuando se agotaron las provisiones, y se les hincharon las piernas, y el cabecilla, el hombre pelirrojo, mató con sus propias manos a dos galeotes que se amotinaron, y al cabo de un año que pasaron en los bosques pusieron al fin proa hacia su propia tierra, y un viento constante los llevó sanos y salvos de regreso, tan sin contratiempos que durmieron a pierna suelta por las noches. Todo esto y mucho más relató Charlie. A veces bajaba tanto la voz que no llegaba yo a captar sus palabras, a pesar de tener todos los nervios en tensión, pendiente de él. Habló del jefe, el pelirrojo, igual que habla un pagano de su dios, pues fue él quien les dio ánimos y quien llegado el caso los ajusticiaba con imparcialidad, como creyera más oportuno para sus necesidades; fue él quien les condujo durante tres días de navegación entre los hielos flotantes, témpanos apiñados de bestias extrañas que «quisieron navegar con nosotros —dijo Charlie—, si bien repelimos sus avances con las palas de los remos».

Se apagó el chorro de gas, un trozo de carbón consumido se desmoronó, el fuego cayó con un estrépito apenas audible al fondo de la reja. Charlie dejó de hablar, y no dije palabra.

—¡Por Júpiter! —exclamó al fin, y sacudió vigorosamente—. Si me he quedado adormilado mirando el fuego. ¿Qué le iba a decir?

—Estabas hablando del relato de la galera.

—Ah, ahora me acuerdo. Quedamos en el veinticinco por ciento de los beneficios, ¿no?

—El porcentaje será el que tú quieras, siempre y cuando yo termine el relato.

—Es que prefería estar seguro de eso. Bien, ahora he de marcharme, tengo una cita. —Y, dicho esto, se fue.

De no haber tenido yo la vista en otra cosa, me habría percatado de que aquel susurrar entrecortado, con los ojos clavados en las brasas, había sido el canto del cisne de Charlie Mears. Lo consideré en cambio el preludio de una revelación más completa. Por fin, ¡por fin!, iba a jugarles una buena pasada a los Señores de la Vida y la Muerte.

La siguiente vez que Charlie vino a verme lo recibí embelesado. Él estaba nervioso y lo noté un tanto avergonzado, pero en sus ojos destellaba una luz intensa, y tenía los labios entreabiertos.

—He terminado un poema —dijo, y rápidamente añadió—: Es el mejor que he hecho nunca. Léalo.

Me lo puso en la mano y se retiró a la ventana.

Se me escapó un gemido quejumbroso que por suerte no oyó. Criticarlo, vale decir elogiarlo, me llevaría a lo sumo media hora, de tal modo que fuera suficiente para complacer a Charlie. Tuve buenas razones para quejarme, porque Charlie, que había prescindido de sus metros favoritos, de común demasiado ramplones, se había lanzado a un verso más corto y más quebrado, y eran versos además que tenían un motivo de fondo. He aquí lo que leí:

> ¡Qué bello el día, qué alegre el viento
> que tras el collado vocea,
> allí donde el bosque doblega con fuerza
> y los árboles zarandea!
> ¡Alborota cuanto quieras, viento!
> Llevo yo algo que con calma no te contempla.
> Ella me hizo presa de sí misma. Cielos y tierra,
> mares grises: ya es sólo mía.
> ¡Tierra! La he conquistado y me pertenece.
> ¡Alégrate, que es primavera!
> ¡Regocíjate! Bien merece mi amor
> los dones de tu entraña entera.
> Sienta mi alborozo el mozo que labra
> con el arado junto a la era.

—Sí, es el arado junto a la era, sin duda —dije con gran congoja.
Charlie sonrió, pero no dijo nada.

Roja nube del crepúsculo, dilo al mundo.
¡Albricias dame por mi buena fortuna!
Sol, cielo, señor soy absoluto
del alma de una mujer, de una.

—¿Y bien? —dijo Charlie mirándome por encima del hombro.
Lejos estaba aquello de ser aceptable, pensé, por no decir que era pésimo, pero en ese momento y en silencio dejó él una fotografía sobre el papel, la fotografía de una muchacha de cabellos rizados y una boca estúpida y flácida.

—¿No le parece magnífico? —susurró, y vi que estaba colorado hasta la raíz del cabello, envuelto en el sonrosado misterio del primer amor—. No sabía yo... Ni siquiera lo pensé... Vino a mí como un trueno repentino.

—Sí. Suele llegar como un trueno. ¿Y eres muy feliz, Charlie?

—¡Dios mío! ¡Es que ella... ella me ama!

Se sentó y repitió para sí sus últimas palabras. Contemplé su rostro barbilampiño, los hombros estrechos y ya encorvados de tanto trabajar ante una mesa, y no pude por menos que preguntarme dónde, cuándo, cómo había podido amar en sus vidas anteriores.

—¿Qué dirá tu madre? —le pregunté con cordialidad.

—¡Me importa un rábano lo que diga!

Es posible que a los veinte años sean muchas las cosas que propiamente hablando nos importan un rábano, pero no han de incluirse a las madres en la lista. Se lo dije con mesura; se la describí tal como debió Adán de describir a sus animales recién bautizados la magnificencia y la ternura de Eva. A la sazón, supe que la muchacha de la que Charlie estaba prendado era encargada en una expendeduría de tabaco y que tenía debilidad por los vestidos bonitos, y que ya le había dicho cuatro o cinco veces que nunca jamás había besado a un hombre.

Charlie habló por los codos, habló hasta saciarse; por mi parte, separado de él por millares de años, empezaba a considerar cómo son los comienzos de las cosas. Comprendí por qué los Señores de la Vida y de la Muerte cierran las puertas con tanto esmero a nuestro paso. Se trata de que no podamos recodar nuestros primeros y más bellos enamoramientos. Si no fuera así, el mundo en que vivimos carecería de habitantes en menos de cien años.

—Por lo que respecta a la historia de la galera... —le dije aún con mayor cordialidad, en una pausa que se hizo en sus palabras torrenciales.

Charlie me miró como si acabara de llevarse un golpe.

—¿La galera? ¿Qué galera? ¡Santo Dios! No me venga con bromas, hombre. Esto es un asunto muy serio. No se hace usted a la idea de lo serio que es.

Grish Chunder estaba en lo cierto. Charlie había probado el gusto del amor de la mujer, que acaba con toda posibilidad de recordar. El mejor relato del mundo ya nunca llegaría a escribirse.

EL QUE FUE

Devolvió la tierra a su muerto con sigilo,
a nuestro campamento llegó
y dijo lo que quiso y por su camino marchó
dejándonos con el corazón en vilo.

Tomad buena nota, en la culata haced la muesca,
que hemos de cobrarnos venganza
cuando cuadre Dios todas sus cuentas
por la muerte indigna de nuestro camarada.

Balada

Conviene entender con claridad meridiana que el ruso es delei-
toso de trato hasta que se mete por dentro los faldones de la
casaca. Como occidental que es, tiene verdadero encanto. Sólo cuando insiste en que se le trate como al más oriental de los
occidentales, en vez de ser el más occidental de los orientales,
se convierte en una anomalía racial sumamente difícil de manejar. Nunca sabe el anfitrión qué faceta de su naturaleza es la
que saldrá a relucir acto seguido.

Dirkovitch era ruso. Era un ruso de pies a cabeza, que casualmente se ganaba el pan al servicio del zar en un regimiento
de cosacos y haciendo también las veces de corresponsal para
un periódico ruso cuyo nombre nunca era dos veces ni siquiera
parecido. Era un oriental joven y apuesto, al que gustaba recorrer a su antojo porciones inexploradas de la tierra, y que cuando llegó a la India no venía de ningún sitio en particular. Al
menos ningún hombre vivo supo precisar si había llegado por

Bactria, por Badajshán (que es parte del Turkistán), por Chitral (pequeño estado en la frontera de Cachemira), por Beluchistán o por Nepal, o bien por alguna otra vía. El gobierno de la India, por estar entonces de un humor inusualmente afable, dio órdenes expresas de que se le enseñara cuanto hubiera que ver. Así se dejó llevar, hablando un pésimo inglés y un francés aún peor, de una ciudad a otra. Así coincidió con los Húsares Blancos de Su Majestad en la ciudad de Peshawar, que se encuentra en la embocadura de ese paso de montaña que más bien es un tajo de espada abierto de un mandoble en las moles rocosas, y que los hombres llaman el Paso del Khyber. Sin lugar a dudas, era un oficial, e iba condecorado profusamente, al modo de los rusos, con pequeñas cruces esmaltadas; sabía valerse de su labia y —si bien nada tiene esto que ver con sus méritos— los del regimiento de Black Tyrone lo habían dado por imposible, o por imbebible, tras haberse desvivido por separado y colectivamente, con whisky caliente y miel, con un brandy aromatizado a las especias, con mezclas de licores de toda denominación, deshaciéndose al máximo en su hospitalidad por embriagarlo. Y cuando los del regimiento de Black Tyrone, que son exclusivamente irlandeses, no logran perturbar la paz de espíritu de un extranjero, a ese extranjero se le ha de tener por hombre hecho de otra pasta muy superior.

Los Húsares Blancos eran tan meticulosos en escoger sus vinos como en cargar contra el enemigo. Todo cuanto poseían, incluido un brandy al parecer portentoso, se puso a disposición de Dirkovitch, el cual disfrutó una enormidad, más incluso que entre los de Black Tyrone.

Sin embargo, en todo momento siguió mostrándose inquietantemente europeo. Los Húsares Blancos eran «mis queridos y muy fieles amigos», «colegas en las armas y compañeros en la gloria», «hermanos inseparables». Cada hora, a lo sumo cada dos, se despachaba a gusto sobre la gloria futura que aguardaba a los ejércitos combinados de Inglaterra y de Rusia, cuando sus corazones y sus territorios fuesen de la mano, codo con codo, y así tuviese comienzo la gran misión consistente en civilizar Asia. Esto no podía resultar satisfactorio para nadie, toda vez que Asia no será civilizada de acuerdo con los métodos de Occidente. Mucha Asia es Asia, además de ser muy vieja. No se puede reformar a una anciana dama que ha tenido muchos amantes, y Asia ha sido insaciable en sus coqueteos y seducciones de antaño. Nunca asistirá a la catequesis dominical, ni aprenderá tampoco a ejercer el derecho al voto si no es con espadas en vez de papeletas.

Dirkovitch todo esto lo sabía tan bien como el que más, pero le iba como anillo al dedo dárselas de corresponsal especial y resultar todo lo jovial que buenamente pudiera. De vez en cuando soltaba alguna información siempre comedida acerca de la *sotnia* de cosacos a la que pertenecía, que al parecer había quedado acantonada en algún lugar sito más allá del quinto infierno, donde había de valerse por sus propios medios. Había hecho labores de exploración en el Asia Central y había visto más combates improvisados que cualquier hombre de su edad. Pero ponía gran esmero en que jamás le delatase su superioridad, y algo más que esmero ponía en elogiar en toda ocasión, con motivo o sin él, la presencia, la instrucción, el uniforme y la organización de los Húsares Blancos de Su Majestad. Eran en efecto un regimiento digno de admiración. Cuando llegó al acuartelamiento *lady* Durgan, viuda del difunto *sir* John Durgan, y al cabo de un corto periodo hubo recibido proposiciones de matrimonio de todos los oficiales que tenían cubierto propio en el comedor del cuartel, expresó el público sentir con exquisita nitidez al manifestar que eran todos tan amables que a menos que pudiera casarse con todos ellos, incluidos el coronel y algunos capitanes que ya estaban casados, no podría darse por satisfecha con un único húsar. Por tanto, casó con un hombrecillo de un regimiento de fusileros, pues era de natural contradictorio. Los Húsares Blancos habían de lucir crespón negro en el brazo en señal de duelo, aunque salieron del paso al acudir a la boda con sus mejores galas, formados en el pasillo de la iglesia para manifestar un reproche inexpresable. A todos les había dado calabazas la señora, desde Basset-Holmer, el capitán más veterano, hasta el pequeño Mildred, oficial subalterno que podría haber puesto a sus pies cuatro mil al año y haberle valido un título nobiliario.

Las únicas personas que no participaban del respeto en que se tenía a los Húsares Blancos eran unos cuantos millares de caballeros de extracción judía, que vivían al otro lado de la frontera y que respondían al nombre de pashtunes. En una ocasión habían hecho un recibimiento oficial al regimiento; no duró ni veinte minutos la cosa, si bien la entrevista, complicada por las numerosas víctimas que hubo a raíz de la misma, los llenó de prejuicios. Llamaban a los Húsares Blancos hijos del demonio e incluso hijos de personas a las que sería perfectamente imposible tratar en la sociedad decente. Con eso y con todo, no estaban por encima del afán de llenarse la faltriquera aprovechando su aversión. El regimiento poseía carabinas, unas hermosas Martini-Henry que eran capaces de colocar una bala en un campamento enemigo a casi un millar de metros de distancia, y que eran mucho más dóciles de manejar que los fusiles de cañón largo. Eran por tanto un objeto codiciado a lo largo de toda la frontera, y como es inevitable que la demanda críe y alimente la oferta, se ofrecían a riesgo de perder la vida, o de quedar maltrecho, al precio exacto que tenía su peso en monedas de plata; siete libras y media en rupias o dieciséis libras esterlinas la pieza, calculando el cambio de la rupia a la par. Las robaban de noche unos ladrones que tenían el cabello como un nido de culebras, que reptaban sobre el vientre ante los bigotes mismos de los centinelas; misteriosamente desaparecían de los armeros cerrados bajo llave, y con la estación calurosa, cuando todas las puertas y ventanas de los barracones quedaban abiertas, se volatilizaban con las nubes de humo que despedían al disparar. Las gentes de la frontera las deseaban para sus venganzas de familia y otras contingencias. Pero era en las noches largas y frías del invierno en el norte de la India cuando más menudeaban los robos. El tráfico del homicidio prosperaba de manera especial en las montañas durante toda la estación, y los precios se disparaban. Se dobló la guardia del regimiento primero y luego se triplicó. Al soldado poco le molesta perder el arma —el gobierno debe resarcirle de la pérdida—, pero le encorajina en lo más vivo perder el sueño. En el seno del regimiento la cólera fue al alza, y aún a día de hoy un ladrón de escopetas ostenta las huellas visibles de esta ira en su persona. Aquel incidente puso coto a los robos por un tiempo, y la guardia se redujo en consonancia, y el regimiento se dedicó con ahínco renovado a jugar al polo con resultados sorprendentes, pues venció por dos goles a uno a una escuadra temible en el campo de polo, la Caballería Ligera de Lushkar, si bien disponía el adversario de cuatro monturas por cabeza para un partido de una hora, además de contar con un oficial nativo que jugaba desplazándose por el terreno de juego cual llama que brillase con luz tenue.

Dieron una cena para celebrar el acontecimiento. Acudió el equipo de Lushkar y acudió Dirkovitch con el uniforme de gala al completo de un oficial cosaco, que viene a ser tan completo como un vestido de noche, y fue presentado a los de Lushkar, y abrió los ojos cuando le tocaba mirar en derredor. Eran hombres de complexión menos robusta que los Húsares Blancos, y se movían con el peculiar contoneo que es derecho privativo de los componentes de la Fuerza Fronteriza del Punjab y de toda la Caballería Irregular. Como tantas otras cosas que son propias del servicio, es algo que hay que aprender, aunque —al contrario que tantas cosas— es algo que nunca se olvida, y que persiste acoplado al cuerpo hasta la muerte.

El gran comedor con techumbre de vigas vistas en que se reunieron los Húsares Blancos a celebrar la victoria era una estampa digna de recordación. Toda la platería del regimiento adornaba la larga mesa, la misma mesa en la que habían reposado los cuerpos de cinco oficiales tras un combate olvidado desde mucho tiempo atrás. Los sombríos y deslucidos estandartes estaban dispuestos de cara a la puerta de entrada; había ramos de rosas de invierno entre los candelabros, y los retratos de los oficiales más eminentes, ya difuntos, contemplaban a sus sucesores entre las cabezas disecadas del *sambhur*, del *nilghai*, del *marjor* y, orgullo de la sala, de los dos leopardos de las nieves que habían costado a Basset-Holmer un permiso de cuatro meses que bien podría haber pasado regaladamente en Inglaterra y no por el camino del Tíbet, donde a diario arriesgó la vida por cornisas y salientes, por las pendientes barridas por los aludes, por laderas pedregosas.

Impecables, con sus uniformes blancos de algodón y la divisa de los regimientos sobre los turbantes, los criados formaban firmes a espaldas de sus señores, ataviados éstos con el rojo y el oro de los Húsares Blancos, con el crema y el plata de la Caballería Ligera de Lushkar. El uniforme verde y apagado de Dirkovitch era el único punto oscuro en la mesa luminosa, aunque sus grandes ojos de ónice lo compensaban con creces. Confraternizaba efusivamente con el capitán del equipo de Lushkar, el cual se preguntaba para sus adentros de cuántos cosacos como el propio Dirkovitch podrían dar cumplida cuenta sus enjutos y cetrinos compatriotas en una carga lanzada en pie de igualdad. Pero de tales cosas no se habla abiertamente.

Las conversaciones fueron subiendo de volumen y la banda del regimiento tocó entre plato y plato, como es costumbre inmemorial, hasta que callaron las lenguas un instante con el momento de retirar los manteles corridos, antes del primer brindis de rigor, cuando un oficial se puso en pie diciendo: «Señor vicepresidente, por la Reina». A lo cual el pequeño Mildred, que presidía la mesa, se puso en pie en la cabecera opuesta y contestó: «Caballeros, por la Reina. Dios la bendiga», y de las recias espuelas llegó un recio fragor de herrería al ponerse en pie todos los presentes y brindar por la Reina, gracias a cuya paga falsamente zanjaban sus cuentas en el comedor. Nunca envejece el sacramento que se conmemora en el comedor de oficiales, nunca deja de ponerle el corazón en un puño a quien lo presencia, ya sea en tierra o en alta mar. Dirkovitch se puso en pie con el resto de sus «gloriosos hermanos», pero no entendió nada. Nadie, salvo un oficial, pudo explicarle qué significa el brindis, y el grueso de los oficiales pone más sentimiento que comprensión. Inmediatamente después del breve silencio que sigue a la ceremonia entró el oficial nativo que había jugado en el equipo de Lushkar. No pudo, como es natural, cenar en el comedor, ya que se lo impedía su religión, si bien entró a los postres con su metro noventa y tantos de estatura, rematado por el turbante de plata y azul, con sus grandes botas negras. El comedor en pleno se puso de nuevo en pie con grandes muestras de alborozo al verlo empujar hacia delante la empuñadura del sable en señal de fidelidad que dedicó al coronel de los Húsares Blancos y acomodarse en una silla vacía entre vítores de «¡*Rung ho, Hira Singh!*», que, traducido, viene a decir: «¡Adelante, vénceles!». «¿Te llegué a golpear en la rodilla, viejo?». «Ressaldar Sahib, ¿qué demonios fue lo que te convenció de montar ese cerdo, que no era otra cosa el caballo que montaste en los últimos diez minutos?». «¡Shabash, Ressaldar Sahib!». Y, luego, la voz del coronel: «A la salud del Ressaldar Hira Singh!».

Tras extinguirse el griterío, Hira Singh se puso en pie para responder, pues era cadete de una casa real, hijo del hijo de un rey, y bien sabía qué era lo exigido en tales ocasiones. Habló así en su lengua vernácula:

—Coronel Sahib y oficiales de este regimiento, es grande el honor que ustedes me hacen. De lejos hemos venido para jugar contra ustedes. ¡Y nos han derrotado! («No fue culpa tuya, Ressaldar Sahib. Nosotros jugábamos en casa. Vuestros caballos se resintieron del largo viaje en ferrocarril. ¡No pidas disculpas!») Por tanto, es posible que volvamos a jugar de nuevo si así se estipula. («¡Oídle, oídle! ¡Bien dicho! ¡Bravo! ¡Silencio!») Jugaremos de nuevo contra ustedes. («El gusto será nuestro.») Jugaremos si es preciso hasta que se queden sin cascos nuestros caballos. Así sea por el deporte.

Dejó caer una mano sobre la empuñadura del sable y extravió la mirada hasta posarla en Dirkovitch, que estaba apoltronado en su silla.

—Pero si fuera voluntad de Dios que surgiese cualquier otra disputa que no fuera por cierto un partido de polo, tengan ustedes la certeza, Colonel Sahib, oficiales, de que la libraremos con todas las de la ley, aunque *ellos* —de nuevo buscó con la mirada a Dirkovitch—, aunque *ellos*, digo, nos aventajen en cincuenta caballos por cada uno de los nuestros.

Y con un «¡*Rung ho!*» que le salió de las entrañas y resonó como el culatazo de un mosquete contra las losas del patio de armas, tomó asiento entre los vasos que brincaron en el acto.

Dirkovitch, que se había dedicado por entero al brandy, al terrible brandy antes mencionado, no entendió nada. Tampoco le transmitieron el meollo del asunto las traducciones expurgadas que se le ofrecieron. Sin duda de ninguna clase, el discurso de Hira Singh fue el discurso de la velada, y el clamor podría haberse prolongado hasta el alba de no haberlo interrumpido el restallar de un disparo, fuera, que llevó a todos los presentes a tentarse al unísono el indefenso costado izquierdo. Se oyó entonces una refriega y un alarido de dolor.

—¡Otra vez nos vienen a robar las carabinas! —dijo el auxiliar, que de nuevo se retrepó tranquilamente en su asiento—. Nos pasa por haber reducido la guardia. En fin, espero que los centinelas hayan reducido al ladrón.

Resonaron sonoros los pasos de los hombres armados en las losas de la veranda, y se oyó como si arrastrasen algo.

—¿Por qué no lo dejan en el calabozo hasta mañana? —dijo el coronel con evidente malhumor—. Vea si está herido, sargento.

El sargento al cargo del comedor voló a la oscuridad del exterior y regresó con dos soldados y un cabo, todos ellos muy desconcertados.

—¡Hemos sorprendido a un hombre robando carabinas, señor! —dijo el cabo—. A no ser que se arrastrase por tierra hacia los barracones, señor, pasados los centinelas de la entrada principal, y el centinela dice, señor...

El desmadejado bulto de harapos que sostenían a duras penas los tres hombres emitió un gruñido. Nunca se viera un afgano tan indigente ni obviamente desmoralizado. No se tocaba con turbante, iba descalzo, la suciedad le formaba costras y estaba medio muerto tras tanto zarandeo. Hira Singh tuvo un leve sobresalto al percibir el dolor que expresaba el hombre. Dirkovitch tomó otra copa de brandy.

—¿Qué es lo que dice el centinela? —dijo el coronel.

—Señor, dice que habla inglés —dijo el cabo.

—Así pues, lo han traído al comedor en vez de ponerlo al cuidado del sargento. Aunque hablase todas las lenguas de Pentecostés no tendría usted por qué...

El bulto volvió a emitir un gruñido y un murmullo. El pequeño Mildred se había puesto en pie y se disponía a inspeccionar. Dio un brinco y retrocedió como si le hubiera alcanzado un disparo.

—Tal vez sea preferible, señor, indicar a los hombres que vuelvan a sus puestos —dijo al coronel, pues era un subalterno con muchos privilegios. Con un brazo rodeó a aquel espanto andrajoso mientras lo decía, y lo acompañó a una de las sillas. Tal vez no se haya explicado antes que la pequeñez de Mildred era debida a que levantaba un metro noventa de estatura y era de complexión acorde con la misma. Viendo que un oficial se mostraba dispuesto a hacerse cargo del cautivo, y que en la mirada del coronel aumentaba el resplandor, el cabo se retiró con presteza e indicó a sus hombres que procedieran del mismo modo. Los presentes en el comedor quedaron a solas con el ladrón de carabinas, que apoyó la cabeza sobre la mesa y lloró con amargura, con desespero, sin consuelo, como lloran los niños chicos.

Hira Singh se levantó de un salto.

—Coronel Sahib —dijo—, ese hombre no es afgano, que los afganos lloran haciendo «¡ay, ay!». Y no es indostaní, que éstos lloran haciendo «¡oh, oh!». Éste llora como los blancos, que hacen «¡bua, bua!».

—¿De dónde diantre sacas tú ese conocimiento, Hira Singh? —le dijo el capitán del equipo de Lushkar.

—¡Oídle, oídle! —dijo por todo decir Hira Singh, señalando la figura derrumbada sobre la mesa, que lloraba como si nunca fuese a contener el llanto.

—¡Ha dicho «¡Dios mío!»! —dijo el pequeño Mildred—. Lo acabo de oír.

El coronel y el comedor en pleno contemplaron al hombre en silencio. Es espeluznante oír llorar a un hombre. La mujer solloza desde la parte más alta del paladar, o desde los labios, o desde donde le venga en gana, mientras el hombre por fuerza llora con el diafragma, cosa que lo hace pedazos.

—¡Pobre diablo! —dijo el coronel, y se despachó con una tos terrible—. Deberíamos mandarlo al hospital. Está destrozado. Y ha sido mano de hombre la que lo ha reducido a este estado tan penoso.

El auxiliar, dicho sea de paso, tenía verdadero amor por sus carabinas. Era como si se tratasen de sus nietos, estando los hombres en el lugar propio de sus hijos. Resopló con un deje levantisco.

—Bien entiendo que un afgano se dedique a robar, a fin de cuentas así están hechos, pero no entiendo su llanto. Eso hace que sea mucho peor.

El brandy debía de haber afectado a Dirkovitch, que estaba arrellanado en su silla y miraba al techo. No había en el techo nada especial que ver, con la excepción de una sombra que parecía la de un ataúd enorme. Debido a determinada peculiaridad en la construcción del edificio, esa sombra se proyectaba siempre que se prendían las velas. Nunca habría perturbado la digestión de los Húsares Blancos. Se sentían de hecho orgullosos incluso de ella.

—¿Se va a tirar toda la noche llorando —dijo el coronel— o hemos de seguir sentados con el invitado del pequeño Mildred hasta que se sienta algo mejor?

El hombre de la silla alzó la cabeza de golpe y estudió el comedor.

—¡Oh, Dios mío! —dijo, y todas las almas presentes en torno a la mesa se pusieron en pie cual si fueran uno.

El capitán de Lushkar hizo entonces algo por lo cual debiera habérsele otorgado la cruz de Victoria, distinción de una galantería en la lucha contra una curiosidad insoportable. Llamó la atención de los suyos uno a uno, mirándoles, tal como una buena anfitriona llama la atención de las señoras en el momento oportuno, y se detuvo sólo un instante junto a la silla del coronel.

—No es éste asunto que nos incumba, señor —dijo, con lo cual se los llevó a la veranda, a los jardines.

Hira Singh fue el último en salir, y miró a Dirkovitch. Pero éste se había ausentado y se encontraba en un paraíso particular al que había tenido acceso por medio del brandy. Movió los labios sin hacer ruido, estudiando el ataúd del techo.

—Blanco... Blanco de la cabeza a los pies —dijo Basset-Holmer, el auxiliar—. ¡Debe de ser un renegado sumamente pernicioso! Me pregunto de dónde vendrá...

El coronel zarandeó al hombre levemente por el brazo.

—¿Quién es usted? —dijo.

No obtuvo respuesta. El hombre miró en derredor y sonrió al coronel. El pequeño Mildred, que siempre era más femenino que viril mientras no se diera la voz de aprestarse a los caballos, repitió la pregunta en un tono que habría arrancado confidencias incluso a un géiser. El hombre se limitó a sonreír. Desde el otro extremo de la mesa, sin sentir, Dirkovitch se deslizó del asiento al suelo.

No hay hijo de Adán en este mundo imperfecto capaz de mezclar el champagne de los húsares con el brandy de los húsares a razón de cinco y ocho copas de cada uno, sin acordarse del hoyo del que fue extraído en su día y descender a él. La banda comenzó a tocar la melodía con que los Húsares Blancos desde el día mismo en que se constituyó el regimiento han concluido todas sus reuniones. Antes se darían a la desbandada que renunciar a esa melodía. Forma parte de su propia constitución. El hombre se enderezó en el asiento y tamborileó con los dedos en el canto de la mesa.

—No veo yo por qué vamos a dar entretenimiento a un lunático —dijo el coronel—. Llamen a la guardia y que se lo lleven al calabozo. Mañana tomaremos cartas en este asunto. Antes, que le den una copa de vino.

El pequeño Mildred llenó una copa de jerez con el brandy y lo empujó hacia el individuo. Bebió, la melodía aumentó de volumen, se enderezó aún más. Alargó entonces las manos alargadas como garras hacia una pieza de platería que tenía enfrente y la acarició con afecto. Algún misterio había en relación con esa fuente de plata, en forma de manantial que convertía lo que era un candelabro de siete brazos, tres a cada lado y uno en el medio, en una especie de candelabro con radios como los de una rueda. Encontró el muelle que accionaba la transformación y rió débilmente. Se levantó e inspeccionó entonces uno de los cuadros de la pared, y pasó a otro, atento el comedor entero a sus gestos y sin decir palabra. Cuando llegó a la repisa de la chimenea sacudió la cabeza y pareció afligido. Le llamó la atención una pieza de plata que representaba a un húsar montado con todos sus aderezos. Lo señaló y se acercó a la repisa con una pregunta en la mirada.

—¿Qué es eso? ¿Qué es eso? —dijo el pequeño Mildred. Y, como una madre que se dirigiera a su hijo, añadió—: es un caballo. Sí, un caballo.

Muy despacio afloró la respuesta en una voz espesa, apasionadamente gutural.

—Sí, ya lo he visto, pero… ¿dónde está ese caballo?

Podrían haberse escuchado los corazones al latir en todo el comedor en el instante en que los hombres retrocedieron para dejar al hombre todo el espacio a su antojo. A nadie se le ocurrió llamar a un guardia.

Volvió a hablar espaciando las sílabas.

—¿Dónde está nuestro caballo?

Entre los Húsares Blancos no hay sino un único caballo que se pueda singularizar, un animal cuyo retrato cuelga a la puerta de entrada del comedor. Es el animal al que se tiene por estandarte del regimiento, un caballo pinto que estuvo al servicio del regimiento durante treinta y siete años, y que al final fue liquidado de un disparo por consideración a su vejez. La mitad de los presentes descolgaron el cuadro de su sitio y lo pusieron en manos del hombre. Este lo colocó sobre la repisa; golpeó contra el canto al soltarlo con sus manos torpes. Retrocedió hacia el centro de la mesa y cayó en la silla del pequeño Mildred. Hablaron entonces los hombres unos con otros, atropellándose, más o menos de este modo:

—El caballo estandarte no se ha colgado en la repisa desde el año 67.

—¿Cómo lo ha sabido?

—Mildred, háblele otra vez.

—Coronel, ¿qué piensa hacer?

—Cállense, den al pobre diablo una oportunidad de reponerse.

—De todos modos, es imposible. Ese individuo es un lunático.

El pequeño Mildred se situó junto al coronel y le habló al oído.

—Caballeros, tengan la bondad de ocupar sus sitios, por favor —dijo, y los oficiales se acomodaron en torno a la mesa. Sólo el asiento de Dirkovitch, junto al del pequeño Mildred, quedó vacío. El pequeño Mildred ocupó el asiento de Hira Singh. El sargento del comedor, con los ojos como platos, llenó las copas en silencio. Volvió a ponerse en pie el coronel, pero le temblaba la mano, y se le derramaron unas gotas de oporto sobre la mesa cuando miró derecho al hombre que ocupaba el asiento del pequeño Mildred y dijo con voz áspera—: Señor vicepresidente, por la Reina.

Apenas medió una pausa. El hombre se puso en pie y respondió sin vacilar.

—Por la Reina, Dios la bendiga.

Y al beber de la copa fina, tronzó el tallo entre los dedos.

Hace mucho tiempo, cuando la Emperatriz de la India era joven y no existían ideales impuros en la tierra, era costumbre en algunos comedores de oficiales beber el brindis por la Reina en una copa rota, con inmenso placer por parte de los abastecedores de efectos domésticos. La costumbre ha muerto, porque ya no hay nada por lo que valga la pena romper el cristal, salvo, de vez en cuando, la palabra de un gobierno, que ya ha sido rota e incumplida.

—Eso lo aclara todo —dijo el coronel con la respiración entrecortada—. No es un sargento, pero ¿qué diantre puede ser?

Todos los comensales se hicieron eco de sus palabras, y la andanada de preguntas que se desató podría haber amedrentado a cualquiera. No era de extrañar que el andrajoso y sucio intruso acertase sólo a sonreír y a negar con la cabeza.

De debajo de la mesa, tranquilo y sonriente, asomó Dirkovitch, que había despertado tras un sueño reparador al sentir que lo pisaban. Asomó al lado del hombre, y éste dio un alarido y se prosternó implorando piedad. Fue una visión de espanto al aparecer tan de súbito sobre el orgullo y la gloria del brindis que había servido para que su juicio extraviado pareciera por fin responder.

No hizo Dirkovitch ademán de ayudarle a levantarse, aunque el pequeño Mildred lo puso en pie en el acto. No es aconsejable que un caballero que es capaz de responder al brindis por la Reina quede tendido a los pies de un subalterno de los cosacos.

Tan apresurado gesto arrancó los andrajos del desdichado hasta casi la cintura. Pareció que tuviera el cuerpo cosido con cicatrices negras y secas. Sólo existe en el mundo un arma que corte de ese modo, en líneas paralelas, y no es la vara ni el látigo de nueve colas. Dirkovitch vio las huellas y se le dilataron las pupilas. También le mudó la expresión. Dijo algo que sonó así como «Shto ve takete», y el hombre respondió «Chetyre» como si le adulase.

—¿Qué es eso? —preguntaron los demás.

—Su número. Ha dicho su número. El cuatro —dijo Dirkovitch con voz muy pastosa.

—¿Qué tiene que ver un oficial de la Reina con un dichoso número?

—¿Y cómo voy a saberlo yo? —respondió el afable oriental con una sonrisa de dulzura—. Es un... ¿cómo dicen ustedes? Un fugado, un fugitivo de allá lejos —señaló con un gesto la negrura de la noche.

—Hable con él si así le responde, y háblele con suavidad —dijo el pequeño Mildred, que dejó al hombre en una silla. Pareció sumamente impropio que Dirkovitch diera sorbos de brandy a la vez que hablaba en un ruso ronroneado, mascullado, con aquel individuo que respondía con un hilillo de voz y con temor evidente. Pero como Dirkovitch parecía entenderle, nadie dijo ni palabra. Todos los presentes resollaban con la respiración contenida, inclinados sobre la mesa, atentos a las grandes lagunas de la conversación. La siguiente ocasión en que no tuvieran compromisos pendientes, los Húsares Blancos se propusieron ir todos a una a San Petersburgo a aprender rudimentos de ruso.

—No sabe hace cuántos años fue —dijo Dirkovitch de cara al comedor—, pero dice que fue hace mucho tiempo, en una guerra. Creo que debió de producirse un accidente. Afirma que perteneció durante la guerra a este glorioso y distinguido regimiento.

—¡Los registros! ¡Los registros! ¡Holmer, traiga los registros! —dijo el pequeño Mildred, y el auxiliar salió pitando y sin cubrirse la cabeza a las oficinas, donde se guardaban los registros del regimiento. Regresó a tiempo de oír la conclusión de Dirkovitch.

—Por consiguiente, mis queridos amigos, muchísimo lamento informar de que tuvo lugar un accidente que habría tenido fácil reparación si hubiera pedido disculpas a nuestro coronel, al cual insultó.

Siguió a ello otro gruñido de protesta que el coronel procuró acallar. No estaban los presentes en el comedor de humor para sopesar los insultos vertidos contra los coroneles rusos.

—No lo recuerda, pero entiendo que tuvo lugar un accidente, y que por esa razón no fue canjeado entre los demás prisioneros, y se le envió a otro lugar, ¿cómo dicen ustedes...? Al campo. ¿Sí? Estuvo en Chepany —el hombre captó la palabra, asintió y se estremeció—, en Zigansk, en Irkutsk. No acierto a entender cómo pudo escapar. También dice que pasó muchos años en los bosques, pero ha olvidado cuántos. Entre otras muchas cosas. Fue un accidente, debido al parecer a que no se disculpó ante nuestro coronel. ¡Ay!

Lejos de hacerse eco del suspiro de pesar que lanzó Dirkovitch, es triste dar cuenta de que los Húsares Blancos exhibieron animosos un deleite nada cristiano y otras emociones a duras penas contenidas por su sentido de la hospitalidad. Holmer lanzó sobre la mesa las apergaminadas y amarillentas hojas de registro del regimiento sobre la mesa, y sobre los legajos se lanzaron los oficiales.

—¡Firmes! Cincuenta y seis, cincuenta y cinco, cincuenta y cuatro —dijo Holmer—. Este es. «Teniente Austin Limmason —leyó—. *Desaparecido*». Eso fue a la entrada de Sebastopol. ¡Qué vergüenza infernal! Insultó a uno de sus coroneles y se lo llevaron sin decir ni pío. Treinta años de su vida borrados de un plumazo.

—Pero es que nunca pidió disculpas. Dijo que antes prefería verse condenado en el infierno —corearon los presentes.

—¡Pobre hombre! Supongo que luego ya nunca tuvo oportunidad. ¿Cómo ha llegado hasta aquí? —inquirió el coronel.

El bulto cochambroso de la silla no pudo dar respuesta.

—¿Sabe usted quién es?

Rió débilmente.

—¿Sabe usted si es Limmason? ¿El teniente Limmason, de los Húsares Blancos?

Rápida como un tiro llegó la respuesta en un tono de sorpresa.

—Sí, soy Limmason, por supuesto.

Se apagó el brillo de sus ojos y el hombre se desmoronó sin perder de vista cada movimiento de Dirkovitch, al cual miraba con pavor. La huida desde Siberia tal vez fije cuatro o cinco hechos elementales en el entendimiento, pero no parece propiciar la continuidad del pensamiento. No pudo el hombre explicar de qué manera, como una paloma mensajera, había encontrado el camino de regreso al comedor de su viejo regimiento. De lo que hubiera visto y padecido no pudo decir nada, pues nada sabía. Se encogió de miedo ante Dirkovitch de un modo tan instintivo como instintivos fueron los gestos con que accionó el muelle del candelabro, buscó el cuadro del caballo estandarte y respondió al brindis por la Reina. El resto era una hoja en blanco de la que la lengua rusa sólo pudo arrancar algunas palabras. Agachó la cabeza sobre el pecho, y reía y se amedrentaba alternativamente.

El diablo que vivía en el brandy incitó a Dirkovitch, en este momento tan sumamente inoportuno, a pronunciar un discurso. Se puso en pie con un ligero bamboleo, se sujetó al canto de la mesa con los ojos relucientes como dos ópalos y comenzó así:

—Colegas en las armas y compañeros en la gloria, amigos fieles y hospitalarios. Fue un accidente y fue deplorable, sumamente deplorable —Sonrió afablemente mirando el comedor—. Pero pensarán ustedes en esta minucia, esta nadería. No ha sido nada, ¿verdad? ¡El zar! ¡Bah! Abofeteo... Chasqueo yo los dedos ante él. ¿Creo yo en él? ¡No! ¡Pero sí creo en nosotros, los eslavos, que nada hemos hecho! En esto creo. Setenta..., ¿cuántos más? Millones de personas que no han hecho nada, ni una sola cosa. ¡Bah! Napoleón fue un episodio pasajero —Golpeó la mesa con la palma de una mano—. Óiganme todos ustedes, que nosotros no hemos hecho nada de nada en estos parajes. Toda nuestra tarea está por hacer y así se habrá de hacer, se lo aseguro. ¡Largo! —agitó la mano imperiosamente y señaló al hombre—. Ya lo están viendo. No es grato de ver. No fue sino un pequeño, qué pequeño accidente, que nadie recordaba. ¡Y ahora es esto! Así han de ser ustedes, así han de ser, mis valerosos colegas en las armas. Así han de ser. Pero ustedes nunca regresarán. Todos ustedes irán donde ha ido él, o bien... —Señaló la gran sombra en forma de ataúd, en el techo—. Setenta millones, largo, óiganme bien —Musitando lo cual se quedó dormido.

—Claro y al grano —dijo el pequeño Mildred—. ¿De qué sirve montar en cólera? Procuremos que el pobre diablo se encuentre cómodo.

Pero ésta fue una cuestión que súbita y ágilmente fue arrebatada de las manos amorosas de los Húsares Blancos. El teniente había regresado tan sólo para marchar de nuevo a los tres días, cuando el plañir de la Marcha de los Muertos y el desfilar de los escuadrones indicó a todo el acuartelamiento, que no vio que faltara nadie en la mesa del comedor, que un oficial del regimiento había renunciado al puesto que de nuevo se le había encomendado.

Y Dirkovitch, insulso, ágil, siempre jovial, también marchó en un tren nocturno. El pequeño Mildred y otro hombre fueron a despedirlo, pues había sido invitado de los oficiales en el comedor, y aun cuando hubiera golpeado con la palma de la mano al coronel, la ley de los oficiales no permitía el menor relajo de la hospitalidad.

—Adiós, Dirkovitch, y que tenga un buen viaje —dijo el pequeño Mildred.

—*Au revoir* —dijo el ruso.

—¡Desde luego! Pero pensé que volvía usted a casa.

—Así es, pero habré de volver. Queridos amigos, ¿está cerrado ese camino? —e indicó con el dedo hacia donde lucía la estrella polar sobre el Paso del Khyber.

—¡Por Júpiter! Lo olvidaba. Por supuesto. Lo recibiré con los brazos abiertos siempre que quiera usted venir. ¿Lleva todo lo que precisa? ¿Tabaco, hielo, ropa de cama? Perfecto. Bien, pues *au revoir*, Dirkovitch.

—Mmm —dijo el otro cuando las luces de cola del tren se empequeñecieron a lo lejos—. De todos los tipos más recalcitrantes...

El pequeño Mildred no dijo nada. Contempló la estrella polar y tarareó un trozo de una revista de vodevil que había visto en Simla, que mucho había entusiasmado a los Húsares Blancos. Decía así:

Lo lamento por Barbazul,
lamento hacerle daño,
pero de seguro habrá jarana
el día en que vuelva aquí.

LA TUMBA DE SUS ANTEPASADOS

Habrá quien sostenga que si sólo quedara una última hogaza de pan en toda la India, se dividiría a partes iguales entre los Plowden, los Trevor, los Beadon y los Rivett-Carnac. Tan sólo es una manera de subrayar que ciertas familias han prestado servicio en la India una generación tras otra, del mismo modo que los delfines nadan en fila cuando surcan la alta mar.

Tómese un caso de poca monta, relativamente desconocido. Ha habido al menos un representante de los Chinn, oriundos del condado de Devon, en la región central de la India —compuesta por ochenta y nueve estados— desde los tiempos del teniente artificiero Humphrey Chinn, del Regimiento Europeo acantonado en Bombay, que participó en la toma de Seringapatam en 1799. Alfred Ellis Chinn, el hermano menor de Humphrey, estuvo al mando de un regimiento de granaderos en Bombay entre 1804 y 1813, y tuvo ocasión de presenciar algunos combates de diverso resultado. En 1834, John Chinn, de la misma familia —aquí lo llamaremos John Chinn el Primero— alcanzó cierta notoriedad por ser un ecuánime administrador en tiempos turbulentos de una región llamada Mundesur. Murió siendo todavía joven, pero dejó su sello impreso en el nuevo país, y la honorable Junta de Directores, de la honorable Compañía de las Indias Orientales, resumió sus virtudes en una majestuosa resolución, además de pagar los gastos de sus exequias y su tumba en las montañas de Satpura.

Le sucedió su hijo, Lionel Chinn, quien abandonó la casita familiar del condado de Devon justo a tiempo de resultar gravemente herido en el motín. Pasó toda su vida trabajando a doscientos cincuenta kilómetros de la tumba de John Chinn, y llegó a ser comandante de un regimiento compuesto sobre todo por los hombres salvajes y menudos de las montañas, la mayor parte de los cuales había conocido a su padre. Su hijo John nació en el pequeño acantonamiento, en una de las casas de techo de paja, cercadas por un muro de adobe, que todavía hoy sigue hallándose a ochenta millas de la vía de ferrocarril más cercana, en el corazón de una zona de maleza espesa, asilvestrada y feroz. El coronel Lionel Chinn cumplió treinta años en servicio antes de su jubilación. En el Canal de la Mancha, el vapor en que viajaba se cruzó con un barco de transporte de tropas que surcaba las aguas rumbo al extranjero, en el cual viajaba su hijo con destino a Oriente, donde cumpliría con el deber de la familia.

Los Chinn tienen más suerte que el resto de los mortales, porque saben a ciencia cierta qué es lo que han de hacer. Un Chinn inteligente aprueba el examen de ingreso en el Servicio Civil de Bombay y marcha a la región central de la India, en donde todo el mundo celebra su llegada. Un Chinn con menos luces ingresa en el Departamento de Policía o en la Guardia Forestal, y tarde o temprano también él hace acto de presencia en la región central de la India, hecho que ha dado lugar al dicho de que «la región central de la India está habitada por los bhili, los mairs y los Chinn, todos los cuales son muy semejantes». Se trata de una estirpe de huesos menudos, de piel morena; son callados, y hasta los más tontos son hombres hechos y derechos. John Chinn el Segundo era de los inteligentes, pero por ser el primogénito ingresó en el ejército, siguiendo la tradición de los Chinn. Su deber iba a consistir en formar parte del regimiento de su padre durante toda su vida, aun cuando se tratara de un cuerpo que la mayoría de los hombres cualificados habría dado cualquier cosa por rehuir. Los soldados que lo formaban eran irregulares, menudos, morenos, negroides, y vestían de verde oliva con guarniciones de cuero negro; los amigos los llamaban los wuddar, término con el cual se hace referencia a una casta de ínfima extracción, que se alimentaba de ratas extraídas del subsuelo. Pero a los propios wuddar no les molestaba. No había más wuddar que ellos, y sus motivos de orgullo eran los siguientes:

En primer lugar, entre ellos había menos oficiales ingleses que en cualquier otro de los regimientos nativos. En segundo lugar, sus subalternos no iban montados en los desfiles, como suele ser norma general, sino que desfilaban al frente de sus hombres. Un hombre capaz de aguantar al paso de los wuddar ha de estar sano y ser muy fuerte. En tercer lugar, eran los más *pukka shikarries* (avezados cazadores) de toda la India. En cuarto lugar eran wuddar al cien por cien, eran los bhili irregulares que comandaron los Chinn de antaño, sólo que ahora eran ya por los restos los wuddar de pleno derecho.

Ningún inglés entraba jamás en el comedor del regimiento si no era por afecto o por costumbre de familia. Los oficiales hablaban a sus soldados en una lengua que ni siquiera doscientos blancos de toda la India llegarían a entender; los hombres eran sus hijos, todos ellos reclutados entre los bhili, que son posiblemente la más extraña de las muchas razas sumamente extrañas que prosperan en la India. Eran y siguen siendo en lo más profundo de sus corazones hombres salvajes, huidizos, llenos de infinidad de supersticiones. Las razas a las que consideramos nativas del país descubrieron que los bhili estaban en posesión de estas tierras cuando irrumpieron en esa parte del mundo hace miles de años. En los libros se les llama pueblo preario, aborigen, dravídico, etcétera; dicho de otro modo, de ese mismo modo se denominan los bhili a sí mismos. Cuando es entronizado un jefe tribal de los rajput, cuyos bardos saben entonar su árbol genealógico incluso del revés y abarcando mil doscientos años, su investidura no se considera rematada hasta que no se le hace en la frente una señal con la sangre brotada de las venas de un bhili. Los rajput dicen que la ceremonia hasta entonces carece de sentido, mientras los bhili saben que es el último vestigio de sus derechos ancestrales en condición de antañones dueños de las tierras.

Siglos de opresión constante, siglos de masacres repetidas han hecho de los bhili una raza de cuatreros y ladrones medio locos y crueles, y con la llegada de los ingleses estaban tan predispuestos a plegarse a la civilización como los tigres que pueblan sus propias junglas. Sin embargo, John Chinn el Primero, padre de Lionel, abuelo de nuestro John Chinn, se adentró en su territorio, vivió con ellos, cazó los ciervos que les comían sus pobres cultivos y de ese modo se ganó su confianza, de modo que algunos bhili con el tiempo aprendieron a servirse del arado y a sembrar, mientras otros cedieron a la tentación de entrar al servicio de la Compañía para ser policías y participar en la vigilancia de sus congéneres.

Cuando comprendieron que formar en fila no implicaba una ejecución inmediata, aceptaron su condición de soldados como si fuese una suerte de deporte enojoso y molesto, pero en el fondo entretenido, y demostraron un celo notable en su cometido de mantener a los bhili todavía asilvestrados bajo riguroso control. Ahí se encontraba el punto flaco. John Chinn el Primero realizó por escrito la promesa de que, si se portasen bien a partir de una fecha determinada, el Gobierno pasaría por alto toda ofensa cometida con anterioridad; como no se conocía un solo caso en el que John Chinn hubiera incumplido su palabra —una vez prometió que ahorcaría a un bhili al que sus congéneres consideraban invulnerable, y lo ahorcó delante de toda su tribu por siete asesinatos cuya autoría quedó demostrada con creces—, los bhili se acomodaron a la propuesta lo mejor que supieron. Fue una obra lenta, sorda, del tipo de las que hoy se llevan a cabo por toda la India; aunque la única recompensa que tuvo John Chinn llegó, ya lo he dicho, en forma de la tumba que se erigió en su memoria a expensas del Gobierno, el pueblo de hombres menudos que habitaban las montañas nunca le olvidó.

El coronel Lionel Chinn también los conocía bien y también les tomó afecto, y se hallaban bastante civilizados teniendo en cuenta que eran bhili antes de que su tiempo en el cargo hubiese concluido. Muchos de ellos apenas presentaban la menor diferencia con los campesinos hindúes de las castas inferiores, sólo que en el sur, donde fue enterrado John Chinn el Primero, los más salvajes seguían habitando en las montañas de Satpura, apegados a la leyenda de que un buen día Jan Chinn, que así lo llamaban, regresaría entre los suyos. Entre tanto, recelaban del hombre blanco y desconfiaban de sus mañas. Bastaba la menor alteración para que huyeran en estampida, saqueando al azar lo que encontrasen a su paso, matando sin pensarlo dos veces aquí o allá; en cambio, si se les trataba con discernimiento se apenaban como los chiquillos y prometían que nunca más volverían a cometer tales fechorías.

Los bhili del regimiento —los hombres de uniforme— eran virtuosos en múltiples sentidos, pero era preciso que se les siguiera la corriente. Se aburrían y les invadía la nostalgia a menos que se les llevase a la caza del tigre, en la que les gustaba participar como batidores; su espíritu temerario y su sangre fría —todos los wuddar disparaban contra los tigres pie a tierra: es señal de su casta— bastaban para que los oficiales se hicieran lenguas de su arrojo. Seguían el rastro de un tigre herido con la misma despreocupación que si fuera un gorrión con el ala rota, y lo seguían por un territorio en el que abundaban las cuevas, las hondonadas, las quebradas, en donde un animal salvaje podría encontrarse con una docena de hombres y tenerlos por entero a su merced. De vez en cuando era llevado uno de aquellos hombres menudos a los barracones con la cabeza reventada o las costillas desgarradas, si bien sus congéneres nunca aprendían a obrar con una mínima cautela, y seguían contentándose con cercar al tigre y, de ser posible, cobrarse la pieza.

El joven John Chinn fue destinado a la terraza del solitario comedor donde los wuddar hacían su rancho, a la que fue traspasado de hecho desde el asiento de atrás de un carro de dos ruedas, con las cartucheras formando una cascada a su alrededor en cuanto puso pie a tierra. El muchacho, esbelto y de nariz ganchuda, parecía tan desamparado como una cabra que se ha perdido cuando se sacudió a manotazos el polvo blanco de las rodillas y el carro se alejó dando una sacudida por el camino deslumbrante bajo el sol. Pero en el fondo de su corazón estaba contento. A fin de cuentas, aquél era el lugar en el que había nacido, y las cosas apenas habían cambiado desde que lo enviaron a estudiar a Inglaterra cuando era un niño, quince años antes.

Había algunos edificios de reciente construcción, pero el aire, el olor y la luz del sol eran los mismos de siempre, y los hombrecillos menudos y vestidos de verde que cruzaban la plaza de armas le resultaron muy familiares. Tres semanas antes John Chinn habría afirmado que no recordaba una sola palabra de la lengua de los bhili, pero en la puerta del comedor descubrió que se le movían los labios solos y que formaban frases que no entendía del todo, retazos de canciones de cuna, trozos sueltos de órdenes como las que su padre acostumbraba a dar a los hombres.

El coronel lo vio subir las escaleras y rió.

—¡Fíjese! —dijo al comandante—. No hace falta ni preguntar de dónde sale el jovenzuelo. Es un *pukka* Chinn. Viéndolo, cualquiera diría que se trata de su propio padre allá por los años cincuenta.

—Ojalá tenga la misma puntería —comentó el comandante—. Ha traído quincalla de sobra.

—Es que no sería un auténtico Chinn si no se viniera con todo ese hierro. Fíjese cómo se suena la nariz. Tiene el mismo pico curvado de todos los Chinn. Y agita el pañuelo igual que su padre. Es la segunda edición del mismo libro, y lo es línea por línea.

—Parece un cuento de hadas, por todos los demonios —dijo el comandante entrecerrando los ojos para mirar por las tablillas de la celosía—. Si es digno heredero, seguro que... El viejo Chinn no sería capaz de pasar por delante de esa gallina sin hacer una de las suyas.

—¡De tal palo...! —dijo el coronel, y se puso en pie de un brinco.

—Caramba, ¡que me aspen! —dijo el comandante.

El muchacho había reparado en una cortinilla de juncos abiertos por la mitad que colgaba de un riel entre los pilares de la terraza, y con un gesto mecánico había retorcido el borde para enderezarlo y ponerlo todo a la misma altura. El viejo Chinn había soltado improperios hasta tres veces al día al ver aquella misma cortina, y lo hizo a lo largo de muchos años. Nunca pudo terminar de ponerla a su entera satisfacción.

El hijo entró en la antesala en medio de un silencio quíntuple. Le dieron la bienvenida en memoria de su padre y, a la vez que lo miraba de hito en hito, le dieron la bienvenida por derecho propio. Era la viva estampa del coronel cuyo retrato colgaba de la pared, y lo era en una medida que desafiaba el ridículo. Cuando bebió un trago para limpiarse del gaznate el polvo del camino, subió a su alojamiento con el paso corto y sigiloso del viejo, el mismo paso con el que no se le oía llegar por la selva.

—Hay que ver hasta dónde llega la herencia —dijo el comandante—. Ya son cuatro generaciones entre los bhili.

—Y los hombres lo saben —dijo un oficial del ala contigua—. Han esperado la llegada de este hombre con la lengua fuera. Estoy persuadido de que, a menos que opte por darles en toda la cabeza, se postrarán ante él en masa y le rendirán adoración y pleitesía.

—No hay nada como tener un padre en el cual mirarse, y más cuando el padre ha abierto camino —dijo el comandante—. Yo en cambio soy entre mis hombres un advenedizo. No llevo más que veinte años en el regimiento, y mi reverenciado padre era un simple hacendado. Así no hay forma de llegar a conocer a fondo qué piensa un bhili. De todos modos, ahora que lo veo, ¿por qué huye campo a través el porteador que trajo consigo el joven Chinn, llevándose su hatillo?

Salió a la terraza y dio una voz al hombre, el clásico subalterno recién alistado al regimiento, que habla inglés en la misma medida en que trampea como puede.

—¿Qué sucede? —le preguntó a voces.

—Demasiados hombres de los malos aquí. Señor, yo me marcho —dijo por toda respuesta—. Han tomado las llaves del *sahib* y dicen que van a disparar.

—Cuánta lucidez… y qué momento tan oportuno. ¡Hay que ver cómo se rajan esos ladronzuelos del campo! Se ve que a ése le han dado un buen susto. —El comandante se dirigió a sus aposentos para vestirse antes de la cena.

El joven Chinn, caminando como si estuviera en sueños, había recorrido el perímetro completo del acantonamiento antes de irse a su pequeña casa. Los aposentos del capitán, en donde había nacido, lo detuvieron un poco más de la cuenta. Se paró entonces a mirar el pozo del patio de armas, donde había pasado muchas tardes con su aya, y la capilla, una edificación de unos tres metros por cuatro, en donde los oficiales acudían al servicio de turno si un capellán de cualquiera de los credos oficiales se dejaba caer por allí casi por casualidad. Le pareció todo muy pequeño por comparación con los edificios gigantescos que miraba de niño, aunque todos estaban en el mismo sitio.

De vez en cuando pasaba un puñado de soldados que saludaban en silencio. Podrían haber sido aquellos mismos hombres que lo llevaban a hombros cuando se puso sus primeros calzones cortos. Una lámpara ardía tenue en su dormitorio, y nada más entrar en su alojamiento unas manos se aferraron a sus pies y una voz murmuró desde el suelo.

—¿Quién es? —inquirió el joven Chinn sin saber si hablaba o no la lengua de los bhili.

—Yo te llevé en brazos, *sahib*, cuando yo era un hombre fuerte y tú uno pequeño que lloraba y lloraba sin parar.

Soy tu criado, igual que lo fui antes de tu padre. Todos somos tus siervos.

El joven Chinn no osó responder. La voz siguió su perorata:

—He tomado tus llaves quitándoselas a ese forastero gordinflón y le he dicho que se largue; están ya puestos los entorchados en la camisa para ir a cenar. ¿Quién si no yo iba a saber qué hay que hacer? Es así que el niño se ha hecho hombre y olvida a quien lo cuidó, pero mi sobrino será un buen criado a tu servicio. De lo contrario, lo azotaré dos veces al día.

Entonces se puso en pie con un cascabeleo seco, recto como una flecha de las que usan los bhili, más un simio de cabello cano, marchito, que un hombre de verdad, con medallas y condecoraciones prendidas en la túnica, balbuciendo, saludando, temblando. Tras él, un bhili joven y nervudo, puro músculo, de uniforme, sacaba las hormas de las botas que Chinn se pondría para acudir al comedor.

A los ojos de Chinn asomaban las lágrimas. El anciano le tendió las llaves.

—Mala gente son los forasteros. Ése ya nunca volverá. Aquí todos somos siervos del hijo de tu padre. ¿Ha olvidado acaso el *sahib* quién lo llevó a ver al tigre enjaulado en la aldea que se encuentra en la otra orilla del río, cuando su madre pasó tanto miedo y él fue tan valiente?

La escena volvió íntegra a la memoria de Chinn entre potentes destellos de linterna mágica.

—¡Bukta! —exclamó, y en el mismo aliento dijo—: Prometiste que nada me podría hacer daño. ¿Eres de verdad Bukta?

El hombre se postró a sus pies por segunda vez.

—No ha olvidado. Recuerda a los suyos como los recordaba su padre. Ahora puedo morir en paz. Pero antes aún he de vivir lo suficiente para enseñar al *sahib* cómo matar a los tigres. Ése de allá es mi sobrino. Si no es un buen siervo, no dejes de darle una azotaina y envíamelo a mí, que me cercioraré de matarlo con mis manos, porque ahora el *sahib* está con su propio pueblo. ¡Sí, Jan *baba*, Jan *baba*! ¡Mi Jan *baba*! Aquí me quedaré para velar que éste haga su trabajo como es debido. Quítale las botas, estúpido. Siéntate en la cama, *sahib*, y déjame que mire. Es Jan *baba*, no cabe duda.

Adelantó la empuñadura de su espada, inclinándola, para dar muestra de que estaba a su servicio, gesto que es un honor que sólo se rinde a los virreyes, a los gobernadores, a los generales o a los niños pequeños a los que uno ama con toda el alma. Chinn rozó mecánicamente la empuñadura con tres dedos, murmurando ni siquiera supo qué. Resultó ser la antigua respuesta que daba en su infancia, cuando Bukta en son de chanza lo llamaba «el pequeño general *sahib*».

Los aposentos del comandante se encontraban enfrente de la pequeña casa que ocupaba Chinn, y cuando oyó a su criado hablar con el aliento entrecortado debido a la sorpresa miró desde el otro lado de la sala. Entonces el comandante tomó asiento sobre la cama y silbó, pues el espectáculo del más alto oficial de los nativos que había en el regimiento, un bhili puro y sin mezcla de razas, miembro de la Compañía de la Orden Británica de la India, con una hoja de servicios impecable, treinta y cinco años en las filas del ejército, y un rango entre los suyos superior al de muchos nobles y príncipes bengalíes, al que vio haciendo las veces de criado del último oficial subalterno que había llegado al regimiento, fue tal vez excesivo para sus nervios.

Las cornetas sonoras y guturales tocaron llamando a la cena, un toque de corneta que tiene una larga leyenda propia. Fueron primero unas notas penetrantes, como los alaridos de los batidores desde un refugio alejado, y fueron después notas sostenidas, plenas, que desembocaron en el estribillo de una salvaje melodía, cuya letra dice así: «Y oh, y oh, la verde pulsación de Mundore... ¡Mundore!».

—Todos los niños chicos estaban ya en la cama cuando el *sahib* oía ese último toque de corneta —dijo Bukta, y pasó a Chinn un pañuelo limpio. El toque de las cornetas le trajo a la memoria recuerdos de su cama bajo la mosquitera, el beso de buenas noches que le daba su madre, el sonido de los pasos que se alejaban mientras él se quedaba dormido entre sus hombres.

Se abotonó el cuello oscuro de su nueva chaqueta para la cena y acudió al comedor como un príncipe que acabase de heredar la corona de su padre.

El viejo Bukta se balanceó unos instantes a la vez que se atusaba los bigotes. Conocía de sobra cuál era su valor, y ni todo el oro del mundo, ni el rango más alto que pudiera concederle el Gobierno, lo habrían inducido a poner los entorchados en la camisa de un joven oficial, ni a entregarle una corbata limpia. Sin embargo, cuando esa noche se quitó el uniforme y se acuclilló entre sus congéneres a fumar una pipa en paz, les contó lo que había hecho, y ellos le dijeron que era de todo punto lo que había que hacer. Con esto, Bukta esbozó una teoría que vista con la mentalidad de un blanco habría sido rematada demencia o insensatez pura, mientras que los hombres menudos que susurraban a la misma altura que él, hombres hechos a la guerra, la sopesaron desde todos los puntos de vista que les fue posible, y entendieron que podía encerrar una razón de mucho peso.

En el comedor, bajo las lámparas de aceite, la conversación giró como de costumbre en torno a un tema infalible: el *shikar*, esto es, la caza mayor de todo tipo y en toda clase de condiciones. El joven Chinn abrió bien los ojos cuando entendió que cada uno de sus compañeros de mesa había abatido a varios tigres al estilo de los *wuddar*, es decir, pie a tierra, y que lo habían hecho sin más complicaciones, tal como tampoco alardeaban de la hazaña más que si el animal hubiera sido un perro.

—En nueve de cada diez casos —dijo el comandante—, un tigre es casi tan peligroso como un puercoespín. Pero es que a la décima uno vuelve a casa con los pies por delante.

Ése fue el tono dominante de la conversación, y mucho antes de la medianoche el cerebro de Chinn era un torbellino de relatos en torno a los tigres, los devoradores de hombres, los asesinos del ganado, cada uno dedicado a sus propios asuntos de un modo tan minucioso como el proceder de un probo funcionario en su despacho; tigres nuevos de los que recientemente se había tenido noticia en tal o cual distrito; animales ya viejos, conocidos de antaño, de astucia inigualable, a los que en el comedor se daba apodos tales como «Puggy», una bestia perezosa, de zarpas descomunales, o «la señora Malaprop», que aparecía cuando menos se la esperaba y emitía un ronroneo inequívocamente femenino. Hablaron entonces de las supersticiones de los bhili, un campo tan amplio como pintoresco, hasta que el joven Chinn dio a entender que aquello sin duda era una tomadura de pelo.

—Por éstas que no —dijo un hombre a su izquierda—. De usted lo sabemos todo. Es usted un Chinn con todo lo que eso comporta, y aquí tiene usted sin duda una especie de derecho adquirido, pero si no da crédito a lo que le estamos contando nosotros, ¿qué piensa hacer cuando el viejo Bukta comience a desgranar sus cuentos? Él sabe cosas incluso de los tigres fantasmales, de los tigres que terminan por ir a un infierno exclusivo para tigres, de los tigres que caminan de pie, sobre los cuartos traseros, y de aquel tigre al que cabalgó su abuelo de usted. Raro es que aún no le haya dicho nada de todo eso.

—Sabe usted que tiene un antepasado enterrado en el camino de Satpura, ¿verdad? —dijo el comandante, y Chinn sonrió con gesto vacilante.

—Claro que sí —dijo Chinn, que se sabía al dedillo las crónicas del Libro de los Chinn. Se trata de un volumen de cantos y lomo desgastados que se encuentra en una mesa lacada, china, detrás del piano, en la casa familiar del condado de Devon; los niños tienen permiso para hojearlo tan sólo los domingos.

—Ah, es que no estaba seguro. Su reverenciado antepasado, muchacho, al menos según cuentan los bhili, tiene un tigre de su propiedad, un tigre ensillado que él monta por el campo siempre que le viene en gana. No diré yo que sea un hábito muy decente en el espectro de un antiguo recaudador, pero eso es precisamente lo que creen los bhili de la zona sur. Nuestros propios hombres, de los que podríamos decir que son de una frialdad moderada, no se toman la molestia de recorrer la región cuando se enteran de que Jan Chinn ha salido a pasear a lomos de su tigre. Al parecer se trata de un animal que no tiene rayas, sino que parece una nube, a manchas, como un gato montés hecho de carey. Es de una voracidad tan salvaje que no tiene fin, y su presencia es señal inequívoca de que se avecina una guerra, o una peste, o lo que sea. Ahí tiene usted una bonita leyenda familiar.

—¿Y qué origen cree usted que tiene? —preguntó Chinn.

—Pregunte a los bhili de Satpura. El viejo Jan Chinn era un cazador de fábula cuando tuvo que rendir cuentas ante el Señor. Quizá fuese la venganza del tigre, o quizá es que aún sigue cazando tigres sin descanso. Tiene que ir usted a visitar su tumba un día de estos y a preguntar, a ver qué saca en claro. Bukta posiblemente se encargue de ello. Antes que usted llegara ya había empezado a preguntarme si por algún golpe de mala suerte ya se había cobrado usted su primer tigre. Si no es el caso, él lo tomará bajo el manto de su protección. Obvio es decir que en su caso resulta absolutamente imperativo. Se lo pasará literalmente en grande con Bukta.

No estaba equivocado el comandante. Bukta vigiló con ansia al joven Chinn durante sus ejercicios de instrucción, y fue de ver que a la primera ocasión en que el nuevo oficial tuvo que levantar la voz para dar una orden, toda la hilera de soldados se estremeció al unísono. El propio coronel retrocedió asombrado, pues podría haber sido el mismísimo Lionel Chinn recién regresado del condado de Devon y dotado de nuevo permiso para vivir una vida entera. Bukta siguió desarrollando su peculiar teoría entre sus íntimos, que la aceptaron como dogma de fe, al igual que la tropa, ya que toda palabra y todo gesto por parte del joven Chinn venían a confirmarlo.

El viejo dispuso muy al principio que su pupilo predilecto pusiera fin cuanto antes al posible reproche de que aún no hubiera abatido a un tigre, pero no se contentó con el primero, con cualquier bestia que acertase a pasar por allí cerca. En las aldeas de los suyos era él quien dispensaba justicia entre los más encumbrados, entre los ínfimos, entre los medianos, y cuando sus congéneres, desnudos y agitados, acudieron a darle noticia de la presencia de un animal salvaje cuyas huellas se habían detectado, les ordenó que enviasen espías a los lugares donde abrevaba y mataba la bestia, para tener la certeza de que la presa estuviera sin duda de ninguna clase a la altura de la dignidad de un hombre como aquél.

Tres o cuatro veces regresaron los intrépidos rastreadores, y anunciaron en honor a la verdad que el animal era de poca envergadura, o sarnoso, o bien que era una tigresa fatigada de tanto amamantar a sus cachorros, o un macho ya viejo y desdentado, con lo cual Bukta tenía que poner coto a la impaciencia desatada del joven Chinn.

Por fin fue localizado un noble animal, un devorador de ganado que tenía tres metros de longitud y un pliegue impresionante de pellejo suelto en el vientre, un animal de pelaje reluciente, crespo en torno al cuello, con grandes bigotes, vivaracho, en la flor de la edad. Había acabado con la vida de un hombre por puro entretenimiento, según contaban.

—Que se alimente —sentenció Bukta, y los lugareños obedientemente le llevaron una vaca para su festejo, para que luego pudiera estar tumbado por allí cerca haciendo la digestión.

No son pocos los príncipes y los potentados que han viajado en barco a la India y han despilfarrado cantidades ingentes de dinero sólo por ver un instante a animales la mitad de espléndidos que aquél que Bukta tenía señalado.

—No sería buena cosa —dijo al coronel cuando fue a pedirle permiso para emprender la cacería— que el hijo de mi coronel, que bien podría ser... No sería bueno que el hijo de mi coronel perdiera la virginidad con un animal cualquiera de la selva. Eso ya vendrá después. Mucho tiempo he esperado hasta dar con un tigre de verdad. Ha venido desde la región de Mair. En siete días estaremos de regreso con la piel.

Hubo entre los que estaban sentados a la mesa un rechinar de dientes de pura envidia. Bukta, de haber querido, podría haberlos invitado a todos ellos. Pero marchó solo con Chinn, dos días en un carro y otro día a pie, hasta que llegaron a un valle rocoso y quemado por el sol, en medio del cual había una laguna de agua potable. Era un día de calor abrasador, y el muchacho de manera muy natural se desnudó para darse un baño, dejando a Bukta al cuidado de la ropa. La piel de un blanco se ve a la legua en medio del ocre de la jungla, y lo que Bukta tuvo ocasión de ver en la espalda de Chinn, en su hombro derecho, lo llevó a adelantarse hacia él paso a paso, mirándolo con los ojos como platos.

—He olvidado si es decente o no desnudarse ante un hombre de su posición —dijo Chinn a la vez que salpicaba metido en el agua—. ¡Cómo me mira el pequeño demonio! ¿Qué sucede, Bukta? ¿Qué te pasa?

—¡La señal! —susurró por toda respuesta.

—Ah, no es nada. ¡Ya sabes cómo somos los de mi pueblo!

Chinn se sintió molesto. La mancha de nacimiento que tenía en el hombro, una mancha de un rojo apagado, como un resto de pomada tártara convencional, se le había olvidado por completo; de lo contrario, no se habría dado un baño. Era una mancha que, según se decía en su casa, se presentaba en generaciones alternas, y que aparecía además, por curioso que fuera, a los ocho o nueve años de haber nacido; con la salvedad de que era parte de la herencia de los Chinn, nadie podría haberlo considerado hermoso. Se apresuró en regresar a la orilla y se vistió antes de seguir camino hasta encontrarse con dos o tres bhili, que en el acto se postraron ante él y pegaron el rostro al suelo.

—Mi pueblo —gruñó Bukta sin condescender a fijarse en ellos—. Y por eso también son tu pueblo, *sahib*. Cuando yo era joven éramos menos, pero no tan débiles. Ahora somos muchos, pero somos poca cosa. Así habrá de recordarse. ¿Cómo lo vas a abatir, *sahib*? ¿Desde un árbol, desde un refugio que habrán de construir los míos, de día, de noche...?

—A pie y de día —contestó el joven Chinn.

—Ésa era vuestra costumbre, según tengo entendido —dijo Bukta para sus adentros—. Conseguiré noticias de su paradero. Entonces, tú y yo iremos a verle. Yo llevaré un arma, tú irás con la tuya. No hay necesidad de más. ¿Qué tigre iba a resistirse ante ti, *sahib*?

Había sido localizado en una poza en la que abrevaba, cerca del manantial de un riachuelo, ahíto y medio dormido al sol de mayo. Fue cercado como si fuese una codorniz, y se volvió para plantar batalla por su vida. Bukta no hizo el menor movimiento por alzar el rifle; en cambio, no quitó ojo de Chinn, quien afrontó al rugido estruendoso con que se lanzó a la carga e hizo un solo disparo —pareció que tardase horas mientras apuntaba— con el cual le desgarró la garganta y le hizo astillas la columna por debajo del cuello, entre los hombros. La bestia quedó agazapada, se atragantó, cayó al cabo, y antes que Chinn llegara a comprender del todo qué era lo que había ocurrido, Bukta le indicó que se quedara quieto mientras medía la distancia entre las patas y las fauces abiertas de par en par.

—Quince —dijo Bukta—. Quince pasos cortos. No hará falta otro disparo, *sahib*. Sangra limpiamente ahí donde está, no tenemos por qué estropear la piel. Dije que no tendríamos necesidad de todos estos, pero han querido venir... por si acaso.

De pronto, de ambas orillas del riachuelo asomaron las cabezas de los congéneres de Bukta, que parecían poblar aquel trecho cual si fuesen una fuerza capaz de haber arrancado las costillas de los flancos de la bestia si Chinn hubiese errado el tiro. Sin embargo, escondían sus armas, y al aparecer por ambas pendientes fue como si se tratarse de batidores interesados por el desenlace, cinco o seis que esperaban la orden de desollar al animal. Bukta vio desaparecer la vida de aquellos ojos salvajes. Alzó una mano y se volvió sobre sus talones.

—No es preciso demostrar que nos importa —dijo—. Después de esto podremos matar lo que nos venga en gana. Extiende la mano, *sahib*.

Chinn obedeció. No le temblaba el pulso. Bukta asintió.

—Esa era también tu costumbre. Mis hombres lo desollarán en un visto y no visto. Llevarán la piel del animal al acantonamiento. ¿Vendrá el *sahib* a pasar la noche a mi pobre aldea, donde tal vez pueda olvidar que soy un oficial a su mando?

—Pero es que esos hombres, los batidores... han trabajado de firme, y tal vez...

—Descuida. Si lo desuellan con torpeza, los desollaré yo a ellos. Son mi pueblo. Entre las filas de los soldados soy una cosa. Aquí soy otra bien distinta.

Era muy cierto. Cuando Bukta se despojaba del uniforme y recurría al fragmentario atuendo de los suyos, abandonaba su civilización de ejercicios e instrucción en el mundo contiguo. Esa noche, tras una breve charla con sus subordinados, se entregó a una orgía, y una orgía al estilo de los bhili es asunto del que no conviene escribir, porque no es seguro. Chinn, embriagado por el triunfo, se vio metido de lleno en ella, aunque el sentido de tantos misterios le estuvo vedado. Llegaron gentes asilvestradas a ofrecerle obsequios que depositaban a sus pies. Dio su frasco a los ancianos de la aldea. Se mostraron elocuentes, lo coronaron con guirnaldas de flores. Le impusieron obsequios y dádivas, no todos ellos del todo apropiados, y sonó una música infernal, sin descanso, enloquecida en torno al rojo de las hogueras, mientras los cantantes entonaban sus canciones antiquísimas y ejecutaban danzas peculiares. Los licores aborígenes son sumamente potentes, y Chinn se vio en el brete de tener que probarlos a menudo, si bien, a no ser que aquello que ingirió contuviera alguna droga, ¿cómo es que se durmió tan de repente, para despertar al día siguiente... a mitad de camino de la aldea?

—El *sahib* estaba muy fatigado. Poco antes del alba se durmió —le explicó Bukta—. Fue mi pueblo quien lo trajo hasta aquí, y ahora va siendo hora de que regresemos al acantonamiento.

La voz, suave, queda, deferente, y el paso, firme y callado, hacían que resultara difícil creer que pocas horas antes Bukta estuviera desgañitándose a gritos y bailando con sus congéneres, desnudo como ellos, como los demonios, salidos de los matorrales.

—Mi pueblo quedó muy contento de ver al *sahib*. Nunca lo olvidará ninguno. Cuando el siguiente *sahib* vaya a reclutar hombres para su ejército, irá a ver a mi pueblo, y ellos le darán todos los hombres que podamos necesitar.

Chinn guardó en secreto todo lo ocurrido, con la natural excepción del tigre que se había cobrado, y fue Bukta quien adornó el relato con una lengua desvergonzada. La piel del animal fue sin duda una de las más espléndidas que jamás se colgaran en el comedor de los oficiales, aunque sólo fuese la primera de tantas. Cuando Bukta no pudo acompañar al muchacho en sus partidas de caza, puso gran cuidado en que estuviera en buenas manos, y Chinn aprendió muchas cosas sobre el ánimo y el deseo de los bhili salvajes en sus marchas y acampadas, en sus charlas con la caída del sol, en una laguna que encontrasen a la orilla del camino; aprendió mucho más de lo que cualquier hombre sin la debida instrucción hubiera llegado a aprender en toda una vida.

Fue entonces cuando los hombres de su regimiento se armaron de valor y comenzaron a hablarle de sus respectivas parentelas, de familiares que en la mayoría de los casos se hallaban en apuros, y le expusieron casos diversos relacionados con las costumbres tribales. Acuclillados al caer la noche en la terraza de su pequeña casa, con el talante sencillo y franco de los wuddar, con toda confianza, le decían por ejemplo que tal o cual, que era soltero, se había dado a la fuga con la esposa de tal o de cual, que vivía en una remota aldea. ¿Cuántas vacas consideraba el *sahib* Chinn que se le debían imponer como multa en honor a la justicia? Asimismo, si se recibía una orden escrita del Gobierno, por la cual un bhili debía personarse en un recinto amurallado de la llanura para prestar testimonio ante un tribunal que juzgaba un caso, ¿sería tal vez aconsejable hacer caso omiso de dicha orden? Por otra parte, en caso de que la obedeciera, ¿regresaría con vida el temerario viajero?

—Pero… ¿qué tengo yo que ver con todas esas cosas que me cuentan? —interpeló Chinn a Bukta con visible impaciencia—. Yo soy un soldado. Nada sé yo de la ley.

—¡Ja! La ley es para los estúpidos y para los blancos. A esos, se les da una orden bien sonora y corren a cumplirla. Tú en cambio eres para ellos la ley.

—Ya lo veo, pero, ¿por qué razón?

El semblante de Bukta adoptó una expresión impávida. Es posible que se le acabara de ocurrir la idea por primera vez.

—¿Cómo quieres que yo lo sepa? —respondió—. Tal vez sea por el nombre. A los bhili no les gustan las cosas desconocidas. Tú dales órdenes, *sahib*, dos o tres o cuatro palabras a lo sumo, que son las que les caben en la cabeza. Con eso será suficiente.

Chinn emitió órdenes entonces y lo hizo con valentía, sin caer en la cuenta de que una palabra pronunciada de un modo apresurado, ante los presentes en el comedor, pasaba automáticamente a ser ley temida e inapelable en las aldeas que se escondían tras las montañas envueltas a su vez por el humo, a decir verdad, por ser nada menos que la Ley de Jan Chinn el Primero, el cual, según corría en susurros la leyenda, había vuelto a la tierra para hacerse cargo de la tercera generación, y había vuelto en el cuerpo, en los huesos mismos, de su nieto.

En este sentido no existía margen para la menor duda. Todos los bhili eran sabedores de que Jan Chinn reencarnado había honrado la aldea de Bukta con su presencia tras cobrarse la vida del primer tigre que había matado en toda su vida. Estaban al tanto de que había comido y había bebido en un festejo con el pueblo, tal como hiciera antaño. Se sabía asimismo —pues Bukta debía de haber añadido una droga muy potente al licor que tomó Chinn— que tenía en la espalda y en el hombro derecho, según vieron todos los hombres aquella noche, la misma nube huidiza que los dioses habían puesto en las carnes de Jan Chinn el Primero cuando acudió por vez primera al territorio de los bhili. En lo tocante a los estúpidos del mundo de los blancos, que no tienen ojos en la cara, era un oficial joven y delgaducho del regimiento de los wuddar; su propio pueblo reconocía en cambio que era Jan Chinn, que era quien había convertido a los bhili en hombres; como le creían, se dieron prisa en portar sus palabras a los últimos rincones, poniendo gran esmero en que ninguna se alterase por el camino.

Debido a que tanto al salvaje como al niño que se dedica a sus juegos solitarios les horroriza que alguien se pueda reír de ellos, que alguien pueda cuestionar lo que está haciendo, los hombres menudos del pueblo guardaban para sí sus convicciones, y el coronel, quien creía conocer bien a su regimiento, jamás llegó a sospechar siquiera que cada uno de los seiscientos soldados de pies veloces, de ojos vítreos, que formaban disciplinados al presentar sus armas, creía firme, inquebrantable y serenamente que el subalterno que se encontraba en el flanco izquierdo de la hilera era un semidiós nacido en dos ocasiones, la deidad tutelar de su territorio y de su pueblo. Los propios dioses de la tierra habían dejado la señal de su encarnación, ¿y quién osaría poner en duda algo que era obra de los dioses de la tierra?

Chinn, que ante cualquier otra consideración era un hombre pragmático, comprendió que su apellido le había prestado un buen servicio tanto en las filas como en el campamento. Sus hombres no le causaban el menor contratiempo —no se cometen faltas en el regimiento cuando es un dios quien ha de juzgarlas e imponer castigo—, y contaba con los mejores batidores del distrito siempre que los necesitaba. Ellos creían que la protección de Jan Chinn el Primero extendía su manto sobre todos ellos, y profesaban esta creencia con una audacia que iba más allá de la que pudiera tener el más osado de los bhili en estado de excitación.

La pequeña casa en que tenía alojamiento empezó a parecer un museo de historia natural en manos de un aficionado, a pesar de las cabezas de animales, de las cornamentas y los cráneos que, al tenerlos duplicados, había enviado a la casa familiar en el condado de Devon. El pueblo, con gran humanidad, tuvo así conocimiento de la debilidad de su dios. Ciertamente era insobornable, pero le gustaba recibir el plumaje de las aves, las mariposas, los escarabajos y, sobre todo, las noticias recientes sobre la caza mayor. También en muchos otros respectos vivía en perfecta consonancia con la tradición de los Chinn. Era inmune a las fiebres. Una noche al raso, atento a una cabra atada a una estaca, en la humedad del valle, que habría bastado para provocar al comandante una malaria de la que difícilmente se habría repuesto en menos de un mes, no tenía en él ningún efecto. Como decían ellos, lo habían «curado en salazón» antes de nacer.

Ya en el otoño de su segundo año al servicio del ejército emanó de la tierra un rumor inquietante que se difundió entre los bhili. Chinn no estuvo al tanto de ello hasta que un oficial hermano le dijo en la mesa del comedor:

—Tu reverenciado antepasado, el de la región de Satpura, parece que se ha desmandado y está causando destrozos. Convendría que le echaras un ojo, digo yo.

—No quisiera ser irrespetuoso, pero empiezo a estar un poco harto de mi reverenciado antepasado. Bukta no me habla de otra cosa. ¿Qué se supone que ha hecho ahora el viejo?

—Le ha dado por cabalgar campo a través a la luz de la luna en su tigre procesional. Eso es lo que se cuenta. Lo han visto ya unos dos mil bhili, al galope por las cimas de los montes de Satpura, dando a todo el mundo unos sustos de muerte. Ellos lo creen con verdadera devoción, y todos los habitantes de Satpura lo veneran en su tumba, que es su santuario, como buenos fieles que son. Tendrías que acercarte hasta allá, de veras. Tiene que ser muy extraño ver que a tu abuelo lo tratan como a un dios.

—¿Qué te hace pensar que pueda haber algo de verdad en toda esa historia? —preguntó Chinn.

—Que todos nuestros hombres lo nieguen. Todos dicen que jamás han oído hablar del tigre de Chinn. Eso es una mentira manifiesta, porque todos los bhili lo conocen.

—Creo que hay una sola cosa que se le pasa por alto —dijo el coronel con aire pensativo—. Cuando un dios local reaparece en la tierra, esto siempre es pretexto para que surjan complicaciones del tipo que sean; por otra parte, los bhili de Satpura están hoy tan asilvestrados como lo estaban cuando su abuelo los dejó, jovenzuelo. Algo querrá decir.

—¿Se refiere a que pretenden tomar el camino de la guerra? —preguntó Chinn.

—Yo eso no lo sé... al menos de momento. Pero no me sorprendería.

—A mí no me ha dicho nadie lo que se dice nada.

—Más a mi favor. Algo se traen entre manos. Algo que es secreto.

—Bukta a mí me lo cuenta todo, al menos por regla general. Me pregunto por qué no me habrá dicho nada al respecto.

En su momento, Chinn formuló la pregunta directamente y con toda confianza al viejo, y la respuesta que le dio aquella noche le sorprendió.

—¿Por qué iba yo a decir lo que es de sobra conocido? En efecto, el Tigre Nublado anda suelto por la región de Satpura.

—¿Qué creen los bhili salvajes que puede significar eso?

—No lo saben. Esperan. *Sahib*, ¿qué es lo que se avecina? Di sólo una palabra y nosotros nos daremos por contentos.

—¿Nosotros? ¿Qué tienen que ver esas habladurías que vienen del sur, donde viven los bhili salvajes en la jungla, con hombres debidamente adiestrados?

—Cuando Jan Chinn despierta, no es momento de que ningún bhili esté en calma.

—Pero es que no ha despertado, Bukta.

—*Sahib* —los ojos del anciano se habían cargado de reproche, aunque envuelto en ternura—, si él no desea que se le vea, ¿por qué campa a sus anchas cuando luce la luna llena? Nosotros sabemos que ha despertado, pero no sabemos cuáles son sus deseos. ¿Se trata de una señal para todos los bhili, o es una señal que concierne sólo los habitantes de Satpura? Di sólo una palabra que pueda yo llevar a los hombres, *sahib*, una palabra que pueda mandar a nuestras aldeas. ¿Por qué sale Jan Chinn a cabalgar en su tigre? ¿Quién ha obrado mal? ¿Es una peste? ¿Es una fiebre maligna? ¿Habrán de morir nuestros hijos? ¿Es una espada? Recuerda, *sahib*, que somos tu pueblo y somos tus siervos. Recuerda que en esta vida yo te llevé en mis brazos cuando no sabía nada.

«Salta a la vista que Bukta esta noche ha bebido —pensó Chinn—, aunque si hay algo que esté en mi mano, algo que pueda sosegar al viejo, debo hacer cuanto pueda. Esto es como los rumores que precedieron al motín, sólo que a pequeña escala».

Se dejó caer en un sillón de mimbre sobre el cual estaba tendida la piel de su primer tigre, y al caer su peso sobre el cojín saltaron las zarpas y le cayeron sobre los hombros. Con un gesto mecánico las agarró mientras hablaba, echándose la piel jaspeada por encima, cual si fuera un capote.

—Te voy a decir la verdad, Bukta —dijo adelantándose, con el morro seco del tigre sobre el hombro, inclinándose a inventar una mentira que resultara verosímil.

—Veo que es la verdad —le respondió el otro con voz trémula.

—Jan Chinn sale a dejarse ver entre los habitantes de Satpura, montado en el Tigre Nublado. Esto es lo que tú dices. Sea. Por lo tanto, la señal maravillosa está destinada solamente a los bhili de la región de Satpura, y en modo alguno afecta a los bhili que labran los campos al norte y al este, a los bhili del Khandesh, ni a otros, y sólo afecta a los bhili de Satpura, los cuales, como bien sabemos, son unos salvajes y son unos estúpidos.

—Así pues, es una señal destinada sólo a ellos. ¿Buena o mala?

—Sin lugar a dudas es buena. ¿Por qué iba Jan Chinn a causar ningún mal a aquellos que ha convertido en hombres? Allá lejos, las noches son calurosas; es costoso, es perjudicial estar tendido en el propio lecho sin darse la vuelta, y Jan Chinn ha decidido ver de nuevo a su pueblo. Por eso se pone en pie, llama con un silbido a su Tigre Nublado y sale a cabalgar para que le dé la brisa fresca. Si los bhili de Satpura se quedan en sus aldeas, si no vagan por la noche lejos de donde habitan, no lo verían nunca. Desde luego, Bukta, sólo se trata de que él desea ver de nuevo la luz de su propia tierra. Envía al sur esta noticia y di que es mi palabra.

Bukta se inclinó hasta casi rozar el suelo con la frente.

«¡Dios del Cielo! —pensó Chinn—. ¡Y pensar que este pagano de tomo y lomo es un oficial de primera clase, recto como una flecha en todo cuanto hace! Tal vez lo mejor sea que lo remache con toda claridad».

—Si los bhili de Satpura —siguió diciendo— preguntan por el sentido de la señal, diles que Jan Chinn quiere ver si han mantenido las promesas de antaño, cuando le dijeron que iban a vivir con bien. Es posible que se hayan dedicado al saqueo; es posible que pretendan desobedecer las órdenes del Gobierno; es posible que haya un hombre muerto en la jungla. Eso es lo que Jan Chinn ha salido a ver.

—Así pues, ¿está enojado?

—¡Bah! ¿Acaso estoy yo alguna vez enojado con mis bhili? Digo palabras cargadas de enojo, amenazo. Pero tú lo sabes bien, Bukta. Te he visto sonreír tapándote la cara con la mano. Yo lo sé y tú lo sabes. Los bhili son hijos míos. Lo he dicho infinidad de veces.

—Sí. Somos tus hijos —dijo Bukta.

—Y no es de otro modo en el caso de Jan Chinn, el padre de mi padre. Querría ver la tierra, querría ver el pueblo al que amó una vez más. Es un espectro beneficioso, Bukta. Lo digo yo. Ve a decírselo a ellos. Y tengo la más alta esperanza —añadió— de que de ese modo se tranquilicen.

Echando sobre el respaldo la piel del tigre, se puso en pie con un bostezo prolongado, sin cubrirse la boca, de modo que dejó al descubierto su dentadura bien cuidada.

Salió Bukta a la carrera y fue recibido por una piña de soldados que lo interrogaron impacientes.

—Es cierto —dijo Bukta—. Se envolvió en la piel del tigre y habló dentro de ella. Quiso ver sus tierras una vez más. La señal no es para nosotros; desde luego, es un hombre todavía joven. ¿Cómo iba a pasar las noches sin hacer nada? Dijo que pasa calor en su lecho, que le falta el aire. Va de acá para allá sólo por el gusto que le produce el aire de la noche. Él lo ha dicho.

En la asamblea de hombres de bigotes grises hubo un estremecimiento general.

—Dice que los bhili son sus hijos. Sabéis que él no miente. Me lo ha dicho él.

—¿Y qué hay de los bhili de Satpura? ¿Qué significa la señal que se les envía?

—Nada. Sale sólo a tomar el fresco de la noche, ya lo he dicho. Sale a montar sólo por ver si obedecen lo que dicta el Gobierno, que es lo que él les enseñó a hacer en su primera vida.

—¿Y si no lo hacen?

—No ha dicho qué sucedería.

Se apagó la luz en la casa que ocupaba Chinn.

—Ved —dijo Bukta—. Ahora es cuando se marcha. A pesar de todo, es un espectro bondadoso, lo ha dicho él. ¿Cómo vamos a temer a Jan Chinn, que convirtió a los bhili en hombres? Contamos con su protección. Sabéis que Jan Chinn nunca incumplió una promesa de protección, ya fuera dada de palabra o por escrito. Cuando envejezca y haya encontrado esposa, se quedará en el lecho hasta que amanezca.

Un oficial al mando suele darse cuenta de cuál es el estado de ánimo del regimiento antes incluso de que lo sepan los propios hombres; por eso dijo el coronel pocos días más tarde que alguien había instilado el temor de Dios entre los wuddar. Como era él la única persona oficialmente autorizada a hacer una cosa así, le inquietó ver entre los hombres una virtud tan unánime.

—Es demasiado bueno, dudo mucho que dure —dijo—. Me gustaría averiguar, eso sí, qué es lo que traman esos hombres menudos.

La explicación, según le pareció, sobrevino con el cambio de luna, cuando recibió órdenes de estar preparado para «apaciguar todo posible brote de excitación» entre los bhili de Satpura, los cuales, por decirlo suavemente, estaban intranquilos porque un Gobierno un tanto paternalista había puesto en contra de ellos a un responsable de una campaña de vacunación procedente del estado de Mahratta, que llegó provisto de lancetas, virus para la inoculación y un ternero con el registro oficial. Dicho con el lenguaje que empleaba el Estado, los habitantes de la región habían «manifestado fuertes objeciones a toda medida profiláctica», y «por la fuerza habían retenido al responsable de las vacunas», además de «hallarse a punto de descuidar, despreciar o evadir sus obligaciones tribales».

—Todo lo cual significa que ha cundido el pánico y el nerviosismo, igual que en época de censo —dijo el coronel—. Y si les forzamos a huir en estampida a las montañas no los atraparemos nunca, pero es que en segundo lugar se dedicarán al saqueo y al pillaje hasta que se reciba nueva orden. Me pregunto quién será el mentecato olvidado de la mano de Dios al que se le ha ocurrido tratar de vacunar a un solo bhili. Ya sabía yo que se avecinaban complicaciones. Buena cosa es que sólo se recurra a los cuerpos locales, por lo que podremos improvisar algo que al menos pase por ser una campaña, para sosegarlos en la medida de lo posible. ¡Tendría maldita la gracia que tuviéramos que disparar contra nuestros mejores batidores porque se niegan en redondo a dejarse vacunar! Si están locos, es por culpa del miedo, nada más.

—¿No le parece, señor —dijo Chinn al día siguiente—, que tal vez podría concederme dos semanas de permiso para ir de cacería?

—¡Eso es desertar a la vista del enemigo, por todos los santos! —El coronel rió a carcajadas—. Podría, desde luego, pero tendría que fecharlo con alguna antelación, porque estamos ahora en alerta y preparados para la acción, como sin duda diría usted. De todos modos, demos por sentado que hizo usted la solicitud hace tres días, y que ahora se halla usted de camino al sur.

—Querría llevarme a Bukta.

—Por supuesto, faltaría más. Creo que ése es, sin duda, el mejor plan. Tiene usted una suerte de influencia hereditaria sobre esos hombres menudos, y es posible que a usted le escuchen y que le hagan caso cuando sólo de ver nuestros uniformes seguramente se subirían por las paredes. Usted ya ha estado antes por aquellos pagos, ¿no es cierto? Lleve cuidado, no sea que me lo pongan en el panteón de la familia cuando todavía goza de juventud e inocencia. Creo que no tendrá complicaciones si logra que le presten la debida atención.

—Yo también lo creo, señor, aunque si…, si accidentalmente cometen alguna majadería, cosa que siempre es posible, usted lo sabe, tengo la esperanza de que se haga cargo de que sólo tienen miedo. Le aseguro que no hay en ellos ni una onza de maldad, y no me perdonaría si alguno de…, si alguien de mi familia les causara alguna complicación.

El coronel asintió, pero no dijo nada.

Chinn y Bukta emprendieron viaje de inmediato. Bukta no había dicho que desde el día en que el responsable oficial de las vacunas había sido arrastrado a los montes por los bhili indignados, había llegado al acantonamiento un mensajero, y otro después, y después otro, que rogaron, con la frente sobre el polvo, que Jan Chinn acudiera a explicar este horror desconocido que permanecía en suspenso sobre su pueblo.

El portento del Tigre Nublado ya era demasiado evidente. Que Jan Chinn consolase a los suyos si así lo deseara, pues vana iba a ser toda ayuda que recibieran de un mortal. Bukta rebajó el tono de las súplicas, dejándolas en mera petición de que Chinn hiciera acto de presencia. Nada habría complacido tanto al viejo como una campaña en toda regla, desatada con dureza, contra los habitantes de Satpura, a los cuales, en su condición de bhili puro y «sin mezcla», despreciaba de corazón, pero lo cierto es que tenía un deber para con toda su nación, no en vano era el intérprete de las palabras de Jan Chinn. Creía con toda devoción que cuarenta plagas sucesivas asolarían su aldea si él faltase a dicha obligación. Además, Jan Chinn sabía todas las cosas, y Jan Chinn montaba en el Tigre Nublado.

Recorrieron treinta millas al día, a pie y a caballo, a medida que se alzaba ante ellos la silueta azulada de los montes de Satpura con gran prontitud. Bukta estaba muy callado.

Comenzaron el empinado ascenso poco después del mediodía, pero ya casi se había puesto el sol cuando alcanzaron la plataforma pedregosa que pendía en la ladera de un monte lleno de hendiduras y cubierto por la jungla, en la cual se encontraba enterrado Jan Chinn el Primero, tal como había sido su deseo, para velar desde allí por su pueblo. Toda la India está repleta de tumbas olvidadas que datan de comienzos del siglo XVIII, tumbas de coroneles que estuvieron al frente de regimientos tiempo atrás desmantelados; compañeros de los hombres del este de la India, que emprendieron una cacería de la que ya nunca regresaron; comisionados, agentes, escritores, alféreces de la honorable Compañía de las Indias Orientales que en aquellos parajes ignotos perdieron la vida por centenares, por millares, por decenas de millares. El pueblo inglés olvida pronto, pero los nativos tienen una memoria resistente, y si un hombre ha hecho el bien en vida se le recuerda siempre después de muerto. La losa de mármol de la tumba de Jan Chinn, de dos metros por metro y medio, estaba erosionada por la intemperie y estaba sin embargo cubierta de flores y de frutos secos, de paquetillos de cera, de tarros de miel, de frascos de licores nativos, de infames tagarninas, de cuernos de búfalo y manojos de hierba seca. A un extremo se erguía un tosco busto del hombre blanco, en arcilla, con su anticuado sombrero de copa, a lomos de un tigre manchado.

Bukta hizo saludos reverenciales a medida que se acercaban. Chinn se descubrió la cabeza y quiso leer la desdibujada inscripción. En la medida en que pudo leer algo, decía más o menos como sigue, palabra por palabra, letra por letra:

En memoria de John Chinn
que fue recaudador de…
sin derramamiento de sangre o… error en el desempeño de
la Autoridad.
Empleó… sólo… idas de conciliac… y la confi…
ogró el… al sometimiento de un pue… sin ley… predador
ándole a ob… Gobierno mediante la conquista de su ánimo.
El más perma… y racional modelo de domin…
Gobernador General y Consej… engal…
han ordenado el lev… y erección…
oración de su vida, a 19 de agosto de 184…

Al otro lado de la lápida había unos versos antiguos, también muy erosionados. Todo lo que pudo descifrar Chinn decía así:

… la banda salvaje
Abandonó sus cacerías y p… autoridad,

...uvo... rales coto a... expolios.
Y... las aldeas demostró su género... empeño.
Humani... vigil... echos restaur...
Una nación sal... sometida sin espada.

Estuvo algún tiempo con la cabeza inclinada sobre la tumba, pensando en aquel muerto que era de su propia sangre, pensando en la casa familiar del condado de Devon. Asintió entonces en dirección a las llanuras.

—Sí —comentó—, es una gran obra toda ella... incluida mi pequeña parte. Sin duda habría valido la pena conocer... Bukta, ¿dónde está mi pueblo?

—Aquí no, *sahib*. Aquí no viene nadie si no es a plena luz del día. Esperan más arriba. Subamos a ver.

Pero Chinn recordó la primera ley de la diplomacia oriental, y respondió con voz calmada:

—He venido hasta aquí, he hecho tan largo viaje sólo porque los habitantes de Satpura son estúpidos, porque no se atreven a visitarnos en nuestro cuartel. Ordénales que me esperen ahora aquí. No soy yo el siervo, sino el señor de los bhili.

—Voy... ya voy —resopló el anciano. Caía la noche, y en cualquier momento Jan Chinn podría llamar con un silbido a su temible montura, que acudiría a él desde la maleza cada vez más tenebrosa.

Por vez primera en su larga vida, Bukta desobedeció una orden legítima y abandonó a su señor; no regresó, sino que además se dirigió deprisa a la cima llana del monte, desde donde llamó con voz queda. A su alrededor aparecieron los hombres, hombres menudos y temblorosos, provistos de arcos y flechas, que los habían observado a los dos desde el mediodía.

—¿Dónde está? —susurró uno.

—En el sitio que le corresponde. Os ordena que vayáis allí —dijo Bukta.

—¿Ahora?

—Ahora.

—Antes preferiría que soltase al Tigre Nublado sobre todos nosotros. No acudiremos.

—Yo tampoco iré, aun cuando lo llevé en mis brazos cuando era un niño en esta vida. Aguardemos a que se haga de día.

—Pero a buen seguro montará en cólera.

—Se enojará, se enojará mucho, pues no tiene nada que comer. Pero me ha dicho muchas veces que los bhili son hijos suyos. Cuando luce el sol le creo, pero a la luz de la luna... no estoy tan seguro. ¿Qué estupidez habéis cometido vosotros, cerdos de Satpura, que ahora tenéis necesidad de él?

—Vino uno a nosotros en nombre del Gobierno, y vino provisto de pequeños cuchillos fantasmales, con un ternero mágico, y con la intención de convertirnos a todos en ganado cortándonos para ello los brazos. Tuvimos mucho miedo, pero no matamos a ese hombre. Está aquí, está atado. Es negro. Creemos que viene del oeste. Dijo que había recibido la orden de cortarnos a todos con sus cuchillos, y más que a nadie a las mujeres y a los niños. No sabíamos nosotros que era una orden, por eso tuvimos miedo y nos guarecimos en las montañas. Algunos de nuestros hombres han tomado caballos y han tomado bueyes de las llanuras, y otros se han llevado ollas de barro y zarcillos.

—¿Algún muerto?

—¿Por obra de los nuestros? Todavía no. Pero los jóvenes van de un lado a otro llevados de los muchos rumores que, como si fueran llamas, prenden en las laderas del monte. Envié mensajeros que preguntasen por Jan Chinn, no fuera que aún nos sucedieran cosas peores. Estos temores son los que él predijo con la señal del Tigre Nublado.

—Él dice que es otra cosa —dijo Bukta, y repitió, amplificándolo, todo lo que el joven Chinn le había dicho mientras le hablaba sentado en el sillón de mimbre.

—¿Piensas tal vez —dijo el que le preguntaba— que el Gobierno se echará sobre nosotros?

—Eso no lo sé —replicó Bukta—. Jan Chinn dará una orden, vosotros obedeceréis. El resto es algo que se ha de ventilar entre el Gobierno y Jan Chinn. Yo mismo algo sé de esos cuchillos fantasmales y de los cortes que hacen. Es un hechizo contra la viruela. Pero no sé cómo se lleva a cabo. No tiene por qué preocuparos.

—Si él se planta a nuestro lado y hace frente a la ira del Gobierno, obedeceremos a Jan Chinn en todo cuanto diga, con la excepción… con la excepción de que esta noche no bajaremos a ese lugar.

Oyeron al joven Chinn, que desde más abajo llamaba a voces a Bukta, pero se acobardaron y tomaron asiento, inmóviles, aún a la espera de que apareciera el Tigre Nublado. La tumba había sido sitio sagrado durante casi medio siglo. Si Jan Chinn optase por pernoctar allí, ¿acaso tenía alguien más derecho que él? Ellos, a pesar de los pesares, no pensaban ponerse a la vista de aquel sitio mientras no fuese de día.

Al principio, Chinn estuvo sumamente enojado, pero entonces se le ocurrió que Bukta casi con toda probabilidad tenía una razón de peso (y, en efecto, la tenía), y su propia dignidad podría resentirse si seguía dando voces sin obtener respuesta. Se acomodó al pie de la tumba y dormitando a ratos, fumando en otros, sobrellevó la noche entera y amaneció orgulloso de ser un legítimo Chinn, honesto y a prueba de fiebres.

Preparó su plan de acción de manera muy semejante a como hubiera hecho su abuelo, y cuando Bukta se presentó por la mañana con un generoso surtido de alimentos, optó por no decir nada de la deserción nocturna. Bukta se habría sentido muy aliviado ante cualquier estallido de cólera, cualquier muestra de que era humano, pero Chinn terminó sus vituallas sin darse prisa, y aún se fumó una tagarnina antes de dar ninguna señal.

—Tienen mucho miedo —dijo Bukta, que tampoco era el arrojo en persona—. Sólo queda darles órdenes. Han dicho que te obedecerían con tal de que te interpongas entre ellos y el Gobierno.

—Eso lo sé —repuso Chinn, que echó a caminar despacio hacia la meseta. Algunos de los hombres de mayor edad formaban un semicírculo irregular en un claro del bosque, pero el grueso del pueblo, sobre todo las mujeres y los niños, se encontraba escondido en la maleza. No tenían ningún deseo de contemplar la primera muestra de cólera por parte de Jan Chinn el Primero.

Tras tomar asiento en un fragmento de roca hendida, apuró la tagarnina al máximo mientras oía la respiración agitada de los hombres a su alrededor. Entonces soltó una exclamación, tan repentina que todos dieron un brinco:

—¡Traedme al hombre que teníais atado!

Hubo una rebatiña, un griterío, una agitación a los cuales siguió la aparición del hindú que era responsable de la campaña de vacunación, que temblaba de miedo e iba atado de pies y manos, tal como los bhili de antaño acostumbraban a atar a las víctimas de sus sacrificios humanos. Con cautela, lo empujaron hasta que quedó en su presencia, pero el joven Chinn ni siquiera lo miró.

—He dicho que me trajerais al hombre que teníais atado... ¿Es una broma traerme a uno que viene atado como un búfalo? ¿Desde cuándo atan los bhili a su antojo al primero que pase por su territorio? ¡Cortadle las ataduras!

Media docena de cuchillos presurosos cortaron las cuerdas, y el hombre se acercó gateando a Chinn, quien se guardó la funda en la que guardaba las lancetas y los tubos con el virus para proceder a la inoculación. Barrió entonces todo el semicírculo que formaba los hombres, y como si fuera un cumplido les dijo con toda claridad, de modo que nadie dejara de oírlo:

—¡Cerdos!

—¡Sí! —susurró Bukta—. Ahora es cuando habla. ¡Ay del pueblo de los estúpidos!

—He venido a pie desde mi casa —la asamblea experimentó un vivo estremecimiento— para aclarar un asunto que cualquier bhili de Satpura, cualquiera menos vosotros, habría sabido ver con toda claridad incluso de lejos. Conocéis la viruela que deja marcas y picaduras y cicatrices en vuestros hijos, tanto que parecen panales de abejas. Es una orden del Gobierno que quien sea arañado en el brazo con estos pequeños cuchillos que tengo aquí en alto quedará hechizado y protegido contra la viruela. Todos los *sahibs* están ya hechizados, así como lo están muchos hindúes. Ésta es la señal del hechizo. ¡Vedla!

Se remangó hasta el sobaco y mostró las cicatrices blancas de la vacuna sobre su blanca piel.

—Venid, venid todos a verla.

Algunos osados espíritus se acercaron y asintieron con gesto de sabiduría. Había en efecto una señal, y ellos bien conocían las otras señales terribles que ocultaba su camisa. ¡Misericordioso era Jan Chinn, si allí mismo y ante todos ellos proclamaba su divinidad!

—Todas estas cosas os las dijo en su día el hombre al que habéis atado.

—Se las dije, sí, se las dije cientos de veces, pero ellos sólo respondieron a golpes —gimoteó el responsable de las vacunas a la vez que se frotaba las muñecas y los tobillos.

—Como sois unos cerdos, no le creísteis, y por eso he venido yo a salvaros, primero de la viruela, después de la rematada estupidez del miedo, y por último, quién sabe, de las ataduras y la cárcel. No es para mí ninguna ganancia, no me supone ningún placer, pero en nombre de quien está por encima, allá arriba, y en nombre de quien convirtió a los bhili en hombres —señaló al monte—, yo, que soy de su misma sangre, y soy hijo de su hijo, he venido para convertiros en personas. Y digo verdad, como lo hizo Jan Chinn.

El gentío murmuró reverencialmente, y de la espesura salieron los hombres de dos en dos, y en grupos de tres, para sumarse al semicírculo de los presentes. Ya no había ni rastro de ira en el rostro de su dios.

—Estas son mis órdenes —«¡Pluga al cielo que las acepten y las lleven a cabo, aunque por el momento parece que les he impresionado!»—. Yo mismo me quedaré entre vosotros mientras este hombre os araña el brazo con los cuchillos, de acuerdo con la orden que ha dado el Gobierno. En tres, tal vez cinco, a lo sumo siete días, se os hincharán los brazos, tendréis picores y quemazón. Se trata del poder de la viruela que lucha en vuestra sangre mortal contra las órdenes del Gobierno. Por eso permaneceré entre vosotros hasta ver con mis propios ojos que la viruela ha sido vencida, y no me he de marchar hasta que los hombres y las mujeres y los niños me muestren en sus brazos las mismas señales que yo os he mostrado. He traído conmigo dos escopetas de primera, y a un hombre cuyo nombre es por igual conocido entre los animales y los hombres. Iremos juntos a cazar él y yo con vuestros jóvenes, y los demás se quedarán recogidos y comerán como es debido. Estas son mis órdenes.

Hubo una larga pausa. La victoria estaba en juego. Un pecador de cabellos blancos, viejo, que estaba en pie sobre una sola pierna, tomó la palabra con voz aflautada:

—Hay caballos y hay bueyes y hay otras cosas para las que necesitamos una *kowl* (protección). No fueron tomados del modo habitual, con el comercio.

Estaba ganada la batalla, y John Chinn suspiró con evidente alivio. Los jóvenes bhili se habían dedicado al pillaje, pero si se actuaba con celeridad aún era posible deshacer el entuerto sin complicaciones.

—Escribiré una *kowl* tan pronto los caballos, los bueyes y el resto de las cosas sean contados delante de mí y sean devueltos a su lugar de procedencia. Pero antes pondremos la señal del gobierno en aquellos que no hayan sido visitados por la viruela. —En voz baja, dirigiéndose al responsable de la campaña de vacunación, dijo así—: Si das muestras de tener miedo, amigo mío, nunca volverás a ver Poona.

—No hay vacunas suficientes para toda esta población —dijo el hombre—. Y además destruyeron el ternero oficial.

—No se darán cuenta de la diferencia. Aráñalos a todos; dame un par de lancetas, que yo atenderé a los de mayor edad.

El anciano diplomático que había pedido protección fue la primera víctima. Se postró a manos de Chinn y no osó decir una sola palabra. Tan pronto quedó libre arrastró a uno de sus congéneres y se encargó de sujetarlo, y de ese modo lo que parecía una crisis de grandes proporciones se tornó, por así, decir, un juego de niños, pues los vacunados iban tras el que aún no lo había sido para que se sometiera al tratamiento, proclamando a voz en cuello que toda la tribu debía pasar por el mismo padecimiento. Las mujeres daban alaridos, los niños escapaban aullando, pero Chinn se limitó a reír y a agitar la lanceta de punta rosada.

—Es un honor —exclamó—. Díselo a todos, Bukta, que es un gran honor si soy yo en persona quien les impone la señal. No, no podría ocuparme de todos ellos, el hindú también ha de cumplir su cometido, pero tocaré todas las señales que él imponga, de modo que habrá idéntica virtud en todas ellas. Así es como los rajputs marcan a los cerdos. ¡Eh, tú, el hermano tuerto! Atrapa a aquella muchacha y tráemela. Aún no es hora de que escape, que aún no ha sido desposada, y no soy yo quien la pretende en matrimonio. ¿Dices que no piensa venir? Entonces que la ponga en entredicho, para su vergüenza, su hermano menor, un muchacho gordo, valiente. Ved cómo extiende él su brazo como un buen soldado. ¡Mirad! Ni siquiera parpadea a la vista de la sangre. Algún día llegará a estar en mi regimiento. Y ahora, tú que eres madre de tantos, con ligereza te hemos de tocar, pues la viruela ha estado aquí antes de nosotros. Es muy cierto, desde luego, que este encantamiento quiebra el poder que tiene Mata, la diosa de la viruela. Se habrán terminado así los rostros picados entre los habitantes de Satpura, para que así podáis pedir muchas vacas por cada doncella en edad casadera.

Y siguió hablando y habló por los codos, con la misma labia que un embaucador, y a la misma velocidad, dando sabor a sus palabras con proverbios de caza acuñados por los bhili y con cuentos de su propia invención, de humor grosero, hasta que las lancetas quedaron romas y ambos responsables de la campaña de vacunación se sintieron exhaustos.

Claro que como la naturaleza es una y la misma en el mundo entero, los que no fueron vacunados se sintieron celosos de sus congéneres, los señalados, y poco faltó para que por ello llegasen a las manos. Chinn tuvo que proclamarse juez de paz, tras dejar el cargo de asesor médico, e inició una investigación formal en torno a los robos más recientes.

—Somos los ladrones de Mahadeo, los ladrones de Siva —dijeron los bhili por todo pretexto—. Es nuestro sino, y tenemos miedo. Cuando tenemos miedo, nos dedicamos a robar. Con la llaneza y la sencillez de los niños relataron la historia de sus saqueos y pillajes a la vez que se reunieron los productos de todos los robos, con la sola excepción de dos bueyes y de unos licores que no aparecían (y que Chinn prometió saldar de su bolsillo), y diez de los cabecillas fueron enviados a las llanuras, provistos de un magnífico documento, escrito en la hoja de una libreta y dirigido al Ayudante del Comisario de Policía del Distrito. Jan Chinn les avisó de que aquella nota tal vez fuera heraldo de una calamidad, aunque cualquier cosa era preferible antes que dar la libertad por perdida.

Armados con esta protección, los saqueadores arrepentidos bajaron de los montes. No tenían ningún deseo de vérselas con el señor Dundas Fawne, de la Policía, que a sus veintidós años era un oficial de semblante animoso, y tampoco tenían apetencia de volver a pisar los lugares en los que habían cometido sus robos y tropelías. Optaron por un camino intermedio y llegaron así al campamento del único capellán que el Gobierno permitía a los diversos cuerpos de soldados irregulares en un distrito de unos cuarenta mil kilómetros cuadrados, y ante él hicieron acto de presencia envueltos por la polvareda. Lo conocían por ser sacerdote y, lo que hacía más al caso, por ser un buen cazador que pagaba a sus batidores generosamente.

Cuando leyó la nota de Chinn se echó a reír a carcajadas, cosa que a ellos les pareció un mal presagio, hasta que llamó a unos policías que ataron los caballos y los bueyes junto al resto de los enseres allí apilados, para apresar con severidad a tres de los más señalados ladrones de la banda de ladrones de Mahadeo. El propio capellán los trató magistralmente con una fusta de montar. Fue doloroso, pero Jan Chinn lo había profetizado. Se sometieron, aunque no renunciaron a la protección escrita que les valía, temerosos de ir a la cárcel. En el camino de vuelta toparon con el señor D. Fawne, que había tenido conocimiento de los robos y que no estaba ni mucho menos contento.

—Ciertamente —dijo el más viejo de la banda cuando concluyó la segunda entrevista—, ciertamente que la protección de Jan Chinn nos ha valido la libertad, aunque es como si un trocito de papel contuviera por sí solo muchas palizas. Deshaceos de él.

Uno se encaramó a un árbol e introdujo la nota en una hendidura, a doce metros del suelo, donde ya no podría perjudicar a nadie. Acalorados, doloridos, pero contentos, los diez regresaron a presentarse ante Jan Chinn al día siguiente, y lo encontraron sentado entre los inquietos bhili, atentos todos ellos al brazo derecho, todos ellos resueltos por el terror que su dios les inspiraba a no rascarse por grande que pudiera ser el picor.

—Fue una buena *kowl* —dijo el cabecilla—. Primero el capitán, que se rió a carcajadas, se hizo cargo del producto de nuestros saqueos, y dio azotes a tres de nosotros, tal como estaba anunciado. Luego nos encontramos con *sahib* Fawne, quien frunció el ceño y exigió ver el producto del saqueo. Le dijimos la verdad, de modo que nos dio una paliza uno por uno a todos nosotros y nos insultó como le vino en gana. Nos dio entonces estos dos paquetes —dejaron ante él una botella de whisky y una caja de tagarninas— y nos marchamos. La *kowl* queda en un árbol, porque su virtud consiste en que tan pronto la mostramos a un *sahib* nos llevamos una paliza.

—Pero de no haber sido por esa *kowl* —dijo Jan Chinn con severidad— todos vosotros iríais de camino a la cárcel escoltado cada cual por un par de policías. Venid a servirme a mí, seréis mis batidores. Estos no se sienten bien, así que iremos de caza hasta que mejoren todos ellos. Esta noche haremos un festejo.

Está escrito en las crónicas de los bhili de Satpura, junto con muchas otras cosas que no serían aptas para ser impresas, que a lo largo de cinco días, a contar desde el día en que les impuso su señal, Jan Chinn el Primero cazó para su pueblo. Está escrito que en las cinco noches de aquellos cinco días la tribu estuvo gloriosa e íntegramente embriagada. Jan Chinn compró alcoholes de una potencia terrible, abatió a jabalíes y ciervos imposibles de contar, de modo que si alguien cayese enfermo tuviera al menos dos magníficas razones para estarlo.

Entre dolores de cabeza y dolores de estómago no tuvieron tiempo libre para pensar en sus brazos, y siguieron a Jan Chinn con total obediencia por la jungla, y con cada día se renovó la confianza de los hombres, las mujeres y los niños, que se llevaban luego a sus aldeas a medida que iba pasando por todas el pequeño ejército. Difundieron la buena nueva: era provechoso, era correcto dejarse arañar por los cuchillos fantasmales; Jan Chinn se había en efecto reencarnado como dios de la comida y la bebida gratuitas, y de todas las naciones de la tierra eran los bhili de Satpura los que primero habían de gozar de su favor, para lo cual sólo tenían que abstenerse de rascarse los picores. En lo sucesivo, aquel afectuoso semidiós iba a estar conectado en su ánimo con los grandes festines, con la vacuna, con las lancetas de un Gobierno de actitud paternal.

—Y mañana he de regresar a mi casa —dijo Jan Chinn a los contados fieles que, entre los suyos, no se habían dejado conquistar por los licores, por la comida en abundancia ni por las glándulas hinchadas. A los niños y a los salvajes les resulta muy difícil conducirse con la debida reverencia en todo momento ante los ídolos de su propia credulidad, y con Jan Chinn habían tenido diversiones en exceso. Pero la sola referencia que hizo a su casa inundó con un manto de tristeza a su pueblo.

—¿Y el *sahib* ya no volverá más por aquí? —preguntó el que fuese el primero en vacunarse.

—Eso está por ver —respondió Chinn con cautela.

—No, pero en tal caso es mejor que vuelva convertido en hombre blanco. Vuelve convertido en un joven como el que conocemos y amamos, pues, tal como sólo tú sabes, somos un pueblo débil. Si volviésemos a verte con... con tu montura... —Trataban de armarse de valor.

—No tengo yo montura. Vine a pie con Bukta desde muy lejos. ¿Qué quieres decir?

—Tú lo sabes... aquello que elegiste por caballo nocturno.

—Entre los hombres se percibió el temblor del miedo y de la reverencia.

—¿Caballo de noche? Bukta, ¿qué cuento de niños es éste?

Desde la noche que desertó, Bukta había preferido estar callado en presencia de Chinn, y se sintió agradecido por una pregunta que así le daba oportunidad de retomar su papel destacado.

—Ellos saben, *sahib* —murmuró—. Es el Tigre Nublado. El que viene de aquel lugar en el que tú dormiste una vez. Es tu montura... como lo ha sido en estas tres generaciones.

—¡Mi montura! Eso no ha sido sino un sueño de los bhili.

—No es un sueño. ¿Dejan los sueños huellas de anchas zarpas en la tierra? ¿Por qué adoptas dos caras distintas ante tu pueblo? Todos saben de las cabalgadas nocturnas, y todos... todos...

—Tienen miedo. Preferirían que no volviera a suceder.

Bukta asintió.

—Si ya no tienes necesidad de él... Es tu montura.

—¿Es eso lo que deja rastro? —preguntó Chinn.

—Lo hemos visto. Es como un camino bajo la tumba.

—¿Podríais encontrar ese rastro y seguirlo... si yo os lo pido?

—De día, sí. Si alguien viene con nosotros y, sobre todo, si está cerca de nosotros.

—Yo estaré cerca de vosotros. Y nos ocuparemos de que Jan Chinn ya no salga más en su montura.

Los bhili saludaron con repetidos vítores estas últimas palabras.

Desde el punto de vista de Chinn iba a ser una ronda de acecho tan normal como tantas otras: se trataba de bajar por la ladera, recorrer las hendiduras y los rincones entre las rocas, todo lo cual tal vez no fuera seguro si un hombre no mantuviera la cordura, aunque tampoco podía ser más arriesgado que otra veintena de cacerías que él mismo había emprendido. Con todo, sus hombres... se negaron en redondo a dar una batida, y sólo se prestaron a seguir el rastro... goteando sudor cada uno de ellos a cada paso. Mostraron las huellas de las zarpas enormes que corrían siempre cuesta abajo, hasta llegar a pocos metros por debajo del lugar en que se encontraba la tumba de Jan Chinn, y que desaparecían en una caverna de boca angosta. Era un camino abierto con insolencia, era una calzada doméstica, por la cual pisaba el animal sin el menor síntoma de haber tenido que ocultarse.

—El mendigo tal vez pague alquiler e impuestos —murmuró Chinn antes de preguntar si el gusto de su amigo era propenso al ganado o a los hombres.

—Al ganado —respondieron—. Dos terneros por semana. Se los llevamos al pie de la montaña. Es lo que tiene por costumbre devorar. Si no lo hiciésemos, podría venir a por nosotros.

—Eso es chantaje y piratería —dijo Chinn—. No sé si entrar en la caverna en su busca. ¿Qué convendría hacer?

Los bhili retrocedieron cuando Chinn se apostó tras una roca con el rifle listo para disparar. Los tigres, bien lo sabía, eran bestias más bien tímidas, pero uno que llevara tanto tiempo alimentado a base de cabezas de ganado de un modo suntuoso quizá se confiara y fuese audaz en exceso.

—¡Habla! —susurró uno desde atrás—. Este sí que sabe.

—¡Tendrá descaro esa bestia infernal! —dijo Chinn. Se oyó un rugido de enojo en el interior de la caverna, un desafío en toda regla—. Venga, sal si te atreves —gritó Chinn—. Sal de ahí. Vamos a ver qué pinta tienes.

El animal tenía que saber que existía alguna relación entre los bhili desnudos y morenos y la comida semanal que allí cerca encontraba, pero aquel casco blanco a la luz del sol le inquietaba, y tampoco vio con buenos ojos aquella voz que venía a interrumpir su descanso. Perezoso cual serpiente que acaba de saciarse, salió a rastras de la caverna y se plantó con un bostezo a la entrada. Le daba de lleno la luz del sol en el flanco derecho, y Chinn quedó extrañado, pues nunca había visto un tigre con aquellas señales. A excepción de la cabeza, jaspeada de un modo llamativo, era moteado: no tenía franjas, sino motas, como el caballo de balancín de un niño, motas de un intenso negro ahumado sobre un fondo de oro rojo. La porción del vientre y del cuello que debiera haber sido blanca era anaranjada, y tenía la cola y las zarpas negras.

Pareció despreocupado por espacio de unos diez segundos, y entonces agachó la cabeza con toda intención, y abrió las fauces y mostró los dientes mirando a fondo al hombre. El efecto de este gesto no fue otro que adelantar notablemente el arco redondeado del cráneo, con dos anchas franjas por encima, debajo de las cuales centelleaban los ojos sin parpadear. En esa actitud, con la cabeza adelantada, mostró algo que recordaba una máscara diabólica, de una pantomima burlona y colérica. Era una actitud hipnótica y natural que había ensayado en muchas ocasiones en aquel talud pedregoso, y aunque no era precisamente Chinn un ternero aterrorizado sí se quedó en pie un rato, traspasado por la extraordinaria rareza del ataque. La cabeza —el cuerpo parecía comprimido tras ella—, la cabeza feroz, como una calavera descarnada, aún se arrimó más sobre las briznas de hierba que a la vez acariciaba con la punta de la cola. A izquierda y derecha, los bhili se habían esparcido para dejar a John Chinn domeñar por sí solo a su montura. «¡Por mi vida! —pensó—. ¡Intenta asustarme!» Y nada más pensarlo disparó entre aquellos ojos como platos, haciéndose a un lado con el disparo para esquivar el retroceso.

Una gran masa de estertores y toses que apestaba a carroña salió dando brincos por delante de él e inició el ascenso del monte. La siguió con discreción. El tigre no hizo el menor intento por internarse de nuevo en la jungla; a duras penas veía algo, a duras penas respiraba, con las fauces y el hocico abiertos al máximo, las tremendas patas delanteras apartando la gravilla con cada paso.

—¡Lo he alcanzado! —dijo John Chinn, y lo vio darse a la fuga—. Si fuera una perdiz, habría caído abatida. Debe de tener los pulmones encharcados de sangre.

El animal había salvado de un salto una roca redondeada y había desaparecido al caer del otro lado. John Chinn se asomó a mirar con el cañón preparado. Pero el rastro enrojecido seguía derecho como una flecha hacia la tumba de su abuelo, y allí, entre las botellas de licor hechas añicos, entre los fragmentos de la imagen de barro, se le escapaba la vida con agitación, con un sordo rugido.

—Si mi valioso antepasado pudiera ver esto —dijo John Chinn—, se habría sentido orgulloso de mí. Los ojos, la mandíbula inferior, los pulmones. Un buen disparo.

Silbó para que acudiese Bukta mientras pasaba la cinta sobre el corpachón que se iba quedando rígido.

—Tres…, dos…, dos y medio… ¡Dios santo! Debe de medir cerca de tres metros y medio. Digamos que tres treinta. El brazo, más de un metro. Y la cola es más bien corta, pongamos que otro metro. ¡Y qué piel! ¡Es digna de verse! ¡Oh, Bukta! ¡Bukta! ¡Deprisa, los hombres provistos de cuchillos!

—¿Está muerto sin ningún género de dudas? —preguntó una voz sobrecogida por el temor desde detrás de una roca.

—No fue así como acabé con mi primer tigre —dijo Chinn—. No pensé que Bukta fuera a salir corriendo. No tenía segunda escopeta.

—Es…, es el Tigre Nublado —dijo Bukta sin hacer caso del desdén—. Está muerto.

Chinn no llegó a apreciar si todos los bhili vacunados o no, todos los bhili de Satpura en cualquier caso, se habían apostado en los alrededores para presenciar la matanza. Lo cierto es que toda la ladera del monte fue primero un susurro y luego un hervidero provocado por los hombres menudos, que rompieron a gritar a voz en cuello, a cantar, a lanzar vítores. Y a pesar de todo, hasta que no hizo la primera incisión en aquella piel espléndida, ni uno solo de los hombres quiso empuñar un cuchillo. Cuando cayeron las sombras, todos huyeron corriendo de la tumba manchada de rojo, y no hubo forma de persuadirlos para que regresaran hasta que no alboreó. De ese modo, Chinn pasó una segunda noche a la intemperie, vigilando el animal muerto para que no lo atacasen los chacales y pensando en su antepasado.

Regresó al llano con los cánticos triunfales de un ejército que lo escoltaba, un ejército compuesto por trescientos hombres, el mahratta que fue responsable de la campaña de vacunación pisándole los talones y la piel toscamente secada precediéndole a modo de trofeo. Cuando aquel ejército desapareció repentinamente y sin hacer ruido, como la perdiz en los altos maizales, dedujo que debía encontrarse cerca de la civilización, y un recodo en el camino lo llevó al campamento donde se encontraba un ala de su propio regimiento. Dejó la piel sobre una carreta, para que la viese el mundo entero, y fue en busca del coronel.

—Están perfectamente —le explicó con gan seriedad—. No hay en ellos una sola onza de maldad. Tan sólo tenían miedo. He procedido a la vacunación de toda la tribu y todos quedaron encantados. ¿Y qué… qué es lo que estamos haciendo aquí, señor?

—Eso mismo intento yo averiguar —respondió el coronel—. Todavía no sé si somos parte de una brigada o de una fuerza policial. De todos modos, creo que nos hacemos llamar fuerza policial, a saber. ¿Se puede saber cómo se las ingenió para vacunar a los bhili?

—Verá, señor —dijo Chinn—, lo he estado pensando, y por lo que a mí se me alcanza está claro que tengo una suerte de influencia hereditaria sobre todos ellos.

—Eso lo sé; de lo contrario, no le hubiera enviado a usted. Pero, ¿se puede saber de qué se trata?

—Es bastante intrigante. Por lo que he alcanzado a entender, resulta que soy la reencarnación de mi propio abuelo, y resulta que he perturbado la paz de la región al cabalgar por la noche a lomos de un tigre extraño. Si no lo hubiera hecho, no creo que hubieran expresado sus protestas a la campaña de vacunación; sumados ambos hechos, todo terminó por ser mucho más de lo que estaban dispuestos a soportar. Así las cosas, señor, procedí a vacunarlos a todos ellos y luego abatí al tigre en que montaba, en prueba de mi buena fe. No habrá visto usted una piel semejante en su vida, se lo aseguro.

El coronel se atusó el bigote con ademán pensativo.

—Bien, ¡qué caramba! —dijo—. ¿Pretende que ponga eso en mi informe?

Efectivamente, la versión oficial de la estampida con la que pretendieron los bhili hurtarse a la campaña de vacunación no dijo nada acerca del teniente John Chinn, divinidad local. Pero Bukta estaba al corriente, y el regimiento estaba al corriente, y el cuerpo del ejército estaba al corriente, y todos los bhili de los montes de Satpura estuvieron muy al corriente.

Hoy Bukta está ansioso de que John Chinn prontamente contraiga matrimonio e imparta sus poderes a un hijo suyo, pues si se tuerce la sucesión de los Chinn, y si los menudos hombres de la tribu de los bhili han de valerse de sus propias imaginaciones, habrá nuevas y graves complicaciones en los montes de Satpura.

AL FINAL DEL TRAYECTO

Plomizo está el cielo, colorados nuestros rostros,
y se han abierto y se han rajado las puertas del Infierno,
y se desatan y braman los vendavales del Infierno,
y asciende la polvareda hacia el rostro del Cielo,
y de las nubes cae una sábana enfurecida,
pesada de levantar, imposible de soportar,
y el alma del hombre de su carne se desgaja,
olvidada de las cosas insignificantes por las que tanto se desvivió,
con la enfermedad en el cuerpo, con la congoja en el corazón,
y asciende su alma como el polvo del camino,
despréndese de su carne, se eleva, la olvida,
y resuenan los clarines que anuncian el cólera.

Del Himalaya

Cuatro hombres, cada uno de ellos con pleno derecho «a la vida, la libertad y a aspirar a la felicidad», se hallaban sentados en torno a una mesa jugando a las cartas. El termómetro marcaba —para ellos— casi 39°. La sala estaba en penumbra, tanto que apenas era posible distinguir los puntos de las cartas y los muy blancos rostros de los jugadores. Un *punkah* raído y medio podrido, de percal reforzado con una lechada, batía el aire estancado y gemía lastimeramente con cada vaivén. Fuera, el día era tan lúgubre como una tarde de noviembre en Londres. No había ni cielo, ni sol, ni horizonte; tan sólo la calima entre parda y púrpura, sofocante. Era como si la tierra misma agonizase a causa de una apoplejía.

De vez en cuando la polvareda se levantaba del terreno sin que soplara el viento, sin aviso previo, en nubes leonadas que se sacudían cual manteles entre las copas de los árboles agostados y volvían a posarse. Un turbión de polvo arremolinado recorría entonces la llanada por espacio de un par de millas, cesaba de súbito y se precipitaba disuelto, aun cuando ningún obstáculo hubiera estorbado su curso, con la salvedad de una larga hilera de durmientes de ferrocarril cubiertos por el polvo blanquecino, unas cuantas chozas de adobe apiñadas unas con otras, raíles echados a perder y el *bungalow* cuadrado, bajo, de cuatro habitaciones, perteneciente al ingeniero adjunto que estaba a cargo de un tramo de la vía férrea del estado de Gaudhari, entonces en construcción.

Los cuatro, aligerados de ropa al máximo, y vestidos sólo con las prendas más finas de que disponían para dormir, jugaban a los naipes a regañadientes, disputándose con inquina tanto las manos como los tantos. No era la más airosa de las partidas que se pudiera entablar, pero sus desvelos se habían tomado todos ellos para llegar allí y jugarla, desvelos iniciados la noche anterior. Mottram, del servicio de topografía de la India, había recorrido treinta millas a caballo y cien en tren, la distancia que lo separaba de su puesto solitario en el desierto. Lowndes, funcionario del registro civil destacado en misión especial en el departamento de policía, había viajado a tanta distancia con tal de escapar siquiera fuese un instante de las intrigas y mezquindades de un depauperado estado indígena, cuyo reyezuelo alternaba entre lisonjas y bravuconadas con tal de rebañar más fondos de los lamentables impuestos que pagaban los campesinos, exprimidos hasta la última gota, que malvivían en una situación desesperada. Por su parte, Spurstow, el médico del ferrocarril, había dejado un campo de culíes azotado por el cólera, al amparo de sus propios recursos durante cuarenta y ocho horas, para disfrutar una vez más del trato de los hombres blancos. Hummil, el ingeniero adjunto, era el anfitrión. Nunca fallaba. Recibía de ese modo a sus amigos todos los domingos que pudieran acudir a visitarlo. Si uno de ellos no se presentaba a la cita, enviaba un telegrama a su última dirección conocida, para saber si el ausente seguía vivo o había muerto. Son muchos los lugares de Oriente en los que no es cortés ni conveniente perder de vista a los conocidos siquiera durante el breve lapso de una semana.

Los jugadores no eran conscientes de tenerse en estima especial los unos a los otros. Reñían cada vez que se encontraban, pero deseaban ardientemente encontrarse, tal como desean saciar su sed los que no tienen agua. Eran individuos solitarios, que con creces entendían el significado aterrador de la soledad.

—¿Una Pilsen? —dijo Spurstow tras la primera partida, enjugándose el sudor de la frente.

—Lamento decirles que se ha terminado la cerveza, y que apenas queda agua de soda suficiente para esta noche —dijo Hummil.

—¡Qué desastre de previsión, qué asco de abastecimiento! —barbotó Spurstow.

—No hay quien lo arregle. He escrito, he enviado telegramas, pero los trenes aún no llegan con regularidad. La semana pasada se agotó el hielo…, como bien sabe Lowndes.

—Me alegro de haberme ahorrado el viaje. De haberlo sabido, sin embargo, podría haberle enviado algo. ¡Uf! Hace demasiado calor para estar jugando a la brisca como meros principiantes. —Lo dijo con un gesto de enfurecimiento hacia Lowndes, que se limitó a reír. Era un provocador empedernido. Mottram se levantó de la mesa y miró por una rendija de las persianas.

—¡Qué día tan lindo! —dijo.

Los cuatro bostezaron al unísono y emprendieron sin ton ni son un repaso de las pertenencias de Hummil: pistolas y escopetas, novelas cochambrosas, sillas, espuelas, guarniciones y demás. Las habían sobado docenas de veces con anterioridad, pero lo cierto es que no había otra cosa que hacer.

—¿Alguna novedad? —preguntó Lowndes.

—Tengo la *Gaceta Oficial de la India* de la semana pasada, y un recorte de un diario de Inglaterra. Cortesía de mi señor padre. No deja de tener su miga.

—Será alguno de esos concejaluchos de tres al cuarto que se hacen llamar parlamentario, me juego cualquier cosa —dijo Spurstow, que devoraba la prensa siempre que caía en sus manos.

—Sí. Escuchen esto. A usted le interesa en especial, Lowndes. El hombre en cuestión estaba pronunciando un discurso ante su circunscripción electoral, y se ve que se le fue la mano. Para muestra, un botón: «Y les aseguro sin ningún género de dudas que el Servicio Civil en la India es el coto vedado, qué digo, es el coto de caza predilecto de la aristocracia de Inglaterra. ¿Qué beneficio obtiene la democracia, qué reciben las masas de ese país, que nos hemos paulatina y fraudulentamente anexionado? Yo respondo que nada en absoluto. Son los herederos de la aristocracia los que lo explotan sólo con vistas a lo que les interesa. Ponen buen cuidado en que no disminuya la lujosa magnitud de sus rentas, en rehuir o sofocar si es caso toda inquisición sobre la naturaleza y desempeño de su administración, al tiempo que obligan por la fuerza al desdichado campesino a pagar con el sudor de su frente todos los artículos de lujo que le alivian en su vida regalada».

—¡Qué cosas hay que oír! ¡Qué cosas! —exclamaron los demás.

—Daría... —dijo entonces Lowndes con aire meditabundo—, daría hasta tres meses de paga con tal que ese caballero se viniera a pasar conmigo un mes y viera con sus propios ojos cómo se las gasta el príncipe indígena, libre e independiente. El viejo Tarugo —ése era el título que daba a la ligera a un príncipe feudal honrado y condecorado— me ha hecho la vida imposible durante toda la semana, dándome la lata con el dinero. ¡Por Júpiter! ¡La última que se le ocurrió fue tratar da sobornarme mandándome a una de sus mujeres!

—¡Suerte la suya! ¿Y aceptó? —preguntó Mottram.

—Pues no, pero ahora que lo pienso ojalá lo hubiese hecho. Era una mujercita encantadora que me describió la pobreza espantosa en que viven las mujeres del rey. Fíjense que las pobrecillas no han recibido nuevas prendas de vestir desde hace casi un mes, y el viejo está como loco por comprarse un nuevo coche descubierto en Calcuta, con sus adornos, pasamanos y lámparas de plata maciza, además de otras bagatelas por el estilo. He tratado de meterle en la cabeza que lleva derrochando los impuestos y esquilmando con imprudencia las arcas del estado desde hace veinte años, y que va siendo hora de que afloje la mano. Él, ni caso.

—Pero aún le quedan por aprovechar las ancestrales arcas del tesoro. En los sótanos del palacio debe de haber al menos tres millones en piedras preciosas y monedas —dijo Hummil.

—¡A ver quién es el listo que pesca a un rey nativo con las manos en la masa del tesoro familiar! Es algo que los sacerdotes prohíben si no se trata realmente del último recurso. El viejo Tarugo ha engrosado en un cuarto de millón los depósitos desde que ocupa el trono.

—¿A qué se deberán tantos desmanes, y tan nefastos?

—Al propio país. El estado en que viven sus súbditos es tal que se pondría usted enfermo si lo viera. He llegado a saber que los recaudadores esperan junto a la camella parturienta hasta que nace la cría, momento en el cual se llevan a la madre recién parida para cobrarse los atrasos. ¿Qué puedo hacer yo? No consigo que los funcionarios de la corte me presenten las cuentas. No consigo arrancar más que una sonrisa de complacencia en el comandante en jefe cuando me entero de que se adeudan tres meses de soldada a las tropas. Y el viejo Tarugo se echa a temblar y llora como un desconsolado en cuanto le digo alguna cosa. Se ha hecho inseparable de eso que llaman «brebaje del rey», que lleva licor de brandy por whisky y champagne Heidsieck por agua de soda.

—A eso mismo le pegaba de firme el Rao de Jubela. Ni siquiera un nativo puede aguantarlo por mucho tiempo —dijo Spurstow—. La espichará.

—No sería mala cosa. Supongo que entonces se crearía un consejo de regencia, que nombraría un tutor para el joven príncipe heredero y le devolvería el reino íntegro, con todo lo acumulado en diez años.

—Momento en el cual el joven heredero, luego de haber aprendido todos los vicios de los ingleses, se pondrá a jugar al chipichapa en un estanque, y no con piedras planas, por cierto, sino con monedas, despilfarrando diez años de trabajo en dieciocho meses a lo sumo. Ya lo he visto antes —dijo Spurstow—. Yo que usted llevaría al rey con blandura, Lowndes. No se pase de duro. Sean cuales sean las circunstancias lo aborrecerán a usted por igual.

—Todo eso está muy bien. Y bien puede el mirón aconsejar mano blanda, que no es posible adecentar una pocilga rociándola con agua de rosas. Sé qué riesgos corro; de momento no ha pasado nada. Mi criado es un viejo de la etnia pastún, es quien cocina para mí. Es poco probable que lo sobornen, y no acepto yo comida de quienes se hacen pasar por mis amigos de verdad, según insisten en llamarse. Les aseguro que es un trabajo agotador. De largo preferiría estar con usted, Spurstow. Hay al menos buena caza cerca de donde se encuentra acampado.

—¿En serio lo dice? Permítame dudarlo. Unas quince defunciones al día no incitan a cazar nada; si acaso, incitan a pegarse un tiro. Y lo peor de todo es que los viejos diablos lo miran a uno como si tuviera que salvarlos por fas o por nefas. Sabe Dios que lo he probado todo. Mi último intento fue puramente empírico, pero al menos sirvió para sacar del mal paso a un anciano. Me lo trajeron cuando habían perdido toda esperanza, y le administré una mezcla de ginebra con salsa de Worcester y cayena. Se curó, pero no se lo recomiendo a nadie.

—¿Cómo evolucionan los casos en general?

—De manera muy simple: Se les administra primero cloroformo y opio, mejoran algo, tienen un colapso, se les administra nitrato de potasio, se les hace entrar en calor poniéndoles ladrillos calientes en los pies, como si fuesen bolsas de agua, y de ahí... a la pira funeraria, claro. Ésta parece ser la única medida capaz de remediar los problemas. Es el cólera negro, ya se sabe. ¡Pobres diablos! Debo decir de todos modos que mi boticario, Bunsee Lal, trabaja como un demonio. He aconsejado que le den un ascenso si sale con vida de ésta.

—¿Y usted qué posibilidades tiene, carcamal? —dijo Mottram.

—Ni lo sé ni me importa mucho, la verdad, aunque he despachado la carta. ¿A qué dedica usted su tiempo?

—Me paso las horas dentro de la tienda de campaña, sentado debajo de la mesa, y escupo en el sextante para que no se recaliente más de la cuenta —dijo el topógrafo—. Me lavo bien los ojos para evitarme una oftalmia, que a pesar de todo pescaré con seguridad, y trato de hacerle entender al ayudante que un error de cinco grados en el ángulo no es tan poca cosa como pueda parecer. Estoy completamente solo, como ustedes saben, y así ha de ser hasta que no afloje el calor.

—Hummil sí que es un hombre con suerte —dijo Lowndes, y se recostó en un sillón—. Tiene un techo bajo el que guarecerse; está desgarrado el revestimiento, pero sigue siendo un techo al fin y al cabo. Ve pasar un tren a diario. Si Dios se porta bien, puede hacerse con provisiones de cerveza y de agua de soda y de hielo. Tiene libros, tiene imágenes, cierto es que arrancadas todas ellas de las páginas del *Graphic*; tiene la compañía de un subcontratista magnífico, como es Jevins, y además tiene el placer de recibirnos semanalmente.

Hummil, cariacontecido, esbozó una sonrisa.

—Sí, yo soy el que tiene suerte. Supongo que Jevins ha tenido aún más.

—¿Cómo...? ¿No...?

—Sí. Se acabó. El pasado lunes.

—¿Por propia mano? —dijo Spurstow al punto, insinuando la sospecha que todos tenían en mente. No se había declarado caso alguno de cólera en las inmediaciones del tramo de Hummil. E incluso la fiebre da a cualquiera al menos una semana de gracia, mientras una muerte repentina por lo común entrañaba que el difunto se hubiera quitado de delante.

—No juzgaré yo a nadie que soporte este clima —dijo Hummil—. Debió de darle el sol más de la cuenta, digo yo, pues la semana pasada, después que ustedes se fuesen, vino a la veranda y me dijo que iba a ir a casa a ver a su esposa, a

Market Street, en Liverpool, esa misma noche. Logré que el boticario lo viese —añadió tras una pausa—, y entre los dos intentamos que se echara a descansar. Al cabo de una hora, tal vez dos, se frotó los ojos y dijo que creía haber tenido un ataque, y que esperaba no haber dicho ninguna inconveniencia. Jevins tenía en muy alta estima la idea de medrar en sociedad. Hasta en su modo de hablar era clavado a Chucks, no sé si recuerdan al personaje de novela del capitán Marryatt. Un hombre sin duda valiente, pero taladrado con la idea de medrar en sociedad.

—¿Y bien?

—Se marchó entonces a su *bungalow* y se puso a limpiar un rifle. Dijo al criado que pensaba salir a cazar cuando amaneciera. Como es natural, manipuló con torpeza el gatillo y se descerrajó un tiro en los sesos... por puro accidente, claro está. El boticario envió un informe a mi jefe. Jevins está enterrado por ahí cerca. Le habría puesto un telegrama, Spurstow, si hubiese podido usted hacer algo.

—Es usted un tipo extraño —apuntó Mottram—. Si lo hubiera matado usted con sus propias manos, no habría sido más discreto con todo el asunto.

—¡Dios mío! ¿Y qué más dará? —dijo Hummil con aplomo—. Ahora he de ocuparme del mucho trabajo que a él le estaba asignado, además del que ya me ocupa. Soy la única persona que lo padece en carne propia. Jevins ya no está, y no está por puro accidente, desde luego, pero ya no está. El boticario iba a escribir todo un tratado sobre el suicidio. Es infalible: un *babu*, con el rebozo de cultura inglesa que dice poseer, sólo sabe soltar monsergas y pedanterías a la primera oportunidad que se le presenta.

—¿Por qué no lo dejó usted pasar por lo que fue, un suicidio? —dijo Lowndes.

—No hay pruebas. En este país no tiene el hombre muchos privilegios, pero al menos se le reconocerá el derecho a cometer un error cuando manipula su propia escopeta, digo yo. Además, a lo mejor un buen día necesito yo a un hombre que eche tierra sobre un accidente que pueda yo sufrir. Vivamos y dejemos vivir. Muramos y dejemos morir, digo yo.

—Tómese una píldora —dijo Spurstow, que había estado muy atento al rostro palidísimo de Hummil—. Tómese una píldora y no me sea un asno. Eso son majaderías. Además, suicidarse es escaquearse del trabajo. Fuera yo tan desgraciado como diez veces Job y seguiría igual de interesado por lo que pudiera suceder a continuación, tanto que me quedaría atento, a la espera.

—Yo en cambio ya no tengo esa curiosidad —dijo Hummil.

—¿Por algún trastorno hepático? —preguntó Lowndes con vehemencia.

—Qué va. No consigo pegar ojo, que es mucho peor.

—¡Por Júpiter! ¡Y tanto que lo es! —dijo Mottram—. A mí me sucede de vez en cuando, y el único remedio es dejar que se pase por sí solo. ¿Toma usted algo que le alivie?

—Nada. ¿De qué serviría? No he dormido ni diez minutos desde que me levanté el viernes por la mañana.

—¡Pobre hombre! Spurstow, más le valdría prestar atención —dijo Mottram—. Ahora que lo dice, tiene los ojos hinchados y pitañosos.

Sin dejar de mirar a Hummil, Spurstow rió a la ligera.

—Luego le recetaré un apaño, descuide. ¿Les parece que hace demasiado calor para salir a montar a caballo?

—¿Y adónde, si se puede saber? —dijo Lowndes con fatiga—. A las ocho tendremos que marchar, y bastante habremos de cabalgar entonces. Aborrezco los caballos cuando no me queda más remedio que montar. ¡Cielos! ¿Qué podemos hacer?

—Ponernos a jugar de nuevo. Apostando un *mohur* de oro por cada mano —dijo Spurstow al punto.

—Ya puestos, al póquer. Nos jugamos cada uno un mes de sueldo, sin límite de apuesta, y a cincuenta rupias la apuesta mínima. Alguno se quedará a dos velas antes de levantar la timba.

—No diré yo que me dé gusto dejar sin blanca a uno de los presentes —dijo Mottram—. No parece que sea muy emocionante. Además, ¿qué digo?, es una estupidez. —Atravesó la sala hacia el piano baqueteado y maltrecho, resto del mobiliario de un matrimonio que había tenido el *bungalow* en propiedad, y abrió la tapa.

—Está estropeado desde ni se sabe cuándo —dijo Hummil—. Lo han aporreado los criados hasta dejarlo para el arrastre.

El piano estaba en efecto hecho trizas, aunque Mottram se las ingenió para acordar un poco la disonante rebeldía de las notas, y de las teclas melladas arrancó algo que en su día pudo ser el espectro de una tonada popular de un espectáculo de variedades. Los demás, arrellanados en los sillones, se volvieron con interés patente a la par que Mottram aporreaba el teclado con más energía.

—¡Eso está muy bien! —dijo Lowndes—. ¡Por Júpiter tonante! La última vez que oí esa canción tuvo que ser en el 79 poco más o menos, antes de marcharme de Inglaterra.

—¡Ah! —dijo Spurstow con orgullo—. Yo aún estaba allá en el 80. —Y mencionó el título de una canción popular en aquella fecha.

Mottram la interpretó con torpeza. Lowndes criticó la ejecución y propuso alguna que otra enmienda. Mottram se lanzó a tocar otra cantinela que no parecía de espectáculo de variedades, e hizo al cabo ademán de levantarse.

—Siéntese —dijo Hummil—. No sabía yo que tuviera rudimentos de música entre los muchos talentos que lo adornan. Siga, siga tocando hasta que se le agote el repertorio. Ordenaré que me afinen el piano antes de que venga usted de visita la próxima vez. Ande, toque algo de aire festivo.

Muy simples, en efecto, fueron las melodías a las que el arte de Mottram y las propias limitaciones del piano podían dar cuerpo, si bien los hombres las escucharon con placer, y en las pausas entre una y otra charlaron con cierta animación de lo que habían visto u oído la última vez que estuvieron en Inglaterra. Se levantó fuera un torbellino de arena que barrió con un intenso rugido la casa, envolviéndola en la asfixiante oscuridad de la medianoche, a pesar de lo cual Mottram siguió tocando sin hacer ni caso, y el demencial tintineo de las notas alcanzó los oídos de los oyentes por encima de las sacudidas con que aleteaba la desgarrada tela que revestía el techo.

En el silencio que siguió a la tormenta pasó de las melodías escocesas más directamente personales, tarareándolas por lo bajo a la vez que tocaba, al Himno Vespertino.

—Qué dominical —dijo, y asintió.

—Siga, siga. No se disculpe —dijo Spurstow.

Hummil rió largo y tendido, a mandíbula batiente.

—Toque, toque. No se corte. Hoy se nos ha convertido usted en una caja de sorpresas. No sabía yo que se le diera tan bien ese sarcasmo refinado. ¿Cómo iba la melodía?

Mottram reanudó la canción.

—Demasiado lento. No capta así el matiz de gratitud que debería tener —dijo Hummil—. Debería tener el ritmo de la «Polka del saltamontes», vea usted. —Y se puso a cantar *prestissimo*—: Gloria a ti, Señor, en esta noche, por todas las bendiciones de la luz...

»Así es como se demuestra que sentimos con sinceridad las bendiciones. ¿Cómo seguía? A ver...

»Si en la noche yazgo en el desvelo, colma mi alma de sagrados pensamientos, que los malos sueños no turben mi reposo... (¡Más deprisa, Mottram!), ni me inquiete el poder de las tinieblas.

—¡Bah! ¡Vaya hipócrita está usted hecho!

—No sea tan asno —dijo Lowndes—. Dispone usted de toda libertad para reírse de cuanto le venga en gana, pero deje ese himno en paz. En mi ánimo se relaciona con los recuerdos más sagrados...

—Los atardeceres del verano en la campiña, las vidrieras de los cristales, las luces que se apagan, ella a su lado y los dos con la cabeza metida literalmente en el libro de himnos —dijo Mottram.

—Sí, y un abejorro gordo que se le mete en el ojo al volver a casa. El olor del heno. Una luna tan grande como una sombrerera encima del pajar; los primeros murciélagos, las rosas, la leche recién ordeñada, los mosquitos —dijo Lowndes.

—Y las madres, cómo no. Yo bien recuerdo que mi madre me arrullaba con sus nanas cuando era un niño —dijo Spurstow.

Las tinieblas se habían apoderado de la estancia. Oyeron a Hummil remejerse en su sillón.

—Por lo tanto —dijo con evidente mal humor—, es la canción que cantan cuando se han hundido del todo en el Infierno. Es natural. En el fondo, insulta a la inteligencia de la Divinidad pretender que somos otra cosa que rebeldes torturados.

—Tómese dos píldoras mejor —dijo Spurstow—. Eso es que tiene el hígado torturado, como dice usted.

—El buen Hummil, por lo general tan plácido de trato, está hoy de un humor de perros. Está que muerde, vaya. Lamento la que les espera mañana a los culíes —dijo Lowndes en el momento en que los criados traían las velas y preparaban la mesa para la cena.

Aprovechando el momento en que se acomodaban cada uno en su sitio, en torno a las miserables costillas de cabrito y el pudin de tapioca ahumada, Spurstow habló en un susurro con Mottram

—¡Bien hecho, David!

—Pues entonces cuida de Saul —recibió por toda respuesta.

—¿Qué cuchichean ustedes dos? —dijo Hummil con recelo.

—Sólo decíamos que es usted un anfitrión que da pena. Este pollo está imposible de trinchar —replicó Spurstow con su mejor sonrisa—. ¿Y esto lo considera usted una cena?

—No tiene remedio. Pero no esperarían ustedes un banquete con todas las de la ley, digo yo.

A lo largo de la cena Hummil se las ingenió con notorios esfuerzos para insultar directa e intencionalmente a todos sus invitados uno por uno, y con cada insulto Spurstow propinó un puntapié al agraviado por debajo de la mesa; en cambio, no osó cruzar una mirada de comprensión con ninguno de ellos. A Hummil se le había puesto la cara pálida, contraída, con unos ojos antinaturalmente agrandados. A ninguno de los presentes se le ocurrió siquiera un instante darse por ofendido ante sus agresivas muestras de irritación, ni tomárselas a título personal, pero tan pronto se terminó la cena todos parecieron darse prisa en marchar.

—No se vayan todavía. Ahora es cuando empiezan a resultar entretenidos, camaradas. En fin, espero no haber dicho ninguna inconveniencia que les haya podido molestar. En el fondo, son ustedes unos demonios quisquillosos. —Cambiando de tono y pasando casi al de una abyecta súplica, Hummil añadió—: Oigan, no irán a marcharse ahora...

—Como dice el dichoso Jorrocks, ya sabe usted, el de la novela de Surtees, «yo donde ceno duermo» —dijo Spurstow—. Si no es molestia, mañana me gustaría echar un vistazo a sus culíes. Supongo que tendrá para mí un catre donde pueda pasar la noche, ¿verdad?

Los demás pretextaron la urgencia de los deberes que los reclamaban al día siguiente. Ensillaron y se marcharon juntos, si bien Hummil no dejó de suplicarles que acudieran a la partida de costumbre el domingo siguiente. Según echaban a trotar, Lowndes confió a Mottram:

—Y le aseguro que nunca he tenido tantas ganas de pegarle a nadie una patada estando sentado a su propia mesa. Nunca en la vida. ¡Va y me suelta que hago trampas jugando a las cartas y me recuerda el muy cernícalo que estaba en deuda con él! ¡Y a usted le dijo a la cara que es un mentiroso de tomo y lomo! Pero no parece que le haya molestado.

—No, a mí no —dijo Mottram—. ¡Pobre diablo! ¿Tenía usted noticias de que el viejo Hummil se hubiera comportado alguna vez así, o de manera siquiera semejante?

—Eso no le valdrá de excusa. Spurstow no dejó de despellejarme las canillas. Por eso pude dominarme. Si no, no sé qué habría hecho.

—No, no habría hecho usted nada. Habría hecho lo mismo que hizo el buen Hummil con Jevins; a nadie conviene juzgar con un clima como éste. ¡Por Júpiter tonante! ¡Si hasta me quema la mano la hebilla de las riendas! Apretemos el trote, y ojo con las ratoneras.

A los diez minutos de trote, a Lowndes se le escapó un atinado apunte cuando refrenaba a su montura sudando por todos los poros.

—Es bueno que Spurstow se quede con él a pasar la noche.

—Ya lo creo. Es un buen hombre este Spurstow. En fin, aquí se bifurcan nuestros caminos. Hasta el domingo que viene, siempre y cuando el sol no acabe conmigo.

—Lo mismo digo, siempre y cuando el ministro de finanzas del viejo Tarugo no se las ingenie para envenenarme la comida. Buenas noches... y que Dios le bendiga.

—¿Y ahora qué sucede?

—Oh, nada —Lowndes recogió el látigo, y a la vez que propinaba un chicotazo en el flanco a la yegua de Mottram añadió—: No es usted mal tipo, eso es todo.

Y la yegua se lanzó a galope tendido por espacio de una milla, por el arenal, nada más oír la última palabra.

En el *bungalow* del ingeniero adjunto, Spurstow y Hummil fumaban juntos la pipa del silencio, observándose mutuamente. La capacidad de la casa en que reside un soltero es tan elástica como sencilla es su disposición. Un criado recogió la mesa después de la cena, llevó un par de toscos catres de fabricación indígena, hechos de cordajes atados a un bastidor de madera ligera; echó por encima de cada uno de ellos una fresca esterilla de Calcuta, colocó el uno junto al otro, afianzó un par de toallas en el *punkah* de modo que los bordes pasaran cerca de la nariz y la boca de los durmientes y anunció que las camas estaban preparadas.

Los dos se recostaron y ordenaron a los culíes encargados del *punkah* que, por todos los poderes del Infierno, no dejaran de tirar de la cuerda. Todas las puertas y ventanas estaban cerradas; el aire en el exterior era el de un horno. En el interior, la temperatura estaba sólo levemente por encima de 39° centígrados, de lo cual era testigo fiel el termómetro, y el ambiente estaba recargado por los malolientes humos de las lámparas de queroseno mal despabiladas; ese hedor, combinado con el del tabaco nativo, los ladrillos recocidos y la tierra reseca, a muchos hombres de pelo en pecho les deja el corazón en los pies, pues no es sino el olor característico del Gran Imperio de la India, cuando la India vuelve a ser la que es e ingresa por espacio de seis meses en una cámara de tortura. Spurstow ahuecó los almohadones con maña, de modo que quedó más reclinado que tumbado del todo, con la cabeza ligeramente elevada sobre el nivel de los pies. No es aconsejable dormir con una almohada fina cuando hace tanto calor, y menos si uno es grueso de cuello, pues no es raro que pase entre sonoros ronquidos y gárgaras del estado natural del sueño al sueño profundo de la apoplejía causada por la calorina.

—Ahueque las almohadas —le indicó el médico con sequedad al ver que Hummil se disponía a dormir en postura horizontal.

Se rebajó la luz de las lámparas; la sombra del *punkah* la hacía oscilar al barrer la estancia, seguido por el roce de las toallas y el quedo chirriar de la soga al pasar por el agujero de la pared. Al cabo, el *punkah* disminuyó el ritmo, casi cesó del todo. A Spurstow le manaba el sudor a chorros. ¿Debería salir y abroncar al culi? Estaba pensándoselo cuando el *punkah* arrancó de nuevo con una sacudida, y una pinza se desprendió de una de las toallas. Cuando la hubieron cambiado, un tamtam comenzó a sonar desde el campamento de los culíes como el constante palpitar de una arteria hinchada en un cerebro arrasado por la fiebre. Spurstow se volvió de costado y maldijo en silencio. No percibió el menor movimiento por parte de Hummil. El hombre había adoptado la rígida postura de un cadáver, con las manos fijas en los costados. Tenía una respiración demasiado presurosa para estar durmiendo realmente. Spurstow contempló el rostro inmóvil. Tenía prieta la mandíbula, y un pliegue en torno a los párpados temblorosos.

«Se halla tan tenso que no creo que pueda aguantar mucho más —pensó Spurstow—. ¿Qué demonios le estará pasando?»

—Hummil...

—Sí —respondió con la voz pastosa y sofocada.

—¿No puede dormir?

—Pues no.

—¿Le arde la cabeza? ¿Molestias en la garganta? ¿O qué le...?

—No, no es eso, gracias. Es que últimamente apenas duermo.

—¿Se encuentra mal?

—Bastante mal, gracias. Ahí fuera suena el tam-tam, ¿no? Antes me parecía que sonara dentro de mi cabeza... Oh, Spurstow, ¡por el amor de Dios! ¡Deme algo que me ayude a dormir, algo que me haga conciliar el sueño, así sean tan sólo seis horas! —Se puso en pie de un brinco, temblando de la cabeza a los pies—. ¡Hace días que no pego ojo, y no lo aguanto más! ¡No lo aguanto más!

—¡Pobre hombre!

—Eso no sirve de nada. Deme algo que me ayude a dormir. Le digo en serio que me estoy volviendo loco. La mitad de las veces ni siquiera sé qué digo, ni tampoco sé qué decir. Hace tres semanas que tengo que pararme a pensar y a formular cada palabra que sale de mis labios antes de atreverme a decirla. ¿No le parece suficiente para perder la cabeza? Ni siquiera veo como es debido, he perdido el sentido del tacto. Me duele la piel, ¡me duele la piel! Ayúdeme a conciliar el sueño. ¡Spurstow, por el amor de Dios, deme lo que sea, pero ayúdeme a conciliar el sueño! No me basta con soñar tan sólo. ¡Necesito dormir!

—De acuerdo, hombre, de acuerdo. Vamos paso a paso y tómeselo con calma; le aseguro que no está usted ni la mitad de mal de lo que piensa.

Una vez rotas las compuertas de la reserva, Hummil se aferraba a él como un niño aterrado.

—¡Eh, que me va a hacer pedazos el brazo!

—Y aun le romperé el cuello si no hace algo por mí. No, no he querido decir eso, disculpe. No se ofenda, camarada —se secó el sudor de la cara al tiempo que intentaba recobrar la compostura—. Es que estoy un poco inquieto, es verdad, más bien desquiciado. Y tal vez pueda usted administrarme algún compuesto que me ayude a dormir... Bromuro de potasio, lo que sea.

—¡Bromuro! ¡Y un cuerno! ¿Cómo no me lo ha dicho antes? Suélteme el brazo, veré si llevo en la pitillera algo que le pueda aliviar.

Spurstow rebuscó en sus prendas de vestir, colgadas de una silla, y al cabo subió el pábilo de la lámpara para abrir una pitillera de plata y avanzar hacia Hummil, que lo miraba expectante, con una minúscula y delicada jeringuilla.

—El último hallazgo de la civilización —dijo—, por más que deteste yo utilizarlo. A ver, el brazo. Vaya, tanto insomnio le ha dejado la musculatura hecha una pena... ¡y qué correosa tiene la piel! Esto va a ser como inyectar una dosis subcutánea a un búfalo. Bueno, en cuestión de minutos la morfina hará efecto. Acuéstese y espere.

Comenzó a extenderse sobre la cara de Hummil una sonrisa de deleite puro e idiotizado.

—Creo... —susurró—. Creo que... me duermo. ¡Dios! ¡Esto es celestial! Spurstow, tiene que darme usted esa pitillera, que la guarde yo; tiene que... —calló de golpe, en el instante en que cayó la cabeza sobre la almohada.

—Ni por todo el oro del mundo —dijo Spurstow a la silueta inconsciente—. Ahora, amigo mío, le conviene saber que el insomnio del tipo que usted padece es muy propenso a relajar la fibra moral en cuestiones de vida y muerte, de modo que voy a tomarme la libertad de inutilizar sus armas.

Entró de puntillas en el cuarto en que Hummil guardaba las sillas de montar y demás utensilios y sacó de la funda un rifle del calibre doce, otro de repetición y un revólver. Desenroscó los manguitos del primero y los escondió en el fondo de una caja de guarniciones; al segundo le retiró el percutor, que envió de una patada detrás de un armario de gran tamaño. La tercera arma se limitó a abrirla y a golpear el perno contra el tacón de una bota de montar hasta hacer que saltara.

—Hecho —se dijo, y sacudió las manos para limpiárselas de sudor—. Estas pequeñas precauciones al menos le darán un margen proverbial para pensar las cosas dos veces. Demasiada simpatía tiene usted hacia los accidentes que se producen en cualquier armería.

Y según se ponía en pie, la voz pastosa de Hummil sonó en el umbral del trastero.

—¡Estúpido!

Lo dijo en el mismo tono que emplea quien pasa por un momento de lucidez en medio del delirio y habla con un amigo poco antes de morir.

Spurstow se sobresaltó. Se le cayó la pistola. Hummil se encontraba en el umbral y reía sin poder contenerse.

—Ha sido sensacional por su parte, no me cabe la menor duda —dijo muy despacio, como si escogiera una a una las palabras—. Por el momento no tengo ninguna intención de quitarme la vida por mi mano. Venía a decirle, Spurstow, que eso que me ha dado no surte efecto. ¿Qué puedo hacer? ¿Qué voy a hacer? —y un pánico terrible asomó a sus ojos.

—Acuéstese, dese tiempo. Acuéstese, le digo.

—Es que no me atrevo. Sólo conseguiría adormecerme un poco, y esta vez no voy a poder escapar. ¿Quiere saber que esto ha sido todo lo que he podido hacer ahora? Por norma general suelo ser raudo como el rayo, pero usted me ha puesto un lastre en los pies. Y poco ha faltado para que me atrapase.

—Ah, ya. Le entiendo, le entiendo. Ande, acuéstese.

—No, no es el delirio. Pero me parece que me ha hecho usted una barrabasada. ¿Se da cuenta de que podría haber muerto?

Tal como se borra con una esponja una pizarra, un poder desconocido para Spurstow acababa de borrar del rostro de Hummil todo sello que lo hacía pasar por el rostro de un hombre, y se encontraba en el umbral con la expresión de la inocencia perdida. El breve sueño le había devuelto a una infancia aterrorizada.

«Se me va a morir aquí mismo», pensó Spurstow.

—Muy bien, hijo mío —le dijo en voz alta—. Volvamos a la cama y allí me lo cuenta todo bien despacio. Entiendo que no pudiera dormir, pero ¿qué son estas tonterías que me está contando?

—Hay un lugar, hay un lugar allá—dijo Hummil con senci- llez, con sinceridad. La droga actuaba en él por oleadas, y así se vio proyectado del miedo que pueda tener un hombre fuerte al miedo que atenaza a un niño, según los nervios le permitieran entender algo o se le embotaran del todo. —¡Dios mío! —dijo al cabo—. He tenido miedo de ese lugar desde hace varios meses, Spurstow. Cada noche se me ha convertido en un infierno. Y no tengo en cambio conciencia de haber hecho nada malo.

—Sosiéguese. Estese quieto y le pondré otra dosis. Vamos a poner fin a todas sus pesadillas, ¡pedazo de idiota!

—Sí, pero debe ponerme tanto que no se me pueda escapar. Tiene que inducirme un sueño de verdad, no un sueño pasaje- ro. Qué difícil es escapar...

—Lo sé, lo sé. Yo mismo lo he vivido. Los síntomas son exactamente como los describe usted.

—Por favor, no se burle de mí, ¡condenado! Antes de ser víctima de este insomnio pavoroso he intentado descansar apoyado en el codo, poniendo una espuela en la cama para que me pinchase cuando cayera derrengado. ¡Vea!

—¡Por Júpiter tonante! ¡Este hombre está lacerado como un caballo! ¡La yegua de la noche lo ha cabalgado de veras con saña! Y todos nosotros que lo creíamos tan sensato... ¡El cielo nos asista! A usted le gusta hablar, ¿verdad?

—Sí. A veces. Pero no cuando tengo miedo. Entonces sólo quiero escapar. ¿A usted no le pasa lo mismo?

—Siempre. Antes de que le ponga la segunda dosis, procu- re decirme con exactitud cuál es el problema.

Hummil habló en susurros apenas incomprensibles por espacio de diez minutos, mientras Spurstow estudiaba las pupi- las y le pasaba la mano por delante de los ojos dos o tres veces.

Al término de su relato extrajo la pitillera de plata, y lo último que dijo Hummil antes de caer de espaldas por segun- da vez fue esto:

—Ayúdeme a dormir, a dormir de verdad, porque si me atrapa moriré, moriré de seguro.

—Sí, ya, no se apure, que eso nos ha de pasar a todos tarde o temprano, gracias sean dadas al Cielo, que pone un límite a nuestras penurias —dijo Spurstow, y le ahuecó las almohadas bajo la cabeza—. Ahora que lo pienso, si no bebo algo puede que también yo pase a mejor vida antes de tiempo. He dejado de sudar... y no soy precisamente muy delgado.

Se preparó un té hirviendo, que es un remedio excelente contra la apoplejía que provoca el calor con tal que uno se tome tres o cuatro tazas a tiempo. Y observó al durmiente.

—Un rostro ciego que llora y no se puede secar las lágrimas, un rostro ciego que lo persigue por corredores sin fin... Mmm... Decididamente, Hummil debería tomarse un permiso en cuanto le sea posible; loco o cuerdo, se ha lacerado de una manera cruel. En fin. ¡El Cielo nos asista y nos dé más luces!

A mediodía, Hummil despertó y se levantó con un espantoso sabor de boca, pero también con los ojos despejados y el corazón alegre.

—Anoche estuve francamente mal, ¿verdad? —dijo.

—No he visto a nadie tan sano. Si acaso, debía de tener usted un poco de insolación. Veamos: si le extiendo un certificado médico, ¿pedirá usted la baja de inmediato para irse de permiso?

—No.

—¿Por qué no? Lo está pidiendo a gritos.

—Sí, pero puedo aguantar hasta que no apriete tanto el calor.

—¿Por qué va a esperar, si pueden relevarle de inmediato?

—Burkett es el único que podría acudir ahora a ocupar mi puesto, y Burkett es un idiota de tomo y lomo.

—Olvídese del ferrocarril. No es usted tan necesario como cree. Si es preciso, pida usted el relevo inmediato por telegrama.

Hummil parecía sumamente incómodo.

—Puedo esperar hasta la estación de las lluvias —dijo a modo de evasiva.

—No, le aseguro que no puede. Pida el relevo. Que manden aquí al tal Burkett.

—No pienso hacerlo. Si de veras desea saber por qué, mi deber es decirle que Burkett es un hombre casado y que su esposa acaba de dar a luz y que se encuentra en Simla, a la fresca, y que Burkett tiene un puesto muy cómodo que le permite ir a Simla de sábado a lunes. Su mujercita no se encuentra nada bien. Si a Burkett lo trasladasen, ella se empeñaría en ir con él. Si deja allí a la criatura, se morirá de desconsuelo y de preocupación. Si viene con él, y Burkett es uno de esos bestias egoístas que siempre se llevarán a su mujer consigo, convencido como está de que la mujer ha de estar donde esté el marido, ella morirá seguro. Traer a una mujer aquí, y más ahora, es un asesinato. Burkett tiene un físico que ni siquiera da la talla de una rata. Si viniera aquí, se apagaría como una vela. Y sé de buena tinta que ella no tiene dinero propio. No me cabe duda de que moriría también. Yo en cierto modo estoy curado en salazón, a prueba de fiebres, y no estoy casado. Esperemos hasta la estación de las lluvias, ya vendrá entonces Burkett. Le sentará de maravilla.

—¿Me está diciendo que de veras se propone seguir aquí y afrontar... lo que ya ha afrontado, hasta que comiencen las lluvias?

—Oh, no será para tanto, y menos ahora que me ha enseñado usted la salida. Siempre podré mandarle a usted un telegrama. Además, ahora que ya tengo forma de conciliar el sueño, seguro que estaré bien. En cualquier caso, no voy a solicitar la baja. Y no hay más que hablar.

—¡Dios del Cielo! Yo pensé que esta manera de actuar estaba más que finiquitada.

—¡Bah! Usted habría hecho lo mismo. Ahora me siento como nuevo, gracias a esa pitillera. Ahora marcha usted al campamento, ¿no es así?

—Sí, aunque si puedo trataré de venir a verle con asiduidad.

—No estoy tan necesitado de atenciones. No quisiera que se tomara usted la molestia. Vaya a dar a los culíes ginebra y salsa picante.

—Entonces, ¿de veras se encuentra bien?

—Preparado para luchar por la vida, pero no para seguir a pleno sol charlando con usted. Siga su camino, amigo, y que Dios le bendiga.

Hummil se volvió sobre los talones para afrontar la desolación que aún propagaba su eco por el *bungalow*, y lo primero que vio de pie en la veranda fue su propia figura. Se había encontrado anteriormente con una aparición similar, cuando padecía los efectos del exceso de trabajo y la tensión añadida de la época más calurosa del año.

—Esto ya tiene mala pinta... —se dijo a la vez que se frotaba los ojos—. Si esa cosa se aleja de mí y sigue siendo de una pieza, como un espectro, sabré que sólo es que tengo la vista y tal vez el estómago trastornados. Si se marcha caminando... es que se me va la cabeza.

Se acercó a la figura, que de manera muy natural permaneció a la misma distancia de él, como suele ser el caso de todos los espectros que nacen del exceso de trabajo. Se deslizó y se coló en la casa y se disolvió en motas de luz que bailaban ante sus ojos, o dentro de los propios globos oculares, tan pronto alcanzó la luz hiriente del jardín. Hummil siguió dedicado a sus asuntos hasta las once. Cuando entró a cenar se encontró que ya estaba sentado a la mesa. La visión se puso en pie y salió presurosa. Con la particularidad de que no proyectaba sombra, era en todos los demás sentidos muy real.

No hay ser vivo que sepa lo que aquella semana le tenía reservado a Hummil. Un recrudecimiento de la epidemia obligó a Spurstow a no moverse del campamento de los culíes, de modo que todo cuanto pudo hacer fue telegrafiar a Mottram para pedirle que se desplazara al *bungalow* a pasar allí una noche. Pero Mottram se encontraba a cuarenta millas del telégrafo más cercano, y no llegó a saber nada de nada al margen de las necesidades de la exploración topográfica que lo tenía atareado, y así fue hasta que a primera hora de la mañana siguiente se encontró con Lowndes y con Spurstow ya de camino a la casa de Hummil para la reunión habitual del fin de semana.

—Espero que el pobre hombre esté de mejor humor que la última vez —dijo el primero al bajar del caballo ante la puerta—. Deduzco que aún no se ha levantado.

—Iré a ver cómo se encuentra —dijo el médico—. Si duerme, no tenemos por qué despertarlo todavía.

Y un instante después, por el tono de la voz con que Spurstow los llamó para que entrasen, los hombres supieron qué había ocurrido. No tenían por qué despertarlo.

El *punkah* seguía meciéndose sobre la cama, pero Hummil había pasado a mejor vida al menos tres horas antes.

Estaba tendido boca arriba, con las manos pegadas a los costados, tal como Spurstow lo vio yacer siete noches antes. En los ojos abiertos y fijos estaba escrito un terror que ninguna pluma sería capaz de expresar.

Mottram, que había entrado detrás de Lowndes, se inclinó sobre el muerto y le tocó ligeramente la frente con los labios.

—¡Qué suerte, qué suerte la del pobre diablo! —masculló.

Pero Lowndes le había visto los ojos, y se retiró con un temblor al otro extremo de la estancia.

—¡Pobre tipo! ¡Pobre tipo! Y pensar de que la última vez que lo vi me enojé con él... Spurstow, no deberíamos haberlo perdido de vista. ¿Acaso...?

Con destreza, Spurstow prosiguió sus investigaciones, y terminó con un registro de la estancia.

—No, ni mucho menos —respondió—. No hay rastro de nada. Llame a los criados.

Se presentaron unos ocho o diez en total, susurrando unos con otros, asomándose a mirar por encima de los hombros del que les precedía.

—¿A qué hora se acostó el *sahib*? —dijo Spurstow.

—A eso de las once, puede que a las diez —respondió el criado personal de Hummil.

—¿Y estaba bien entonces? Claro que, ¿cómo ibais a saberlo?

—No estaba enfermo, al menos por lo que a nosotros se nos alcanza. Pero había dormido muy poco durante las tres noches anteriores. Lo sé porque lo vi caminar mucho, sobre todo en lo más profundo de la noche.

Mientras Spurstow arreglaba la sábana del catre, cayó al suelo una espuela grande, de caza, de estribo recto. El médico soltó un gemido. El criado personal miró al cuerpo.

—¿Tú qué piensas, Chuma? —dijo Spurstow al sorprender la mirada asomada al rostro oscuro.

—Hijo del Cielo, en mi humilde opinión esto es que mi señor ha descendido a los Lugares Tenebrosos, y que allí se vio atrapado por no poder escapar a velocidad suficiente. Tenemos la espuela, que es buena prueba de que libró combate con el miedo. Así he visto hacerlo a hombres de mi raza, sólo que con espinos, cuando un hechizo pesaba sobre ellos y se los llevaba en las horas del sueño y por eso no se atrevían a dormir.

—Chuma, eres un cabeza hueca. Sal y prepara el sello para precintar las pertenencias del *sahib*.

—Dios ha hecho al Hijo del Cielo. Dios me ha hecho a mí. ¿Quiénes somos nosotros para indagar lo que Dios dispense? Ordenaré al resto de los criados que permanezcan al margen mientras hacéis recuento de las pertenencias del *sahib*. Son todos unos ladrones, podrían robar cualquier cosa.

—Por lo que alcanzo a saber, murió... murió de cualquier cosa: de una parada cardiaca, de una apoplejía causada por el calor, de cualquier otra cosa —dijo Spurstow a sus compañeros—. Hemos de hacer inventario de sus efectos personales y tomar medidas.

—Ha muerto de miedo —insistió Lowndes—. ¡Miren esos ojos! ¡Tengan piedad, no permitan que se le entierre con los ojos abiertos!

—Fuera lo que fuese, todos sus males han terminado —dijo Mottram en voz baja.

Spurstow miraba atentamente a los ojos abiertos.

—Venga acá —dijo—. ¿No ven nada ahí?

—¡No lo soporto! —se quejó Lowndes—. ¡Tapémosle la cara! ¿Existe en la tierra motivo de terror tal que pueda transformar así el rostro de un hombre? Es espeluznante. Spurstow, ¡cúbralo!

—No, no hay terror... en la tierra —dijo Spurstow. Mottram se asomó por encima de su hombro y miró el cadáver.

—Yo nada más que veo unas motas grises en la pupila. Ahí no puede haber nada.

—Sin embargo... Bien, veamos. Llevará medio día improvisar cualquier clase de ataúd, y ha debido de morir en torno a la medianoche. Lowndes, camarada, salga a decir a los culíes que caven una fosa en tierra, cerca de la tumba de Jevins. Mottram, vaya con Chuma a la parte posterior de la casa y ocúpese de que se pongan los sellos en todos los objetos. Envíeme acá un par de hombres, yo me ocupo de las disposiciones.

Los criados más fuertes se reunieron después con sus compañeros y contaron la extraña historia de que el doctor *sahib* había intentado en vano devolver a la vida a su difunto señor por medio de la magia, esto es, sujetando una cajita verde que emitía unos chasquidos delante de los ojos del difunto, y hablaron del desconcertante murmurar por parte del doctor *sahib*, que luego se llevó la cajita verde.

El martilleo que resuena en la tapa de un ataúd no es precisamente un sonido grato de escuchar, pero quienes lo han oído sostienen que mucho más terrible es el suave siseo de la mortaja, el tensar y destensar de las cintas cuando quien ha caído a la orilla del camino es dispuesto para el entierro y se hunde poco a poco en tierra a medida que las cintas amortiguan el golpe que da el ataúd contra el fondo de la fosa, momento en el cual ya no hay protestas ante la indignidad de un entierro precipitado.

En el último instante Lowndes tuvo escrúpulos de conciencia.

—¿No debería usted leer los oficios de cabo a rabo? —dijo a Spurstow.

—Esa es mi intención. Pero usted es mi superior en calidad de funcionario, puede ocuparse si lo desea.

—Ni mucho menos. Sólo pensé que si pudiéramos encontrar a un capellán en donde sea, yo estaría deseoso de cabalgar si es preciso en su busca, y dar al pobre Hummil un entierro mejor. Eso es todo.

—Paparruchas —dijo Spurstow, y dio forma con los labios a las portentosas palabras que encabezan el oficio de difuntos.

Después del desayuno fumaron una pipa en silencio, en memoria del difunto.

—Esto no es propio de la ciencia médica —dijo Spurstow como si estuviera distraído.

—¿El qué?

—Que aparezcan cosas en los ojos de un muerto.

—¡Por el amor de Dios, deje en paz ese espanto! —dijo Lowndes—. He visto a un indígena morir de terror puro cuando un tigre lo acosaba. Sé muy bien de qué murió Hummil.

—¡Y un cuerno! Voy a tratar de sacar algo en claro.

El médico se retiró en el cuarto de baño con una cámara Kodak. Al cabo de unos minutos se oyó como si triturase algo hasta hacerlo pedazos, y salió entonces muy pálido.

—¿Ha conseguido hacer alguna fotografía? —preguntó Mottram—. ¿Qué aspecto tiene?

—No, ha sido imposible, por supuesto. No se preocupe, Mottram. He roto las películas. No había nada. Era un imposible.

—Eso —dijo Lowndes con toda claridad, viendo cómo con mano temblorosa se disponía a encender de nuevo la pipa— es una mentira como la copa de un pino.

Mottram rió intranquilo.

—Spurstow tiene razón —dijo—. Estamos todos en un estado tal, ahora mismo, que podríamos dar crédito a cualquier cosa. Les ruego, por compasión, que tratemos de ser racionales.

No cruzaron una palabra más durante mucho tiempo. Soplaba el viento caliente, sollozaban los árboles secos. Llegó al cabo el tren del día, latones centelleantes, acero bruñido, chorros de vapor, y se detuvo jadeando bajo el resplandor intenso.

—Más vale que nos vayamos —dijo Spurstow—. Volvamos al trabajo. Ya he redactado el certificado, aquí no podemos hacer nada más, y el trabajo al menos nos mantendrá cuerdos. Vámonos.

Ninguno se movió. No es placentero pensar en un viaje en tren a mediodía y en pleno mes de junio. Spurstow recogió el sombrero y el látigo y, dándose la vuelta en la puerta, dijo:

—Tal vez haya un Cielo, Infierno tiene que haber. Mientras tanto, aquí la vida transcurre. ¿Y bien?[1]

Ni Mottram ni Lowndes tenían respuesta a esa pregunta.

1   Kipling hace una cita encubierta de un poema de Robert Browning, *La venganza del tiempo*.

«LA RADIO»

—Tiene gracia este invento del tal Marconi, ¿verdad? —dijo el señor Shaynor a la vez que tosía con grandes dificultades—. Por lo que me han contado, parece que nada pueda ser obstáculo que lo entorpezca: ni las tormentas, ni las montañas, lo que se dice nada. Caso de que sea cierto, lo sabremos antes que amanezca.

—Pues claro que es cierto —respondí, y me situé detrás del mostrador—. ¿Dónde está el mayor de los señores Cashell?

—Ha tenido que guardar cama debido a la gripe que le aqueja. Dijo que era muy probable que se pasara usted por aquí.

—¿Y su sobrino?

—Dentro, preparando sus utensilios. Me dijo que la última vez que hicieron el experimento colocaron la antena en el tejado de uno de los grandes hoteles, y que las baterías electrizaron todo el suministro de agua, de modo... —rió por lo bajo— que a las señoras les daba calambre cuando tomaban un baño.

—Nunca había oído una cosa así.

—Hombre, en el hotel no habrán querido dar publicidad a semejante incidente, ¿no le parece? Ahora mismo, por lo que me ha relatado el señor Cashell, parece que tratan de emitir una señal desde aquí para que llegue hasta Poole, y para ello van a emplear unas baterías más potentes que nunca. Claro está que, como se trata del sobrino del patrón y todo eso, con lo cual saldrá todo en los periódicos, es natural, lo de menos es cómo vayan a electrificar el interior de esta casa. ¿Tiene previsto quedarse a ver cómo se desarrolla el experimento?

—Por supuestísimo. Nunca he visto una cosa así. ¿Usted se va a acostar?

—Los sábados no cerramos hasta las diez de la noche. Parece que la epidemia de gripe está arrasando la localidad, por lo que es seguro que recibiremos una docena de recetas antes de que se haga de día. Por lo general, suelo descabezar un sueñecito ahí mismo, en el sillón. Así no se pasa tanto frío como cuando uno tiene que levantarse de la cama cada vez que alguien lo llama. No me dirá que no hace un frío terrible, ¿eh?

—Terrorífico, ya lo creo. Lamento que su tos vaya a peor.

—Gracias, muy amable. A mí el frío no me importa demasiado. En cambio, este viento me está haciendo pedazos —Volvió a toser con fuerza, con dificultad, doblándose por la cintura, cuando una anciana señora entró en la tienda a comprar quinina con amonio—. Se nos acaba de agotar la que teníamos en frasco, señora —dijo el señor Shaynor, de nuevo con tono profesional—, pero si aguarda unos minutos se la preparo en un periquete, señora.

Llevaba yo algún tiempo frecuentando la tienda, y el conocimiento que había trabado con el propietario del negocio desembocó en una sólida amistad. Fue de hecho el señor Cashell quien me había revelado el propósito y los poderes del Salón de Boticarios una vez en que un farmacéutico había cometido un error al preparar una de mis recetas, además de que mintió para encubrir su pereza, y me aclaró lo ocurrido cuando el error y la mentira le alcanzaron de lleno, momento en el cual quiso escribir en vano cartas de disculpa.

—Una deshonra para nuestra profesión; una desgracia —dijo el hombre delgado, de ojos mansos, y lo dijo acaloradamente, tras estudiar las pruebas de que se disponía—. No podría usted prestar un mejor servicio a la profesión que denunciándolo ante el Salón de Boticarios.

Así lo hice, sin saber qué genios podrían salir de la lámpara mediante mi evocación; el resultado de todo ello fue una disculpa tal como daría alguien tras haber pasado una noche entera en el potro de tortura.

Me inspiró un enorme respeto el Salón de Boticarios, y sentí una estima no menor por el señor Cashell, un profesional minucioso que además magnificaba su vocación. Hasta que el señor Shaynor bajó del norte, sus ayudantes bajo ningún concepto estuvieron de acuerdo con el señor Cashell.

—Se les olvida —dijo éste— que, por encima de todo, el que compone la mezcla es un curandero. De él depende literalmente la reputación que pueda tener el matasanos. La tiene literalmente en la palma de su mano, señor.

No tenía tal vez en sus modales el señor Shaynor el mismo pulimiento que pudieran mostrar en su trato el tendero de ultramarinos y el comerciante italiano que tenían sus establecimientos allí al lado, pero conocía a fondo y amaba su trabajo en el dispensario, y lo disfrutaba en todos sus detalles. Cuando aspiraba a distenderse no iba más allá del romance que tenía con los fármacos, con su descubrimiento y preparación, presentación, transporte y exportación, si bien ello le llevase hasta los más lejanos confines de la tierra. Fue gracias a estas cuestiones, y al Formulario de Farmacia, y a Nicholas Culpepper, el más aplomado de los botánicos y farmacéuticos de su tiempo, como nos conocimos.

Poco a poco fui sabiendo más detalles sobre sus orígenes y sus esperanzas. Supe algo de su madre, que había sido maestra de primaria en uno de los condados del norte, y de su padre, un hombre pelirrojo, de corta estatura, que fue profesor en la escuela de artes y oficios de los Páramos de Kirby, y que murió siendo él todavía un niño; supe algo de los exámenes que había tenido que aprobar, supe algo de su dificultad cada vez mayor, extrema; supe algo de sus sueños de montar una tienda en Londres; de su odio por las nuevas cooperativas, que tiraban los precios; de manera mucho más interesante, también supe algo de su actitud mental hacia los clientes.

—Hay una forma —me dijo— para que uno se adapte a servirles con esmero, y cuento que también con la debida cortesía, sin que uno interrumpa por ello sus propios pensamientos. Durante todo este otoño me he dedicado a leer *Nuevas plantas comerciales*, de Christy, y para eso hace falta estar muy pendiente, se lo aseguro. Mientras no se trate de preparar una receta, claro está, soy capaz de llevar en la cabeza media página de Christy a la que doy vueltas sin cesar, y al mismo tiempo podría vender todo ese escaparate dos veces, sin equivocarme siquiera en un penique. En cuanto a la preparación de las recetas, creo que en términos generales me las sé tan de corrido que podría hacerlo durmiendo, o poco menos.

Por razones personales, tenía yo un profundo interés por los experimentos de Marconi cuando comenzaron a realizarse en Inglaterra. Era de la misma opinión que el señor Cashell, el cual tuvo la amabilidad y el tacto de que, cuando su sobrino el experto en electricidad se apropiara de la casa para realizar una instalación de largo alcance, fuese yo invitado a presenciar con él los posibles resultados.

Se fue la anciana señora con su medicina, y el señor Shaynor y yo dimos unos pisotones sobre el suelo de baldosas para entrar en calor. La tienda, a la luz de las muchas luces eléctricas, más parecía una mina de diamantes parisinos, no en vano creía el señor Cashell a pie juntillas en todo el ritual y la parafernalia de su oficio. Tres soberbios frascos de cristal —rojo, verde y azul—, del mismo tipo del que llevó a Rosamond a despedirse de sus chinelas en el cuento de Maria Edgeworth, resplandecían en los amplios ventanales del escaparate; todo lo penetraba el confuso olor a iris, a películas Kodak, a vulcanita, pasta de dientes, saquitos medicinales y pomada de aceite de almendra. El señor Shaynor añadió carbón a la salamandra del dispensario; chupábamos yuyubas de pimienta cayena o pastillas de mentol. El viento brutal que soplaba del este había despejado del todo las calles, y los pocos transeúntes que pasaban por delante de la tienda iban embozados hasta las pestañas. En la tienda del comerciante italiano de allí al lado unas aves de alegre plumaje y otras piezas de caza colgaban de sendos ganchos, mecidas por el viento en el borde izquierdo de nuestro escaparate.

—Tendrían que meter dentro toda esa carne…, qué zarandeos le está pegando el viento —dijo el señor Shaynor—. ¿No le parece de lo más perecedero? ¡Fíjese en esa pobre liebre! Si parece que el vendaval le vaya a arrancar el pellejo.

Vi la pelambre del vientre de la liebre, que formaba ondulaciones y rayas según le diera el viento, con lo que dejaba ver la piel azulada de debajo.

—Un frío terrorífico —dijo el señor Shaynor, y se estremeció—. Imagínese, tener que salir en una noche como ésta… Ah, aquí viene el menor de los señores Cashell.

Se abrió la puerta de la rebotica, tras el dispensario, y apareció un hombre de barba ancha y plana, un tipo enérgico, frotándose las manos.

—Necesito un poco de papel de aluminio, Shaynor —dijo—. Buenas noches. Ya me dijo mi tío que vendría usted. —Me lo dijo en el momento en que disparaba yo la primera del centenar de preguntas que deseaba formularle.

—Lo tengo todo en orden —respondió—. Sólo estamos a la espera de que nos llamen de Poole. Disculpe un minuto. Puede entrar cuando quiera, pero más vale que yo siga atento a los instrumentos. Deme ese papel de aluminio. Gracias.

Mientras estábamos conversando había entrado en la tienda una muchacha que evidentemente no era cliente, y vi entonces que el rostro y la compostura del señor Shaynor cambiaban por completo. Ella se apoyó con gesto de confianza en el mostrador.

—Pero si es que no puedo —le oí susurrar a él con incomodidad, el arrebol de sus mejillas de un rojo apagado, y el brillo de sus ojos idéntico a los de una polilla drogada—. No puedo, de veras. Ya te dije que iba a estar solo para atender...

—Pero no estás solo, ¿verdad que no? ¿Quién es ése, eh? Que se ocupe él de atender durante media hora. Un paseíto de nada te sentará bien. Venga, John. Vayamos...

—Pero si es que él no es...

—Me da igual. Quiero que vengas. Sólo daremos una vuelta por Santa Inés. Si no...

Él se acercó a donde estaba yo, a la sombra del mostrador donde dispensaba, y comenzó a pedirme disculpas por su amiga.

—Eso es —le interrumpió ella—. Se encarga usted de la tienda sólo durante media hora. Lo hará por mí, ¿verdad?

Tenía una voz singularmente melodiosa, prometedora, que le sentaba de maravilla con su silueta.

—De acuerdo —dije—. De acuerdo... Pero más le vale abrigarse bien, señor Shaynor.

—Bueno, un paseíto veloz seguro que me sienta bien. Nada más que iremos hasta la iglesia. —Le oí toser con desgarro cuando salieron juntos los dos.

Volví a echar combustible a la salamandra, y no sin haberme servido con un punto de temeridad del carbón del señor Cashell, logré infundir algo de calor en la tienda. Exploré muchos de los cajones con pomos de cristal que había por las paredes, probé algunas drogas de sabor desconcertante y, con ayuda de unos cardamomos, jengibre molido, éter clórico y alcohol bien diluido en agua, preparé un brebaje tan novedoso como potente, del cual le llevé un vaso al joven señor Cashell, que estaba atareado en la rebotica. Se rió brevemente cuando le dije que el señor Shaynor había salido, pero en ese momento un cable suelto y rizado llamó su atención, y ya no tuvo más que decirme, dejándome perplejo entre las baterías y las varas. El ruido del mar que batía en la playa de guijarros se fue haciendo audible al cesar todo el tráfico en la calle. Sucintamente, pero con gran rapidez, me fue diciendo los nombres y explicando las funciones de los mecanismos que ocupaban las mesas y el suelo.

—¿Cuándo cuenta con que se reciba el mensaje desde Poole? —le pregunté, sorbiendo mi licor en un vaso medidor.

—En torno a la medianoche, si es que todo está en orden. Tenemos la antena de la instalación fija en el techo de la casa. No le aconsejo yo que esta noche abra un grifo ni nada por el estilo. Hemos hecho la conexión con la red de cañerías, y la conducción del agua estará electrificada. —Volvió a contar la anécdota de las damas agitadas en el hotel cuando realizó la primera instalación.

—Pero..., ¿de qué se trata? —pregunté—. La electricidad es algo que se me escapa del todo.

—Ah, es que si usted lo supiera ya sabría algo que todo el mundo desconoce. Se trata de que... es lo que llamamos electricidad, pero la magia, las manifestaciones, las ondas hertzianas, se revelan sólo gracias a esto. ¿Ve? Es el cohesivo, como lo llamamos nosotros.

Tomó un tubo de cristal no más grueso que un termómetro, en el cual, casi tocándose, había dos minúsculos hilos de plata y, entre ellos, una pizca infinitesimal de polvo metálico.

—Eso es todo —dijo con orgullo, como si fuera el responsable de tanta maravilla—. Eso es lo que nos revela los poderes..., sean los poderes los que sean..., que están en funcionamiento..., por así decir, en el espacio, a una gran distancia de aquí.

En ese momento regresó solo el señor Shaynor y se quedó tosiendo en el umbral como si se le fuera a salir el corazón por la boca.

—Lo tiene bien empleado por ser tan botarate —dijo el joven señor Cashell, tan molesto como yo por la interrupción—. No importa... Tenemos toda la noche por delante para presenciar las maravillas.

Shaynor se sujetó con una mano al canto del mostrador, llevándose con la otra el pañuelo a los labios. Al retirarlo, vi dos manchas de un rojo intenso.

—Te... tengo la garganta un poco irritada de tanto fumar —jadeó—. Creo que voy a probar con un poco de cubeba.

—Pruebe mejor con esto. Lo he compuesto en su ausencia. —Le pasé el brebaje.

—No me embriagará, ¿verdad? Soy casi totalmente abstemio. ¡Caramba! Se agradece. Es muy reconfortante.

Dejó el vaso vacío para toser de nuevo.

—¡Brr! ¡Qué frío hace ahí fuera! No me haría ninguna gracia estar tendido en mi propia tumba en una noche como ésta. ¿No se le irrita a usted la garganta alguna vez de tanto fumar? —Se guardó el pañuelo en el bolsillo tras mirarlo furtivamente.

—Sí, desde luego. Alguna vez —repliqué, preguntándome de qué agónico terror no sería yo presa si alguna vez llegase a ver esas señales de un rojo intenso, señales inequívocas de peligro, delante de mis narices. El joven señor Cashell, entre las baterías, tosió un poco con objeto de manifestar que estaba listo para continuar con las explicaciones científicas, pero yo aún seguía pensando en la muchacha de la voz melodiosa y de la boca sensual, a cuya orden me había hecho yo cargo del establecimiento. Se me ocurrió que de lejos recordaba la seductora silueta de un anuncio de agua de Colonia enmarcado en oro, cuyos encantos impíamente resaltaba el resplandor del frasco de vidrio rojo en el escaparate. Me volví para cerciorarme y vi los ojos del señor Shaynor vueltos en la misma dirección; por instinto reconoció que aquella cosa tan exuberante era para él un altar—. ¿Qué toma usted para remediar... esa tos? —le pregunté.

—Bueno..., cuando estoy del lado erróneo del mostrador tiendo a creer en los medicamentos con patente. Pero luego están los cigarrillos para el asma y las pastillas de ahumar. A decir verdad, si no le molesta el olor, que en el fondo es muy parecido al incienso, tengo entendido, aunque le aseguro que no soy católico, me parece que las Pastillas Catedral de Blaudett me producen un gran alivio.

—Probemos.

Nunca había saqueado yo una botica, de modo que no me quise privar de nada. Desenterramos las pastillas de ahumar, unos conos castaños y gomosos de benzoína, y les prendimos fuego bajo el anuncio de agua de Colonia, desde donde se extendió el humo por la tienda en espirales azuladas.

—Claro está —dijo el señor Shaynor en respuesta a mi pregunta— que lo que uno emplea en la tienda para su provecho se lo paga de su bolsillo. Le aseguro que hacer inventario en nuestro negocio es casi idéntico a hacer arqueo en una joyería. Y no me pida que le diga nada más al respecto. Pero éstas —señaló la caja de las pastillas de ahumar— se consiguen a precio de coste.

Era evidente que el incensado de la alegre moza en siete tintas, con sus dientes relucientes, era un ritual establecido que algo tenía que costar.

—¿Y cuándo cerramos la tienda?

—Hoy se queda abierta toda la noche. El patrón, quiero decir el mayor de los señores Cashell, no ve con buenos ojos los cerrojos y las persianas, al menos por comparación con la luz eléctrica. Además, así vienen más clientes. Me sentaré aquí, junto a la salamandra, a escribir una carta si no le importa. La electricidad no es lo que me toca recetar a mí.

El joven señor Cashell, enérgico, resopló desde la rebotica, y Shaynor se acomodó en su silla, sobre la cual había colocado una manta austriaca, de yute, de chillonas franjas rojas, negras y amarillas, que más parecía el cobertor de una camilla. Miré por allí, entre los prospectos de medicamentos patentados, por ver de encontrar algo que leer para pasar el rato; como no encontré nada, volví a la fabricación de la nueva bebida. El comerciante italiano retiró del escaparate las piezas de caza y se fue a dormir. Desde el otro lado de la calle, las persianas cerradas reflejaban la luz de gas en fríos chafarrinones; en la acera, seca, parecía que se formase una piel de gallina bajo el azote inmisericorde del viento inclemente, y oímos de hecho mucho antes de que pasara por allí delante al policía que meneaba los brazos para entrar en calor. Allí dentro, los sabores del cardamomo y del éter clórico se disputaban la palma con el olor de las pastillas de ahumar y docenas de drogas y perfumes y aromas de jabón. Las luces eléctricas, cuya intensidad había bajado en los escaparates, ante los ventrudos frascos de Rosamond, proyectaban en el interior tres monstruosas manchas de tonalidades rojas, azules y verdes, que estallaban formando luces caleidoscópicas en los tiradores de los cajones de los medicamentos, tallados en facetas, en los frascos de vidrio iridiado, en los pomos de las botellas. Encharcaban las baldosas del suelo de magníficas manchas; salpicaban el reposapiés y el canto niquelado del mostrador; convertían la caoba pulida del propio mostrador en algo muy semejante a una losa de mármol veteado, lajas de Porfirio y malaquita. El señor Shaynor abrió un cajón y, antes de ponerse a escribir, sacó un atado de cartas. Desde el lugar que ocupaba yo cerca de la salamandra, vi los bordes dentados de los papeles con un anagrama con volutas en la esquina, e incluso me llegó el olor floral del perfume de Chipre. Con cada página que pasaba se volvía a la dama del anuncio de agua de Colonia y la devoraba con ojos en demasía luminiscentes. Se había echado la manta austriaca sobre los hombros, y en medio de aquella conflagración de luces y colores parecía más que nunca la encarnación de una polilla drogada, una polilla tigre, me pareció.

Guardó la carta en un sobre, lo cerró con movimientos mecánicos, rígidos, y lo depositó en el cajón. Entonces caí en la cuenta del silencio que envolvía la ciudad dormida —el silencio que subyacía a la voz uniforme de las olas que rompían a lo largo del muelle—, una gruesa y cosquilleante quietud de vida cálida, sólo que detenida a la hora asignada, y de un modo inconsciente me moví por la tienda rutilante como se mueve uno en la habitación de un convaleciente. El joven señor Cashell estaba ajustando un cable que despedía a ratos el chasquido tenso, el ruido seco, como el de los nudillos al crujir, del chispazo eléctrico. Arriba, donde una puerta se abrió y se cerró con sigilo, se oía a su tío toser en la cama.

—Tenga —dije cuando el bebedizo estuvo caldeado como correspondía—, tome un poco, señor Shaynor.

Dio un tirón a la silla, se alejó de la mesa, tendió la mano para recoger el vaso. El compuesto, de un intenso color oporto, espumeaba en la superficie.

—Parece —dijo de pronto—, parece... Esas burbujas parecen... un collar de perlas cuyo brillo nos hiciera guiños... como las perlas que adornan el cuello de una damisela.

Se volvió una vez más al anuncio en el que la hembra del corsé de color paloma había considerado oportuno ponerse todas las perlas de sus collares antes de lavarse los dientes.

—No está mal, ¿eh? —le dije.

—¿Cómo?

Volvió hacia mí la mirada, con los ojos cargados, y mientras lo miraba a mi vez contemplé cómo todo el sentido y toda la conciencia se apagaban en las pupilas, que se le dilataron a gran velocidad. Perdió su figura su acusada rigidez, se suavizó su contorno al desplomarse en la silla y, con el mentón en el pecho, dejó caer las manos y permaneció con los ojos abiertos completamente quieto.

—Mucho me temo que a Shaynor se le ha pasado el pavo de punto de cocción —dije, llevándole un vaso recién servido al joven señor Cashell—. A lo mejor ha sido por el éter clórico.

—Oh, no se preocupe, se encuentra bien —El hombre de barba ancha lo miró con compasión—. Los tísicos a menudo se quedan así traspuestos, en un sueñecito pasajero. Es el agotamiento... Y no me extraña. En fin, yo diría que el licor seguro que le sienta bien. Es magnífico —Se terminó su vaso con gestos de apreciación—. Bueno, pues... como le iba diciendo antes de que nos interrumpiera, sobre esto del cohesivo... Resulta que la pizca de polvo, ya ve usted, son unas limaduras de níquel. Las ondas hertzianas, hágase cargo, llegan a través del espacio desde la emisora que las haya puesto en circulación, y todas estas partículas experimentan entonces una intensa atracción de las unas por las otras, con lo cual se cohesionan, según decimos, durante tanto tiempo como las traspase la corriente. Lo que conviene recordar es que la corriente es una corriente inducida. Hay bastantes tipos de inducción...

—Ya, pero..., ¿qué es la inducción?

—Es difícil de explicar sin detalles técnicos. Resumiendo más de lo que se puede resumir, es lo que sucede cuando una corriente eléctrica atraviesa un cable de modo que se acumula el magnetismo presente alrededor de ese hilo, del cable; y si se pone otro hilo en paralelo entre ambos se crea lo que llamamos un campo magnético... Está claro, entonces el segundo hilo se carga de electricidad.

—¿Por su propia cuenta?

—Por su propia cuenta.

—Bien, veamos. A ver si lo he entendido correctamente. Muy lejos de aquí, en Poole, o donde quiera que sea...

—Dentro de diez años podrá ser en cualquier rincón del mundo.

—Se tiene un hilo cargado de electricidad...

—No, cargado de ondas hertzianas que vibran digamos que doscientos treinta millones de veces por segundo.

El señor Cashell dibujó rápidamente una culebra en el aire.

—Muy bien. Un hilo cargado de ondas hertzianas en Poole, que despide todas esas ondas y las suelta en el espacio. Entonces ese hilo que tenemos aquí, el que está colocado en el techo del edificio, de un modo misterioso consigue cargarse de las mismas ondas que provienen de Poole...

—O de donde sea. Es en Poole esta noche por pura casualidad.

—¿Y esas ondas ponen en marcha el cohesivo, como el pulsador corriente en el telégrafo de una oficina de correos?

—¡No! Ahí es donde tantas personas cometen un error de apreciación. Las ondas hertzianas no tendrían la fuerza suficiente para poner en funcionamiento un instrumento de gran peso y de tamaño considerable, como es el del Morse. Tan sólo consiguen que se cohesione esa pizca de polvo, y mientras se cohesiona (un ratito en el caso de un punto, un poco más largo si es una raya) resulta que la corriente de esta batería, la batería local —puso la mano sobre el aparato— alcanza el aparato percutor del Morse y registra si es un punto o una raya lo que se ha recibido. A ver si consigo aclarárselo. ¿Usted entiende el funcionamiento del vapor?

—Muy poco, la verdad. Pero siga, siga.

—Bueno, pues el cohesivo viene a ser como una válvula de vapor. Una válvula la puede abrir un niño y así poner en marcha el motor de una caldera, porque un simple giro de la válvula permite la entrada del chorro de vapor, ¿no es así? Bien: para entendernos, esta batería local que tenemos lista para accionar el percutor de la impresora Morse es el chorro de vapor. El cohesivo es la válvula, siempre lista para que se accione. Y las ondas hertzianas son la mano del niño que la pone e marcha.

—Entiendo. Es maravilloso.

—Maravilloso, ya lo creo. Y tenga en cuenta que esto no es más que el comienzo. No hay nada que no podamos hacer en el plazo de diez años. Yo desde luego quiero vivir, ¡Dios mío, qué ganas tengo de ver todo ese desarrollo! —Miró por la puerta a Shaynor, que respiraba superficialmente sentado en su silla—. ¡Pobre hombre! Para colmo, quiere hacerle compañía a Fanny Brand.

—¿Fanny qué? —pregunté, pues el nombre me hizo que resonara en mi memoria un acorde oscuramente familiar, algo relacionado con un pañuelo manchado, con la palabra «arterial».

—Fanny Brand..., la muchacha por la que tuvo usted que atender el mostrador —rió—. Eso es todo lo que sé de ella, y por mi vida le aseguro que no entiendo qué ve Shaynor en ella, ni qué ve ella en él, ya puestos.

—¿No es usted capaz de ver lo que él ve en ella? —insistí.

—Oh, desde luego. Entiendo a qué se refiere. Es una moza recia y grandullona, desde luego. Supongo que por eso mismo está tan loco por ella. No es de su tipo. De todos modos, quizás no importe. Dice mi tío que se va a morir antes que acabe el año. A lo que se ve, su bebedizo le ha inducido un buen sueño. Y el descanso le hará bien. —El joven señor Cashell no alcanzaba a ver desde allí el rostro del señor Shaynor, pues estaba medio vuelto hacia el anuncio.

Aticé otra vez la salamandra, pues la estancia volvía a enfriarse, y encendí otra pastilla de ahumar. El señor Shaynor, en su silla, sin moverse, miró hacia donde estaba yo con los ojos muy abiertos, pero tan sin lustre como los de una liebre colgada a secar.

—Los de Poole se retrasan —dijo el joven señor Cashell cuando di un paso atrás—. Voy a mandarles una señal.

Accionó una tecla en la penumbra, y con un chasquido seco saltó entre dos pernos de latón una chispa, chorros de chispas, más chispas.

—Es fenomenal, ¿no? Ese es el poder, nuestro poder desconocido, que se debate por quedar libre —dijo el joven señor Cashell—. Allá va otra vez… Trac, trac, trac…, y salta al espacio. La verdad es que nunca me he sobrepuesto a la extrañeza que me causa cuando trabajo con una máquina emisora, las ondas que saltan al espacio, ahora ya lo sabe usted. Nuestra señal es T. R. Poole tendría que contestar con L. L. L.

Esperamos dos, tres, cinco minutos. En medio de ese silencio, del cual formaba parte natural el ritmo de la marea, sorprendí el claro muac, muac, muac en las drizas del tejado, sacudidas sin cesar contra la antena de la instalación.

—Poole aún no está listo. Me quedaré a la escucha y le avisaré cuando esté listo.

Volví al dispensario y dejé el vaso sobre una encimera de mármol con descuido, haciendo un ruido. En ese momento el señor Shaynor se puso en pie, los ojos clavados una vez más en el anuncio, donde la joven se hallaba bañada por la luz refractada por el frasco de cristal rojo, con lo que se tornaba sonrosada al igual que sus perlas. Movía los labios sin cesar. Me acerqué un poco para escuchar qué decía. «Y arrojé…, y arrojé…, y arrojé…»: lo repetía ensimismado. Se le había puesto el rostro en tensión debido a una agonía que me pareció en principio inexplicable.

Asombrado, di un paso más. Pero en ese momento dio con las palabras y las pronunció rotundamente, con toda claridad. Fueron éstas:

Y arrojé cálidas gules sobre el joven pecho de Madeleine.

El contratiempo no dejó rastro en su semblante; volvió ligero a su sitio frotándose las manos.

Nunca se me había pasado por la cabeza, aunque en muchas ocasiones habíamos hablado de lecturas y habíamos comentado algunos premios literarios por pura diversión, que el señor Shaynor hubiese leído a Keats, ni que supiera citar un verso suyo de un modo tan oportuno. Había a fin de cuentas un efecto de vidriera en el seno de la imagen bruñida que, apurando la imaginación, podría sugerir, tal como recuerda una tosca reproducción un lienzo incomparable, el verso que había recitado. La noche, mi bebedizo y la soledad estaban convirtiendo al señor Shaynor, se veía a la legua, en todo un poeta. Volvió a sentarse y escribió con rapidez en su infame papel de membrete, con un estremecimiento en los labios.

Cerré la puerta de la rebotica y me coloqué detrás de él. No dio muestras de haberme visto ni de haberme oído. Miré por encima del hombro y leí, entre otras frases y palabras a medio formar, entre garabatos trazados de cualquier manera,

> [...] Mucho frío hacía. Mucho frío.
> La liebre..., la liebre..., la liebre...
> Las aves...

Levantó bruscamente la cabeza y frunció el ceño al ver las persianas cerradas de la pollería, que sobresalían a la altura de nuestro escaparate. Llegó un verso con toda nitidez:

> La liebre, a pesar de su pellejo, tenía mucho frío.

Moviendo la cabeza de un modo maquinal pasó a concentrarse en el anuncio, donde la pastilla Catedral de Blaudett despedía un hedor abominable. Resopló y siguió a lo suyo:

> Incienso en un incensario...
> Ante la imagen de su amada enmarcada en oro...
> Retrato de doncella..., retrato de un ángel...

—¡Silencio! —chistó el señor Cashell veladamente desde la rebotica, como si se hallase en presencia de espectros—. Algo llega desde alguna parte, pero no es de Poole.

Oí el chisporroteo que emitió al accionar las teclas del transmisor. En mi cerebro también crepitaba algo, a menos que fuera mi cabello. Oí entonces mi propia voz en un susurro cortante:

—Señor Cashell, aquí también está llegando algo. Déjeme en paz, se lo ruego, hasta que no le diga lo contrario.

—Caramba. Pensé que quería usted presenciar esta maravilla..., señor mío —dijo con un punto de indignación al final.

—Déjeme en paz hasta que se lo indique. Y cállese.

Me quedé a la espera, atento, observándolo. Bajo la mano recorrida por las venas azuladas, la mano seca del tísico, salió con limpieza, sin una sola tachadura...

> Y mi frágil espíritu no acierta
> a pensar cómo han de helarse los muertos...
> —se estremeció al escribir—,
> bajo el moho catedralicio.

Entonces hizo un alto, dejó la pluma sobre el papel y se recostó.

Durante un instante que fue media eternidad la tienda comenzó a dar vueltas ante mis ojos en un torbellino tintado por el arcoíris, entrando y saliendo del cual con absoluto desapasionamiento mi alma sopesó mi propia alma en su pugna contra un miedo indomeñable. Me llegó entonces el intenso olor a tabaco que desprendía la vestimenta del señor Shaynor y oí, como si fuera un clarín de trompetas, el estertor con que a duras penas respiraba. Seguía en mi puesto de observación, tal como asistiría uno a una muestra de puntería en el tiro con rifle, medio inclinado, con las manos en las rodillas, la cabeza a pocos centímetros de la manta negra, roja y amarilla que le cubría los hombros. Susurraba para mis adentros palabras de ánimo, evidentemente dirigidas a mi otro yo, tal como las pronuncian los hombres en sueños.

«Si ha leído a Keats, no se demuestra nada. Si no lo ha leído... causas semejantes han de engendrar efectos semejantes. No hay excepción a esta norma. Deberías dar gracias por reconocer *La víspera de Santa Agnes* sin tener delante el libro, porque, habida cuenta cómo son las circunstancias, como es el caso de Fanny Brand, que es la clave del enigma, y que aproximadamente representa la misma latitud y longitud de Fanny Brawne; teniendo además en cuenta el color rojo intenso de la sangre arterial depositada en el pañuelo, que era lo que te tenía desconcertado en la tienda hace unos instantes, y sin perder de vista el efecto del ambiente profesional, aquí duplicado prácticamente a la perfección..., los resultados son lógicos y son inevitables. Son tan inevitables como la inducción».

Con eso y con todo, la otra mitad de mi alma rehusaba el consuelo. Acoquinada, buscaba refugio en algún rincón minúsculo e inapropiado, a una distancia inmensa.

Con posterioridad me vi de nuevo convertido en una sola persona, con las manos sujetas a las rodillas y los ojos pegados en el papel que tenía delante el señor Shaynor. Tal como aceptan quienes sueñan el caótico amontonarse de los paisajes y la resurrección de los muertos, tal como se lo explican entreverados con retazos del himno vespertino o de una tabla de multiplicar, así había aceptado yo la realidad, fuera cual fuese, que me iba a tocar presenciar, y había ideado una teoría llena de cordura y a mi entender verosímil que me servía para explicarlo todo. Al contrario: incluso me adelantaba a los hechos, me apresuraba a ir por delante, convencido de que encajarían de cierto con mi teoría. Y todo lo que ahora recuerdo de aquella teoría llamada en su momento a hacer época son estas palabras altivas: «Si ha leído a Keats, tiene que ser efecto del éter clórico. Si no, es el bacilo es idéntico, o se trata de una onda hertziana de tuberculosis, sumada a Fanny Brand y al status profesional que, de consuno con el chorro de vapor del pensamiento subconsciente que es común al género humano, le han inducido provisionalmente una racha de Keats».

El señor Shaynor reanudó su trabajo borrando y reescribiendo como antes, con agilidad. Tiró a un lado dos o tres hojas en blanco. Y escribió murmurando:

El humo escaso de una vela que se apaga.

—No —musitó—. El humo escaso..., el humo escaso..., el humo escaso..., ¿y qué más? —Adelantó el mentón al escrutar una vez más el anuncio, bajo el cual la última de las pastillas Catedral de Blaudett humeaba en su soporte—. ¡Ah! —y añadió con alivio—:

El humo escaso que se extingue en la fría luz de luna.

Volvió a buscar inspiración en el anuncio, y depositó sobre el papel, sin una sola borradura, el verso que había llegado antes a mis oídos:

Y arrojé cálidas gules sobre el joven pecho de Madeleine.

Según recordaba yo, el original, dice «bello» —una palabra insulsa— en vez de «joven», por lo que sin darme cuenta asentí manifestando mi aprobación, aunque reconocí que el intento por reproducir «Su humo escaso se apagó a la pálida luz de la luna» había sido un fracaso.

Seguían sin interrupción diez o quince renglones de prosa descarnada, la confesión del alma que se desnuda y mira de frente el anhelo físico de la amada, tan indecentes como la indecencia misma; malsanos, pero humanos en grado máximo; la materia prima, o al menos me lo pareció en aquel momento, en aquel lugar, a partir de la cual Keats había sabido entretejer las estrofas vigésimo sexta, vigésimo séptima y vigésimo octava de su poema. Vergüenza ninguna tuve en asistir a esta revelación, y mi temor todo desapareció con el humo de la pastilla.

—Eso es —murmuré—. Así es como lo tiene bien sujeto. ¡Adelante! Entíntelo, hombre. ¡Entíntelo!

El señor Shaynor volvió a los versos todavía tentativos allí donde trató de rimar «adorable señorío» con un deseo de mirar «su vestido vacío». Tomó entre los dedos un pliegue de la alegre, suave manta de colores, y alisó la esquina en una mano acariciándola con ternura infinita, a la vez que pensaba, musitaba, revisaba algunos retazos que no alcancé a descifrar, y entonces cerró los ojos como si se adormeciera, sacudió la cabeza, dejó el tejido. Me encontré sin saber qué pensar en este punto, pues no podía entender (tal como ahora entiendo) de qué modo una manta austriaca, roja, negra y amarilla, daba coloración a sus sueños.

A los pocos minutos dejó a un lado la pluma y, con el mentón apoyado en una mano, se paró a considerar la tienda con ojos pensativos, inteligentes. Se desembarazó de la manta, se puso en pie, pasó por delante de una hilera de cajones de medicamentos y leyó en voz alta los nombres que figuraban en las etiquetas. Al volver, tomó de su mesa el libro de Christy, *Nuevas plantas comerciales*, y el antiguo ejemplar de Culpepper que yo le había regalado; los abrió y los puso uno junto al otro con aires de oficinista, todo rastro de pasión desaparecido de su rostro, para proceder a leer primero en uno, y luego en otro, haciendo una pausa con el lápiz detrás de la oreja.

«¿Qué demonios viene ahora?», me pregunté.

—Maná..., maná..., maná..., —dijo al cabo con el ceño fruncido—. Eso es lo que yo quería. ¡Bien! ¡Bueno, vamos a ello! ¡Eso es! ¡Muy bien! Dios mío, qué bien —elevó el tono de voz y habló con precisión, sin un solo fallo:

Manzana camuesa, membrillo, calabaza,
jaleas más suaves que las natillas,
traslúcidos siropes tintados de canela;
maná, dátiles en ambrosía conservados,
traídos de Fez, exquisiteces especiadas,
desde la seda de Samarcanda hasta los cedros del Líbano.

Aun lo repitió, sólo que diciendo «más blandos» en vez de «más suaves» en el segundo verso; acto seguido lo consignó en el papel sin una sola tachadura, sin un borrón, sólo que esta vez (mi vista, atenta al máximo, no perdió un trazo de una sola letra) puso «más melosos», en lo que me pareció una pésima idea de última hora, y al cabo volvió a la segunda opción, de modo que salió el verso de su mano tal como se halla escrito en el libro. Exactamente igual que está en el libro.

Sopló el viento a rachas por la calle, y tras la estela del vendaval cayó un chaparrón de gotas aisladas, con fuerza.

Tras sonreír y hacer una pausa —y tenía pleno derecho a sonreírse—, comenzó de nuevo, siempre lanzando la última hoja escrita por encima del hombro:

Cae la lluvia con fuerza
en el cristal de la ventana.
Aguanieve sesgada
que el viento escupe.

Acto seguido, un nuevo trecho en prosa: «Mucho frío hace por las mañanas cuando el viento trae lluvia e incluso aguanieve. Oigo la lluvia golpetear el cristal del escaparate y pienso en ti, amada mía. Siempre estoy pensando en ti. Ojalá pudiéramos los dos darnos a la fuga como dos amantes en plena tempestad y llegar a esa casita a la orilla del mar en la que siempre pensamos, mi queridísima amada. Podríamos sentarnos allí a contemplar el mar bajo la ventana. Será una tierra de ensueño y será toda nuestra, y un mar de ensueño, un mar de ensueño...».

Se detuvo, alzó la cabeza, pareció que aguzase el oído. El rumor constante del canal de la Mancha en el muelle nos había hecho compañía en todo momento, y dio un brinco a una nota más aguda, como si así señalase con toda su fuerza el cambio de la marea con que termina la bajamar y comienza el movimiento de pleamar. Fue un golpe como el cambio de paso en un desfile, el pulso renovado del mar, que llenó nuestros oídos hasta el momento en que, aceptándolo, dejaron de percibirlo con nitidez.

Una tierra de ensueño para ti
y para mí
allende la espuma del mar,
mágica espuma del peligroso mar.

Volvió a resoplar por el esfuerzo y se mordió el labio inferior. Se me secó la garganta, pero no me atreví a dar siquiera un sorbo para mojarme el gaznate, no fuera que por inadvertencia quebrase yo el hechizo que lo iba arrastrando y lo acercaba a la marca de la pleamar que sólo dos de los hijos de Adán han alcanzado. Recuérdese que en todos los millones permitidos no hay sino cinco, nada más que cinco versitos, de los que se puede decir con toda seguridad: «Son magia, magia en estado puro. Son la claridad de la visión. El resto no es más que poesía». Y el señor Shaynor jugaba al frío, frío, caliente, caliente, con dos de ellos nada menos.

Me juré que ningún pensamiento inconsciente que yo pudiera tener de ningún modo debería influir en aquella alma ciega, y me aferré con desesperación a los otros tres, repitiendo una y otra vez, para mis adentros:

Un lugar salvaje, tan sagrado
y encantado
como nunca, bajo una luna menguante,
guardado por mujer que gemía
a la espera de su demonio amante.

Pero por más que creyera que mi cerebro estaba así ocupado, todos mis sentidos seguían pendientes del escrito que fluyera de debajo de la mano reseca, huesuda, con todos los dedos sucios de productos químicos y humo de tabaco.

Nuestras ventanas fronteras a la espuma peligrosa
—escribió, tras largos retazos sin resolución, y entonces—:
Nuestras ventanas abiertas
frente al mar desolado
en el desamparo, en el desamparo…

Aquí una vez más se le tensó el rostro de pura angustia, de esa sensación de pérdida que ya había presenciado yo cuando el poder lo arrebató. Sólo que esta vez el dolor agónico fue diez veces más intenso. Mientras lo observaba fue en aumento, como el mercurio en el tubo de cristal. Le iluminó el rostro desde el interior hasta que me pareció que su alma, visiblemente azotada, iba a salírsele de un brinco por la boca, como si ya no fuera capaz de soportarlo un instante más. Una gota de sudor se me deslizó desde la frente, por la nariz, hasta salpicarme el dorso de la mano.

> Nuestras ventanas abiertas
> frente al mar desolado
> y las perlas de espuma
> de una mágica tierra de ensueño...

—Todavía no, todavía no es eso —murmuró—. Aguarda un instante. Por favor te lo pido, aguarda un instante. Ya me saldrá, sí...

> Nuestras mágicas ventanas
> frente al mar abierto,
> la peligrosa espuma del mar desolado...

—¡Ay, Dios mío!

De la cabeza a los pies le recorrió un fuerte temblor —un estremecimiento que parecía nacido en el tuétano de los huesos— y al cabo se puso en pie con los brazos alzados, y deslizó la silla, que chirrió contra las baldosas del suelo hasta golpear contra los cajones y caer con estrépito. Mecánicamente me agaché a recogerla.

Cuando me enderecé, el señor Shaynor se estiraba y bostezaba a sus anchas.

—Parece que me he quedado dormido —dijo—. ¿Cómo es que he tirado la silla sin darme cuenta? Parece usted un tanto...

—La silla me ha dado un sobresalto —respondí—. Fue muy repentino, y más con esta quietud.

El joven señor Cashell, al otro lado de la puerta cerrada, permanecía en silencio como si estuviera realmente ofendido.

—Supongo que incluso he soñado —dijo el señor Shaynor.

—Supongo que sí, desde luego —dije—. Hablando de sueños, antes me..., me fijé en que escribía usted... Antes...

Se sonrojó manifiestamente cohibido.

—Quería preguntarle tan sólo si ha leído alguna vez algo escrito por un hombre llamado Keats.

—¡Ah! Pues no he tenido mucho tiempo para leer poesía, y no podría asegurar que recuerde ese nombre. ¿Se trata de un escritor popular?

—Ni fu ni fa. Pensé que tal vez lo conociera, porque es el único poeta que trabajó como boticario. Y es, sin lugar a dudas, un poeta cuyo gran tema es el amor.

—Comprendo. Sí, sin duda tendría que ojearlo. ¿De qué dice que escribió?

—De muchas cosas. Tenga, aquí tiene una muestra que quizás le interese.

Sobre la marcha, con todo cuidado, repetí los versos que había dicho él en dos ocasiones, y que una vez incluso escribió, tan sólo unos minutos antes.

—¡Ah! Se le nota que era boticario con ese verso sobre tintes y siropes, desde luego. Es un bonito homenaje a nuestra profesión.

—No lo sé —dijo el joven señor Cashell con gélida cortesía, abriendo la puerta sólo un par de dedos—. Si es que le interesan por un casual nuestros experimentos de poca monta, claro. Pero si ése fuera el caso...

Me lo llevé a un lado y le hablé con voz queda.

—Shaynor parecía a punto de tener una especie de ataque en el instante en que le hablé. Incluso a riesgo de ser descortés, pensé que de nada serviría alejarle a usted de sus instrumentos justo en el instante en que entrase el mensaje. ¿No lo comprende?

—Por descontado, por descontado. Bastaba con que lo dijera —respondió sin ceder un ápice—. Ya me había parecido a mí un pelín extraño en su momento, ya decía yo. ¿Y se puede saber por qué ha derribado la silla?

—Espero no haberme perdido nada memorable —dije.

—Pues mucho me temo que no es así, aunque aún está a tiempo del final de una actuación cuando menos curiosa. Puede entrar usted también, señor Shaynor. Escuchen mientras leo.

El instrumento del Morse tictaqueaba con furia. El señor Cashell fue interpretando:

—*K. K. V. No se entiende nada de sus señales.* —Hubo una pausa—. *M. M. V. M. M. V. Señales indescifrables. Propósito anclar en Sundown Bay. Examinar instrumentos mañana.* ¿Saben ustedes qué es todo esto? Se trata de dos barcos de guerra que intercambian señales vía Marconi frente a la isla de Wight. Tratan de hablar uno con el otro, aunque ninguno es capaz de leer los mensajes del otro, si bien todos sus mensajes los capta nuestro receptor. Llevan muchísimo tiempo intentándolo. Ojalá hubieran oído ustedes todo el diálogo.

—¡Qué maravilla! —dije—. ¿Quiere decir que estamos oyendo a dos barcos de Portsmouth que intentan hablar el uno con el otro y que no saben que les oímos? ¿Estamos fisgando una conversación que tiene lugar en el sur de Inglaterra?

—Ni más ni menos. Sus transmisores funcionan bien, pero sus receptores están estropeados, de modo que sólo captan un punto y una raya de vez en cuando. Nada claro.

—¿Por qué?

—Sabe Dios… Aunque la Ciencia lo sabrá muy pronto. Es posible que la inducción sea defectuosa; es posible que los receptores no estén afinados para recibir mediante el polvo el número de vibraciones por segundo que envía el otro transmisor. Sólo aparece una palabra suelta aquí y otra allá. Lo justo para que ambos estén hipnotizados y no se entiendan.

El Morse volvió a cobrar vida.

—Vean, uno de ellos se queja ahora. Escuchen. *Descorazonador… Es descorazonador.* La verdad es que resulta patético. ¿Han presenciado alguna vez una sesión de espiritismo? Pues a eso me recuerda. Trozos sueltos de mensajes que no llegan de ninguna parte, una palabra aquí, otra allá... No sirve de nada.

—Pero los médiums son todos unos impostores —dijo el señor Shaynor ya en la puerta, prendiendo un cigarrillo para el asma—. Lo que hacen lo hacen sólo por el dinero que se puedan embolsar. Yo los he visto.

—Vean, por fin llega la señal de Poole... Clara como una campanilla. L. L. L. Ya no tardaremos mucho —el señor Cashell hizo tintinear las llaves con gesto exultante—. ¿Alguna cosa que deseen decirles?

—No, no lo creo —dije—. Creo que me voy a casa a acostarme. Estoy un poco fatigado.

EN EL CERRO DE GREENHOW

A la voz queda del Amor atiende con descuido,
descansa su mano entre los dedos sonrosados de su amante,
un peso helado. No se vuelve, no presta oídos,
prosigue su camino con el rostro expectante.
Cuando la pálida Muerte, sin facciones, sombría,
tomó la mano huesuda de él, y por señas
le tendió la fúnebre guirnalda, ella siguió su senda
y Amor quedó abatido, privado de maestría,
atónito de que ella a su llamada no atendiera
y que al primer susurro de la Muerte camino emprendiera.

Rivales[1]

—*¡Ohé, Ahmed Din! ¡Shafiz Ullah ahoo!* ¡Bahadur Khan, dónde estáis? ¡Salid de las tiendas, como he hecho yo, y luchad contra los ingleses. ¡No matéis a los vuestros! ¡Salid, venid conmigo!

El desertor de un cuerpo de soldados nativos reptaba por las inmediaciones del campamento, abriendo fuego a cada trecho e increpando a gritos a sus antiguos camaradas. Engañado por la lluvia y por la oscuridad llegó sin pretenderlo al ala del campamento en donde estaban acuartelados los ingleses, y con sus gritos y sus disparos alteró la paz de los hombres. Habían pasado el día entero trabajando en la construcción de un camino con los zapadores, y estaban reventados.

---

[1] Al contrario que otros epígrafes de los cuentos, tomados de poemas del propio Kipling, éste es de Alice Kipling, su madre.

Ortheris dormía a los pies de Learoyd.

—¿Qué ha sido eso? —preguntó con voz tomada por el sueño. Learoyd resopló; una bala de fusil Snider atravesó la lona de la tienda. Los dos soltaron sendos juramentos.

—Es el maldito desertor del regimiento de Aurangabad —dijo Ortheris—. Vamos, que alguien se ponga en pie y le diga que ha ido a llamar al sitio que no debe.

—Ve a la cama, hombrecillo —dijo Mulvaney, el que más cerca de la puerta se encontraba—. No puedo ir a darle explicaciones a ese mastuerzo. Ahora mismo llueve a cántaros.

—Pues no será porque no puedas, pedazo de mulo. Es porque no te da la gana, porque eres un mendigo cojo y piojoso, un alfeñique es lo que eres tú. ¡Oídle dar voces al muy...!

—A ver, a ver. ¿De qué vale discutir, caballeros? ¡Que alguien le meta una bala en el cuerpo a ese cerdo! ¡No nos deja dormir! —dijo otra voz al fondo.

Un oficial subalterno dio un grito de enojo y un centinela empapado se quejó en la oscuridad.

—De nada sirve, señor. No veo ni tres en un burro. Tiene que haberse escondido más abajo, en la loma.

Ortheris se desembarazó de la manta que lo envolvía.

—¿Quiere que vaya a por él, señor? —dijo.

—No —dijo el superior por toda respuesta—. Descanse. No tengo ningunas ganas de que todo el campamento se ponga a disparar a tontas y a locas. Usted, dígale que se vaya a dar la tabarra a sus amigos.

Ortheris se paró a pensar unos momentos. Introdujo la mano por debajo del faldón de la tienda y dio una voz como hace el revisor de un autobús al detenerse en una parada:

—¡Arriba, arriba, arriba! ¡Más alto, hombre!

Los hombres le rieron la gracia y la risa llegó llevada por el aire y la lluvia hasta el desertor, el cual, al comprender que había cometido un error, volvió sobre sus pasos para fastidiar a su propio regimiento, a media milla de allí. Lo recibieron con disparos; los soldados de Aurangabad estaban muy molestos con él por haber deshonrado sus colores.

—Así está mejor —dijo Ortheris, retirando la cabeza de la abertura al oír el hipido de los Sniders a lo lejos—. Dios nos asista, pero mucho me temo que ese hombre no va a sobrevivir... Mira que fastidiarme el sueñecito que es tan indispensable para mi cutis...

—Pues sale usted y le pega un tiro por la mañana —dijo el subalterno sin la menor cautela—. Ahora, silencio en las tiendas. Caballeros, descansen.

Ortheris se tumbó con un suspiro de contento, y en dos minutos ya no se oyó otra cosa que el tamborileo de la lluvia sobre la lona, además del elemental y dilatado roncar de Learoyd.

El campamento se encontraba en una loma pelada al pie del Himalaya, y por espacio de una semana habían esperado la llegada de una columna ambulante que debía enlazar con ellos. Los disparos nocturnos del desertor, a los que respondían sus amigos, empezaban a ser una molestia.

Por la mañana, los hombres se secaron al sol y limpiaron sus guarniciones y equipamiento. El regimiento nativo tenía la obligación de ocuparse ese día de la construcción del camino con el regimiento de zapadores, mientras el Regimiento Viejo gozaba de una jornada de asueto.

—Yo voy a ver si cazo a ese incordio de individuo —dijo Ortheris cuando hubo terminado de limpiar y engrasar el fusil—. Todas las tardes, a eso de las cinco, se deja ver cerca del arroyo. Si vamos a apostarnos por allí cerca, en la colina que queda al norte, y esperamos hasta la caída de la tarde, lo pillamos seguro.

—Tú eres un mosquito sediento de sangre —dijo Mulvaney, y expulsó una nube azulada en el aire—. En fin, supongo que más vale que te acompañe, no sea que... ¿Dónde para Jock?

—Se ha largado con los Encurtidos, está convencido de que está hecho un tirador de primera —dijo Ortheris con desdén.

Los Encurtidos eran un destacamento de tiradores escogidos entre diversos batallones, por lo general dedicados a limpiar los espolones y salientes de los montes cuando los enemigos se ponían demasiado impertinentes. De ese modo aprendían además los jóvenes oficiales a manejar a los hombres, sin causar demasiados perjuicios al enemigo. Mulvaney y Ortheris salieron paseando del campamento, y se cruzaron con los de Aurangabad, que iban a trabajar en el camino.

—Hoy os tocará sudar de lo lindo —dijo Ortheris con toda su cordialidad—. Nosotros nos ocupamos de ese pájaro que se os ha escapado. Porque no lo habréis abatido ayer noche por casualidad, ¿no?

—No. El muy cerdo siguió mofándose de nosotros. Yo le disparé, pero sin alcanzarlo —dijo un soldado raso—. Resulta que es mi primo, a mí me correspondería limpiar la deshonra. En fin, que tengáis buena suerte.

Subieron sigilosamente hacia el cerro del norte, Ortheris delante porque, tal como explicó, «éste va a ser un número de tiro a distancia, tengo que hacerlo yo». Tenía una devoción punto menos que apasionada a su fusil, al cual, según se decía en los barracones, besaba todas las noches antes de acostarse. Las cargas de infantería y las escamaruzas merecían todo su desprecio, y cuando eran inevitables se colaba entre Mulvaney y Learoyd, a quienes pedía que lucharan por su pellejo, además de por los suyos respectivos. Nunca le habían fallado. Echó a correr al trote, husmeando como un sabueso un rastro esquivo, adentrándose en la maleza por el cerro del norte. Por fin se dio por satisfecho y se arrojó sobre el mullido colchón que formaban las agujas de pino en la ladera, desde donde dominaba una amplia panorámica del arroyo y de una loma pelada que se alzaba más allá. Los árboles formaban una penumbra perfumada en la que un cuerpo del ejército podría haberse refugiado del resplandor del sol.

—Ahí es donde se marca la linde del bosque —dijo Ortheris—. Tiene que subir por el arroyo, porque ahí es donde está a cubierto. Nos tenderemos aquí a esperar. Por suerte, no está el terreno ni la mitad de polvoriento que el camino.

Enterró la nariz en una mata de violetas blancas que no despedían el menor perfume. Nadie había ido a decir que la estación de su florecimiento quedaba ya muy atrás, por lo que habían florecido felices a la sombra de los pinos.

—Esto sí que me gusta —dijo con satisfacción—. Qué línea de tiro tan despejada para clavar la bala donde ponga uno el ojo, ¿verdad? ¿A cuánto crees que alcanza, Mulvaney?

—Setecientos o así. Puede que un poco menos, porque aquí el aire es menos denso.

Se oyó una andanada de tiros de mosquete en la otra cara del cerro del norte.

—Malditos Encurtidos... Ya están otra vez tirando a dar a la pura nada. Van a meterle miedo hasta a las moscas.

—Prueba a ver si aciertas en el medio de la hilera —dijo Mulvaney, el hombre de las muchas mañas—. Hay una peña más roja, ¿la ves?, por la que tiene que pasar, seguro. ¡Venga, rápido!

Ortheris emplazó el punto de mira y apuntó a unos seiscientos metros. Disparó. La bala arrancó un penacho de polvo en un macizo de gencianas en la base de la peña.

—¡No está nada mal —dijo Ortheris, satisfecho de haber rebajado la escala en la medida exacta—. Ajusta la mira con la mía, o incluso un poco más abajo, que a ti siempre se te va alto el disparo. Pero no olvides una cosa: el primer tiro es para mí. ¡Dios, Dios, Dios! ¡Qué maravilla de tarde tenemos!

El rumor aislado de los disparos fue en aumento, y se oyeron las carreras de los hombres por el bosque. Los dos permanecieron tumbados y muy quietos, no en vano sabían de sobra que el soldado británico es desesperadamente propenso a disparar a todo lo que se mueva y a todo lo que haga un ruido.

Entonces apareció Learoyd con la camisa desgarrada sobre el pecho por el impacto de una bala que había traspasado la tela, y llegó con aspecto de estar avergonzado. Se arrojó de bruces sobre el lecho de agujas de pino, con la respiración entrecortada.

—Uno de esos malditos jardineros que se han apuntado a los Encurtidos —dijo, e introdujo el dedo en el desgarrón—. Va y dispara como si tal cosa al flanco derecho, sabiendo de sobra que yo estaba allí. Si supiera quién es, le arrancaba la piel a tiras, te lo aseguro. ¡Mira cómo me ha dejado la camisa!

—Ése es un tirador de especial y altísima fiabilidad, te lo digo yo. A ése sí lo han adiestrado para acertar con una mosca posada a setecientos metros de distancia, pero capaz de no dar una en nada que se mueva, que vea u oiga a menos de una milla. Haces bien en olvidarte de esa banda de tiradores cegatos, Jock. Anda, quédate con nosotros.

—Esos disparan al aire que se mueve y a las copas de los árboles —dijo Ortheris con sorna—. Ya te enseñaré yo luego cómo se dispara.

Se acomodaron sobre las agujas de los pinos a sus anchas, dejándose caldear por el sol allí tendidos. Los Encurtidos dejaron de disparar y regresaron al campamento, dejando el bosque en manos de los pocos simios sagrados que aún quedaran por allí. La voz del arroyo se oyó más clara en el silencio, hablando de intrascendencias con las peñas. De vez en cuando, el sordo atronar de una carga de explosivos a tres millas de aquel paraje les indicaba que las brigadas del regimiento de Aurangabad se habían encontrado con serias dificultades en la construcción del camino. Los hombres sonreían dejando pasar el tiempo allí tumbados, aguzando el oído, disfrutando del calor y del ocio. De pronto, entre dos caladas de su pipa, Learoyd...

—No deja de ser raro... que ése de allá haya decidido desertar.

—Cuando me haya ocupado de él ya verás tú lo raro que parece —dijo Ortheris.

Hablaban con voz queda, pues la quietud del bosque y el deseo de matar pesaban más que las ganas de charlar.

—No seré yo quien ponga en duda que razones para desertar seguro que tiene, pero..., ¡a fe mía! Menos dudas tengo de que a todos los demás les sobran razones para matarlo —dijo Mulvaney.

—Quién sabe si no hubo una muchacha mezclada en todo este asunto. Un hombre por una muchacha es capaz de cualquier cosa.

—Por ejemplo, así se alista la mayoría. Pero no tienen derecho a llevar a nadie a desertar, digo.

—Ah, señor mío: nos hacen alistarnos o ellas o sus padres —dijo Learoyd en voz muy baja, con el casco sobre los ojos.

A Ortheris se le contrajeron las cejas de un modo extraordinario. No perdía de vista el valle en toda su amplitud.

—Si es por una muchacha, a ese pordiosero le pego dos tiros. El segundo, por idiota. Te has puesto de golpe muy sentimental, compañero. ¿Será por pensar en que te acabas de librar por los pelos?

—No, qué va. Estaba pensando sólo en lo que ha ocurrido.

—Y a juzgar por lo ocurrido, abotargado hijo de la calamidad, andas como un ternerillo en el prado, y además te da por poner excusas de pura envidia por el hombre al que Stanley va a matar de un disparo. Aún te queda por delante otra hora de espera, hombrecillo. Escupe, Jock, no te prives. Cántale tú melodías a la luna. Hace falta un terremoto o una bala que te roce para sacarte lo que llevas dentro. ¡Anda, don Juan! Discursea. ¡Los amoríos de Lotharius Learoyd! Stanley, tú no pierdas de vista el valle, no sea que el regimiento quede en mal lugar.

—Es bastante parecido a aquel cerro de allá —dijo Learoyd, y señaló el espolón pelado de monte bajo, al pie del Himalaya, que le había recordado a sus páramos natales del condado de York. Hablaba más para el cuello de su camisa desgarrada que para sus compañeros—. Pues sí —dijo—, el Páramo de Rumbolds, que se yergue sobre el pueblo de Skipton, y el cerro de Greenhow, desde el cual se domina el puente de Pateley. Seguramente nunca habéis oído hablar del cerro de Greenhow, pero es una loma igual de pelada que ésa, con un camino polvoriento y tortuoso que asciende a duras penas, igualito que el que allá detrás construyen. Es extraño el parecido, desde luego. Una paramera tras otra, y tras ésa otra más, sin un solo árbol bajo el cual refugiarse, y casas de tejados grises, de pizarra, y el piar de las avefrías, y un milano que va de acá para allá, como ése de allá, ¿lo veis? ¡Y un frío…! Allí, el viento corta como si fuera un cuchillo. A los lugareños del cerro de Greenhow se les distingue porque tienen las mejillas y la nariz coloradas como las manzanas, y los ojos muy azules y encogidos como cabeza de alfiler por culpa del viento. Son más que nada mineros, que arañan las tripas de la tierra en busca de plomo, siguiendo la veta del mineral igual que lo haría una rata de campo. Aquella era la mina más dura de trabajar que he visto nunca. Se bajaba en un cestillo de madera, como quien baja el cubo al pozo, y se iba dando cordel a la vez que uno se apartaba de la pared del pozo con la mano, con una vela encajada en un trozo de arcilla en la otra, y el cabo de la cuerda en la otra.

—Así salen tres manos —dijo Mulvaney—. El clima se tiene que dar bien por aquellos pagos.

Learoyd no le hizo caso.

—Y se llegaba entonces a un nivel en el que uno tenía que gatear de rodillas por espacio de una milla, no exagero, una milla de corredores sinuosos, para terminar por salir, es un decir, a una especie de caverna grande como el ayuntamiento de Leeds, donde había una bomba que no dejaba de trabajar y que extraía el agua de un nivel aún más profundo. Es una región extraña, y para qué hablar de la minería, porque todos los cerros están repletos de esas cavidades naturales, a veces salas inmensas, y los ríos y los regatos de toda la región dejan que se filtre el agua en lo que llaman allí conejeras, un laberinto de cauces, y el agua vuelve a salir a muchas millas de donde entró en tierra.

—¿Y tú qué estabas haciendo allí? —dijo Ortheris.

—Yo entonces era un jovenzuelo, y más que nada acompañaba a los capataces que dirigían la extracción de las vetas de carbón y de plomo, pero en la época a la que me refiero me había tocado guiar la vagoneta de la cuadrilla en el mayor sumidero de la mina. No era yo por derecho propio de aquella región. Si terminé por ir a la zona fue por una pequeña diferencia que tuve en mi casa, y al principio me tocó una cuadrilla bastante bronca de trato, qué quieres. Una noche salimos a beber, y seguramente debí de trasegar yo más de lo que podía aguantar, o a lo mejor fue que la cerveza no era nada buena, o yo qué sé, y eso que en aquellos tiempos por Dios juro que nunca vi yo un barril de cerveza mala y esbafada como la que ahora se ve a menudo —alzó ambos brazos por encima de la cabeza y agarró un buen puñado de violetas—. Quiá —dijo—, nunca vi yo cerveza que no se pudiera beber sin miedo, ni tabaco que no se pudiera fumar sin gusto, ni moza a la que no valiera la pena besar sin buen provecho. Total, que después de la parranda, a la vuelta, echamos una carrera todos los que estábamos. Los perdí de vista a todos, me tomaron la delantera, y cuando estaba trepando uno de aquellos muretes de piedra seca, me caí de bruces a una zanja, se me cayeron encima las piedras y me partí el brazo. Ni siquiera me di cuenta, pues me caí de espaldas y me quedé noqueado, medio tonto, así que no me enteré. Y a la mañana siguiente, cuando recuperé el conocimiento, estaba tumbado en el sofá, en la casa de Jesse Roantree, y Liza Roantree estaba allí sentada, zurciendo. Me dolían hasta los pensamientos, tenía la boca como un horno de cal. Me dio de beber en una taza de porcelana que tenía unas letras inscritas en pan de oro, «Recuerdo de Leeds». Iba a tener ocasión de mirar aquellas mismas letras muchas más veces. «Has de quedarte bien quieto hasta que venga a verte el doctor Warbottom, porque te has roto el brazo, mi padre ha mandado a un recadero a buscar al médico. Te encontró cuando se iba a trabajar y te ha traído hasta aquí cargando contigo a la espalda», me dijo. «Ay,» contesté, y bajé la mirada, porque ganas me dieron de morir de vergüenza. «Mi padre hace tres horas que se fue a trabajar y ha dicho que ya les dirá que busquen a otro que se ocupe de conducir la vagoneta». El reloj marcaba las horas, entró una abeja en la casa, y tanto el tic-tac como el zumbido me trituraban la cabeza como si fueran ruedas de molino. Ella me dio otro poco de beber y me ahuecó la almohada para estar más cómodo. «Eh, con lo joven que eres, ¿cómo te has pescado semejante borrachera, ¿eh? Eso no lo volverás a hacer, ¿verdad que no?». «No», le dije, aunque más que nada me importaba, y por eso le dije que no, que dejaran de dar vueltas las ruedas que me estaban triturando los sesos.

—¡Buena cosa tiene que ser que te cuide una mujer! —dijo Mulvaney—. Y además tan barato y tan grato que cualquiera, si lo sabe, veinte veces se parte la crisma.

Ortheris se volvió con el ceño fruncido. No le habían cuidado muchas mujeres a lo largo de su vida.

—Y entonces aparece a caballo el doctor Warbottom, y Jesse Roantree lo acompaña. Era un médico muy sabio, aunque con los pobres hablaba como si también él fuese más pobre que una rata. «¿Y qué t'a dao por hacer? —se pone a canturrear—. ¿Qu'as querío? ¿Romperte la crisma?». Me examinó todo entero. «No, la cabezota no la tienes rota. Sólo t'as dao un porrazo más fuerte que de costumbre, chico. Lo cual es de idiotas, qué quieres que te diga». Me puso a caer de un burro y me dedicó todos los insultos que se le pasaron por la cabeza, pero al mismo tiempo me colocó el brazo en cabestrillo y bien sujeto con la ayuda de Jesse. «A mí me parece que a este merluzo tendrías que dejarle que se quede un tiempo, Jesse —dijo cuando me tuvo enyesado y me dio una dosis de no sé qué para aliviar el dolor—, y entre tú y Liza lo cuidáis, aunque no sé yo si este mequetrefe vale la pena. Además, se quedará sin trabajo —dijo—, por lo que va a ser una carga para el Seguro de Enfermos al menos durante un par de meses. Hay que ser botarate, digo yo...».

—Me pregunto yo cuándo ha sido listo un jovenzuelo como tú o como también fui yo, para el caso —dijo Mulvaney—. Y eso que la estupidez es el único camino seguro por el que se llega a la sabiduría, sé bien lo que digo, no en vano lo he probado.

—¡La sabiduría! —sonrió Ortheris, y supervisó a sus camaradas con el mentón levantado—. Vaya par de Salomones que estáis hechos los dos...

Learoyd siguió con calma, como si tal cosa, con un ojo atento al panorama, como el buey que rumia la hierba que ha comido.

—Y así fue como conocí a Liza Roantree. Hay algunas canciones que a ella le gustaba cantar, sí, cantaba a todas horas, y que si las oigo me ponen el cerro de Greenhow delante de los ojos con la misma claridad con la que os estoy viendo la frente. Me enseñó ella a acompañarla cantando, me tocaba a mí hacer el bajo, e incluso iba a la iglesia con los dos, también con Jesse, y los dos dirigían los cantos de los fieles, el viejo incluso las acompañaba al violín. Era un tipo extraño aquel Jesse, loco como un poseso por la música, que me hizo prometer incluso que aprendería yo a tocar el violón cuando se me hubiera curado el brazo. Él tenía el instrumento, que guardaba en una funda grande, apoyada en el reloj de pie que daba incluso el día de la octava, pues resulta que Willie Satterthwaite, que tocaba en la iglesia, se había quedado más sordo que una puerta, y a Jesse le fastidiaba, porque tenía que darle en la cabeza con el arco del violín, y al final le convenció para que dejara de tocar cuando ya no quedó más remedio.

»Pero en todo ello había un borrón, no todo iba a ser coser y cantar, y no era otro que un hombre de negro que fue quien le compró el instrumento. Cuando el predicador, que era de los metodistas primitivos, venía a celebrar los oficios en Greenhow, siempre hacía un alto en casa de Jesse Roantree, y me echó el ojo desde el primer día. Era como si fuese la mía un alma que a toda costa tenía que salvar, date cuenta, y resulta que se lo tomó muy en serio. Al mismo tiempo, me recelaba yo de que también pusiera el predicador un empeño un tanto especial en salvar también el alma de Liza Roantree, y no por quedarse corto, qué va. Podría haberlo matado allí mismo varias veces, os lo aseguro. Así fueron las cosas hasta que un día me harté, porque estaba hasta la coronilla, y a Liza le pedí prestado un dinerillo para irme a beber algo. Al cabo de unos días volví con el rabo entre las piernas para ver otra vez a Liza. Pero estaba Jesse en la casa con el predicador, el reverendo Amos Barraclough se llamaba. Liza no dijo ni pío, pero se puso un tanto colorada sin venir a cuento, como si fuese de lo más normal. Va y dice Jesse procurando ser educado: «Que no es eso, mozo, no es eso. A ti te toca elegir cómo ha de ser la cosa. No consiento que nadie cruce la puerta de mi casa si ha salido a beber por ahí, y menos si resulta que va y a mi hija le pide prestado un dinero para gastárselo en beber. Cállate la boca, Liza», le dijo cuando ella quiso decir algo y explicar que no había visto ella con malos ojos el prestarme un dinero, y que no tenía ningún miedo de que no se lo fuera yo a devolver. Va el reverendo y lo interrumpe al ver que Jesse estaba a punto de perder los estribos, que no le quedaba nada para darme una paliza, si es que no me la daba antes el otro. Pero fue Liza, que miraba sin decir nada, la que obró una maravilla aún mayor que las lenguas de los dos, y así llegué a la conclusión de que más me valía convertirme.

—¿Pa'qué? —gritó Mulvaney. Se contuvo y añadió en voz queda—: ¡De acuerdo, de acuerdo! De seguro que fue por la Virgen, la madre de toda la religión y de casi todas las mujeres; siempre queda un buen poso de piedad en una chica, basta con que los hombres lo dejen estar y a ella la dejen en paz. También yo, digo, me habría dejado convertir en tales circunstancias.

—Qué va —siguió Learoyd poniéndose colorado—. Lo dije muy en serio.

Ortheris se echo a reír a carcajadas, tan fuerte como se atrevió, por tener conocimiento estrecho de asuntos parecidos.

—Tú haz lo que quieras, Ortheris, ríe cuanto te apetezca, pero tú no te las viste con el predicador Barraclough, un tipejo pálido, con una voz chillona como la de una bandada de pájaros en la maleza, y una manera de tratar a la gente que a uno le hacía pensar que nunca había tenido a un hombre vivo por amigo. Tú no lo llegaste a ver, y tú tampoco…, nunca viste a Liza Roantree. La verdad es que la cosa fue culpa tanto de Liza como del predicador y de su padre, pero es de ver que todos hicieron lo que hicieron con sus mejores intenciones, y yo ciertamente sentí una gran vergüenza de mí mismo, y así pasé a ser lo que ellos llamaban un hombre transformado. Y la verdad es que cuando me paro a pensarlo cuesta trabajo creer que un jovenzuelo como yo fuera a las reuniones a rezar, a la iglesia, a las clases de catequesis; al menos, cuesta creer que fuera yo. Nunca tuve yo nada que decir de mi propia cosecha, aunque allí se hablaba a gritos, y el viejo Sammy Strother, como allí la verdad es que andaban a punto de morir de hambre día sí y día no, e iba doblado por el peso del reuma, cantaba a voz en cuello: «¡Alegraos, alegraos!», y a menudo me decía que era mejor ir al Cielo en un cestillo de carbón que al Infierno en un carruaje tirado por seis caballos. Y era de los que me echaba la zarpa helada y me la ponía en el hombro y me decía: «¿No notas ese bulto tan grande? ¿No lo notas?». Y unas veces me parecía que sí, y luego me parecía que no. ¿Cómo podía ser una cosa así?

—La naturaleza eterna del ser humano —dijo Mulvaney—. Yo para colmo dudo mucho que tú estuvieras hecho de la pasta de la que hay que estar hecho para ser de los metodistas primitivos. Además, estos forman una nueva corporación. Yo soy fiel a la vieja Iglesia, que es la madre de todas las demás, y el padre también. Me gusta esa fe porque la vieja Iglesia es un cuerpo que llama la atención por lo militar en sus procedimientos. Quién sabe, puede que la muerte me encuentre en Honolulú, en Nova Zembla o en Cabo Cayena, pero sea donde sea, y siendo lo que soy, habiendo un presbítero a mano, me entierran con las mismas órdenes y los mismos responsos y la misma unción que si el Papa en persona se hubiera asomado al tejado de San Pedro para darme la última despedida. No hay ni altura ni bajura, no hay ni anchura ni hondura, no hay en ella medias tintas, y eso es lo que me gusta de veras. Pero con ojo hay que andarse, que no es ésta una iglesia para débiles o pusilánimes, porque es una iglesia que precisa del hombre en cuerpo y alma, a menos que tenga el hombre asuntos propios que resolver. Recuerdo que cuando murió mi padre fuimos a visitar su tumba durante tres meses, porque resulta que había vendido el buen hombre la taberna a buen precio, a cambio de diez minutos de purgatorio. Hizo todo lo que pudo, os lo aseguro. Por eso digo que hace falta ser un hombre de pelo en pecho para vérselas con la vieja Iglesia, y por esa razón encuentra uno que son tantas las mujeres que la frecuentan. Parece un acertijo, ya lo sé, pero en el fondo está bien claro.

—¿Y para qué vamos a devanarnos los sesos con estas cosas? —dijo Ortheris—. Seguro que llega el día en que lo descubres de golpe, tanto si quieres como si no —extrajo con brusquedad el cartucho de la recámara y lo dejó caer en la palma de la mano—.

Este es mi capellán —dijo, y obligó a la venenosa bala negra a inclinarse como si fuera una marioneta—. Ésta va a enseñar a uno que yo me sé todo lo que necesita saber y qué es cada cosa y cuál es la verdad, y todo ello ha de ser antes que se ponga el sol. Total, Jock…, ¿qué pasó después?

—Sólo hubo una cosa ante la que se quedaron de piedra, y casi me dieron con la puerta en las narices por ello. Mi perro, el bueno de *Blast*, el único que se salvó de una camada de cachorros que saltó por los aires cuando un barril de pólvora prendió quién sabe cómo en la caseta del guarda de la mina. Les gustó su nombre tan poco como sus manías, y es que se peleaba con todos los perros con los que se encontraba; era un perro bueno, poco corriente, con manchas negras y rosas en la cara; le faltaba una oreja y cojeaba de un lado, pero no se quejaba cuando había que llevarlo en un cestillo tapado con una plancha de hierro por espacio de media milla.

»Me dijeron que más me valía olvidarme de él, porque era un perro sin casta, más bien una vergüenza. ¿Iba yo a quedarme sin entrar por las puertas del cielo por culpa de un perro? "Qué va —digo yo—. Si la puerta no es tan ancha que podamos entrar los dos, nos quedamos los dos fuera, porque éste y yo no pensamos decirnos adiós". Y el predicador defendió al bueno de *Blast*, pues parece que le había tomado aprecio desde el principio. Supongo que por eso me había caído al final bastante bien el predicador. Y no quise ni oír hablar de la idea, a saber a quién se le ocurrió, de cambiarle el nombre por *Bless*, que era lo que algunos pretendían.[2] Total que los dos pasamos a ser miembros de la iglesia y visitantes asiduos. Pero es difícil que un jovenzuelo con mi constitución corte todo lazo con el mundo, con la carne y con el Demonio, y más difícil aún es que lo haga de buenas a primeras. Pero aguanté con ellos mucho

---

2   «Blast», «explosión», o «estallido», pero también «embestida», e incluso «bronca», tiene connotaciones blasfemas, y podría traducirse por «maldición». Bless, de sonoridad bastante similar, significa todo lo contrario, «bendición»

tiempo, mientras los mozos con los que andaba yo por el pueblo y me paseaba por el puente y escupía en el arroyo los domingos me llamaban cada dos por tres. "Eh, tú, Learoyd, a ver cuándo te toca ir a rezar, que vamos a ir a oírte". "Tú cállate la boca. Esta mañana no lo vi ahorcarse con el alzacuellos". Y cada vez que los oía tenía yo que cerrar los puños con fuerza, metidos en los bolsillos del traje de los domingos, y decirme: "Si fuera lunes y no fuera yo uno de los metodistas primitivos, les daba a todos esos una tunda que los dejaba tiesos". Eso era lo más difícil de todo, saber que podías plantar cara y no enzarzarse con ellos a puñetazos.

Un gruñido de simpatía por parte de Mulvaney.

—Así que con tanto cántico y tanta plegaria y tanta cate-quesis, y con aquel violón que tenía que colocarme entre las piernas, pasaba yo mucho tiempo en la casa de Jesse Roantree. Muchas veces, estando yo allí, el predicador acudía sin avisar, y al viejo y a la joven les agradaba recibirlo con frecuencia. Vivía éste por la parte del puente de Pateley Brig, como era de ley entre las buenas ovejas del rebaño, pero se acercaba caminando hasta allá. Y habría ido igual por más que la casa queda-ra a muchas millas de distancia. Me caía bien, todo lo bien que podía caerme un hombre así, a pesar de lo cual lo odiaba por otra parte con todo mi corazón, y andábamos los dos ju-gando al ratón y al gato, aunque sin perder las buenas formas, pues andaba yo empeñado en tener un comportamiento ejem-plar, y él era un hombre justo, franco, resuelto a que fuera yo justo y franco con él. En el fondo era buena compañía, y lo habría sido aún mejor si no hubiera yo querido retorcerle el pescuezo de listillo la mitad de las veces que estaba con él. Cada vez más a menudo, cuando iba a visitar a Jesse, me lo encon-traba ya por el camino.

—O sea, ¿lo veías venir? —preguntó Ortheris.

—Así es. Bueno, es una costumbre que tenemos en el condado de York. Tú acompañas a un amigo del que no te quie-res despedir allí, y él tampoco quería dejarme a mí allí a mi aire, de modo que íbamos juntos hacia Pateley y volvíamos juntos después, y podían darnos las dos de la mañana a los dos, yendo de una punta a la otra como dos péndulos enloquecidos, entre el cerro y el valle, mucho después que se hubiera apagado la luz en la ventana de Liza, que era lo que mirábamos los dos mientras fingíamos mirar la luna.

—¡Ah! —interrumpió Mulvaney—. No tenías nada que hacer frente al cantor de salmos que por allí merodeaba. Ninguna posibilidad, te lo digo yo. Se dan unos aires que no veas, y en nueve de cada diez casos las mujeres, natural, sólo se dan cuenta de la metedura de pata cuando ya es tarde.

—En eso te equivocas —dijo Learoyd, y se puso visiblemente colorado, a pesar de las pecas y el bronceado de su piel—. Yo fui el primero con Liza, y cualquiera diría que con eso era suficiente. Pero el predicador era un tipo..., no sé, echado para delante, además de que Jesse estaba muy a su favor, qué menos, y todas las mujeres de la congregación le metieron a Liza en la cabeza la idea de que era demasiado hermosa y valía demasiado para conformarse con un perdido y un zascandil como yo, que no podía pasar precisamente por un tipo respetable con un perrillo peleón pegado a los talones. Bien estuvo que ella me recogiera y me cuidara bien y me salvara mi alma, pero debía tener además muy en cuenta que no debía rebajarse ni perjudicarse, claro. Dicen que los ricos son unos estirados y unos presumidos, pero si quieres un orgullo de hierro forjado y una respetabilidad a ultranza no encontrarás a nadie como a los pobres que van a la iglesia casi a diario. Y es un orgullo tan frío, o más, que el viento que sopla racheado en el cerro de Greenhow, ya lo creo, porque además resulta que nunca cambiarán. Y ahora que me paro a pensarlo, una de las cosas más raras que sé es que encima no soportan siquiera la idea de que alguien pueda ser militar. Hay en la Biblia batallas y peleas a porrillo, hay un buen puñado de metodistas en el ejército; pero uno oye hablar a los que van a la iglesia a menudo y cualquiera diría que la puerta por la que se llega al ejército es la misma por la que se sube al cadalso. Y es que en sus reuniones no se habla de otra cosa, sólo se habla de la lucha. Cuando Sammy Strother se quedaba atascado entonando sus oraciones, dudaba un momento y se ponía a cantar: «La espada del Señor y de Gedeón..., tocad las trompetas por todos los flancos». Andaban todos a la greña poniéndose la armadura de la rectitud y disponiéndose a librar la batalla de la fe, qué cosas. Y para colmo tuvieron una reunión para hablar de un joven que estaba deseoso de alistarse, y a poco más lo dejan sordo, que tuvo que coger el sombrero al final y largarse como alma que lleva el diablo... Y en la catequesis dominical contaban cuentos sobre los chicos malos que habían recibido al final su castigo por robar nidos los domingos y encima jactarse de hacerlo, y por pasarse la semana sin ir al colegio, y contaban que les había dado por pelearse, por entablar peleas de perros, por echar carreras de conejos y encima por darse a la bebida, hasta que al final, como si fuera un epitafio en una lápida, los condenaban en los páramos a no verlos más por allí, y era entonces cuando no les quedaba más remedio que alistarse en el ejército para vivir de la paga del soldado, y al cabo todos respiraban hondo y ponían los ojos en blanco como si fueran gallinas en el momento de beber.

—¿Y eso por qué? —dijo Mulvaney, y se dio una sonora palmada en el muslo—. En nombre de Dios, ¿eso por qué? Eso lo he visto yo, os lo aseguro. Hacen trampas, son unos estafadores, mienten, calumnian, y eso por no decir otras cincuenta cosas cincuenta veces peores, pero resulta que según entienden lo peor de lo peor es servir honestamente a la Viuda.[3] Es todo una niñería de no te menees.

—Se iban a hartar de peleas de las buenas en nombre de la tal como se llame si no nos ocupásemos nosotros de que tuvieran un sitio donde estar tranquilos, por éstas. Y habría que verlos, porque esos son de los que, si se pelean, se pelean como dos gatos en un tejado. Y los que no seguro que les jalearían como si a ellos mismos les fuera la vida en la pelea. Daría yo la paga de un mes a cambio de que vinieran algunos de esos

---

3   La Viuda («the Widdy») es la Reina Victoria.

mendigos de Londres, de esos que tienen unas espaldas bien anchas, a sudar el jornal durante el día entero, construyendo un camino allá mismo y aguantando la lluvia de la noche. Y encima querrán cerrar un trato..., igual que el trato que supuestamente tenemos nosotros. A mí me han echado con cajas destempladas de una taberna de medio pelo, en Lambeth, llena de cocheros grasientos. Como lo oyes —dijo Ortheris, y escupió una blasfemia.

—Quién sabe. Estarías borracho —dijo Mulvaney en tono conciliador.

—Mucho peor. Eran los cocheros los que estaban como cubas. Yo vestía el uniforme de la Reina.

—Yo en aquellos tiempos nunca me pare a pensar muy a fondo en que iba a ser soldado —dijo Learoyd sin perder de vista la ladera pelada de enfrente—, pero tanto hablar de la lucha y la batalla terminó por meterme la idea en la cabeza. Qué buenos eran los que iban a la iglesia. De puro buenos, caían del otro lado. Yo, de todos modos, aguanté carros y carretas por Liza, claro, sobre todo porque me estaba enseñando a cantar un oratorio que Jesse se empeñaba en que interpretásemos en la iglesia. Cantaba ella como una alondra, y llevábamos noche tras noche ensayando los dos, durante varios meses seguidos.

—Yo ya sé qué es un oratorio —dijo Ortheris con picardía—. Es una especie de cantinela de capellán, con letras tomadas de la Biblia y una algarabía de estribillos que no hay un dios que entienda.

—Casi todos los lugareños del cerro de Greenhow tocaban algún instrumento, el que fuera, y cantaban a pleno pulmón, tanto que se les habría oído a millas de distancia, y tanto les gustaba el alboroto que armaban que no se tomaban la molestia de que nadie fuese a oírles, eso era lo de menos, se bastaban y sobraban. El predicador hacía el papel del contratenor cuando no tocaba la flauta, y decidieron que fuera yo, que tampoco había hecho grandes progresos con el violón, y lo volvió a tocar Willie Satterthwaite, el que le tocase en el hombro para señalarle el momento en que debía dar la entrada al coro. El viejo

Jesse era el hombre más feliz del mundo, no en vano dirigía él todo el concierto y además era el primer violín y la primera voz, y marcaba el compás con el arco y a veces llevaba el ritmo dando con los nudillos sobre la mesa, y gritaba: «Ahora, a callar todos, que es mi turno». Y se volvía de cara a los bancos, sudando de puro orgullo, para entonar los solos del tenor. Pero cuando estaba realmente espléndido era en los coros, cuando balanceaba la cabeza y meneaba los brazos como un molino, y cantaba a pleno pulmón, hasta ponerse morado. Era un cantante curioso aquel Jesse.

»Ya se ve que yo en el fondo no le importaba un comino a ninguno, con la sola excepción de Liza Roantree. Y me costó Dios y ayuda estar sentado y sin decir ni pío en las reuniones de catequesis y en los ensayos del oratorio, y aguzar el oído y oírles hablar por los codos, y si todo aquello fue bien raro de entrada más raro fue después, cuando me hicieron el vacío y me pude parar a estudiar qué demonios querían decir con todo aquello.

»Al terminar el oratorio, como nos había pasado a todos en un momento u otro, Liza enfermó de bastante consideración. Fui caminando en busca del doctor Warbottom y lo llevé hasta la casa y me tocó esperar paseando fuera un buen rato, que tampoco me dejaron entrar por más ganas que tenía de verla. "Se pondrá mejor dentro de nada, mozo —me dijo el médico una y otra vez—. Hay que tener paciencia, eso es todo".

»Llegó un día en que me dijeron que si no levantaba la voz tenía permiso para pasar a verla. El reverendo Amos Barraclough le leía algo mientras ella escuchaba apoyada en los almohadones. Luego empezó a coser un poco y a hacer labores de punto, y me dejaron acompañarla al sofá, y cuando la cosa empezó a caldearse ella hizo lo mismo que antes. El predicador y yo, con *Blast* pegado a los talones, pasamos muchísimo tiempo juntos, días enteros, y la verdad es que de alguna manera llegamos a ser buenos camaradas. Pero una y otra vez podría haberle dado una buena tunda con sólo proponérmelo en serio. Me acuerdo de un día en que dijo que le gustaría descender a las entrañas de la tierra, por ver cómo había construido el Señor los cimientos de los montes y los cerros eternos por los que andábamos. Era uno de esos tipos que tienen el don de decir las cosas. Le daba a la lengua que era un gusto, un listillo igualito que el amigo Mulvaney, que habría sido un predicador de los buenos si se lo hubiera tomado en serio, no quiero ni pensarlo. Le presté, en fin, un traje de minero que prácticamente enterraba al hombrecillo antes incluso de bajar a la mina, y con la cara pálida en medio del cuello de abrigo y el sombrero de aletas parecía la viva estampa de un fantasma, y así se acomodó en el fondo de la vagoneta. La guiaba yo por una pendiente inclinada, hacia la caverna en donde estaba la bomba de agua, que era adonde se llevaba el mineral antes de traspasarlo a los vagones pequeños, e iba yo con el freno accionado y los caballos caminando a duras penas. Mientras nos llegó la luz del día seguimos siendo buenos amigos, pero tan pronto nos internamos en la oscuridad, cuando no se veía ni pizca del día que aún quería asomar por la bocamina como una farola al final de la calle, me entraron unas extrañas ganas de hacer alguna perversidad. Me abandonó de golpe todo el espíritu de religión en el momento en que me volví a mirarlo y lo vi, como si dijéramos, interponerse entre Liza y yo. Se hablaba ya de que iban a casarse cuando ella se restableciera del todo, aunque ella aún no me había dicho si así era o si no, por más que yo lo preguntara. Él se puso a cantar un himno con su vocecilla de rata, a lo cual le contesté con un estribillo que cambié del todo, maldiciendo y blasfemando los caballos, y sólo fue entonces cuando supe que realmente lo odiaba. Además, era un alfeñique. Podía arrojarlo con una sola mano por la bocamina de Garstang's Copper, un sitio en donde el arroyo se desliza sobre la roca y desaparece, y oírlo caer en un susurro a un pozo del que ninguna cuerda que hubiera en todo Greenhow podría rescatarlo jamás.

Learoyd volvió a arrancar un manojo de inocentes violetas.

—Pues sí, más le valía ver bien las entrañas de la tierra, y no ver nunca nada más. Podía llevármelo una milla adentro, o dos, y dejarlo allí con la vela apagada a que cantase aleluyas tantas como le viniera en gana, sin que nadie le oyera ni dijera amén. Iba a acompañarlo al bajar la escalera hasta la galería por la que trabajaba Jesse Roantree, así que, me dije, ¿por qué no iba a resbalar en un peldaño, qué cosa, pisándole los dedos con toda mi alma, hasta que aflojase y perdiera asidero? Si me tocase a mí ser el primero en bajar por la escalera, también podía sujetarlo por el tobillo y sacudirlo hasta que perdiera pie y cayera por encima de mi cabeza, para que se perdiera dando tumbos por el pozo y se partiera la crisma contra cada peldaño, que es lo que le pasó a Bill Appleton cuando aún era un novato, y no le quedó un hueso entero cuando dio de bruces contra el fondo. No le iba a quedar una pierna sana para volver caminando desde Pateley. Ni un brazo con el que rodear a Liza Roantree por la cintura. Nada de nada, nunca más.

Descubrió los dientes amarillentos retirando los labios gruesos, y su rostro acalorado y colorado no resultó grato de ver. Mulvaney asintió para dar muestras de que lo comprendía; Ortheris, conmovido por la pasión con que contaba ese momento su camarada, se llevó el fusil al hombro y oteó la ladera de enfrente en busca de su presa a la vez que musitaba algunas obscenidades pueriles. La voz del arroyo aportó con su rumor la charla necesaria para servir de contrapunto hasta que Learoyd reanudó el relato.

—Pero nunca es demasiado fácil matar a un hombre así como así. Cuando dejé los caballos al mozo que había ocupado mi lugar y ya enseñaba al predicador la mina, gritándole al oído para que no perdiera palabra a pesar del ruido ensordecedor de la bomba de agua, vi que no tenía miedo de nada; cuando a la luz de la lámpara vi sus ojos negros, me di cuenta de que volvía a dominarme. En esos momentos era yo igual que *Blast*, atado bien corto y gruñendo desde las tripas mientras un perro desconocido pasaba como si tal cosa por delante.

»Eres un cobarde y eres un imbécil, me dije, y en el fondo de mi ser volví a luchar por sobreponerme hasta que, cuando llegamos a la bocamina de Garstang's Copper, sujeté al predicador y lo levanté por encima de la cabeza y lo sostuve en alto sobre la negra oscuridad del pozo. "Bueno, muchacho —digo entonces—: va a ser o el uno o el otro, o tú o yo, el que se quede con Liza Roantree. ¿Qué me dices? ¿No tienes miedo?". Y es que aún lo tenía en mis brazos como si fuera un saco. "No —responde tan tranquilo—, aunque sí tengo miedo por ti, mi pobre muchacho". Lo dejo al borde de la bocamina y fue como si el arroyo se remansara en ese momento, y desapareció el zumbido que tenía en la cabeza, igual que cuando una abeja entraba por la ventana en casa de Jesse. "¿Qué quieres decir?", le pregunto a bocajarro.

»"Muchas veces he pensado que ya lo deberías saber y que nadie te lo ha dicho —responde—, pero era difícil saber en el fondo si lo sabías o no. Liza Roantree no será para ninguno de los dos, ni será para nadie que pise esta tierra. Dice el doctor Warbottom, y él la conoce bien, como conoció antes a su madre, que va de continuo a peor, y que no llegará a vivir ni siquiera seis meses más. Es algo que sabe desde hace tiempo. ¡Tranquilo, John! ¡Tranquilo!", me dice. Y fue aquel hombrecillo el que me tuvo que alejar del brocal del agujero y sujetarme, fue él quien habló con sosiego para sosegarme, mientras yo daba vuelta a un montón de velas en las manos y lo escuchaba sin mirarlo. Buena parte de lo que dijo fue pura cháchara de predicador, lo de siempre, pero hubo muchas más cosas, cosas que me hicieron pensar que era un hombre más merecedor de crédito del que yo nunca le había otorgado, y al final me sentí herido en lo más hondo no sólo por mí, sino también por él.

»Seis velas llevábamos, y nos pasamos el día entero, mientras duró, yendo de un corredor a otro, a gatas, a tientas, sin dejar yo de decirme que a Liza Roantree ni siquiera le quedaban seis meses de vida. Y cuando de nuevo salimos a la luz del día, a lo poco que quedaba de éste, éramos los dos como dos muertos, había que vernos, y Blast vino tras nosotros todo el camino sin menear el rabo. Cuando volví a ver a Liza, se me quedó mirando unos instantes y me dijo de golpe: "¿Quién te lo ha dicho? Se te nota que lo sabes". Y trató de sonreír a la vez que me besaba. Me vine abajo, no lo puedo negar.

»Ya lo veis, yo era muy joven en aquellos tiempos y no sabía nada de la vida, no había visto nada de nada, no había visto la muerte, tal como a todos nos espera. Me dijo, tal como había dicho el doctor Warbottom, que el aire de Greenhow era demasiado cortante y que por eso se marchaban a vivir a Bradford, a casa del hermano de Jesse, David, que tenía trabajo en una fábrica. Me dijo que debía ser fuerte y buen cristiano, y que ella rezaría por mí. Bueno. Así se marchó, y el predicador, a fin de aquel año, fue destinado a otros pueblos de la región, a otro circuito, como ellos lo llaman, y me quedé solo en el cerro de Greenhow.

»Intenté, lo intenté por todos los medios, seguir yendo a la iglesia, pero aquello ya no era lo mismo. Ya no podía seguir la voz de Liza, ya no podía ver sus ojos brillar sobre las cabezas de los feligreses. Y en las reuniones de catequesis dijeron que sin duda tenía yo experiencias que contar, y respondí que no tenía nada que decir, nada de nada.

»*Blast* y yo anduvimos muy alicaídos, para qué voy a decir que no, y también es verdad que no nos portamos bien del todo, porque al final nos dijeron que nos largásemos e incluso se preguntaron cómo era posible que nos hubieran adoptado allí. No tengo ni idea de cómo sobrevivimos, cómo nos las ingeniamos durante todo el invierno, cuando yo dejé el trabajo en la mina y marché a Bradford. El viejo Jesse estaba en la puerta de la casa, en una calle muy larga, llena de casitas iguales a ambos lados. Despachaba a los niños que hacían ruido en la calle con los zuecos, claveteados en las suelas, porque ella estaba durmiendo.

»"¿Eres tú? —me dice—. Sí, eres tú, pero no la verás. No consiento que nadie la despierte, ni siquiera tú. Se nos está yendo muy deprisa, y es preciso que se vaya en paz. Tú nunca valdrás para nada en este mundo, y por más que vivas nunca aprenderás a tocar el violón, muchacho. Es así. Anda, lárgate, chico. Lárgate de aquí". Y me cerró la puerta sin hacer ruido en las narices.

»Nadie había dicho que Jesse fuera mi dueño y señor, y menos para hablarme así, pero en el fondo me pareció que había obrado bien. Me fui derecho al pueblo y tropecé de bruces con un sargento gastador de los que se ocupan del reclutamiento. Las habladurías de aquellos asiduos de la iglesia se me agolparon en la cabeza. Iba a volver sobre mis pasos cuando me di cuenta de que ése era el camino natural para el que estuviera como yo. Me alisté allí mismo, sin esperar a más. Acepté el chelín de la Viuda, ya sabéis, la paga de un día, y me prendí una escarapela en el sombrero.

»Pero al día siguiente llegué otra vez a la casa de David Roantree y fue Jesse quien salió a abrirme. Va y me dice: "Vaya, veo que has vuelto de nuevo y encima con los colores del demonio al aire, que son tus verdaderos colores, ya lo sabía yo".

»Le rogué, le supliqué casi de rodillas que me permitiera verla, así fuera solamente para despedirme de ella, hasta que una mujer se asomó a la caja de la escalera y dio una voz: "Dice que le digas a John Learoyd que suba". El viejo se hizo a un lado rápidamente, con cara de estar a punto de comerse la barba, y me puso la mano en el brazo con un gesto afable. "Pero sé sosegado, John —me dice—, porque está mal, está débil. Sé buen chico".

»Tenía los ojos prendidos de luz, y el cabello abundante y desparramado sobre la almohada, pero las mejillas macilentas, tan demacradas que cualquiera se hubiera asustado. "No, padre —le dijo—, no digas que son los colores del Demonio. Son bonitas esas cintas". Y tendió las manos para palpar las cintas del sombrero. "Y tanto que son bonitas —añadió—. Cuánto me gustaría verte con la casaca roja, John, que no por nada has sido mi muchacho, mi muchacho del alma, como nadie más lo ha sido".

»Alzó los brazos y me rodeó el cuello sin fuerza, y aflojó enseguida, y me pareció que se desmayaba. "Ahora es preciso que te vayas, muchacho", dijo Jesse, y recogí el sombrero y bajé sin decir nada más.

»El sargento de reclutas me estaba esperando en la taberna de la esquina. "¿Ya has visto a tu novia?", me dice. "Sí, ya la he visto". "Bueno, pues nos tomamos una pinta los dos juntos y haces todo lo que puedas por olvidarla", me dice. Era uno de esos tipos listos y emprendedores, no todos los sargentos de reclutas son así. "Sí, sargento", le dije. "Ahora la olvido". Y desde entonces no he hecho otra cosa que olvidarla.

Arrojó el manojo de violetas blancas, ya marchitas, en cuanto terminó de hablar. Ortheris de pronto se puso de rodillas con el fusil al hombro, y escrutó el valle envuelto en la luz clara de la tarde. Apretó con el mentón la culata, y le temblaron los músculos de la mejilla derecha al apuntar; el soldado raso Stanley Ortheris se encontraba concentrado al máximo en lo que mejor sabía hacer. Una mancha blanca subía por la ribera del arroyo.

—¿Veis a aquel pordiosero? Ya lo tengo.

A setecientos metros de distancia, y más de doscientos por debajo de donde estaban, el desertor del regimiento de Aurangabad se venció para delante, rodó sobre una roca rojiza y quedó muy quieto, con la cara apoyada en un macizo de gencianas azules, a la vez que un cuervo negro y grande aleteaba al salir de los pinos para hacer una primera indagación.

—Qué disparo tan limpio, hombre —dijo Mulvaney.

Learoyd, pensativo, observó disiparse el penacho de humo.

—Pues resulta que también había una moza ligada con ése —dijo.

Ortheris no replicó. Tenía la mirada clavada al otro lado del valle, con la sonrisa del artista que contempla la obra acabada.

«AMOR DE LAS MUJERES»

Un relato deplorable en el que se cuentan cosas hechas tiempo atrás, y además mal hechas.

El horror, la confusión y el aislamiento del asesino, alejado ya de sus camaradas, eran agua pasada antes que llegara yo. Quedaba solamente en el patio, entre los barracones, la sangre del hombre que tanto clamó desde el suelo. El calor del sol la había secado, dándole una pátina crepuscular, como la de las membranas que separan las láminas de pan de oro una vez batidas, cuarteada en rombos por el calor. Al levantarse el viento, cada rombo se levantaba un poco, rizándose por los bordes como lenguas ociosas. Una racha más recia se lo llevó todo, hecho un amasijo de motas de polvo más oscuro. Hacía demasiado calor para estar al sol antes de desayunar. Los hombres permanecían en los barracones hablando del asunto. Agrupadas, unas cuantas esposas de oficiales se encontraban junto a una de las entradas del barracón de los casados. En el interior, una mujer chillaba como una posesa, profiriendo palabras sucias y malvadas.

Un sargento sosegado y comedido había disparado a plena luz del día, tras un desfile matutino, contra uno de sus propios cabos. Luego regresó a los barracones y se sentó en una litera a esperar que la guardia fuera a prenderlo. Por consiguiente, a su debido tiempo sería entregado al Supremo para que se procediera a su juicio. Más adelante, aunque esto difícilmente pudo considerarlo dentro del plan trazado para su venganza, iba a trastornar de un modo horrible mi trabajo, ya que informar de ese juicio sería la tarea que recayera sobre mis hombros sin alivio posible. Sabía de antemano, hasta en los menores y más fatigosos detalles, cómo había de ser ese juicio. Allí estaría el fusil, cuidadosamente conservado, sin limpiar, con las huellas delatoras en la recámara y en la boca, sobre cuya autenticidad prestarían testimonio bajo juramento media docena de soldados superfluos; haría calor, un calor maloliente, tanto que el lápiz humedecido se me deslizaría por sí solo entre los dedos; el *punkah* no dejaría de mecerse y los alegatos se ventilarían entre balbuceos en las verandas, al tiempo que su oficial de mando presentaría los certificados de rigor sobre la integridad moral del acusado, jadeando los miembros del jurado a la vez que los uniformes veraniegos de los testigos despedirían un incierto olor a tinte, a jabones; algún abyecto barrendero de los barracones perdería la cabeza en un interrogatorio, y el joven abogado, que siempre defendía a los soldados a cambio de un crédito que nunca le habían otorgado, diría ante los presentes cosas extraordinarias y haría a su debido tiempo cosas maravillosas, para tener a la postre una agria discusión conmigo por no haber informado yo correctamente, o al menos a su gusto, sobre sus actuaciones. Al final, pues era impepinable que no acabara en la horca, volvería yo a encontrarme con el detenido, destinado entonces a cumplimentar impresos de cuentas en las dependencias de la Prisión Central, y le daría ánimos para que no perdiera la esperanza de que se le nombrase celador de prisiones en las islas Andamán.

El Código Penal de la India y sus propios intérpretes no tratan el asesinato, al margen de la causa que lo haya podido provocar, cual si fuera una chanza. «El sargento Raines tendría sin duda mucha suerte si sólo le cayesen siete años de condena», pensé. Había pasado la noche consultando con la almohada sus agravios, y había matado al otro a veinte pasos de distancia, antes que fuese posible que trabasen conversación. Hasta ahí llegaba mi conocimiento. Por lo tanto, a no ser que el caso se amañara un poco, siete años era la condena mínima que le podía caer. Se me ocurrió que era muy bueno para el sargento Raines que hubiera gozado del afecto de su regimiento.

Esa misma noche —no hay jornada tan larga como el día de un asesinato— me encontré con Ortheris, que había salido con los perros, y vi que se lanzaba desafiante a comentar el asunto.

—Seré uno de los testigos —dijo—. Yo estaba en la veranda cuando apareció Mackie. Venía de las habitaciones de la señora Raines. Quigley, Parsons y Trot estaban en la veranda, pero por dentro, así que no pudieron oír nada. El sargento Raines estaba fuera, hablando conmigo, y Mackie apareció atravesando la plaza, y va y le dice: «Bueno, sargento, ¿le han quitado ya el casco?», a lo cual Raines contuvo el aliento y masculló: «¡Dios, esto no lo soporto más!». Entonces empuñó el fusil, cargó y le pegó un tiro. ¿Lo ve?

—¿Y qué estaban ustedes dos haciendo con los fusiles en la parte exterior de la veranda, una hora después del desfile?

—Estábamos limpiándolos —dijo Ortheris con la mirada malhumorada y vítrea con la que siempre acompañaba sus mentiras más selectas.

Con la misma, podría haber dicho que estaba bailando en pelota picada, ya que ni una sola vez había necesitado su arma de una mano ni de un paño a los veinte minutos de presentarla en un desfile. Con todo, el Tribunal no podía estar al tanto de esa rutina.

—¿Piensa sostener una cosa así…, con la mano sobre la Biblia?

—Sí. Igual que se sostiene la sanguijuela hambrienta.

—Muy bien. No deseo saber ni una cosa más. Recuerde tan sólo que Quigley, Parsons y Trot no podían haber estado donde estaba usted sin haber oído algo. Y casi seguro que había un barrendero de los barracones que andaba a lo suyo por la plaza en esos momentos. Siempre hay uno que anda por ahí.

—No era el barrendero. Era el de las acémilas. Sabe lo que tiene que decir.

Supe entonces que iban a concertar un amaño entre todos y que lo iban a hacer con garra, y tuve lástima del abogado del gobierno encargado de actuar como fiscal del caso.

Cuando llegó el día del juicio aun le tuve más compasión, pues siempre estuvo presto a perder los estribos y a tomarse a título personal cada una de las causas perdidas. El joven abogado que defendía a Raines al menos por una vez prescindió de su henchida e insaciable pasión por las coartadas y por la demencia transitoria, descartó la calistenia y los fuegos de artificio y se empleó con sobriedad a favor de su cliente. Fue misericordioso que el calor todavía fuera reciente y que no se hubieran producido aún entonces casos flagrantes de tiroteos en los barracones. Además, el jurado era decente incluso tratándose de un jurado de la India, en donde nueve de cada doce hombres estaban acostumbrados a sopesar con criterio las pruebas. Ortheris se mantuvo firme y no flaqueó en el interrogatorio. El único punto débil en su versión de los hechos, la presencia de su fusil en el exterior de la veranda, no halló contradicción en la sabiduría de los civiles, aunque algunos de los testigos no se abstuvieron de esbozar una sonrisilla de suficiencia. El abogado del gobierno solicitó la horca y contendió en todo momento que el asesinato fue premeditado y alevoso. Había pasado tiempo de sobra, sostuvo para esa reflexión que sobreviene de un modo natural en un hombre que ha visto perdido su honor. Había que tener además en cuenta la Ley, presta siempre, siempre lista a enderezar los entuertos del soldado de a pie si, en efecto, hubo entuerto en su caso. Pero puso en duda que existiera una ofensa de peso. Según teoría del fiscal, una sospecha infundada, a la que se había dedicado demasiada meditación, desembocó en un crimen premeditado. Sin embargo, fracasó en sus intentos por restar hierro al motivo. Incluso el testigo menos relacionado con el caso sabía, y lo había sabido desde semanas antes, cuáles eran las causas de la ofensa. El acusado, quien fue naturalmente el último en saberlo, gruñía en el banquillo escuchándolo todo. La única cuestión de peso en la que el juicio dio un rodeo considerable fue si Raines había disparado ante una súbita y cegadora provocación esa misma mañana. En el sumario del caso quedó claro que el testimonio de Ortheris fue decisivo. Se las había ingeniado de un modo realmente artístico para dar a entender que él personalmente detestaba al sargento que se había presentado en la veranda para darle un sermón por insubordinación. En un momento de flaqueza, el abogado del Gobierno hizo más preguntas de la cuenta. «Le ruego mil perdones, señor—respondió Ortheris—. Verá usted: me llamó maldito e impúdico abogadete de chichinabo». El tribunal entero tembló. El veredicto fue de asesinato, aunque aduciendo todas las provocaciones y atenuantes conocidos de Dios y de los hombres, y el juez se llevó la mano al ceño antes de dictar sentencia, y la nuez de Adán del acusado subió y bajó en su gaznate como el mercurio del termómetro ante la inminencia de un ciclón.

En consideración de todos los considerandos, desde el certificado de buena conducta firmado por su oficial de mando hasta la irremisible pérdida de su pensión, del puesto y de los honores, el acusado habría de cumplir dos años necesariamente en la India y..., no ya sin necesidad de reconocer la culpa ante el tribunal, sino absteniéndose también de toda manifestación en la sala. El abogado del Gobierno torció el gesto y recogió sus papeles, la guardia del reo dio media vuelta ruidosamente, y éste quedó en manos del brazo de la ley civil, y fue llevado a la cárcel en un *ticca-gharri* destartalado.

Tanto la guardia como diez o doce testigos militares de cargo, por ser de menos importancia, recibieron la orden de esperar hasta lo que oficialmente se denominaba el fresco de la noche antes de regresar a pie a su acuartelamiento. Se congregaron en una de las terrazas de mayor profundidad, de ladrillo rojo, de un calabozo que estaba fuera de servicio, y allí felicitaron a Ortheris, el cual recibió los honores con modestia. Remití mi crónica al despacho y me sumé a ellos. Ortheris observó al abogado del Gobierno, que marchaba en coche a cenar.

—Ese calvo es un carnicerito retorcido, sí señor —dijo—. No me hace ninguna gracia. Y eso que tiene un collie que da gusto verlo, ya lo creo. Me marcho a Murree en una semana. A ese perro pastor le saco yo quince buenas rupias en cualquier parte.

—Más te valdría gastártelas en misas —dijo Terence a la vez que se soltaba la hebilla del cinto, pues había formado parte de la guardia del reo, por lo que tuvo que pasar tres largas horas en pie, firme, con el casco puesto.

—¿Yo? Ni por ésas —dijo Ortheris tan ufano—. Ya se las cargará Dios en cuenta a los daños en los barracones de la compañía B el día menos pensado. Terence, tienes mala cara.

—A fe que ya no soy tan joven. Tanto rato de estar firmes te carga la planta del pie, y estar aquí sentado —husmeó el aire, mirando con desprecio la terraza— es tan molesto como estar de pie.

—Un momento. Traeré los cojines de mi carro —dije.

—¡Por los clavos de...! ¡Vaya vida que nos damos! —dijo Ortheris al ver a Terence tenderse cuan largo era, poco a poco, en los cojines de cuero.

—Ojalá que no te falte un buen sitio donde acomodar los huesos donde quiera que vayas, ni manera de compartirlo con un compañero. ¿Qué, quieres otro? Eso está mejor. Así me estiro yo cuanto puedo. Stanley, pásame una pipa. ¡Arrggg! ¡Allá va otro buen tipo hecho trizas por culpa de una mujer! Habré estado yo en cuarenta o cincuenta guardias de reo contándolas todas, y siempre me dejan el mismo mal cuerpo.

—Veamos. Que yo recuerde, estuvo usted en las de Losson, Lancey, Dugard y Stebbins. Ni una más.

—Ya lo creo que sí. En todas ésas. Y antes de ésas en dos docenas más —respondió con una sonrisa hastiada—. Aunque a ellos más les vale morir que vivir así. Eso mismo pensará

Raines cuando salga; ahora mismo estará cambiando en la cárcel los arreos de soldado por el traje a rayas... Más le valdría haberle pegado el tiro primero a la mujer y haberse volado luego la tapa de los sesos. Así todo queda en casa. Ahora en cambio se queda con la mujer..., que el domingo mismo estuvo tomando el té con Dinah, como si tal cosa. Y se queda consigo mismo. Mackie sí que ha tenido suerte.

—Hombre, seguramente hace calor allí donde está —me aventuré a decir, no en vano sabía unos cuantos detalles del historial del difunto cabo.

—Ya lo puede usted decir —dijo Terence, y escupió por encima de la barandilla—. Pero la que allí le espera no es nada por comparación con la que habría tenido aquí si no hubiera muerto.

—Ni mucho menos. Habría seguido adelante, habría olvidado. Igual que los demás.

—¿Usted llegó a conocer bien a Mackie, señor? —dijo Terence.

—El pasado invierno formó parte de la guardia de Pattiala. Un día salí de caza con él, en un *ekka*, y me pareció un hombre cuando menos entretenido.

—Pues se le habrá agotado la provisión de entretenimientos, quitando el volverse de un lado para otro, en estos años por venir. Yo sí conocí a Mackie, y a demasiados he conocido para llevarme a engaño con uno sólo. Podría haber seguido adelante y haberlo olvidado, como dice usted, señor, pero era un hombre que tenía una educación de caballero, con lo cual de largo compensaba lo que no tuviera si se trataba de maquinar, y con esa educación y esa labia solito se las pintaba él con las mujeres. Aunque cualquiera, por la misma, se le podría haber revuelto encima y haberlo hecho trizas a la larga. Si lo digo es porque lo sé de buena tinta, y porque no sé cómo, pero le aseguro que Mackie era la viva estampa de un hombre al que vi tomar en todo todito el mismo caminito que él. Pero para él fue mucho peor, porque no encontró el final que a Mackie le estaba esperando. A ver un momento, que recuerde. Fue estando yo con el regimiento de Black Tyrone y de la Caja de Reclutamiento de Portsmouth, nos lo mandaron recién alistado. ¿Cómo diablos se llamaba? Larry, eso es. Larry Tighe, exacto. Uno de la misma hornada que vino con él dijo que tenía rango de caballero, y el susodicho lo dejó medio muerto, qué digo, muerto en sus tres cuartas partes, por haber dicho una cosa así. Era un hombre fornido, robusto, de buena planta, todo lo cual pesa mucho con algunas mujeres, aunque hablando así en general, no diré yo que con todas. Pero Larry trataba con todas, con todas ellas, pues era muy capaz de timarse con cualquier mujer que pisara por las verdes tierras de Dios, y lo sabía muy bien. Como el mismo Mackie que ahora se asa a fuego lento en el infierno, lo sabía muy bien, y nunca se timó con ninguna si no fue para dejarla cubierta de negra vergüenza. No soy yo quien debiera hablar así, bien sabe Dios, bien lo sabe, que los más de mis desiguales amoríos fueron pura diablura, fueron por la puerta falsa, y bien que lo he sentido, y más aún cuando vinieron mal dadas y hubo daños que reparar, y una vez y otra con una muchacha, sí, y con una mujer hecha y derecha también, muchas han sido las veces que al leer en los ojos de una mujer, o de una muchacha, el efecto de mis palabras, y ver que iban más allá de lo que intentaba yo, de su lado me apartaba y me abstenía, en memoria de la madre que me llevó en su vientre. En cambio Larry, que es a lo que iba, a él lo debió de amamantar una diablesa, que nunca dejó pasar de largo a una sola que le pusiera buena cara y se parase a escucharlo. Ése era todo su afán, como pudo serlo estar de centinela. Y era buen soldado además. Tuvo un lío con la institutriz del coronel, cuyo marido también era soldado raso, del que nunca se supo nada en el cuartel; otro tuvo con una de las criadas del capitán, que estaba prometida con otro; alguno más tuvo fuera del cuartel, y lo que entre ellos ocurriese no lo sabremos nosotros hasta el Día del Juicio. Era natural en las mejores timarse como si tal cosa con él, cual si fuera lo mejor, y no digo las más bellas, mientras a él le gustaban esas mujeres por las que podría uno poner la manos sobre el Libro y jurar que nunca se le pasó por la cabeza cometer una sola tontería y que todo fue muy en serio. Y por esa razón, fíjense, señores, por esa razón nunca lo pescaron en un renuncio. Una o dos veces poco faltó para que se armara una buena, pero logró zafarse. Y eso al final le salía mucho más caro de lo que hubiera parecido en principio. Conmigo se despachaba más a gusto que con otros, porque insistía en que de no ser por el accidente de mi distinta educación, bien habría sido un diablo de la misma hechura que él. «¿Y es acaso probable, a usted se lo parece —me decía con la cabeza bien alta—, que alguna vez me tiendan una trampa? Bien mirado, ¿qué soy yo a fin de cuentas? Un condenado soldado raso, ni más ni menos. ¿Y a usted le parece probable que alguna de las damas que yo trato quiera liarse con un soldado raso como yo? ¡El número diez mil cuatrocientos siete!», añadía sonriendo. Por el giro que daba a sus palabras bien me daba cuenta de que, si no empleaba expresiones más bien gruesas, tenía realmente el rango de caballero.

»—No entiendo nada —le dije un día—, salvo que está claro que el diablo en persona es quien mira por sus ojos, y por eso no quiero entrar yo en nada que tenga que ver con usted. Un poco de diversión y entretenimiento allí donde no se haga daño a nadie está muy bien, Larry, y es de justicia, pero estoy muy confundido si pienso que esto sólo le entretiene —le dije.

»—Mucho se confunde usted, sí —dijo él—. Yo le aconsejo que no se ponga a juzgar a quienes son mucho mejores que usted.

»—¡Mejores que yo! —dije—. Que Dios le asista, Larry. En esto no hay ni mejores ni peores; en esto todo es maldad, ya lo descubrirá usted por sus propios medios.

»—No se parece usted a mí —dijo torciendo el gesto.

»—No lo quieran los santos —le dije—. Lo hecho, hecho está, y a lo hecho saco pecho por más que duela. Cuando le llegue la hora —le dije—, ya se acordará de lo que le digo.

»—Ya, y cuando esa hora llegue —dijo—, a usted acudiré para que me dé consuelo espiritual, padre Terence.

Dicho lo cual se largó a ocuparse de otro de sus endiablados líos, para armarse de experiencia, según dijo. Era malvado y rango tenía de malvado, era un malvado del demonio. Al cuartel llegaba con la gorra ladeada, qué digo, colgada de tres pelos, y se tendía en el camastro y se quedaba mirando al techo, y de cuando en cuando se reía por lo bajo, una risa como la salpicadura de una piedra en el fondo de un pozo, y con esa risa me daba a entender que ya estaba planeando otra de sus maldades de marca mayor. Miedo me daba. Mucho tiempo ha pasado ya de todo esto, pero sirvió para tenerme tieso por el buen camino... al menos por un tiempo.

»Creo que le dije, ¿no es así, señor?, que me vi persuadido de buenas maneras para abandonar el regimiento de Tyrone por cierta complicación.

—Algo relacionado, si mal no recuerdo, con un cinturón y la cabeza de un hombre, ¿no es así? —Terence nunca había relatado el cuento por extenso.

—Así fue. La verdad es que cada vez que me toca hacer la guardia de un reo en el tribunal me pregunto por qué no me ha tocado a mí dar con los huesos en el banquillo. Lo cierto es que el hombre al que yo golpeé había recibido su merecido en buena lid, y además tuvo la sensatez de no estirar la pata. ¡Piensen ustedes la que habría caído sobre el ejército si le hubiese dado por morir al muy desgraciado! Se me sugirió o se me suplicó incluso que solicitara yo el traslado, mi oficial de mando me lo dijo con toda seriedad. Me marché más que nada por no desairarle, y Larry me dijo que le daba una lástima inmensa perderme de ese modo, aunque no sé yo qué podía darle tanta lástima en lo que había hecho yo. Fue así como vine a dar al Viejo Regimiento y dejé que Larry siguiera por su camino del demonio como mejor le pareciera, para no contar con volver a verlo nunca más, como no fuera en un proceso judicial por haber matado a tiros a alguien en un cuartel... ¿Quién es aquel que se marcha del recinto? —El ojo veloz de Terence había captado un uniforme blanco que se escabullía detrás del seto.

—El sargento se marcha de visita —dijo una voz.

—Entonces soy yo quien queda al mando, y no consentiré que nadie se escape al bazar, obligándome a poner una patrulla tras sus pasos a medianoche. Nelson, sé que eres tú, así que vuelve ahora mismo a la veranda.

Nelson, descubierto de ese modo, regresó a regañadientes con sus compañeros. Se le oyó refunfuñar, pero calló al cabo de unos minutos. Terence, volviéndose del otro lado, siguió a lo suyo:

—Esa fue la última vez que vi a Larry hasta pasado algún tiempo. Cambiar de batallón es lo mismo que morir para no tener que pensar, y por toda compensación me casé con Dinah, cosa que me permitió recordar los buenos y viejos tiempos. Marchamos entonces al frente, y me dejó hecho trizas tener que dejar a Dinah en el cuartel de Pindi. Por consiguiente, mientras estuve en el frente estuve bastante circunspecto hasta que se me caldearon los ánimos, y sólo entonces me dediqué a combatir con ánimo redoblado. ¿Recuerda usted lo que le dije en la puerta de la guardia, cuando tuvieron lugar los combates en Silver's Theatre?

—¿Qué pasa con Silver's Theatre? —dijo al punto Ortheris, mirando por encima del hombro.

—Nada, hombre, nada. Es una historia que bien conoces. Como iba diciendo, después de aquellos combates, los del Viejo Regimiento y los del regimiento de Tyrone nos mezclamos unos con otros para confeccionar la lista de bajas, y como es natural me lancé a recorrer el terreno por si acaso hubiera alguien que se acordase de mí. El segundo de los hombres que me encontré, y todavía no entiendo cómo no lo eché de menos en la batalla, no era otro que Larry, y la verdad es que lo encontré estupendamente, sólo que ya bastante envejecido, por razones de fuerza mayor, naturalmente. «Larry —le dije—, ¿cómo le va?».

»—Se equivoca usted de hombre —me dice con su mejor sonrisa de caballero bien educado—. Larry lleva muerto todos estos años. Ahora lo llaman "Amor de las mujeres" —añade. Me di perfecta cuenta de que aún llevaba dentro al mismo demonio de siempre, pero con una batalla recién concluida no es buena hora para dar comienzo a una confesión, de modo que nos sentamos a charlar de cómo iban las cosas en general.

»—Me han dicho que se ha casado usted —dice, y da una lenta calada a su pipa—. ¿Es feliz?

»—Lo seré cuando pueda volver al cuartel —digo—. Más que luna de miel, esto es una expedición de reconocimiento.

»—Pues yo también me he casado —dice, y aún fuma más despacio que antes. Vi que llevaba una alianza de oro en el índice.

»—Le deseo toda la felicidad del mundo —le digo—. Es la mejor noticia que me han dado en mucho tiempo.

»—¿De veras lo cree? —dice muy serio, y en ese momento nos pusimos a hablar de la campaña. Aún no se le había secado en la piel el sudor de Silver's Theatre y ya se moría de ganas de que le llegase una nueva tarea. Yo me di por contento con tenderme y escuchar el trajín de las ollas en la cocina.

»Cuando se puso en pie vi que se inclinaba de un lado y que se encogía más de la cuenta.

»—No sé por qué, pero diría que le han dado más de lo que contaba usted con recibir —le digo—. Haga un repaso, porque parece que esté malherido.

»Se volvió hacia mí más tieso que una vara y me miró de arriba abajo, llamándome irlandés impertinente y cara de mono. Si hubiera sido en el cuartel, lo habría tumbado cuan largo era y no habría dicho ni una palabra más, pero estábamos en el frente, y tras una batalla como la que se libró en Silver's Theatre comprendí que a nadie se le podía pedir cuentas de su mal humor o de sus palabras gruesas. Igual me hubiera dado que me plantara un beso en la mejilla. Después, la verdad, me alegré de haber contenido las ganas de camorra. Vino entonces nuestro capitán, el capitán Crook, o Cruik-na-bulleen. Había estado conversando con el joven oficial de Tyrone. "Nos hemos quedado en cuadro —dice—, pero los del Tyrone andan cortos de oficiales. Váyase usted con ellos, Mulvaney, y haga las veces de sargento de cuerpo, de cabo de lanceros y de todo lo que le toque, al menos mientras no le indique yo que cambie de ocupación".

»Para allá que me fui, a hacerme cargo de lo que me indicaba. No había quedado más que un sargento en activo, al que nadie hacía ningún caso. El único oficial de apoyo era yo, y llegué en buena hora. Hablé con unos, con otros no, pero antes que cayera la noche todos los soldados de Tyrone estaban metidos en cintura, y se ponían firmes, ¡por Dios!, sólo con verme fumar en pipa. Entre nosotros, me había hecho con el mando del regimiento, ésa era la razón por la que Crook me había transferido; el joven oficial lo sabía perfectamente, pero la soldadesca no había tenido la debida notificación. Y es ahí, señores, se lo digo con toda sinceridad, donde hay una virtud que ni el dinero ni el adiestramiento permiten tener, me refiero a la virtud del soldado viejo que sabe bien cuál es el cometido de su oficial y que sabe cumplir las órdenes con sólo saludarlo.

»El regimiento de Tyrone, con el Viejo Regimiento a la zaga, recibió la orden de realizar una expedición de reconocimiento por los montes, una misión promiscua y poco grata de cumplir. Soy de la opinión particular de que un general ni la mitad de las veces sabe qué demonios ha de hacer con las tres cuartas partes de las fuerzas que tiene a su mando. Por eso se acuclilla sobre el nalgatorio y ordena a los hombres dar vueltas y más vueltas, mientras sopesa muy despacio qué es lo más conveniente para todos. Si por un proceso natural se les convence para entablar una batalla de importancia, que nadie quiso que se produjera, entonces muy campanudo va y dice: "Vean ustedes la superioridad de mi genio. Así he querido yo que fuesen las cosas". Corrimos de acá para allá casi como pollos descabezados y todo lo que logramos fue que llegada la noche abriesen fuego contra nuestro campamento, además de hurgar en madrigueras con la vara y descubrir que allí no había nadie, recibir toda clase de impactos desde detrás de las rocas hasta quedarnos molidos de cansancio..., todos, claro está, menos "Amor de las mujeres". Para él, todas aquellas perrerías fueron poco menos que ventilarse un trago con un buen amigo. Por Dios juro que no se cansaba, no se saciaba, siempre quería más. Demasiado bien sé yo que esas campañas faltas de método, sin ton ni son, son precisamente las que acaban con la vida de los mejores, y por tener la sospecha de que si me viera en un aprieto aquel oficial joven sacrificaría a todos sus hombres tratando de sacarme del mal paso, me quedaba cuerpo a tierra nada más oír un disparo, y acurrucaba mis largas piernas tras una roca, y corría como un poseso nada más ver que no había peligro. No miento si digo que si el Tyrone se batió en retirada, fui yo quien dio la orden no menos de cuarenta veces. "Amor de las mujeres" se quedaba apostado tras un peñasco y disparaba sin descanso, y esperaba a que se recrudeciera el fuego al máximo para ponerse en pie a pecho descubierto. También de noche se apostaba en el campamento y disparaba contra las sombras, y eso que nunca jamás se tomó un solo trago. Mi oficial de mando, bendita sea su estampa, no era capaz de apreciar la belleza de mis estratagemas, y cuando el Viejo Regimiento se unió a nosotros, y no había pasado ni siquiera una semana, se fue corriendo a reportarse a Crook, y con unos ojos azules y grandes como platos le dio cuenta de mi comportamiento, que tachó de dudoso. Le oí hablar al otro lado de la lona de la tienda de campaña, y por poco me delató la risa.

»—Echa a correr cada dos por tres como una liebre asustada —dice el oficial jovencito—. Y así desmoraliza a mis hombres.

»—¡Condenado papanatas! —dijo Crook riéndosele a la cara—. Sólo le está enseñando a usted el oficio. ¿Han sido atacados ya en plena noche?

»—No —dice el chiquillo, que en el fondo deseaba haber sido objeto de un ataque nocturno.

»—¿Tiene muchos heridos? —dice Crook.

»—No —dice—. No ha habido ocasión. Todos ponen pies en polvorosa siguiendo a Mulvaney.

»—¿Y qué más quiere usted? —dice Crook—. Caballero, Terence le está poniendo las cosas más fáciles que a nadie —añade—. Se sabe al dedillo todo lo que usted desconoce, no en vano hay que tener presente que siempre habrá un momento para cada cosa. No le llevará a ningún desastre —dice—, aunque daría yo la paga de un mes por saber qué opinión tiene de usted.

»Con eso el jovenzuelo se calló, pero "Amor de las mujeres" no dejaba de zaherirme por todo lo que hacía yo, y muy en especial por mis maniobras.

»—Señor Mulvaney —me dice una noche con gran desprecio—, cualquiera diría que cada vez tiene usted más cosquillas en los pies. —Y entre caballeros no es ése un cumplido que se diga.

»—Pero entre soldados rasos la cosa cambia —le digo—. Ande, váyase a su tienda y recójase. Aquí el sargento soy yo.

»—Mi tono de voz tendría que haber sido suficiente para que se diera cuenta de que estaba jugando con la vida y que la llevaba incluso entre los dientes. Se retiró y me llamó la atención que aquel hombre que tanto desdén mostraba hiciera un gesto extraño, como si alguien le hubiera dado un puntapié por detrás. Esa misma noche hubo una incursión de los pastunes en los montes de alrededor; dispararon contra nuestras tiendas como si quisieran despertar a los muertos.

»—Todos quietos —digo—. Todos quietos, que nadie se mueva y que nadie dispare. Sólo conseguiremos derrochar municiones.

»Oí pasos primero, y al cabo oí que un Martini se sumaba a la refriega. Estaba yo metido en el catre bien calentito, pensando en Dinah y todo eso, pero tuve que salir reptando de la tienda con el corneta, no fuera que se nos viniera encima un ataque por sorpresa. Vi entonces el relumbre del Martini en el otro extremo del campamento, y el monte más cercano era un festejo de fogonazos, casi todos ellos de armas de largo alcance. A la luz de las estrellas reconocí a "Amor de las mujeres" encaramado en una roca, tras haberse quitado el casco y el cinturón. Gritó una o dos veces. "Han tenido tiempo de sobra —le oí decir— para calcular el alcance. Tal vez disparen guiándose por los fogonazos". Volvió a disparar, y en efecto desencadenó una nueva andanada de disparos enemigos, y la descarga de las postas que los enemigos sujetaban entre los dientes cayó esparcida entre las rocas, como los sapos arborícolas en las noches de más calor. "Esto ya está mejor —dice "Amor de las mujeres"—. Señor, ¡cuánto tarda, cuánto tarda!", y entonces enciende un fósforo y lo sostiene en alto sobre la cabeza.

»Me pareció que estaba loco, loco de remate. Di un paso hacia él. Mi sensación inmediata fue que la suela de una de mis botas ondeaba como un estandarte de caballería, y que el último hueso de cada uno de los dedos de los pies se me había dormido y me hormigueaba. Fue un disparo limpio, una descarga de posta que no me tocó el calcetín, ni el pellejo, pero que me lanzó descalzo contra las peñas. Con eso, agarré a "Amor de las mujeres" por el pescuezo y me lo llevé a cubierto, tras una peña, y cuando estuve sentado me llegó alto y claro el silbido de las balas, algunas de las cuales alcanzaron aquella peña por la cara opuesta.

»—Si quiere usted atraer el fuego enemigo y que lo maten, por mí perfecto —le dije zarandeándole—, pero no pienso yo dejarme matar de esa manera.

»—Llega usted demasiado pronto —dice—. De haber pasado otro minuto no habrían fallado tan miserablemente. La madre de Dios —dice—, ¿por qué no me habrá dejado usted a mi aire? Ahora, vuelta a empezar —añade, y se cubre la cara con ambas manos.

»—Así que se trata de eso —le digo, y le vuelvo a zarandear—. Eso es lo que pretende cuando desobedece las órdenes.

»—No tengo valor para quitarme la vida —dice meciéndose de un lado a otro—. Por mi mano me resulta imposible morir, y en todo este mes que ha pasado no ha querido una sola bala hacer blanco en mí. Voy a morir lentamente —dice—, voy a morir despacio. Y eso que ya estoy en el infierno —dice, y se pone a gritar como una mujer—. ¡Ya estoy en el infierno!

»—¡Dios se apiade de todos nosotros! —digo, pues le acababa de ver el rostro—. ¿No tiene usted arrestos para contar qué sucede? Si no es un caso de asesinato, a lo mejor aún tenemos manera de solucionarlo.

»Dicho eso, se echó a reír.

»—¿Recuerda usted lo que le dije en el cuartel del regimiento de Tyrone, aquello de que iría en busca de usted para que me diese consuelo espiritual? Bien, pues no lo he olvidado —dice—. Eso que le dije viene muy al caso, Terence, porque ahora mis actos pesan sobre mí. He tratado de librarme de todo ello desde hace meses, pero ya de nada me vale emborracharme. El licor no me hace efecto.

»Fue entonces cuando supe que no mentía al decir que estaba en el infierno, pues cuando el alcohol no surte efecto el alma a cualquiera se le pudre por dentro. Pero siendo yo como era, ¿qué podía decirle?

»—Perlas y diamantes —me dice entonces—, diamantes y perlas he derrochado con ambas manos. ¿Y qué es lo que me ha quedado? Dígame, ¿qué me ha quedado?

»Estaba temblando, estremecido de la cabeza a los pies, apoyado contra mi hombro, y las postas silbaban por encima de nosotros. Y yo me estaba preguntando si el oficial jovencito tendría la cordura de mantener a sus hombres en silencio, quietos en medio de semejante tiroteo.

»—Mientras fui capaz de no pensar —dijo "Amor de las mujeres"—, mientras supe no ver... Y es que no quería ver, pero ahora bien lo veo, ahora bien entiendo qué es lo que he perdido. El tiempo y el lugar y las frases mismas que dije cuando era para mí un gusto marchar en solitario camino del infierno. Pero es que entonces, ni siquiera entonces, era yo feliz —dijo con un poderoso estremecimiento—. Era demasiado lo que llevaba cargado a la espalda. ¿Cómo pude creer en que ella fuese a cumplir su palabra, cómo pude creerlo, con las veces que he incumplido yo la mía sólo por puro gusto de verles llorar? Además de ella, dese usted cuenta, están todas las demás —dice—. ¿Qué voy a hacer, qué puedo hacer? —volvió a mecerse de pura desesperación. Creo que estaba llorando igual que aquellas mujeres a las que había hecho referencia.

»La mitad de lo que me dijo lo sabía yo tan bien como sabía cuáles eran las órdenes del día del brigada, pero por todo lo demás sospeché que algo lo tenía desquiciado. Era como si el juicio de Dios hubiera caído a plomo sobre él; se lo advertí en el cuartel del regimiento de Tyrone. Los proyectiles zumbaban por encima de la roca cada vez con mayor recrudecimiento, así que quise distraerle: "Lo hecho, hecho está.

Dejémoslo en paz ahora. Dentro de nada tratarán de asaltar el campamento".

»Nada más decirlo, un pastún apareció por la loma. Avanzaba a rastras con el cuchillo entre los dientes, y no estaba siquiera a veinte pasos de nosotros. "Amor de las mujeres" dio un salto y lanzó un grito, y el hombre nada más verlo quiso abalanzarse sobre él (había dejado el fusil junto al peñasco) empuñando el cuchillo. "Amor de las mujeres" ni se inmutó, pero juro por Dios, que con mis propios ojos lo vi, que una piedra se movió bajo los pies del pastún y perdió apoyo y el cuchillo se le escapó tintineando sobre las piedras.

»—Ya se lo he dicho —dijo—, soy peor que Caín. ¿De qué me vale matarlo? Es un hombre honrado... si se compara conmigo.

»No iba yo a partir un pelo en cuatro por un asunto de moral ante un pastún como aquél, de modo que con la culata de su fusil le descerrajé un golpe en toda la cara.

»—Deprisa, al campamento —le dije—, tal vez sea sólo el primero de la avanzadilla.

»No se produjo al final el temido asalto, si bien esperamos atentos a las armas para quedar seguros del todo. Aquel pastún debió de intentar un ataque por su cuenta, sólo con ánimo de hacer alguna perrería, y al cabo de un rato "Amor de las mujeres" volvió a su tienda de campaña con su extraña manera de caminar, que no era del todo una cojera y que no terminaba yo de entender a qué podía deberse. Por Dios que me inspiró lástima, y tanto más porque me hizo pensar durante el resto de la noche en el día en que fui nombrado cabo, no teniente en activo, y mis pensamientos me dejaron un mal sabor de boca.

»Bien se podrá entender que después de aquella noche diésemos en hablar más a menudo, y poco a poco salió a relucir lo que yo sospechaba. Todas sus malandanzas habían vuelto a él con todo su peso, tal como vuelve al día siguiente todo el licor que uno ha bebido durante una semana entera. Todo lo que había dicho y todo lo que había hecho, y sólo él podía saber hasta dónde alcanzaba, volvía con toda su fuerza, y no encontraba su alma un resquicio de paz. Aquello era como ver espectros de pesadilla sin que hubiera causa que lo provocase, y sin embargo..., ¿qué estoy diciendo? Cualquier espectro de pesadilla lo habría acogido él con los brazos abiertos, como todos los espantos del infierno. Pero tras el remordimiento que tenía aquel hombre, un remordimiento que estaba más allá de la naturaleza humana, y que era espeluznante de presenciar, más allá había algo peor que todo remordimiento. Entre las docenas y más docenas de mujeres que recordaba (y que lo estaban volviendo loco), había una, fíjense ustedes, había una que no era su esposa y que le reconcomía las entrañas hasta roerle el tuétano de los huesos. Fue en su caso en el que, a su decir, había malgastado perlas y diamantes sin cuenta, y a aquella idea le daba vueltas y más vueltas como da un burro a la noria, para volver a sopesar (¡pese a que estaba más allá de toda posible felicidad a este lado del infierno!) lo feliz que podría haber sido con ella. Cuanto más lo sopesaba, más le indignaba aquella felicidad perdida, aquella felicidad inmensa que ya no era suya, y entonces lo volvía todo del revés y lo examinaba una vez más y clamaba entre lágrimas afirmando que en el fondo nunca pudo haber sido feliz de ninguna de las maneras.

»Una y otra vez, en el campamento, en los desfiles, en los combates, cuando entraba en acción, he visto a ese hombre cerrar los ojos y agachar la cabeza tal como haría uno para esquivar el brillo de una bayoneta calada. Era entonces, según dijo, cuando el pensamiento de todo lo que había echado a perder le llegaba de lleno como si estuviera al rojo vivo. Por lo que había hecho a las demás sentía lástima y arrepentimiento, pero en el fondo le daba igual; en el caso de esta mujer a la que hacía referencia, por Dios que le hacía ella pagar con creces las deudas acumuladas con todas las demás. Nunca jamás he sabido yo de un hombre capaz de conjurar semejante tormento en su corazón sin que le crujan las costillas, y eso que he estado —Terence se cambió el tallo de la pipa, entre los dientes, al otro lado de la boca—, he estado en algunas mazmorras muy oscuras. Todo lo que yo haya podido sufrir no tiene ni punto de comparación con los padecimientos de aquel hombre... ¿Qué podía hacer yo? Los padrenuestros no habrían sido más que guisantes en el plato de sus penas negras.

»Un buen día, por fin, dimos por concluida la ronda por los montes, gracias a mí, todo sea dicho, sin bajas y sin gloria. La campaña ya tocaba a su fin, todos los regimientos se congregaban para regresar a sus cuarteles. "Amor de las mujeres" lo lamentaba profundísimamente, porque así se quedaría mano sobre mano, sin nada mejor que hacer, y con tiempo a espuertas para pensar en sus cuitas. Más de una vez le he oído hablar con la chapa del cinturón e incluso con sus armas mientras procedía a limpiarlas, todo con tal de no pararse a pensar, y cada vez que se ponía en pie después de haber estado sentado un rato, o cuando reanudaba la marcha tras un alto, lo hacía con ese extraño andar de costadillo al que antes hacía alusión, con las piernas de un lado y el cuerpo de través. Nunca jamás fue a ver al médico, por más que le dije que fuera sensato. Me insultó y maldijo mis consejos, cosa que no me importó ni mucho ni poco, de sobra sabía yo que no era un hombre al que hubiera que tener en cuenta sus desaires, tal como tampoco lo era con su meticulosidad el jovencito que hacía de oficial de mando. Dejaba que hablase cuanto quisiera, a sabiendas de que así se desahogaba.

»Un día… ya estábamos de regreso, iba caminando con él por el campamento y se detuvo en seco y dio una patada al suelo con el pie derecho; no, dio tres o cuatro veces, como si estuviera indeciso. "¿Qué sucede?", le digo. "¿Esto es el terreno?", responde, y ya estaba yo pensando que se le iba la cabeza cuando viene el médico, que había hecho la autopsia de un buey muerto. "Amor de las mujeres" aprieta de pronto el paso y me tira un puntapié en la rodilla a la vez que ponía en orden sus movimientos.

»—Alto ahí—dice el médico, y a "Amor de las mujeres" se le puso la cara, que tenía surcada de arrugas, como una reja, roja como un ladrillo—. Atención—dice el médico, y "Amor de las mujeres" se pone firme—. A ver, cierre los ojos—le dice el médico—. No, no se apoye en su camarada."

»—Es asunto perdido, doctor —dice "Amor de las mujeres" tratando de sonreír—. Me caería de bruces, y usted lo sabe de sobra.

»—¿Se caería? —pregunto yo—. ¿Se caería estando en posición de firme si cierra los ojos? ¿Qué está pasando aquí?

»—El doctor lo sabe de sobra. Lo he disimulado todo el tiempo que he podido, pero en el fondo me alegro de que se sepa. No hay nada que hacer. Lo malo es que moriré despacio, muy despacio.

»Al médico le noté en la cara que estaba profundamente apenado por lo que le ocurría a aquel hombre, y ordenó que fuera trasladado al hospital. Fuimos juntos. Yo estaba mudo de asombro. A cada paso que daba, "Amor de las mujeres" perdía pie, trastabillaba, se desmoronaba visiblemente. Caminaba con una mano sobre mi hombro y avanzaba pese a todo revirado, meciendo el costado derecho como un camello cojo. Como de lo que le sucedía sabía yo lo mismo que los muertos, fue como si el médico hubiera obrado todo aquello por ensalmo, como si "Amor de las mujeres" sólo estuviera esperando su palabra, o su orden, para venirse abajo.

»En el hospital le dijo al médico algo que no llegué a captar.

»—¡Pero..., cómo es posible! —dijo el médico—. ¿Y quién se cree que es usted para dar nombre a sus enfermedades? Va contra el reglamento.

»—No se preocupe, no me queda mucho tiempo de ser soldado —dijo "Amor de las mujeres" con su mejor voz de caballero, y el médico dio un respingo—. Tráteme como un caso de estudio, doctor Lowndes —añadió. Fue la primera vez que le oí llamar a un médico por su nombre—. Adiós, Terence —me dijo al poco—. Soy un hombre muerto que no ha tenido el placer de morir. Espero que venga a verme alguna vez para darme paz de espíritu.

»Tenía yo la intención de pedir a Crook que me devolviera a las filas del Viejo Regimiento. Habían concluido los combates, y yo estaba más que harto de las mañas de los soldados de Tyrone, pero doblegué mi voluntad y seguí con ellos, y fui en efecto a verle al hospital. Ya lo he dicho: aquel hombre se hizo prácticamente añicos sujeto a mi hombro. No sabría decir durante cuánto tiempo había hecho acopio de todas sus fuerzas para seguir en marcha como si tal cosa, pero ya en el hospital apenas pasaron dos días y prácticamente no pude reconocerlo. Le estreché la mano, y me pareció que aún le quedaban fuerzas, pero se le movía la mano en todas direcciones y no era capaz de abotonarse la camisa.

»—Aún me queda bastante para morir —dice—, que el precio del pecado es como si fuese lo que tiene uno ahorrado en la caja del regimiento: es algo seguro, pero no se paga precisamente cuando uno quiere, sino que siempre tarda su tiempo.

»Un día el médico me habló en voz baja:

»—¿Hay alguna cosa que preocupe a Tighe? Parece que se consumiera por dentro…

»—¿Y cómo quiere que yo lo sepa, señor? —le dije con toda mi inocencia.

»—En el regimiento de Tyrone lo llaman "Amor de las mujeres", ¿no es cierto? —dice—. Tiene razón, ha sido una estupidez preguntarlo. Pase con él todo el tiempo que pueda. Se aferra a su fuerza, se lo aseguro.

»—Pero…, ¿qué es lo que lo corroe, doctor? —le digo.

»—Lo llaman ataxia locomotriz —dice—, no sé si sabe lo que significa. Y es algo —dice, mirándome muy serio—, es algo que nace de que a uno le llaman precisamente "Amor de las mujeres".

»—Doctor, usted está de broma.

»—¡De broma! —exclama—. Si alguna vez tiene la sensación de que la suela de las botas es de fieltro, y no de cuero, venga a verme. Ya le enseñaré yo si es o no una broma.

»Tal vez no lo crean, pero tanto aquellas palabras como el espectáculo en que se había convertido "Amor de las mujeres" me pillaron por sorpresa y me inspiraron un gran temor a sufrir esa clase de ataques, tanto que durante una semana entera estuve dando patadas con los pies descalzos contra las piedras por el mero placer de sentir el daño.

»"Amor de las mujeres" seguía tumbado en un camastro (podrían haberlo trasladado mucho antes con los heridos, pero él pidió que le permitieran seguir conmigo), y de todo cuanto tuviera en la cabeza daba buena cuenta de día y de noche, a todas horas, pues no descansaba en su afán por devanarse los sesos; mermaba a ojos vista, como las raciones de carne que se quedan al calor del sol, y tenía los ojos como los de las lechuzas, y las manos temblorosas e ingobernables.

»Iban enviando uno a uno a los regimientos a sus lugares de procedencia, pues realmente había concluido la campaña, aunque como de costumbre actuaban como si nunca, en la memoria de los hombres, se hubiera procedido al traslado de un regimiento. Me pregunto, señores, a qué se deberá este hecho. Nueve meses de cada doce los pasa buena parte del ejército entrando en combate. Así viene siendo desde hace infinidad de años; yo siempre hubiera dicho que ya iba siendo hora de que oficiales y hombres le cogieran el tranquillo al momento de replegarse a sus cuarteles. Pero no hay manera. Es un espectáculo que siempre recuerda a las niñas de un colegio cuando se encuentran con un toro de frente. La intendencia, los ferrocarriles, los encargados de los cuarteles se llevan las manos a la cabeza. ¡Santo Dios! ¿Qué haremos ahora? Nos llegaron las órdenes de turno a los del Tyrone y a los del Viejo Regimiento y a otra media docena de compañías, órdenes claras para regresar a los cuarteles, y todo el personal se quedó sin saber qué hacer. Por gracia especial de Dios nos tocó a nosotros bajar por el Paso del Khyber. Llevábamos a bastantes heridos y enfermos, y mucho me temo que algunos se llevaron tal zarandeo en las parihuelas que allí mismo perdieron la vida, aunque no eran pocos los que habrían estado dispuestos a morir con tal de llegar vivos a Peshawar cuanto antes. Iba yo junto a "Amor de las mujeres"; no había orden establecido de marcha, y él tampoco estaba demasiado dispuesto a avivar al paso. "Con tal que hubiera muerto allá arriba…", me dijo más de una vez entre las cortinas que protegían la camilla, y torcía el gesto y cerraba los ojos y sacudía la cabeza para ahuyentar a los pensamientos que acudían a torturarle.

»Dinah se encontraba en el cuartel de Pindi, pero yo me tomé el regreso con mucha calma, pues bien sabía por experiencia propia que ése es el momento, cuando más cree uno que ya todo es seguro, en que a uno se le tuerce la buena estrella. Había presenciado yo el caso de un cochero de una batería de artillería que volvía cantando "Hogar, dulce hogar" a voz en cuello, y lo había visto caer abatido por una bala con la letra de la canción en la boca, olvidado de las riendas que llevaba en la mano, y caer del pescante como un sapo muerto en una laja. No, prefería no darme ninguna prisa, desde luego, por más que tuviera ya la cabeza y el corazón en Pindi. "Amor de las mujeres" se dio cuenta de lo que iba yo pensando. "Vamos, Terence —me dice—. Yo sé bien lo que te espera." "No pienso correr —le dije—. Prefiero ir con paso sosegado".

»¿Conocen ustedes cómo es ese recodo que hay en el desfiladero a la altura de Jumrood, y las nueve millas de camino por la llanura hasta Peshawar? Pues bien: todo Peshawar había salido al camino, a la espera de que el regimiento llegara. Allí estaban los amigos, los hombres, las mujeres, los niños, las bandas de música, todos. Parte de la tropa había acampado en torno a Jumrood, y algunos siguieron hasta Peshawar para recogerse en sus cuarteles. Nosotros llegamos muy a primera hora de la mañana, tras haber pasado la noche en vela, y fuimos derechos al comedor del cuartel. ¡La madre de Dios! Nunca olvidaré aquel momento del regreso, se lo aseguro. Apenas había aclarado el día del todo, y lo primero que oímos allí fue una banda que, al llegar, atacó los acordes de "Porque es mi deleite una noche clara": la banda creyó que éramos la segunda de las compañías del condado de Lincoln. No tuvimos más remedio que decirles a gritos quiénes éramos, y tardaron un rato en darse por enterados y en ponerse a cantar no recuerdo qué melodía popular de Irlanda. Me produjo escalofríos de los pies a la cabeza, la verdad es que no me lo esperaba. Llegó entonces pisándonos los talones lo que quedaba de los Jock Elliott, cuatro gaiteros que ni un solo *kilt* escocés llevaban entre los cuatro y que tocaban como si les fuera la vida en el empeño, moviendo el trasero igual que los conejos, y detrás de ellos un regimiento indígena que se había puesto morado a fuerza de vociferar. ¡Nunca se ha oído nada parecido! Había hombres llorando igual que las mujeres, y no seré yo, a fe, quien por ello los censure. Pero lo que al final hizo que me derrumbase fue la banda de música de los Lanceros, flamantes, resplandecientes como los ángeles, con el viejo caballo estandarte y todos los tambores de plata y todos los adornos, que esperaban a los hombres delante de su unidad. Rompieron a tocar el toque de Caballería, y vive Dios que aquellos pobres fantasmas que no tenían ni un pie sano, muchos en cada batallón, respondieron al toque y se pusieron a trotar mientras los jinetes se balanceaban en sus sillas. Tratamos de animarlos cuando pasaron por delante de nosotros, pero lo que quiso ser un grito brioso nos salió como una tos a duras penas, y eso me llevó a comprender que eran muchos los que estaban embargados por el mismo sentimiento que yo. Ah, pero lo olvidaba… Los Búhos estaban a la espera de que llegase su segundo batallón, y cuando llegó se encontraron que al frente del mismo marchaba el caballo del coronel… con la silla vacía. Los hombres, a fe, lo adoraban. Había perdido la vida en Ali Musjid, por el camino. Aguardaron la llegada del resto del batallón y, contraviniendo las órdenes, porque a nadie se le pudo ocurrir que tocasen tal cosa en día semejante, volvieron a Peshawar a paso lento y desgarrando el corazón de todos los que los vieron pasar al compás de la Marcha fúnebre. Por delante de nosotros pasaron, ya saben ustedes que llevan un uniforme negro como el carbón, arrastrando los pies como los muertos, y el resto de las bandas de música los maldijeron entre dientes.

»Poco podía importarles. Llevaban consigo el cadáver, y habrían desfilado de ese modo aunque aquello fuera el cortejo de una coronación. Nosotros teníamos órdenes de entrar en Peshawar, y pasamos de largo, dejando atrás a los Búhos, sin cantar, deseosos de olvidar cuanto antes aquella patética melodía. Fue así como tomamos el mismo camino que los demás cuerpos del ejército.

»Resonaba en mis oídos la Marcha fúnebre cuando sentí en los huesos un escalofrío que me vino a anunciar que salía a mi encuentro, y oí un grito y vi un caballo que soltaba espumarajos por el camino, a punto de partirse en dos, bajo el peso de dos mujeres. ¡Lo sabía, lo sabía! Una era la esposa del coronel del regimiento de Tyrone, la señora del viejo Beeker, con el cabello canoso al viento y su grueso corpachón meciéndose en la silla; la otra era Dinah, que tendría que haber esperado en Pindi. La señora del coronel picó espuelas y se lanzó hacia nuestra columna como quien se lanza contra un muro de piedra, y poco faltó para que derribase a Beeker de la montura, arrojándole los brazos al cuello y gritándole: "¡Mi muchacho, mi muchacho!", mientras Dinah salía corriendo hacia la izquierda y acudía a nosotros por el flanco, con lo que se me escapó de las entrañas el grito que había retenido durante meses, y… ¡Nunca olvidaré, mientras viva, cómo salió Dinah a mi encuentro! ¡Nunca! Había venido a pie desde Pindi, y cuando la fue a rebasar la señora del coronel le indicó que montara a la grupa. Habían pasado la noche entera llorosas, en brazos una de la otra.

»Así pues, acudió a pie a mi encuentro y echó a caminar de vuelta tomándome de la mano, haciéndome mil preguntas a la vez, y suplicándome que por la Virgen le jurase que no llevaba oculta en el cuerpo una sola bala, y en ese momento me acordé de "Amor de las mujeres". Estaba observándonos, y su rostro era como el rostro de un demonio que se ha cocido a fuego lento durante demasiado tiempo. No quise que Dinah lo viese, porque cuando una mujer rebosa felicidad es fácil dejarse conmover, para perjuicio suyo más adelante, hasta por las menores cosas. Por eso corrí la cortina en la carreta en que viajaba, y él se recostó y gimió.

»Cuando entramos en Peshawar, Dinah se dirigió al cuartel, donde había de esperarme, y yo me sentí rico en sentimiento, si bien no quise dejar de acompañar al hospital a "Amor de las mujeres". Era lo mínimo que podía hacer, y para que no le molestara el polvo ni las apreturas de la gente conduje a los camilleros por un camino por el que no circulaba la tropa; mientras caminábamos, mantuvimos una conversación a través de las cortinas. De pronto le oí decir:

»—Permítame mirar, por el amor de Dios. Permítame mirar, por lo que más quiera.

Tan embebido estaba yo en el empeño por sacarlo de la polvareda, además de pensar en Dinah, que no supe abrir los ojos y ver lo que tenía delante. Iba una mujer cabalgando un poco más atrás; después hablé con Dinah, y parece ser que esa mujer había llegado incluso hasta el camino de Jumrood. Dinah señaló que había estado al acecho, pendiente de la columna de soldados, como un milano avizor.

»Hice detener la camilla para descorrer las cortinas y ella pasó de largo, al paso, y a "Amor de las mujeres" se le fueron los ojos tras ella como si con la mirada pudiera bastarse para conseguir que desmontara.

»—Síganla —fue todo cuanto dijo, pero nunca he oído hablar a nadie con un tono de voz como el que empleó en ese momento, y me di cuenta por esa sola palabra, unida a la expresión de su rostro, de que era la misma "Perlas y diamantes" de la que me había hablado cuando era presa de su aflicción.

»La seguimos hasta que enfiló por el portón de una casita que estaba cerca de Edwards' Gate. Había dos muchachas en la veranda, que echaron a correr al interior en cuanto nos vieron. La verdad es que no me hizo falta ser un lince para darme cuenta de una sola ojeada qué clase de casa era aquélla. Estando las tropas en la ciudad, había otras tres o cuatro por el estilo; cuando se marchaban los soldados, se les ordenaba marchar. Al llegar ante la veranda, "Amor de las mujeres" respiró hondo y nos ordenó detenernos, e inmediatamente, con un quejido que tuvo que salirle de las tripas y seguramente desgarrarle el corazón, bajó de la camilla de un salto y créanme si les digo que se puso en pie. El sudor le caía a chorros. Si en este mismo instante viera llegar hacia nosotros a Mackie, no me quedaría más atónito de lo que me quedé en ese momento. Dios o el Diablo sabrán si acaso de dónde pudo sacar la energía, pero fue como un muerto que caminase y respirase gracias a la fuerza de un poder superior a él, cual si los brazos y las piernas del cadáver obedecieran órdenes.

»La mujer seguía en la veranda. Había sido también una auténtica belleza, aunque entonces tenía los ojos hundidos en las cuencas. Miró a "Amor de las mujeres" de hito en hito, de una manera terrible. "Ah, vaya —dijo, apartándose el velo que le cubría la cara—, ¿y qué estás haciendo aquí, hombre casado?".

»"Amor de las mujeres" no dijo nada, aunque le salió de los labios un poco de espuma, que se secó con el dorso de la mano sin dejar de mirarla, y miró lo que se pintaba en la cara de la mujer, y no dejó de mirarla.

»—A pesar de todo... —siguió diciendo ella con una risa clara. (¿Oyeron reír ustedes a la mujer de Raines cuando murió Mackie? ¿No? En ese caso, me alegro por ustedes.)—A pesar de todo —dijo—, nadie tiene tanto derecho como tú a entrar aquí. Tú me enseñaste el camino, tú me aleccionaste. Mira, mírame bien, que esto que ves es obra tuya; tú mismo me dijiste, no sé si lo recuerdas, que una mujer que es falsa con un hombre bien puede ser falsa con dos. Eso es lo que yo he sido, eso y mucho más, por algo decías tú que yo era de las que aprenden rápido, ¿eh, Ellis? Mírame bien —siguió diciendo—, porque soy yo, la que tú llamaste tu esposa delante de Dios hace ya mucho tiempo. —Y se echó a reír.

»"Amor de las mujeres" estaba quieto bajo el sol sin decir palabra. Empezó a gemir y tosió con dificultad, y temí que fueran los estertores de la muerte, pero él no apartó los ojos de su cara, ni siquiera pestañeó. Aquella mujer tenía unas pestañas tan largas que podrían haber servido para proteger una tienda de campaña de las moscas.

»—¿Qué es lo que haces aquí? —le dijo entonces, espaciando bien las palabras—. Tú me has quitado el gozo que tenía yo en mi hombre durante estos cinco años echados a perder, tú me has quitado el descanso y me has destrozado el cuerpo y me has condenado el alma sólo por gusto de ver cómo se hacía. ¿Has tropezado tal vez más adelante con alguna otra mujer que te diera más de lo que yo te di? ¿No habría dado yo la vida por ti, Ellis? ¡Lo sabes de sobra, hombre! Si alguien alguna vez ha visto la verdad de tu alma mentirosa en esta vida, bien sabes que he sido yo.

»"Amor de las mujeres" alzó la cabeza.

»—Lo sé —dijo por toda respuesta. Mientras ella estuvo hablando, aquella fuerza superior lo sostuvo en pie a pleno sol, y el sudor le chorreaba bajo el casco. Cuando calló, le fue difícil decir nada, y me fijé que la boca se le retraía en una contorsión.

»—¿Qué es lo que estás haciendo aquí? —dijo ella subiendo el tono de voz. Sus palabras eran como el repicar de una campana—. Hubo un tiempo en que muy rápido eras tú de palabra, un tiempo en el que me hablabas de tal modo que por ti habría ido al Infierno. ¿Te has quedado mudo?

»"Amor de las mujeres" contuvo la lengua.

»—¿Puedo entrar? —se limitó a decir como un niño chico.

»—La casa está abierta noche y día —dijo ella con una carcajada, y él agachó la cabeza y alzó la mano en posición de guardia. Aquella fuerza superior seguía con él, lo sostenía entero, por mi alma les juro que nunca he visto una cosa así, y así subió a la veranda con pasos que podrían haber sido los de un cadáver que llevara un mes en un hospital.

»—¿Y ahora, qué? —dijo ella mirándolo fijamente. La pintura roja resaltaba en la palidez de su rostro como una diana en el blanco.

»Él alzó los ojos, y despacio, muy despacio, la miró cuanto pudo mirar, y apretó los dientes con toda el alma y contuvo un escalofrío que lo sacudió por entero.

»—Me muero, Egipto, me estoy muriendo —dijo. Ésas fueron sus palabras, bien recuerdo el nombre con el que la llamó. Estaba poniéndose del color de la muerte, pero tenía la vista clavada en ella, inmóviles los ojos. Sin mediar palabra y sin previo aviso ella abrió los brazos.

»—¡Ven aquí! —le dijo (¡Y qué dorado milagro fue su voz en ese instante!)—. ¡Ven a morir aquí! —dijo, y él se dejó caer hacia delante, y fue ella quien sostuvo su peso, pues era una mujer fuerte y robusta.

»No tuve tiempo de darme la vuelta, pues en ese preciso instante oí cómo su alma lo abandonaba: oí el desgarro del estertor en su pecho, y ella lo tendió en una tumbona

»—Señor soldado —me dijo—, ¿no querrá esperar una hora conversando con alguna de las chicas? Este sol es demasiado fuerte para él.

»Bien me di cuenta de que ningún sol volvería él a ver nunca, pero no pude decir nada, de modo que me marché con la camilla vacía en busca del médico. No había dejado de comer y beber desde que llegamos al cuartel, y estaba bastante embriagado.

»—Caramba —me dijo cuando le conté lo ocurrido—, veo que no tarda usted nada en emborracharse, qué cosas. Si ha visto a ese hombre caminar con sus propios pies, no me lo explico de otro modo. Quitando una o dos bocanadas de aire que le pudieran quedar, era ya cadáver antes que saliéramos de Jumrood. Tentado estoy —me dijo— de enviarlo a usted al calabozo.

»—Doctor, hoy corre a espuertas el licor, eso no lo niego —le dije con la solemnidad de un huevo duro—. Puede que tenga razón, pero ¿no quiere venir a ver el cadáver en la casa?

»—Es una deshonra —dijo— que pretenda usted siquiera ir conmigo a un sitio como ése. Dígame, ¿era bella la mujer? —Y acto seguido salió a buen paso.

»Vi que los dos seguían en la veranda, allí donde los dejé, y por la postura que ella había adoptado, cabizbaja, y por el cacareo de los cuervos, me di cuenta de lo que había ocurrido. Fue la primera y la última vez que he sabido que una mujer utilizara la pistola. Por norma general tienen miedo de las armas de fuego, pero no era ése el caso de "Perlas y diamantes".

»El médico le palpó el cabello largo y negro (esparcido sobre la camisa de él), y bastó con eso para que se despejara y dejara de nublarle el sentido el alcohol. Se quedó largo tiempo pensativo, con las manos en los bolsillos.

»—He aquí —me dijo al fin— una doble muerte por causas naturales, sumamente naturales. Estando las cosas como están, en el regimiento se darán por contentos de tener que cavar una tumba menos. *Issiwasti* —dijo—. *Issiwasti*, soldado

Mulvaney: estas dos personas serán enterradas juntas en el Cementerio Civil. Yo corro con los gastos. Y ojalá el buen Dios me lo compense cuando me llegue la hora. Vaya, vaya con su esposa —añadió—. Sea feliz. Yo me ocupo de todo.

»Lo dejé sopesando la cuestión. Fueron los dos enterrados juntos en el Cementerio Civil y se celebró el servicio fúnebre según el rito anglicano. Demasiados cadáveres había que enterrar en aquellos días para que nadie preguntara nada, y el médico... el médico aquel mismo año escapó con la esposa del comandante, del comandante Van Dyce. Él se cuidó de todo. Nunca llegué a saber qué culpas, qué buenas razones hubo entre "Amor de las mujeres" y "Perlas y diamantes", y nunca lo sabré, pero aquí les he contado la historia tal como llegué a conocerla, a trozos. Por eso, mismo, siendo como soy y sabiendo lo que sé, dije antes, refiriéndome a este caso de muerte por arma de fuego, que Mackie, muerto, en el infierno, puede darse por afortunado. Hay veces, señores, en los que es mejor para el hombre estar muerto que seguir vivo. Por ende, hay veces en que para la mujer es cuarenta millones de veces mejor.

—¡Arriba! —dijo Ortheris—. Es hora de marchar.

Los testigos y la guardia formaron sobre la espesa polvareda, en el crepúsculo cuarteado y abrasador, y se marcharon despacio, silbando. Por el camino al prado, cerca de la iglesia, oí a Ortheris, que seguía sin haberse limpiado los labios de la mentira que posó sobre el Libro negro, tararear con delicado sentido de la oportunidad esa melodía cuya letra dice:

Soldado, no desprecies
del sabio los consejos;
prudencia aprende
de los que son más viejos,
y no alargues la mano
a cercado ajeno.
Eso dijo la moza al soldado,
¡soldado, soldado!
Eso dijo la moza al soldado.

EL CHICO DE LA LEÑA

Niños y niñas, salid a jugar,
¡salid corriendo, ved la luna brillar!
Dejad la cena, dejad el sueño,
¡salid a la calle con los compañeros!
La escalera subid, por la tapia bajad...

Se había sentado en la cuna un niño de tan sólo tres años y chillaba a voz en cuello, los puños apretados con fuerza y los ojos despavoridos. Al principio no lo oyó nadie, pues su habitación estaba en el ala oeste y la niñera hablaba con un jardinero entre los setos de laurel. Pasó por allí el ama de llaves y fue corriendo a consolarle. Era su niño más querido, y no veía con buenos ojos a la niñera.

—¿Qué fue? ¿Qué ha pasado? ¿Qué tienes? Si no hay nada que te pueda asustar, Georgie, cariño...

—Fue... ¡un policía! Estaba en la loma del cerro. Y vino hasta aquí. Jane dijo que vendría.

—Los policías no vienen a las casas, cielo. Anda, date la vuelta y cógeme de la mano.

—Lo he visto... Estaba en el cerro. Vino hasta aquí. ¿Dónde tienes la mano, Harper?

El ama de llaves se quedó esperando hasta que los sollozos del niño se tornaron en la respiración regular del sueño. Sólo entonces se marchó.

—Jane, ¿se puede saber qué estupideces le has estado contando al amo Georgie? ¿Tú qué le has dicho de la policía?

—Yo no le he dicho nada.

—Ya lo creo que sí. Ha estado soñando con policías.

—Nos encontramos con Tisdall en el cerro cuando subimos esta mañana a la loma a pasear con el carrito del burro. A lo mejor es eso lo que se le ha metido en la cabeza...

—¡Oh! Ahora me vas a decir que no has asustado al niño, que no les has querido meter miedo con tus tontadas y tus cuentos, y el amo sin saber nada. Como te vuelva a pillar en una de estas... —Etc.

Tumbado en cama, un niño de seis años se inventaba cuentos para sí mismo. Era su nueva fuerza, y lo guardaba con celo en secreto. Un mes antes se le había ocurrido continuar un cuento infantil que su madre dejó sin terminar, y le entusiasmó ver que el cuento, tal como salía de su cabecita, era no menos sorprendente que si lo estuviera escuchando entero, «de principio a fin». Había en el cuento un príncipe que mataba dragones, aunque sólo durante una noche. Georgie después se tuvo por príncipe, por un pachá, por un matagigantes y todo lo demás (es de ver que no pudo decírselo a nadie, por temor a que se mofaran de él), y sus cuentos fueron cayendo paulatinamente en el reino de los sueños, donde las aventuras llegaron a ser tantas que no pudo siquiera acordarse de la mitad. Todas empezaban del mismo modo, o, como explicó Georgie a las sombras proyectadas por la luz prendida de noche, siempre había «un mismo punto de partida»: un montón de leña apilada en algún lugar cercano a una playa, y en torno a esa pila de la leña Georgie se encontraba echando carreras con otros niños y niñas. Terminaban las carreras, encallaban los barcos en tierra, se abrían convertidos en cajas de cartón; asimismo, las balaustradas de hierro entre verdes y doradas que rodeaban unos bellos jardines se reblandecían, y era posible atravesarlas, traspasarlas, derribarlas, siempre y cuando recordase que aquello sólo era un sueño. Nunca lograba retener ese conocimiento durante más de unos segundos; inmediatamente todo se tornaba real, y en vez de echar abajo las casas llenas de adultos (habría sido una justa venganza) permanecía sentado, sumido en la tristeza, en los gigantescas peldaños de la entrada, tratando de canturrear la tabla de multiplicar hasta llegar al cuatro por seis.

La princesa de sus cuentos era una persona de excepcional belleza (procedía de la vieja edición ilustrada de los hermanos Grimm, hoy agotada), y como siempre aplaudía el valor demostrado por Georgie entre los dragones y los búfalos él le dio los dos nombres más bellos que había oído en la vida, Annie y Louise, pero pronunciados «Annie*an*louise». Cuando los sueños engulleron las historias, ella se transmutó en una de las niñas que rodeaban la pila de la leña, pero sin perder ni el título ni la corona. Vio a Georgie ahogarse una vez en un mar de ensueño, frente a la playa; fue al día siguiente de que lo llevaran a bañarse en un mar de verdad con su niñera. Al desaparecer bajo el agua dijo: «¡Pobre Annie*an*louise! ¡Qué pena tendrá ahora por mí!». Sin embargo, caminando despacio por la playa, Annie*an*louise respondió de este modo: «¡Ja! ¡Ja!». Había graznado el pato riéndose, cosa que para una mente que estuviera despierta tal vez no hubiera tenido ninguna incidencia en la situación. A Georgie le consoló en el acto, y tuvo que ser una especie de embrujo, pues bastó para que ascendiera del fondo del mar y saliera él por su propio pie, aunque con una maceta de flores de un par de palmos en cada uno de los pies. Como en la vida real se le había prohibido expresamente enredar con las macetas, se sintió triunfalmente travieso.

Los movimientos de los adultos, que Georgie toleraba de buen grado, pero que no se las daba de entender, desplazaron su mundo propio, cuando había cumplido siete años, a un lugar llamado «Visita a Oxford». Encontró allí edificios enormes rodeados por vastas praderas, con calles de una longitud infinita y, sobre todo, algo llamado «alquería», que Georgie se moría de ganas de conocer, pues sabía que tenía que ser un lugar grasiento y, por tanto, delicioso. Se dio cuenta de lo correcto que había sido en sus juicios cuando su niñera lo condujo por un arco de piedra a presencia de un hombre de una gordura inmensa, que a su vez le preguntó si le apetecía un poco de pan con queso. Georgie estaba acostumbrado a comer entre horas, de modo que tomó lo que le dieron en la «alquería», y aún habría probado un líquido marrón llamado «cerveza de examen», sólo que su niñera se lo llevó a pasar la tarde viendo una actuación de algo que se llamaba *El fantasma de Pepper*.[1] Le pareció sumamente emocionante. Asomaban las cabezas de la gente y salían volando por el escenario, y los esqueletos bailaban muy arrimados, hueso con hueso, mientras el señor Pepper en persona, que era sin lugar a dudas un hombre de la peor calaña, agitaba los brazos y aleteaba con una larga túnica, y con voz de barítono (Georgie nunca había oído cantar así a un hombre) relataba sus penas indecibles. Algún adulto, le pareció, quiso explicar que la ilusión estaba conseguida por medio de espejos, y que no había nada que temer. No sabía Georgie qué pudiera ser una ilusión, pero sí sabía que un espejo era el cristal en el que se reflejaban las cosas, el del mango de marfil que su madre tenía en el tocador. Por lo tanto, el «adulto» sólo estaba «hablando por no callar», de acuerdo con esa inquietante costumbre que tienen los «adultos», y Georgie se puso a buscar algo con lo que entretenerse entre una escena y la siguiente. A su lado había una niña pequeña toda vestida de negro, con un peinado que era exactamente igual al de la niña que salía en el libro titulado *Alicia en el País de las Maravillas*, que le habían regalado por su último cumpleaños. La chiquilla miró a Georgie y Georgie la miró. No pareció que hubiera necesidad de más presentaciones.

---

1 Se trata de un mecanismo gracias al cual se proyectaba el reflejo fantasmagórico de una serie de figuras ocultas al público mediante una serie de espejos. Inventado en 1858 por Henry Dircks, lo popularizó años más tarde J. H. Pepper.

—Tengo un corte en el pulgar —le dijo él. Se trataba de lo primero que había hecho con su navaja de verdad, que tenía un terrible tajo triangular y que estimaba por ser la más valiosa de sus pertenencias.

—Cuánto lo ziento —ceceó la chiquilla—. Deja que te vea, pod favod.

—Llevo un emplasto encima, pero por debajo lo tengo en carne viva —respondió Georgie con amabilidad.

—¿Y no te duele? —los ojos grises de la niña despedían chispas de compasión y de interés.

—Una barbaridad. A lo mejor me da el tétanos.

—Pa'ece hodible. ¡Cuánto lo ziento! —Acercó el dedo índice a la mano de él y ladeó la cabeza para vérselo mejor.

En ese punto, la niñera se dio la vuelta y le zarandeó con fuerza tomándolo por el hombro.

—¡Amo Georgie! No debes hablar con niñas desconocidas.

—No es una desconocida. Es muy amable. Me cae bien. Le he enseñado el corte que tengo.

—¡A quién se le ocurre! Anda, cámbiate de sitio conmigo.

Lo pasó al otro lado y ocultó de su vista a la chiquilla mientras los adultos sentados tras ellos reanudaban sus inútiles explicaciones.

—A mí no me da miedo, de veras —dijo el chiquillo, que trataba de zafarse a la desesperada—. Pero... ¿por qué no duermes por la tarde, igual que hace el Provostoforiel?

A Georgie le habían presentado a un adulto que respondía por ese nombre, y que se había dormido en su presencia sin pedir disculpas. Georgie había comprendido que se trataba del adulto de mayor importancia que había en Oxford; por eso pretendía dorar la reprimenda con halagos. No pareció que a este adulto le agradase su táctica, pero terminó por desplomarse, y Georgie se recostó en su asiento, callado y embelesado. El señor Pepper había vuelto a ponerse a cantar, y su voz grave y resonante, el fuego rojizo, la túnica brumosa y ondulante, todo ello parecía mezclarse de algún modo con la chiquilla que tan atenta había sido cuando le mostró el corte. Al terminar la actuación hizo un asentimiento hacia Georgie y éste le devolvió el gesto. No habló más de lo estrictamente necesario hasta la hora de acostarse, aunque sí estuvo meditando sobre los nuevos colores, sonidos y luces, y sobre la música, y sobre las cosas percibidas en la medida en que las había captado, la gravísima y agónica voz del señor Pepper entreverada con el ceceo de la chiquilla. Esa misma noche inventó un nuevo cuento, del cual con toda desvergüenza suprimió a la princesa Rapunzel-Rapunzel-suéltalte-el-pelo, con su corona de oro, según la edición de los Grimm, e introdujo en su lugar a su nueva Annie*anlouise*. Por eso resultó perfectamente correcto e incluso natural que cuando acudió a la pila de la leña la encontrase allí esperándole, con el pelo tan parecido como nunca al de la niña de *Alicia en el País de las Maravillas*, y que allí empezasen las carreras y las aventuras.

Diez años seguidos en un colegio particular en Inglaterra no fomentan las ensoñaciones. Georgie adquirió lo propio del crecimiento y ensanchó el pecho, y de paso consiguió algunas otras cosas que no aparecían en las notas, sujeto a un sistema consistente en críquet, fútbol y yincanas, entre cuatro y cinco días por semana, incluidos tres azotes con una vara de fresno en caso de que alguno de los alumnos se ausentase de estas diversiones. Se convirtió primero en criado, con el cuello hecho un gurruño y la gorra polvorienta, de los alumnos de tercero de elemental, y llegó a ser ala en el equipo de fútbol de los Pequeños; a empellones y zancadillas superó las aguas estancadas y los fangales del cuarto curso, que es donde se suele acumular la morralla del colegio; fue premiado con la gorra del segundo equipo de rugby, disfrutó de la dignidad de un estudio que compartía con dos compañeros, y poco a poco empezó a mirar con gusto la posibilidad de ser elegido subprefecto de su curso. Por fin alcanzó la plenitud de la gloria cuando fue principal de su clase, capitán *ex-officio* en los partidos de su equipo; fue representante de su residencia en el consejo, con sus lugartenientes a su cargo para mantener la disciplina y la decencia entre setenta chavales de edades comprendidas entre los doce y los diecisiete; le tocó ser árbitro general en las trifulcas y disputas que se armaron no pocas veces entre los quisquillosos alumnos de sexto, y se hizo entonces amigo íntimo y aliado del director en persona. Cuando daba un paso al frente con la elástica negra, el calzón blanco y las medias negras del primer equipo, de los llamados Primeros Quince, con el nuevo balón de reglamento bajo el brazo, con la gorra vieja y algo deshilachada en el cogote, los peces chicos de los cursos inferiores se hacían a un lado y lo miraban con veneración, mientras los «gorras nuevas» del equipo charlaban ostentosamente con él, para que el mundo entero los viera disfrutando de su compañía. Así las cosas, en verano, cuando volvía al pabellón tras un partido lento, pero sobre todo seguro, no importaba que hubiera logrado un ensayo o no, ni que, como sucedió una vez, lograse el equipo ciento tres tantos, que todo el colegio vitoreaba sus nombres igual que siempre, y las mujeres que habían acudido a presenciar el partido miraban a Cottar, al *comandante* Cottar, mejor dicho: «¡Allí va Cottar!». Sobre todo, era responsable de eso que se llama el tono prevaleciente en el colegio, y son pocos los que se dan cuenta con qué apasionada devoción puede entregarse a esta labor un muchacho de un tipo muy concreto. El hogar en que se había criado de niño era desde allí territorio muy lejano, lleno de caballos, de pesca, de caza, de visitantes adultos que eran una constante molestia y que desbarataban los planes que tuviera; sin embargo, el colegio para él era el mundo real, en donde sucedían cosas de vital importancia y surgían crisis que era preciso despachar con prontitud y con aplomo. No en vano estaba escrito: «Que los Cónsules se ocupen de que la República no sufra perjuicio», y Georgie se alegraba por tanto de volver a desempeñar la autoridad al terminar las vacaciones. Tras él, pero tampoco demasiado cerca, se encontraba sabio, templado, el director, que ora sugería obrar con la sabiduría de la serpiente, ora aconsejaba la mansedumbre de la paloma, y que lo llevaba casi en volandas a ver, más mediante insinuaciones que con palabras directas, cómo son los chicos y los hombres de una sola pieza, y cómo quien sabe manejar al otro sin lugar a dudas tendrá sobrada ocasión de controlarlo.

Por lo demás, el colegio no fomentaba hacer hincapié en las emociones, y más bien sugería mantenerlas arrinconadas, evitar las cantidades falsas, entrar directamente en el ejército, sin ayuda del carísimo preparador de exámenes que había en Londres, en cuyas aulas mucho aprenden, tal vez demasiado, los jóvenes de sangre caliente. El *comandante* Cottar hizo el mismo camino que cientos de jóvenes antes que él. El director le dedicó seis meses de intensos preparativos finales, le enseñó qué clase de respuestas son las que más complacen a determinados examinadores, y lo puso en perfectas condiciones de revista ante la autoridad debidamente constituida, que le aprobó en el examen de ingreso en la Academia de Sandhurst. Allí tuvo la sensatez de percatarse de que de nuevo estaba en tercero elemental, y se condujo con el debido respeto hacia sus superiores y mayores, hasta que todos ellos a su vez lo respetaron y fue ascendido al rango de cabo, y gozó de autoridad sobre pueblos mestizos que incurrían a diario en todos los vicios de los hombres y los chiquillos juntos. Su recompensa consistió en otra retahíla de copas en competiciones atléticas, una espada por buena conducta y, por último, un nombramiento del Gobierno de Su Majestad para que fuera subalterno en uno de los regimientos de primera línea. Desconocía que llevara consigo desde la escuela y también de los años en la academia militar un carácter que valía su peso en oro fino, si bien le agradó descubrir que los compañeros con los que coincidía en el comedor del regimiento eran amables de trato. Tenía abundante dinero de su propiedad; su adiestramiento le había puesto sobre el rostro la máscara del colegio privado, y le había enseñado cuántas eran «las cosas que nadie puede hacer». En virtud de ese mismo adiestramiento sabía mantener los poros abiertos y la boca bien cerrada.

El funcionamiento del Imperio, regular como un reloj, desplazó su mundo a la India, en donde paladeó el sabor de la soledad más completa en el acuartelamiento de los subalternos —una habitación y un baúl de piel de becerro—, y junto con los hombres de su regimiento aprendió a partir de cero en aquella vida nueva. Pero había caballos en la tierra, a un precio razonable; cabía la posibilidad de entretenerse y jugar al polo mientras uno pudiera permitírselo; quedaban los restos de dudosa reputación de una jauría de lebreles, y Cottar sobrellevó sus obligaciones sin demasiada desesperación. Se le ocurrió que en un regimiento en la India estaba más cerca de lo que nunca supuso de entrar en servicio activo, y que un hombre de verdad haría bien en estudiar su profesión. Un comandante de la nueva escuela respaldó esta idea con entusiasmo, de modo que entre Cottar y él acumularon una biblioteca de obras militares de referencia, que leyeron, comentaron y discutieron hasta altas horas de la noche. Pero el ayudante dijo lo de siempre:

—Conozca bien a sus hombres, joven, y le seguirán a cualquier parte. Eso es lo único que necesita: conocer bien a sus hombres.

Cottar pensó que les conocía bastante a fondo en el críquet y los deportes que se practicaban en el regimiento, pero nunca llegó a comprender la verdadera interioridad de todos ellos hasta que fue enviado, al frente de un destacamento de veinte hombres, a apostarse en un barrizal, a la orilla de un río de rápida corriente, que salvaba de una orilla a otra un pontón hecho de barcas. Cuando llegaron las crecidas, se metieron hasta el pecho en el agua a rescatar las barcas del pontón que se habían soltado y habían terminado varadas en las orillas. Por lo demás, allí no había nada que hacer, y los hombres se emborracharon, se dedicaron al juego, riñeron unos con otros. Eran un contingente malsano, pues un subalterno en su primera comisión de mando suele por costumbre tener que hacerse cargo de lo peor de cada regimiento. Cottar aguantó las algaradas como pudo, e incluso mandó que les llevasen una docena de pares de guantes de boxeo.

—No seré yo quien les eche en cara que se peleen ustedes —dijo—, pero al menos deberían aprender a utilizar las manos.

No tienen ni idea. Acomódense los guantes y yo les enseñaré con mucho gusto.

Los hombres agradecieron su esfuerzo. En vez de blasfemar y de insultar a los camaradas, en vez de amenazarse unos a otros con pegarse un tiro, se iban los dos a un lugar apartado y se sosegaban hasta quedar extenuados. Tal como explicó uno al que Cottar encontró con el ojo morado, cerrado del todo, y la boca en forma de rombo, escupiendo sangre por una rendija: «Probamos con los guantes, señor, durante unos veinte minutos, pero eso no nos hizo ningún bien, señor. Así que nos quitamos los guantes y probamos a darnos durante otros veinte minutos de esa manera, igual que nos enseñó usted, señor, y eso sí que nos ha sentado bien. No es que fuese un combate, claro. Había una apuesta de por medio».

Cottar trató de contener la risa, pero invitó a sus hombres a practicar otros deportes, como la carrera campo a través en camisa y pantalones, siguiendo una pista de papeles esparcidos previamente, como en aquellas yincanas; les invitó a practicar la esgrima con bastones por las tardes, hasta que la población nativa, que tenía verdadero gusto por el deporte en todas sus formas, quiso saber si los hombres blancos entendían bien en qué consistía la lucha libre. Se les envió una embajada cuyos integrantes sujetaron a los soldados por el cuello y los revolcaron sobre el polvo. Todo el grupo se entregó a esta nueva modalidad deportiva. Gastaron dinero en aprender las nuevas caídas, las nuevas llaves y presas, cosa mucho mejor que la compra de cualquier mercadería mucho más dudosa. El campesinado sonreía al asistir a los torneos en filas de cinco en fondo.

Este destacamento, que había emprendido viaje en carretas con tiros de bueyes, regresó al cuartel a una media de treinta millas al día y sin levantar los pies del suelo. No cayó nadie enfermo, no hubo prisioneros, no quedaron pendientes juicios ante el tribunal marcial. Se esparcieron al llegar entre sus amigos, cantando todos ellos loas en honor de su teniente y buscando pendencia.

—¿Y cómo le ha ido, jovenzuelo? —le preguntó el ayudante.

—Ah, pues la verdad es que les he hecho sudar la gota gorda y cultivar la musculatura en serio. Nos lo hemos pasado en grande.

—Si esa es su manera de verlo, le podemos proporcionar cuantas juergas desee. El joven Davies parece que no se encuentra en condiciones, y es el siguiente que ha de asumir el mando de un destacamento. ¿Está usted dispuesto a ir en su lugar?

—Pues claro. ¿A él no le importa? No quisiera yo entrometerme donde nadie me llama.

—Si es por Davies, no se preocupe. Le vamos a dar los desechos del regimiento, a ver qué es usted capaz de hacer con esa ralea.

—Muy bien —dijo Cottar—. Siempre será más entretenido que andar haraganeando por el cuartel.

—Aquí hay gato encerrado —se dijo el ayudante después que Cottar regresara a tierras inhóspitas con otra veintena de diablos aún peores que los primeros—. Si Cottar supiera que la mitad de las mujeres del acantonamiento darían los ojos con tal de tener al joven pendiente de sus movimientos…

—Eso explica el comentario que me hizo la señora Elery. Me dijo que a ese chico nuevo, tan agradable, le estaba haciendo trabajar más de la cuenta —dijo un comandante.

—Desde luego. No hacen más que decir: «¿Y por qué no viene al quiosco de la música por las noches?», o «¿Le puedo invitar a jugar un partido de tenis, de dobles, con las chicas de Hammon?».

El ayudante resopló.

—¡Mire usted al lerdo del joven Davies, haciendo el asno con una oveja disfrazada de cordera, que bien podría ser su madre!

—Nadie podrá acusar al joven Cottar de ir corriendo tras las mujeres, ni las blancas ni las negras —replicó el comandante con aire pensativo—. Claro que son éstos los que al final se llevan un disgusto mucho mayor que nadie.

—No será el caso de Cottar. Únicamente una vez me había encontrado a alguien como él. Era un individuo llamado Ingles, fue en Sudáfrica. Era un animal de la misma hechura, adiestrado a lo bestia, aficionado a los deportes atléticos. Estaba siempre en plena forma. Pero no le sirvió de gran cosa, la verdad. Le alcanzaron de un balazo limpio en Wesselstroom, una semana antes del desastre de Majuba. La verdad es que me pregunto si el joven sabrá poner en forma a su destacamento.

Cottar reapareció al cabo de seis semanas, a pie, con sus hombres. Nunca dijo ni palabra de sus experiencias, mientras los hombres hablaron en cambio con entusiasmo. Algunos fragmentos se filtraron hasta llegar al coronel pasando por los sargentos, los asistentes de los oficiales y demás.

Hubo una gran envidia y bastantes celos entre el primer y el segundo destacamento, pero los hombres coincidieron todos en su adoración a Cottar, y su forma de mostrarlo consistió en ahorrarle todas las complicaciones que los hombres de sobra saben cómo causarle a un oficial al que no tienen el menor aprecio. Él buscaba la popularidad en tan mínima medida como cuando estuvo en el colegio, y por eso mismo acudía a él la popularidad. No favorecía a nadie, ni siquiera cuando el más zángano de la compañía le sacó las castañas del fuego en un partido de críquet logrando un inesperado marcador de cuarenta y tres en el último momento. No había manera de tomarle el pelo, pues parecía saber instintivamente en qué momento y dónde cazar a quien se hiciera pasar por enfermo, si bien no olvidaba tampoco que es muy pequeña la diferencia que hay entre un joven ofuscado y lúgubre de los últimos cursos del colegio y un soldado desconcertado, apabullado, reducido a la nada, recién salido de la academia. Los sargentos, a la vista de todas estas cosas, le contaban secretos que por lo general habrían ocultado a cualquier oficial de corta edad. Se citaban sus palabras como si fuera la máxima autoridad en las apuestas cruzadas en la cantina, o a la hora de la merienda; hasta las arpías del regimiento, henchidas a rebosar de quejas contra otras mujeres que hubieran utilizado los fogones de la cocina cuando no era su turno, se abstuvieron de abrir la boca cuando Cottar, cumpliendo las normas, les fue a preguntar una mañana si había «alguna queja».

—Yo tengo quejas hasta hartar —dijo la esposa del cabo Morrison—, y el día menos pensado voy a matar a esa vaca gorda que tiene O'Halloran por mujer, aunque ya se sabe cómo es. Viene éste, asoma la jeta por la puerta, agacha avergonzado la bendita nariz y susurra: «¿Alguna queja?», y después de una cosa así no hay una que se queje. Ganas me dan de plantarle un beso en toda la mejilla. Y el día menos pensado me parece que lo haré. ¡Desde luego que sí! Muy afortunada será la que se lleve de calle al Joven Inocente. Miradlo, chicas: ¿a que no tengo yo culpa de nada?

Cottar emprendió camino a galope corto hacia el campo de polo, con una planta sumamente satisfactoria, una figura viril y vistosa, caracoleando con el caballo, y al cabo de un buen trecho bajó por un terraplén de barro al campo de prácticas. No sólo la señora del cabo Morrison tenía los sentimientos que con tanta vehemencia había manifestado, sino que Cottar pasaba ocupado al menos once horas al día. No le interesaba malgastar el tiempo jugando al tenis un partido estropeado por la presencia de unas enaguas en la cancha, y al cabo de una larga tarde en un festejo al aire libre explicó a su comandante que esas actividades eran «fútil palabrería», y el comandante le rió el comentario. No acudían las esposas de nadie al comedor, con la excepción de la señora del coronel, y Cottar se mostraba respetuoso y distante con la buena señora. La dama decía «mi regimiento» como si tal cosa, y el mundo entero sabe lo que quiere decir una cosa así sin que haya ningún margen de error. Con todo y con eso, cuando se empeñó la concurrencia en que ella entregase los premios de una competición de tiro al blanco, y la señora se negó porque uno de los ganadores estaba casado con una muchacha que se había burlado de ella a su espalda, los oficiales ordenaron a Cottar que la «abordase» ataviado con su mejor uniforme de paseo. Así lo hizo, simple y laboriosamente, y ella cedió a la primera.

—Tan sólo deseaba conocer los pormenores del caso —explicó él—. Se los detallé y lo entendió enseguida.

—Ah, ya —comentó el ayudante—. Supongo que así ha debido ser. ¿Y qué, sir Galahad? ¿Tiene previsto acudir esta noche al baile de los fusileros?

—No, gracias. Tengo pendiente una partida con el comandante.

El virtuoso aprendiz se quedó en vela hasta medianoche en el cuartel, en el despacho del comandante, con un cronómetro y un par de compases, desplazando las dos pequeñas piezas de plomo sobre un mapa de escala considerable.

Fue entonces a acostarse y durmió a pierna suelta, durmió como los inocentes, rebosante de sueños sanos. Una de las peculiaridades de sus sueños la notó al comienzo de su segundo verano en tierras de tan intenso calor. Dos o tres veces al mes se daba el caso de que se duplicaban, o bien se sucedían en serie. Se deslizaba hacia la tierra de los sueños por el mismo camino, un camino que pasaba a lo largo de una playa, cerca de donde había un montón de leña apilada. A la derecha estaba el mar, unas veces con pleamar, otras con la marea tan baja que parecía que la orilla se hubiera retirado hasta el horizonte mismo, aunque él sabía que era el mismo mar. Por ese camino recorría un trecho en el que el terreno se elevaba, un trecho de hierba corta y marchita, hasta llegar a valles de maravilla y sin razón. Pasada la cordillera, coronada por una especie de farola de gas, cualquier cosa era posible, mientras que hasta llegar a la farola le daba la sensación de que conocía el camino tan bien o mejor incluso que la explanada de los desfiles en el acuartelamiento. Aprendió a desear con ahínco el momento en que llegaba a ese lugar, pues una vez en él tenía la certeza de disfrutar de una noche de buen descanso, y el calor de la estación veraniega en la India puede llegar a ser realmente agotador. Primero, umbrío, con los párpados entrecerrados, aparecía el perfil del montón de leña apilada; después veía la arena blanca de la playa y del camino, que casi parecía en suspenso sobre un mar negro y en constante mutación; acto seguido, al doblar hacia el interior

268

ascendía por una cuesta hacia la única luz que había en todo el paisaje. Cuando por la razón que fuera no lograba conciliar el sueño, se repetía que sin duda conseguiría llegar allí, que sin duda podía llegar allí, que bastaba con que cerrase los ojos y se dejara llevar. Una noche, tras una dura e insensata hora de esfuerzo en el campo de polo (a las diez, en su alojamiento, el termómetro marcaba 36°), toda posibilidad de conciliar el sueño se le negó por completo, por más que hiciera todo lo posible por hallar aquel camino que tan bien conocía, el saliente en el que comenzaba el sueño de verdad. Al fin vio la pila de la leña, y entonces apretó el paso al ascender por la loma, pues a sus espaldas notó que acechaba el mundo completamente en vela, el mundo del calor sofocante. Alcanzó aquella luz sano y salvo, sin problemas, trastabillando ya por el cansancio, adormilado, cuando un policía, un vulgar policía de campo, apareció delante de él como si hubiera caído del cielo y le tocó en el hombro sin darle tiempo a ocultarse en la penumbra del valle. Le embargó el terror, el terror sin esperanza de los sueños, pues el policía le habló entonces con la voz espantosa y clara con que sólo se habla en sueños: «Soy un policía diurno que regresa de la Ciudad del Sueño. Acompáñeme». Georgie comprendió que era cierto, que más allá, en el valle, se encontraban las luces tenues de la Ciudad del Sueño, en donde habría hallado cobijo, y que aquel policía, o lo que fuera, tenía plena autoridad para conducirlo de regreso a la desdicha de la vigilia sin remedio. Se halló mirando la luz de la luna en la pared, sudando de miedo, y no llegó nunca a superar del todo el espanto, aun cuando se encontró con el policía varias veces a lo largo de la estación calurosa. Y supo en lo sucesivo que su aparición era presagio de una mala noche.

Pero también otros sueños, sueños perfectamente absurdos, le colmaron de una delicia imposible de comunicar a nadie. Todos los que alcanzaba a recordar comenzaban por la pila de la leña. Por ejemplo, encontró un pequeño vapor de juguete, de cuerda (varias noches antes ya había reparado en él), junto al camino que discurría en paralelo al mar, y subió a bordo, momento en el cual arrancó con una agilidad inigualable y surcó un mar absolutamente en calma. Fue glorioso, pues tuvo la certeza de estar entonces explorando cuestiones de gran envergadura, y llegado el momento recaló junto a un lirio tallado en piedra que de un modo absolutamente natural flotaba sobre las aguas. Al ver que el lirio llevaba una etiqueta en la que se leía «Hong Kong», Georgie se dijo: «Pues claro: siempre había supuesto que Hong Kong sería exactamente así. ¡Qué maravilla!».

Varios miles de millas mar adentro topó aún con otro lirio de piedra cuya etiqueta decía «Java», lo cual volvió a suponerle un deleite inmenso, porque dedujo que se encontraba entonces en el fin del mundo. Sin embargo, el barquito siguió adelante y al cabo se adentró en una presa de agua dulce y de gran profundidad, cuyos flancos eran de mármol tallado, reverdecidos por el musgo aquí y allá. Había nenúfares en la superficie del agua, asomaban los juncos hasta alcanzar gran altura y arquearse. Alguien se movía entre los juncos, alguien de quien Georgie supo que había viajado hasta ese confín del mundo con el solo objeto de encontrarlo a él. Por tanto, todo estaba perfectamente en orden. Se sintió inefablemente feliz, y saltó por la borda para localizar a aquella persona. Al tocar el agua aquietada con los pies, cambió con el susurro de un mapa que se desenrolla y pasó a ser nada menos que un sexto cuadrante del globo, un continente desconocido, allende los confines más remotos que el hombre acertase a imaginar, un lugar donde las islas estaban coloreadas de amarillo y de azul, las letras de sus nombres brillantes en tierra. Daban paso a mares desconocidos, y el deseo más apremiante que tenía Georgie era el de regresar mansamente hasta el otro extremo de aquel atlas flotante y hallarse en lugar conocido. Se dijo repetidas veces que de nada le valdría apresurarse, si bien su desesperación le llevaba a apretar el paso, y las islas se deslizaban resbaladizas bajo sus pies, los estrechos se ensanchaban, se abrían, hasta que se encontró completamente perdido en la cuarta dimensión del mundo, sin ninguna esperanza de retornar por sus propios medios. No obstante, a corta distancia atisbó el viejo mundo con sus ríos y sus cadenas montañosas señaladas de acuerdo con las normas cartográficas de Sandhurst. Entonces, aquella persona en pos de la cual se había internado hasta la Presa de los Nenúfares, que así se llamaba el paraje, atravesó a la carrera territorios inexplorados y le mostró el camino. Huyeron los dos de la mano hasta llegar a un camino que salvaba a gran altura barrancos y quebradas, que corría pegado a los precipicios, que se internaba por túneles de montaña. «Por aquí se llega hasta nuestra pila de leña», dijo su acompañante, momento en el cual terminaron todos sus problemas. Tomó un caballo, pues comprendió que aquélla era la Carrera de las Treinta Millas y que su deber era avanzar deprisa, y se lanzó al galope por los túneles, tomando las curvas, siempre cuesta abajo, hasta oír que el mar batía a su izquierda y verlo embravecido a la luz de la luna llena, frente a los arenales. La marcha se le hizo ardua, pero supo reconocer la naturaleza del terreno, la isla de las lomas de color púrpura oscuro, los juncos en los que silbaba el viento. En algunos trechos el camino se había desmoronado y las olas del mar lo alcanzaban de lleno, lenguas negras, sin espuma, desatadas por las olas lisas y relucientes, aunque estuvo en todo momento convencido de que era menor el peligro que entrañaba el mar que el que pudieran revestir «ellos», quienes quiera que fuesen «ellos», desde tierra adentro, la franja que le quedaba a la derecha. También supo que estaría a salvo siempre y cuando lograse alcanzar la loma en la que se encontraba la farola. Y esto sucedió tal como esperaba: vio el resplandor a una milla de distancia, cerca de la playa, y allí desmontó, dobló a la derecha, caminó despacio rumbo a la pila de la leña, descubrió que el vaporcito había vuelto a la playa una vez sueltas las amarras y… debió de quedar dormido, porque ya no recordaba nada más. «Me parece que le voy cogiendo el tranquillo a la geografía de este lugar —se dijo al afeitarse a la mañana siguiente—. Debo de haber trazado una especie de círculo. Veamos. La Carrera de las Treinta Millas (¿Cómo deduzco ahora que supe que se llamaba la Carrera de las Treinta Millas?) sale al camino de la orilla del mar pasado el primer cerro, donde está la farola. Y esa zona cartográfica está a espaldas de la Carrera de las Treinta Millas, en algún lugar a la derecha, pasadas las montañas y los túneles. Hay gato encerrado en esto de los sueños. Me pregunto por qué será que los míos se ajustan unos con los otros de esta manera».

Siguió adelante, cumpliendo con los deberes de cada una de las estaciones del año con la misma solidez que había demostrado antes. El regimiento fue desplazado a otra guarnición y disfrutó la marcha a lo largo de dos meses, en los que aprovechó para cazar y practicar el tiro al blanco. Cuando llegaron al nuevo acantonamiento se hizo socio del Tent Club local, y se dedicó a la caza del poderoso jabalí, a caballo, provisto de una lanza corta por todo armamento. Conoció allí al *mahseer* del Poonch, al lado del cual los sábalos no pasan de ser más que arenques: quien logra echarle el anzuelo y cobrarse una pieza puede de veras decir que es todo un pescador. Todo resultaba tan novedoso y tan fascinante como las piezas de caza mayor con las que le tocó medirse, al lado de alguna de las cuales se fotografió pensando en su madre, como hizo otra vez, sentado sobre el flanco de su primer tigre.

Entonces se le concedió un ascenso al ayudante y Cottar se alegró por él, pues le tenía una gran admiración, y se preguntó muy sinceramente quién tendría la talla suficiente para ocupar su lugar, de modo que por poco se vino abajo al comprobar que el manto fue a caer sobre sus propios hombros, ocasión con motivo de la cual el coronel dijo unas cuantas cosas de mucho elogio, que le hicieron sonrojarse. El puesto de ayudante no difiere en lo material del que desempeña el director de un colegio, y Cottar se encontró con que había de mantener con el coronel la misma relación que había tenido con su viejo director allá en Inglaterra. Lo único que sucede es que con el calor el temple se agota, y se dijeron e incluso se hicieron cosas que lo pusieron duramente a prueba, y que le dolieron, y cometió algunas pifias gloriosas, de las que vino a sacarle el sargento mayor del regimiento con lealtad, sin condiciones, sin mediar palabra. Los perezosos y los incompetentes despotricaban contra él; los más débiles de mente se esforzaron por alejarlo con engaños del recto camino de la justicia; los de ánimo más mezquino —en efecto: hombres que Cottar creía incapaces de hacer «cosas que nadie en su sano juicio podría hacer»— le imputaron motivos de baja estofa y tejemanejes con los cuales presuntamente actuaba, en todo lo cual no había perdido siquiera un instante de su pensamiento. Y paladeó la injusticia, y le puso realmente enfermo. Pero encontró consuelo en los desfiles, cuando contemplaba al completo las compañías y se acordó de los pocos hombres que se encontraban en el hospital o en una celda, y se preguntó en más de una ocasión cuándo llegaría la hora de poner en marcha la máquina de su amor, a la que tantos desvelos había dedicado. Sólo que los demás necesitaban y esperaban al hombre en su totalidad, acaparaban toda su jornada de trabajo, y tal vez incluso daban por supuesto que les habría de conceder hasta tres o quizás cuatro horas de la noche. Es curioso, pero nunca soñó con el regimiento, al contrario de lo que popularmente se suponía que tendría que suceder. El ánimo, libre de todos los quehaceres del día, dejaba de trabajar del todo, o bien, caso de que tuviera algún movimiento, lo llevaba solamente por el viejo camino de la playa, hacia las lomas, la farola y, de vez en cuando, a darse de bruces con el terrible policía diurno. La segunda vez que visitó el continente perdido del mundo (éste fue un sueño que había de repetirse en infinidad de noches, con ciertas variaciones, pero siempre sobre el mismo terreno) supo que con sólo quedarse quieto la persona de la Presa de los Nenúfares acudiría en su ayuda, y no se vio decepcionado en su aspiración. A veces se vio atrapado en minas de una hondísima profundidad, talladas en el corazón del mundo, donde hombres torturados entonaban cánticos cuyos ecos se propagaban por las galerías. Oyó a esa persona que acudía precisamente por alguna de las galerías, y todo volvió a ser seguro, sin riesgo, una delicia. Se volvieron a encontrar en vagones de ferrocarriles de la India, de techo bajísimo, que hacían un alto en un jardín rodeado por balaustradas entre verdosas y doradas, en donde una legión de seres blancos y pétreos, todos ellos hostiles con él, permanecían sentados ante unas mesas cubiertas de rosas, y así separaban a Georgie de su compañera, mientras las voces del subsuelo seguían cantando con voces graves y resonantes. A Georgie le invadió una desesperación inmensa, que no se le quitó hasta que volvieron a encontrarse. Coincidieron en medio de una interminable noche de calor tropical, y se colaron con sigilo en una gran casa que se levantaba, él lo supo sin dudar, en algún lugar situado al norte de la estación de ferrocarril, donde comía aquella gente entre las rosas. Estaba rodeada de jardines, todos rezumantes de una humedad que goteaba sin cesar; en una sala a la que llegaron tras recorrer leguas de pasillos encalados yacía en cama algo enfermo. El menor ruido, Georgie lo supo con certeza, bastaría para desencadenar algún horror que aguardaba al acecho, y su compañera también lo sabía. Pero cuando los ojos de ambos se encontraron, cada uno a un lado del lecho, a Georgie le asqueó comprobar que era una niña, una niña chica, con sandalias de correas, con el cabello negro y peinado hacia atrás.

«¡Qué deshonra, qué desgracia, qué estupidez! —pensó—. Ahora no podría hacer nada si a eso se le desprende la cabeza».

Aquella cosa tosió y la escayola del techo cayó a desconchones sobre la mosquitera, y «ellos» se abalanzaron desde todos los rincones. Se llevó a rastras a la niña medio asfixiada hasta el jardín sofocante, los cánticos de aquellas voces a su espalda, y cabalgaron por la Carrera de las Treinta Millas sin que él dejase de espolear y fustigar a su montura a lo largo del arenal de la playa, a la orilla del mar azotado con violencia, hasta que llegaron a las lomas, a la farola y a la pila de la leña, en donde estarían a salvo. Con gran frecuencia, los sueños quedaban de ese modo interrumpidos y allí tenían que separarse, para soportar terribles aventuras por su cuenta. Pero los momentos de mayor diversión eran aquellos en los que él y ella tenían una clara comprensión de que todo era de mentirijillas, y vadeaban ríos que bajaban con fuerza, ríos de una milla de ancho, sin quitarse siquiera los zapatos, o bien prendían fuego a populosas ciudades sólo por ver cómo ardían, y eran rudos como los niños con las vagas sombras que les salían al paso en sus recorridos. Más adelantada la noche iban a sufrir por eso mismo, ya fuera a manos de la gente del ferrocarril que se alimentaba de rosas, ya fuera en las tierras altas de los trópicos, en la punta más lejana de la Carrera de las Treinta Millas. Cuando estaban juntos, esto no les daba miedo, pero a menudo oía Georgie el agudo grito, «¡Chico, chico!», a medio mundo de distancia, y tenía que correr en su rescate antes de que «ellos» la maltratasen.

Exploraron juntos las lomas de color púrpura oscuro y se internaron tierra adentro a partir de la pila de la leña, llegando hasta donde se atrevían, aunque siempre era asunto peligroso. La zona del interior estaba poblada por «ellos», y «ellos» iban a su antojo, cantando en las hondonadas, por lo que Georgie y ella siempre se sentían más a salvo a la orilla del mar. Habían llegado a conocer tan a fondo el lugar de sus sueños que incluso al despertar terminó por aceptarlo como si fuera un país de verdad, y levantó un croquis del mismo. Guardaba el secreto, como es natural, pero la permanencia de aquella tierra le tenía asombrado. Sus sueños ordinarios eran tan informes y tan pasajeros como cualquier sueño saludable, pero en cuanto se encontraba ante la pila de la leña comenzaba a desplazarse dentro de límites conocidos y era capaz de ver a dónde dirigía sus pasos. Luego había meses seguidos en los que nada realmente notable atravesaba sus sueños. Después llegaban estos en tropel, cinco o seis seguidos; a la mañana siguiente, el mapa que había guardado en un cajón de su escritorio era objeto de una puesta al día, pues Georgie era una persona sumamente metódica. Existía ciertamente un peligro —se lo habían dicho sus superiores— de que llegara a ser esa clase de ayudante que por costumbre es un metomentodo quisquilloso. Cuando un oficial acepta y le toma el gusto a la soltería, con todas sus manías, una virgen de setenta años tendrá más esperanzas que él.

Pero quiso el destino traer consigo el cambio que se necesitaba, que tomó forma de una reducida campaña de invierno, en la frontera, que a la manera de las campañas reducidas desencadenó una guerra francamente desagradable. El regimiento de Cottar fue elegido entre los primeros.

—Bien —dijo uno de los comandantes—, esto nos quitará a todos las telarañas de la cabeza, y muy en especial a ti, Galahad. A ver de qué nos sirve esa actitud de gallina con sus polluelos que has tomado con el regimiento.

Cottar a punto estuvo de llorar de alegría a medida que la campaña se iba desarrollando. Los hombres estaban preparados; físicamente llevaban una ventaja considerable al resto de las tropas. Se portaban en el campamento como niños bien educados, no importaba que estuviera el tiempo seco o lluvioso, que hubieran comido o no. Siguieron a sus oficiales con la rapidez y la agilidad y la obediencia bien adiestrada que tiene un grupo de quince muchachos que forman un equipo de rugby de primera clase. Se vieron aislados de una base que les servía de defensa, y como si tal cosa se abrieron camino entre las líneas enemigas para retomar el contacto con ella. Coronaron y despejaron los cerros llenos de enemigos con la precisión de una jauría de perros de caza bien enseñados; a la hora de la retirada, cuando les estorbaban los enfermos y los heridos de la columna, soportaron una persecución por espacio de once millas en un valle por el que no manaba una gota de agua, y formando ellos la retaguardia se cubrieron de gloria a ojos de sus compañeros de profesión. Cualquier regimiento puede avanzar, pero pocos saben cómo batirse en retirada con un aguijón pegado a los talones. Después se volvieron llegado el momento y abrieron caminos a menudo bajo el fuego enemigo, o desmantelaron algunos inoportunos reductos de adobe. Fueron el último contingente en retirarse cuando ya estaban recogidos todos los escombros de la campaña, y al cabo de un mes de aguantar en un campamento estable, que es algo que pone al límite la moral de cualquiera, se marcharon de regreso cantando...

Lo hará sin ellos,
ya no los necesita.
Lo hará sin ellos
como antes tantas veces.
Será un mártir
muy de nueva planta,
y los chicos y chicas dirán:
«¡Qué joven tan agradable, qué joven...!
¡Qué joven tan bien plantado, qué joven...!».

Se imprimió un número de la *Gazette* en el que Cottar descubrió que se había conducido «con valor y frialdad, con discreción» en todas sus atribuciones, además de haber dado auxilio a los heridos bajo el fuego enemigo, y haber cruzado un portón también bajo el fuego. El resultado neto de todo ello fue su nombramiento de capitán con el mando de comandante, además de la condecoración de la Orden de Servicios Distinguidos.

En cuanto a los heridos, explicó que los dos eran hombres recios, a los que pudo él levantar con más facilidad que cualquier otro.

—De lo contrario, como es natural, habría enviado a uno de mis hombres; por lo que se refiere a eso del portón, estábamos a salvo al minuto mismo de hallarnos bajo las murallas.

Pero no impidieron sus explicaciones que sus hombres lo vitoreasen con furia cada vez que lo veían, ni que en el comedor se celebrase una cena de gala en la víspera de su partida a Inglaterra. (Entre las muchas cosas que «le vinieron bien con la campaña», según sus propias palabras, se encontraba un año entero de permiso.) El médico, que le había tomado un gran aprecio y que sabía de sus cualidades, citó algún poema, aquello de que «mi buena hoja traspasa los cascos de los hombres»,[2] etcétera, y todos dijeron a Cottar que era un tipo excelente, aunque cuando se puso en pie para hacer su primer discurso en público fue tan ensordecedor el griterío que sólo se entendió una cosa de cuantas intentó decir:

---

2   Primer verso de *Sir Galahad*, balada artúrica de Alfred Tennyson.

—No tiene sentido hablar de nada mientras me fastidiáis así. Vamos a jugar al billar.

No es por cierto desagradable pasar veintiocho días en un vapor que navega sin contratiempo en aguas cálidas, y menos si es en compañía de una mujer que se encarga de hacerle a uno comprender que está muy por encima del resto del mundo, aun cuando esa mujer sea, y casi siempre de manera infalible, unos diez años mayor que uno. Los barcos de línea de la P&O no soportan la molesta particularidad en el trato que se suele dar al pasaje en los transatlánticos. Hay una mayor fosforescencia en proa, es mayor el silencio y la negrura en el gobernalle.

Cosas terribles sin duda pudieron sobrevenir a Georgie, y así habría sido de no ser porque nunca se tomó la menor molestia de estudiar los principios primeros del juego que se daba por sentado que había de practicar. Así pues, cuando la señora Zuleika, en Adén, le comunicó hasta qué punto era maternal el interés que sentía ella por su bienestar, sus medallas, su comisión de mando y todo ello, Georgie se lo tomó al pie de la letra y acto seguido le habló de su propia madre, que con cada día que pasara se encontraba trescientas millas más cerca, y le habló de su hogar y de todo lo demás en todo el periplo por el Mar Rojo. Le pareció mucho más llevadero de lo que suponía conversar con una mujer durante una hora entera. La señora Zuleika, entonces, prescindió del afecto materno y le habló del amor en términos abstractos, por ser una cosa que no era indigna de estudiar a fondo, y en la discreción del crepúsculo, después de la cena, le exigió que le hiciera confidencias. Georgie habría estado encantado de hacérselas, pero no tenía ninguna que comunicarle, y no podía saber que su deber era inventárselas. La señora Zuleika expresó su sorpresa y su incredulidad, y le formuló aquellas preguntas que se hacen de lo profundo a lo profundo. Se enteró de todo cuanto era necesario para creerle, y por ser muy mujer retomó su actitud maternal, aunque Georgie nunca llegara a saber que la había momentáneamente abandonado.

—¿Sabe usted —le dijo ella en algún punto del Mediterráneo— que a mi entender es el joven más adorable que he conocido nunca? Me gustaría que se acordase de mí. Y lo hará cuando sea un poco mayor, pero querría que me recordase ahora. Un día de estos hará usted muy feliz a alguna muchacha.

—¡Oh! Eso espero —dijo Georgie con gran seriedad—. Pero tiempo hay de sobra para casarse y todo eso, ¿no le parece?

—Depende. Tenga, aquí tiene los sacos de alubias para la Competición de las Damas. Me parece que empiezo a hacerme vieja para velar por estas *tamashas* [espectáculo público de entretenimiento; también lío].

Habían organizado competiciones deportivas para pasar el rato, y Georgie formaba parte del comité del jurado. No se llegó a dar cuenta de la perfección con que estaban cosidos los saquitos de alubias que se iban a utilizar para lanzarlos en los juegos, pero otra de las señoras sí se dio cuenta y sonrió una sola vez. Le agradaba la señora Zuleika. Era un poco mayor, cómo no, pero era de una simpatía poco corriente. Y no se andaba con tonterías.

Pocas noches después de dejar atrás Gibraltar su sueño volvió a hacerse presente. La que lo esperaba junto a la pila de la leña ya no era una chiquilla; era una mujer de cabello negro, que le formaba un pico en la frente y que llevaba peinado hacia atrás, pegado al cráneo. Reconoció en ella a la niña de negro, a la compañera de sus seis últimos años, y tal como había sido en el momento de los encuentros en el Continente Perdido, le colmó un deleite inexpresable. «Ellos», por alguna razón válida en la tierra de los sueños, habían pasado a mostrarse amistosos o al menos esa noche habían desaparecido, y los dos recorrieron juntos todo el territorio, desde la pila de la leña amontonada hasta la Carrera de las Treinta Millas en toda su extensión, hasta que por fin vieron la Casa de lo Enfermo, un punto minúsculo a lo lejos, a la izquierda del cuadro; pasaron a la carrera por la sala de espera de la estación de ferrocarril, donde seguían las rosas sobre las mesas puestas, y regresaron por el vado y la ciudad a la que una vez prendieron fuego sólo por gusto hasta los promontorios en los que se encontraba la farola. Allí por donde fueran los seguían los cánticos que llegaban del subsuelo, sólo que esa noche no cundió el pánico. Todo estaba desierto, ellos eran la única excepción (estaban sentados junto a la farola, cogidos de la mano); ella se dio la vuelta y lo besó. Despertó sobresaltado, mirando agitarse levemente la cortina en la puerta del camarote. Podría haber jurado que el beso fue muy real.

A la mañana siguiente surcaba el barco la mar batida del golfo de Vizcaya y el pasaje no parecía contento, pero cuando bajó a desayunar, afeitado, bañado, oliendo a jabón, varios de los presentes en el comedor se volvieron a mirarlo por la llamativa luz que despedían sus ojos, por el esplendor de su semblante.

—Caramba, se le ve a usted de un aspecto excelente —le espetó un vecino—. ¿Acaso ha recibido una herencia hallándonos en mitad del golfo?

Georgie alcanzó la fuente del curry con una sonrisa seráfica.

—Pues supongo que será porque ya nos acercamos a la patria y todas esas cosas, digo yo. La verdad es que esta mañana me siento bastante festivo. Pero está movido el mar, ¿no le parece?

La señora Zuleika permaneció en su camarote hasta el final del viaje y se marchó sin despedirse. Lloró apasionadamente de pura alegría al encontrarse en el muelle de atraque con sus hijos, que a su decir, y lo decía a menudo, eran sumamente parecidos al padre.

Georgie encaminó sus pasos al condado que le vio nacer, loco de contento con su primer permiso tras largas temporadas de constante esfuerzo. Nada había cambiado en aquella vida ordenada, desde el cochero que lo fue a recibir a la estación hasta el faisán blanco que graznó al paso del coche, encaramado en el muro de piedra que cercaba los céspedes tan pulcramente recortados como entonces. La propia casa lo recibió debidamente, a la entrada, por orden de prelación: primero, la madre; luego, el padre; luego, el ama de llaves, que no contuvo las lágrimas y dio gracias a Dios; después, el mayordomo, y así sucesivamente, hasta el ayudante del portero, que había sido el encargado de la perrera cuando Georgie era pequeño, y que le llamó «amo Georgie», a lo cual el mozo de cuadras que había enseñado a Georgie a montar a caballo lo reprendió.

—No ha cambiado nada —suspiró de contento cuando los tres tomaron asiento para cenar viendo el sol ponerse tras los ventanales. Los conejos se habían asomado al césped, a la sombra de los cedros, y la grandes truchas de los estanques cercanos a las cuadras saltaban en busca de su comida.

—Los cambios que hemos vivido nosotros, cariño, ya han concluido —le dijo la madre con voz de arrullo—. Y ahora que me acostumbro a tu tamaño y a tu moreno (debo decir que estás muy curtido, Georgie), veo que en realidad no has cambiado nada. Eres clavado a tu padre.

El padre resplandecía de contento al ver a aquel hombre hecho a su imagen y semejanza.

—El comandante más joven del ejército, y debiera habérsele otorgado una Cruz de Victoria, señor —comentó, y el mayordomo aguzó el oído tras su máscara profesional cuando el Amo Georgie se puso a hablar de la guerra tal como se libraba en la actualidad y su padre lo interrogaba a fondo.

Salieron a la terraza, a fumar entre los rosales, y la sombra de la antigua casona se fue alargando sobre el maravilloso follaje del paisaje a la inglesa, que es el único verde realmente vivo que existe en el mundo.

—¡Perfecto! ¡Por Júpiter, es perfecto! —Georgie contemplaba las arboledas redondeadas más allá de las cuadras, donde estaban dispuestas las jaulas de los faisanes blancos, y el aire dorado del anochecer parecía lleno de un centenar de perfumes y sonidos sagrados. Georgie notó que su padre le apretaba el brazo con el suyo.

—No está mal del todo… aunque *hodie mihi, cras tibi*, ¿no es así? Supongo que cualquier buen día aparecerás con una muchacha del brazo, en caso de que todavía no tengas una, ¿eh?

—Puede quedar tranquilo, señor. No tengo novia.

—¿A pesar de todos los años transcurridos? —intervino la madre.

—No he tenido tiempo, madre. En estos tiempos que corren a un hombre se le suele tener muy ajetreado en el servicio, y la mayor parte de nuestros oficiales también están solteros.

—Pero seguro que habrás conocido a cientos de muchachas en las ocasiones de sociedad, en los bailes y todo eso.

—Ninguno de los del Décimo de Húsares bailamos nunca, madre.

—¡Que no bailas! Y, entonces, ¿qué has estado haciendo? ¿Avalar las facturas de los compañeros? —preguntó el padre.

—Pues sí, algo de eso también he hecho, pero dese cuenta de que, tal como hoy están las cosas, un hombre tiene trabajo en abundancia, y muy detallado, para mantenerse al día en su ocupación. Mis días han estado demasiado llenos de ocupaciones, no he podido haraganear la mitad de la noche.

—¡Vaya! —repuso con suspicacia.

—Nunca es tarde para aprender. Deberíamos celebrar algún festejo en casa para los amigos de los alrededores, para celebrar tu regreso. A menos que quieras ir derecho a la ciudad, cariño…

—No. Nada me apetece tanto como estar aquí. Sentémonos a disfrutar en paz. Supongo que alguna montura habrá para que salga por el campo…

—Teniendo en cuenta que me he ceñido a utilizar los dos castaños, la pareja de caballos viejos, durante estas últimas semanas, porque todos los demás estaban listos y a la espera de que llegase el amo Georgie, yo diría que alguna tendrá que haber —rió el padre—. Me recuerda todo el mundo, de cien maneras distintas, que ahora me toca ocupar el segundo lugar de honor.

—¡Animales!

—Tu padre no lo dice en serio, cariño. Pero es que todos han hecho lo indecible para que tu regreso fuera una ocasión festiva. Y todo está a tu gusto, ¿no?

—¡Perfecto! ¡Es perfecto! No hay ningún lugar como Inglaterra… cuando uno ha cumplido bien con su trabajo.

—Esa es la manera acertada de ver las cosas, hijo.

Y así estuvieron recorriendo un buen rato las losas de la terraza, hasta que se alargaron sus sombras a la luz de la luna y la madre se fue dentro de la casa y tocó al piano las canciones que él de niño le pedía, y se llevaron los candelabros bajos de plata, y Georgie subió a las dos habitaciones del ala oeste en las que tuvo su cuarto de juegos cuando era niño, al principio de todo. En ese momento, ¿quién iba a acudir a arroparlo antes de que se durmiese, quién, si no la madre? Se sentó ella al borde de la cama y charlaron durante una hora larga como han de charlar una madre y su hijo si es que nuestro Imperio tiene algún futuro. Con la profunda astucia de una mujer sencilla le formuló preguntas y le sugirió respuestas que debieran haber despertado alguna señal en aquel rostro que la miraba apoyado en la almohada, pero no vio ni un temblor del párpado, ni percibió que se le acelerase la respiración, ni lo vio evadirse, ni demorar la respuesta. Le dio así pues su bendición y lo besó en los labios, aunque no siempre sea ésta prerrogativa de una madre, y más tarde dijo algo a su esposo, que se rió a carcajadas profanas e incrédulas.

Todo el personal de la casa atendió a Georgie a la mañana siguiente, desde el chaval de seis años y de más estatura, «con una boca que parece un guante de cabritilla, amo Georgie», hasta el cuidador de la finca, que paseaba con descuido por el horizonte, con la caña de pescar que prefería Georgie en la mano:

—Hay un bicho de cuatro libras por lo menos ahí debajo, dando coletazos. En la India no los tienen como éstos, amo…, quiero decir, comandante Georgie.

Era todo de una hermosura mayor de lo que se podría expresar con las palabras, aun cuando la madre insistió en llevarlo a pasear en el landó, cuyo asiento de cuero despedía el caluroso olor de los domingos de su juventud, a mostrarlo ante las amistades, los residentes de todas las casas distribuidas en seis millas a la redonda; el padre por su parte lo llevó a la ciudad, a almorzar en el club, donde lo presentó sin demasiada ceremonia a más de una treinta de ancianos guerreros cuyos hijos no habían tenido el honor de ser el comandante más joven del ejército, ni habían recibido tampoco la Orden de los Servicios Distinguidos. Después, el turno le correspondió a Georgie. Acordándose de sus amigos, llenó la casa invitando a esa clase de oficiales que viven en un alojamiento no muy caro, en lugares como Southsea o Montpelier Square, en Brompton: hombres buenos y valiosos, pero no por cierto de posición desahogada. La madre captó la necesidad que tenían de compañía femenina, y como no escaseaban las muchachas en edad casadera la casa llegó a parecer un palomar en primavera. Prepararon uno de los salones para dar funciones de teatro de aficionados; desaparecieron en los jardines cuando debieran haber estado ensayando; se apropiaron de todos los caballos y coches disponibles, sobre todo del carro de la institutriz y del caballo grueso; más de una se cayó al estanque de las truchas; salieron de picnic y jugaron al tenis; se quedaron sentadas junto a las puertas, con la luz del crepúsculo, de dos en dos, y Georgie descubrió que su presencia en modo alguno era necesaria para que se entretuvieran.

—¡Válgame Dios! —dijo cuando por fin las vio marchar—. Dicen que se lo han pasado de maravilla, pero no han hecho ni la mitad de las cosas que dijeron que iban a hacer.

—Sé de buena tinta que se lo han pasado de maravilla —dijo la madre—. Eres un benefactor público, cariño.

—Y ahora supongo que podremos gozar de paz y tranquilidad...

—Desde luego, descuida. Hay una amiga mía muy querida a la que me gustaría que conocieras. Era imposible que viniera estando la casa tan llena de invitados porque es una inválida, y estaba fuera cuando tú llegaste. Se trata de la señora Lacy.

—Lacy... No me suena de nada ese nombre, no debe ser de por aquí.

—No. Vinieron después que te marcharas a la India..., directamente desde Oxford. Aquí murió su esposo y ella tengo entendido que perdió dinero. Compraron la finca de Los Abetos, en la carretera de Bassett. Es una mujer encantadora. Y las dos nos tenemos un gran aprecio.

—¿Y dices que es viuda?

—Tiene una hija. ¿No te lo había dicho?

—¿Es de las que se caen en el estanque de las truchas y ríen sin cesar y hablan por los codos y no hacen más que decir «¡Oh, comandante Cottah!», y todas esas cosas?

—No, ni mucho menos. Es una muchacha muy reposada, con grandes dotes para la música. Viene siempre con sus partituras. Le gusta componer, fíjate. Y por lo general se pasa el día entero trabajando, de modo que no tendrás por qué…

—¿Hablábais de Miriam? —dijo el padre, que acababa de aparecer. La madre se acercó a él hasta tenerlo pegado al brazo. No se podía esperar demasiada finura del padre de Georgie—. Oh, Miriam es un cielo. Toca maravillosamente, monta a caballo también de maravilla. Es una de las preferidas de esta casa. Antes solía llamarme… —El codo de su esposa dio en el blanco, e ignorante, aunque obediente como siempre, el padre se calló.

—¿Cómo dice que solía llamarle, señor?

—Con toda clase de apelativos cariñosos. La verdad es que tengo un gran cariño por Miriam.

—Suena un poco judío eso de Miriam.

—¡Judío! Si piensas que es un nombre judío, no me extrañaría que pensaras lo mismo del tuyo. Es una de las Lacy del condado de Hereford. Cuando muera su tía… —de nuevo le dio de lleno el codazo.

—Oh, no la verás ni un momento, Georgie. Siempre está ocupadísima o con la música o con su madre. Además, mañana tienes previsto ir a la ciudad, ¿no es así? ¿No dijiste algo sobre una reunión en el Instituto o algo parecido? —dijo la madre.

—¿Ir a la ciudad precisamente ahora? ¡Qué tontería!

Una vez más, el padre tuvo que guardar silencio.

—Pues sí, me había hecho esa idea, pero aún no estoy seguro —dijo el hijo y heredero. ¿Pretendería su madre alejarlo porque una muchacha con talento musical y su madre, una inválida, iban a llegar acto seguido? Tampoco vio con buenos ojos que una mujer más o menos desconocida llamase a su padre con apelativos cariñosos. Tendría que estar muy atento a esas desconocidas un tanto ambiciosas que sólo llevaban siete años en el condado.

Todo lo cual acertó a leer la madre encantada en el semblante de su hijo, manteniendo a su vez un aire de agradable desinterés.

—Vendrán esta misma noche, llegarán a la hora de la cena. He mandado al cochero a que vaya a recogerlas. No se quedarán más de una semana.

—Quizás, ahora que lo pienso, sí que deba ir a la ciudad. La verdad es que aún no lo sé.

Georgie hizo ademán resuelto de marcharse. Había en efecto una charla en el Instituto de los Servicios Unidos, que iba a tratar sobre el suministro de municiones en el campo de batalla. El hombre cuyas teorías más irritaban al comandante Cottar era el encargado de impartir la charla. A ella seguiría con seguridad una discusión acalorada entre los presentes, y era posible que se encontrase con ganas de tomar la palabra. Esa tarde tomó la caña y se fue a probar suerte con las truchas.

—¡Que se dé bien la pesca, cariño! —dijo la madre desde la terraza.

—Mucho me temo que no, madre. Todos esos invitados de la ciudad, y sobre todo las muchachas, han obligado a las truchas a poner pies en polvorosa. Seguramente no querrán comer nada en varias semanas. La verdad es que ni uno solo tenía ni idea de lo que es pescar. Imagínate, todos armando barullo en la orilla del estanque, diciéndoles a todos los peces en media milla a la redonda qué era lo que íbamos a hacer, por no hablar de los que les estuvieron tirando moscas. Si yo fuera trucha, por Júpiter que me habría atemorizado.

Pero la cosa no se dio tan mal como había supuesto. El mosquito negro estaba posado sobre el agua y el agua estaba estrictamente cercada. Al segundo intento, una trucha de tres cuartos de libra le dejó en condiciones de iniciar la campaña, y así siguió echando el anzuelo a favor de la corriente, agazapado entre los juncos, al amparo de la sombra en los prados, deslizándose ente un seto de espino y una orilla que no tendría ni dos palmos de ancho, en la que atinó a ver a las truchas, que en cambio no podían verle debido al fondo que lo disimulaba. Se tumbó boca abajo para traspasar una zona más azulada y salvar un trecho de sombra y luz, por una ondulación de gravilla, bajo el dosel que formaban los árboles. Sin embargo, conocía cada palmo de aquellos estanques enlazados desde que apenas levantaba un metro del suelo. Las truchas de más edad, las más astutas, se resguardaban entre las raíces hundidas, mientras las más grandes, las más gordas, se dejaban acariciar por la espuma que levantaba la corriente, boqueando tan perezosas como las carpas, y acabaron por tener complicaciones ante una mano que imitaba con tan gran delicadeza el aleteo de una mosca que estuviera poniendo huevos en los juncos. Siguiendo esa táctica, Georgie no tardó en hallarse a cinco millas de la casa cuando tendría que haber estado vistiéndose para la cena. El ama de llaves había puesto buen cuidado en que el muchacho no saliera sin provisiones, de modo que antes de pasar a la polilla blanca se sentó a dar buena cuenta de un clarete excelente y unos emparedados de huevo y otras cosas, de las que preparan las mujeres con adoración y los hombres ni siquiera reparan en ellas. Volvió entonces sobre sus pasos para sorprender a la nutria que excavaba en la ribera en busca de moluscos de agua dulce, a los conejos en la linde de las alamedas, que se zampaban los tréboles, y al búho blanco como un policía, que ya sobrevolaba los prados en busca de ratoncillos de campo, hasta que la luna comenzó a lucir con potencia, y sólo entonces desmontó la caña y regresó a la casa atajando por los huecos de los setos que bien recordaba de antaño. Trazó un arco para dar la vuelta entera a la casa, pues si bien habría podido saltarse todas las reglas impuestas a cada hora del día, la ley de su infancia no se podía infringir de ninguna forma, y luego de ir de pesca era preciso entrar por la puerta de atrás, por el huerto del sur, para limpiar ropa y utensilios en la trascocina y no presentarse ante los mayores y más sabios, sin haberse aseado y haberse cambiado de ropa.

—¡Por Júpiter, si son las diez y media! Bueno, pondremos la pesca por excusa. Tampoco creo que quieran verme nada más llegar, es lo lógico. Y es probable que ya se hayan ido a descansar —oteó el interior por las puertaventanas del salón—. Pues no, no se han retirado aún —se dijo—. Parecen estar muy a gusto ahí dentro.

Vio a su padre arrellanado en su sillón particular, a su madre en el suyo, y vio la espalda de una muchacha ante el piano, junto al gran jarrón de las flores silvestres, que despedían todo el aroma. El jardín parecía casi divino a la luz de la luna. Se volvió hacia los rosales para terminar de fumar la pipa.

Finalizó entonces un preludio y quedó flotando en el aire una voz de aquellas que en su infancia llamaba «cremosas», una voz de contralto real, poderosa y sutil. Y ésta es la canción que le oyó entonar, sin perder ni una sola sílaba:

Sobre la loma del cerro púrpura
donde una farola resplandece aislada
reconoces el camino a la Ciudad Misericordiosa
que baña el Mar de los Sueños.
Allí pueden los pobres olvidar sus cuitas,
allí podrán los enfermos olvidar el llanto.

¡Pobres de nosotros! ¡Ay, pobres de nosotros,
los que permanecemos en vela, pobres de nosotros!
Habremos de retornar con el policía diurno
y alejarnos de la Ciudad del Sueño.

Fatigados regresan del sello y la corona,
de los grilletes, las plegarias, la labranza,
quienes acuden a la Ciudad Misericordiosa,
cuyas puertas ya se cierran.
Es su derecho en los Baños de la Noche
poner cuerpo y alma a dormir.

¡Pobres de nosotros! ¡Ay, pobres de nosotros,
los que permanecemos en vela, pobres de nosotros!

Habremos de retornar con el policía diurno
y alejarnos de la Ciudad del Sueño.

Sobre la loma del cerro púrpura
donde comienzan los dulces sueños,
mirar podemos la Ciudad Misericordiosa,
pero la entrada nos está prohibida.
Expulsados fuera de sus murallas vigiladas
A la vigilia volvemos.

¡Pobres de nosotros! ¡Ay, pobres de nosotros,
los que permanecemos en vela, pobres de nosotros!
Habremos de retornar con el policía diurno
y alejarnos de la Ciudad del Sueño.

Con el apagarse del último eco se dio cuenta de que tenía reseca la boca y de que un pulso desconocido le latía en el paladar. El ama de llaves, seguramente convencida de que se habría pescado un resfriado, esperó en la escalera para darle algún buen consejo, y, como él ni la vio ni le contestó, se fue la mujer con un cuento desatinado que, nada más oírlo, impulsó a su madre, alarmada, a llamar a la puerta de su habitación.

—¿Sucede algo, cariño? Harper me ha dicho que le pareció que no estabas…

—No, no es nada. Estoy bien, madre. Por favor, no te tomes la molestia.

Ni siquiera reconoció su propia voz, aunque ésa fue una cuestión secundaria por comparación con la que estaba sopesando. Obviamente, muy obviamente, toda aquella coincidencia no podía ser sino locura y disparate. Lo demostró a plena satisfacción del comandante George Cottar, que al día siguiente tenía previsto acudir a la ciudad para oír una charla acerca del suministro de municiones en el campo de batalla. Una vez demostrado, el alma, el cerebro y el corazón y el cuerpo de Georgie gritaron al unísono y con alborozo: «¡Pero si es la muchacha de la Presa de los Nenúfares…, la muchacha del

Continente Perdido…, la muchacha de la Carrera de las Treinta Millas…, la muchacha de la pila de la leña! ¡Yo la conozco!».

Despertó con las extremidades rígidas y acalambradas en el sillón, y decidió reconsiderar la situación a la luz del día, pero siguió sin parecerle ni mucho menos normal. Sin embargo, el hombre debe alimentarse, de modo que fue a desayunar con el corazón entre los dientes, reteniéndolo con todas sus fuerzas, no fuera a desbocársele del todo.

—Llegas tarde, como de costumbre —dijo la madre—. Hijo mío, ésta es Miriam.

Una muchacha alta y vestida de negro alzó los ojos para mirarle a la cara, y todo el duro adiestramiento de que Georgie había hecho acopio a lo largo de la vida lo abandonó en el preciso instante en que se dio cuenta de que ella no lo sabía. La miró fríamente, críticamente. Tenía un cabello negro y abundante, que le formaba un pico en la frente, y lo llevaba peinado para atrás, formándole una onda peculiar sobre la oreja derecha. Tenía los ojos grises y tal vez un poco más juntos de lo que habría sido deseable. Tenía breve el labio superior, el mentón resuelto, la cabeza en una pose de sosiego. Además, tenía aquella boca pequeña y bien formada con la que lo había besado.

—Georgie…, cariño —dijo la madre sorprendida, pues Miriam se sonrojó visiblemente ante semejante mirada escrutadora.

—Les… les pido me disculpen —dijo tragando saliva con dificultad—. No sé si mi madre se lo ha dicho, pero es que a veces me porto como un perfecto idiota, y sobre todo si es antes de haber desayunado. Es… es un defecto hereditario. —Se dio la vuelta para explorar las fuentes calientes de la mesa auxiliar, y en el fondo se alegró de que ella no lo supiera, de que no supiera nada.

Durante el resto del desayuno su conversación fue una locura, aun cuando la madre pensó que nunca había visto a su hijo ni la mitad de apuesto que en esos momentos. ¿Cómo podría evitar cualquier muchacha, y más aún si tenía el discernimiento de Miriam, hurtarse a la tentación de postrarse ante él y de rendirle pleitesía? Sin embargo, Miriam estaba disgustada. Nunca la había mirado nadie de semejante modo. Pronto se retiró al interior de su caparazón, y se encerró cuando Georgie anunció que había cambiado de idea, que no pensaba ir a la ciudad, que de buen grado se quedaría a tocar el piano con la señorita Lacy si ella no tenía nada mejor que hacer.

—Oh, pero le ruego que por mí no se moleste. Yo estaré trabajando. Tengo cosas que hacer, estaré ocupada toda la mañana.

«¿Qué le habrá pasado a Georgie para comportarse de un modo tan raro? —se preguntó la madre con un suspiro—. Miriam es un manojo de nervios…, igualita que su madre».

—Compone usted, ¿no es así? Debe de ser espléndido saber hacer una cosa así. —«Cerdo…, ¡será cerdo!», pensó Miriam—. Me pareció oírle cantar anoche, cuando volví a la casa después de estar pescando hasta bastante tarde. Era una canción que hablaba de un Mar de Sueños, ¿verdad? —Miriam se estremeció hasta lo más profundo de su alma, herida por la aflicción—. Una canción preciosa. ¿Cómo se le ocurren esas cosas?

—Tú sólo has compuesto la música, ¿verdad, querida?

—No, la letra también es suya, madre. No me cabe ninguna duda —dijo Georgie con ojos centelleantes. No, ella no sabía nada.

—Así es, también he escrito la letra. —Miriam lo dijo despacio, pues cuando se ponía nerviosa tenía tendencia a cecear.

—¿Y tú cómo lo has podido saber, Georgie? —dijo la madre, tan deleitada como si el más joven comandante del ejército tuviese diez años y ella lo mostrase con alardes ante la concurrencia.

—Pues no sé cómo, pero estaba seguro. Verás, madre: es que hay montones de cosas en mí que ni conoces ni comprendes. En fin, parece que tendremos un día caluroso… tratándose de Inglaterra, claro está. ¿Le apetecerá dar un paseo por la tarde, señorita Lacy? Podríamos salir después de tomar el té si a usted le viene bien.

Con una mínima decencia, Miriam no pudo negarse, aunque cualquier mujer se habría dado cuenta de que no le colmaba precisamente la alegría.

—Sería muy agradable si enfilarais por la carretera de Bassett. Así no tendré que enviar a Martin al pueblo —dijo la madre por salvar el silencio.

Como toda buena administradora, la madre tenía una única debilidad. En su caso, una manía por las pequeñas estrategias que le sirvieran para economizar caballos y vehículos. Los hombres de la familia se quejaban de que los tenía por simples recaderos, y en la familia corría la leyenda de que una mañana, antes de que saliera en una partida de caza, había dicho al *paterfamilias*: «Si por un casual cazaras algo cerca de Bassett, querido, y si no se ha hecho demasiado tarde, ¿podrías acercarte por la tienda para recogerme esto?».

—Me lo estaba esperando. No dejas pasar ni una ocasión, madre. Pues tanto si es un pescado como si es una maleta, esta vez no lo haré —dijo Georgie, y rió.

—No es más que un pato. Lo preparan estupendamente en Mallett —dijo la madre con llaneza—. Vamos, de veras que no te puede importar, ¿verdad que no? A las nueve cenaremos algo ligero, cualquier cosa. Hace demasiado calor.

El largo día de verano tardó siglos en pasar, arrastrándose como una tortuga. Pero por fin se sirvió el té en el prado, detrás de la casa, y apareció Miriam.

Estaba montada en la silla antes de que él pudiera ofrecerle su ayuda; subió con el salto limpio de una niña que había montado a menudo por la Carrera de las Treinta Millas. El día transcurría con lentitud inmisericorde, aunque Georgie se las ingenió para desmontar tres veces y simular que buscaba piedrecillas que imaginariamente se le hubieran clavado a *Rufus* en los cascos. A plena luz del día ni siquiera es posible decir a veces las cosas más sencillas, y lo que Georgie estaba meditando de simple no tenía nada. Por eso habló poco, y Miriam se sintió dividida entre el alivio y el desdén. Le fastidiaba que aquella mole de hombre hubiera sabido que ella era la autora de la letra de aquella canción que interpretó de noche, pues aun cuando una doncella pueda cantar en voz alta sus fantasías más secretas en el fondo no le hace ninguna gracia que se las pisotee el filisteo, y menos cuando este es varón. Se adentraron en la calle pavimentada de ladrillos rojos, ya en Bassett, y Georgie montó un lío notable debido a la disposición que se le debía dar al pato. Era preciso que se le preparase el paquete tal como él deseaba, de modo que se pudiera amarrar a la silla de montar como él quería, aun cuando ya pasaran de las ocho y estuvieran a muchas millas de la cena.

—Hemos de darnos prisa —dijo Miriam, aburrida y enojada al tiempo.

—No es para tanto, aunque siempre podemos atajar por el cerro de Dowhead, con lo que los caballos correrán más a gusto por la hierba. Nos ahorraremos media hora al menos.

Los caballos corretearon por la hierba corta y olorosa, y las sombras rezagadas se fueron congregando en el valle cuando trotaban por la gran loma de color pardo que domina Bassett y la carretera por la que transitan los vehículos del oeste. Insensiblemente, el paso se fue acelerando sin pensar en las toperas; *Rufus*, caballero como era, esperaba a cada trecho a *Dandy*, la montura de Miriam, hasta que ambos dejaron atrás el altozano. Luego, la cuesta abajo de dos millas de longitud la tomaron ambos a la carrera, a la par, con el viento silbándoles en las orejas, al ritmo uniforme de los ocho cascos y el ruido ligero que emitían los bocados de ambos.

—¡Qué maravilla! —exclamó Miriam al sujetar las riendas—. Es como si *Dandy* y yo fuésemos viejos amigos, y eso que no creo que nunca hayamos galopado así de bien.

—Al contrario. Has ido más deprisa, aunque haya sido una o dos veces.

—¿De veras? ¿Cuándo?

Georgie se humedeció los labios.

—¿Tú no recuerdas la Carrera de las Treinta Millas… conmigo… cuando «ellos» nos perseguían, por el camino de la playa, el mar a la izquierda, yendo veloces hacia la farola de la loma?

La muchacha se quedó boquiabierta.

—¿Qué... qué me estás diciendo? ¿Qué quieres decir? —preguntó al borde de la histeria.

—La Carrera de las Treinta Millas y... y todo lo demás.

—¿Te refieres...? Yo no dije nada en mi canción sobre la Carrera de las Treinta Millas. De eso estoy segura. Nunca se lo he contado a nadie.

—Pero en tu canción sí salía el policía diurno, y la farola en lo alto de la loma, y la Ciudad del Sueño. Todo encaja, y tú lo sabes. Es el mismo país. Fue muy fácil darse cuenta de dónde habías estado.

—¡Dios Santo! Pues claro que encaja, naturalmente. Pero..., yo he estado..., tú has estado... ¡Oh! Sigamos al paso, por favor. Si no, me voy a caer.

Georgie se colocó a su lado y pasó una mano temblorosa por debajo de la brida de su caballo, reteniendo a *Dandy* para que se pusiera al paso. Miriam estaba sollozando tal como había visto él sollozar a un hombre alcanzado por un disparo.

—No pasa nada, no pasa nada —susurró débilmente—. Sólo... sólo que es verdad, y tú lo sabes.

—¡Verdad! ¿Me estoy volviendo loca?

—No. No, a menos que yo también esté volviéndome loco. Procura mantener la calma durante unos instantes, piensa con sensatez. ¿Cómo es posible que nadie supiera lo de la Carrera de las Treinta Millas sin tener alguna relación contigo, a no ser que esa persona también haya estado allí?

—Pero, ¿dónde? ¿Dónde es allí? ¡Dímelo!

—Allí, sea donde sea... Me refiero a nuestro país, digo yo. ¿Recuerdas la primera vez que cabalgaste por allí, la Carrera de las Treinta Millas? Tienes que acordarte, seguro.

—¡Si han sido sólo sueños! ¡Todo han sido sueños!

—Sí, pero te pido por favor que me lo cuentes, porque yo lo sé.

—Déjame que piense. Yo... yo de ninguna manera debía hacer ningún ruido. Era absolutamente necesario no hacer ningún ruido.

Miraba fijamente entre las orejas de *Dandy*, aunque con ojos incapaces de ver nada, y con una congoja cada vez mayor en el corazón.

—¿Era porque «aquella cosa» estaba muriéndose en la casa grande? —Georgie siguió a la carga, sujetando de nuevo las riendas.

—Había un jardín de balaustradas entre verdosas y doradas, y hacía mucho calor. ¿Tú te acuerdas de eso?

—A la fuerza. Yo me encontraba al otro lado del lecho. Fue antes de que «aquello» tosiera y entonces entrasen «ellos».

—¡Tú! —la voz, honda y grave, resonó con una fuerza nada natural, y los ojos de la muchacha, muy abiertos, traspasaban la penumbra crepuscular al tiempo que lo traspasaban a él—. Entonces..., ¡tú eres el chico! ¡Tú eres mi chico, el de la leña! ¡Te conozco de toda la vida!

Se dejó caer sobre el cuello de *Dandy* abrazándose a la crin. Georgie se obligó a fuerza de voluntad a superar la debilidad que iba apoderándose de sus extremidades y la sujetó rodeándola con el brazo por la cintura. Cayó la cabeza de ella sobre su hombro y, con los labios resecos, se encontró entonces diciendo cosas que hasta ese instante siempre había pensado que existían tan sólo en obras de literatura imaginaria, obras impresas. Por fortuna, los caballos estaban tranquilos. Ella no hizo el menor intento por apartarse cuando se recuperó. Siguió muy pegada a él, hablando en susurros.

—Pues claro que sí, claro que eres el chico de la leña, y yo no sabía, yo no sabía...

—Yo lo supe anoche, y en cuanto te vi a la hora del desayuno...

—¡Ahora lo entiendo! Ya me había extrañado, claro que sí. Tú ya lo sabías.

—No podía decírtelo entonces, hasta ahora no he podido. Deja la cabeza donde está, cariño. Ahora ya todo está en orden. Todo está como debe estar, ¿verdad que sí?

—Pero..., ¿cómo es posible que yo no lo supiera, después de todos estos años? Recuerdo... ¡ay, qué cantidad de cosas recuerdo...!

—Cuéntame alguna. Yo cuidaré de los caballos.

—Recuerdo haberte esperado cuando vino el barquito de vapor. ¿Te acuerdas?

—¿En la Presa de los Nenúfares, más allá de Hong Kong y de Java?

—¿Tú también la llamas así?

—Me lo dijiste tú cuando estaba yo extraviado en el continente. Fuiste tú quien me enseñó el camino entre los montes...

—¿Cuando empezaban a resbalarse las islas? Tuvo que ser entonces, porque tú eres el único al que recuerdo. Todos los demás siempre eran sólo «ellos».

—Unos bestias de cuidado.

—Sí, recuerdo haberte enseñado la Carrera de las Treinta Millas por vez primera. Cabalgas ahora igual que entonces. ¡Eres tú, sin duda!

—Es extraño. Eso es lo mismo que yo he pensado de ti esta misma tarde. ¿No es una maravilla?

—¿Y qué significa todo ello? ¿Por qué habíamos de ser tú y yo, entre los millones de personas que hay en el mundo, los que tenemos esto... esta cosa en común entre los dos? ¿Qué querrá decir? Me da miedo.

—¡Esto! —dijo Georgie. Los caballos avivaron el paso. Creyeron haber oído una orden—. Tal vez cuando hayamos muerto descubramos algo más, pero por el momento es esto lo que significa.

No hubo respuesta. ¿Qué habría podido decir ella? Según giraba el mundo, se habían conocido menos de ocho horas antes, pero aquello que había entre los dos era algo que al mundo no le podía importar. Hubo un larguísimo silencio, y la respiración de ambos se hizo más honda, más fría, más cortante, como si ambos expulsaran vaharadas de éter.

—Ése es el segundo —susurró Georgie—. Te acuerdas, ¿verdad?

—¡No, no lo es! —repuso ella con furia—. ¡No lo es!

—La otra noche, por las lomas... Bueno, hace varios meses. Estabas igual que estás ahora, y recorrimos el país a lo largo de muchas millas.

—También estaba todo desierto. Se habían marchado. No nos asustó la presencia de nadie. Me pregunto por qué, chico.

—Ah, si te acuerdas de eso, tendrás que acordarte de todo lo demás. ¡Confiesa!

—Recuerdo muchas cosas, pero sé que no lo hice. Nunca lo he hecho. Nunca, hasta este momento.

—Sí que lo hiciste, cariño.

—Sé que no lo hice, y lo sé porque… ¡Ay, ahora no tiene sentido ocultar ya nada! Lo sé porque verdaderamente quise hacerlo.

—Y con la misma verdad lo hiciste.

—No, no es así. Quise hacerlo, pero apareció alguien distinto.

—No había nadie distinto. Nunca hubo nadie distinto.

—Sí que lo hubo. Siempre hay alguien distinto. Era otra mujer… Y estaba allá lejos, en el mar. Yo la vi. Fue el 26 de mayo. Lo he anotado en alguna parte.

—No me digas que además llevas un registro de tus sueños… Eso sí que es raro. Me refiero a lo que dices de la otra mujer, porque resulta que en esa fecha yo estaba en alta mar.

—Por tanto, tenía razón. Tengo razón. ¡Sé lo que has hecho… cuando estabas despierto! ¡Y pensé que eras solamente tú!

—No has estado tan equivocada en toda tu vida. ¡Hay que ver, qué temperamento tienes! Escúchame un instante, cariño.

Y Georgie, aunque no lo supiera entonces, cometió perjurio.

—Es… No es una cosa del tipo de las que se puedan decir a nadie, porque se echarían a reír, se reirían de uno a la cara, pero te doy mi palabra de honor, cariño, de que nunca me ha besado nadie, al margen de mis padres. Nadie, en toda mi vida. No te rías de mí, cariño. No se lo habría dicho a nadie, pero te aseguro solemnemente que es la verdad.

—¡Lo sabía! Eres tú. Sabía que algún día vendrías a mí, pero no podía imaginar que eras tú, ni de lejos, por tu manera de hablarme.

—Entonces dame otro.

—Entonces…, ¿nunca te ha importado otra, en ninguna parte? No lo entiendo. Todo el ancho mundo ha tenido que amarte desde el instante mismo en que te vio, chico.

—De ser así, se lo han guardado en secreto. No, te aseguro que nunca me ha importado nadie.

—Y ahora llegaremos tarde a la cena. Horriblemente tarde. Ah, ¿cómo te voy a mirar a la cara delante de tu madre, a plena luz? ¡Y delante de la mía!

—Es sencillo. Haremos como que tú eres la señorita Lacy hasta que llegue el momento propicio. ¿Cuál es el tiempo más corto que se puede tardar hasta anunciar que nos hemos prometido? Porque supongo que antes tendremos que pasar por todo ese jaleo de anunciar el compromiso y todo lo demás, ¿no?

—Oh, no quiero hablar de eso. Es una vulgaridad. He pensado en una cosa que tú no sabes. Estoy segura de que no. Veamos: ¿cómo me llamo?

—Miri... ¡no, no es eso, claro que no! Espera un instante, que me vendrá a la memoria. Tú no eres..., no puedes ser... Aquellos antiguos cuentos... Desde antes de ir al colegio hasta este mismo instante no había vuelto a pensar en ello. Tú no eres... No puedes ser. ¿De veras eres la original, la única Annie*an*louise?

—Así es como me has llamado siempre, desde el principio. ¡Oh! Ya hemos entrado por la avenida. Debemos de llegar con una hora de retraso.

—¿Y qué importa eso? ¿La cadena se remonta hasta aquellos días tan lejanos? Sí, claro que sí, Seguro, así ha de ser. Ahora tengo que seguir adelante con este pajarraco pestilente, ¡maldita sea!

—¡Ja! ¡Ja! —graznó el pato riéndose—. ¿Te acuerdas?

—Sí, claro que me acuerdo. Las macetas en los pies y todo lo demás. Hemos estado juntos en todo momento. Ahora tendré que despedirme de ti hasta la cena. ¿Seguro que te veré en la cena? No se te ocurrirá escabullirte en tu habitación, cariño, y dejarme solo durante toda la velada, ¿verdad? Adiós, cariño. Adiós.

—Adiós, chico, adiós. ¡Cuidado con el arco! No permitas que *Rufus* entre al galope en la cuadra. Adiós. Sí, claro que iré a la cena, pero no quiero ni pensar qué haré cuando te vea a la luz.

EL HOMBRE QUE IBA A SER REY

Hermano de un príncipe y amigo de un mendigo
con tal que sea digno.

La Ley, como reza la fórmula, prescribe una justa conducta de vida que no es por cierto fácil de cumplir. Muchas veces he sido amigo de un mendigo, bien que en circunstancias que nos impedían a ambos saber si el otro era digno o no. Todavía he de ser hermano de un príncipe, aunque en cierta ocasión conocí y traté a fondo a quien iba a ser de veras rey, a quien se le prometió incluso la posesión de todo un reino con su ejército, sus tribunales, sus impuestos, su policía en toda regla. Hoy en cambio mucho me temo que mi rey ha muerto. Si aún quisiera yo una corona, más me valdría salir en su busca.

El comienzo de toda esta historia tuvo lugar a bordo de un tren, en la vía que enlazaba Mhow con Ajmir. Debido a un imprevisto déficit presupuestario me vi en la necesidad de viajar no ya en segunda clase, en la que las plazas sólo son la mitad de caras que en primera, sino en clase intermedia, que es de verdad espantosa. En la clase intermedia los asientos no van acolchados, y la población que los ocupa es intermedia, esto es, mestiza, euroasiática, o una de dos: es indígena, cosa que si el viaje se hace largo resulta sumamente desagradable, o bien está compuesta por un hatajo de vagabundos y ganapanes, cosa que resultaría entretenida si no fuera porque siempre van ebrios. Los pasajeros de la clase intermedia no tienen acceso al vagón restaurante. Llevan sus vituallas en paquetes y en cacharros, compran dulces a los vendedores nativos que se acercan al tren, y beben agua de los charcos que hay a la orilla de las vías. Esa es la razón de que cuando el tiempo es caluroso los pasajeros salgan de los vagones con los pies por delante; esa es la razón de que en cualquier época del año se les tenga un manifiesto desprecio.

El compartimento de clase intermedia en que me tocó viajar estuvo vacío hasta que llegué a Nasirabad, donde subió un caballero de muy pobladas cejas negras en mangas de camisa; tal como era costumbre en la clase intermedia, allí pasó el resto del día. Era un viajero de la clase de los vagabundos, como yo, aunque tenía un educado gusto por el whisky. Contó historias a propósito de cosas que había visto y que había hecho, historias sobre los rincones del Imperio más alejados que se pueda imaginar, rincones que naturalmente había visitado en persona, y relató aventuras en las que había puesto en peligro su propia vida a cambio tan sólo de comida para unos cuantos días.

—Si la India estuviera llena de hombres como usted y como yo, que a semejanza de los cuervos no sabemos de dónde sacaremos para llevarnos mañana algo de comer a la boca, no se recaudarían setenta millones en impuestos por todo el territorio, sino más bien setecientos —dijo, y mientras lo miraba a la boca y al mentón me sentí inclinado a estar de acuerdo con él.

Hablamos de política, de la política de los vagos e incluso de los hampones, de los que saben ver las cosas por debajo, allí donde no lo recubre todo la escayola bien alisada que sirve de disimulo, y hablamos de las disposiciones postales, porque mi amigo deseaba enviar un telegrama a Ajmir desde la siguiente estación en la que hiciéramos un alto, el desvío que hay en la línea ferroviaria de Bombay a Mhow según se viaja con rumbo al oeste. Mi amigo no tenía más dinero que ocho annas, de las que deseaba servirse pensando en la cena, y yo estaba sin blanca debido al reajuste presupuestario que antes he comentado. Por si fuera poco, me dirigía yo a una región desértica en la que, caso de que me fuera posible ponerme de nuevo en contacto con Tesorería, no iba a encontrar oficinas de telégrafos. Me vi por lo tanto incapaz de echarle una mano en este sentido.

—Podríamos achuchar al jefe de estación y amenazarlo para que envíe el telegrama de fiado —dijo mi amigo—, pero eso llevaría consigo que nos investigaran tanto a usted como a mí, y yo últimamente voy con las manos llenas. ¿No dijo usted que tiene previsto regresar por esta misma línea cualquier día de estos?

—Así es. Dentro de diez días —le dije.

—¿Y no podrían ser ocho? —insistió—. El asunto que me reclama es de carácter más bien urgente.

—Podría enviar su telegrama así que pasen diez días, si es que ello le viene bien —repuse.

—Ahora que lo pienso, eso no me daría garantías de que le llegue a tiempo de recogerlo. La cosa está como sigue. Él parte de Delhi el día 23 con destino a Bombay. Eso significa que pasará por Ajmir durante la noche misma del 23.

—Pero es que yo voy al Desierto Indio —le expliqué.

—Eso está bien y además me alegro —repuso—. Usted cambiará de trenes en el empalme de Marwar para entrar por territorio de Jodpur. A la fuerza tendrá que hacerlo. Y él pasará por el empalme de Marwar, en sentido contrario, a primera hora de la mañana del 24, cuando viaje en el correo de Bombay. ¿No le es posible a usted estar en el empalme de Marwar a esa hora? Para usted no supondrá el menor inconveniente, no me diga que no, sé muy bien que en esos estados de la región central de la India se rebañan a lo sumo desperdicios de valor escaso... aun cuando se las ingenie uno para hacerse pasar por corresponsal de *La Voz de Provincias*.

—¿Alguna vez ha probado esa treta? —pregunté.

—Una y mil veces, pero a uno terminan por caerle encima los corresponsales residentes en la región, y acto seguido se ve escoltado hasta la frontera sin tiempo siquiera para hincarles el cuchillo. Pero volvamos a lo que le decía de mi amigo. Es absolutamente necesario que le haga llegar recado para que sepa lo que ha sido de mí; de lo contrario, no sabrá hacia dónde poner rumbo. La verdad es que le estaría muy agradecido si tuviera usted la amabilidad de salir de la región central de la India a tiempo de verse con él en el empalme de Marwar, en cuyo caso le ruego que le diga lo siguiente: «Se ha marchado al sur a pasar la semana». Él entenderá muy bien lo que quiere decir. Se trata de un hombre de estatura considerable, con la barba pelirroja, y es todo un dandi. Se lo encontrará dormido como un auténtico caballero, con todo su equipaje alrededor, en un compartimento de segunda. No le tenga miedo. Baje la ventanilla y dígale: «Se ha marchado al sur a pasar la semana». Él caerá en la cuenta nada más oírle. Sólo tendrá usted que acortar su estancia dos días en aquella región. Es un favor que le pide un desconocido que viaja al oeste. —Esto último lo dijo cargando las tintas.

—¿Y de dónde dice que viene usted? —le pregunté.

—Del este —dijo—, y tengo la fundada esperanza de que le dé usted este mensaje con toda honradez. Lo espero por la memoria de mi madre y por la suya de usted.

No suele ablandar a los ingleses una apelación a la memoria de sus madres pero por ciertas razones que más adelante resultarán evidentes me pareció oportuno mostrarme de acuerdo.

—El asunto no es de poca monta —dijo él—, y ésa es la razón de que le haya pedido este favor. Ahora sé que puedo fiarme plenamente de que lo haga. No lo olvide: un vagón de segunda clase en el empalme de Marwar, un hombre pelirrojo que irá dormido en él. Es imposible que lo olvide. Yo me bajo en la próxima estación, y allí tendré que permanecer a la espera, hasta que él se presente o al menos me envíe lo que necesito.

—Si lo encuentro, descuide, que le daré el mensaje —dije—, y por la memoria de su madre, además de por la mía, voy a permitirme el gusto de darle un consejo. No se le ocurra tratar de hacerse pasar en la región del centro de la India por corresponsal de *La Voz de Provincias*, porque ahora mismo hay uno de carne y hueso que va dando tumbos por allí, de modo que podría verse en algún que otro aprieto.

—Muchas gracias —dijo con toda sencillez—. ¿Y sabe cuándo se marchará el muy cerdo? No voy a morir de hambre así como así, sólo porque ese pájaro haya decidido arruinar mi trabajo. Tenía la intención de ponerme en contacto con el rajá de Degumber para interesarme por la viuda de su padre, y ponerle así la zancadilla.

—¿Qué le hizo a la viuda de su padre?

—Le rellenó el buche de pimienta roja y la mató a zapatillazos mientras la tenía colgada de una viga. Eso lo descubrí por mi cuenta y riesgo, y debo decirle que soy el único hombre que osaría internarse por ese estado para que me paguen por callar en dinero contante y sonante. Intentarán envenenarme, claro está, como ya hicieron en Chortumna cuando quise ir a pescar a río revuelto por aquellos parajes. Pero no dejará de transmitir usted mi mensaje al hombre del empalme de Marwar, ¿verdad?

Se bajó en un apeadero y me paré yo a reflexionar. Tenía entendido, y me habían llegado noticias más de una vez, que había hombres que se hacían pasar por corresponsales de prensa y que sangraban a los pequeños estados indígenas amenazándolos con denunciar toda clase de desmanes, aunque nunca me había encontrado en carne y hueso con un miembro de esa casta. Era ardua la vida que llevaban, y la perdían por lo general de manera sumamente repentina. En los estados indígenas se tiene un sacrosanto horror a los periódicos ingleses, ya que está en su mano revelar secretos sobre sus peculiares métodos de gobierno, y hacen por tanto cuanto está en su mano con tal de acallar a los corresponsales ahogándolos en champagne, o bien les hacen perder la cabeza paseándolos en carruajes tirados por cuatro caballos. No han entendido y probablemente nunca entiendan que a nadie le importa un adarme cómo sea o deje de ser la administración interna de los estados indígenas, al menos en tanto en cuanto la opresión y el crimen se mantengan dentro de los límites de la decencia y el legislador no se pase el tiempo drogado, embriagado o enfermo desde que empieza el año hasta que el año acaba. Son los lugares tenebrosos de la tierra, llenos como están de crueldades inimaginables, con un pie en el ferrocarril y el teléfono por un lado y, por el otro, viviendo aún en los tiempos de Harun-al-Raschid. Cuando me bajé del tren tuve tratos con algunos reyes, y en ocho días experimenté abundantes cambios de vida. Unas veces vestí de etiqueta en compañía de príncipes y políticos, con los cuales bebí en copas de cristal y comí con cubertería de plata. Otras veces tuve que pernoctar en el suelo y devoré lo que me pude llevar a la boca, a menudo de un plato hecho de hojas, además de beber agua del río y dormir bajo la misma manta que mi criado. Tales eran los gajes del oficio.

En la fecha indicada puse rumbo al gran Desierto del Índico, tal como había prometido, y el correo nocturno me depositó en el empalme de Marwar, desde donde sale una línea de ferrocarril que tiene su gracia, que funciona a la buena de Dios, que administran los nativos y que enlaza con Jodpur. El correo de Bombay procedente de Delhi hace una breve parada en Marwar. Llegó a la vez que yo, de modo que tuve el tiempo justo para recorrer deprisa el andén examinando uno por uno los vagones. Sólo llevaba enganchado un único vagón de segunda. Bajé la ventanilla desde fuera y me encontré con un pelirrojo de barba flamígera, a medias cubierto por una manta de viaje. Ése tenía que ser el hombre, al cual propiné un suave golpe en las costillas. Despertó con un gruñido y vi su rostro a la luz de las farolas. Era un rostro ancho y reluciente.

—¿Otra vez el billete? —dijo.

—No —repuse—. He venido para decirle que se ha marchado al sur a pasar la semana. ¡Se ha marchado al sur a pasar la semana!

El tren había arrancado y rodaba muy lentamente. El hombre se frotó los ojos.

—Se ha marchado al sur a pasar la semana —repitió—. ¡Qué desvergüenza la suya! ¿Y le ha dicho tal vez que yo iba a pagarle algo? Se lo pregunto porque no pienso hacerlo.

—No dijo nada de eso —respondí, y me bajé del tren en marcha, y vi apagarse las luces rojas del furgón de cola en la noche. Hacía un frío espantoso porque el viento soplaba desde los arenales. Monté en mi propio tren —esta vez no en un vagón de clase intermedia— y me dormí.

Si el barbudo me hubiera dado una rupia, la habría conservado como recuerdo de un asunto cuando menos curioso. Mi única recompensa fue la conciencia clara del deber cumplido.

Más adelante reflexioné que dos caballeros como eran mis amigos no iban a sacar nada en claro presentándose en calidad de corresponsales de prensa, y que incluso podrían, si tratasen de chantajear a uno de aquellos estados de la región central de la India o del sur de Rajput, verdaderas ratoneras, meterse incluso en muy serios aprietos. Por tanto, me tomé algunas molestias para describirlos a los dos todo lo bien que pude, de acuerdo con lo que de ellos recordaba, ante algunas personas que tal vez tuvieran interés por proceder a su deportación; según supe más adelante, logré que se les devolviera desde las fronteras de Degumber.

Más o menos entonces ingresé entre las filas de los hombres respetables y regresé a una oficina en la que no había más reyes ni más incidentes insólitos que los habituales en la redacción diaria de un periódico. La redacción de un periódico tiene algo que parece atraer a personas de toda clase y condición en detrimento de la disciplina. Llegan las señoras misioneras que tratan de evangelizar a las mujeres indígenas que viven en la reclusión impuesta del *purdah*, y suplican al director del diario que abandone en el acto todas sus obligaciones para describir una entrega de premios de una asociación cristiana que tuvo lugar en un tugurio infecto de una aldea absolutamente inaccesible; aparece un coronel que ha sido relegado en el escalafón de mando, se sienta y esboza el contenido de una serie de diez, doce y hasta veinticuatro artículos de fondo sobre un asunto tan apasionante como es la antigüedad en el servicio frente a la selección arbitraria de los mandos militares; se presenta un grupo de misioneros deseosos de saber por qué no se les ha permitido escapar de los medios habituales del insulto y animados por la pretensión de que el «nosotros» del periódico les sirva para vilipendiar a un hermano de misión bajo protección especial; acuden en tropel los representantes de una compañía teatral que se han quedado sin recursos para explicar que no podrán pagar el anuncio de las funciones, pero que a su regreso de Nueva Zelanda o de Tahití saldarán la deuda y los intereses; cae por allí el inventor de una máquina para accionar el *punkah*, de unos pernos especiales para los carruajes, de espadas de aleación irrompible y de árboles de levas de idéntico material, siempre con todas las especificaciones a punto en el bolsillo y con infinidad de horas a su disposición; entra el responsable de una compañía dedicada al comercio del té que viene a elaborar sus prospectos con la pluma y el papel que el periódico ha de poner a su entera disposición; se cuela la secretaria de un comité de bailes que viene a describir por extenso los méritos fenomenales de su última función; aparece de pronto una extraña dama con gran frufrú de sedas y dice: «Quiero que se me impriman cien tarjetones en el acto, por favor», cometido que, como todo el mundo sabe, forma parte de las obligaciones del director de un periódico, y todo esto sin contar las visitas de todos los rufianes disolutos que alguna vez han hollado la gran carretera principal que va de Calcuta a Peshawar, y que se toman muy a pecho el presentar sus credenciales para obtener el puesto de corrector de pruebas, que ni siquiera tiene por qué haberse ofertado a nadie. A todo esto, en ningún momento deja de sonar enloquecido el teléfono; son asesinados los reyes en el continente, dicen los imperios unos de los otros que «eso lo será usted», y el señor Gladstone vierte un reguero de azufre sobre los Dominios Británicos, sin que los negritos de la imprenta callen ni un instante, faenando como abejas cansadas, y griten a voz en cuello pidiendo *kaa-pi chay-ha-yeh* (texto para componer), mientras casi todas las planas del periódico siguen tan limpias como el escudo de Mordred.

Pero todo esto sucede en la época entretenida del año. Hay otros seis meses durante los cuales nadie llama a la puerta, y el termómetro asciende milímetro a milímetro hasta que el mercurio llega al tope, y la oficina se mantiene completamente a oscuras, con luz escasa y sólo la justa para leer, y las prensas están al rojo vivo, y nadie escribe nada más que alguna nota necrológica y las consabidas crónicas de sociedad de las estaciones veraniegas de las montañas. El teléfono se convierte entonces en un espanto cada vez que suena, porque sólo viene a anunciar la muerte repentina de hombres y mujeres a los que uno trató íntimamente, y el sarpullido que el calor produce en las glándulas sudoríparas nos cubre como una ceñida prenda de vestir, y en esas circunstancias se sienta uno a su mesa y escribe: «Nos informan de un ligero aumento de la incidencia de enfermedades en el distrito de Kuda Janta Jan.[1] Se trata de un episodio de naturaleza puramente esporádica; gracias a los enérgicos esfuerzos de la autoridad competente prácticamente está bajo control. No obstante, con hondo pesar tenemos el doloroso deber de comunicar el fallecimiento de…, etc.».

Es entonces cuando realmente se declara la epidemia, y cuanto menos se diga y menos se informe mejor para todos y en especial para la tranquilidad de los suscriptores. Pero los imperios y los reyes continúan pasándolo en grande con el mismo egoísmo de siempre, y el encargado de la imprenta piensa como es natural que un diario debe salir al menos una vez cada veinticuatro horas, y todos los que veranean en los lugares de descanso de las montañas se dicen entre un momento de diversión y el siguiente: «¡Santo Cielo! ¿Cómo es que no viene

---

1   Como muchos otros topónimos del relato, éste es invención de Kipling. Pero significa «Ciudad de Sabe Dios».

más entretenido el periódico? Con la de cosas que pasan a todas horas aquí arriba...».

Esa es la cara oscura de la luna. Como dicen los anuncios, «hay que probarlo para apreciarlo».

En esa época del año, en una época llamativamente pavorosa, el periódico dio en imprimir el último número de la semana el sábado por la noche, de modo que apareciera el domingo por la mañana, según era ya costumbre en un periódico londinense. Fue sumamente conveniente, pues tan pronto se cerraba la edición y el periódico entraba en imprenta la temperatura con el amanecer bajaba en el termómetro de 36° a 29° al menos durante media hora, y en medio de ese frescor —no puede saber el lector, y yo se lo aseguro, cuán frescos pueden ser 29° grados sobre la hierba hasta que no reza uno para que así sea— un hombre muy fatigado podía dormirse antes de que el calor se lo impidiera.

Un sábado por la noche me tocó cumplir el siempre placentero deber de cerrar la edición yo solo. Un rey o un cortesano o toda una comunidad iban a morir o a lograr una nueva Constitución o a hacer algo de veras importante en la otra punta del mundo, por lo que la edición tenía que seguir abierta hasta el último momento posible, con el objeto de que se incluyera el telegrama de última hora.

Era una noche negra como la tinta, y tan sofocante como pueden serlo las noches de junio; el *loo*, el viento incandescente que sopla del oeste, atronaba entre los árboles secos como la yesca como si la lluvia le pisara los talones. Cada cierto tiempo un goterón de agua poco menos que a punto de hervir caía sobre el polvo con el ruido viscoso de una rana, pero todo el fatigado mundo en que vivíamos sabía de cierto que era mero simulacro. En la sala de prensas se estaba ligeramente más fresco que en la oficina de la redacción, de modo que allí estaba yo sentado, oyendo el tableteo de la máquina de componer y los autillos que ululaban en las ventanas y los cajistas, prácticamente desnudos, que se enjugaban el sudor de la frente y pedían a voces más agua. La noticia que nos tenía en suspenso, fuera la que fuese, no llegaba, por más que amainase el *loo* y el último tipo del último renglón quedara compuesto y toda la redondez de la tierra siguiera asfixiándose de calor, con el dedo sobre los labios, a la espera del acontecimiento. Me adormilé, me dije que tal vez el telégrafo fuera una bendición, preguntándome si aquel prócer en puertas de la muerte o aquel pueblo en lucha estaban tal vez al tanto de la inoportunidad que su dilación nos estaba causando. No existía razón especial, más allá del calor y la preocupación, para que la tensión aumentase, pero según se acercaron las manecillas lentamente hasta las tres en punto y las máquinas agitaron los volantes dos o tres veces, como si así dieran a entender que todo estaba listo, antes que diese yo la orden que las pusiera en marcha bien pude haberme puesto a gritar a voz en cuello.

El estrépito de las ruedas hizo añicos la quietud. Me puse en pie dispuesto a marcharme, pero dos hombres vestidos de blanco se plantaron ante mí.

—Es él —dijo el primero.

—Desde luego que es él —corroboró el segundo. Y los dos se echaron a reír tan fuerte que sus carcajadas casi se impusieron al fragor de las máquinas, para secarse entonces el sudor de la frente.

—Vimos la luz encendida desde el otro lado de la calle, y es que estábamos durmiendo ahí, en el suelo, a la fresca, y le dije a mi amigo, éste de aquí, que la oficina estaba abierta. Vamos a hablar con él, le dije, a la vuelta del estado de Degumber —dijo el más menudo de los dos. Era el hombre al que había conocido en el tren de Mhow, y el otro no era otro que el pelirrojo del empalme de Marwar. Tan inconfundibles eran las cejas de uno como la barba del otro.

No me hizo ninguna gracia, porque mi deseo era marcharme a dormir, no ponerme a reñir con dos vagabundos, dos haraganes, dos hampones; lo que fueran.

—¿Qué se les ofrece? —pregunté.

—Media hora de charla con usted, a ser posible a la fresca y sin incomodidades, en la oficina —dijo el de la barba pelirroja.

—Y no iría mal algo de beber. El contrato aún no está en vigor, Peachey, no hace falta que me mires así... En realidad, lo que queremos es un consejo. No queremos dinero. Le pedimos un favor porque nos hizo usted una barrabasada con lo del estado de Degumber.

De la sala de prensas lo llevé a la sofocante oficina, con mapas en las paredes, y el pelirrojo se frotó las manos.

—Eso sí que me gusta —dijo—. Éste era el sitio al que había que venir. Bien, señor mío: permítame presentarle al hermano Peachey Carnehan, aquí lo tiene, y al hermano Daniel Dravot, su seguro servidor. Ahora, cuanto menos se diga de nuestras profesiones mejor para todos, pues lo cierto es que hemos sido de todo en nuestros buenos tiempos. Soldados, marinos, cajistas, fotógrafos, correctores de pruebas, predicadores callejeros y corresponsales de *La Voz de las Provincias* cuando nos pareció que al periódico no le irían nada mal un par de buenos corresponsales. Carnehan está sobrio, yo también. Mírenos bien, cerciórese. Así no tendrá que interrumpirme mientras hablo. De buena gana aceptaríamos uno de sus cigarros por cabeza. Usted mira cómo los encendemos.

Se hizo la prueba y observé atento. Los dos estaban absolutamente sobrios, de modo que a ambos les serví un whisky con soda, tibios los dos.

—Esto está bien y además me alegro —dijo Carnehan, el de las cejas pobladas, secándose la espuma del bigote—. Permíteme que hable yo, Dan. Hemos recorrido la India entera, sobre todo a pie. Hemos sido caldereros, maquinistas, contratistas a pequeña escala, hemos hecho de todo, y hemos llegado a la conclusión de que la India no es suficientemente grande para hombres como nosotros.

Desde luego, apenas cabían los dos en la oficina. La barba de Dravot parecía llenar la mitad de la estancia y los hombros de Carnehan ocupaban la otra mitad, sentados los dos ante la mesa grande.

—El país no está ni medio explotado —continuó Carnehan— porque sus gobernantes no permiten que nadie lo toque. Dedican todo su dichoso tiempo a gobernarlo, y por eso es imposible que uno mueva la azada, reviente una roca, busque petróleo ni nada por el estilo, sin que el Gobierno diga: «Ustedes déjenlo en paz y déjennos gobernar a nosotros». A la vista de lo cual, y visto cómo está la cosa, lo dejamos en paz y nos largamos a otra parte, a un lugar donde el hombre no se sienta acosado y pueda encontrar lo que en justicia le corresponde. No somos nosotros unos mequetrefes y no hay nada que nos amedrente, con la excepción de la bebida, y a ese efecto hemos firmado un contrato. Por todo lo cual emprendemos viaje para ser reyes.

—Reyes por derecho propio —murmuró Dravot.

—Sí, por descontado que sí —dije yo—. Han pasado ustedes el día caminando bajo el sol, la noche está muy calurosa, ¿no les parece conveniente dormir un rato y madurar la idea consultando con la almohada? Vuelvan mañana a verme.

—Ni nos ha dado una insolación ni estamos ebrios —sentenció Dravot—. Hemos madurado la idea, como usted dice, y la hemos consultado con la almohada durante medio año. Nos han hecho falta libros y atlas y mapas, y hemos llegado a la conclusión de que hoy no existe más que un solo lugar en la faz de la tierra en el que dos hombres fuertes puedan dar el golpe y ser reyes como lo fue el sultán de Sarawak. Lo llaman Kafiristán. Según mis cálculos está en la esquina superior derecha de Afganistán, a no más de trescientas millas de Peshawar. Allí cuentan con treinta y dos ídolos paganos que adoran, y nosotros seremos los ídolos treinta y tres y treinta y cuatro. Es un país sumamente montañoso, y las mujeres de la región son bellísimas.

—Pero eso queda prohibido por contrato —dijo Carnehan—. Ni mujeres ni alcohol, Daniel.

—Y eso es todo lo que sabemos, salvo que allí no ha ido nadie. Y sabemos que allí son de talante belicoso, y en cualquier lugar en que sean aficionados a guerrear siempre podrá ser rey el hombre que sepa cómo adiestrar a los hombres para la guerra. Viajaremos a esos parajes y diremos a cualquier rey que nos salga al paso: «¿Quiere usted vencer a sus enemigos?

Muy bien, eso está hecho. Le enseñaremos cómo adiestrar a sus hombres, porque de eso sabemos más que nadie». Así derrocaremos al rey de turno y nos quedaremos con su trono y estableceremos una dinastía.

—Los harán a ustedes pedacitos antes que se internen siquiera cincuenta millas en el país, tras pasar la frontera —dije—. Tienen que atravesar todo Afganistán para llegar a ese país. Afganistán es un laberinto de montañas y de picos y de glaciares que ningún inglés ha conseguido atravesar. Sus pobladores son animales irracionales. Aun cuando llegaran allí, no les valdría de nada.

—Es probable —dijo Carnehan—. Si nos tuviera usted por locos, o por un poco más necios, mejor que mejor. Hemos venido a verle para informarnos sobre este país, para leer algún libro al respecto, para que nos muestre los mapas. Queremos que nos diga que somos unos botarates y que nos permita ver los libros.

Se volvió hacia las estanterías.

—¿Van ustedes en serio? —pregunté.

—Un poco —dijo Dravot con bondad—. El mapa más grande que tenga, así quede en blanco el trozo que corresponde a Kafiristán, y todos los libros de que disponga sobre la materia. Sabemos leer, aunque no seamos muy instruidos.

Saqué de la funda el gran mapa de la India, a escala de treinta y dos millas por pulgada, y dos mapas de la frontera de menor tamaño, además de bajar el tomo INF-KAN de la *Encyclopædia Britannica,* que los dos hombres se dispusieron a consultar.

—¡Mire! —dijo Dravot con el pulgar sobre el mapa—. Hay que ascender hasta Jagdallak, Peachey y yo conocemos esa ruta. Allí estuvimos acuartelados con el ejército que estaba al mando de Roberts. Tendremos que doblar a la derecha en Jagdallak e internarnos por territorio de Laghmann. Entonces llegamos a la zona montañosa, con pasos a tres y a cuatro mil metros de altitud. Allí apretará el frío, pero sobre el mapa no parece que esté muy lejos.

Le pasé *Fuentes del Oxo*, la obra de Wood. Carnehan estaba metido hasta las cejas en la *Encyclopædia*.

—Son una mezcolanza muy diversa —dijo Dravot en tono reflexivo—, por lo que no nos servirá de mucho conocer los nombres de las tribus. Cuantas más tribus haya, más luchas intestinas tendrán, y tanto mejor para nosotros. De Jagdallak a Ashang... Mmm...

—Pero toda la información de que se dispone acerca del país es incompleta amén de errónea —protesté—. La verdad es que nadie sabe nada bien cómo es aquello. Tenga, el archivo del Instituto de Servicios Unidos de Defensa y Seguridad. Lea, lea lo que dice Bellew.

—¡Al cuerno con Bellew! —dijo Carnehan—. Dan, son una pandilla de paganos apestosos, pero este libro dice que, según se cree, tienen algún parentesco con nosotros los ingleses.

Me limité a fumar mientras los hombres se empapaban de lo que decían Raverty, Wood, los mapas y la *Encyclopædia*.

—No tiene ningún sentido que se quede esperando —dijo Dravot con toda su cortesía—. Son casi las cuatro de la madrugada. Nos iremos antes de las seis si desea usted descansar, y no le robaremos ninguno de los papeles. Por nosotros no se quede en vela. Somos dos chiflados inofensivos, y si mañana por la tarde, a última hora, tiene la bondad de venirse al bazar, al Serai, nos despediremos de usted con mucho gusto.

—Ustedes son más bien dos majaderos —respondí—. Tendrán que volver sobre sus pasos al llegar a la frontera, o bien los harán pedazos nada más poner pie en Afganistán. ¿Quieren algo de dinero, quieren una recomendación para la zona sur? Yo podría ayudarles a encontrar trabajo en menos de una semana.

—Muy amable. En menos de una semana tendremos trabajo de sobra, gracias —dijo Dravot—. Ser un rey no es tan fácil como parece. Cuando hayamos puesto en orden nuestro reino ya se lo haremos saber. Así podrá venir usted a echarnos una mano con todo el lío del gobierno.

—¿A usted le parece que dos majaderos iban a redactar y firmar un contrato como éste? —dijo Carnehan con orgullo a duras penas contenido, y me mostró una grasienta media hoja de papel basto, sobre la cual se encontraba escrito lo siguiente. Lo copié en aquel momento y lo copio aquí por ser una curiosidad:

Este contrato entre tú y yo poniendo por testigo el nombre de Dios... Amén y todo eso.

Uno: Que tú y yo arreglaremos este asunto juntos los dos, es decir, ser reyes de Kafiristán;

Dos: Que tú y yo no tocaremos, mientras no se zanje este asunto, ni una gota de alcohol, y que tampoco hemos de mirar a ninguna mujer, negra, morena o blanca, no sea que tengamos algún perjuicio de ello derivado el uno con el otro;

Tres: Que nos conduciremos con dignidad y discreción, y que si uno de los dos se ve en un aprieto el otro permanecerá a su lado.

Así firmamos tú y yo a día de hoy.

Peachey Tagliaferro Carnehan

David Dravot

Los dos, caballeros de pleno derecho

—No era necesaria la última cláusula —dijo Carnehan, y se sonrojó con modestia al invocar la lealtad que se debían uno al otro—, pero se ve que así se cumplen todas las formalidades. Usted bien sabe qué clase de hombres son los vagabundos o los ganapanes que diría usted, porque somos ganapanes, Dan, eso no hay quien lo niegue, y lo seremos mientras no salgamos de la India. ¿Y a usted le parece que íbamos a firmar un contrato como éste si la cosa no fuera muy en serio? Nos hemos comprometido a abstenernos de las dos cosas por las que vale la pena vivir la vida.

—Dudo mucho que vayan a disfrutar de la vida por mucho más tiempo si se empeñan en emprender esta disparatada aventura. Les ruego que pongan cuidado y no prendan fuego a la oficina —dije—, y que se vayan antes de las nueve.

Los dejé ocupados en examinar los mapas y en tomar notas al dorso del «contrato».

—No deje de venir mañana al Serai —me dijeron por toda despedida.

El Serai de Kumharsen es un espacio cuadrangular, el gran albañal de la humanidad, en el que cargan y descargan todos los caravasares de camellos y caballos que enfilan rumbo al norte. Allí se encuentran representantes de todas las nacionalidades del Asia Central y de la mayoría de las que hay en la India propiamente dicha. Allí se dan la mano Balk y Bujara con Bengala y Bombay, y allí tratan de hincarse el diente o de quitarse las pulgas unos a otros. En el Serai de Kumharsen se pueden comprar caballos, turquesas, gatos de Persia, alforjas, ovejas de rabo grueso y almizcle, además de que se pueden conseguir muchas cosas muy extrañas a cambio de nada. Por la tarde fui a ver si mis amigos se proponían de verdad cumplir su palabra, o si estaban tumbados en cualquier esquina, borrachos como cubas.

Un sacerdote ataviado con pedazos de cintas y jirones de tela salió a mi encuentro a la vez que sacudía con gesto grave uno de esos molinetes de papel con los que juegan los niños. Tras él venía su criado, deslomado bajo un cargamento de juguetes de arcilla. Los dos cargaban dos camellos, y los asiduos del Serai los contemplaban entre carcajadas incontenibles.

—El sacerdote está mal de la cabeza —me confió un tratante de caballos—. Se propone viajar a Kabul para venderle los juguetes al Amir. Una de dos: o le rinden los mayores honores, o le cortan la cabeza. Vino aquí esta mañana y se ha comportado como un orate desde entonces.

—Dios protege a los locos —balbuceó un uzbeco de pómulos salientes en un hindi a duras penas chapurreado—. Dicen la buenaventura.

—¡Ah, si hubieran sabido predecir que mi caravana iba a ser atacada por los shinwaris a la sombra misma del Paso del Khyber...! —farfulló el yusufzai llegado desde el norte de Peshawar, que actuaba como agente de una casa de comercio del Rajput, cuyas mercancías habían ido a parar a manos de otros ladrones al otro lado de la frontera, y cuyos infortunios lo convertían en el hazmerreír del bazar—. ¡Eh, sacerdote! Dinos de dónde vienes y adónde vas.

—Vengo de Roum —respondió a gritos el sacerdote, sin dejar de sacudir la bagatela que tenía en todo momento en la mano—. Desde Roum he venido, empujado por el aliento de un centenar de diablos sobre las aguas del mar. ¡Ah, ladrones, cuatreros, bandidos, forajidos, embusteros, así caiga la bendición de Pir Khan sobre los perros, los cerdos y los perjuros! ¿Quién llevará al protegido de Dios al norte para vender al Amir encantamientos que nunca se están quietos? Con esos amuletos, los camellos no flaquean, los hijos no enferman, las esposas son fieles mientras uno esté lejos, siempre y cuando me den los hombres un sitio en sus caravanas. ¿Quién me ayudará a calzar al rey de Rus una chinela de oro con tacón de plata? ¡Vele sobre sus trabajos la protección de Pir Khan!

Se abrió en un santiamén los faldones de la gabardina e hizo piruetas entre las hileras de los caballos atados.

—Hay una caravana que sale de Peshawar con rumbo a Kabul en veinte días, *huzrut* —dijo el comerciante yusufzai—. Mis camellos irán con ella. Ve también tú y tráenos buena suerte.

—Yo iría incluso ahora —exclamó el sacerdote—. Saldré de inmediato en mis camellos alados y estaré en Peshawar en menos de un día. ¡Eh! Apréstate, Mir Jan —gritó a su sirviente—, saca los camellos. Pero antes permite que monte yo en el mío.

Saltó a lomos del animal cuando éste se arrodillaba y, volviéndose hacia mí, gritó de improviso: —¡Ven también tú, *sahib*! ¡Acompáñame un trecho del camino y te mostraré un amuleto, un encantamiento que te hará de cierto rey de Kafiristán.

Entonces lo vi claro como el día, y seguí a los dos camellos que salieron del Serai hasta que llegamos a campo abierto y el sacerdote se detuvo.

—¿Y bien, qué le ha parecido? —dijo en inglés—. Carnehan no domina la jerga de esa chusma, por eso lo he convertido en mi sirviente. Pero tiene una planta excepcional para ser un sirviente. No por nada llevo catorce años fatigando todos los caminos del país. ¿No le ha parecido que me manejo de maravilla hablando como ellos? Enlazaremos con una caravana en Peshawar y seguiremos así hasta llegar a Jagdallak, y entonces ya veremos si conseguimos unos cuantos mulos a cambio de nuestros camellos para poner rumbo a Kafiristán. ¡Bagatelas y molinetes para el Amir, señor mío! Ande, meta la mano en las alforjas, dígame qué es lo que palpa.

Palpé la culata de un Martini y luego la de otro y la de otro más.

—Una veintena en total —dijo Dravot plácidamente—, más la munición correspondiente, bien guardados bajo los molinetes, los muñecos de arcilla y demás chucherías.

—Como los pillen con ese cargamento, ¡el Cielo les asista! —dije—. Un Martini entre los pastunes bien vale su peso en oro.

—Mil quinientas rupias de capital... todas las rupias que hemos podido reunir pidiendo prestado, pidiendo limosna, o robando, las hemos invertido en estos dos camellos —dijo Dravot—. No nos han de pillar. Pasaremos el Khyber con una caravana regular. ¿Y quién iba a tocarle un pelo de la ropa a un pobre sacerdote medio loco?

—¿Llevan todo lo que necesitan? —pregunté sin salir de mi asombro.

—Todavía no estamos del todo equipados, pero no hemos de tardar. Vamos, denos un recuerdo de su amabilidad, hermano. Me hizo usted un favor ayer y me hizo otro en Marwar. La mitad de mi reino habré de darle, como se suele decir.

Saqué un amuleto en forma de pequeño compás que llevaba en la leontina y se lo di al sacerdote.

—Ahora, adiós —dijo Dravot, y me tendió la mano con cautela—. Será la última vez que estrechemos la mano de un inglés en muchos días. Dale la mano, Carnehan —exclamó cuando el segundo camello ya me dejaba atrás.

Carnehan se agachó a estrecharme la mano. Pasaron de largo los camellos por el camino polvoriento y me quedé solo a meditar con asombro. A la vista no percibí ningún fallo en sus disfraces. La escena que presencié en el Serai demostró que ambos resultaban del todo verosímiles a ojos de los indígenas. Existía así pues la posibilidad de que Carnehan y Dravot lograsen adentrarse en Afganistán sin que nadie detectase la superchería. Pero más allá les esperaba de seguro la muerte, una muerte sin duda espeluznante.

Diez días más tarde un corresponsal indígena que me comunicaba las noticias del día procedentes de Peshawar terminaba su carta como sigue: «Mucho ha dado que reír por estos pagos la presencia de un sacerdote loco que según sus propios cálculos se dirige a vender unas baratijas sin valor y unas chucherías insignificantes, a las que él atribuye gran valor de amuletos, a Su Alteza el amir de Bujara. Pasó por Peshawar y se incorporó a la segunda caravana de verano que viaja a Kabul. Los mercaderes están encantados, porque por pura superstición dan en suponer que esos locos traen buena suerte».

Así pues, los dos habían pasado la frontera. Hubiera elevado una plegaria por ellos, pero aquella noche murió un rey de verdad en algún lugar de Europa, lo cual me obligó a redactar una nota de obituario.

Gira la rueda del mundo y pasa por las mismas fases una y otra vez. Transcurrió el verano y terminó después el invierno, y volvieron a llegar y volvieron a pasar. El periódico seguía publicándose a diario y yo seguía trabajando en la redacción, y con el tercer verano llegó una noche calurosa, y hubo que esperar a la hora de cierre a que llegase por telégrafo una noticia desde la otra punta del mundo, exactamente igual que sucediera la otra vez. Algunos hombres grandes de verdad habían muerto en los últimos dos años, las máquinas funcionaban con más estrépito, algunos de los árboles en el jardín de la oficina habían crecido unos palmos. Al margen de estas cosas, el mundo era el mismo de siempre.

Pasé por la sala de prensas y se repitió casi con toda exactitud una escena como la que ya he descrito. La tensión nerviosa había aumentado más que en los dos años precedentes; yo acusaba el calor reinante con mayores sufrimientos.

—¡A imprimir! —exclamé, y ya me disponía a marcharme cuando vi que hasta mi silla se había arrastrado lo que quedaba de un hombre. Estaba encorvado del todo, la cabeza hundida entre los hombros, y movía los pies uno sobre el otro como si fuera un oso. No llegué a ver en primera instancia si caminaba o si iba a rastras aquel lisiado envuelto en harapos que me llamó por mi nombre y que dijo que había vuelto.

—¿Puede darme algo de beber? —gimoteó—. ¡Por Dios le digo, deme algo de beber!

Volví al despacho mientras el hombre me seguía a duras penas, gruñendo de dolor, y encendí la lámpara.

—¿No me reconoce? —resolló, y se dejó caer en una silla, y volvió hacia la luz el rostro demacrado, rematado por una mata de cabello entrecano.

Lo examiné a fondo. Una vez había visto yo unas cejas como ésas, que se unían por encima del puente de la nariz formando una franja de una pulgada de grosor, pero por mi vida juro que no supe dónde.

—No sé quién es usted —dije, y le pasé el vaso de whisky—. ¿En qué puedo ayudarle?

Con gran avidez, dio un trago del licor sin añadidos y se estremeció a pesar del calor sofocante.

—He vuelto —repitió—. Y yo he sido rey de Kafiristán. Dravot y yo... ¡reyes coronados hemos sido! En esta misma oficina lo acordamos; usted estaba ahí mismo, usted nos prestó los libros. Soy Peachey... Peachey Tagliaferro Carnehan, ¡y usted no se ha movido de aquí! ¡Dios mío!

Estaba yo entonces bastante más que asombrado, y expresé mis sentimientos en consonancia.

—Le aseguro que es verdad —dijo Carnehan con una tos seca, acariciándose a la vez los pies, que llevaba envueltos en harapos—. Es tan verdad como el Evangelio. Fuimos reyes, coronados los dos, Dravot y yo... Pobre Dan, ¡oh, pobre, pobre Dan! ¡Nunca tomó en cuenta mis consejos, por más que se lo supliqué!

—Beba usted ese whisky —le dije— y tómese su tiempo. Cuénteme todo lo que recuerde, cuéntemelo todo de principio a fin. Atravesaron ustedes la frontera en sus camellos,

Dravot disfrazado de sacerdote loco y usted de sirviente suyo. ¿Lo recuerda?

—Yo todavía no estoy loco..., al menos de momento, aunque a este paso terminaré por estarlo. Por supuesto que lo recuerdo. Usted no deje de mirarme; mis palabras corren el riesgo de hacerse añicos. Usted míreme a los ojos y no diga nada.

Me apoyé sobre la mesa y lo miré a la cara, clavando en él los ojos con la mayor atención que pude. Dejó caer una mano sobre la mesa, y se la sujeté por la muñeca. La tenía contraída, retorcida como una garra de ave, y en el dorso se le veía una cicatriz irregular, en forma de rombo.

—No, no me mire ahí. Míreme a los ojos —dijo Carnehan—. Ya habrá tiempo para eso después, pero por Dios le ruego que no me distraiga. Nos marchamos con aquella caravana, Dravot y yo, e hicimos toda clase de bufonadas para entretener a los que nos acompañaban. Dravot nos hacía reír a todos por las noches, cuando el resto de los integrantes de la caravana estaba preparando la cena, preparando la cena, y..., ¿qué es lo que hacían entonces? Prendían unas fogatas, que despedían chispas que a Dravot se le colaban en las barbas, y todos reíamos, reíamos a morir. Eran pequeñas fogatas que prendían en la gran barba pelirroja de Dravot, qué gracia tenía.

Alejó sus ojos de los míos y sonrió con cara de bobalicón.

—Llegaron ustedes hasta Jagdallak con la caravana —dije al buen tuntún—. Después que prendieran aquellas fogatas. Llegaron a Jagdallak, donde tenían previsto desviarse de la ruta para tratar de penetrar en Kafiristán.

—Pues no, ni lo uno ni lo otro. ¿Qué me está diciendo? Nos desviamos de la ruta antes de Jagdallak, porque nos enteramos de que el camino estaba expedito. Pero no lo estaba tanto para permitir el paso de nuestros dos camellos, el mío y el de Dravot. Cuando nos despedimos de la caravana, Dravot se despojó de todas sus vestimentas y también se deshizo de las mías, y dijo que en adelante seríamos paganos, porque los kafiríes no permitían que los musulmanes les dirigieran siquiera la palabra. Así las cosas, nos vestimos en parte de una cosa, en parte de otra, y la verdad es que no vi nunca y tampoco cuento con ver jamás una facha como la que tenía Daniel Dravot. Se quemó la mitad de la barba, se echó por encima de los hombros una pelliza de cordero, se afeitó la cabeza a trozos. También me afeitó a mí la cabeza y me obligó a vestir de un modo estrafalario, para pasar por pagano. Estábamos en una región muy montañosa, nuestros camellos ya no podían seguir adelante por un terreno tan desigual. Los montes eran altos y negros, y a la vuelta los vi luchar unos con otros como las cabras montesas... Hay muchas cabras en Kafiristán. Y esos montes nunca se quedan quietos, como tampoco están quietas las cabras. Siempre andan en lucha unos con otros. De noche, no le dejan dormir a uno.

—Tome más whisky —le dije muy despacio—. ¿Qué es lo que hicieron Daniel Dravot y usted cuando los camellos ya no pudieron seguir adelante debido a la aspereza de los caminos de montaña que conducen hacia Kafiristán?

—¿Qué hizo cada uno? ¿Eso me pregunta? Por una parte estaba Peachey Tagliaferro Carnehan, una parte del cual estaba con Dravot a muerte. ¿Desea que le hable de él? Es sencillo, porque allí mismo se murió de frío. A plomo cayó del puente el pobre Peachy, dando tumbos primero, dando vueltas después por el aire como uno de esos molinetes de a penique que se le pueden vender al Amir. No; ahora que lo pienso, eran dos por tres peniques, así se vendían aquellos molinetes, o será que me confundo y ése era el precio de los muñecos, y mucho lo lamento por tanta confusión... Y resultó que aquellos camellos no valían para nada, con lo que Peachey dijo a Dravot: «Por Dios bendito, amigo mío, larguémonos de aquí antes que nos corten la cabeza», con lo cual mataron a los camellos en medio de aquellos montes, pues no tenían nada mejor que llevarse a la boca, aunque antes los libraron del peso de las cajas llenas de armas y municiones, hasta que dos hombres aparecieron por allá guiando sus cuatro mulas. Dravot va y se levanta y se marca una pirueta delante de ellos y se pone a cantar: «Véndeme las cuatro mulas», a lo que el primero de los hombres le contesta: «Si tan rico eres que puedes comprar, es que eres rico igual para robar», pero sin darle tiempo siquiera de echar mano al cuchillo Dravot va y le parte el pescuezo y el otro se da a la fuga corriendo como un poseso. Carnehan fue quien cargó entonces los rifles en las mulas, los rifles y las municiones salvados de los camellos, y juntos echamos a andar para adentrarnos por aquellas regiones montañosas, en donde hacía un frío de mil demonios, sin que llegásemos a encontrar una sola senda más ancha que el dorso de la mano.

Hizo una pausa tan sólo unos momentos. Le pregunté si era capaz de recordar la naturaleza del país que había atravesado.

—Se lo cuento lo mejor que puedo, pero algo me dice que ya no tengo la cabeza del todo bien. Me clavaron clavos en la cabeza para hacerme oír mejor, sin perder detalle, cómo murió Dravot. La zona era montañosa y las mulas eran tercas como sólo son las mulas, y los habitantes que hubiera por allí vivían dispersos, aislados unos de otros. Siguieron camino los dos y subieron y bajaron sin descanso, y la otra parte, Carnehan, imploró a Dravot que dejara de cantar y de silbar tan fuerte, pues temía que así pudiera provocar tremebundas avalanchas. Pero Dravot va y dice que si no puede un rey cantar es que no merece ser rey, y no dejó de azotar a las mulas en las ancas y no hizo caso de nada por espacio de diez días heladores. Alcanzamos un valle llano y amplio que hay en medio de las montañas y las mulas iban medio muertas, así que las matamos allí mismo, por no tener nada especial que darles de comer y tampoco nada que comer nosotros. Nos sentamos sobre las cajas y jugamos a pares y nones con los proyectiles que se habían salido por las juntas reventadas.

»Aparecieron entonces a la carrera por el valle diez hombres armados de arcos y flechas, persiguiendo a veinte hombres armados de arcos y flechas, y se armó una pelea de cuidado. Eran hombres de tez clara y rubios cabellos, más rubios que usted y yo, de cabello amarillento, de recia complexión. Va Dravot y desembala las armas y dice: "Aquí es donde empieza lo bueno del negocio. Nos pondremos de parte de los que son menos", y fue dicho y hecho: con dos de los rifles abrió fuego contra los que eran más numerosos y abatió a dos en el acto, a doscientos metros de la roca en la que estaba sentado como si tal cosa. Los demás echaron a correr, pero Carnehan y Dravot se acomodaron encima de las cajas y tiraron contra ellos tanto de cerca como de lejos, por todo el valle. Acto seguido nos acercamos a los que eran diez, que también se habían dado a la fuga en medio de la nieve, y van y nos disparan una flecha de nada. Dravot dispara por encima de sus cabezas, con lo que todos caen al suelo cuan largos son. Va y se les acerca y les cose a patadas, y los levanta uno por uno y les estrecha la mano para meterles en la cabeza que vamos en son de paz. Los llama y les entrega las cajas para que sean ellos quienes las transporten, y alza la mano como si el mundo entero supiera que ya había sido coronado rey. Ellos llevan las cajas y lo llevan a él mismo al otro lado del valle y así ascienden a un monte y se adentran por un pinar en la cima, en donde había media docena de grandes ídolos de piedra. Dravot se planta ante el más grande, un pájaro de cuenta al que los hombres llaman Imbra, y rinde un rifle y un cartucho a sus pies, frotándose la nariz en señal de respeto contra la nariz del ídolo y dándole una palmada en la cabeza y saludándolo de manera ostentosa. Se vuelve a los hombres y asiente y dice: "Todo en orden. Estoy al cabo de lo que hay que hacer, y estas pesadillas de otros tiempos son amigas mías". Abre la boca y se la señala, y cuando un primer hombre le trae algo de comer dice "no", y cuando un segundo le trae algo de comer dice "no", pero cuando uno de los sacerdotes y el jefe de la aldea le traen algo de comer dice "sí" con aire de altivez y se pone a comer despacio. Así fue como llegamos a la primera aldea, sin mayores contratiempos, como si acabásemos de caer del cielo. Pero es que nos habíamos caído de uno de aquellos malditos puentes de cordajes, ya ve usted, y no es de esperar que un hombre se ría a mandíbula batiente después de una cosa así, digo yo.

—Tenga, beba más whisky, continúe —le dije—. Aquélla fue la primera aldea en la que recalaron. ¿Cómo es que llegó a ser rey?

—Yo no fui rey —dijo Carnehan—. Dravot fue el rey, y parecía un hombre realmente distinguido con la corona de oro ceñida en las sienes. Junto con la otra parte contratante se quedó en aquella aldea, y todas las mañanas Dravot se sentaba al lado del viejo Imbra, y los moradores de la región iban a adorarle. Eso fue lo que Dravot había ordenado. Entonces llegaron muchos hombres al valle, y Carnehan y Dravot les dispararon sin darles tiempo a que supieran dónde estaban, y se llegaron veloces al valle y subieron por la ladera opuesta y encontraron otra aldea, igual que la primera, y a todos los moradores que se precipitan de pronto con la cara pegada a tierra, y va Dravot y dice: "A ver, ¿qué problema es el que tienen entre estas dos aldeas?", y la gente va y señala a una mujer, blanca igual que usted y yo, que se llevaban a rastras, y va Dravot y se la lleva a la primera aldea y cuenta a los muertos, que eran ocho en total. Por cada uno de los muertos, Dravot derrama un poco de leche en el terreno y hace aspavientos con los brazos, igual que un molinete, y dice: "Todo en orden". Luego, junto con Carnehan, toma al gran jefe de cada una de las aldeas, se los llevan del brazo y los conducen al valle, y allí les enseñan a trazar a punta de lanza una línea por el medio del valle y dan a cada uno de ellos un terrón, cada uno a un lado de la raya. Llegan entonces todos los moradores dando unos gritos del demonio, y Dravot va y les dice: "Ahora, id y cultivad la tierra y cosechad su fruto y creced y multiplicaos", y así lo hacen, aunque no han entendido nada. Preguntamos entonces cuáles eran los nombres de las cosas en su jerga, pan y agua y fuego, ídolos, todo lo demás, y Dravot se lleva al sacerdote de cada aldea a presencia del ídolo y les dice que allí debe tomar asiento y juzgar al pueblo, y si algo se tuerce matará a tiros al que no obre como debe.

»A la semana siguiente andaban todos arando la tierra, en la aldea estaba todo en calma, todos ellos hacendosos como las abejas, todo mucho más bello, y los sacerdotes dieron oídos a todas las quejas y contaron a Dravot por señas de qué trataba todo aquello. "No es más que el comienzo —dice Dravot—. Creen que somos dioses". Carnehan y él escogen a veinte hom-

bres de los mejores y les enseñan a manejar un rifle, los forman de a cuatro, les enseñan a avanzar en línea, todos ellos
tan contentos, porque pronto le cogen el tranquillo a la instrucción. Toma entonces la pipa y la bolsa del tabaco y deja a
uno en una aldea y a otro en otra y allá que se van los dos a ver
qué era preciso hacer en el siguiente valle. Era todo pedregoso y había en él una aldea, y Carnehan va y le dice: "Mánda-
los a cultivar la tierra en el otro valle", y allá que se los lleva
y les da unas tierras que antes no eran de nadie. Estos eran
muy pobres. Los ungimos con sangre de cabritilla antes de
permitirles la entrada en el nuevo reino. Fue para impresio-
narles. Luego se asentaron y reinó la paz y Carnehan volvió a
donde estaba Dravot, que ya había pasado a otro valle, todo
nieve y hielo y montañas por todas partes. Allí no había pobladores, y el ejército tuvo miedo, de modo que Dravot le pegó
un tiro a uno de los hombres, y siguió adelante hasta encontrar a unos moradores de una aldea, y el ejército explica que a
menos que deseen morir allí mismo más les vale no disparar
sus mosquetes, que eran pequeños, pues tenían en efecto unos
mosquetes anticuados. Hicimos buenas migas con el sacerdote
y yo me quedé allí con dos soldados del ejército, adiestrando a
los hombres con la debida disciplina, y entonces se presenta un
gran jefe, imponente, atravesando las nieves con sus tambores
y sus cuernos a todo tronar, porque le ha llegado la noticia de
que hay un nuevo dios por los alrededores. Carnehan apunta a
los hombres a bulto, a media milla de distancia, en la nieve, y
alcanza a uno en un brazo. Entonces manda un mensaje al jefe,
para que sepa que a menos que desee morir con el resto de sus
hombres su deber es acercarse a estrecharme la mano, dejando
sus armas en el sitio. El jefe es el primero que llega, Carnehan
le estrecha la mano y se pone a hacer molinetes con los brazos, igual que había hecho Dravot, y el jefe se queda atónito y
va y me acaricia las cejas. Carnehan se dirige a solas al jefe y le
pregunta por señas si tiene a un enemigo al que odie de veras.
"Lo tengo", dice el jefe. Carnehan elige a los mejores de sus
hombres y pone a dos de sus soldados a adiestrarlos, y al cabo

de dos semanas los hombres son capaces de hacer maniobras militares con la misma pericia que el cuerpo de voluntarios. Marcha con el jefe a una extensa llanura que se abre en lo alto de un monte y los hombres del jefe se precipitan contra una aldea y la toman, disparando con tres de nuestros Martinis a bulto, contra el enemigo. Tomamos también aquella aldea y di al jefe un jirón de mi chaqueta diciéndole: "Ocupa ese pueblo hasta que vuelva", que está tomado de la Escrituras. Para que no se olvide, cuando me encuentro con el ejército a unos doscientos metros, disparo una bala que va a caer cerca de él, que está de pie en la nieve, y todos se lanzan cuerpo a tierra. Envío entonces una nota a Dravot para que le llegue donde quiera que esté, sea en tierra, sea en mar.

A riesgo de que aquel hombre perdiera el hilo decide interrumpirle.

—¿Cómo pudo escribir una carta estando allá lejos?

—¿La carta? ¡Ah, la carta! Usted no deje de mirarme a los ojos, se lo ruego. Era un mensaje compuesto con cordeles anudados, según nos había enseñado a hacer un mendigo ciego en el Punjab.

Recordé que en cierta ocasión se presentó en la oficina un ciego con un cordel atado a una rama de acuerdo con un código de su invención. Al cabo de horas o de días, con sólo pasar la mano por la cuerda atada al palo era capaz de repetir la frase que había inscrito en los nudos. Había reducido el alfabeto a once sonidos primitivos, y quiso enseñarme el método, pero yo no supe entenderlo.

—Envié la carta a Dravot —dijo Carnehan— y le dije que regresara, porque su reino empezaba a crecer tanto que no podía yo ocuparme de todo, y entonces emprendí la marcha al primer valle, a ver cómo se portaban los sacerdotes. La primera aldea que tomamos la llamaron Bashkai, y la que tomamos con el jefe la llamaron Er-Heb. Los sacerdotes de Er-Heb estaban haciéndolo bien, aunque tenían un montón de casos pendientes, de litigios por tierras, que tenían que exponerme, y algunos hombres de la otra aldea habían disparado flechas en la noche.

Salí hacia esa aldea y disparé cuatro cartuchos desde una distancia de un millar de metros. Gasté todos los cartuchos que estaba dispuesto a gastar, así que esperé a Dravot, que llevaba fuera dos o tres meses, y puse paz entre mis gentes.

»Una mañana oí un estruendo infernal de cuernos y tambores, y apareció Dan Dravot al frente de su ejército bajando de la montaña, seguido por cientos de hombres. Lo más pasmoso fue que llevaba una gran corona de oro ceñida a las sienes. "Dios del cielo, Carnehan —dice Daniel—, tenemos entre manos un negocio colosal. Todo el país es nuestro, todo el que vale la pena que lo sea. Yo soy hijo de Alejandro y de la reina Semíramis, tú eres mi hermano menor y también eres un dios. Esto es lo más grande que hemos visto jamás. Llevo mes y medio de marcha, combatiendo aquí y allá, y todas las aldehuelas en cincuenta millas a la redonda se han entregado encantadas al ejército; por si fuera poco, yo tengo la llave de todo este montaje, como bien podrás ver, y tengo también una corona para ti. Les ordené que fabricaran las dos en un lugar llamado Shu, donde hay vetas de oro en la roca como si fuera grasa en la carne de un cordero. He visto el oro, y he visto turquesas que he arrancado de una cornisa, y hay granates en las arenas del río, y aquí tienes un pedazo de ámbar que me trajo un hombre en mano. Llama a los sacerdotes, que te pongan tu corona".

»Uno de los hombres abre un bolso de crin de caballo, negro y saco yo la corona. Era demasiado pequeña y pesaba demasiado, pero me la puse por aquello de la gloria, ya sabe usted. Era de oro batido, de dos kilos de peso, o algo más, como la duela de un barril.

»"Peachey —me dice Dravot—, ya no tenemos por qué seguir en pie de guerra. El truco está en la Orden, así que échame una mano". Y me presenta al mismo jefe que había dejado yo al cargo de Bashkai. Después lo llamamos Billy Fish, porque era clavado a aquel Billy Fish que se encargaba del tanque de la locomotora de Mach, en el Paso de Bolan, camino de Quetta, en los viejos tiempos. "Estréchale la mano," me dice Dravot, y le estreché la mano y por poco me caigo redondo, pues Billy me hizo la señal de los masones al darme la mano. No dije nada, pero probé con él la señal de hermano de la Orden. Me respondió correctamente, así que probé con la señal de maestre, pero no respondió. "¡Es hermano de la Orden! —le digo a Dan—. ¿Sabe la palabra?". "La sabe —dice Dan—, y la saben todos los sacerdotes. ¡Es un milagro! Los jefes y los sacerdotes forman una logia que funciona de manera muy semejante a la nuestra, y han tallado los símbolos en las rocas, pero no conocen el Tercer Grado, por eso han venido a aprenderlo. Tan cierto como la Palabra de Dios. Durante todos estos años estaba yo al tanto de que los afganos conocían el grado de hermano de la Orden, pero esto es un milagro. Soy un dios y soy un gran maestre de la Orden, y pienso inaugurar una logia de Tercer Grado, que concederemos a los sacerdotes y a los jefes de las aldeas".

»"Eso es contrario a la Ley —le digo—. No se puede poner en marcha una logia sin la debida autorización. Tú sabes que nunca hemos desempeñado cargo alguno en una logia".

»"Hombre, más bien es una obra maestra de la política —dice Dravot—. Eso nos supondrá el gobierno del país con la misma facilidad con que se gobierna una calesa de cuatro ruedas en una suave cuesta abajo. Ahora no podemos pararnos a hacer indagaciones y a pedir permiso; en tal caso, se volverán contra nosotros. Tengo detrás de mí a cuarenta jefes, y según mérito de cada cual serán admitidos y recibirán el grado correspondiente. Alójalos en las aldeas, encárgate de que se organice una logia como es debido. El templo de Imbra nos servirá como sala de reuniones. Las mujeres confeccionarán los delantales de acuerdo con tus instrucciones. Esta noche me reuniré en consejo con los jefes y mañana tendremos logia".

»Muchas cosas me tocó hacer entonces, pero no era yo tan necio como para no darme cuenta de las ventajas que íbamos a tener con todo el asunto de la Hermandad. Mostré a las familias de los sacerdotes de qué modo debían fabricar los delantales para cada uno de los grados, aunque en el delantal de Dravot se puso una orla azul y unas marcas con incrustaciones de turquesa sobre cuero blanco, no sobre simple tela.

Tomamos una gran roca de base cuadrada para colocarla en el templo y que sirviera como sillón del gran maestre, y otras piedras más pequeñas para el resto de los hermanos oficiantes, y pintamos en el suelo negro cuadrados blancos, haciendo todo lo que pudimos por dar regularidad a la sala.

»En el consejo que se celebró aquella misma noche en una ladera del monte, entre grandes hogueras, Dravot reveló que él y yo éramos dioses, hijos de Alejandro y parientes de otros grandes maestros del pasado en la Hermandad, y que habíamos viajado a Kafiristán para convertirlo en un país en el que todos los hombres pudieran comer en paz y beber con tranquilidad y de manera especial obedecernos. Los jefes se turnaron para estrecharnos la mano, y eran tan velludos y tan blancos que aquello fue como estrechar la mano de los viejos amigos. Les dimos nombres acordes con su parecido con otros hombres a los que hubiéramos conocido en la India: Billy Fish, Holly Dilworth, Pikky Kergan, que era el oficial al cargo del bazar cuando estuve yo en Mhow, etcétera, etcétera.

»Los milagros más pasmosos fueron los de la logia a la noche siguiente. Uno de los sacerdotes más ancianos nos miraba sin quitarnos ojo de encima, y me sentí intranquilo, pues era consciente de que tendríamos que improvisar el ritual sobre la marcha, y no sabía yo cuánto podía saber el hombre. El anciano sacerdote era un desconocido llegado de más allá de la aldea de Bashkai. En el instante en que Dravot se pone el delantal de maestre que las mujeres le habían confeccionado, el sacerdote se pone a dar alaridos e intentar dar vuelta a la piedra en la que Dravot estaba sentado. "Se acabó lo que se daba —le digo—. Esto es lo que pasa, y lo tenemos merecido, por enredar con la Orden sin la debida autorización". Dravot ni siquiera pestañeó, tampoco cuando los diez sacerdotes derribaron al fin el sillón del gran maestre, es decir, la piedra de Imbra. El sacerdote se puso a frotar la base para limpiarla de tierra, y al cabo va y muestra a todos los demás sacerdotes la Marca del Maestre, idéntica a la que hay en el delantal de Dravot, que está tallada en la piedra. No lo sabían ni siquiera los sacerdotes del templo de Imbra. El viejo se postra cuan largo es a los pies de Dravot y se los cubre de besos. "Hemos tenido suerte otra vez —me dice desde la otra punta de la logia—; dicen que es la Marca Perdida, cuyo porqué nadie había entendido hasta ahora. Ya estamos bien a salvo". Entonces golpea el suelo con la culata como si fuera la maza de la presidencia y dice: "En virtud de la autoridad que me confiere mi propio derecho y la ayuda de Peachey, me proclamo gran maestre de toda la francmasonería de Kafiristán en ésta que es la Logia Madre del país, y rey de Kafiristán en pie de igualdad con Peachey". Dicho lo cual se encasqueta la corona y yo hago lo propio, pues estaba cumpliendo las funciones del vigilante mayor, e inauguramos la logia oficialmente. Fue un milagro asombroso. Los sacerdotes pasaron en la logia por los dos primeros grados sin casi darse cuenta, como si acabasen de recuperar la memoria de todo aquello. Luego, Peachey y Dravot ascendieron en el rango a los que eran merecedores, a los sumos sacerdotes y a los jefes de las aldeas más lejanas. Billy Fish fue el primero, y le aseguro que le dimos un susto de muerte. No fue una ceremonia acorde en nada al ritual, pero que sirvió a nuestras intenciones. No ascendimos a más de diez de los hombres más poderosos, porque tampoco queríamos que el grado fuese común a demasiados. Y ellos clamaban por obtener la distinción.

»"Dentro de otros seis meses —dice Dravot— celebraremos otra comunicación, a ver qué tal van vuestros desempeños". Entonces les pregunta por sus aldeas y se entera de que unas luchaban contra las otras, y de que estaban hartos de que así fuera. Y cuando no luchaban entre sí luchaban contra los mahometanos. "Contra esos siempre habrá tiempo de pelear si vienen a nuestro país —dice Dravot—. Escoged a uno de cada diez hombres de vuestras tribus para que sea guardia de frontera, y enviad doscientos de golpe al valle, para que reciban adiestramiento. Mientras se hagan bien las cosas, aquí no se va a disparar contra nadie y a nadie se le va a cazar a lanzazos, y sé bien que no me vais a engañar, porque sois hombres blancos, hijos de Alejandro, y no como los mahometanos co-

330

rrientes, los negros. Vosotros sois mi pueblo, y por Dios juro —dice, pero pasándose al inglés al final de su perorata— que haré de vosotros una nación condenadamente buena, o bien moriré en el intento".

»No sabría relatar qué hicimos durante los seis meses que siguieron, porque Dravot hizo infinidad de cosas que yo no llegué a entender, y además aprendió la jerga de los lugareños de una manera que a mí siempre me fue imposible. Mi trabajo consistía en ayudar al pueblo a labrar los campos, y a salir de vez en cuando con una parte del ejército a ver qué se hacía en las demás aldeas, y supervisar la construcción de los puentes de cordajes para salvar los barrancos y desfiladeros que abundan en toda la región y dificultan las comunicaciones de una manera horrible. Dravot fue muy amable conmigo, pero cuando se pasaba el día entero paseando por el pinar y mesándose con ambas manos la dichosa barba pelirroja siempre supe que estaba urdiendo planes en los que poco o ningún consejo podría darle yo, por lo que me limitaba a esperar sus órdenes.

»Pero Dravot nunca me faltó al respeto delante del pueblo. Los lugareños me temían y temían al ejército, pero amaban a Dan. Se había hecho muy amigo de los sacerdotes y los jefes, aunque cualquiera podía llegar del otro lado de los montes a expresarle una queja, que Dravot atendía con toda justicia, antes de llamar a sus sacerdotes y reunirse con ellos para indicarles qué era lo que había que hacer en cada caso. Se reunía con Billy Fish, que venía desde Bashkai, y con Pikky Kergan, que venía desde Shu, y con un anciano jefe al que llamábamos Kafuzelum no por nada, sino porque bien podía ser ése su nombre verdadero, y departía con ellos siempre que había que desencadenar una ofensiva en una de las aldeas más pequeñas y alejadas. Ése era su Consejo de Guerra, y los cuatro sacerdotes de Bashkai, Shu, Jawak y Madora formaban su Consejo Asesor. Todos ellos decidieron enviarme a mí, al frente de cuarenta hombres, con veinte rifles, y otros sesenta hombres cargados de turquesas, a la región de Ghorband. Mi misión consistía en comprar una vez allí aquellos rifles de marca Martini, sólo que hechos a mano, que se fabrican en los talleres del amir de Kabul; había que efectuar la compra a uno de los regimientos heratíes del amir, que habrían vendido incluso los dientes que les quedasen a los soldados en la boca a cambio de unas turquesas, por más que los rifles no fueran de la misma calidad que los nuestros.

»Estuve un mes en Ghorband y di al gobernador de allá lo mejor que llevaba en los cestos, para sobornarlo y que callase, además de sobornar al coronel del regimiento y untarlo otro poco más. Entre los dos y los miembros de la tribu reunimos más de un centenar de Martinis fabricados a mano, un centenar de buenos mosquetes Kohat Jezail que tienen un alcance de disparo de seiscientos metros, y cuarenta cargas de pésima munición para los rifles. Volví con todo lo que había reunido y lo distribuí entre los hombres que los jefes me enviaron para proceder a su adiestramiento. Dravot estaba demasiado ajetreado para ocuparse de tales cosas, pero el viejo ejército que habíamos compuesto en principio me sirvió de ayuda, y así adiestramos a quinientos hombres bastante bien, además de instruir a otros doscientos que aprendieron cómo manejarse con las armas de un modo decente. Aquellas armas fabricadas a mano, que más parecían sacacorchos, eran para ellos un milagro. Dravot entretanto no paraba de hablar de sus grandes planes para crear polvorines e incluso fábricas, siempre caminando de un lado a otro por el pinar, ya en puertas del invierno.

»"No, no haré de esto una nación —me dice—. ¡Voy a erigir todo un imperio! Estos hombres no son negros: son ingleses. Basta con mirarles a los ojos, basta con verles la boca. Mira cómo caminan erguidos. Tienen sillas en las que se sientan todos ellos en sus casas. Tienen que ser la Tribu Perdida o algo por el estilo, han nacido para ser ingleses. Compondré un censo en primavera si los sacerdotes no se me asustan. Serán, calculando por lo bajo, cerca de dos millones en todos estos montes. Las aldeas y poblados están repletos de niños chicos. Dos millones de habitantes..., doscientos cincuenta mil hombres capaces de combatir..., ¡y todos ellos ingleses! No necesitan nada más que los rifles y un poco de disciplina. Doscientos cincuenta mil hombres listos para penetrar por el flanco derecho de Rusia cuando Rusia haga amago de atacar la India. Peachey, hombre —me dice, y parece a punto de comerse la barba a bocados—, vamos a ser emperadores, ¡emperadores de la Tierra! El rajá Brooke no será sino un niño de pecho a nuestro lado. Trataré al virrey en términos de igualdad. Le pediré que me envíe a doce ingleses bien escogidos para que nos ayuden en las tareas de gobierno. Está por ejemplo Mackray, sargento pensionista en Segowli… A muchas cenas excelentes me ha invitado, y su esposa me ha zurcido unos pantalones. Está Donkin, alcaide de la cárcel de Tounghoo; hay cientos de hombres de los que echaría mano si estuviera en la India. El virrey lo hará por mí. Enviaré en primavera a un hombre que vaya a buscarlos, y pediré dispensa a la gran logia por lo que he hecho en calidad de gran maestre. Y además pediré todos los fusiles Snider que se descarten cuando las tropas indígenas de la India se equipen con los Martinis. Estarán desgastados por el uso, pero aún servirán para combatir en estos montes. Doce ingleses de pura cepa, cien mil Sniders que nos llegarán pasando por las tierras del amir en pequeñas partidas… Me daría por satisfecho si tuviera veinte mil en un año. Y fundaremos un imperio. Cuando estuviera todo a pedir de boca, entregaría la corona, esta misma corona que ahora llevo puesta, a la reina Victoria, se la entregaría hincado de hinojos, y ella me diría así: 'Levántese usted, sir Daniel Dravot'. ¡Esto es muy grande! ¡Esto es grandioso, te lo digo en serio! Pero aún queda mucho por hacer en todas partes, en Bashkai, en Khawak, en Shu, en tantos otros sitios…".

»"¿Hacer? ¿Qué hay que hacer? —le digo—. Si este otoño ya no vendrán más hombres para darles la instrucción. Tú mira esos negros y gruesos nubarrones. Vienen cargados de nieve".

»"No se trata de eso —me dice Daniel, y me pone con fuerza la mano en el hombro—. Además, no quisiera yo decir nada que sea contrario a ti, ya que ningún otro hombre me hubiera seguido y me hubiera hecho lo que soy como lo has hecho tú.

Eres un comandante en jefe de primera categoría, el pueblo te conoce y te respeta, pero… éste es un gran país, y no puedes tú ayudarme como yo necesito que me ayuden, Peachey."

»"¡Pues en tal caso recurre a tus dichosos sacerdotes!". Nada más decírselo lamenté haber hecho ese comentario, pero la verdad es que me lastimó en lo más hondo que Daniel me hablase con tal superioridad, cuando era yo quien había adiestrado a los hombres y había hecho todo lo que me dijo.

»"No nos peleemos, Peachey —dice Daniel sin lanzar ninguna maldición—. Tú también eres rey, y la mitad de este reino es tuyo. Por eso has de comprender, Peachey, que necesitamos hombres más inteligentes que nosotros, al menos tres o cuatro, a los que podamos distribuir por el reino para que sean nuestros delegados. Éste está en vías de ser un estado inmenso, y no siempre atinaré yo a decidir qué es lo que hay que hacer, además de que tampoco tengo tiempo para todo lo que deseo hacer, y encima el invierno, dices bien, se nos echa encima". Se metió la mitad de la barba en la boca, toda roja como el oro de su corona.

»"Lo lamento, Daniel —le digo—. He hecho todo lo que he podido. He adiestrado a los hombres, he enseñado al pueblo cómo almacenar mejor los cereales, he traído esos rifles de hojalata desde Ghorband… Pero creo que sé bien a qué apuntas. Sospecho que los reyes siempre se sienten oprimidos de ese modo".

»"Hay otra cosa más —dice Dravot sin dejar de pasearse de un lado a otro—. El invierno se nos echa encima y todos estos lugareños no nos darán grandes complicaciones. Y si las dan tampoco podremos hacer mucho. Lo que quiero es una esposa".

»"¡Por el amor de Dios! ¡Quítate de pensar ahora en mujeres! —le digo—. Tenemos trabajo de sobra los dos, por más que yo sea un imbécil de remate. Acuérdate del contrato y déjate de mujeres".

»"El contrato sólo tuvo validez hasta el momento en que fuimos coronados reyes, y reyes hemos sido durante esos meses ya pasados —dice Dravot, sopesando la corona en una mano—. Tú también deberías buscarte una esposa, Peachey. Una buena moza, recia y rolliza, que te dé calor en invierno. Aquí son más bonitas que las inglesas, y tenemos para elegir las que queramos. Les damos un buen hervor y saldrán limpias como el pollo y el jamón".

»"¡No me tientes! —le digo—. No pienso tener nada que ver con una mujer, no al menos si no estamos bastante más afianzados que ahora. No he dejado de trabajar y he trabajado como dos hombres, y tú has hecho el trabajo de tres. Descansemos un poco, veamos si se puede traer mejor tabaco del país de los afganos, e incluso a ver si damos con algún licor del bueno, pero nada de mujeres".

»"¿Quién dice nada de mujeres? —dice Dravot—. Yo estoy hablando de una esposa, de una reina que engendre un hijo del rey para que sea rey en su día. Una reina de la tribu más fuerte, una tribu que convierta a esos hombres nobles en tus hermanos de sangre, y que yazga a tu lado y te diga lo que piensa la gente de ti y de sus propios asuntos. Eso es lo que estoy diciendo".

»"¿Recuerdas a aquella mujer bengalí que tenía yo en el Serai de Mughal, cuando era asentador de durmientes del ferrocarril? —le digo—. Ya te digo si me hizo bien. Me enseñó la jerga y otras dos o tres cosas, pero, ¿qué pasó después? Se largó con el criado del jefe de la estación y con la mitad de mi salario mensual. Luego se presentó en el empalme de Dadur con un mocoso mestizo, y tuvo la impudicia de decir que yo era su marido… ¡en la caseta de control, en medio de todos los maquinistas!».

»"Eso ya es agua pasada —dice Dravot—. Las mujeres de por aquí son más blancas que tú y que yo. Y pienso tener a una reina a mi lado durante los meses del invierno".

»"Por última vez, Dan, te pido que ni se te ocurra —le digo—. No nos traerá más que quebraderos de cabeza. Dice la Biblia que los reyes no han de malgastar sus energías en las mujeres, sobre todo cuando tienen que ocuparse de regir los destinos de un reino nuevo que aún no es sino un diamante en bruto".

»"Por última vez te respondo que eso es lo que pienso hacer", dijo Dravot, y se marchó entre los pinos como si fuera un demonio rojo, con el sol sobre la corona y la barba y todo lo demás.

»Pero no iba a ser tan fácil buscarse una mujer como Dan había supuesto. Expuso el asunto del matrimonio ante el Consejo y no encontró respuesta hasta que Billy Fish dijo que lo mejor sería preguntar a las mujeres. Dravot maldijo a todos los presentes. "¿Qué tengo yo de malo? —dice a voz en cuello, plantado junto al ídolo de Imbra—. ¿Es que soy un perro? ¿Es que no soy hombre suficiente para vuestras mujeres? ¿No he proyectado yo la sombra de mi mano sobre todo este país? ¿Quién fue el que puso fin a la última incursión de los afganos?". En realidad había sido yo el que lo hizo, pero Dravot estaba tan encolerizado que no se acordó. "¿Quién os ha comprado las armas? ¿Quién ha reparado los puentes? ¿Quién es el gran maestre del símbolo tallado en la piedra?". Y dio con la mano abierta un golpe sobre la piedra en la que se sentaba cuando estaba en la logia, y en los consejos, que siempre se abrían con la misma ceremonia que la logia. Billy Fish no dijo nada y tampoco dijeron nada los demás. "No te sulfures, Dan —le dije—, y ve a preguntar a las mujeres. Así es como se hacen estas cosas en nuestro país, y te recuerdo que este pueblo es muy inglés en casi todo".

»"El matrimonio del rey es un asunto de estado", dijo Dan presa de una rabia ciega, pues seguramente se había percatado, quise pensar yo, de que estaba a punto de actuar en contra de su propio juicio. Salió de la sala del Consejo y los demás permanecieron sentados, todos ellos mirando al suelo.

»"Billy Fish —digo dirigiéndome al jefe de Bashkai—, ¿se puede saber qué está pasando? ¿Cuál es el problema? Quiero una respuesta clara para un amigo de verdad".

»"Tú ya lo sabes —dice Billy Fish—. ¿Cómo puede un hombre contarle nada a quien lo sabe todo? ¿Cómo van a casarse las hijas de los hombres con los dioses o los demonios? No es lo correcto".

»Recordé que algo así aparecía en la Biblia. Pero si luego de vernos durante tanto tiempo seguían convencidos de que éramos dioses, no estaba yo llamado a sacarles del engaño.

»"Un dios puede hacer lo que quiera —le respondo—. Si al rey le gusta una muchacha, no dejará que muera". "No le quedará más remedio —dijo Billy Fish—. Hay toda clase de dioses y demonios en estas montañas, y de vez en cuando una chica casa con uno de ellos y ya nunca se la vuelve a ver. Además, vosotros dos conocéis la marca tallada en la piedra, y eso es algo que sólo conocen los dioses. Nosotros pensábamos que erais hombres. Lo pensábamos hasta que mostrasteis el símbolo del Maestre".

»Ojalá, me dije entonces, ojalá hubiéramos tenido el pundonor de explicar que no conocíamos nosotros los genuinos secretos de un maestre de la masonería, y ojalá lo hubiéramos reconocido cuando hubo ocasión, pero no dije nada. Durante toda la noche se oyeron soplar los cuernos en un templo pequeño y oscuro que había a media ladera, y oí los alaridos de una muchacha que gritaba como si la estuvieran despellejando viva. Uno de los sacerdotes nos explicó que la estaban preparando para que se desposara con el rey.

»"No pienso tolerar esa clase de tonterías —dice Dan—. No quisiera entrometerme en las costumbres locales, pero seré yo quien decida quién ha de ser mi esposa". "La muchacha está un poco asustada —dice el sacerdote—. Cree que va a morir, y en el templo le están dando ánimos".

»"Pues que fortalezcan su ánimo con ternura —dice Dravot—, o les fortaleceré yo a culatazos, de modo que se les quiten para los restos las ganas de fortalecer los ánimos de nadie". Se lamió los labios, como lo oye, y se pasó la noche en vela yendo de acá para allá, pensando en la esposa que por la mañana sería suya. No estaba yo nada cómodo, pues bien sabía que todo trato con mujer en un lugar extranjero, por más que uno fuera rey veinte veces coronado, era asunto sumamente arriesgado y espinoso. Me levanté muy temprano, cuando Dravot aún dormía, y vi que los sacerdotes hablaban en susurros los unos con los otros, y que los jefes también cuchicheaban, y que me miraban por el rabillo del ojo.

»"¿Se puede saber qué pasa, Fish?", pregunté al jefe de la aldea de Bashkai, que estaba envuelto en pieles y tenía una pinta espléndida.

»"No sabría decirlo con certeza —dice—, pero sé en cambio que si pudieras convencer al rey para que se quite de la cabeza toda esta tontería de la boda, le estarías haciendo un gran favor, como grande sería el favor que me hicieras a mí y a que a ti mismo te hicieras".

»"Eso mismo creo yo —le digo—. Pero tú sabes tan bien como yo, Billy, por haber luchado primero contra nosotros y después con nosotros, que el rey y yo no somos nada más que dos de los hombres más enteros que haya creado el Todopoderoso. Nada más, te lo aseguro".

»"Puede ser —dice Billy Fish—, pero mucho lo lamentaría". Agacha la cabeza y se queda pensativo, envuelto en el gran capote de pieles. "Rey —dice entonces—, ya seas hombre o dios o demonio, hoy estaré de tu parte. Tengo conmigo a veinte de mis hombres que me seguirán a donde yo diga. Iremos a Bashkai hasta que escampe la tormenta".

»Había nevado un poco por la noche y todo estaba blanco, con la excepción de las nubes abultadas y grasientas, bajas, que entraban por el norte. Dravot salió con la corona en las sienes, balanceando los brazos y dando pisotones en el suelo, como si estuviera más contento que unas pascuas.

»"Por última vez te lo pido, Dan: olvídalo —le digo en voz baja—. Billy Fish me ha dicho que se va a armar una de cuidado".

»"¿Te dice que se va a armar jaleo? ¿Entre mis súbditos? ¡Imposible! —dice Dravot—. Será poca cosa. Y te aseguro, Peachey, que eres tonto si no aprovechas tú también para tomar esposa. ¿Dónde está la muchacha? —dice con una voz que más parece un rebuzno de asno silvestre—. Convoca a todos los jefes y a los sacerdotes, que vea el emperador si su esposa es de su gusto".

»No fue preciso convocar a nadie. Estaban todos apoyados en los rifles y en las lanzas, alrededor de un claro que se abría en medio del pinar. Muchos de los sacerdotes bajaron al pequeño templo para subir con la muchacha, y soplaron entonces los cuernos con tanta fuerza como para levantar a un muerto. Billy Fish se escabulló por un lado y se situó tan cerca de Daniel como le fue posible, y a su espalda formaban sus veinte hombres con los mosquetes en ristre. Ni uno solo medía menos de metro ochenta. Yo estaba al lado de Dravot, y a mi espalda formaban veinte hombres del ejército regular. Sube la muchacha por la ladera y era una recia moza cubierta de plata y de turquesas, aunque pálida como una muerta, volviéndose a cada paso a mirar a los sacerdotes.

»"Me sirve —dijo Dan mirándola de hito en hito—. ¿De qué tienes miedo, muchacha? Anda, ven a besarme". La rodea con el brazo. Ella cierra los ojos, suelta un grito ahogado y esconde la cara en la barba flamígera de Dan.

»"¡La muy puta me ha mordido! —exclama, y se lleva la mano al cuello, seguro de que la mano iba a quedar empapada de sangre. Billy Fish y dos de sus hombres sujetan a Dan por los hombros y lo arrastran junto al resto de los hombres de Bashkai, mientras los sacerdotes se ponen a gritar en su jerga. "¡Ni dios ni demonio! ¡Es un hombre!". Tuve que retroceder, porque un sacerdote me tiró un tajo de frente y el ejército comenzó a disparar contra los hombres de Bashkai.

»"¡Dios Todopoderoso! —dice Dan—. ¿Qué significa todo esto?".

»"¡Vuelve! ¡Vámonos! —grita Billy Fish—. Motín y ruina, eso es lo que significa. Nos pondremos a salvo en Bashkai si es que podemos llegar allá".

»Traté de dar alguna orden a mis hombres, los hombres del ejército regular, pero fue en balde, así que disparé a quemarropa contra ellos con un Martini de fabricación inglesa y abatí a tres de la primera fila. El valle se había llenado de griteríos, de hombres que corrían aullando de un lado a otro, todo el mundo gritaba a voz en cuello y todos decían lo mismo: "¡Ni dios ni demonio! ¡Es un hombre!". Los soldados de Bashkai siguieron del lado de Billy Fish con todo su valor, pero sus mosquetes no valían de gran cosa al lado de los rifles de recámara fabricados en Kabul, y cuatro cayeron pronto. Dan bramaba como un toro, le cegaba la ira; Billy Fish se las vio y se las deseó para impedir que se lanzara contra el gentío.

»"Es imposible plantarles cara —dice Billy Fish—. ¡Huyamos hacia el valle! Todo el mundo está contra nosotros". Los hombres de los mosquees echaron a correr y así huimos hacia el valle, a pesar de Dravot. Juraba de un modo espantoso y lanzaba espumarajos por la boca y a gritos proclamaba que era el rey. Los sacerdotes hicieron rodar unos cantos hacia nosotros y el ejército regular disparó toda la artillería, y no éramos ya ni siquiera seis, contando a Dan y a Billy Fish, además de mí, los que salimos con vida por el fondo del valle.

»Entonces cesó el fuego y volvieron a sonar los cuernos del templo. "¡Vámonos, por Dios! ¡Vámonos de aquí! —dice Billy Fish—. ¡Huyamos! Mandarán emisarios a todas las aldeas antes que podamos llegar a Bashkai. Allí puedo daros protección, pero aquí y ahora no puedo hacer nada".

»Tengo la impresión de que Dan comenzó a enloquecer en aquellos momentos. Tenía una mirada inexpresiva, como un cerdo al espetón. De pronto se mostró a favor de volver caminando él solo y acabar con todos los sacerdotes con sus propias manos, cosa que bien podría haber hecho. "Emperador yo soy —dice Daniel—, y el año que viene la reina me nombrará caballero".

»"Entendido, Dan —le digo—, pero ahora vámonos, que todavía hay tiempo".

»"Todo es culpa tuya —me dice—, por no haber estado más atento a tu ejército. En tu ejército alentaba el espíritu de la rebelión y tú ni siquiera te enteraste… ¡Maldito… maquinista de tres al cuarto, empleaducho de ferrocarriles, sabueso de misionero!". Tomó asiento en una roca y no dejó de insultarme como le vino en gana, llamándome con todos los improperios que se le ocurrieron. Demasiado harto estaba yo para que me importara, aun cuando hubieran sido todas sus necedades las causantes de la debacle.

»"Lo lamento, Dan —le digo—, pero no hay manera de explicarse la reacción de los indígenas. Acabas de presenciar nuestro motín del 57. A lo mejor algún día podamos sacar algo en claro, si es que llegamos a refugiarnos a Bashkai".

»"Pues vayamos a Bashkai —dice Dan—, y por Dios te juro que cuando vuelva voy a limpiar el valle entero, hasta que no quede ni una pulga en una sola manta".

»Caminamos durante todo el día, y toda la noche la pasó Dan pisoteando la nieve, mascándose la barba, murmurando para sus adentros.

»"No tenemos esperanzas de escapar —dijo Billy Fish—. Los sacerdotes habrán enviado emisarios a todas las aldeas, para que se sepa que sólo sois hombres. ¿Por qué no seguisteis haciéndoos pasar por dioses hasta que las cosas se aquietaran un poco? Ay de mí, soy hombre muerto". Y se lanzó sobre la nieve y se puso a rezar a sus dioses.

»A la mañana siguiente nos encontramos en un paraje cruel, todo un rompepiernas sin descanso, ni un solo trecho llano, y nada de comer por ninguna parte. Los seis hombres de Bashkai miraban a Billy Fish con hambre, como si desearan preguntarle alguna cosa, aunque no llegaron a decir ni una sola palabra. Al mediodía llegamos a la cima de un monte, un llano cubierto por la nieve, y al ascender del todo, cuidado: ¡allí nos esperaba un destacamento del ejército en posición!

»"¡Buena prisa se han dado los emisarios! —dijo Billy Fish, y soltó una especie de risa—. Nos están esperando".

»Tres o cuatro hombres comenzaron a disparar desde los flancos del enemigo, y un disparo al azar alcanzó a Daniel en una pantorrilla. Con el impacto pareció recobrar la cordura. Miró a través de la extensión de nieve, al destacamento del ejército, y vio los rifles que nosotros mismos habíamos introducido en el país.

»"Estamos acabados —dice—. Son ingleses, esos son ingleses. ¡Y es mi empecatada estupidez la que te ha metido en todo esto! Regresa, Billy Fish, y llévate a tus hombres; has hecho cuanto estaba en tu mano, ahora tienes que marchar. Carnehan —me dice—, dame la mano y marcha con Billy. Es posible que a ti no te maten. Iré yo solo a su encuentro. Toda la culpa es mía. ¡Mía, del rey!".

»"¿Cómo voy a irme? —le digo—. Antes te largas tú mismo al infierno, Dan. Yo estoy contigo en esto. Billy Fish, es mejor que tú desaparezcas. Nosotros iremos al encuentro de esos hombres".

»"Yo soy jefe —dice Billy Fish con gran tranquilidad—. Me quedo con vosotros. Mis hombres sí pueden marchar".

»Los hombres de Bashkai no esperaron a que les reiterase nadie el ofrecimiento y echaron a correr, y Dan y Billy Fish y yo caminamos en dirección al lugar desde el que redoblaban los tambores y resonaban los cuernos. Hacía frío, un frío terrible. Ahora mismo vuelvo a sentir aquel frío en el cogote. Aún tengo un grumo de aquel frío.

Los culíes encargados del *punkah* se habían marchado a dormir. Dos lámparas de queroseno ardían en la oficina. El sudor me corría por la frente, por las sienes, y varias gotas salpicaron el papel secante al inclinarme sobre la mesa. Carnehan estaba temblando, y mucho me temí que estuviera a punto de perder la cabeza. Me sequé la cara, lo sujeté de nuevo por las manos lastimosamente destrozadas.

—¿Y qué pasó después? —le pregunté

El movimiento momentáneo de mis ojos había interrumpido el claro fluir de sus palabras.

—¿Qué ha querido decir? —dijo Carnehan en tono quejumbroso—. Se lo llevaron sin mediar palabra. Ni siquiera un susurro al llevárselo sobre la nieve, nada, aun cuando el rey derribase de un empellón al primero que le puso la mano encima; nada, por más que el viejo Peachey disparase el último cartucho que le quedaba a quemarropa. Ni una palabra, ni un ruido hicieron aquellos cerdos. Cerraron prietas las filas, nada más, y le aseguro que los pellejos con que se cubrían apestaban. Había un hombre al que llamábamos Billy Fish, un buen amigo nuestro, al que le cortaron el cuello allí mismo, señor mío, sin esperar a más, como quien degüella a un cerdo. Y va el rey y se lía a patadas con la nieve ensangrentada y dice: «Buen premio se nos da por tanto esfuerzo, ¿eh? Y ahora ¿qué viene?». Pero Peachey, Peachey Tagliaferro, en serio se lo digo, señor, en confianza en-

342

tre dos amigos, que lo sé de buena tinta, Peachey perdió la cabeza, señor. No, tampoco es eso. El rey fue quien perdió la cabeza, vaya que sí, en uno de aquellos ingeniosos puentes de cordajes. Permítame un momento el abrecartas, señor. Se inclinó de este modo. Se lo llevaron a través de la nieve por espacio de una milla, no mucho más, hasta un puente de cordajes que salvaba una quebrada por cuyo fondo corría un río. Seguramente habrá visto alguno parecido. Lo azuzaron como a un buey para que siguiera adelante. "¡Malditos sean vuestros ojos! —dice el rey—. ¿O es que alguno se piensa que no sé yo morir como muere un caballero?". Se vuelve entonces hacia Peachey, Peachey estaba llorando como un niño: "Yo te he arrastrado a todo esto, Peachey —dice—. Te he arrastrado hasta aquí, te he arrancado de tu vida sosegada, te he traído a morir en Kafiristán, donde has sido comandante en jefe de las fuerzas imperiales. Di que me perdonas, Peachey". "Te perdono —dice Peachey—. Libre y plenamente te perdono, Dan". "Dame la mano, Peachey —dice—. Ahora he de irme". Y se marcha sin mirar a izquierda ni a derecha, y al hallarse justamente en medio de aquellos cordajes, tan lejos de un extremo como del otro, va y les grita: "Cortad, pordioseros". Y vuelve a gritar y ellos cortan de un tajo los cordajes, y el viejo Dan cayó dando tumbos por el aire, cayó por espacio de veinte mil millas, pues le costó media hora hasta estrellarse contra el agua, y aún alcancé a ver su cuerpo allí tendido, estampado contra una roca, y la corona de oro a su lado.

»Pero..., ¿quiere saber qué le hicieron a Peachey entre dos pinos? Lo crucificaron, señor, como sin duda atestiguará la mano de Peachey. Lo clavaron con estacas de madera en las manos y en los pies, y no murió. Allí quedó colgado y gritó hasta quedarse sin alma, y al día siguiente lo bajaron de los pinos diciendo que era un milagro que no hubiese muerto. Lo bajaron, sí, al pobre Peachey, que no había hecho daño a nadie, que no les había perjudicado en nada...

Se meció en el asiento y lloró con amargura, secándose los ojos con el dorso de las manos marcadas por las cicatrices, gimiendo como un niño chico por espacio de diez minutos.

—Fueron tan crueles que le dieron de comer en el templo, pues dijeron que era más dios que el viejo Daniel, que a fin de cuentas no era más que un hombre. Lo soltaron al cabo en la nieve y le dijeron que se largase de allí, que se fuera a su casa, y Peachey volvió a su casa al cabo de un año, mendigando por los caminos sin riesgo de nada, porque Daniel Dravot lo guiaba y le abría el paso y le decía: «Vamos, Peachey. Es gran cosa lo que estamos haciendo». Los montes bailaban de noche, los montes quisieron abatirse sobre la cabeza de Peachey, pero Dan lo guiaba y lo llevaba de la mano y Peachey siguió caminando encorvado, doblado por la mitad. Nunca se soltó de la mano de Dan, nunca soltó la cabeza de Dan. Se la dieron a modo de obsequio en el templo, para que no se olvidase de no volver jamás, y aunque la corona era de oro puro y Peachey se moría de hambre nunca, nunca jamás, la habría vendido Peachey. Usted conoció a Dravot, señor. ¡Usted conoció al recto y reverencial, a su gracia, al hermano Dravot! ¡Pues mírelo ahora!

Hurgó entre el montón de harapos que le rodeaban por el cinto; sacó un bolso de crin de caballo negro, bordado con hilo de plata, y lo sacudió para que cayera sobre mi mesa... ¡La cabeza seca y marchita de Daniel Dravot! El sol de la mañana, que largo rato llevaba haciendo palidecer las lámparas, dio de lleno en la barba pelirroja, en los ojos ciegos y hundidos en las cuencas; dio de lleno también en un robusto aro de oro tachonado de turquesas en bruto, que Carnehan había ceñido con ternura sobre las sienes machacadas.

—Aquí tiene usted —dijo Carnehan— al emperador tal como era mientras estuvo con vida, el rey de Kafiristán con su corona tocado. ¡Pobre Daniel, que llegó a ser monarca!

Me estremecí, pues a pesar de lo muy desfigurada que estaba había reconocido la cabeza del hombre al que por vez primera vi en el empalme de Marwar. Carnehan se puso en pie, listo para marcharse. Quise impedírselo. No estaba en condiciones de caminar por ahí.

—Permítame llevarme el whisky y deme algo de dinero —resolló—. Yo fui rey una vez. Iré a ver al comisario y le pediré que me interne en el asilo de menesterosos hasta que recupere la salud. No, muchas gracias, pero no puedo esperar a que me llame un coche. Tengo asuntos privados que reclaman mi atención con urgencia. En el sur… En Marwar.

Salió de la oficina dando tumbos y emprendió camino hacia la comisaría. Aquel mismo día, a mediodía, tuve ocasión de bajar al paseo cuando caía a plomo un sol de justicia, y vi a un hombre contrahecho que se arrastraba por el polvo blanquecino, a la vera de la calzada, el sombrero en la mano, cantando con voz dolorida, trémula, a la manera de los cantantes ambulantes de nuestro país. No se veía un alma por ninguna parte, ni siquiera desde las casas se le podría haber oído, y a pesar de todo cantaba con voz nasal, moviendo la cabeza de lado a lado:

> El hijo del hombre se hace a la guerra
> por ganar una corona dorada.
> Su bandera de sangre ondea lejana
> ¿Quién ha de seguir su roja estela?

No esperé a oír más. Coloqué al pobre despojo en mi coche y lo llevé al hospital misionero más cercano para que desde allí lo trasladasen al asilo. Repitió el himno un par de veces mientras aún iba conmigo, si bien en modo alguno me reconoció. Lo dejé canturreando con el misionero que nos atendió.

Dos días después pregunté por su salud al encargado del asilo.

—Ingresó con una insolación. Murió ayer por la mañana —dijo el encargado—. ¿Es cierto que estuvo media hora sin cubrirse, bajo el sol de mediodía?

—Sí —dije—, pero…, ¿sabe usted por un casual si llevaba algo encima cuando murió?

—No que yo sepa —dijo el encargado.

Y así quedó la cosa.

LAS CONQUISTAS DE WILLIAM

1

> *He sido más valeroso*
> *que todos los notables,*
> *pero algo de más bravura se me pide,*
> *que es mantenerlo en silencio.*
>
> JOHN DONNE, La promesa

—¿Ya se ha declarado oficialmente?

—Han llegado al extremo de reconocer una «escasez local extrema», y han comenzado las labores para mitigar las consecuencias en un distrito o dos, según dice el periódico.

—Eso quiere decir que lo van a declarar en cuanto se hayan asegurado de que disponen de los hombres y de los transportes rodados que estimen oportunos. No me extrañaría que fuese de una gravedad tan terrible como la Gran Hambruna.

—Eso no puede ser —dijo Scott, y se volvió ligeramente en la tumbona de mimbre que ocupaba—. Hemos tenido cosechas excelentes en el norte, y en Bombay y Bengala se informa de que tienen almacenado más de lo que podrían necesitar ahora mismo. Podrían hacer las comprobaciones antes que la cosa se les vaya de las manos. A lo sumo tendrá sólo repercusión local.

Martyn cogió el *Pioneer* de la mesa, leyó una vez más los telegramas despachados y puso los pies sobre el respaldo de la tumbona. Era una tarde calurosa, oscura, en la que faltaba el aire, que llegaba cargado de olor desde el Mall, recién regado. Las flores de los jardines del club se habían marchitado y estaban negras en los tallos, el pequeño estanque de los lotos era un círculo de barro reseco, y los tamarindos estaban blanquecinos por soportar el polvo de sucesivas semanas. La mayoría de los hombres se encontraban en el quiosco de la música, en los jardines públicos —desde la veranda del club se veía a la banda de la policía nativa, aporreando valses rancios— o en el campo de polo, e incluso en el frontón donde se jugaba a *fives*, donde hacía más calor que en un horno holandés. Media docena de mozos de cuadra, acuclillados ante los caballos, aguardaban el regreso de sus señores. De vez en cuando, un hombre llegaba cabalgando al paso hasta el recinto del club, y derrengado y desatento se acercaba a los barracones blancos de cal, adjuntos al edificio principal. Allí estaban los alojamientos de los socios. En ellos vivían algunos hombres, que se encontraban con los mismos rostros blancos noche tras noche, a la hora de la cena, y que estiraban las horas de trabajo en los despachos tanto como fuera posible, para rehuir aquella triste compañía.

—¿Qué piensas hacer? —dijo Martyn con un bostezo—. Vayamos a nadar un rato antes de la cena.

—El agua está caliente. Hoy estuve en los baños.

—Pues juguemos al billar. A cincuenta.

—Ahora mismo hace 40° en la sala. Estate tranquilo, no seas tan sumamente enérgico.

En el porche apareció un camello que resopló de pronto. El jinete, condecorado y enfajinado, rebuscaba algo en una bolsa de cuero.

—*Kubber-kargaz—ki—yektraaa*[1] —gimoteó el hombre, y dejó sobre la mesa la edición extra del periódico, una sola hoja impresa por una sola cara, húmeda aún, recién salida de la imprenta. La clavaron por las cuatro esquinas en un tablón de

---

1   Edición extra del periódico.

fieltro verde, entre los anuncios de caballos en venta y de fox terriers que se les habían perdido a sus dueños.

Martyn se levantó perezosamente, la leyó y soltó un silbido.

—¡Ahora sí lo han declarado! ¡Ya es oficial! —exclamó—. Uno, dos, tres... hasta ocho distritos se encuentran sujetos al operativo del Código de Hambruna. *Ek dum*[2]. Han puesto a Jimmy Hawkins al mando de las operaciones.

—¡Buena se avecina! —dijo Scott, y así dio el primer signo de interés que había mostrado—. En caso de duda se aconseja contratar a un punjabí. Yo trabajé a las órdenes de Jimmy nada más llegar aquí, y estaba asignado al Punjab. Tiene más *bundobust*[3] que la mayoría de los hombres.

—Jimmy es ahora Caballero del Jubileo[4] —dijo Martyn—. Es un buen tipo, aunque sea civil por partida triple y acudiera a la presidencia ignorante[5]. Qué nombres tan poco esclarecidos tienen todos esos distritos de Madrás, hay que ver: son todos *ungas* o *rungas* o *pillays* o *polliums*.

Llegó un coche de dos ruedas envuelto en una polvareda y entró un hombre secándose el sudor de la cabeza. Era el director del único periódico diario de la capital de una provincia de veinticinco millones de nativos y varios centenares de blancos. El personal de la redacción estaba limitado a él mismo y a su ayudante, por lo que sus jornadas laborales iban de las diez a las veinte horas al día.

—Eh, Raines. Se supone que usted lo sabe todo —dijo Martyn deteniéndolo—. ¿Qué opina? ¿En qué va a quedar esto de la «escasez» que se ha declarado en Madrá?

—Nadie lo sabe aún a ciencia cierta. Por el teléfono se ha recibido un mensaje que, impreso, será más largo que su brazo. He dejado a mi aprendiz dándole cuerpo. En Madrás han reconocido

---

2 *Ek dum*, con efecto inmediato.
3 *Bundobust*, capacidad organizativa.
4 Caballero del Jubileo. Nombrado *sir* en el año del Jubileo de la reina Victoria (1887).
5 Civil por partida triple, por ser más que las tres clases superiores: sacerdotes, guerreros y terratenientes, a los que se consideraba nacidos por partida doble.
  La «presidencia ignorante» es la de Madrás.

que no pueden afrontar la crisis por sí solos, y parece ser que Jimmy goza de manos libres para contar con todos los hombres que precise. Arbuthnot le ha advertido que esté preparado.

—¿Arbuthnot? ¿El Condecorado?

—El tipo de Peshawar. Sí. Además, el *Pioneer* ha comunicado por telegrama que Ellis y Clay ya han sido convocados para que acudan desde el Noroeste. Y han contactado con media docena de hombres de Bombay. Mucho me temo que sí, que se nos ha declarado una hambruna en toda regla. Tiene toda la pinta de que la cosa va en serio.

—Están más cerca que nosotros del lugar de los hechos, pero si de veras se trata de recurrir a las reservas del Punjab en una fase tan temprana, es que hay mucho más de lo que parece —dijo Martyn.

—Hoy aquí estamos y mañana Dios dirá. Nadie ha venido a quedarse para siempre —dijo Scott, y dejó caer una de las novelas del capitán Marryat, poniéndose en pie al mismo tiempo—. Martyn, tu hermana te está esperando.

Un brioso caballo gris caracoleaba y amagaba con ponerse de manos cerca de la veranda, donde la luz de la lámpara de queroseno caía sobre un vestido de percal marrón y un rostro bajo, protegido por un sombrero de fieltro gris.

—Ahora mismo voy —dijo Martyn—. Ya estoy listo. Será mejor que vengas con nosotros a cenar si no tienes nada mejor que hacer, Scott. William, ¿tenemos algo para cenar en casa?

—Pues iré a ver qué hay —respondió el jinete—. Tráelo tú en el coche. A las ocho en punto, no te olvides.

Scott se dirigió sin apresurar el paso a su habitación y se cambió para ponerse la ropa indicada para la noche, teniendo en cuenta la estación del año y el lugar: ropa de lino blanco, inmaculado, de la cabeza a los pies, con una ancha faja de seda. Cenar en casa de los Martyn era sin lugar a dudas una gran mejoría con respecto a la carne de oveja reseca, al ave correosa y a los entrantes enlatados que se servían en el club. Pero no dejaba de ser una lástima que Martyn no pudiera permitirse el lujo de enviar a su hermana a las montañas a pasar la temporada de más calor. En su condición de superintendente de la Policía del Distrito, Martyn recibía una paga espléndida de seiscientas depreciadas rupias de plata al mes, y su pequeño *bungalow* de cuatro habitaciones lo manifestaba. Tenía las habituales jarapas a franjas blancas y azules, tejidas en la cárcel, sobre el suelo desigual; tenía los habituales *phulkaris* de Amritsar[6], decorados con cuentas de cristal, clavados sobre la cal desconchada de las paredes; tenía la habitual media docena de sillas desemparejadas, encontradas en las subastas de los efectos personales de algún difunto; tenía las habituales manchas de grasa renegrida allí donde las correas de cuero del *punkah* pasaban por sendos agujeros abiertos en la pared. Era como si todo se hubiera desembalado la noche anterior y como si todo fuera a recogerse a la mañana siguiente. Ni una sola de las puertas se asentaba limpiamente sobre las bisagras. Los ventanucos, a más de cuatro metros, los oscurecían los nidos de avispas; los lagartos cazaban moscas entre las vigas vistas del techo. Sin embargo, todo ello formaba parte de la vida de Scott. En esas condiciones vivían las personas con un salario como el suyo, y en una tierra en la que el salario de un hombre, así como su edad y posición, se hallan impresos en un libro, a disposición de todos, no tiene apenas sentido jugar a las pretensiones ni simular de palabra o de obra. Scott había cumplido ocho años de servicio en el Departamento de Regadíos, en donde ganaba ochocientas rupias al mes en el bien entendido de que si prestara servicios fielmente al Estado por espacio de otros veintidós años llegaría el día en que pudiera jubilarse con una pensión en torno a las cuatrocientas rupias al mes. Su vida laboral, que había transcurrido sobre todo bajo la lona de las tiendas o en cobijos provisionales, en donde fuera posible dormir, comer y escribir cartas, estaba estrechamente ligada a la construcción y vigilancia de los canales de irrigación, a la administración de doscientos o trescientos obreros

6   Telas con flores bordadas y otros adornos.

de todas las castas, de todos los credos, y al pago de sumas muy cuantiosas en monedas de plata acuñada.

Aquella misma primavera había dado por concluido, no sin merecimiento, el último tramo del gran Canal de Mosul, y —muy en contra de su voluntad, pues detestaba el papeleo y la burocracia— se le había enviado para que durante la estación más calurosa se ocupara de las cuentas y abastecimientos del Departamento, teniendo a sus órdenes únicamente a un sudoroso suboficial en la capital de la provincia. Martyn lo sabía; William, su hermana, lo sabía; todo el mundo lo sabía. También sabía Scott, así como lo sabía el resto del mundo, que la señorita Martyn había llegado a la India cuatro años antes para ocuparse de las necesidades domésticas de su hermano, quien, como todo el mundo sabía, había tenido que pedir prestado el dinero para pagar su pasaje en barco; todo el mundo estaba asimismo al tanto de que ella tendría que haber contraído matrimonio cuanto antes. Por el contrario, había dado su negativa a media docena de subalternos, a un funcionario que era veinte años mayor que ella, a un comandante, a un empleado del Departamento de Sanidad de la India. También era todo ello del dominio público. Ella se había quedado allí, «aguantando durante tres estaciones de calor», como se suele decir, porque su hermano estaba endeudado y no podía permitirse correr con los gastos de su manutención siquiera en una de las residencias más asequibles de la zona montañosa. Por lo tanto, tenía la cara blanca como un hueso, y en el centro de la frente se le veía una cicatriz grande y plateada, del tamaño de un chelín: huella de una de las llamadas llagas de Delhi, que es lo mismo que un «dátil de Bagdad». Es debida a la ingestión de agua en malas condiciones, y es algo que poco a poco corroe la carne, hasta que madura lo suficiente para que se pueda quemar.

No obstante, William había disfrutado una enormidad en aquellos cuatro años transcurridos desde que llegó. En dos ocasiones estuvo a punto de ahogarse mientras vadeaba un río; una vez se desbocó el camello que montaba; había presenciado un ataque de los ladrones, a medianoche, contra el campamento de su hermano; había visto cómo se administraba la justicia, con vara larga, en campo abierto y bajo los árboles; tenía rudimentos de punjabí e incluso sabía hablar el urdu con una fluidez que envidiaban sus mayores; había abandonado por completo el hábito de escribir cartas a sus tías de Inglaterra y también el de recortar páginas enteras de las revistas que llegaban de allá; había pasado un año muy malo, con grandes epidemias de cólera, y había visto escenas que no sería adecuado relatar; había rematado sus experiencias con seis semanas de fiebres tifoideas, durante las cuales hubo que afeitarle la cabeza y no perder la esperanza de que cumpliese veintitrés años en aquel mes de septiembre. No sería de extrañar que las tías en cuestión jamás hubieran dado su visto bueno a una muchacha que no ponía el pie en el suelo siempre y cuando tuviera un caballo a la vista, que acudía en caballo a los bailes con un echarpe por encima de la falda, que llevaba el pelo corto y rizado, que respondía indistintamente al nombre de William o al de Bill, que hablaba con abundantes adornos y florituras de la lengua vernácula, que sabía actuar en las representaciones teatrales de aficionados, que tocaba el banjo, tenía a su mando a ocho criados y dos caballos a su disposición, incluidas sus cuentas y sus enfermedades, y que miraba a los hombres despacio y con intención, a los ojos, incluso después de que estos le hubiesen hecho proposiciones matrimoniales y ella las hubiera rechazado.

—Me gustan los hombres que hacen cosas —había confiado a un hombre del Departamento de Educación, que era quien daba instrucción a los hijos de los comerciantes de telas y a los teñidores, enseñándoles la belleza de la *Excursión* de Wordsworth por medio de libros de texto anotados y subrayados. Y cuando él se puso poético William le explicó que no entendía «gran cosa de poesía, y que además me da dolor de cabeza», con lo que otro corazón partido fue a refugiarse en el club. Pero todo era culpa de William. Le encantaba oír a los hombres hablar de sus trabajos, y esa suele ser la forma más fatal de poner a un hombre a los pies de una mujer.

Scott la conocía desde hacía unos tres años. La veía por lo general bajo la lona de las tiendas de campaña, cuando su campamento y el de su hermano sumaban fuerzas para pasar un día en la linde del Desierto de la India. Había bailado con ella varias veces en los concurridos festejos navideños, cuando llegaban a congregarse hasta quinientos blancos en el acantonamiento. Siempre había tenido un gran respeto por su estilo de llevar las cosas de la casa y por las cenas que ofrecía.

Parecía más que nunca un muchacho cuando, al terminar la comida, se quedaba sentada y liaba cigarrillos, con la frente arrugada bajo los rizos oscuros del cabello, manipulando los papelillos y estirando el mentón cuando el tabaco quedaba en su sitio, o bien, con un gesto tan certero como el de un chiquillo al arrojar una piedra, lanzaba el cigarrillo terminado a Martyn, que lo cazaba con una mano al otro lado de la sala y reanudaba su conversación con Scott. Hablaban siempre de «cosas del trabajo», de los canales y la política de canalización; de las faltas de los lugareños que robaban más agua que la que habían pagado, de los groseros policías nativos de varias localidades, que estaban conchabados con los ladrones; hablaban del trasplante físico de ciertas aldeas que era preciso llevar a cabo en terrenos provistos de nuevos sistemas de regadío, y de la lucha que se avecinaba con la región desértica del sur, cuando los fondos provinciales dieran garantías para abrir el Sistema de Canalización Protectora de Luni, que había sido acotado y medido tiempo atrás. Y Scott hablaba abiertamente de su gran deseo, de estar al frente de una sección de la obra en la que conociera bien la tierra y conociera mejor a las gentes, mientras Martyn suspiraba por un puesto en las faldas del Himalaya, y decía sinceramente lo que pensaba de sus superiores, y William liaba cigarrillos y no decía nada, limitándose a sonreír con gravedad mirando a su hermano porque éste era feliz.

A las diez llegó a la puerta el caballo de Scott y terminó la velada.

Las luces de los dos bungalows bajos en los que se imprimía el periódico brillaban con intensidad al otro lado del camino.

Era demasiado temprano para tratar de conciliar el sueño, de modo que Scott se acercó a visitar al director del diario. Raines, desnudo hasta la cintura como un marinero ante el cañón, estaba medio adormilado en una tumbona, esperando los telegramas nocturnos. Tenía la teoría de que si un hombre no permanecía pendiente del trabajo noche y día se exponía gravemente a contraer una enfermedad: por eso comía y dormía entre sus archivadores.

—¿Podrá ocuparse de ello? —dijo con voz soñolienta—. No era mi intención que viniera hasta aquí.

—¿De qué me habla usted? He estado cenando en la casa de los Martyn.

—Me refiero a la hambruna de Madrás, por supuesto. Martyn también está avisado. Están llevándose a todos los hombres capacitados que puedan encontrar. Le envié una nota al club hace un rato, pidiéndole que nos envíe una carta una vez por semana desde el sur. Entre dos y tres columnas. No se trata de que sea sensacional, por descontado. Los hechos tal como son: quién se ocupa de qué, qué es lo que se cuece, etcétera. Nuestras tarifas habituales son… diez rupias por columna.

—Lo siento, pero eso no es lo mío —repuso Scott, y miró distraído el mapa de la India que colgaba de la pared—. Para Martyn va a ser duro, muy duro. Me pregunto qué hará con su hermana. Y, ya puestos, me pregunto qué diantre pretenden de mí. No tengo experiencia en combatir una hambruna. Ésta es la primera vez que tengo noticia de… ¿Ha llegado la orden?

—Desde luego. Aquí tiene el telegrama. Lo destinan a usted a las labores de ayuda —dijo Raines—, con una horda de habitantes de Madrás muriendo como moscas; como mucho, un boticario nativo y medio frasco de mezcla para tratamiento del cólera entre los diez mil que han de ser ustedes. Ha sido por estar usted desocupado en estos momentos. Todos los hombres que no tengan sobre sus hombros el trabajo de otros dos han sido convocados. Hawkins evidentemente cree en los punjabíes. Esto va a ser peor que todo lo que hayan tenido que afrontar en estos diez últimos años.

—No es más que el trabajo de cada día, aunque la suerte nos haya vuelto la espalda. Supongo que me llegará oficialmente la orden mañana a lo largo del día. Me alegro muchísimo de haber pasado por aquí. Mejor será que me marche a preparar el equipaje. ¿Quién es el que me sustituye aquí? ¿Lo sabe usted?

Raines repasó un fajo de telegramas.

—McEuan —dijo—, viene desde Murree.

Scott se rió por lo bajo.

—Seguro que se las prometía muy felices, muy fresquito todo el verano. Todo esto le molerá los hígados. En fin, de nada sirve seguir hablando. Que tenga buenas noches.

Dos horas después, con la conciencia tranquila, Scott se tendió a descansar en un catre de cordaje colocado en una habitación en la que no había nada más. Dos baúles desgastados de piel de becerro, así como una cantimplora de cuero, una caja de hojalata para el hielo, y su silla de montar preferida, cosida con tela de arpillera, esperaban apilados en la puerta. La factura que le había emitido el secretario del club por sus gastos del último mes se encontraba bajo la almohada. A la mañana siguiente le llegó la orden, acompañada por un telegrama oficioso de Sir James Hawkins, quien no tenía por costumbre olvidar a los hombres valiosos que hubiera conocido. Le pedía que se reuniera con él a la mayor celeridad, en algún lugar de nombre impronunciable, a mil quinientas millas al sur, pues la hambruna arrasaba la tierra y se necesitaba el concurso de los hombres blancos.

A mediodía, con un calor abrasador, llegó un joven sonrosado y gordezuelo despotricando contra el destino y las hambrunas, que entre uno y las otras nunca dejaban a nadie en paz ni siquiera por espacio de tres meses. Era el sucesor de Scott, otro engranaje en la maquinaria que venía a ocupar el puesto de su colega, cuyos servicios, según el anuncio oficial, «se ponían a disposición del Gobierno de Madrás para paliar la hambruna, empeño en el que permanecerá hasta nueva orden». Scott le hizo entrega de los fondos que habían quedado bajo su custodia, le mostró cuál era el rincón más fresco del despacho, le advirtió que no le convenía incurrir en exceso de celo y, ya con la caída de la tarde, se marchó del club en un coche de alquiler, con su fiel sirviente, Faiz Ullah, y un montón de equipaje desordenado en el traspontín, rumbo a la estación, convertida en un baluarte lleno de troneras, donde tomaría el expreso del sur. El calor que exudaban las gruesas paredes de ladrillo le dio en la cara como si hubiera sido una toalla húmeda; reflexionó entonces y se dijo que le quedaban al menos cinco noches y cuatro días de viaje por delante. Faiz Ullah, habituado al azar de estos casos, se lanzó de lleno sobre la muchedumbre que esperaba en el andén, mientras Scott, con una tagarnina entre los dientes, esperaba a que su compartimento quedara disponible. Una docena de policías nativos, con los rifles y las cartucheras, se colocaron hombro con hombro para empujar a los campesinos punjabíes, a los artesanos sijs, a los buhoneros afredíes, de rizos grasientos, al tiempo que escoltaban con la debida pompa la funda del uniforme, las cantimploras, la caja del hielo y la colchoneta enrollada de Martyn. Vieron a Faiz Ullah con la mano en alto y se dirigieron hacia él.

—Mi *sahib* y tu *sahib* —dijo Faiz Ullah al hombre de Martyn— viajarán juntos. Tú y yo, hermano, reservaremos las plazas para los criados que queden más cercanas. Debido a la autoridad de nuestros amos, nadie osará molestarnos.

Cuando Faiz Ullah informó de que todo estaba listo, Scott se acomodó cuan largo era, sin chaqueta y descalzo, en la ancha litera tapizada de cuero. El calor que se acumulaba bajo el techo de hierro combado en la estación sobrepasaba de largo los 40°. En el último momento entró Martyn goteando sudor.

—No despotriques, no blasfemes —dijo Scott perezosamente—. Ya es tarde para que cambies de compartimento. Además, nos repartiremos el hielo.

—¿Qué estás haciendo tú aquí? —preguntó el policía.

—Me han destinado al Gobierno de Madrás, igual que a ti. ¡Por Júpiter! ¡Esta noche será una de las buenas! ¿Llevas contigo a alguno de tus hombres?

—Una docena. Supongo que tendré que ocuparme de supervisar la distribución de alimentos para paliar la hambruna. No sabía que tú también hubieras recibido la orden.

—Yo tampoco lo supe hasta anoche, cuando me despedí de ti. Raines fue el primero en enterarse. A mí la orden me ha llegado esta mañana. McEuan me sustituyó a las cuatro en punto y me puse en camino de inmediato. No me extrañaría que fuera buena cosa esto de la hambruna…, siempre y cuando salgamos con vida.

—Jimmy tendría que ponernos a trabajar juntos —dijo Martyn, y añadió tras una pausa—: Ha venido mi hermana.

—Bien hecho —comentó Scott de corazón—. Pasaremos por Umballa, y de allí supongo que podrá subir sin problemas hasta Simla. ¿Con quién se alojará allí?

—No, no. Ése es el problema. Viene conmigo.

Scott se incorporó como si lo hubiera accionado un resorte, y así permaneció bajo las lámparas de petróleo hasta que el tren dio una sacudida al pasar por la estación de Tarn-Taran.

—¿Cómo? No me irás a decir que no puedes permitirte…

—No es eso. Habría reunido el dinero como fuese.

—Podrías haber recurrido a mí en primer lugar —dijo Scott, evidentemente molesto—. No es que seamos dos desconocidos.

—En fin, no hace falta que te pongas así. Claro que podría, pero… tú no conoces a mi hermana. Me he pasado el día entero dándole explicaciones, y la he exhortado, rogado, ordenado, y todo lo que quieras. Esta mañana ya perdí los estribos, y no creo que aún haya vuelto a mis cabales. Pero ella no quiere ni oír hablar de una solución de compromiso. Una mujer tiene derecho a viajar con su marido si ése es su deseo. William, imagínate, afirma que estamos en la misma situación. Date cuenta de que hemos pasado más o menos toda la vida juntos, desde la muerte de mis padres. No es que sea una hermana normal y corriente.

—Todas las hermanas de las que yo tenga conocimiento se habrían quedado en un lugar donde estuvieran bien atendidas y no corriesen el menor riesgo.

—Pero ella es más lista que un hombre, maldita… —siguió diciendo Martyn—. A poco me rompe el *bungalow* entero en la cabeza mientras estuve hablando con ella. Dejó todo el *subchiz*[7] resuelto en menos de tres horas: criados, caballos, todo. Mi orden no llegó hasta las nueve.

—A Jimmy Hawkins no le hará ninguna gracia —dijo Scott—. Una región que es pasto de la hambruna no es lugar adecuado para una mujer.

—La señora de Jim… Quiero decir, Lady Jim en persona se encuentra en el campamento con él. Sea como fuere, dice que ella cuidará de mi hermana. William le envió un telegrama bajo su propia responsabilidad, pidiéndole permiso para viajar, y me dejó sin argumentos cuando me mostró su respuesta.

Scott rió a carcajadas.

—Si es capaz de eso, es que sabe cuidar de sí misma. Además, la señora de Jim no permitirá que se meta en ningún lío. No hay muchas mujeres, sean hermanas o sean esposas, capaces de meterse en una región donde se ha declarado una hambruna con los ojos bien abiertos. No es que desconozca qué significa todo esto. Ya vivió la epidemia de cólera de Jaloo el año pasado.

El tren se detuvo en Amritsar, y Scott volvió al compartimento de las señoras, situado inmediatamente detrás del suyo. William, con una gorra de montar de tela sobre los rizos, le saludó con gesto afable.

—Ven a tomar un poco de té —le dijo—. Es lo mejor del mundo para no congestionarse por el calor.

—¿Tengo yo pinta de estar a punto de sufrir una congestión por el calor?

—Eso nunca se sabe —dijo William sabiamente—. Más vale estar prevenido.

Había acampado en su compartimento con la sabiduría de quien tiene costumbre de improvisar una vivienda. Una can-

7 *Subchiz*, asunto.

timplora recubierta de fieltro colgaba de la manilla de una de las ventanas cerradas; un juego de té de porcelana rusa, que llevaba en una cesta cuyo interior iba forrado de guata, se encontraba a su lado sobre el asiento; una lamparilla de viaje iba encima bien afianzada en el estante.

William sirvió con generosidad unas tazas grandes de té bien caliente, con lo cual se ahorra que las venas del cuello se hinchen de un modo inoportuno en las noches de más calor. Era característico de la muchacha que, una vez establecido su plan de acción, no pidiera a nadie ningún comentario al respecto. La vida entre hombres con grandes cantidades de trabajo por hacer y muy poco tiempo para llevarlo a cabo le había enseñado lo necesario para no llamar la atención, además de haber aprendido así a ingeniárselas en toda clase de situaciones. Ni de palabra ni de obra daba nunca a entender que hubiera sido la suya una aportación de utilidad, de comodidad, de belleza, a lo largo de sus viajes; no obstante, se ocupaba de sus asuntos con serenidad absoluta. Colocó ambas tazas en la cesta sin hacer ruido cuando terminaron de tomar el té, y se puso a liar cigarrillos para sus invitados.

—Anoche a estas mismas horas —dijo Scott— no podíamos esperar ni de lejos que nos fuésemos a ver aquí…

—Yo ya he aprendido a esperar cualquier cosa —dijo William—. Ya se sabe que, estando al servicio del Estado, uno vive a un lado del telégrafo; sin embargo, yo creo que todo esto tendría que ser bueno para nosotros, localmente… si es que sobrevivimos.

—Nos deja al margen del gobierno de nuestra provincia —replicó Scott con idéntica gravedad—. Yo albergaba la esperanza de trabajar este invierno en el Sistema de Canalización Protectora de Luni, pero ahora es imposible predecir cuánto tiempo nos ocupará la hambruna.

—Dudo mucho que sea más allá del mes de octubre —dijo Martyn—. Para entonces, la cosa habrá terminado de un modo u otro.

—Y nos queda por delante casi una semana de tren —dijo William—. No quiero ni pensar cómo nos cubrirá el polvo cuando esto termine.

Durante una noche y un día los alrededores les resultaron conocidos, y durante otra noche y otro día, bordeando la linde del gran Desierto de la India en un ferrocarril de vía estrecha, recordaron que en los tiempos en que eran aprendices llegaron por ese mismo camino procedentes de Bombay. Cambiaron al poco las lenguas en las que estaban escritos los nombres de las estaciones y se adentraron en el sur por tierras desconocidas, en las que hasta los mismos olores eran una novedad. Muchos convoyes de gran longitud, cargados de cereal hasta los topes, iban por delante de ellos y les impedían avanzar. Se percibía la mano de Jimmy Hawkins moviendo sus piezas desde una gran distancia. Esperaron en vías muertas improvisadas a que pasaran las procesiones de trenes con vagones vacíos que volvían al norte, y se enganchó su convoy a otros trenes lentos, lentísimos, o bien los dejaron inmóviles en plena noche, sabe el Cielo dónde, si bien el calor era ya furioso. Caminaban de acá para allá entre los sacos, entre los perros que aullaban.

Así arribaron a una India que a ellos les resultó más ignota que a un inglés que no hubiera viajado apenas: la India llana y roja de las palmeras, de los arrozales, la India de los libros ilustrados, como *El pequeño Harry y su porteador*, una tierra reseca y muerta bajo un calor abrasador. Habían dejado muy atrás el incesante tráfico de pasajeros que menudeaba en el norte y en el oeste. Allí, la gente iba caminando al lado del tren, sosteniendo en brazos a los niños; algún que otro vagón cargado hasta los topes se quedaba atrás sin que mediase explicación, los hombres y las mujeres apiñados en torno a él como las hormigas en torno a una mancha de miel derramada. Una vez, a la media luz del crepúsculo, vieron en una llanura polvorienta a un regimiento de hombrecillos morenos, cada uno de los cuales caminaba con un cuerpo sobre el hombro, y cuando el tren se detuvo para dejar atrás un nuevo vagón, se fijaron en que los fardos no eran cadáveres, sino personas que no tenían nada que comer y que habían sido recogidas junto a los bueyes muertos de inanición por intervención de un cuerpo de tropas irregulares. Fueron encontrando a más hombres blancos, uno aquí, dos allá, cuyas tiendas de campaña no estaban lejos de las vías del ferrocarril, que se presentaban armados con poderes por escrito y palabras coléricas, resueltos a quedarse con un vagón. Estaban tan ajetreados que apenas sí saludaban con un gesto a Scott y a Martyn, aunque miraban a William con curiosidad, si bien no estaba en su mano otra cosa que preparar el té y ver cómo sus hombres frenaban la avalancha de esqueletos andantes, gimientes, abatiéndolos a veces de tres en tres, en montones, y desenganchando con sus propias manos los vagones señalados, o bien aceptando recibos de los hombres blancos a los que la fatiga había hundido los ojos en las cuencas, puesto que hablaban un lenguaje distinto del suyo. Se les acabó el hielo, el agua de soda y el té, ya que pasaron al final seis días y siete noches en el tren, aunque a ellos les pareció que fuera un total de siete veces siete años.

Por fin, con un amanecer seco y caluroso, en una tierra de muerte, iluminada por las fogatas rojas y encendidas junto a los durmientes de la vía, donde estaban enterrando a los muertos, llegaron a su destino, y allí los recibió Jim Hawkins, jefe de la campaña contra la hambruna, sin afeitar, sin asear, y pese a todo animoso y completamente al mando de todo cuanto sucedía.

Decretó allí mismo que Martyn había de vivir en lo sucesivo y hasta nueva orden a bordo de los trenes. Su misión iba a consistir en volver al punto de partida con los vagones vacíos, llenarlos de todas las personas desnutridas y hambrientas que pudiera encontrar y transportarlas a un campamento donde se administraba ayuda contra la hambruna, muy cercano a los Ocho Distritos. Debía recoger las provisiones y regresar, y los policías que estuvieran a su cargo tendrían que custodiar los vagones cargados de cereal, además de recoger a las personas y llevarlas a un campamento situado cien millas al sur. Jim Hawkins se alegró mucho de volver a ver a Scott, aunque en ese mismo instante debiera hacerse cargo de un convoy de carretas para poner rumbo al sur, alimentándose sobre la marcha, con destino a otro campamento de ayuda contra la hambruna, en donde dejaría a los famélicos, que no habían de faltarle por el camino, para esperar nuevas órdenes pegado al telégrafo. En general, Scott debía actuar ante las cosas de poca monta como considerase mejor.

William se mordió el labio inferior. No había en el mundo entero nadie como su hermano, pero las órdenes de Martyn no le atribuían poderes ilimitados.

Salió al andén enmascarada por el polvo de los pies a la cabeza, con una arruga en forma de herradura en la frente, que allí se le había formado de tanto pensar a lo largo de la semana, aunque con el mismo dominio de sí misma que había demostrado siempre. La señora de Jim —a la que debiera haber llamado Lady Jim, aunque nadie hacía uso del título—, se hizo cargo de ella con un suspiro.

—Oh, cuánto me alegro de que esté aquí —dijo al borde del sollozo—. No tendría por qué haber venido, eso por descontado, pero es que... es que no hay ninguna otra mujer en la zona, y debemos ayudarnos unas a las otras, ya sabe usted; además, tenemos a muchísimas personas sumidas en la desgracia, y se están vendiendo incluso a los niños pequeños.

—He visto a algunos —dijo William.

—¿No le parece terrible? Yo he comprado una veintena; se encuentran en nuestro campamento, pero... ¿no quiere usted comer algo antes? Aquí hay más de diez personas que pueden encargarse de eso. Ah, y tengo un caballo para usted. ¡Ay, qué contenta estoy de que haya venido usted! A fin de cuentas, querida, es usted punjabí, y ya sabe que eso...

—Tranquilízate, Lizzie —le dijo Hawkins por encima del hombro—. Nosotros cuidaremos de usted, señorita Martyn. Lamento no poder invitarle a desayunar, Martyn. Tendrá que comer lo que encuentre por el camino. Deje a dos de sus hombres para que ayuden a Scott. Estos pobres demonios no se tienen en pie, no pueden ni cargar las carretas. Saunders —dijo al maquinista, que iba medio dormido—, retroceda y llévese esos vagones vacíos. Tiene usted «vía libre» hasta Anundrapillay; pasado ese punto le darán órdenes desde el norte. Scott, cargue sus carretas con lo que hay en ese vagón de la BPP y póngase en marcha tan pronto como pueda. El euroasiático de la camisa rosa le servirá de intérprete y de guía. Encontrará a una especie de boticario atado al yugo de la segunda carreta. Ha intentado varias veces darse a la fuga; tendrá que vigilarlo. Lizzie, lleva a la señorita Martyn al campamento, y diles que me envíen aquí el caballo bayo.

Scott, con Faiz Ullah y dos policías, estaba ya trajinando con las carretas, colocándolas a la altura del vagón y abriendo las portezuelas laterales, mientras los demás iban trasladando los sacos de mijo y de trigo. Hawkins lo observó durante el tiempo que tardó en llenar una de las carretas.

—Bien hecho —dijo—. Si todo va como debe, tendrá que trabajar muy duro.

Tal era la idea que tenía Jim Hawkins del mayor de los cumplidos que un ser humano podía hacerle a otro.

Una hora después Scott ya se había puesto en camino; el boticario le amenazaba con que cayera sobre él todo el peso de la ley, puesto que él, miembro del Departamento Médico Subordinado, había sido objeto de coerción y había sido llevado en contra de su voluntad y de todas las leyes que rigen la libertad de los sujetos; el euroasiático de la camisa rosa, a su vez, le pidió permiso para ir a visitar a su madre, que por lo visto estaba muriéndose a tres millas de distancia:

—Un permiso breve, muy breve, y regreso en seguida, señor...

Los dos policías, armados con sendas porras, vigilaban la retaguardia; Faiz Ullah, con el desprecio que tienen los mahometanos por todos los hindúes y todos los extranjeros en todos los rasgos de su rostro, iba explicando a los carreteros que aun cuando Scott *sahib* era un hombre de temer en todos los terrenos, era él Faiz Ullah, quien representaba la autoridad en persona.

La comitiva pasó entre chirridos de los ejes por delante del campamento de Hawkins, tres tiendas de campaña sucias bajo un grupo de árboles secos; tras ellos estaba el cobertizo de ayuda contra la hambruna, donde una multitud desesperada alzaba los brazos en torno a las cacerolas.

—Ojalá que William se hubiera quedado al margen de todo esto —dijo Scott para sus adentros tras echar un vistazo—. Aquí habrá cólera, segurísimo, en cuanto empiecen las lluvias.

William, en cambio, parecía haberse tomado con gusto las operaciones del Código de la Hambruna, que, una vez se declara oficialmente, queda por encima de las leyes vigentes. Scott la vio en el centro de un grupo nutrido de mujeres llorosas, con un traje de montar, de percal, y un sombrero de fieltro entre gris y azul, con una muselina de oro.

—Quiero cincuenta rupias, por favor. Se me olvidó pedírselas a Jack antes que se fuera. ¿Me las puedes prestar? Son para leche condensada para los bebés —le dijo.

Scott sacó el dinero del cinto y se lo entregó sin decir palabra.

—Por lo que más quieras, cuídate —dijo él.

—No te preocupes, estaré bien. Tendríamos que recibir la leche en dos días. Por cierto que, tal como están las órdenes, mi deber es decirte que te lleves uno de los caballos de Sir Jim. Hay un cabulí gris que me pareció que es de tu estilo, así que he dicho que te lo llevas. ¿Te parece bien?

—Es un gran detalle por tu parte. Pero mucho me temo que ninguno de los dos podemos pedir una cosa por el estilo.

Scott llevaba un uniforme de caza bastante manchado por el tiempo, de costuras muy blancas, con los puños descosidos. William lo observó pensativamente, desde el salacot hasta las botas engrasadas.

—A ti, me parece, se te ve francamente bien. ¿Estás seguro de llevar todo lo que necesitas? ¿Quinina, clorodina, etcétera?

—Sí, creo que lo llevo todo —dijo Scott, y se dio una palmada en tres de los cuatro bolsillos de la guerrera a la vez que montaba para seguir a la vera de su convoy; y exclamó—: Adiós.

—Adiós y buena suerte —dijo William—. Te agradezco muchísimo el dinero.

Se volvió sobre sus talones y desapareció en el interior de la tienda al tiempo que las carretas dejaban atrás los cobertizos de ayuda contra la hambruna, las hileras de fogatas encendidas, camino de las recocidas tierras de la Gehenna del sur.

2

Desaparezcamos sin hacer ruido.
No nos conmuevan lágrimas ni tempestades.
Sería profanar nuestra alegría,
comunicar a los profanos nuestro amor.

John Donne, Una despedida

Fue un muy arduo trabajo, por más que viajara de noche y acampase de día. Pero en todo lo que su visión alcanzaba no había un solo hombre al que pudiera Scott considerar su superior. Era tan libre como Jimmy Hawkins; era en realidad más libre, puesto que el Gobierno tenía al jefe de la Campaña de Alivio contra la Hambruna atado en corto al telégrafo, y si Jimmy alguna vez se hubiera tomado en serio los telegramas, la tasa de mortandad de la hambruna habría sido mucho más elevada de lo que fue.

Al término de unos cuantos días de lentísimo avance, Scott aprendió algo sobre el tamaño de aquella India a cuyo servicio trabajaba, y le asombró. Sus carretas, ya se ha dicho, iban cargadas de trigo, de mijo y de cebada, buenos cereales que sólo necesitan una molienda en condiciones para servir de alimento. Pero las personas a las que pudo llevar con gran trabajo aquellas provisiones vitales eran comedores de arroz. Descascarillaban perfectamente el arroz en sus morteros, pero desconocían por completo los pesados molinillos de piedra que se emplean en el norte, y menos aún sabían nada acerca de las provisiones que el hombre blanco había transportado de un modo tan laborioso. Clamaban para que se les diera arroz,

arroz descascarillado, como tenían por costumbre comer, y cuando descubrieron que no había un solo grano se alejaron llorando de la carreta. ¿De qué iban a servirle aquellos granos extraños con los que se atragantaban? Con esos alimentos morirían como si no tuviesen ninguno. Y fueron muchos los que cumplieron su palabra. Otros aceptaron su ración y trocaron el mijo suficiente para dar de comer a un hombre durante una semana por unos cuantos puñados de arroz podrido que habían conseguido reservar los menos infortunados. Unos cuantos trataron de moler el mijo adjudicado con los morteros del arroz, e hicieron con el resultado una pasta a la que añadieron agua en mal estado, pero fueron muy pocos. Scott a duras penas logró entender que muchas de las personas del sur de la India comían arroz por norma, mientras él había cumplido su misión en una provincia en la que se consumían cereales, por lo que rara vez había visto el arroz en la espiga o en la hoja, y menos aún habría creído que en tiempo de severísima necesidad podían morir los hombres teniendo al alcance de la mano comida en abundancia, pues preferían no tocar siquiera un alimento que desconocían. En vano interpretaron los intérpretes, en vano mostraron sus dos policías mediante vigorosas pantomimas qué era lo que había que hacer. Los famélicos habitantes de la región regresaban a sus cortezas, sus hierbas, sus hojas e incluso el barro, y dejaban intactos los sacos de cereal. Algunas veces las mujeres ponían a los espectros de sus hijos a los pies de Scott, y se alejaban a duras penas tambaleándose.

Faiz Ullah opinaba que era la voluntad de Dios que todos aquellos forasteros muriesen de cualquier manera, y que pronto sólo quedaría la solución de dar orden de incinerar a los muertos. No obstante, no existía razón alguna por la cual a su *sahib* debieran faltarle sus comodidades, y Faiz Ullah, siempre a favor de la experiencia, se había apropiado de unas cuantas cabras flacas y las había añadido a la procesión. Para que le dieran leche por las mañanas y pudiera servirla en el desayuno, les daba de comer el buen cereal que aquellos mentecatos rechazaban.

—Así es —dijo Faiz Ullah—. Si al *sahib* le parece bien, daremos un poco de leche para los bebés.

Pero el *sahib* bien sabía que los bebés valían poco; por su parte, Faiz Ullah sostenía que no existían órdenes concretas del Gobierno en lo tocante a los bebés. Scott habló enérgicamente con Faiz Ullah y los dos policías, y les ordenó que capturasen todas las cabras que encontrasen, sin importar dónde estuvieran. Lo hicieron de mil amores, pues en el fondo era un recreo, y muchas cabras sin dueño acabaron en sus manos. Una vez se les alimentaba, los pobres animales se mostraban encantados de seguir el paso de las carretas, y tras darles bien de comer durante unos días, una comida por cuya ausencia morían los seres humanos, daban leche de nuevo.

—Pero yo no soy cabrero —dijo Faiz Ullah—. Eso es contrario a mi *izzat* [mi honor].

—Cuando crucemos el río Bias de regreso ya hablaremos del *izzat* —replicó Scott—. Hasta ese día, los dos policías y tú seréis los barrenderos del campamento si es preciso, cuando yo dé la orden.

—Entonces, así se hará —resopló Faiz Ullah—, si el *sahib* así lo desea.

Y le mostró cómo había que proceder para ordeñar a una cabra mientras Scott lo observaba.

—Ahora les daremos de comer —dijo Scott—. Dos veces al día les daremos de comer. —Y dobló el espinazo para proceder a ordeñarlas por lo que se llevó un terrible calambre.

Cuando hay que mantener intacta la conexión entre una madre inquieta y un bebé que está en puertas de la muerte, uno padece un gran sufrimiento en todo su ser. Pero se dio de comer a los bebés. Todas las mañanas y todas las noches, Scott los sacaba solemnemente y uno por uno de sus sacos de arpillera, bajo los toldos de las carretas. Eran muchos los que tan sólo acertaban a respirar, y eso a duras penas; en sus bocas famélicas y desdentadas vertía la leche gota a gota, haciendo las pausas de rigor cuando se atragantaban. Todas las mañanas se daba de comer también a las cabras, y como se habrían extraviado al no tener una que hiciera las veces de jefe, y habida cuenta de que los nativos estaban a sus órdenes, Scott se vio obligado a renunciar a su montura y a ir a pie, al paso lento del rebaño, acomodándose a la debilidad de los animales. Todo ello era sobradamente absurdo y él sentía ese absurdo en lo más profundo, pero al menos estaba salvando vidas, y cuando las mujeres veían que sus hijos no morían, se amoldaron a probar al menos un poco de aquellos alimentos tan extraños para ellas, y a duras penas seguían el paso de las carretas, bendiciendo al dueño y señor de las cabras.

—Da a las mujeres algo con lo que puedan ir tirando —se dijo Scott para sus adentros, al tiempo que estornudaba con la polvareda que levantaba aquel centenar de pezuñas—, y de algún modo irán a mejor. Esto hace pedazos el truco de William con la leche condensada. Creo que jamás lo olvidaré.

Llegó a su destino con grandísima lentitud, y allí descubrió que un barco cargado de arroz había llegado desde Birmania; asimismo, vio que había almacenes de arroz disponibles; encontró también a un inglés con exceso de trabajo a cargo de los almacenes, y tras cargar las carretas emprendió el regreso por la misma ruta por la que había transitado a la ida. Dejó a algunos de los niños y a la mitad de las cabras en el cobertizo de alivio contra la hambruna. No le dio las gracias por ello el inglés, que ya tenía a su cargo tantos bebés descarriados que no sabía qué hacer con ellos. Scott había acostumbrado y flexibilizado la espalda de tanto agacharse, y siguió con sus ocupaciones adicionales además del reparto del arroz. Se añadieron más bebes y más cabras a su comitiva, aunque algunos de los pequeños vestían harapos y llevaban collares o pulseras de abalorios al cuello o en las muñecas.

—Eso —dijo el intérprete, como si Scott no lo supiera— significa que su madre tiene la esperanza de hacerse cargo de él cuando pase la eventual contingencia.

—Cuanto antes, mejor —dijo Scott. Al mismo tiempo, observó con orgullo de propietario que tal o cual Ramasawmy iba ganando peso como si fuera un gallito. Cuando se fueron vaciando las carretas cargadas de arroz, se encaminó al campamento de Hawkins en ferrocarril y procuró que su llegada coincidiera con la hora de la cena, pues había pasado mucho tiempo desde la última vez que cenó con mantel. No tenía un especial deseo de hacer una entrada dramática, pero el accidente del crepúsculo impuso que, cuando se quitó el casco para beneficiarse de la brisa de la noche, la luz baja le diera en la frente y no acertase a ver lo que tenía delante; alguien aguardaba en la puerta de la tienda de campaña y vio con nuevos ojos a un joven hermoso como Paris, de oro en el halo de oro que formaba el polvo, caminar despacio al frente de su rebaño, mientras de las rodillas le tiraban los pequeños cupidos desnudos. Pero se echó a reír: William, con una blusa de color pizarra, rió hasta no poder más, mientras Scott, poniendo la mejor cara que pudo, teniendo en cuenta la situación, dio el alto a sus ejércitos y logró que admirase ella el jardín de infancia. Era un espectáculo indecoroso, pero todo el decoro quedó atrás siglos antes, con el té de la estación de Amritsar, mil quinientas millas al norte.

—Vienen en el momento oportuno —dijo William—. Ya sólo nos quedan veinticinco, porque las mujeres han empezado a llevárselos.

—Entonces, ¿estás al cargo de los bebés?

—Sí. La señora de Jim y yo nos ocupamos de ellos. Debo decir que no se nos ocurrió pensar en las cabras. Hemos probado con leche condensada y rebajada con agua.

—¿Habéis sufrido pérdidas?

—Más de las que yo quisiera reconocer —dijo William con un estremecimiento—. ¿Y tú?

Scott no dijo nada. Habían sido numerosos los entierros a lo largo del camino, habían sido numerosas las madres que lloraron al no encontrar a los niños que habían confiado al Gobierno.

Llegó entonces Hawkins con una navaja de afeitar que Scott miró con apetito, pues gastaba una barba que no era de su agrado. Y cuando se sentaron a cenar en el interior de la tienda relató su historia en pocas palabras, como si hubiera sido un informe oficial. La señora de Jim sollozó un par de veces y el propio Jim inclinó la cabeza con gesto juicioso, pero los ojos grises de William no dieron descanso al rostro recién afeitado. Y era ella a quien Scott parecía apelar en todo momento.

—¡Bien por la Provincia Pobre![8] —dijo William con el mentón en la mano, apoyada sobre un codo entre las copas de vino. Se le habían hundido un tanto las mejillas, y la cicatriz de la frente era más prominente que nunca, pero su cuello bien torneado se elevaba con la firmeza de una columna entre los volantes de la blusa que era el traje de noche aceptado en el campamento.

—En ocasiones fue terriblemente absurdo —dijo Scott—. Se darán cuenta de que yo no sabía nada de ordeñar cabras ni menos aún de alimentar a los bebés. Se van a burlar de mí hasta arrancarme la cabeza si estas habladurías llegan al norte.

—Allá ellos —dijo William con altivez—. Todos hemos hecho trabajo de culíes desde que llegamos. Sé que es lo que Jack ha hecho. —Esto lo dijo pensando en Hawkins, y el gran hombre sonrió con amabilidad.

—Tu hermano es un oficial de enorme eficiencia, William —dijo—, y le he hecho el honor de tratarlo como merece. Recuerda, soy yo quien escribe los informes confidenciales.

—Entonces debes decir que William bien vale su peso en oro —dijo su esposa—. No quiero ni pensar qué habríamos hecho sin ella. Para nosotros lo ha sido todo.

Puso la mano sobre la de William, que la tenía áspera de tanto ocuparse de las riendas, y William le dio unas suaves palmadas. Jim sonrió resplandeciente al grupo. Las cosas iban bien en su mundo. Tres hombres, los más toscamente incompetentes, habían muerto, pero su lugar lo habían ocupado hombres mucho mejores. Con cada día que pasaba, las lluvias estaban más cerca. Habían controlado la hambruna en cinco

8   La «Provincia Pobre» es un apelativo del Punjab.

de los llamados Ocho Distritos, y al fin y al cabo la tasa de mortandad no había sido excesiva, teniendo en cuenta la situación en que se hallaban. Miró a Scott con cuidado, como mira un ogro a un hombre, y se alegró una vez más de su virtud, de su vigor, de su férreo espíritu.

«Es lo más insignificante del mundo —dijo Jim para sí—, pero aún puede con el trabajo de dos hombres». Entonces se percató de que su esposa le enviaba un telegrama. Según el código doméstico, el mensaje decía así: «Está más claro que el agua. ¡Míralos!».

Miró y escuchó.

—¿Qué se puede esperar —estaba diciendo William— en un país en el que a un *bhistee* [un aguador] lo llaman *tunni-cutch*?

—Me alegraré —respondió Scott— cuando estemos de vuelta en el club. Resérvame un baile en el festejo de Navidad, ¿lo harás?

—De aquí a Lawrence Hall hay un buen trecho —dijo Jim—. Mejor será que se recoja pronto, Scott. Mañana le tocan las carretas de arroz; empezará a cargar a las cinco.

—¿No piensas dar al señor Scott siquiera un día de descanso?

—Ojalá pudiera, Lizzie, pero mucho me temo que no. Mientras pueda seguir en pie, tendremos que servirnos de él.

—En fin, al menos he disfrutado de una velada al estilo europeo. ¡Por Júpiter, si casi había olvidado cómo son! ¿Y qué quiere que haga con todos esos bebés que he traído?

—Déjalos aquí —dijo William—. De eso nos ocupamos nosotros. Y déjanos todas las cabras que no te sean imprescindibles. Creo que debo aprender a ordeñarlas.

—Si te tomas la molestia de madrugar mañana, yo te enseño. No me queda más remedio que ordeñarlas, date cuenta. La mitad de los críos llevan abalorios y adornos colgados al cuello. Has de poner cuidado en no quitárselos, no sea que aparezcan las madres.

—Se te olvida que aquí ya he tenido alguna experiencia.

—Espero que no te excedas —dijo Scott sin disimular su preocupación.

—Yo cuidaré de ella —dijo la señora de Jim, telegrafiando mensajes de cien palabras cada uno, a la vez que se marchaba con William. Jim dio a Scott nuevas órdenes para la campaña que estaba a punto de emprender. Ya era muy tarde, casi las nueve.

—Jim, eres un bestia —le dijo su mujer esa noche. El jefe de la Campaña de Alivio contra la Hambruna se rió por lo bajo.

—Ni mucho menos, querida. Recuerdo que acampé yo por primera vez en Jandiala sólo por una muchacha vestida con miriñaque. Y qué esbelta era, Lizzie. Nunca he trabajado así de bien desde entonces. Él, te lo aseguro, trabajará como un demonio.

—Pero podrías haberle dado un día de reposo.

—¿Y dejar que las cosas lleguen ahora a un momento decisivo? No, querida. Ahora viven sus momentos más felices.

—No creo que ninguno de los dos tortolitos sepa lo que les está pasando. ¿No te parece una maravilla? Da verdadero gusto.

—¡Levantarse a las tres de la madrugada para aprender a ordeñar cabras! ¡Bendita sea! Ay, dioses, ¿por qué tendremos que envejecer y engordar?

—Ella es un encanto. A mis órdenes ha hecho más trabajo que...

—¿Cómo que a tus órdenes? Al día siguiente de que llegase ya estaba ella al mando y ya eras tú su subordinada. Y así ha sido desde entonces. Te domina tanto como tú me dominas a mí.

—Eso no es cierto, y por eso la quiero tanto. Es tan directa como un hombre, eso hay que reconocerlo. Igual que su hermano.

—Su hermano es más débil que ella. Siempre viene a mí a que le dé órdenes, pero es un hombre honesto, y tiene verdadera voracidad por el trabajo. Confieso que le he tomado cariño a William; si tuviera una hija...

Terminó la charla. Lejos de allí, en el Derajat, había una tumba infantil con más de veinte años de antigüedad, y ni Jim ni su esposa hablaban ya nunca de aquello.

—Con todo y con eso, tú eres la responsable —añadió Jim al cabo de un momento.

—¡Benditos sean! —dijo su esposa con voz soñolienta.

Antes que palidecieran las estrellas, Scott, que durmió en una carreta vacía, despertó y acudió a sus quehaceres en silencio. Le pareció que era una hora inhumana para despertar a Faiz Ullah y al intérprete. Con la cabeza apoyada en el suelo, no oyó a William hasta que estuvo de pie a su lado, con su desastrado traje de montar, los ojos aún pesados por el sueño, una taza de té y una tostada en las manos. Había un bebé en el suelo, agitándose encima de una manta, y un chiquillo de seis años que se asomó por encima del hombro de Scott.

—Quieto, mequetrefe —dijo Scott—. ¿Cómo demonios quieres que te dé tu ración si no paras de moverte?

Una mano blanca y fresca sosegó al mocoso, que acto seguido se atragantó con la leche que le había introducido en la boca.

—Buenos días —dijo el ordeñador—. No tienes idea de cómo pueden retorcerse estos tunantes.

—Te equivocas, me hago cargo perfectamente. —Habló en susurros, porque el mundo estaba aún dormido—. Sólo que yo les doy la leche a cucharadas, o con un trapo. Los tuyos están más gorditos que los míos. ¿Y esto lo has estado haciendo día tras día? —su voz sonaba prácticamente apagada.

—Sí, ha sido absurdo. A ver, prueba tú —dijo, y le cedió el sitio a la muchacha—. ¡Cuidado, que una cabra no es una vaca!

La cabra protestó por el trato de la principiante y hubo un momento de desconcierto en el que Scott tomó en brazos a la criatura. Luego hubo que repetir toda la maniobra, y William rió con amabilidad y con alegría. Pero se las ingenió para dar de comer a dos bebés y a un tercero.

—Se lo toman bien esos bribones, ¿verdad? —preguntó Scott—. Les he enseñado yo.

Estaban los dos atareados y muy interesados en todas las operaciones cuando sin previo aviso se había hecho de día. Sin que se dieran cuenta, se había despertado el campamento y ellos seguían arrodillados entre las cabras, sorprendidos por la luz del día, los dos completamente colorados. Con todo, el mundo entero, al salir de la oscuridad en derredor, bien pudo oír y ver todo lo que había ocurrido entre ellos.

—Oh —dijo William con vacilación, ofreciéndole el té y la tostada—. Te había preparado esto, aunque ahora está frío como una piedra. Pensé que no habrías encontrado nada que desayunar a hora tan temprana. No, no te lo tomes, está helado.

—Cuánta amabilidad. Es perfecto. La verdad es que ha sido un gesto muy generoso. Dejaré a mis chiquillos y a mis cabras contigo y con la señora de Jim. Seguro que habrá alguien en el campamento que te pueda enseñar cómo ordeñarlas.

—Claro —dijo William. Y se fue poniendo más y más sonrosada, y sintiéndose más señorial al regresar a su tienda, abanicándose con el platillo.

Se oyeron agudos lamentos por todo el campamento cuando los niños de mayor edad vieron que su cuidador se marchaba sin ellos. Faiz Ullah se rebajó a cruzar alguna que otra chanza con los policías, y Scott se puso morado de vergüenza porque Hawkins, que ya estaba montado a caballo, rió a carcajadas.

Un niño huyó de los cuidados de la señora de Jim, y corriendo como un conejo fue a aferrarse a la bota de Scott, mientras William lo perseguía a grandes zancadas.

—Yo no me quedo… ¡Yo no me quedo aquí! —gritaba el niño, enredando ambos pies con toda su alma en torno al tobillo de Scott—. Aquí me van a matar. Yo no conozco a todos estos.

—A ver, a ver —dijo Scott en un tamil rudimentario—. Ella no te hará ningún daño. Ve con ella y aliméntate bien.

—¡Ven! —dijo William jadeando, y lanzó una mirada iracunda a Scott, que siguió donde estaba sin poder hacer nada, como si estuviera paralizado.

—Vete —dijo Scott rápidamente a William—. Yo te envío al chiquillo en menos de un minuto.

En tono de autoridad que empleó surtió efecto, aunque de un modo que no fue exactamente el que Scott pretendía. El chiquillo dejó de aferrarse con todas sus fuerzas:

—No sabía que la mujer fuera tuya —dijo con seriedad—. Iré con ella.

Y llamó a sus compañeros, una pandilla de chavales de tres, cuatro y cinco años, que esperaban el desenlace de su aventura antes de precipitarse:

—Volved a comer. Es la mujer de nuestro hombre. Ella obedece sus órdenes.

Jim se hundió en donde estaba. Faiz Ullah y los dos policías sonrieron ampliamente. Las órdenes que dio Scott a los carreteros cayeron como el granizo.

—Es lo que acostumbran a hacer los *sahibs* cuando se dice la verdad en presencia de ellos —dijo Faiz Ullah—. Llegará pronto la hora en que deba buscarme otro a quien servir. Las esposas jóvenes, en especial las que hablan nuestra lengua y tienen conocimiento de las costumbres de los policías, son un auténtico incordio para los mayordomos en todo lo relativo a las cuentas de la semana.

No llegó William a decir qué pudo haber pensado de todo ello, pero cuando su hermano apareció diez días después en el campamento a recibir nuevas órdenes, y tuvo conocimiento del desempeño de Scott, no se abstuvo de hacer un comentario riéndose:

—Entonces, asunto zanjado. Será *Bakri* Scott hasta el fin de sus días. (*Bakri*, en la lengua vernácula del norte, significa cabra.) ¡Vaya un chiste! De buena gana habría dado la paga de un mes para verlo cuidar a los niños afectados por la hambruna. Yo a algunos les di *conjee* [agua de arroz], pero eso fue fácil.

—Es absolutamente repugnante —dijo su hermana con los ojos encendidos—. Un hombre hace una cosa… hace una cosa así, y todo lo que se os ocurre a los demás es ponerle un apodo ridículo, y luego os echáis a reír convencidos de que tiene muchísima gracia.

—Ah —dijo la señora de Jim Hawkins con simpatía.

—En fin, William. Tú tampoco puedes decir nada. Tú pusiste por apodo a la señorita Demby «la Codorniz», fue en la última temporada de frío. No me digas que no. La India es la tierra de los apodos.

—Eso es distinto —se defendió William—. No era más que una chiquilla y ella no había hecho otra cosa que andar pavoneándose como una codorniz. Y todavía lo sigue haciendo. En cambio, no es justo burlarse de un hombre.

—A Scott no le importará —dijo Martyn—. Al viejo Scotty no hay quien consiga provocarle. Yo llevo ocho años intentándolo, y tú lo conoces sólo desde hace tres. ¿Qué tal se encuentra?

—Pues se le ve muy bien —dijo William, y se marchó con las mejillas coloradas—. *Bakri* Scott, ¡qué tontería! —Y se rió luego para sus adentros, pues sabía cómo eran las cosas—. Pero se quedará con el sobrenombre de *Bakri* a pesar de los pesares —y lo repitió en silencio varias veces, susurrándolo, hasta que se le hizo agradable de decir.

Cuando regresó a sus tareas en el ferrocarril, Martyn difundió el sobrenombre a los cuatro vientos, entre todos sus colegas, de modo que al propio Scott le llegó cuando llevaba sus carretas cargadas de arroz hacia la zona en que la hambruna estaba más recrudecida. Los nativos creyeron que se trataba de un título honorífico en inglés, y los carreteros lo empleaban con toda su sencillez, hasta que Faiz Ullah, que nunca vio con buenos ojos las bromas de los extranjeros, les atizó en la cabeza. Apenas tenían tiempo para ordeñar a las cabras, salvo en los campamentos más grandes, donde Jim había difundido la idea de Scott y daba de comer a grandes rebaños de cabras los inservibles cereales traídos desde el norte. Había llegado ya cantidad de arroz suficiente a los Ocho Distritos, donde los lugareños no corrían tanto peligro, aunque era preciso distribuirlo con rapidez, y de cara a ese propósito no había mejor sistema que recurrir al fornido funcionario de los Canales, que nunca perdía los estribos, nunca daba una orden sin necesidad y nunca ponía en tela de juicio las órdenes que se le dieran. Scott siguió adelante y supo preservar sus animales, lavando a diario el cuello de los bueyes para que las rozaduras no les molestasen y para no perder tiempo en el desplazamiento; se presentó con el arroz en los cobertizos de alivio contra la hambruna más alejados, en los más necesitados pese a ser los más pequeños; descargó y volvió ligero de carga, a marchas forzadas, de noche incluso, para presentarse en el siguiente centro de distribución, donde se encontraba siempre con el telegrama invariable de Hawkins: «Repita la operación». Y repitió la operación una y otra vez, mientras Jim Hawkins, a cincuenta millas, marcaba en un gran mapa los recorridos que habían trazado sus carretas, formando una trama sobre las tierras afectadas. Otros hicieron bien las cosas —Hawkins al final informó de que todos habían hecho un buen trabajo—, pero fue Scott quien más sobresalió en su tarea, pues llevaba consigo sus buenas rupias de oro y pagó de su bolsillo la reparación de las carretas sobre la marcha, siempre que fue necesario, y no vaciló en asumir toda suerte de gastos imprevistos, confiando en que ya llegaría el día de recuperar los gastos. Teóricamente, el Gobierno tendría que haber pagado por cada herradura, por cada clavo, por toda la mano de obra empleada en la carga de las carretas, pero los vales del Gobierno se suelen cobrar con retraso, y los funcionarios inteligentes, los eficientes de veras, escriben largo y tendido para protestar por los gastos no autorizados, aunque sean de poca monta. El hombre que aspire a que su trabajo termine con éxito ha de recurrir a su cuenta corriente, o ha de disponer de otras cosas de su propiedad a la vez que cumple su tarea.

—Ya te dije yo que sabría trabajar como nadie —dijo Jimmy a su esposa al cabo de seis semanas—. Ha estado al frente de dos mil hombres allá en el norte, en el Canal de Mosul, durante todo un año; ha sabido salir adelante por sus propios medios, y siempre da menos quebraderos de cabeza que el joven Martyn con sus diez oficiales de policía. Tengo moralmente la certeza, sólo que el Gobierno no suele reconocer las obligaciones morales, de que ha invertido más o menos la mitad de su paga en engrasar los ejes de las carretas. Mira, Lizzie: ¡una semana de trabajo! Cuarenta y dos millas en dos días con doce carretas; dos días de detención para construir un refugio de alivio contra la hambruna en beneficio del joven Rogers. (Rogers tendría que haberlo construido con sus propias manos si fuera preciso, el muy idiota.) Y luego otras cuarenta millas de regreso, cargando seis carretas por el camino, para hacer la distribución de los alimentos durante todo el domingo. Y por la noche me entrega un informe semioficial, veinte páginas nada menos, en el que dice que los lugareños de la zona en que se encuentra podrían ser «empleados de un modo ventajoso en los trabajos de alivio de la hambruna», y sugiere que se les ponga a trabajar en un embalse antiguo y medio derruido, de modo que dispongan de una buena reserva cuando lleguen las lluvias. Cree que será capaz de reparar la presa en menos de quince días. Fíjate en los esbozos que ha dibujado al margen: claros, útiles, buenos. Ya sabía yo que era *pukka*, aunque no podía imaginar que lo fuera tanto.

—Es preciso que se los enseñe a William —dijo la señora de Jim—. Esa muchacha se está agotando de tanto cuidar a los bebés.

—Pero no más que tú, querida. Bueno, yo creo que en otros dos meses habremos salido del atolladero. Lamento que no esté en mi mano hacer una recomendación para que se te otorgue una Cruz de Victoria.

William estuvo despierta aquella noche hasta altas horas, leyendo una tras otra las páginas en las que se apretaba la caligrafía cuadrada, los esbozos en los que se proponían las reparaciones de la presa, y arqueando las cejas al ver las columnas de cifras con las estimaciones del suministro de agua de riego. «¡Y encima tiene tiempo para hacer todo esto! —exclamó para sus adentros—. En fin, yo también estuve presente. Yo he salvado a uno o dos de los pequeños».

Soñó por vigésima vez con el dios del polvo de oro y despertó descansada para dar de comer a los sucísimos niños de color, a veintenas, a los mendigos recogidos a la orilla del camino, con unos huesos que casi se les salían de la piel, terribles, cubiertos de llagas.

A Scott no se le permitió abandonar el trabajo que hacía con las carretas de reparto, aunque su carta fue debidamente trasladada al Gobierno, y tuvo el consuelo, cosa que en la India no es infrecuente, de saber que sería otro hombre quien cosechase los beneficios de lo que había sembrado él. También eso era una disciplina provechosa para el alma.

—Es demasiado bueno para malgastarlo en los canales —dijo Jimmy—. Cualquiera puede ser el capataz de esos culíes. No tiene por qué enojarte, William. Él podría hacerlo, pero yo necesito a mi perla entre los carreteros y sus bueyes, además de que lo he transferido al distrito de Khanda, donde tendrá que empezar prácticamente de cero. Ahora mismo tendría que estar ya en camino.

—Pero él no es un culí —dijo William con rabia—. Tendría que estar ocupándose de su trabajo reglamentario.

—Es el mejor hombre que tengo en el servicio. Y eso es mucho decir. Si tú prefieres utilizar cuchillas de afeitar para cortar piedras de molino, muy bien. Yo prefiero los mejores cuchillos.

—¿Y no va siendo hora de que volvamos a verle? —dijo la señora de Jim—. Estoy segura de que el pobre muchacho no se ha alimentado como es debido desde hace un mes. Lo más probable es que se siente en una carreta y coma sardinas en lata con los dedos.

—Cada cosa a su tiempo, cariño. La obligación es antes que la devoción. Por cierto, ¿no era el señor Chucks quien lo decía?

—No. Era el marino Easy —respondió William riendo—.[9] A veces me pregunto qué se sentirá al bailar o al escuchar la música de la banda, e incluso al estar sentada bajo un techo sólido. Ni siquiera puedo creer, ahora, que alguna vez me haya puesto un vestido de baile.

—Un momento —dijo la señora de Jim, que se había parado a pensar—. Si se dirige hacia Khanda, pasará a menos de cinco millas de aquí. Lo lógico es que se acerque.

9   Ambos personajes aparecen en varias de las novelas del capitán Marryatt. En la primera escena del relato también aparecía Scott leyendo una novela de Marryatt (1792-1848), que llegó a tener una gran popularidad con sus relatos marineros.

—No, no lo hará —dijo William.

—¿Cómo lo sabes, querida?

—Porque eso estorbará su dedicación al trabajo. No tendrá tiempo para una cosa así.

—Sí que vendrá —dijo la señora de Jim guiñándole un ojo.

—Depende de él mismo y de lo que estime oportuno. No hay ninguna razón por la cual no haya de venir, siempre y cuando le parezca oportuno —dijo Jim.

—No le parecerá oportuno —replicó William sin pesar, sin tener en cuenta los sentimientos—. Si se lo pareciera, no sería él.

—La verdad es que a las personas se las llega a conocer realmente bien en tiempos como éstos —dijo Jim con contundencia, pero William tenía en el rostro la misma serenidad de siempre, y, tal como había profetizado, Scott no se presentó.

Por fin llegaron las lluvias, y aunque llegaran tarde fueron copiosas; la tierra reseca y resquebrajada se tornó un barrizal de color rojo, y los criados tuvieron que matar a las serpientes que merodeaban por el campamento, en el que se había refugiado todo el mundo para pasar la quincena, todos con la excepción de Hawkins, que tomó su caballo y salió a salpicar por las llanuras encharcadas, alegrándose. El Gobierno había decretado que se distribuyesen semillas de cereales entre los lugareños, además de facilitar dinero por adelantado para la compra de bueyes. Los hombres blancos tuvieron que redoblar sus jornadas para cumplir esta nueva obligación, mientras William iba saltando de un ladrillo al siguiente, salvando el barro pisoteado, administrando a las criaturas que tenía a su cargo las medicinas para que entrasen en calor, y que les hacían frotarse los estómagos redondeados. Las cabras pastaban sin descanso en la hierba recién brotada. No llegó una sola noticia de Scott, que se encontraba en el distrito de Khanda, al sureste, con la excepción de los informes telegráficos que enviaba a Hawkins. Los toscos caminos de la zona habían desaparecido; sus carreteros estaban a punto de amotinarse; uno de los policías que le había prestado Martyn había muerto de cólera; Scott tomaba treinta granos de quinina al día para combatir una de las fiebres que suelen aparecer con las lluvias, pero todas esas eran cosas que Scott no estimó oportuno comunicar. Trabajaba, como de costumbre, desde una base en la que tenía sus provisiones, próxima a una línea de ferrocarril, y desde allí abarcaba un radio de quince millas. Como era imposible transportar cargas completas, cargaba sólo la cuarta parte del total, con lo que faenaba el cuádruple que antes, pues no quiso arriesgarse a una epidemia que podría haberse tornado incontrolable en caso de reunir a los lugareños por millares en los cobertizos de alivio contra la hambruna. Era más barato tomar los bueyes del Gobierno, hacerlos trabajar hasta despanzurrarlos y dejarlos reventados para que los devorasen los cuervos en los lodazales del camino.

En aquellos momentos se notaban de sobra ocho años de vida sana y una buena condición física, aunque a un hombre la cabeza le resonara como una campana debido a la savia del quino ingerida, y la tierra se bambolease bajo sus pies cuando estaba levantado y debajo de la cama cuando estaba durmiendo. Si Hawkins había considerado conveniente hacer de él un carretero, eso era asunto de Hawkins, pensaba, y de nadie más. Había en el norte hombres que estarían al corriente de lo que había hecho, hombres con treinta años de servicio en su propio Departamento, que habrían asegurado que «no estaba tan mal la cosa»; por encima de todo, a una altura inalcanzable, por encima de los hombres de cualquier graduación, se encontraba William en plena refriega, allí donde el combate era más duro, que le daría su visto bueno, porque ella lo sabía entender. Había adiestrado su espíritu de tal modo que se ceñía por completo a la rutina mecánica del día, por más que su propia voz sonase extraña a sus oídos, por más que sus manos, cuando escribía, se le agrandasen como almohadas o se le empequeñecieran como guisantes. Esa firmeza fue la que condujo su cuerpo a la oficina del telégrafo de la estación de ferrocarril, y la que dictó el telegrama a Hawkins en el que, según dijo, el distrito de Khanda se encontraba, a su entender, a salvo, por lo que «esperaba nuevas órdenes».

El telegrafista de Madrás no vio con buenos ojos que un hombre de gran tamaño, macilento y demacrado, se desplomara sobre él desmayado o medio muerto, y no tanto por el peso, sino por los insultos y los golpes que le propinó Faiz Ullah cuando encontró su cuerpo arrinconado bajo un banco. Faiz Ullah acudió entonces con mantas, colchas y cobertores que se llevó de allí donde pudo encontrarlas, y cubrió a su amo como mejor pudo y se tendió a su lado, no sin antes atarle los brazos con cordaje de las tiendas, obligándole a tragar a la fuerza una horrible infusión de hierbas, indicando al policía que le impidiera escapar por todos los medios, y que no le dejara librarse del calor intolerable de la ropa de abrigo, además de cerrar la puerta de la oficina del telégrafo para impedir el paso de los curiosos durante dos noches y un día. Y cuando una locomotora ligera vino por la vía y Hawkins abrió la puerta de una patada, lo saludó con debilidad, pero con una voz natural, y Faiz Ullah se hizo a un lado y afirmó que todo era mérito suyo.

—Durante dos noches y un día, Nacido del Cielo, estuvo *pagal*[10] —dijo Faiz Ullah—. Fíjese en mi nariz, considere cómo tiene el ojo el policía. Nos aporreó pese a tener las manos atadas, pero nosotros nos sentamos encima de él y aunque sus palabras eran *tez*[11] le hicimos sudar de lo lindo. Nacido del Cielo, ¡nunca ha sudado nadie de ese modo! Está ahora más débil que un niño, pero la fiebre ha desaparecido por la gracia de Dios. No queda más que mi nariz hinchada y el ojo a la funerala del policía. *Sahib*, ¿debo pedir que me licencie porque mi *sahib* me haya golpeado?

Y Faiz Ullah puso con gran cuidado su mano fina y alargada sobre el pecho de Scott para cerciorarse de que, en efecto, la fiebre había desaparecido. Después fue a abrir unas sopas enlatadas y a plantar cara a los que se rieran de la hinchazón de su nariz.

10   *Pagal*, loco.
11   *Tez*, ardientes, febriles, fuertes.

—El distrito está en orden —susurró Scott—. Esto no ha influido. ¿Recibió mi telegrama? Me habré repuesto en unos días. No entiendo cómo pudo sucederme, pero le aseguro que estaré repuesto en unos días.

—Vendrá usted al campamento con nosotros—dijo Hawkins.

—Pero... verá... yo...

—Todo ha terminado, todo salvo el griterío. Ya no vamos a necesitarles a ustedes los punjabíes. Por mi honor, le aseguro que no. Martyn regresa dentro de unas semanas; Arbuthnot ya ha regresado; Ellis y Clay están dando los últimos toques a una nueva línea de suministro que el Gobierno ha construido dentro del programa de alivio contra la hambruna. Morten ha muerto... Pero era de Bengala, no creo que lo conociera. Le doy mi palabra de que usted y Will, quiero decir... la señorita Martyn, parecen haber sobrellevado todo esto igual de bien que los demás.

—Oh, por cierto, ¿cómo se encuentra ella? —le subió la voz de tono al hacer la pregunta.

—Estaba estupendamente cuando la dejé. Las misiones de los católicos están adoptando a los niños pequeños que no ha reclamado nadie; los convertirán en pequeños sacerdotes, ya sabe usted. La misión de Basil se quedará con unos, las madres han reclamado a los demás. Tendría que oír dar alaridos a los pequeños granujas ahora que los mandan lejos de William. Se encuentra un poco fatigada, pero es normal. ¿Quién no iba a estarlo? En fin, ¿cuándo cree usted que podrá hacer el viaje?

—No puedo ir al campamento en este estado. Imposible —respondió con enojo.

—La verdad es que está usted que da pena verlo, pero por lo que he podido deducir me pareció que se alegrarían mucho de verle a usted en cualquier condición. Si le parece, yo supervisaré su trabajo aquí durante un par de días, y usted aprovechará para reponerse con los buenos alimentos que le dé Faiz Ullah.

Scott podía caminar a duras penas y con ciertos mareos cuando terminó la inspección realizada por Hawkins, y se sonrojó cuando Jim dijo de su trabajo que «no estaba nada mal», y se mostró muy contento de haber considerado a Scott su mano derecha mientras duró la hambruna, y añadió que le parecía que era su deber declararlo oficialmente.

Así llegaron por ferrocarril al viejo campamento, donde ya no había muchedumbres que lo cercasen, y las fogatas de las trincheras estaban apagadas, negras, y los cobertizos de alivio contra la hambruna casi desiertos.

—¡Ya lo ve! —dijo Jim—. No queda gran cosa que hacer. Más le vale ir a ver a mi esposa. Han preparado una tienda para usted. Se cena a las siete. Me queda algo de papeleo que despachar.

Al paso, con Faiz Ullah sujetándole por el estribo, Scott se encontró con William, vestida con su traje de montar, de color pardo, sentada ante la puerta de la tienda, las manos en el regazo, blancas como la ceniza, delgada y agotada, sin lustre en el cabello. No se veía ni rastro de la señora de Jim en todo el horizonte, y William tan sólo acertó a decir:

—¡Señor, qué demacrado estás!

—He sufrido la fiebre, pero poca cosa. Tú tampoco tienes buen aspecto.

—Oh, yo estoy estupendamente. Hemos acabado con la hambruna, supongo que lo sabrás.

Scott asintió.

—Todos estaremos de vuelta dentro de pocas semanas. Me lo ha dicho Hawkins.

—Eso es. La señora de Jim dice que antes de Navidad. Qué alegría, estar de vuelta. Ya me llega el olor a humo de leña… —William olisqueó el aire—. Y llegaremos a tiempo de presenciar los preparativos navideños. No creo que el Gobierno del Punjab tenga la bajeza de transferir a Jack hasta Año Nuevo.

—Parece que fuera hace siglos, el Punjab y todo eso, ¿verdad? ¿Te alegras de haber venido?

—Ahora que todo ha terminado, debo decir que sí. Ha sido terrible, no lo olvidemos. Ya sabes que tuvimos que quedarnos mucho tiempo sin hacer nada, y Sir Jim pasó mucho tiempo lejos de aquí.

—¡Sin hacer nada! ¿Cómo te fue con las cabras?

—Me las ingenié bastante bien…, después que tú me enseñaras a ordeñarlas. ¿Te acuerdas?

Cesó la charla de un modo casi palpable. Aún no había ni rastro de la señora de Jim.

—Eso me recuerda que te debo cincuenta rupias, las que te pedí para la leche condensada. Pensé que quizás vendrías a vernos cuando te transfirieron al distrito de Khanda, pensé que entonces podría devolvértelas, pero al final no viniste.

—Pasé a sólo cinco millas del campamento, pero íbamos en plena marcha, date cuenta, y las carretas tenían averías cada pocos minutos, de modo que no pude ponerlas en marcha hasta que ya era muy de noche. Quise venir, quise venir por encima de todo. Eso lo sabes, ¿verdad?

—Creo… creo que sí, claro —dijo William, mirándole de lleno a los ojos. Ya no estaba pálida.

—¿Lo entendiste?

—¿El porqué no viniste a caballo? Claro, naturalmente.

—¿Por qué?

—Porque no te fue posible, naturalmente. Eso lo sabía.

—¿Te importó?

—Si hubieras venido, aunque yo sabía que no podías… En fin, si hubieras venido me habría llevado una gran alegría. Y eso lo sabes.

—Pues gracias a Dios que no vine. Sin embargo, ¡qué deseos tuve de venir! No podía ponerme a cabalgar por delante de las carretas, pues tenía que vigilar su avance, que era entonces muy lento.

—Yo supe que no podías venir —dijo William con satisfacción—. Ten, tus cincuenta.

Scott se inclinó y besó la mano con que sostenía los billetes grasientos. Su dueña le dio una palmada torpe, pero con gran ternura, en la cabeza.

—También tú lo sabías, ¿no es así? —dijo William con una voz diferente.

—No, te doy mi palabra de honor que no. No tuve… el descaro de esperar nada, nada, salvo que… Una cosa: ¿tú saliste a

386

cabalgar por el campo el día en que pasé cerca de aquí, por el camino de Khanda?

William asintió y sonrió como hubiera sonreído un ángel sorprendido.

—Entonces fue sólo un punto lo que vi, tu traje de montar en el...

—En el palmeral que hay en el camino del sur. Yo vi tu casco cuando subiste desde el *nullah*[12], junto al templo. Lo justo para tener la certeza de que estabas bien. ¿Te importa?

Esta vez Scott no le besó la mano, pues se encontraban a la sombra de la tienda donde iban a cenar, y como a William le temblaban las rodillas tuvo que sentarse en la silla más cercana, donde se desahogó llorando a su antojo, feliz, con la cabeza sobre los brazos; cuando Scott supuso que sería bueno consolarla, resultó que ella no necesitaba consuelo. Se fue corriendo a su tienda y Scott se asomó al mundo y sonrió ampliamente, como un idiota. Cuando Faiz Ullah le llevó algo de beber, le pareció conveniente sujetarse una mano con la otra. De lo contrario, el buen whisky con soda se le habría derramado. Hay fiebres y fiebres.

Pero fue peor, mucho peor, durante la cena: la conversación y las miradas tensas hasta que los criados se hubieron retirado, y lo peor de todo fue la señora de Jim, que había estado a punto de ponerse a llorar encima del plato de sopa, y que besó emocionada a Scott y a William, y se bebieron una botella entera de champagne sin enfriar porque no había hielo, y Scott y William se sentaron a la entrada de la tienda hasta que la señora de Jim les dijo que entrasen por miedo a una nueva fiebre.

A propósito de todas estas cosas y de algunas otras William dijo:

—Estar comprometida es una cosa abominable, porque... date cuenta, no tienes una posición oficial. Debemos dar gracias por tener tantas cosas que hacer.

12 *Nullah*, barranco, lecho de un río.

—¡Tantas cosas que hacer! —dijo Jim cuando le informaron—. Ninguno de los dos sirve ya para nada. Imposible sacar ni cinco horas de trabajo, en un día, del bueno de Scott. Vive en las nubes la mitad del tiempo.

—Pero hacen tan buena pareja que da gusto verlos, Jimmy. Se me romperá el corazón cuando se vayan. ¿No puedes hacer nada por él?

—Al Gobierno le he dado la impresión, o al menos espero habérsela dado, de que fue él quien personalmente condujo toda la campaña de alivio contra la hambruna. Pero su único deseo es ir a las obras del Canal de Luni, y William es igual que él. ¿Les has oído alguna vez hablar de presas, de esclusas, de descargas de agua residual? Supongo que será ese su estilo de hacerse carantoñas, digo yo.

La señora de Jim sonrió con ternura.

—Ah, pero son sólo los intervalos… benditos sean.

De ese modo el Amor se adueñó del campamento sin ningún contratiempo y a plena luz del día, mientras los hombres recogían las piezas y se las llevaban lejos de la hambruna de los Ocho Distritos.

Trajo consigo la mañana el frío penetrante de diciembre en el norte, las capas sucesivas del humo de leña, el gris azulado y polvoriento de los tamarindos, las bóvedas de las tumbas en ruinas y el olor de las blancas llanuras del norte, a medida que el tren del correo atravesaba la larga milla de extensión que tiene el puente de Sutlej. William, envuelta en un *poshteen* —una chaqueta de piel de borrego con encajes de seda y visos de astracán— miraba al exterior con los ojos humedecidos y las fosas de la nariz dilatadas de contento. El sur de las pagodas y las palmeras, el superpoblado sur de los indostaníes, ya era cosa del pasado. Allí delante estaba la tierra que conocía y amaba, y ante ella se encontraba la vida buena que entendía entre seres de su misma casta y de pareja mentalidad.

Los iban recogiendo prácticamente en todas las estaciones, hombres y mujeres que acudían a pasar la semana de Navidad con sus raquetas, con sus fardos de palos para jugar al polo, con sus bates más queridos para jugar al críquet, con sus fox terriers y sus sillas de montar. La mayor parte llevaba chaquetas como la de William, pues el frío del norte no es para andarse con chiquitas, como tampoco lo es el calor en el norte. Y William se encontraba entre ellos y era una más, con las manos bien hundidas en los bolsillos, el cuello subido para protegerse las orejas, dando pisotones en los andenes y caminando de un extremo a otro para entrar en calor, visitando a los demás viajeros en sus vagones y recibiendo en todas partes las felicitaciones de rigor. Scott viajaba con los solteros en el furgón de cola, donde se burlaban de él sin piedad y le tomaban el pelo por la alimentación de los bebés y las cabras que tuvo que ordeñar, aunque de vez en cuando se acercaba caminando hasta la ventanilla de William.

—Todo va bien, ¿verdad? —le preguntaba en un murmullo, a lo que William contestaba con un suspiro de deleite.

—Todo va de maravilla, desde luego.

Daba gusto escuchar los nombres rotundos y abiertos de las ciudades. Umballa, Ludianah, Phillour, Jullundur, resonaban a sus oídos como las campanadas de su boda inminente. Y William se sintió honda y verdaderamente entristecida por todos los desconocidos y por todos los forasteros, los visitantes, los turistas, los que acababan de llegar para servir a su país.

Fue un regreso glorioso, y cuando los solteros celebraron el baile de Navidad, William fue, podría decirse que de un modo oficioso, el invitado principal al que se rindió honores entre los mayordomos de la organización, que sabían hacer que las cosas resultaran muy placenteras para sus amistades. Ella y Scott bailaron juntos casi todos los números de baile, y pasaron el resto de la velada sentados en la gran galería, en la penumbra, desde la que se dominaba el soberbio parquet de teca, sobre el cual destellaban los uniformes y tintineaban las espuelas, los vestidos nuevos centelleaban y cuatrocientas personas bailaban sin cesar, hasta que las banderas que envolvían los pilares aletearon y se agitaron al compás del torbellino que reinaba en el salón.

Hacia la medianoche, media docena de hombres a los que no interesaba demasiado el baile se acercaron desde el club a tocar villancicos, lo cual fue una sorpresa que los mayordomos habían dispuesto. Antes que nadie se enterase de lo que había ocurrido, la banda dejó de tocar y las voces, escondidas, entonaron «El buen rey Wenceslao», y William, en la galería, llevó el compás con el pie:

> Fíjate en mis huellas, paje mío,
> Síguelas con audacia.
> Verás que la furia del invierno
> No hiela tanto tus venas.

—Oh, ¡ojalá canten otro! ¡Ha sido una maravilla! ¡Y más aún en la oscuridad! Mira, mira allá. Allí está la señora Gregory secándose los ojos.

—La verdad es que es como estar en casa —dijo Scott—. Recuerdo que...

—¡Chist! ¡Atiende! Mira...

Y comenzaron de nuevo:

> Cuando los pastores apacentaban el rebaño...

—¡Ah! —dijo William, y se arrimó más a Scott.

> ... sentados todos en el suelo,
> descendió el Ángel del Señor
> y la gloria pura brilló en derredor.
> «No temáis», les dijo, pues gran temor
> cercaba su ánimo turbado.
> «Gran alegría os traigo
> a vosotros y a toda la humanidad».

Esta vez fue William quien tuvo que secarse los ojos.

«ELLOS»

Un panorama me llevaba a otro; una cima de un cerro a su ge-
mela, atravesando la mitad del condado. Y como podía contestar a estas llamadas sin más molestias que las de accionar
una palanca bien engrasada, dejé que el condado corriese bajo
las ruedas. Las llanuras tachonadas de orquídeas silvestres,
al este, dejaron paso a las matas de tomillo, a los acebos, a los
grises yerbazales de los Downs, que a su vez cedieron terreno
a los maizales y a las higueras en los trechos más próximos a
la costa, en la que se lleva el pulso de la marea que bate a la
izquierda de la carretera por espacio de casi treinta kilómetros, y cuando viré hacia el interior por una masa de cerros
redondeados y pelados, por los bosques que crecían al pie, había perdido de vista todo punto de referencia. Pasada aquella
aldea exacta que es madrina de la capital de Estados Unidos
encontré localidades escondidas en las que las abejas, los únicos seres despiertos, zumbaban en las ramas de los tilos de

casi treinta metros de altura que apantallaban las iglesias de estilo normando; arroyos milagrosos que pasaban bajo puentes de piedra construidos para soportar un tráfico más pesado del que nunca más volvería a circular por ellos; cillas para almacenar diezmos, depósitos mucho mayores que las iglesias a las que correspondían, y una vieja herrería que a voz en cuello proclamaba su antigua condición de sala de los templarios. Encontré gitanos acampados en un prado en el que las aulagas, los brezales y los helechos libraban combate a lo largo de un buen trecho de calzada romana; poco más allá molesté a un zorro rojo que, como si fuera un perro, se revolcaba a plena luz del sol.

Al cerrarse a mi alrededor los cerros, hube de ponerme de pie dentro del automóvil por ver cómo orientarme y descubrir hacia dónde se encontraba la mayor de las colinas, cuya loma anillada es un hito que se columbra desde las tierras bajas en setenta kilómetros a la redonda. Por la disposición del terreno supuse que de seguir recto terminaría por dar con alguna carretera que cortara hacia el oeste, y que pasara al pie del cerro, pero no tuve en cuenta los velos confusos de los bosques. Un giro veloz me proyectó a una franja de verdor rebosante de la líquida luz del sol, cerca de un túnel de sombra en el que las hojas muertas del año anterior susurraban y alborotaban al paso de los neumáticos. Los robustos avellanos que se entrelazaban por encima de la carretera no se habían podado al menos desde dos generaciones antes, y tampoco había ayudado ningún hacha al roble y al haya cancerosos de musgo que mal aspiraban a crecer y rebasarlos. Allí cambiaba la carretera para formar una ruta alfombrada sobre cuyo terciopelo castaño asomaban como el jade apretados macizos de prímulas y unas caléndulas blancas y enfermizas que cabeceaban y asentían al unísono. A favor de la pendiente, apagué el motor y me dejé rodar sobre las hojas alborotadas, contando a cada instante con encontrarme a un guardián, si bien tan sólo acerté a oír un arrendajo muy a lo lejos, que discutía con el silencio bajo el crepúsculo impuesto por las frondas de los árboles.

Seguía en descenso el camino. A punto estaba de dar marcha atrás y regresar a la loma en segunda cuando terminé en una laguna, en la que vi la luz del sol tamizada por la enmarañada vegetación. Solté el freno.

De nuevo tomé la cuesta abajo. El sol me daba de lleno en la cara; deslumbrado, no vi que las ruedas delanteras se adentraban en un prado que formaba la última estribación de una amplísima extensión de césped en el cual brotaban unos jinetes de tres metros de altura, lanza en ristre, así como monstruosos pavorreales y damas de honor de cabeza redondeada —azulados, negros, relumbrantes—, todos ellos de tejo recortado. A través del césped —las tropas arboladas del bosque lo sitiaban por tres de sus flancos— vi una antigua mansión de piedras mordidas por el liquen y tallada por los años a la intemperie, con ventanas geminadas y tejados de un rojo virado al rosa. La flanqueaban unos muros semicirculares, también de un rojo virado al rosa, que cerraban el césped por el cuarto lado; al pie de los muros, un seto de boj que levantaba con creces la estatura de un hombre. Las palomas zureaban en el tejado, alrededor de las esbeltas chimeneas de ladrillo. Entreví un palomar octogonal tras el muro de cierre.

Allí entonces me detuve. La lanza verde que empuñaba un jinete me apuntaba al pecho. Me inmovilizó la belleza desmedida de aquella joya en aquel entorno.

«Si no me expulsan de aquí por intruso, y si ese caballero no se lanza al galope contra mí —pensé—, Shakespeare y la reina Isabel, cuando menos, saldrán por la puerta entornada del jardín para invitarme a tomar el té».

Apareció un chiquillo en una de las ventanas de la primera planta, y me pareció que el pequeño me saludaba amistosamente. Pero se había asomado sólo para llamar a un compañero suyo, pues en ese instante asomó otra cabecita luminosa. Oí entonces una risa entre los pavorreales recortados en el tejo, y al darme la vuelta para cerciorarme (hasta entonces sólo había escrutado la mansión) vi la plata de una fuente tras uno de los setos, resaltada por el sol. Las palomas zureaban al agua que murmuraba sin cesar, pero entre ambas notas capté la risa asombrosamente feliz de un niño absorto en livianas travesuras.

La puerta del jardín —roble recio, macizo, encastrado en el grosor del muro— se abrió un poco más: una mujer con un sombrero de ala ancha, de andar por el jardín, había puesto el pie despacio en el peldaño del umbral, piedra sacralizada por el tiempo, y con idéntica lentitud avanzaba sobre la hierba. Estaba ideando unas palabras de disculpa cuando la vi alzar la cabeza hacia mí, y vi que era ciega.

—Le he oído —dijo—. ¿No era eso un automóvil?

—Me temo que me he equivocado de camino. Tendría que haber tomado el otro ramal allá arriba. Jamás soñé… —comencé a decir.

—Oh, no se apure. Me alegro mucho. ¡Imagínese, un automóvil en el jardín! Será todo un acontecimiento… —se dio la vuelta e hizo ademán de mirar en derredor—. Usted… Usted no ha visto a ninguno, ¿verdad? ¿O tal vez…?

—No, a nadie con quien hablar, pero los niños parecían interesados, si bien guardando la distancia.

—¿Qué niños?

—He visto a un par asomado a la ventana ahora mismo, y me pareció ver a otro pequeño en el recinto.

—¡Oh, qué suerte tiene! —exclamó, y se le iluminó el rostro—. Yo los oigo, naturalmente, pero eso es todo. ¿Usted los ha visto y los ha oído?

—Sí —respondí—. Y si algo entiendo yo de niños, diría que al menos uno se lo está pasando de maravilla en la fuente de allí detrás. Supongo que se habrá escapado.

—¿Le gustan a usted los niños?

Le di una o dos razones por las cuales no es que los detestase, ni mucho menos.

—Claro, claro —repuso—. En ese caso, usted lo entiende. De ser así, no le parecerá una ridiculez que le pida que traiga el automóvil a los jardines y que dé una vuelta, o dos, muy despacio. Estoy segura de que les encantará verlo. Ven tan poca cosa los pobrecillos… Una intenta hacerles la vida tan llevadera como pueda, pero es que… —señaló con ambas manos hacia los bosques—. Estamos tan apartados del mundo que es como si…

—Será espléndido —dije—. Pero le voy a estropear el césped.

Miró hacia su derecha.

—Aguarde un minuto —dijo—. Estamos en la puerta sur, ¿verdad? Tras aquellos pavorreales hay un camino de losas. Lo llamamos el Paseo de los Pavorreales. Desde aquí no alcanza a ver, según tengo entendido, pero si se ciñe usted a la linde del bosque podrá doblar a la altura del primer pavorreal para entrar por el camino de losas.

Era un sacrilegio despertar la ensoñación en que parecía sumida aquella fachada con el estruendo del motor, a pesar de lo cual di un giro para salvar el césped, pasé rozando la linde del bosque y doblé para internarme al volante por el ancho camino de losas en el que se hallaba el plato de la fuente como un zafiro o una estrella.

—¿Me permite ir con usted? —gritó—. No, no; por favor, no me ayude. Les gustará más si me ven a mí.

A tientas llegó al automóvil y, con un pie en el estribo, dio una voz:

—¡Niños! ¡Oh, niños! ¡Mirad, ya veréis qué va a pasar!

Tenía una voz que habría servido de guía a las almas en pena del Abismo por el anhelo subyacente a su dulzura, y no me sorprendió oír una respuesta a su llamada entre los tejos. Tuvo que haber sido el niño de la fuente, que huyó sin embargo cuando nos acercábamos, dejando un barco de juguete que flotaba en el agua. Vi el relumbre de su blusa azul entre los jinetes inmóviles.

Muy compuestos desfilamos a lo largo del paseo y, cuando me lo indicó, volví al punto de partida. Esta vez, el niño se había sobrepuesto al pánico, pero permaneció alejado, dubitativo.

—El chiquillo nos observa —dije—. Me pregunto si no querrá dar una vuelta.

—Todavía son muy asustadizos. Muy, muy retraídos. ¡Ay, pero qué suerte tiene usted de verlos! Escuchemos, a ver qué pasa.

Detuve el motor en el acto, y en medio de la húmeda quietud, los intensos aromas del tejo nos envolvieron por completo. Oía el chischás de la cizalla en algún lugar en que el jardinero podaba el seto, oía el zumbar de las abejas y unas voces apagadas que bien podría haber sido el zureo de las palomas.

—¡Oh, qué antipáticos! —dijo ella con fatiga.

—Tal vez sólo les ahuyente el auto. La chiquilla de la ventanita parece que tenga un tremendo interés.

—¿Sí? —alzó la cabeza—. Ha sido falso por mi parte decir eso. En el fondo me tienen cariño. Ellos son la única razón por la que vale la pena seguir viva..., cuando a una le tienen cariño, claro. No se me ocurre imaginar siquiera cómo sería este lugar sin ellos. Por cierto, ¿le parece hermoso?

—Creo que es el paraje más bello que he visto jamás.

—Eso me han dicho. Yo lo percibo, naturalmente, pero no llega a ser lo mismo.

—Entonces, ¿es que usted nunca...? —iba a formularle la pregunta, pero callé avergonzado.

—No, no desde que alcanzo a recordar. Sucedió cuando sólo tenía unos meses, según me han dicho. Y sin embargo es evidente que algo debo recordar, pues, de lo contrario, ¿cómo iba a soñar con los colores? Veo la luz en mis sueños, veo los colores, pero a ellos nunca les veo. Tan sólo les oigo, igual que cuando estoy despierta.

—En sueños es difícil ver las caras. Hay personas que pueden, pero la mayoría no poseemos ese don —seguí diciendo, al tiempo que miraba a la ventana en la que la chiquilla había aparecido prácticamente oculta.

—Eso mismo tengo entendido —dijo ella—. También me han dicho que nunca se ve en sueños el rostro de una persona fallecida. ¿Es cierto?

—Creo que lo es. Ahora que lo dice...

—¿Y cómo es en su caso?

Volvió hacia mí los ojos ciegos.

—Nunca he visto en sueños los rostros de los muertos —respondí.

—Eso ha de ser tan malo como estar ciego.

Se había puesto el sol tras el bosque, y largas sombras se apoderaban uno a uno de los jinetes insolentes. Vi la luz extinguirse en la punta de una lanza de hojas nimbadas, y el valiente verde manzana tornarse apagada negrura. La casa, aceptando al fin otro día, como aceptara un millar de días ya pasados, parecía ahondarse en preparación para el descanso entre las sombras.

—¿Y nunca lo ha deseado? —dijo ella tras el silencio.

—Muchísimo. Algunas veces, muchísimo—repuse. El chiquillo había abandonado la ventana al cernirse las sombras en ella.

—¡Ah! Yo también, pero supongo que no nos está permitido... ¿Dónde vive usted?

—Pues casi en la otra punta del condado..., a más de ochenta kilómetros, y debo pensar en regresar. No he venido con el farol grande.

—Aún no es de noche. Lo percibo.

—Mucho me temo que habrá anochecido cuando llegue yo a mi casa. ¿Podría mandar a alguien que me ayudara a ponerme en camino? Me encuentro completamente desorientado.

—Indicaré a Madden que vaya con usted hasta el cruce. Tan apartados del mundo estamos que no me extraña que se haya perdido. Lo acompañaré primero hasta el frente de la casa; le pido que circule despacio, ¿lo hará?, mientras se halle en el recinto. Espero que no le parezca una tontería sin sentido...

—Le prometo que circularé así como voy—dije, y dejé que el automóvil arrancara por sí solo siguiendo el camino de losas.

Rodeamos el ala izquierda de la casa, cuyas elaboradas canalizaciones de plomo de fundición bien valían por sí solas un día de viaje; pasamos bajo un gran arco de rosales, encastrado en la tapia rojiza, y de ese modo dimos la vuelta hasta llegar a la fachada principal, que por belleza y suntuosidad estaba a la altura tanto de la fachada posterior como del resto.

—¿Tan hermosa es? —dijo ella con un punto de tristeza al oír mis elogios embelesados—. ¿Le han gustado también las gárgolas de plomo? Detrás se halla el antiguo jardín, repleto de azaleas. Dicen que este paraje tuvo que haberse construido pensando en los niños. ¿Quiere ayudarme a bajar, por favor? Me gustaría acompañarle hasta el cruce, pero creo que no debo dejarlos solos. Madden, ¿es usted? Quiero que muestre a este caballero el camino hasta el cruce. Se ha perdido en el recinto... pero los ha visto.

Había aparecido un mayordomo sin hacer ruido ante el prodigio de la antigua puerta de roble macizo, sin duda el portón principal, y se hizo a un lado para ponerse el sombrero. Ella se quedó mirándome con ojos azules y francos que ninguna visión captaban, y por primera vez vi que era hermosa.

—No olvide —dijo con voz queda— que si usted les tiene cariño volverán sin duda otra vez. —Y dicho esto desapareció en la casa.

Ya en el automóvil, el mayordomo no dijo nada hasta que no estuvimos cerca de la cancela de entrada, donde, al sorprender una blusa azul entrevista entre los arbustos, di un amplio volantazo, no fuera que el demonio que anima a los chiquillos a jugar me llevara a convertirme en un infanticida.

—Disculpe —pregunté de pronto—, pero... ¿por qué ha hecho eso, señor?

—Por el niño que había allí.

—¿Nuestro joven caballerito, el de azul?

—Naturalmente.

—La verdad es que corretea sin cesar. ¿Lo vio junto a la fuente, señor?

—Así es. Varias veces. ¿Doblo ya aquí?

—Sí, señor. ¿Y los vio también en la primera planta?

—¿En una de las ventanas? Sí, en efecto.

—¿Fue antes que la señora saliera a hablar con usted, señor?

—Un poco antes. ¿Por qué lo quiere saber?

Hizo una breve pausa.

—Sólo por cerciorarme de que... de que habían visto el automóvil, señor, porque con los niños correteando por ahí no me cabe duda de que habrá conducido usted con gran cuidado, no sea que tengamos un accidente. Eso era todo, señor. Ya hemos llegado al cruce. Ahora ya no tiene extravío posible. Gracias, señor, no... No lo tenemos por costumbre, no con...

—Le ruego me disculpe —farfullé, y me guardé la plata en el bolsillo.

—Oh, como norma es lo que se estila con los demás, desde luego. Que tenga buen viaje, señor.

Se guareció en la torreta parapetada de su estamento y se alejó al paso. Era con certeza un mayordomo solícito con el honor de la casa e interesado, seguramente por medio de alguna de las criadas, en las cosas de los niños.

Rebasados los carteles del cruce volví la vista atrás, pero los cerros anfractuosos se entrelazaban con tanto celo que no atiné a ver por dónde podía quedar la mansión. Cuando pregunté por su nombre en una granja que vi a la orilla del camino, la señora entrada en carnes que vendía confites me dio a entender que los dueños de los automóviles no tenían siquiera derecho a la vida, y menos aún a «ir por ahí hablando como los cocheros». No era, en verdad, una comunidad muy afable con el viajero de paso.

Aquella noche, cuando intenté reconstruir mi ruta en el mapa adquirí una mayor sabiduría. La denominación que el mapa parecía dar al terreno era «Antigua Hacienda de Hawkin», y la Guía Rural del Condado, por lo común tan exhaustiva, ni siquiera hacía alusión a su existencia. El caserón de los alrededores se llamaba Hodnington Hall, y era de estilo georgiano con adornos de la primera época victoriana, como demostraba un atroz grabado a modo de ilustración. Transmití mis dificultades a un vecino, un árbol de honda raigambre en aquellas tierras, y me dio el apellido de una familia que no me dijo nada.

Al cabo de un mes poco más o menos volví por allí, o tal vez fuera que mi automóvil tomó aquella ruta por su cuenta y riesgo. Recorrió los cerros pelados de los Downs, que no dan fruto alguno, y se abrió paso por el dédalo de caminos rurales que discurrían al pie de las elevaciones, atravesando los bosques amurallados, impenetrables en el esplendor de sus frondas, hasta salir al cruce en el que me había dejado el mayordomo, y poco más allá se le declaró al auto algún trastorno interno que me obligó a hacer un alto en un prado que se adentraba en el silencio de los avellanos, en la linde del bosque. Por lo que acerté a precisar por medio del sol y del mapa del ejército, de muy exacta escala, debía de encontrarme en la carretera que flanqueaba el bosque que había explorado en la primera ocasión viéndolo desde los promontorios. Me tomé sumamente en serio la reparación del automóvil e hice un taller rutilante de mi caja de herramientas, con las llaves, las bombas de aire, los destornilladores y demás, que desplegué con orden sobre una manta de viaje. Era un señuelo para atraer a toda la chiquillería, pues supuse que en un día como aquel no podían estar muy lejos los niños. Cuando hice una pausa en los trabajos de reparación agucé el oído, pero el bosque estaba repleto de sonidos veraniegos (aunque las aves ya se habían apareado), tanto que al principio no supe diferenciarlos del hilillo de pisadas cautelosas que con sigilo se acercaban sobre las hojas muertas. Toqué la bocina procurando que resultase atrayente, pero los pasos se dieron a la fuga en desbandada y me arrepentí, pues para un niño es motivo de gran pavor un ruido repentino. Debía de llevar allí trabajando una hora cuando oí en el bosque la voz de la ciega que llamaba:

—Niños, niños, ¿dónde estáis?

Y la quietud reinante se cerró con lentitud sobre la perfección de aquel grito. Vino hacia mí, palpando a medias el camino entre los troncos, y aunque me pareció que un chiquillo se aferraba a sus faldas vi que desaparecía entre la espesura como un conejo cuando ya se acercaba.

—¿Es usted...? —dijo—. ¿Es quien viene de la otra punta del condado?

—Sí, yo soy el de la otra punta del condado —respondí con una risa.

—Entonces... ¿por qué no ha venido por la parte alta de los bosques? Ahora mismo estaban allí.

—Estaban aquí hace tan sólo unos minutos. Supongo que se dieron cuenta de que había tenido una avería, y vinieron a divertirse.

—Espero que no haya sido nada grave. ¿Cómo es que se estropean los automóviles?

—Se estropean de cincuenta maneras distintas. El mío ha querido estropearse de la manera número cincuenta y uno.

Rió de contento con el chiste, con una risa deliciosa, y se echó el sombrero de jardinera hacia atrás.

—Permítame escuchar —dijo.

—Un instante —respondí—, y le traeré un almohadón.

Puso el pie sobre la manta de viaje que estaba llena de herramientas y piezas del motor, y se inclinó sobre ellas con ansia.

—¡Qué maravilla! —Las manos por medio de las cuales veía rebrillaron en el dibujo de sol y sombra—. Una caja... ¡y otra caja! Si las ha dispuesto usted como si fuera un tallercito de juguete...

—Confieso que ha sido con el afán de llamar la atención de ellos. La verdad es que no me hace falta ni la mitad de las herramientas.

—¡Qué atento por su parte! He oído que tocaba la bocina desde la parte alta del bosque. ¿Dice que antes estaban por allí?

—Con toda seguridad. ¿Por qué son tan retraídos? El chiquillo de azul que estaba ahora mismo con usted tendría que haberse sobrepuesto al miedo. Me ha estado espiando como lo habría hecho un piel roja.

—Debe de haber sido su bocina —dijo—. Oí que uno de ellos me rebasaba apurado, temeroso, cuando bajé hacia aquí. Son tan tímidos..., son muy retraídos, incluso conmigo. —Se volvió a mirar por encima del hombro y volvió a gritar—: ¡Niños! ¡Oh, niños! ¡Mirad y veréis!

—Seguramente se habrán marchado, tendrán mejores cosas que hacer —sugerí, pues hubo tras nosotros un murmullo de voces quedas puntuado por las súbitas risitas y chillidos que son propios de los niños. Volví a enredar con las piezas y ella se inclinó con la mano en el mentón, escuchando atentamente.

—¿Cuántos son? —pregunté al fin. Había terminado la reparación, pero no vi que hubiera razón para marchar.

Se le arrugó un poco la frente mientras pensaba.

—La verdad es que no lo sé —dijo con toda sencillez—. Unas veces son más, otras son menos. Vienen y se quedan conmigo porque yo les tengo cariño, ya ve usted.

—Debe de ser una gran felicidad —dije al cerrar el cajón, y nada más contestar capté la inanidad de mi respuesta.

—Usted... usted no se estará riendo de mí —exclamó—. No tengo yo... no tengo ninguno que sea mío. No me casé nunca. La gente a veces se ríe de mí porque... porque...

—Porque son unos salvajes —repliqué—. No hay por qué disgustarse. Son de esos que se ríen de todo lo que no sea su vida oronda y muelle.

—No lo sé. ¿Cómo iba yo a saberlo? Sólo sé que no me gusta que se rían de mí a propósito de ellos. Eso duele, y cuando una es ciega... No quisiera parecer una tonta —tembló su mentón como el de una niña mientras lo decía—, pero nosotros los ciegos tenemos la piel muy fina, creo yo. Todo lo que viene del exterior nos alcanza de lleno en el alma. En su caso es distinto. Ustedes tienen excelentes defensas en los ojos... con los que miran al exterior... antes que nadie pueda lastimarlos en lo más hondo, en el alma.

Quedé callado y sopesé aquella cuestión inagotable, la brutalidad más que heredada (no en vano también se inculca con todo esmero) de los pueblos cristianos, al lado de la cual es limpio y comedido incluso el negro pagano de la costa occidental de África. Mis pensamientos me llevaron muy lejos.

—¡No haga eso! —dijo de súbito, cubriéndose los ojos con ambas manos.

—¿El qué?

Señaló con un gesto.

—¡Eso! Es..., se pone todo púrpura y negro. ¡No lo haga, se lo ruego! Ese color me hiere.

—Pero..., ¿cómo es posible que conozca usted los colores? —exclamé, pues aquélla realmente fue una revelación.

—Quiere decir... ¿los colores a secas? —preguntó.

—No. Me refiero a esos colores que usted acaba de ver.

—Lo sabe tan bien como yo —rió—. De lo contrario, no me haría la pregunta. No son colores que estén en el mundo. Están en usted... cuando monta en cólera.

—¿Se refiere a una mancha purpúrea y apagada, como si fuera vino de oporto mezclado con tinta? —pregunté.

—Nunca he visto la tinta, nunca he visto el vino de oporto, pero los colores no están mezclados. Son nítidos, están bien separados.

—¿Quiere decir que son rayas y pintas negras sobre un fondo de púrpura?

Asintió.

—Sí..., son así —y trazó un zigzag con el dedo—, pero es más rojo que púrpura... ese color malo.

—¿Y cuáles son los colores que hay encima de... de lo que vea usted?

Lentamente se inclinó y trazó sobre la manta de viaje la figura misma del Óvalo.

—Yo los veo así —dijo, y señaló con un tallo de hierba—, blanco, verde, amarillo, rojo, púrpura, y cuando la gente se enoja, o cuando es mala, algo de negro sobre el rojo. Como usted hace un momento.

—¿Quién le ha hablado de todo esto? Al principio, alguien tuvo que... —insistí.

—¿De los colores? Nadie. Cuando era pequeña, preguntaba qué colores tenían las cosas..., los manteles, las cortinas y las alfombras... Porque unos colores me lastimaban y otros me ponían contenta. Me lo decía quien fuese; cuando me fui haciendo mayor, así es como veía a las personas. Volvió a trazar el perfil del Óvalo, que a muy pocos nos es dado ver.

—Todo por su cuenta y riesgo —repetí.

—Todo por mi cuenta y riesgo. No había nadie más. Tuvo que pasar el tiempo hasta descubrir que otras personas no veían los colores.

Se apoyó contra el tronco de un árbol, tejiendo y destejiendo los tallos de hierba que había arrancado. En el bosque, los niños se habían acercado un poco más. Atiné a verlos por el rabillo del ojo retozando como las ardillas.

—Ahora sí tengo la certeza de que usted nunca se reirá de mí —siguió diciendo tras un largo silencio—. Ni de ellos.

—¡Dios mío! ¡Claro que no! —exclamé, sobresaltado en mis pensamientos—. Quien se ría de un niño, a no ser que el niño se esté riendo también, es un pagano.

—No me refería a eso, claro está. Usted nunca se reiría de los niños, pero pensé, o pensaba, que tal vez usted pudiera reírse a propósito de ellos. Por eso, ahora le ruego me disculpe. ¿De qué se iba a reír?

No había emitido yo ningún sonido, pero ella estaba al tanto de todo.

—Del mero hecho de que me pida usted disculpas. Si hubiera cumplido usted con su deber de pilar del Estado y de terrateniente, tendría que haberme denunciado por allanamiento de su propiedad cuando el otro día irrumpí por sus bosques a mi antojo. Fue una vergüenza por mi parte… Fue inexcusable.

Me miró con la cabeza recostada en el tronco, me miró largo y tendido esa mujer capaz de ver el alma al desnudo.

—Qué curioso —musitó a media voz—. Qué curioso, la verdad.

—¿Por qué, qué he hecho yo ahora?

—Usted no entiende… y entendió sin embargo los colores. ¿No lo entiende?

Lo dijo con una pasión que nada a mi entender había provocado, y la miré perplejo cuando se levantó. Los niños se habían reunido formando un corro tras unas zarzas. Una cabecita lustrosa se había inclinado sobre algo de menor tamaño, y por la postura de los hombros supe que le estaba diciendo chitón con el dedo en los labios. También ellos compartían un tremendo secreto de niños. Sólo yo estaba perdido sin remedio bajo la intensa luz del sol.

—No —dije, y sacudí la cabeza como si con sus ojos inservibles pudiera darse cuenta—. Sea lo que sea, todavía no lo entiendo. Quizá lo llegue a entender más adelante..., si me permite usted volver.

—Volverá —replicó—. Seguro que volverá usted a pasear por el bosque.

—Es posible que los niños ya me conozcan lo suficiente para permitir que juegue con ellos... a manera de favor. Ya sabe usted cómo son los niños.

—No se trata de un favor. Se trata de un derecho —replicó, y cuando estaba preguntándome qué había querido decir apareció una mujer desharrapada por el recodo del camino, con el cabello revuelto, púrpura, prácticamente mugiendo en su agonía al tiempo que corría despavorida. Era aquella descortés mujer, la mujer entrada en carnes de la confitería. La ciega la oyó y dio un paso al frente.

—Señora Madehurst, ¿qué sucede? —le preguntó.

La mujer se cubrió la cabeza con el delantal y literalmente se postró y se arrastró por el polvo, gimoteando entrecortadamente, farfullando a duras penas que su nieto estaba mortalmente enfermo, que el médico rural que le correspondía se había ido de pesca, y que Jenny, la madre, estaba fuera de sus casillas, etcétera, todo ello con abundantes repeticiones entre un alarido y otro.

—¿Dónde se encuentra el médico más próximo? —pude preguntar entre dos de sus paroxismos.

—Madden se lo dirá. Vaya hasta la casa y llévelo con usted. Yo me ocuparé de esto. ¡Dese prisa! —prácticamente se llevó a rastras a la mujer gorda hasta la sombra. En menos de dos minutos tocaba yo todas las trompetas de Jericó delante de la Casa Hermosa, y Madden, desde la despensa, acudió en resolución de la crisis como mayordomo y con toda su hombría.

Tras un cuarto de hora y a velocidades prohibidas encontramos al médico a unos siete kilómetros de allí. En media hora lo habíamos dejado, con un gran interés por los automóviles, a la puerta de la confitería, y después aparqué a la orilla del camino a esperar el veredicto.

—Son útiles los autos —dijo Madden, hecho todo un hombre y sin asomo del mayordomo que era—. De haber tenido yo uno cuando enfermó la mía, no se me habría muerto.

—¿Cómo fue? —pregunté.

—Garrotillo. La señora Madden no estaba. Nadie supo qué había que hacer. Recorrí doce kilómetros en una carreta para ir en busca del médico. La niña se había asfixiado cuando regresamos. Este auto la habría salvado, desde luego. Ahora tendría casi diez años.

—Lo lamento —le dije—. Por lo que me dijo cuando íbamos al cruce, el otro día, me pareció que tenía usted gran cariño por los niños.

—¿Y esta mañana los ha vuelto a ver, señor?

—Sí, pero es que los autos les espantan. No he podido acercarme a menos de veinte metros de ninguno de ellos.

Me miró con la misma atención con que mira un explorador a un desconocido, no como debe elevar los ojos un criado ante el superior de turno, que lo es por designio divino.

—Me pregunto por qué será —dijo para el cuello de su camisa.

Aguardamos. Se levantó una ligera brisa del mar que soplaba acariciando las hileras de los árboles; los yerbajos que crecían a la orilla del camino, blanqueados ya por el polvo del verano, se mecían en ondas apenas perceptibles.

Limpiándose las jabonaduras de los brazos, una mujer salió de la casa paredaña a la confitería.

—Estaba escuchando desde el huerto —dijo muy animada—. Dice que Arthur está fatal. ¿Lo han oído ustedes gritar? Fatal, desde luego, No sé qué me da que la semana que viene le toca a Jenny el turno de ir a pasear por el bosque, señor Madden.

—Disculpe, señor, pero se le está cayendo la manta del regazo —dijo Madden con deferencia. La mujer se sobresaltó, improvisó una reverencia y se fue.

—¿Qué quiere decir con eso de «pasear por el bosque»? —pregunté.

—Debe de ser algún dicho propio de estos parajes. Yo es que soy de Norfolk —dijo Madden—. En este condado son muy independientes. Es que lo ha tomado por un chófer, señor.

Vi al médico salir de la casa seguido por una muchacha desmadejada que se aferraba a su brazo con toda el alma, como si pudiera él mediar y sellar un pacto con la muerte.

—Esos críos… —gimió— son para nosotras, que por algo los tenemos, iguales que nuestros hijos legítimos. ¡Igualitos! Y a Dios le alegrará que salve siquiera a uno sólo, doctor. No me lo arrebate. La señorita Florence le dirá lo mismo. ¡No lo abandone, doctor!

—Lo sé, lo sé —repuso—, pero es que ahora pasará un rato descansando. Debe estar tranquilo. Iremos en busca de la enfermera y del medicamento, iremos tan deprisa como podamos.

Me indicó que me acercase con el automóvil y me esforcé por no enterarme de lo que siguió, pero vi la cara de la muchacha, hinchada de tristeza, cuarteada por el dolor, y noté la mano sin anillo que se aferraba a mis rodillas cuando arrancamos.

El médico era un hombre no exento de sentido del humor, pues recuerdo que requirió el uso de mi auto amparándose en el Juramento de Esculapio, y empleó el auto tanto como me empleó a mí sin compasión. Primero llevamos a la señora Madehurst y a la ciega a esperar junto al lecho del enfermo hasta que llegara la enfermera que iba a cuidarlo. Acto seguido invadimos una aseada localidad en busca de los medicamentos (el médico dijo que se trataba de una meningitis cerebro-espinal), y cuando el Hospital del Condado, rodeado y bien flanqueado por reses asustadas, las del mercado local, se declaró falto de enfermeras, nos lanzamos literalmente a la desesperada por todo el condado. Departimos con los propietarios de las grandes mansiones, magnates residentes al extremo de avenidas que discurrían bajo bóvedas arbóreas, cuyas hembras de huesos grandes se apartaban de las mesas en las que estaba recién servido el té para atender al imperioso médico. Al final, una dama de cabellos canos, sentada a la sombra de un cedro del Líbano y rodeada por una cohorte de magníficos lebreles Borzoi —hostiles todos ellos a los autos—, dio al médico, que las recibió como si emanasen de una princesa, órdenes escritas que portamos por espacio de muchos kilómetros a máxima velocidad, a través de una arbolada finca, hasta un convento de monjas francesas, donde tomamos casi por rehén a una sor temblorosa, de pálidas facciones. Se arrodilló al pie del asiento posterior y se puso a pasar sin pausa las cuentas del rosario, hasta que tras no pocos alcorces que inventó sobre la marcha el médico la llevamos a la confitería. Fue muy larga la tarde y estuvo llena de episodios de locura, que brotaban y se disolvían como el polvo de las ruedas; hubo retazos sueltos de vidas remotas, incomprensibles, que abordamos en ángulo recto, como si fueran cruces; volví a la caída de la noche a mi casa, fatigado, y soñé con el entrechocar de las cornamentas del ganado, con monjas de ojos redondos que caminaban por un jardín repleto de tumbas, con plácidas reuniones para tomar el té a la sombra de los árboles frondosos, con el olor a ácido fénico y los pasillos grises del Hospital del Condado, con los pasos de los niños retraídos en el bosque, y con las manos que se aferraban a mis rodillas en el momento de arrancar el motor.

Mi intención consistía en volver al cabo de un día o dos, pero quiso el Destino retenerme lejos de aquel rincón del condado con pretextos muy variados, hasta que el saúco y el rosal silvestre dieron fruto. Llegó por fin un día soleado, despejado gracias al viento del suroeste, que ponía los cerros al alcance de la mano; llegó un día de aire inestable y de nubes altas y tornadizas. Sin tener yo ningún mérito me vi libre de mis ocupaciones y arranqué el automóvil con la intención de emprender camino por tercera vez por aquella carretera ya conocida. Cuando llegué a la cresta de los Downs noté el cambio del aire, lo vi tornarse vidrioso bajo el sol; mirando al mar, en aquel instante pude contemplar el azul del Canal de la Mancha y lo vi tornarse del color de la plata bruñida primero, del acero batido, del peltre apagado después. Un carguero repleto de carbón que navegaba de bolina viró alejándose de la costa hacia alta mar, y a través de una bruma del tono del cobre vi izarse una por una las velas de la flota pesquera, todavía amarrada a puerto. En una hondonada profunda, a mi espalda, un remolino de viento súbito tamborileó entre los robles abrigados, abriéndose paso a lo alto con una muestra primeriza de la hojarasca otoñal. Llegué a la carretera de la playa y la neblina del mar se extendía sobre los pedregales, al tiempo que la marea revelaba todos los quejidos de la galerna que sin duda soplaba más allá del recodo de Ushant. En menos de una hora el verano de Inglaterra se disipó en una fría grisura. Volvíamos a ser la isla del Norte, cerrada a cal y canto, con todos los navíos del mundo haciendo sonar las bocinas ante nuestras puertas erizadas de peligros; entre tanto vocerío se escuchaba cortante el graznido de las gaviotas atolondradas. La humedad rezumaba de mi gorra, los pliegues de la manta la retenían en charquitos o bien la dejaban manar en hilillos, y el salitre helado se me pegaba a los labios.

Tierra adentro, el olor del otoño lastraba la bruma apelmazada entre los árboles, y el goteo poco a poco fue trocándose por lluvia fina y continua. Sin embargo, las flores de la estación tardía, las malvas de la orilla del camino, la escabiosa de los campos, las dalias en los jardines, alegraban la neblina, y allende el aliento del mar apenas se percibían síntomas de decadencia en las hojas. No obstante, en el pueblo estaban abiertas las puertas de todas las casas, y los niños, de pantalón corto y cabeza descubierta, estaban sentados a sus anchas en los húmedos umbrales y gritaban «u-hú» al forastero.

Me armé de valor para visitar la confitería, donde la señora Madehurst me recibió con las lágrimas hospitalarias de una mujer entrada en carnes. Según me dijo, el hijo de Jenny había muerto dos días después de que llegara la monja a cuidarlo. Era a su entender el mejor desenlace, aun cuando las mutuas de seguros, por razones que no fingía ella entender, no estuvieran dispuestas a cubrir los riesgos de aquellas vidas extraviadas.

—Y no vaya a creer que Jenny no cuidó de Arthur como si fuese a llegar con bien al término de su primer año, igual que la propia Jenny.

Gracias a la señorita Florence, el niño había recibido sepultura con una pompa que, a juicio de la señora Madehurst, cubrió con creces las irregularidades de su alumbramiento.

Describió el féretro por dentro y por fuera, el coche fúnebre acristalado, las siemprevivas que adornaban la tumba.

—¿Y cómo está la madre? —pregunté.

—¿Jenny? Oh, se recuperará. Yo misma he pasado por eso con uno o dos de los míos. Saldrá adelante, descuide. Ahora está paseando por el bosque.

—¿Con este tiempo?

La señora Madehurst me miró entornando los ojos desde el otro lado del mostrador.

—No sé por qué será, pero a una se le abre el corazón. Sí, se le abre el corazón. Es allí donde la pérdida y la concepción son a la larga una y la misma cosa, según decimos nosotras.

La sabiduría de las madres ya entradas en años es por alguna razón bastante superior a la de los padres, y este último oráculo me llevó a pensar tan profundamente, mientras subía por la carretera, que poco faltó para que atropellase a una mujer con su hijo en la esquina arbolada próxima a la caseta del guarda que daba entrada a la cancela de la Casa Hermosa.

—¡Un tiempo de perros! —exclamé al frenar para tomar la curva.

—No será para tanto —respondió ella con placidez, envuelta por la niebla—. El mío ya está acostumbrado. A los suyos los encontrará dentro seguramente.

En el interior, Madden me recibió con una cortesía profesional y con amables preguntas para interesarse por la salud del automóvil, que guareció a cubierto.

Aguardé en un salón silencioso, de color del nogal, al que daban adorno unas flores tardías y calidez un delicioso fuego en la chimenea; era un lugar de influjos benévolos, de una gran paz. (Los hombres y las mujeres, a veces, tras grandes esfuerzos logran dar credibilidad a una mentira; sin embargo, la casa, que es su templo, no puede sino decir verdad sobre quienes la hayan habitado). Un carrito de juguete y una muñeca parecían olvidados en el suelo ajedrezado, allí donde se había levantado la esquina de una alfombra. Tuve la impresión de que los niños acababan de salir con prisas —muy probablemente a esconderse— por las muchas revueltas de la gran escalera de madera tallada que ascendía suntuosamente en medio del vestíbulo, o bien para agazaparse tras los leones y las rosas esculpidos en la galería de arriba. Oí entonces su voz por encima de mí, cantando como cantan los ciegos, con el alma:

En las gratas arboledas cercadas...

Y todo aquel primer verano se agolpó de nuevo ante la invocación.

En las gratas arboledas cercadas,
Dios bendiga nuestras ganancias, pedimos...
Pero así quiera Dios bendecir nuestras pérdidas,
que más se ajustan a nuestra condición.

Descartó por torpe el cuarto verso y dijo en cambio:

que a nuestro ser mejor se ajustan.

La vi apoyada en la balaustrada, las manos unidas y blancas como la perla sobre el roble.

—¿Es usted... quien viene de la otra punta del condado? —inquirió.

—Sí, yo soy el de la otra punta del condado —respondí con una risa.

—Cuánto tiempo ha pasado hasta que ha vuelto —dijo. Bajó las escaleras veloz, rozando con una mano la balaustrada—. Dos meses y cuatro días exactamente. ¡Se nos ha ido el verano!

—Tenía la intención de venir antes, pero el Destino me lo ha impedido.

—Lo sabía. Por favor, haga algo con ese fuego. No me permiten tocarlo, pero siento que no se está portando bien. ¡Atícelo!

Miré a uno y otro lado de la profunda chimenea y encontré una estaca de boj medio chamuscada con la cual empujé un tronco y avivé las llamas.

—No se apaga nunca, ni de noche ni de día —dijo como si quisiera explicarse—. Por si acaso llega alguien con frío en los pies, naturalmente.

—Aún es más hermosa por dentro que por fuera —murmuré. La luz rojiza se derramaba a lo largo de los paneles oscuros, patinados por el tiempo, de modo que las rosas y los leones de estilo Tudor que decoraban la galería parecían cobrar color y vida propia. Un espejo convexo y rematado por un águila aglutinaba todo el cuadro en su corazón misterioso, distorsionando de nuevo las sombras ya distorsionadas, curvando las líneas de la galería cual si fueran las bordas de un barco. El día iba cerrándose con un vendaval incipiente, deshilachándose la niebla en flecos sucesivos. Por las ventanas geminadas alcancé a ver los valientes jinetes del césped, cuyos caballos se encabritaban al viento que los hacía enloquecer con legiones de hojas muertas.

—Sí, ha de ser hermosa —dijo—. ¿Le gustaría recorrer la casa? Todavía queda luz suficiente en el piso de arriba.

La seguí por la escalinata impávida, anchísima, hasta la galería, donde se abrían las puertas isabelinas y estriadas.

—Vea cómo están los pestillos, al alcance de los niños. —Empujó una puerta que se abrió hacia el interior.

—Por cierto: ¿dónde están? —pregunté—. Hoy ni siquiera los he oído.

No respondió ella al punto.

—A duras penas se les oye —repuso en voz queda—. Ésta es una de sus habitaciones. Todo está dispuesto, ya lo ve.

Señaló una sala de recio maderamen, revestida también de paneles de madera. Había unas mesitas bajas, rodeadas de sillas para niños. Una casa de muñecas, con la fachada abierta por dos bisagras, se hallaba frente a un caballo pinto, de balancín, de cuya silla no había sino un pequeño salto hasta el ancho asiento de la ventana, desde el cual se dominaba todo el césped. Una pistola de juguete parecía olvidada en un rincón, junto a un cañón de madera pintado de oro.

—Seguramente acaban de marcharse —susurré. Con la luz menguante crujió cautelosa una puerta. Oí el rumor de un vestido, oí pasos presurosos en una habitación situada más allá.

—Lo he oído —exclamó con voz de triunfo—. ¿Y usted? Niños, oh, niños… ¿Dónde estáis?

Resonó la voz en las paredes que la contenían amorosamente y se propagó hasta la última y perfecta de sus notas, pero no llegó el apetecido grito de respuesta, como el que había oído yo en el jardín. Nos apresuramos en recorrer una por una las habitaciones de tarima de roble; subimos un peldaño acá, bajamos dos allá; recorrimos un laberinto de pasillos, y siempre nos burló nuestra presa. Igual habría sido tratar de entrar en una madriguera de mil bocas por medio de un solo hurón. Eran innumerables los escondrijos, los huecos en las paredes, los alféizares de las ventanas más hondas y ya oscurecidas, en los que podían ponerse a resguardo, a nuestras espaldas; había chimeneas en desuso, algunas de casi dos metros de profundidad, y había una auténtica maraña de puertas de comunicación. Por encima de todo, disponían del crepúsculo por aliado en nuestro juego. Había captado yo un par de risas ahogadas, risas de júbilo ante la evasión lograda, y una o dos veces vi la silueta de un vestido de niña pasar delante de una ventana ya oscura al final de un pasillo, a pesar de todo lo cual regresamos a la galería con las manos vacías, cuando una mujer de edad madura colocaba una lámpara en la hornacina correspondiente.

—No, yo tampoco la he visto esta tarde, señorita Florence —le oí decir—, pero Turpin ha dicho que desea que vaya a verlo por lo del establo.

—Debe de ser que el señor Turpin tiene verdadera necesidad de verme. Dígale que venga al salón, señora Madden.

Contemplé el salón, iluminado tan sólo por el fuego casi apagado, y en las sombras más profundas por fin los vi. Debían de haberse fugado sigilosamente a la planta baja mientras recorríamos los pasillos, y se creían perfectamente escondidos tras un viejo biombo de cuero con el marco sobredorado. De acuerdo con la ley de los niños, mi infructuosa persecución había sido una presentación válida, pero como me había tomado tantas molestias resolví obligarles a salir a campo abierto mediante un truco muy simple que todos los niños detestan cuando juegan al escondite, es decir, haciendo como que no los tenía en cuenta. Estaban allí cerca, escondidos, en un corrillo; no eran más que un grupo de sombras, salvo cuando una rápida llama de la chimenea delataba un perfil más definido.

—Y ahora tomaremos el té —dijo ella—. Creo que debería habérselo ofrecido en primer lugar, pero es que una pierde los modales, disculpe, cuando vive tan aislada como yo, y más si resulta que a una se le considera, ¿cómo diría?, un tanto peculiar. —Con un punto de desdén añadió—: ¿Desea una lámpara para ver mejor mientras merienda?

—La luz del fuego es mucho más agradable, creo yo.

Descendimos a aquella penumbra deleitosa y Madden sirvió el té.

Situé mi sillón de cara al biombo, dispuesto a sorprender o a dejarme sorprender, según se desarrollara el juego, y tras recabar el permiso de ella, toda vez que un hogar siempre es sagrado, me incliné a jugar con el fuego.

—¿De dónde saca usted estos leños cortos y tan bonitos? —pregunté como si tal cosa. Y añadí—: ¡Caramba, si son tarjas!

—Naturalmente —repuso—. Como no está en mi mano ni leer ni escribir, me veo en la obligación de recurrir a las antiguas tarjas para llevar las cuentas. Deme una, le diré qué es lo que dice.

Le pasé una tarja de madera de avellano sin quemar, de dos palmos de largo, y acarició las muescas con el pulgar.

—Éste es el registro de la leche de granja que corresponde al mes de abril del año pasado. Está contabilizada en galones —me dijo—. No sé qué sería de mí sin las tarjas. Uno de mis guardabosques, uno de los más viejos, me enseñó este sistema de llevar las cuentas. Sé que ahora está completamente en desuso, pero mis arrendatarios lo respetan. Uno de ellos vendrá luego a verme. Ah, no tiene importancia. No es de recibo que venga fuera de las horas a las que atiendo. Es un hombre codicioso e ignorante, muy codicioso, pues de lo contrario no vendría después de ponerse el sol.

—¿Tiene usted muchas tierras, así pues?

—No llegan a cien hectáreas, gracias al Cielo. Las otras trescientas están arrendadas a paisanos que conocieron a mis antepasados, pero este Turpin es nuevo. Y, en realidad, es un bandolero.

—¿Y está usted segura de que yo no seré...?

—Desde luego. Usted tiene derecho. Él no tiene hijos.

—Ah, los niños —dije yo, y arrastré el sillón hasta tocar casi el biombo que los ocultaba—. Me pregunto si saldrán a verme.

Se oyó un murmullo confuso, la voz de Madden y otra más grave, que llegaba al otro lado de la puerta baja del lateral, y un gigante de pelo de zanahoria, con polainas de lona, el inconfundible arrendatario al que esperaba, llegó dando tumbos o bien fue empujado para que entrase.

—Acérquese al fuego, señor Turpin —le dijo ella.

—Si... si no le importa, señorita, prefiero... Estaré bien aquí junto a la puerta. —Se había sujetado al pomo mientras lo decía, como un niño aterrado. De pronto me di cuenta de que era presa de un miedo casi insuperable.

—¿Y bien?

—Pues es cosa del establo nuevo para las reses más jóvenes, eso era todo. Con las primeras tormentas del otoño... Pero no se preocupe, volveré en otro momento, señorita. —No le castañeteaban los dientes más que el picaporte.

—Mejor que no —respondió con llaneza—. El establo nuevo... Mmm. ¿Qué le escribió mi apoderado el día 15?

—Me suponía... Pensé que tal vez si viniese a verla, y si hablásemos de hombre a hombre, señorita...

Recorrió con la mirada todos los rincones de la estancia, y tenía los ojos como platos por efecto del horror. Prácticamente había abierto la puerta por la que entró, pero me fijé en que volvió a cerrarse... por fuera y con firmeza.

—Le escribió con lo que yo le indiqué —siguió diciendo ella—. El número de reses que tiene usted ya es excesivo. En la granja de Dunnett nunca ha habido más de cincuenta becerros, incluso en tiempos del señor Wright. Y él estercolaba. Usted tiene sesenta y siete y no estercola. En ese sentido incumple usted lo estipulado. Le está chupando la sangre a la granja.

—Voy… voy a traer abono, unos superfosfatos… la semana que viene. Ya he ordenado un cargamento, se lo aseguro. Mañana mismo iré a la estación a recogerlo. Entonces podré volver a verla y hablar de hombre a hombre, señorita, si puede ser a plena luz del día… Ese caballero no se marchará ahora, ¿verdad? —lo dijo prácticamente gritando.

Me había limitado a arrastrar el sillón un poco más atrás, para tener el biombo al alcance de la mano y poder tamborilear en el cuero, pero él saltó como una rata.

—No. Le ruego me preste atención, señor Turpin. —Se volvió a darle la cara. Él estaba de espaldas a la puerta. Ella le obligó a confesar una estratagema tan sórdida como resabiada, su alegato para construir un establo nuevo a expensas de la dueña del terreno, con lo cual él podría pagar con creces la renta del año siguiente en especie, con el estiércol, y por ese motivo, ella lo dejó bien claro, él había sangrado los pastos abonados hasta dejarlos secos. A la fuerza tuve que admirar la intensidad de la codicia que movía al ganadero, pues lo vi afrontar en aras de ese posible beneficio el terror indescriptible que le hacía sudar la gota gorda.

Dejé de tamborilear en el cuero del biombo —de hecho, había empezado ya a calcular los costes del establo—, y de pronto noté que a mi pesar, mi mano relajada era tomada con suavidad entre las suaves manos de un niño. Por fin había triunfado. En cuestión de segundos me daría la vuelta y podría por fin conocer a los escurridizos dueños de los pies sigilosos…

El beso cayó en el centro de la palma de mi mano, como una dádiva sobre la cual se contaba con que los dedos se cerrasen: como el fidelísimo reproche que señala que un niño está a la espera y que no tiene costumbre de que se le desatienda ni siquiera cuando los adultos más ocupados están en sus asuntos, un fragmento de un código mudo e ideado muchísimo tiempo atrás.

Entonces lo entendí. Y fue como si lo hubiera sabido desde el primer día en que miré a través del ancho césped la alta ventana geminada.

Oí cerrarse la puerta. La mujer, en silencio, se volvió hacia mí. Me di cuenta de que ella lo sabía.

No sabría decir cuánto tiempo pasó después de esto. Me sacó de mi ensueño el ruido manso de un tronco al caer en la chimenea. Mecánicamente me levanté y me incliné para devolverlo a su sitio. Entonces regresé a mi lugar en el sillón, muy cerca del biombo.

—Ahora lo entiende —susurró ella en medio de las sombras apretadas.

—Sí, lo entiendo... ahora. Gracias.

—Yo... yo sólo los oigo. —Inclinó la cabeza hasta apoyarla entre las manos—. Yo no tengo derecho, ¿sabe usted?, no tengo otro derecho. Yo no he dado a luz, no he sufrido pérdida. ¡No he alumbrado, no he perdido!

—Entonces, alégrese —dije, pues se me había desgarrado el alma de tanto abrírseme.

—¡Perdóneme!

Estaba muy quieta. Me dejé sumir en mi pena y en mi alegría.

—Es por lo mucho que los quise —dijo por fin entre sollozos—. Fue por eso, ya desde el principio, desde antes incluso de saber que ellos... que ellos eran todo lo que iba yo a tener en esta vida. ¡Cuánto los quise!

Extendió los brazos hacia las sombras, hacia las sombras ocultas en las sombras.

—Vinieron porque yo los amaba, porque los quería, porque los necesitaba... He debido de ser yo quien los hizo venir. ¿Le parece que hice mal?

—No... no.

—Yo... le aseguro que todos los juguetes y todas esas cosas no eran más que tonterías, pero es que de veras detestaba las habitaciones vacías cuando era pequeña. —Señaló hacia la galería—. Y todos los pasillos vacíos y en silencio... ¿Cómo iba yo a soportar que la puerta del jardín estuviera cerrada? Suponga que...

—¡No! ¡No, por piedad, no lo haga! —exclamé. El crepúsculo había traído consigo una lluvia fría, un viento racheado que golpeteaba las ventanas emplomadas.

—Y otro tanto sucede con eso de mantener el fuego encendido durante toda la noche. Yo no creo que sea una tontería. ¿A usted se lo parece?

Miré la ancha chimenea de ladrillo, y vi, creo yo que entre lágrimas, que no había guardafuegos cerca. Agaché la cabeza.

—Hice todo eso e hice muchas cosas más... sólo por fingimiento. Entonces vinieron. Los oía, pero no sabía que no eran míos, no lo supe hasta que la señora Madden me dijo...

—¿La mujer del mayordomo? ¿Qué le dijo?

—Una de ellos... La oí, ella la vio, supo... ¡Era la suya! No podía ser para mí. Al principio yo no lo sabía. Es posible que estuviera celosa. Después comencé a entender que era sólo porque los amaba, no porque... No... Ay, una ha de alumbrar o perder —dijo lastimosamente—. No hay otra forma... y ellos sin embargo me quieren, por fuerza me han de querer. ¿No es así?

No se oía en la estancia otro ruido que las voces superpuestas del fuego al crepitar, pero los dos seguíamos atentos y a la escucha, y ella por fin se consoló en aquello que llegaba a sus oídos. Se recuperó, a punto estuvo de levantarse. Yo seguía sentado en el sillón junto al biombo.

—No vaya usted a pensar que soy una desdichada que sólo sabe quejarse de sus males, pero... pero es que yo vivo en la oscuridad, usted lo sabe, y usted en cambio ve.

En verdad veía, y mi visión me reafirmó en la resolución que había tomado, por más que fuera como la separación misma del espíritu y la carne. Quise sin embargo quedarme un poco más, puesto que iba a ser la última vez.

—¿Le parece que hago mal? —exclamó con vehemencia, aunque yo no había dicho nada.

—No, en su caso no está mal hecho. No y mil veces no. En su caso es correcto... Me siento agradecido, le doy las gracias con un sentimiento que no sabría expresar con palabras. En mi caso sí estaría mal. Sólo en mi caso.

—¿Por qué? —preguntó, pero se pasó entonces la mano por delante de la cara, como había hecho durante nuestro segundo encuentro en el bosque—. Ah, ya entiendo —dijo senci-

llamente, como lo habría dicho una niña. Y contuvo una risa—.
¿Y recuerda… recuerda que una vez le dije que era afortunado?
Fue al principio. Ahora… ¡no debe volver nunca más aquí!

Me dejó sentado un poco más junto al biombo, y oí apagarse el rumor de sus pasos por la galería de la primera planta.

LA ENMIENDA DE TODS

Ha puesto el mundo su recio yugo
sobre los viejos canosos y barbudos
que se desviven por complacer al monarca.
Con los jóvenes está la misericordia divina,
en las lenguas de los niños la sabiduría divina
si no se arredran ni tienen miedo a nada.

La parábola de Chajju Bhagat

Resulta que la madre de Tods era una mujer de encanto singular, y en Simla todos conocían bien a Tods. La mayoría de los hombres le había salvado la vida en alguna ocasión. Era imposible que su *ayah* lo tuviera sujeto bajo su control, y a diario ponía en peligro la vida con tal de averiguar qué podría suceder cuando uno tira de la cola a una mula malhumorada, una mula con peores pulgas que aquellas que cargaban los fusiles desmontados en Mountain Battery. Era un jovencito pagano, absolutamente intrépido, sin miedo a nada, de unos seis años de edad, y era el único chiquillo que alguna vez había hecho añicos la calma inquebrantable que reinaba en las sesiones del Supremo Consejo de Legislación.

La cosa fue como sigue: la cabritilla preferida de Tods se soltó y escapó hacia el monte, como era de esperar, por Boileaugunge Road, y Tods salió tras ella, hasta que el animal se coló en el jardín de la residencia del virrey, entonces adjunta a «Peterhoff». El Consejo celebraba allí una sesión ordinaria y las ventanas estaban abiertas de par en par porque hacía un calor sofocante. El vigía de los Lanceros Rojos que montaba guardia en el porche dijo a Tods que se largara con viento fresco, pero Tods conocía bien a los Lanceros Rojos y a casi todos los miembros del Consejo los conocía incluso personalmente. Por si fuera poco, el guardia tenía sujeto al chiquillo por el cuello, y ya lo arrastraba sobre los arriates de flores. «¡Dé mi *salaam* al *sahib* Canciller, el más alto, y pídale que me permita recuperar a Moti!», masculló Tods a duras penas. Entre los miembros del Consejo se oyó el ruido por los ventanales abiertos; tras una breve pausa, se vio desde la sala un pasmoso espectáculo, y es que un miembro legal y un vicegobernador salieron a ayudar, a las órdenes directas de un comandante en jefe y de un virrey, además de un chiquillo de corta edad y bastante sucio de aspecto, con el cabello castaño y enmarañado, vestido de marinerito, a ejercer alguna clase de coacción sobre una cabritilla vivaracha y rebelde. La condujeron por la senda que comunicaba con el Paseo Principal, y Tods a la postre volvió a su casa con el ademán triunfal y dijo a su madre que todos los *sahibs* del Consejo le habían ayudado a echarle el guante a Moti. Con lo cual la madre soltó un bofetón a Tods por meterse donde nadie le llamaba y enredar en los asuntos de la administración del Imperio, a pesar de lo cual Tods se encontró al día siguiente con el miembro legal y le dijo con toda confianza que si el miembro legal alguna vez quisiera atrapar a una cabra, él, Tods, le prestaría toda la ayuda que estuviera en su mano prestarle. «Gracias, Tods —le dijo el miembro legal—. Eres muy amable».

Tods era el ídolo de unos ochenta *jhampanis*, los culíes encargados de los *rickshaws*, y de otros tantos *saises*, criados en distintas casas. Los saludaba a todos llamándolos «hermano». Nunca se le había pasado por la cabeza que algún ser humano fuera capaz de desobedecer sus órdenes; era de hecho el colchón que amortiguaba los golpes entre los criados y la cólera de su madre. El funcionamiento de la casa descansaba en verdad sobre Tods, al cual adoraban todos, desde el *dhobi* que se encargaba de la lavandería hasta el chico que cuidaba de los perros. El propio Futteh Khan, el villano, el haragán, el mayordomo de Mussoorie, prefería a toda costa no incurrir en el desagrado de Tods por miedo a que sus compañeros lo despreciasen.

Así las cosas, a Tods se le honraba en toda la tierra comprendida entre Boileaugunge y el bazar de Chota Simla, y en ese terreno gobernaba él con justicia y de acuerdo con sus luces. Como es natural, hablaba urdu, aunque también se desenvolvía en muchas lenguas extrañas que apenas nadie conocía, idiolectos como el chotee bolee de las mujeres, y sabía sostener graves y sesudas conversaciones con los tenderos y los culíes por igual. Era precoz para sus años, y de tanto mezclarse con los nativos había aprendido bastante sobre las amargas verdades de la vida: no se le escapaban la mezquindad ni la sordidez de la vida misma. Tomándose la leche en la que mojaba el pan, acostumbraba enhebrar solemnes y muy serios aforismos, traducidos en general de la lengua vernácula al inglés, que a su madre le hacían dar un respingo en cuanto los oía, además de jurarse por dentro que Tods a toda costa debía ir a Inglaterra cuando empezara la siguiente estación calurosa. Sin falta.

Cuando más disfrutaba Tods de su poder en sazón, los miembros del Supremo Consejo de Legislación se dieron buena prisa en preparar un decreto de vigencia inmediata en los territorios submontanos, una revisión de la ley que entonces estaba vigente, de menor repercusión que la Ley de Tierras del Punjab, pero que a pesar de todo iba a afectar nada menos que a unos cuantos centenares de miles de personas. El miembro legal había construido, reforzado, bordado y enmendado la ley hasta que tuvo un bello aspecto sobre el papel al menos. El Consejo procedió entonces a concretar lo que llamaban «detalles menores». ¡Como si cualquier inglés encargado de legislar por y para los nativos supiera lo suficiente para tener muy claro cuáles son los detalles mayores desde el punto de vista de los nativos, sea cual sea la medida que se tome! Esa ley estaba llamada a ser una victoria «en la salvaguardia de los intereses del arrendatario de las tierras». Una de las cláusulas dictaba que la tierra no pudiera arrendarse en plazos superiores a los cinco años de un tirón, ya que si el terrateniente obligaba al arrendatario por un plazo digamos de veinte años terminaría por exprimirle hasta la última gota de vida. La idea de fondo no era otra que mantener a una cantidad de cultivadores independientes en los territorios submontanos; desde un punto de vista tanto étnico como político, la idea era correcta. El único inconveniente radicaba en que era un craso error. La vida de un nativo de la India entraña la vida de su propio hijo. Por consiguiente, no se puede legislar para una sola generación. Hay que tener en consideración también a la siguiente desde el punto de vista del nativo. Es curioso, pero el nativo de vez en cuando, y en el norte de la India de un modo aún más particular, odia que se le proteja de sí mismo más de la cuenta. Hubo una vez una aldea de los Naga en la que vivían literalmente de las mulas muertas y ya enterradas del Comisariado… pero todo eso es harina de otro costal.

Por múltiples motivos que se han de explicar más adelante, las personas concernidas expresaron sus reparos y objeciones a la ley en cuestión. El miembro nativo del Consejo sabía de los punjabíes más o menos lo mismo que sabía de Charing Cross. Había dicho en Calcuta que «la ley es absolutamente conforme con los deseos de una clase amplia, nutrida e importante, como es la que forman los cultivadores», etcétera. El conocimiento que tuviera el miembro legal sobre los nativos se circunscribía a los durbaríes y a otros miembros de organismos con poder ejecutivo, todos ellos de habla inglesa, así como a sus propios *chaprassis* rojos, sus mensajeros, y los territorios submontanos no eran asunto de nadie en particular, además de que los comisarios delegados se empeñaban más de la cuenta en ejercer como representantes, y la medida era una que sólo podía afectar a los pequeños terratenientes. No obstante, el miembro legal se encomendó al cielo para que aquello fuera lo correcto, pues era un hombre de conciencia propensa al nerviosismo. No sabía que nadie puede en verdad saber qué piensan los nativos, a menos que se mezcle con ellos lo suficiente para que se le caiga la capa de barniz que lo recubre. Y ni siquiera por ésas es del todo seguro. Pero hizo las cosas lo mejor que sabía, y la medida finalmente llegó al Consejo Supremo para que se le dieran los últimos toques, mientras Tods patrullaba por el bazar de Burra Simla en una de sus cabalgatas matinales, y jugaba con el mono que era propiedad de Ditta Mull, el *bunnia*, y escuchaba, como sólo escuchan los niños, las charlas dispersas sobre esa nueva chaladura que a punto estaba de permitirse el *Lord Sahib*.

Un buen día hubo un festejo de noche en la casa de la madre de Tods, al cual estaba invitado el miembro legal, que en efecto acudió. Tods se había acostado, pero siguió en vela hasta que oyó los estallidos de risa de los hombres a la hora del café. Salió entonces de puntillas en su bata de franela roja, con el pijama por debajo, y fue a refugiarse al lado de su padre, a sabiendas de que no le ordenaría nadie volver de inmediato a la cama.

—Ya ven ustedes cuáles son las desdichas de tener familia —dijo el padre de Tods, y le dio a éste tres ciruelas y un poco de agua en un vaso en el que se había bebido anteriormente vino, diciéndole que se sentara y estuviera quieto y callado. Tods chuperreteó las ciruelas despacio, disfrutándolas, a sabiendas de que tendría que marcharse cuando las diera por terminadas, y sorbió el agua rosada como si fuera un hombre de mucho mundo, atento a la conversación. En un momento determinado, el miembro legal, que estaba hablando de asuntos propios con un Jefe de Departamento, mencionó la ley con su nombre íntegro: «Ley Revisada del *Ryotwary* de los Territorios Submontanos».[1] Tods captó la palabra nativa y alzó la vocecilla para decir:

—Ah, yo sobre eso lo sé todo. ¿Ha sido ya *murramuteada*, *sahib* canciller?

---

1   *Ryotwary*. Término hindi procedente del persa que designa un sistema mediante el cual los impuestos sobre las tierras los pagan directamente a una agencia gubernamental los cultivadores que son dueños de esas tierras, en vez de tramitarse por medio de los terratenientes o de otros intermediarios.

—¿Cómo? ¿Cuánto? —dijo el miembro legal.

—*Murramuteada...* Enmendada. Que si ya la han puesto el *theek*, ya sabe usted; si ya es precisa, si ya es excelente, quiero decir, si ya está como para complacer a Ditta Mull.

El miembro legal se levantó de su sillón y se arrimó a donde estaba Tods.

—¿Y tú que sabes del *ryotwari*, hombrecito? —le dijo.

—Yo no soy un hombrecito. Yo soy Tods. Y lo sé todo. Ditta Mull, y Choga Lall, y Amir Nath, y... bueno, oh, *lakhs* de amigos míos, millares de amigos míos me cuentan todo lo que hay que saber en los bazares, cuando me paro a hablar con ellos.

—Vaya, vaya. No me digas... ¿Y qué es lo que te cuentan, Tods?

Tods recogió los pies bajo la bata de franela roja y dijo:
—He de *bensarlo*.

El miembro legal aguardó armado de paciencia. Por fin habló Tods con una compasión infinita.

—Usted no habla mi parla, ¿verdad que no, *sahib* canciller?

—No, lamento reconocer que no —dijo el miembro legal.

—Pues muy bien —dijo Tods—, he de *bensarlo* en inglés, a ver cómo lo digo.

Dedicó un minuto a poner en orden sus ideas, y comenzó muy despacio, traduciendo mentalmente de la lengua vernácula al inglés, como hacen muchos niños angloindios. Hay que tener en cuenta que el miembro legal le ayudó sólo mediante algunas preguntas cuando titubeaba, pues no estaba Tods a la altura del arrebato sostenido de oratoria que sigue a continuación.

—Dice Ditta Mull que «así es como habla un niño, y esto es algo que han hecho los lerdos». Pero no pienso yo que sea usted un lerdo *sahib* canciller —dijo Tods con premura—. Usted supo dar caza a mi cabritilla. Esto es lo que dice Ditta Mull: «Yo no soy un lerdo, ¿y por qué iba a decir el Sirkar que soy un niño? Bien puedo ver con mis propios ojos si la tierra es buena y si es bueno el terrateniente. Si fuera yo un lerdo, el pecado caiga sobre mi cabeza. Durante cinco años dispongo de una tierra para la cual he tenido que ahorrar mucho dinero, y he tomado entretanto esposa, y así ha nacido un hijo». Ditta Mull tiene una hija, ojo, pero dice que pronto tendrá un hijo. Y dice así: «Al cabo de esos cinco años, debido a este nuevo *bundobust*,[2] resulta que he de marcharme. Si no me marcho, he de solicitar nuevos sellos y *takkus*[3] en los papeles legales, tal vez incluso a mitad de la cosecha, e ir a los tribunales una vez es de sabios, pero ir dos veces es *Jehannum*»[4]. Esto es muy cierto —explicó Tods con gravedad—. Todos mis amigos lo dicen. Y Ditta Mull dice además que «siempre hacen falta *takkus* nuevos y pagar dinero a los *vakils* y *chaprassis*[5] y a los tribunales cada cinco años, pues de lo contrario el terrateniente me obliga a marchar. ¿Por qué iba yo a ir de buen grado? ¿Soy acaso un lerdo? Si soy un lerdo y no me he enterado al cabo de cuarenta años, y no sé qué tierra es buena en cuanto la veo, ¡así me muera aquí mismo! Pero si ese nuevo *bundobust* dice que se arriendan las tierras durante quince años, entonces sí es sabio y es sensato. Mi hijo pequeño será un hombre, yo estoy quemado, él toma esa tierra u otra tierra y paga sólo una vez los sellos y *takkus* de los papeles, y entonces nace su hijo, y al cabo de quince años también se ha hecho un hombre. En cambio, ¿qué tiene de bueno que en cinco años haya que sacar papeles nuevos con sellos nuevos? Eso no son más que *dikh*, complicaciones, *dikh*, problemas sin necesidad. No somos jóvenes los que tomamos las tierras, somos ya viejos; no somos agricultores, somos comerciantes con dinero ahorrado, y así durante quince años disfrutamos de paz. Y tampoco somos niños, luego no hace falta que el Sirkar nos trate como a tales».

En este punto calló Tods de golpe, pues se dio cuenta de que la mesa entera lo estaba escuchando. El miembro legal se dirigió a Tods:

---

2   Del persa *bandobast*, literalmente «atar de manos y pies». Cualquier regulación que obliga a su cumplimiento.

3   Impuestos.

4   O *Gehenna*. Es el infierno.

5   Abogados y alguaciles.

—¿Eso es todo?

—Es todo lo que acierto a recordar —dijo Tods—. Pero debería usted ir a ver a Ditta Mull. Tiene un mono muy grande. Es igualito que un *sahib* canciller.

—¡Tods! Vete a la cama —le dijo su padre.

Tods recogió los faldones de la bata de franela y se marchó.

El miembro legal apoyó ambas manos ruidosamente sobre la mesa.

—¡Por todos los santos! —exclamó el miembro legal—. Creo que el chiquillo tiene toda la razón. El punto flaco está en la brevedad del arrendamiento.

Se marchó a una hora temprana sin dejar de darle vueltas a lo que había dicho Tods. Era naturalmente imposible que el miembro legal se parase a juguetear con el mono de un *bunnia* para así acrecentar su entendimiento, pero hizo algo aún mejor. Se dedicó a sondear aquí y allá e hizo preguntas teniendo siempre en mente el hecho de que el auténtico nativo, y no el híbrido, la mula que ha sido adiestrada en una universidad, es tímido como un potrillo; poco a poco logró engatusar a algunos de los hombres a los que la medida pendiente de decreto iba a afectar de un modo más íntimo, y los convenció para que le diesen su parecer al respecto, que finalmente cuadró casi al detalle con las pruebas que adujera Tods.

Y así se enmendó la ley en esa cláusula en particular, y el miembro legal tuvo la sospecha de que los miembros nativos del Consejo representan muy poca cosa, más allá de las órdenes que llevan dentro. Pero desechó el pensamiento, porque le pareció impropio de un hombre generoso y liberal, y él se tenía por un hombre sumamente liberal.

Al cabo de un tiempo se extendió la noticia por los bazares y se supo que había sido Tods quien logró que se reformulara la ley en lo tocante al plazo de arrendamiento, y si la madre de Tods no lo hubiera impedido el pequeño Tods se habría puesto malo debido a los cestos de frutas y de pistachos y de uvas de Cabuli y de almendras que se amontonaron en la veranda de su casa. Hasta que llegó el día de irse a Inglaterra,

Tods estuvo ligeramente por encima del virrey en la estima de la población. Pero durante toda su corta vida, Tods nunca acertó a entender por qué.

En la caja en que el miembro legal guarda sus papeles personales sigue encontrándose el borrador de la Ley Revisada del *Ryotwary* de los Territorios Submontanos; a la altura de la cláusula vigésimo segunda de la misma, en tinta azul, y firmada de puño y letra por el miembro legal, se encuentran estas palabras: «La enmienda de Tods».

LOS HERMANOS DE MOWGLI

Trae la noche en sus alas Chil, el milano,
luego de que Mang, el murciélago, la soltase;
están los rebaños a buen recaudo en el aprisco,
porque hasta que amanezca libres andamos.
Es la hora del orgullo y de la fuerza,
garra afilada, zarpa precisa, silencio.
¡Oíd la llamada! Buena caza a todos
los que cumplan la ley de la selva.

Canción nocturna en la selva

Eran las siete en punto de una tarde muy calurosa y ya caía la noche en los cerros de Seeonee cuando Padre Lobo despertó del sueño reparador, se rascó, bostezó y estiró las garras una a una para despojarse del entumecimiento que el sueño le había dejado en las extremidades. Madre Loba yacía con el morro gris, grande, a modo de protección sobre sus cuatro lobeznos, que chillaban y se movían, y la luna lucía en la boca de la cueva en la que vivían todos ellos.

—¡Augrh! —dijo Padre Lobo—. Otra vez es hora de salir a cazar.

Y ya se disponía a saltar de un brinco para bajar por la ladera cuando una sombra pequeña, de cola encrespada, cruzó el umbral y dio una voz plañidera:

—La suerte vaya contigo, oh, jefe de los lobos; buena suerte y colmillos blancos y fuertes les crezcan a todos tus nobles hijos, que nunca olviden a los hambrientos de este mundo.

Quien así habló no era otro que el chacal, Tabaqui, también llamado «el lameplatos», y es de ver que los lobos de la India desprecian a Tabaqui porque corretea por ahí enredando y haciendo travesuras, contando chismes, comiéndose los andrajos y los trozos de cuero que encuentra en los basureros de las aldeas. Pero al mismo tiempo le tienen miedo, porque Tabaqui, más que ningún otro ser de la selva, es propenso a enloquecer, y entonces se le olvida que tenía miedo de éste, o de aquél, y echa a correr por la jungla abriéndose paso a mordiscos. El propio tigre escapa y se oculta cuando el pequeño Tabaqui enloquece, porque es la locura la mayor de las deshonras que pueden sobrevenir a un animal salvaje. Nosotros lo llamamos hidrofobia, pero ellos lo llaman *dewanee*, la locura, y escapan a la carrera.

—Entra, pues, entra a ver —dijo Padre Lobo con severidad—, pero te aseguro que aquí no hallarás comida.

—Para un lobo, no —dijo Tabaqui—, pero para alguien tan pobrecillo como yo hasta un hueso reseco es un festín exquisito. ¿Quiénes somos nosotros, los *Gidur-log* (el pueblo de los Chacales), para andarnos con remilgos y escoger tal o cual cosa?

Se escabulló deprisa hasta el fondo de la cueva, donde encontró el hueso de un antílope con algo de carne aún, y se dispuso a mordisquearlo con gran contento.

—Gracias a todos por tan buen desayuno —dijo relamiéndose—. ¡Qué hermosos son vuestros nobles hijos! ¡Qué grandes sus ojos! ¡Y qué jovencitos! Desde luego, no debiera extrañarme, pues bien sé que los hijos de los reyes son hombres desde que nacen.

Tabaqui sabía de sobra que no hay nada tan agorero como elogiar a los niños estando ellos delante; excusado es decir que le complació comprobar que Madre y Padre Lobo parecían intranquilos.

Tabaqui permaneció quieto, disfrutando de la maldad que acababa de hacer.

—Shere Khan, el Grande —dijo entonces con rencor—, ha cambiado su territorio de caza. Lo veremos de ronda por estos cerros durante toda la luna siguiente, según me ha dicho.

Shere Khan era el tigre que vivía cerca del río Waingunga, a veinte millas de allí.

—¡No tiene ningún derecho! —empezó a decir, encolerizado, Padre Lobo—. Según la ley de la selva no tiene ningún derecho a cambiar de territorio sin advertirlo previamente. Va a espantar a toda la caza que haya en diez millas a la redonda, y yo.... yo en estos tiempos he de cazar el doble.

—No en vano le puso su madre por nombre Lungri (el Cojo) —dijo Madre Loba con aplomo—. Desde que nació tiene cojera en una pata. Por eso sólo se ha dedicado a cazar cabezas de ganado. Ahora, los lugareños del Waingunga están enojados con él, y ha venido para enojar aquí a nuestros lugareños. Batirán la selva entera buscándolo cuando esté lejos, y nosotros, con nuestros hijos, tendremos que huir para salvar la vida cuando prendan fuego a la maleza. ¡Te aseguro que estamos muy agradecidos a Shere Khan!

—¿Quieres que le transmita vuestra gratitud? —dijo Tabaqui.

—¡Largo de aquí! —le espetó Padre Lobo—. Largo de aquí, vete a cazar con tu dueño y señor. Bastantes maldades has hecho y bastantes perjuicios has causado en una sola noche.

—Me marcho —dijo Tabaqui como si tal cosa—. Desde aquí se oye a Shere Khan allá abajo, en la arboleda más espesa. A lo mejor me ahorro el darle el recado.

Padre Lobo aguzó el oído. Desde abajo, desde el valle que se formaba en torno a un riachuelo, le llegó el gimoteo seco, iracundo, gruñón, repetitivo, de un tigre que no ha cazado nada y que en el fondo prefiere que la selva entera se entere.

—¡Imbécil! —dijo Padre Lobo—. ¡Ponerse a trabajar con semejante alboroto! ¿O es que se ha pensado que los antílopes que cazamos son como sus gruesas vacas de Waingunga?

—¡Chitón! No es ni vaca ni antílope lo que va a cazar esta noche—dijo Madre Loba—. Esta noche saldrá a la caza del hombre.

El plañido se había transformado en una especie de ronroneo vibrante que parecía proceder de todos los puntos cardinales al mismo tiempo. Era ese ruido que sobresalta a los leñadores y a los gitanos que duermen al raso, y que les pone pies en polvorosa, a veces, para encontrarse cara a cara con las propias fauces del tigre.

—¡El hombre! —dijo Padre Lobo, y mostró todos los dientes blancos—. ¡Puajj! ¿Es que no hay escarabajos y ranas de sobra en las charcas, que además ha de comerse al hombre y por si fuera poco en nuestro terreno?

La ley de la selva, que nunca da una sola orden sin que exista una razón, prohíbe a todos los animales devorar al hombre salvo cuando están cazando para enseñar a sus crías cómo cazar, y en tal caso ha de ser fuera de los terrenos de caza de la manada o de la tribu. La auténtica razón de que así sea es que la matanza del hombre entraña que tarde o temprano lleguen otros hombres blancos a lomos de los elefantes, provistos de armas de fuego, con cientos de hombres de color que van a pie y baten los gongs y tiran cohetes y prenden antorchas. Entonces, todos los habitantes de la selva han de sufrir. La razón que se dan entre sí los animales es que el hombre es la más débil e indefensa de todas las criaturas vivas, por lo cual no es digno de un verdadero cazador ponerle la zarpa encima. También dicen —y es verdad— que los devoradores de hombres se vuelven sarnosos y que se les caen los dientes.

El ronroneo fue en aumento y terminó con un «¡Aaarrrggg!» a pleno pulmón al lanzarse el tigre a la carga.

Llegó un aullido entonces, un aullido impropio de un tigre, lanzado por Shere Khan.

—Ha fallado —dijo Madre Loba—. ¿Qué habrá sido?

Padre Lobo corrió unos metros y oyó que Shere Khan murmuraba y farfullaba con furia a la vez que se revolcaba en la maleza.

—El muy imbécil ha tenido la ocurrencia de saltar sobre el fuego del campamento de unos leñadores y se ha quemado las patas —dijo Padre Lobo con un gruñido—. Tabaqui está con él.

—Alguien sube por la ladera —dijo Madre Loba aguzando un oído—. Aprestaos.

Hubo un crujido en los arbustos de los alrededores y Padre Lobo se agazapó con los cuartos traseros recogidos bajo el cuerpo, listo para dar un salto. Si hubierais estado viéndolo en ese momento, habríais visto una verdadera maravilla, porque el lobo se detuvo en pleno salto. Hizo además de saltar antes de ver qué era aquello sobre lo que iba a lanzarse, y un instante después quiso detenerse. El resultado fue que se elevó por el aire tal vez más de un metro y medio, si bien fue a caer casi exactamente en donde estaba al iniciar el salto.

—¡Un hombre! —clamó—. ¡Es un cachorro de hombre! ¡Mira!

Directamente ante él, sujeto a una rama baja, se encontraba de pie un chiquillo desnudo a que a duras penas sabía caminar erguido, tan blando y tan tierno como nada que jamás hubiera asomado por la cueva de un lobo en plena noche. Miró a Padre Lobo a la cara y se rió.

—¿Eso es un cachorro de hombre? —dijo Madre Loba—. Nunca he visto uno. Tráelo para acá.

Un lobo acostumbrado a llevar de un lado a sus cachorros sabe perfectamente, si llega el caso, tomar con los dientes un huevo sin que se le rompa, y aunque la mandíbula de Padre Lobo se cerró con toda exactitud en la espalda del niño, ni siquiera un solo diente le arañó la piel hasta que lo depositó entre sus lobeznos.

—¡Qué pequeño! ¡Qué desnudo! Y…, ¡qué atrevido! —dijo Madre Loba con voz queda. El niño se abría sitio entre los lobeznos para arrimarse al costado caliente de la loba—. ¡Ajá! Y ahora mama igual que los demás. Así que esto es un cachorro de hombre. Me pregunto yo si alguna vez ha habido una loba que se pueda jactar de tener un cachorro de hombre entre sus lobeznos…

—Tengo entendido que alguna vez se ha dado eso mismo, aunque nunca se haya dado en nuestra manada, ni tampoco en mi vida —dijo Padre Lobo—. No tiene un solo pelo, y podría matarlo tocándolo tan sólo con la garra. Pero es de ver que mira y que no tiene miedo…

La luz de la luna desapareció a la entrada de la cueva, porque la cabeza grande y los hombros poderosos de Shere Khan se habían plantado en el umbral. Tabaqui, a su espalda, chillaba así:

—¡Mi señor, mi señor, se ha metido ahí dentro!

—Shere Khan nos hace un gran honor —dijo Padre Lobo, aunque en sus ojos asomaba la ira—. ¿Qué se le ofrece a Shere Khan?

—Mi presa. Un cachorro de hombre ha venido por esta parte —dijo Shere Khan—. Sus padres se han dado a la fuga. Entregádmelo.

Shere Khan había atacado el campamento de los leñadores, como ya dijo Padre Lobo, y estaba furioso por el dolor que le causaban las quemaduras sufridas en las patas. Pero Padre Lobo sabía bien que la boca de la cueva era demasiado estrecha para que entrase un tigre. Allí donde se encontraba, Shere Khan había tenido que encoger los hombros y las patas delanteras por falta de sitio, tal como le habría pasado al hombre que tratara de meterse por la fuerza dentro de un barril.

—Los lobos son un pueblo libre —dijo Padre Lobo—. Reciben sus órdenes del jefe de la manada, y no de un asesino de vacas a franjas de colores. El cachorro de hombre es nuestro. Lo mataremos nosotros si así nos place.

—¡Nos place o no nos place! ¿Qué manera de hablar es ésta? ¿Quién es el que elige lo que quiere? Por el toro que he matado, ¿debo yo quedarme husmeando a la entrada de vuestra perrera a la espera de que se me dé lo que es mío? ¡Soy yo, Shere Khan, el que habla aquí!

El rugido del tigre atronó por toda la cueva. Madre Loba se libró de las crías y se adelantó como un resorte, los ojos como dos lunas verdes en las tinieblas, frente a los ojos resplandecientes de Shere Khan.

—¡Y soy yo, Raksha (el Demonio), quien aquí responde! El cachorro de hombre es mío, Lungri. ¡Mío y sólo mío! No ha de morir. Vivirá el tiempo suficiente para corretear con nuestra manada y para cazar con nuestra manada; al final, fíjate bien lo que te digo, cazador de cachorritos desnudos, comedor de ranas, asesino de peces, al final será él quien te dé caza a ti.

Ahora lárgate con viento fresco, que por el *sambhur* que maté (no me alimento yo de ganado hambriento), te aseguro que vas a volver junto a tu madre, bestia chamuscada de la selva, más cojo de lo que estabas cuando viniste al mundo. ¡Largo!

Padre Lobo contempló pasmado la escena. Prácticamente había olvidado los tiempos en que ganó los favores de Madre Loba en pelea justa con otros cinco lobos, que fue cuando ella llegó a la manada y se le puso por nombre el Demonio no precisamente por hacerle un cumplido. Shere Khan tal vez pudiera hacer frente a Padre Lobo, pero no habría resistido en contra de Madre Loba, pues sabía que allí donde se encontraba gozaba de toda la ventaja que le daba el terreno, además de que lucharía contra él a muerte. Por eso retrocedió y salió de la boca de la cueva gruñendo. Cuando se vio algo alejado dio un grito:

—¡Cada gallo canta en su corral! Ya veremos qué dice la manada sobre esto de criar cachorros de hombre. Repito que el cachorro es mío y que al final a mis dientes vendrá, ¡ladrones!

Madre Loba se arrojó jadeando sobre los cachorros.

—Mucho hay de verdad en lo que ha dicho Shere Khan —le dijo Padre Lobo con gravedad—. Es preciso mostrar el cachorro a la manada. ¿Sigues resuelta a quedártelo, Madre?

—¡Como si fuera nuestro! —resolló—. Vino a nosotros desnudo, de noche, solo, muy hambriento, pero a pesar de todo no tuvo miedo. Mira, ya ha empujado a un lado a una de mis crías. Y ese carnicero cojo lo habría matado y habría huido después al río Waingunga mientras los lugareños de esta parte arrasarían nuestros cubiles y guaridas para vengarse. Preguntas si voy a quedármelo y te contesto que sin ninguna duda voy a quedármelo y a velar por él. Acuérdate, estate quietecito, renacuajo. Oh, Mowgli, pues Mowgli, el Renacuajo, te he de llamar en adelante, llegará el día en que seas tú quien dé caza a Shere Khan, que es quien ha querido cazarte.

—¿Y qué dirá la manada? —dijo Padre Lobo.

La ley de la selva prescribe con toda claridad que cualquier lobo, cuando se empareje, puede retirarse de la manada a la que pertenecía, aunque tan pronto crezcan sus lobeznos y puedan plantarse en pie es su deber llevarlos a presencia del consejo de la manada, que por lo común se celebra una vez al mes, coincidiendo con la luna llena, con objeto de que el resto de los lobos los pueda identificar. Pasada esa inspección los lobeznos gozan de libertad de ir a donde les plazca, y hasta que no hayan matado a la primera pieza no se acepta una sola excusa si un lobo ya adulto de la manada mata a alguno de ellos. El castigo no es otro que la muerte si es posible encontrar al asesino; si os paráis a pensarlo un momento, os daréis cuenta de que así ha de ser.

Padre Lobo aguardó a que todos sus lobeznos pudieran corretear, y la noche en que iba a tener lugar la reunión de la manada los llevó junto con Mowgli y Madre Loba a las peñas del consejo, que estaban en lo alto de una loma cubierta de piedras y de cantos rodados, entre los cuales podía esconderse hasta un centenar de lobos. Akela, el gran Lobo Solitario, de pelaje completamente gris, que encabezaba la manada por su fuerza y por su astucia, estaba tendido cuan largo era sobre una de las peñas; por debajo de él se habían sentado cuarenta lobos, o tal vez más, de todos los tamaños y colores, desde los veteranos de color tejón que eran capaces de vérselas por sí solos con un antílope hasta los jóvenes de tres años y negros como el betún, que creían que sí eran capaces. El Lobo Solitario había encabezado la manada durante todo un año. En su juventud había caído dos veces en sendas trampas para lobos, y una vez recibió una paliza y lo dieron por muerto, de modo que conocía los modales y las costumbres de los hombres. Apenas se habló nada en los peñascos. Los lobeznos saltaban unos sobre los otros en el centro del círculo que formaban sus madres y sus padres, y de vez en cuando uno de los lobos mayores se acercaba sin decir nada a uno de los cachorros, lo miraba a fondo y volvía a su sitio sin hacer ruido. A veces una madre empujaba a su lobezno para situarlo bajo la luz de la luna y tener la certeza de que a nadie había pasado inadvertido.

—Conocéis la ley —gritaba Akela desde su peñasco—, sabéis lo que dice. Mirad bien, lobos.

Y las madres, preocupadas, repetían sus avisos: —Mirad bien, lobos. Miradlos bien.

Por último, y a Madre Loba se le erizó el pelaje del cuello en ese instante, Padre Lobo empujó a «Mowgli el Renacuajo», que así lo llamaban, al centro de la congregación, y allí estuvo sentado, riendo y jugando con unos guijarros que relucían a la luz de la luna.

Akela ni siquiera levantaba la cabeza, que tenía apoyada sobre las zarpas, si bien seguía dando su aviso con voz monótona: —Mirad bien, lobos, mirad bien.

Un rugido sordo llegó entonces de detrás de las peñas: la voz de Shere Khan.

—El cachorro es mío. Entregádmelo. ¿Qué tiene que ver un pueblo libre con un cachorro de hombre?

Akela ni siquiera movió las orejas, y se limitó a seguir diciendo lo que debía decir:

—Mirad bien, lobos. ¿Qué tiene que ver un pueblo libre con las órdenes que nadie quiera dar, salvo las del propio pueblo libre? ¡Mirad bien!

Hubo un coro de graves gruñidos, y un lobo joven, de cuatro años, lanzó de nuevo la pregunta de Shere Khan a Akela:

—¿Qué tiene que ver un pueblo libre con un cachorro de hombre? La ley de la selva deja bien claro que si hay alguna disputa en lo que hace al derecho de que a un cachorro lo acepte la manada como tal, ha de contar con la defensa en palabras de dos miembros de la manada que no sean ni su padre ni su madre.

—¿Quién toma la palabra para defender a ese cachorro? —preguntó Akela—. Entre los miembros del pueblo libre, ¿quién quiere tomar la palabra?

No hubo respuesta. Madre Loba se dispuso a librar la que, bien sabía, había de ser su última pelea en el caso de que fuera necesario luchar.

En ese momento, el único animal de otra especie al que se le permite estar presente en el consejo de la manada, Baloo, el soñoliento oso pardo que enseña a los loboznos la ley de la selva, el viejo Baloo, que puede ir y venir a su antojo, porque sólo se alimenta de frutos y de raíces y de miel, se alzó sobre sus cuartos traseros y gruñó.

—El cachorro de hombre… ¿el cachorro de hombre? —dijo—. Yo tomo la palabra a favor del cachorro de hombre. Ningún daño puede causarnos un cachorro de hombre. No tengo yo el don de la palabra, pero digo la verdad. Que forme parte de la manada, que se le cuente entre los demás. Yo mismo le enseñaré cuanto debe aprender.

—Aún nos hace falta otro que lo defienda —dijo Akela—. Baloo ha tomado la palabra, y él es el maestro de los lobeznos. ¿Quién más lo defiende, aparte de Baloo?

Una sombra negra se deslizó en el círculo de lobos. Era Bagheera, la pantera negra, negra como la tinta de la cabeza a la punta de la cola, aunque las huellas de las manchas del leopardo se le notaban en algunos puntos del flanco, como el dibujo de una seda al agua. Todos conocían a Bagheera y nadie se atrevía a cruzarse en su camino, pues era astuta como Tabaqui, osada como el búfalo salvaje, intrépida e incluso temeraria como un elefante herido. Pero tenía una voz tan suave como la miel silvestre que gotea de un árbol, y una piel más suave que el plumón de las aves.

—Akela, lobos del pueblo libre —gruñó por lo bajo—, no tengo yo derecho a estar en vuestra asamblea, pero la ley de la selva dice que si surge una duda que no sea referente a una muerte en el caso de un cachorro nuevo, es posible comprar la vida de ese cachorro por un precio determinado. Y la ley no dice quién puede o no pagar ese precio. ¿Estoy en lo cierto?

—¡Sí, sí! ¡Así es! —dijeron los lobos más jóvenes, que siempre tienen hambre—. Escuchad a Bagheera. El cachorro se puede comprar por un precio. Es la ley.

—Como sé que no tengo derecho para tomar la palabra, os pido que me deis permiso.

—Habla, adelante —contestaron veinte voces a la vez.

—Matar a un cachorro desnudo es una vergüenza. Además, tal vez sea de más provecho cuando haya crecido. Baloo ha hablado en su defensa. A la palabra de Baloo añado yo un toro, bien gordo por cierto, que se encuentra a menos de una milla de donde estamos, si aceptáis al cachorro de hombre de acuerdo con el dictado de la ley. ¿Tan difícil es?

Hubo un clamor de voces:

—¿Qué importa? Morirá en la estación de las lluvias. Se abrasará con el sol. ¿Qué daño puede hacernos una rana sin pelaje? Que se una a la manada. ¿Dónde dices que está el toro, Bagheera? Aceptémoslo entre nosotros.

Y llegó entonces el ladrido grave de Akela: —Mirad bien, lobos. ¡Mirad bien!

Mowgli seguía estando profundamente interesado por los guijarros, y no se fijó cuando los lobos se acercaron a mirarlo de uno en uno. Al final bajaron todos por la ladera en busca del toro muerto, y sólo Akela, Bagheera, Baloo y los propios lobos de Mowgli quedaron entre los peñascos. Shere Khan seguía rugiendo en la noche, pues era grande su ira al comprobar que los lobos no le habían entregado a Mowgli.

—Ruge, ruge, no te canses —dijo Bagheera para sus barbas—, que ya llegará el día en que esta cosita desnuda te haga rugir con otra melodía. Si no es así, es que nada sé del hombre.

—Ha estado bien hecho —dijo Akela—. Los hombres y sus cachorros son muy sabios. Tal vez con el tiempo nos sirva de ayuda.

—Es verdad, ayuda en tiempo de necesidad, pues nadie puede tener la esperanza de encabezar por siempre la manada —dijo Bagheera.

Akela no dijo nada. Estaba pensando en ese momento que le llega a todo lobo que encabeza la manada, cuando se le escapan las fuerzas y se torna más débil, hasta que por fin es asesinado por otros lobos y aparece otro que encabece la manada, y que a su debido tiempo será asesinado también cuando le llegue la hora.

—Llévatelo —dijo a Padre Lobo— y enséñale a conducirse como corresponde a uno que es miembro del pueblo libre.

De este modo pasó Mowgli a formar parte de la manada de lobos de Seeonee, por el precio de un toro y gracias a la defensa que hizo de palabra Baloo.

Ahora tendréis que contentaros con dar un salto de once o doce años, e imaginar tan sólo cómo pudo ser la vida maravillosa de que disfrutó Mowgli entre los lobos, porque si hubiera que escribirla harían falta bastantes libros. Creció con los lobeznos, aunque ellos, como es natural, se hicieron lobos adultos casi antes de que él fuera un niño crecido, y Padre Lobo le enseñó sus cometidos y le enseñó el significado que tenían las cosas en la selva, hasta que cada rumor en la maleza, cada respiración en el caluroso aire de la noche, cada una de las notas que emitían los búhos en los árboles, cada ruido que hacía el murciélago con las garras cuando se colgaba durante un rato de una rama, cada salpicadura de cada uno de los pececillos que saltaran en una charca, tuvieron para él tanto sentido como el que tiene el trabajo del despacho para el hombre de negocios. Cuando no estaba aprendiendo cosas nuevas, se tendía al sol y dormía, y comía y volvía a dormir; si se sentía sucio o acalorado, nadaba en las charcas de la selva; cuando quería miel (Baloo le explicó que la miel y los frutos eran igual de buenos de comer que la carne cruda) trepaba a recogerla de los panales, pues Bagheera le había enseñado a trepar por los árboles. Bagheera se tumbaba en una rama y lo llamaba: «Ven acá, hermanito», y al principio Mowgli se colgaba de la rama como hace el perezoso, pero con el tiempo aprendió a balancearse y a lanzarse de una rama a otra con la misma osadía que el mono gris. También ocupó su lugar en el consejo de las peñas cuando allí se reunía la manada, y allí descubrió que si miraba fijamente a un lobo, a cualquier lobo, el lobo terminaba por bajar la vista, de modo que acostumbraba a hacerlo sólo por diversión. En otras ocasiones arrancaba con todo cuidado las espinas que a sus amigos se les habían clavado en las almohadillas, pues los lobos sufren muchísimo con las espinas y con los cardos que se les enredan en el pelaje. Bajaba de noche a las tierras cultivadas del valle y miraba con gran curiosidad a los lugareños, en sus chozas, aunque tenía una gran desconfianza de los hombres, no en vano Bagheera le había mostrado una caja cuadrada con una portezuela que habían escondido con gran habilidad en la selva, y en la que poco faltó para que se colase; la pantera le dijo que era una trampa. Lo que más le gustaba era perderse con Bagheera en el cálido corazón de la selva, en lo más oscuro, para dormir a lo largo del día cuando éste era pesado, y de noche presenciar cómo se dedicaba Bagheera a la caza. Bagheera mataba a diestro y siniestro, según tuviera hambre, y Mowgli hacía lo mismo, aunque con una excepción. En cuanto tuvo edad suficiente para entender las cosas, Bagheera le dijo que nunca, nunca debía tocar siquiera a una cabeza de ganado, porque él había pasado a formar parte de la manada al precio de un toro muerto.

—Toda la selva te pertenece —dijo Bagheera—, y podrás matar a todo animal que tengas la fuerza de matar, pero por aquel toro que sirvió en pago de tu precio te pido que nunca mates, que nunca comas ninguna cabeza de ganado, sea joven o sea vieja. Esa es la ley de la selva.

Mowgli le obedeció fielmente.

Y a medida que fue creciendo fue haciéndose fuerte, como ha de ser en el caso de un muchacho que no sabe que está aprendiendo lecciones, y que no tiene en el mundo ninguna otra preocupación que no sea el comer.

Madre Loba le dijo una o dos veces que Shere Khan era un animal del que nadie podía fiarse, y que llegaría el día en que su deber fuese matar a Shere Khan; aunque un lobo joven habría recordado esa advertencia a cada hora, Mowgli la olvidó porque sólo era un chiquillo, aunque él se habría tenido por lobo si hubiera sido capaz de hablar en alguna de las lenguas que emplean los hombres.

Shere Khan se cruzaba siempre en su camino por la selva, pues a medida que Akela fue envejeciendo y debilitándose el tigre cojo se fue haciendo muy amigo de algunos de los lobos más jóvenes de la manada, que lo seguían para aprovecharse de los restos y despojos de sus cazas, cosa que Akela jamás hubiera permitido si se hubiera atrevido a ejercer su autoridad dentro de los debidos límites. Shere Khan los adulaba y se preguntaba si aquellos jóvenes cazadores, tan espléndidos, realmente estaban satisfechos a las órdenes de un lobo moribundo y un cachorro de hombre.

—Me dicen —decía Shere Khan— que en el consejo ni siquiera osáis mirarle a los ojos.

A lo cual los lobos jóvenes gruñían y se erizaban.

Bagheera, que parecía estar en todas partes y tener ojos y oídos para todo, estaba al tanto de esto, y alguna vez avisó a Mowgli de que Shere Khan algún día querría matarlo, si bien Mowgli reía y contestaba así:

—Tengo a la manada y te tengo a ti, y Baloo, aunque sea tan haragán, a lo mejor reparte algún que otro golpe en mi defensa. ¿Por qué iba a tener miedo?

Un día muy caluroso a Bagheera se le ocurrió una idea nueva, nacida tal vez de algo que había oído. Quizás fue Ikki, el puercoespín, quien se lo dijo. Un día, cuando estaban en lo más profundo de la selva y Mowgli estaba tumbado, con la cabeza apoyada en el bello lomo negro de Bagheera, le dijo así:

—Hermanito, ¿cuántas veces te he dicho que Shere Khan es tu enemigo?

—Tantas veces como frutos tiene esa palmera —dijo Mowgli, quien, como es natural, no sabía contar—. ¿Y qué más da? Tengo sueño, Bagheera, y Shere Khan no es más que una cola bien larga y mucho hablar. Es igual que Mao, el pavorreal.

—Pero es que no es hora de dormirse. Baloo lo sabe, yo lo sé, la manada lo sabe, e incluso los cervatos más simples lo saben también. A ti mismo te lo ha dicho Tabaqui.

—¡Jo, jo! —dijo Mowgli—. Tabaqui vino a verme no hace mucho y me dijo no sé qué baladronadas, que si soy un cachorro de hombre desnudo, que si ni siquiera sé desenterrar los frutos como los cerdos, pero a Tabaqui lo sujeté yo por la cola y lo golpeé un par de veces contra el tronco de una palmera, a ver si así aprende modales.

—Valiente tontería has hecho. Aunque Tabaqui sea un chismoso y un enredador, seguro que te habría contado algo que te concierne de veras. Abre bien los ojos, hermanito. Shere Khan no osará matarte en la selva, pero recuerda que Akela ya es muy viejo, que pronto llegará el día en que ya no pueda matar a su presa, y entonces dejará de ser el lobo que encabeza la manada. Muchos de los lobos que te vieron bien cuando te llevaron ante el consejo por vez primera también son viejos, y los lobos jóvenes creen, tal como les ha enseñado Shere Khan, que un cachorro de hombre no tiene sitio dentro de la manada. No falta mucho para que seas un hombre.

—¿Y qué es un hombre que no puede ir junto a sus hermanos? —dijo Mowgli—. Yo nací en la selva. He obedecido siempre la ley de la selva, y no hay un solo lobo de los nuestros al que no le haya librado de una espina en las almohadillas. ¡Sin duda que son mis hermanos!

Bagheera se estiró cuan larga era y entrecerró los ojos.

—Hermanito —le dijo—, tócame aquí, bajo la mandíbula.

Mowgli extendió la mano, morena y fuerte, y bajo la sedosa mandíbula de Bagheera, en donde sus músculos gigantescos quedaban ocultos por el pelo reluciente, encontró una línea calva.

—No hay nadie en toda la selva que sepa que yo, Bagheera, llevó esa señal, que es la señal del collar. Sin embargo, Hermanito, yo nací entre los hombres, y entre los hombres murió mi madre, en las jaulas del Palacio Real de Udaipur. Precisamente por este motivo quise yo pagar el precio que costaba tenerte a ti en la manada, ante el consejo, cuando sólo eras un cachorrillo desnudo. Así es. También yo nací entre los hombres. Nunca había visto la selva. Me daban de comer tras los barrotes, con una pala de hierro, hasta que una noche sentí que era Bagheera, la Pantera, y que no era un juguete para los hombres, y así rompí el cerrojo con que me tenían apresada, de un solo zarpazo, y escapé. Y gracias a que tenía aprendidas las costumbres de los hombres llegué a ser más terrible en la selva de lo que nunca será Shere Khan. ¿No es así?

—Sí —respondió Mowgli—. En la selva, todos temen a Bagheera. Todos salvo Mowgli.

—Oh, tú sigues siendo un cachorro de hombre —dijo la pantera negra con gran ternura—, y tal como yo regresé a mi selva has de regresar tú entre los hombres, que por algo son tus hermanos. Si es que antes no te matan en el consejo.

—¿Y por qué…, por qué iba a querer matarme alguien? —dijo Mowgli.

—Mírame —dijo Bagheera, y Mowgli la miró atenta y fijamente a los ojos. La gran pantera apartó la cabeza en menos de un minuto—. Por eso —dijo al fin, escarbando con la zarpa entre las hojas—. Porque ni siquiera yo te sostengo la mirada, y eso que yo nací entre los hombres y yo te amo, hermanito. Los otros te odian porque no te pueden sostener la mirada, porque tú eres sabio, porque tú les quitas las espinas que se les clavan, porque eres un hombre.

—Todo eso no lo sabía yo —dijo Mowgli malhumorado, y frunció el ceño.

—¿Cuál es la ley de la selva? Primero ataca y avisa después. Por tus propios descuidos saben que eres un hombre. Pero debes ser prudente. Tengo la corazonada de que cuando a Akela se le escape la primera presa, y has de saber que ahora cada vez le resulta más difícil hacerse con la pieza, la manada se volverá contra él y contra ti. Celebrarán un consejo de la selva en los peñascos, y entonces, entonces…, ¡ya lo tengo! —dijo Bagheera, y se levantó de un salto—. Ve veloz a las chozas de los hombres, al valle, y trae algunas de las flores rojas que allí cultivan, para que cuando llegue la hora puedas tener a un amigo más fuerte que yo, más que Baloo, más que los lobos de la manada que aún te aprecian. Trae la flor roja.

Al hablar de la flor roja, Bagheera se refería al fuego, sólo que ningún animal de la selva es capaz de llamar al fuego por su propio nombre. Todos los animales le tienen un pavor insuperable, y por eso inventan cientos de maneras de describirlo.

—¿La flor roja? —dijo Mowgli—. ¿La que crece delante de las chozas cuando anochece? La traeré.

—Así es como habla el cachorro de hombre —dijo Bagheera con orgullo—. Recuerda que crece en unos cuencos pequeños. Ve veloz, que nadie te vea, y guárdala para cuando llegue la hora de la necesidad.

—¡Bien! —dijo Mowgli—. Iré. Pero..., ¿estás segura, mi Bagheera —deslizó ambos brazos en torno al cuello espléndido de la pantera, y la miró a fondo a los ojos—, estás segura de que todo esto son fechorías de Shere Khan?

—Por la cerradura rota que me dio la libertad te doy mi palabra de que estoy segura, hermanito.

—Entonces, por el toro que sirvió en pago de mi vida, te digo que voy a saldar cuentas con Shere Khan, y que a lo mejor le pago aún más de lo que le debo —dijo Mowgli, y salió corriendo.

—Así es como habla un hombre. Todo un hombre, desde luego —dijo Bagheera para sí, y volvió a tumbarse—. ¡Oh, Shere Khan, nunca te viste en una cacería tan funesta como la de esta rana, diez años atrás!

Mowgli se había alejado mucho por el interior de la selva, corriendo al máximo de sus fuerzas, ardiéndole el corazón en el pecho. Llegó a la cueva cuando se elevaba la niebla del atardecer y respiró hondo antes de contemplar el valle. Los lobeznos estaban fuera, pero Madre Loba, al fondo de la cueva, reconoció por su respiración que algo le pasaba a su renacuajo.

—Hijo, ¿qué sucede? —preguntó.

—Habladurías, cosas de Shere Khan —contestó a voces—. Esta noche cazaré entre los labrantíos de allá abajo —y dicho esto se lanzó a la carrera entre los arbustos, y no paró hasta alcanzar el arroyo que corría al fondo del valle. Allí se detuvo a aguzar el oído, pues le llegaron los aullidos de la manada en plena caza, y oyó los mugidos del *sambhur* que perseguían los lobos, y el resoplar del animal al verse acorralado. Y los perversos, agrios aullidos de los lobos jóvenes:

—¡Akela! ¡Akela! ¡Dejad que el Lobo Solitario demuestre su fuerza! ¡Sitio para el cabecilla de la manada! ¡Adelante, Akela! ¡Salta!

El Lobo Solitario debió de dar un salto y debió de fallar, pues Mowgli oyó el cerrase violento de los dientes y el ladrido, en el momento en que el *sambhur* le asestaba una coz derribándolo por el suelo.

No esperó a más. Apretó el paso. Los alaridos se hicieron más lejanos a su espalda cuando se adentró en los labrantíos, cerca de donde vivían los lugareños.

—Bagheera tenía razón en lo que dijo—jadeó al arrellanarse en un montón de forraje que vio junto a la ventana de una choza—. Mañana será vital para Akela y para mí.

Apretó la cara contra la ventana y vio el fuego en el hogar. Vio que la mujer se levantaba en ese momento y que alimentaba el fuego, en plena noche, con unos bultos negros; cuando llegó la mañana y la neblina se tornó blanca y fría, vio que el hijo del hombre tomaba un cuenco que parecía de mimbre, pero enjalbegado por dentro con tierra, y vio que lo llenaba con trozos de carbón al rojo para ponerlo bajo su manta y salir al exterior, a cuidar de las vacas en el establo.

—¿Y eso es todo? —dijo Mowgli—. Si un cachorro sabe hacerlo, no hay nada que temer. —Dicho esto, dio la vuelta a la esquina y se encontró con el chiquillo, al cual le arrebató el cuenco de la mano para desaparecer engullido por la neblina, dejándolo dar alaridos de miedo.

—Son muy parecidos a mí—dijo Mowgli, y sopló en el cuenco igual que había visto hacer a la mujer—. Esto se morirá si no le doy cosas de comer —añadió, y comenzó a echar ramitas y corteza seca sobre aquella cosa roja. En el ascenso, a mitad de camino se encontró a Bagheera, que relucía con el rocío de la mañana como si fueran piedras preciosas posadas sobre su pelaje negro.

—Akela ha fallado en su intento —dijo la pantera—. Anoche lo habrían matado sin esperar a más, pero también te necesitan a ti. Te estaban buscando por los cerros.

—Bajé al valle. Estoy listo. ¡Mira! —Mowgli sostuvo en alto el cuenco con el fuego.

—¡Bien hecho! Ahora… he visto a los hombres introducir una rama seca ahí dentro, y la flor roja florece entonces al final de la rama. ¿No tienes miedo?

—No. ¿Por qué iba a tener miedo? Ahora recuerdo, si es que no es un sueño, que antes de ser lobo estuve a veces tumbado junto a la flor roja, que era cálida y placentera.

Mowgli se pasó todo el día en el interior de la cueva, cuidando de su cuenco de fuego y mojando en él ramas secas para ver qué sucedía. Encontró por fin una rama que le satisfacía, y al caer la tarde, cuando Tabaqui se presentó en la cueva y le dijo con rudeza que lo esperaban en los peñascos del consejo, se rió hasta que Tabaqui se fue corriendo. Entonces Mowgli acudió al consejo sin dejar de reírse.

Akela, el Lobo Solitario, estaba sentado cerca de la peña que siempre había ocupado, en señal de que el mando de la manada se hallaba abierto a quien lo pudiera conquistar, y Shere Khan, con su séquito de lobos alimentados con sus despojos, paseaba de un lado a otro sin ocultarse de nada, recibiendo los halagos de los lobos. Bagheera se encontraba cerca de Mowgli, que tenía el cuenco del fuego entre las rodillas. Cuando estuvieron todos reunidos, Shere Khan tomó la palabra, cosa que jamás hubiera osado hacer en los buenos tiempos de Akela.

—No tiene derecho —susurró Bagheera—. Díselo. Ese es un hijo de perro. Ya verás cómo se atemoriza.

Mowgli se puso en pie de un brinco.

—Pueblo libre —exclamó—, ¿es acaso Shere Khan quien encabeza la manada? ¿Qué tiene que ver un tigre con nuestro jefe?

—A la vista de que el puesto de jefe está sin ocupar, como se me ha pedido que tome la palabra… —empezó a decir Shere Khan.

—¿Quién te lo ha pedido? —dijo Mowgli—. ¿Somos acaso chacales que estamos adulando a este carnicero que se dedica a la matanza del ganado? El jefe de la manada puede ser solamente de la manada.

Hubo gritos aquí y allá:

—¡Silencio, cachorro de hombre! Déjale hablar. Él ha sido fiel a nuestra ley.

Por fin, los lobos mayores de la manada atronaron con sus exclamaciones:

—Que hable el Lobo Muerto.

Cuando un jefe de la manada ha fallado en la caza, se le llama el Lobo Muerto mientras siga con vida. No suele ser mucho tiempo. Esa es la norma.

Akela alzó fatigado su cabeza anciana:

—Miembros del pueblo libre y también vosotros, chacales de Shere Khan: por muchas estaciones he sido yo quien os ha encabezado y os ha dirigido en la caza, y en todo ese tiempo en que estuve al frente ninguno de nosotros fue atrapado ni quedó tullido. Ahora he fallado en mi intentona. Bien sabéis cómo se urdió la trama. Bien sabéis que algunos de vosotros me llevasteis a un *sambhur* que no estaba cansado con anterioridad, para que se conociera mi falta de fuerza. Fue una treta inteligente. Estáis ahora en vuestro derecho de matarme aquí mismo, en los peñascos del consejo. Por lo tanto os formulo esta pregunta: ¿quién será quien venga a poner fin a la vida del Lobo Solitario? Tengo derecho, según la ley de la selva, a que vengáis de uno en uno.

Se hizo el silencio y nadie lo quebró, pues ninguno de los lobos se atrevía a luchar a muerte contra Akela. Rugió entonces Shere Khan:

—¡Bah! ¿Qué tenemos que ver nosotros con ese imbécil desdentado? Está condenado a morir. Es el cachorro de hombre, en cambio, quien ha vivido más de la cuenta. Pueblo libre, ese cachorro era mi presa desde el primer día. Entregádmelo. Estoy harto de esa estupidez del hombre lobo. No ha hecho más que molestarnos a todos en la selva durante diez años. Dadme al cachorro de hombre o me quedaré por siempre a cazar en vuestro territorio y no os daré ni un hueso de sobra. Es un hombre, un hijo de hombre, y lo aborrezco hasta los tuétanos.

Más de la mitad de la manada se puso a dar alaridos:

—¡Un hombre! ¡Un hombre! ¿Qué tiene que ver un hombre con nosotros? Que se vaya al lugar de donde vino.

—¿Y volver de ese modo a todos los lugareños de todas las aldeas en contra de nosotros? —clamó Shere Khan—. No; dádmelo a mí. Es un hombre, y ninguno de nosotros puede sostenerle la mirada.

Akela alzó de nuevo la cabeza:

—Ha comido de nuestra comida —dijo—. Ha dormido con nosotros. Ha cazado con nosotros. Nunca ha incumplido la ley de la selva.

—Además, yo pagué su precio con un toro cuando fue aceptado en la manada. No vale mucho un toro, pero el honor de Bagheera es algo por lo que tal vez Bagheera quiera luchar —dijo Bagheera con su voz más afable.

—¡Un toro, sí, pero pagado hace diez años! —gruñó la manada—. ¿Qué nos importan a nosotros los huesos de hace diez años?

—¿Tampoco os importa una promesa? —dijo Bagheera, y enseñó los blancos colmillos—. ¿Y os hacéis llamar pueblo libre?

—Ningún cachorro de hombre puede pertenecer al pueblo de la selva —aulló Shere Khan—. ¡Entregádmelo!

—Es nuestro hermano en todo, salvo en la sangre —siguió diciendo Akela—, ¡y pretendéis matarlo aquí mismo! La verdad es que he vivido demasiado. Algunos de vosotros os alimentáis de ganado; otros, según tengo entendido, siguiendo las enseñanzas de Shere Khan salís de noche y secuestráis a los niños en las casas de los lugareños. Por tanto digo aquí ante todos que sois unos cobardes, y es a los cobardes a quienes hablo ahora. Es cierto que he de morir, es cierto que mi vida no vale nada, pues de lo contrario la ofrecería a cambio de la vida del cachorro de hombre. Pero en aras del honor de la manada, que es un asunto menor que por carecer de un jefe habéis empezado a olvidar, prometo que si permitimos que el cachorro de hombre vuelva al lugar del que vino, cuando me llegue la hora de la muerte no descubriré un solo colmillo en contra de vosotros. Moriré sin plantar cara. Así la manada al menos se ahorrará tres vidas. Más no puedo hacer, pero si queréis os ahorro la vergüenza que se siente al matar a un hermano al cual ninguna falta se le puede achacar, un hermano al que se defendió de palabra, y que pasó a formar parte de la manada de acuerdo con la ley de la selva.

—Es un hombre, es un hombre, es un hombre —gruñía la manada, y la mayoría de los lobos se congregó alrededor de Shere Khan, que ya movía la cola de un lado a otro.

—Ahora el asunto queda en tus manos —dijo Bagheera a Mowgli—. Ya no podemos hacer otra cosa que luchar.

Mowgli se puso en pie cuan alto era, con el cuenco del fuego en las manos. Extendió entonces los brazos y bostezó ante todo el consejo en pleno, aunque por dentro le invadía la rabia y la tristeza. Procediendo como lobos que eran, los lobos nunca le habían dicho cuánto lo odiaban.

—Escuchadme todos —exclamó—. No hay ninguna necesidad de estar aquí de cháchara como los perros. Esta noche me habéis dicho bien claro que soy un hombre, y lo cierto es que yo hubiera sido un lobo y habría seguido con vosotros hasta el final de mi vida, de modo que entiendo que vuestras palabras son verdad. Por eso ya no me atrevo a llamaros hermanos y os llamo *sag* (perros), tal como perros sarnosos os llamaría un hombre. Lo que haréis y lo que no haréis no sois vosotros quiénes para decirlo. Eso es algo que depende de mí, y para que veamos las cosas con más claridad, yo, el hombre, he traído aquí un poco de esa flor roja que a vosotros, los perros, tanto miedo os da.

Arrojó al fuego el cuenco y algunas de las ascuas cayeron sobre una capa de moho seco que se prendió en el acto, momento en el cual el consejo en pleno retrocedió aterrorizado ante las llamas que brincaban.

Mowgli introdujo la rama seca en el fuego hasta que prendió y crepitó, y la agitó sobre su cabeza acercándose a los lobos acobardados.

—Tú eres el amo y señor —dijo Bagheera con voz de ultratumba—. Salva a Akela de la muerte. Él ha sido tu amigo.

Akela, el lobo serio y avejentado que nunca en su vida había pedido clemencia, lanzó una mirada lastimera a Mowgli, al muchacho que estaba de pie, desnudo por completo, con el cabello largo sobre los hombros, a la luz de la antorcha resplandeciente que agitaba las sombras haciéndolas estremecerse.

—¡Bien! —dijo Mowgli mirando despacio en derredor—. Ya veo que sois unos perros. Os abandono y marcho con mi propio pueblo, si es que son mi pueblo. La selva me queda vedada, y ahora debo ya olvidar vuestras palabras y vuestro compañerismo, si bien seré más generoso que vosotros. Como he sido vuestro hermano en todo, salvo en la sangre, os prometo que cuando sea un hombre entre los hombres no os traicionaré a éstos, tal como vosotros me habéis traicionado. —Dio un puntapié al fuego y se levantaron las chispas—. No habrá guerras entre ninguno de nosotros y la manada. Pero hay una deuda que saldar antes que me marche. —Se dirigió a grandes pasos a donde estaba Shere Khan parpadeando como un estúpido ante las llamas, y lo sujetó por el puñado de pelo que le crecía en la barba. Bagheera lo siguió por si acaso, en previsión de que sucediera un accidente—. ¡Levanta, perro! —exclamó Mowgli—. Levántate cuando te hable un hombre, o te abraso el pellejo.

Shere Khan tenía las orejas aplastadas contra la cabeza y cerró los ojos, pues la antorcha estaba muy cerca de su cara.

—Este asesino de vacas dijo que iba a matarme ante el consejo porque no me había matado cuando era yo un cachorro. Así, y así, y así, es como pegamos a los perros cuando somos hombres. Tú mueve un pelo, Lungri, y te tragas entera la flor roja.

Dio a Shere Khan sucesivos golpes en la cabeza con la rama en llamas, y el tigre gimoteó como si el miedo lo aplastara.

—¡Bah! Ya no eres más que un gato chamuscado. Largo de aquí. Pero no olvidéis ninguno que la próxima vez que venga a los peñascos del consejo, como es de ley que un hombre venga, será con el pellejo de Shere Khan sobre mis hombros. Por lo demás, Akela queda en libertad para vivir como le plazca. Vosotros no lo mataréis porque no es mi voluntad. Tampoco creo que os quedéis aquí mucho más tiempo, con la lengua fuera como si fuerais algo más que perros que yo echo fuera de aquí. ¡Largo!

El fuego ardía furioso al extremo de la rama, y Mowgli vapuleó con ella a diestra y siniestra, recorriendo todo el círculo, de modo que los lobos echaron a correr dando alaridos, con chispas quemándoles el pelaje del lomo. Quedaron al final sólo Akela, Bagheera y tal vez diez lobos que siempre habían estado de parte de Mowgli. Algo comenzó entonces a doler a Mowgli por dentro, de un modo tal como nunca le había dolido, y contuvo al cabo el aliento y sollozó, y las lágrimas le bañaron el rostro.

—¿Qué sucede? ¿Qué sucede? —dijo—. No deseo marcharme de la selva, y no sé qué es esto. ¿Me estoy muriendo, Bagheera?

—No, hermanito. No son más que lágrimas como las que derraman los hombres —dijo Bagheera—. Ahora sé que eres un hombre de verdad, y que ya no eres sólo un cachorro de hombre. La selva queda de hecho vedada para ti en adelante. Déjalas caer, Mowgli. Sólo son lágrimas.

Así pues, Mowgli se sentó y lloró como si fuera a rompérsele el corazón, y nunca en su vida había llorado de ese modo.

—Ahora —dijo al cabo—, ahora iré con los hombres. Pero antes debo despedirme de mi madre. —Y fue a la cueva en la que vivía ella con Padre Lobo, y lloró abrazado a su pelaje mientras sus cuatro cachorros aullaban de tristeza.

—¿No me olvidaréis? —dijo Mowgli.

—Nunca jamás, al menos mientras sepamos seguir un rastro —dijeron los cachorros—. Acude al pie del cerro cuando seas un hombre y hablaremos contigo, e iremos a los labrantíos a jugar contigo cuando sea de noche.

—¡Vuelve pronto! —dijo Padre Lobo—. Oh, sabio y pequeño renacuajo, vuelve pronto, pues nosotros ya somos viejos, tu madre y yo.

—Vuelve pronto —dijo Madre Loba—, vuelve pronto, pequeño hijo mío, tan desnudito, pues has de saber, hijo de hombre, que te amo más de lo que nunca amé a mis cachorros.

—Sin duda vendré pronto —dijo Mowgli—, y cuando venga será para tender sobre los peñascos del consejo la piel de Shere Khan. No me olvidéis. Decid en la selva que nunca me olviden.

Rayaba el alba cuando Mowgli bajó solo por la ladera para encontrarse con aquellos misteriosos seres que se llaman hombres.

EL MILAGRO DE PURUN BHAGAT

La noche en que sentimos que la tierra iba a abrirse
nos lo llevamos con nosotros de la mano
porque le profesábamos ese amor
que se conoce, pero que no llega a entenderse.

Y cuando el rugir estalló en el monte,
y todo nuestro mundo se desplomó con la lluvia,
lo salvamos, lo salvamos nosotros, los pobres,
y ved, ¡ay!, que no lo hallamos, que está ausente.

Lloradlo. Lo salvamos sólo en nombre
de un amor tan pobre como es el de las bestias.
¡Lloradlo! No despertará nuestro hermano
y nos empujan a marchar de aquí sus semejantes.

Elegía de los langures

Hubo una vez en la India un hombre que fue primer ministro de uno de los estados nativos y semi-independientes que proliferan en la región noroeste del país. Era brahmán, y de casta tan alta que la división en castas y la pertenencia a una casta ya no tenía para él un significado en particular. Su padre había desempeñado un cargo importante en la variopinta mezcolanza de una corte real hindú a la antigua usanza. Sin embargo, a medida que fue creciendo, Purun Dass percibió que el antiguo orden de las cosas iba cambiando lentamente, y que si alguien aspiraba a elevarse en el mundo era preciso estar a bien con los ingleses e incluso imitar todo cuanto los ingleses considerasen bueno y conveniente. Al mismo tiempo, era costumbre que un funcionario nativo supiera granjearse y conservar el favor de su señor. Este era un juego difícil por tener que compaginar una cosa con otra, pero el joven y sosegado brahmán, que siempre supo tener la boca bien cerrada, con ayuda de la buena educación a la inglesa que recibió en una universidad de Bombay supo desenvolverse con mesura y así fue ascendiendo paso a paso, hasta ser primer ministro del reino. Dicho de otro modo, ejercía un poder real aún mayor que el de su amo y señor, el maharajá.

Cuando murió el rey de viejo, tras haber recelado mucho de los ingleses, de sus ferrocarriles y sus telégrafos, Purun Dass aún vio aumentar su influencia sobre su joven sucesor, que había tenido por tutor a un inglés. Entre ambos, aunque él siempre puso gran esmero en que fuera su señor quien se llevara la fama, establecieron escuelas para niñas, construyeron carreteras, pusieron en marcha los primeros dispensarios del Estado y organizaron ferias de muestras de útiles e instrumentos agrarios, además de publicar un anuario encuadernado en tapas azules que trataba puntualmente sobre «Progreso Moral y Material del Estado», con todo lo cual el Ministerio de Exteriores y el Gobierno de la India estaban encantados. Muy pocos son los estados indígenas en los que se acepta en bloque el progreso al estilo de los ingleses, ya que no se suele creer —y Purun Dass en cambio dio sobradas muestras de hacerlo— que todo lo que fuera provechoso para los ingleses tenía que ser doblemente provechoso para los asiáticos. El primer ministro llegó a ser amigo muy considerado de los virreyes y los gobernadores y los vicegobernadores, así como de los misioneros que habían instalado hospitales en sus misiones y de otros misioneros comunes, y de los oficiales ingleses aficionados a la equitación que iban de cacería por los terrenos del Estado, y de ejércitos enteros de turistas que viajaban por toda la India cuando el clima refrescaba, dando lecciones a los lugareños sobre el modo en que se debían administrar las cosas. En su tiempo libre fundó bolsas para fomentar el estudio de la medicina y las manufacturas, siguiendo estrictamente los criterios de los ingleses, y escribió no pocas cartas al *The Pioneer*, el más grande de los diarios que se publicaban en la India, para explicar los objetivos y las finalidades de su amo y señor.

Por fin hizo una visita a Inglaterra, y tuvo que pagar sumas enormes a los sacerdotes cuando regresó, ya que un brahmán de casta tan alta como era Purun Dass quedaba degradado en la jerarquía de las castas por el mero hecho de haber cruzado el negro mar. En Londres conoció y conversó con todo el que valía la pena conversar, hombres cuyos nombres son conocidos por el mundo entero, y aún vio muchas más cosas de lo que llegó a contar. Le fueron otorgados títulos honoríficos por parte de las más prestigiosas universidades, y pronunció locuciones y discursos en los que habló de la reforma social de los hindúes ante las damas de Inglaterra, muy elegantes con sus trajes de noche, hasta el día en que todo Londres exclamó: «Éste es el hombre más fascinante que hemos conocido en una cena de gala desde que existen los manteles».

Cuando regresó a la India lo hizo envuelto en llamaradas de gloria, ya que el virrey en persona realizó una visita especial con objeto de otorgar al maharajá la Gran Cruz de la Estrella de la India, toda diamantes y cintas y esmaltes; en aquella misma ceremonia, mientras los cañones disparaban las salvas de honor, Purun Dass fue investido Caballero Comandante de la Orden del Imperio de la India; así pues, pasó a ser conocido con el nombre completo de sir Purun Dass, seguido de las siglas correspondientes, CCOII.

En aquella velada, durante la cena que tuvo lugar en la gran tienda del virrey, se puso en pie ostentando la medalla y el collar de la Orden sobre el pecho, y respondió al brindis a la salud de su señor con un breve discurso que pocos ingleses de pura cepa habrían atinado a mejorar.

Al mes siguiente, cuando hubo reingresado la ciudad en su sosiego de costumbre, calcinada por el sol, hizo algo que ningún inglés habría soñado hacer jamás, y es que por lo que se refiere a los asuntos de este mundo pereció. La insignia enjoyada de su nombramiento de caballero de la Orden fue devuelta al Gobierno de la India, fue nombrado un nuevo primer ministro para que se ocupase de los asuntos del Estado, y en los escalafones inferiores del Estado comenzó un gran juego por ver qué subordinado ocupaba qué puesto. Los sacerdotes estaban al corriente de lo que había ocurrido y el pueblo llano lo sospechaba, pero la India es el único lugar del mundo en el que un hombre puede hacer lo que le plazca sin que nadie le vaya a preguntar por qué. El hecho de que Dewan sir Purun Dass, ccoii, hubiera dimitido de su puesto, hubiera renunciado a su palacio, hubiera prescindido de su poder, y hubiera tomado el cuenco de mendigar y la vestimenta de color ocre de un *sunnyasi*, o santón, no fue considerado nada extraordinario. Había sido, como aconseja la Ley Antigua, veinte años joven, y luego había sido veinte años combatiente, aun cuando nunca, en toda su vida, hubiera portado un arma, y había sido durante veinte años cabeza de familia. Había hecho uso de su riqueza y su poder en aquello cuya utilidad y dignidad le constaba; había aceptado los honores cuando le llegaron; había visto a hombres y había visto ciudades lejanas y cercanas por igual, y tanto los hombres como las ciudades se habían puesto en pie para honrarle. Había llegado la hora de desprenderse de todas aquellas cosas, tal como un hombre se desprende del manto que ya no necesita.

Tras él, cuando atravesó los portones de la ciudad, con una piel de antílope y una muleta con travesaño de latón bajo el brazo, en la mano un cuenco de mendigar hecho de madera de coco de mar bien pulida, descalzo, solo, con los ojos fijos en el suelo, tras él sonaban las salvas de salutación en los bastiones de la muralla, en honor de su feliz sucesor. Purun Dass asintió en silencio. Toda aquella vida había concluido; no le guardaba él rencor ni inquina, y tampoco le guardaba píos deseos, tal como nada guarda un hombre ante un sueño descolorido que pasó con la noche sin dejar más nada. Era un *sunnyasi*, un hombre sin hogar, un vagabundo mendicante, que pasaba a depender de sus vecinos a la hora de recibir su pan de cada día, y mientras haya en la India un mendrugo que compartir, ni el sacerdote ni el mendigo perecerán de inanición. Nunca en su vida había probado la carne, y muy raras veces se alimentó de pescado. Un billete de cinco libras habría cubierto sus gastos personales en materia de alimentación durante cualquiera de los muchos años en que fue señor absoluto de muchos millones. Ni siquiera cuando estuvo en Londres y fue el hombre de moda y recibió toda clase de agasajos perdió de vista su sueño de paz y de quietud, el largo, blanquecino y polvoriento camino de la India, en el que se hallaban impresas las huellas de los pies descalzos, el tráfico lento e incesante, el humo de la madera de olor acre que se rizaba bajo las higueras en la luz del crepúsculo, por el cual los caminantes se sientan a comer algo cuando cae la noche.

Cuando llegó la hora de que el sueño se hiciera realidad, el primer ministro dio los pasos adecuados, y en tan sólo tres días habría sido más fácil hallar una sola burbuja en las profundidades insondables del Atlántico que el rastro de Purun Dass entre los millones de peregrinos errantes que por toda la India por igual se reúnen y se separan cada cual por su camino.

De noche tendía para dormir la piel de antílope allí donde lo sorprendían las tinieblas, unas veces en un monasterio de *sunnyasi* que hubiera a la orilla del camino, otras junto a un santuario de pilares de adobe erigido en honor de Kala Pir, donde los yoguis, que forman otra brumosa división entre los santones, lo recibían tal como habrían hecho quienes saben qué valen de verdad las castas y las divisiones; otras veces pernoctaba en las afueras de una aldea hindú, donde los niños le regalaban parte de la cena que sus padres les hubieran preparado; a veces le tocaba guarecerse para pasar la noche en los pastos más altos, donde las llamas del fuego que encendía con cuatro astillas despertaban a los camellos soñolientos. Todo era uno y lo mismo para Purun Dass... o Purun Bhagat, como había dado en llamarse ahora. La tierra y sus habitantes y los alimentos eran todos uno y lo mismo. Pero sus pasos de manera inconsciente lo llevaban hacia el norte y hacia el este; del sur lo guiaron a Rohtak; de Rohtak a Kurnool; de Kurnool a las ruinas de Samanah, y por allí remontó el curso del río Gugger por el lecho reseco, que sólo se llena de agua cuando llueve en las montañas, hasta el día en que vio, a lo lejos, el perfil grandioso del Himalaya.

Sonrió entonces Purun Bhagat, pues se acordó de que su madre tenía su origen entre los brahmanes de Rajput, y que había nacido por el camino de Kulu; era una mujer de la región montañosa, siempre nostálgica de las nieves, y basta que un hombre lleve en las venas sólo una pizca de sangre de las montañas para que al final vuelva al sitio al que en el fondo pertenece.

—Más allá —dijo Purun Bhagat mientras salvaba las primeras estribaciones de los montes de Sewalik, donde crece el cactus que se yergue como un candelabro de siete brazos—, más allá me asentaré y me dedicaré a meditar y a acrecentar la sabiduría. —Y el viento fresco del Himalaya silbó en sus oídos cuando avanzaba por el camino que lleva a Simla.

La última vez que pasó por allí fue con suntuoso aparato, con el estrépito de la caballería que lo escoltaba, para acudir a visitar al más afectuoso, al más afable de todos los virreyes. Los dos habían conversado por espacio de una hora y se habían acordado de los conocidos que ambos tenían en Londres, además de comentar lo que el pueblo llano de la India piensa en realidad de las cosas. Esta vez no hizo Purun Bhagat ninguna visita, si bien se apoyó en la balaustrada del Paseo, desde donde contempló la gloriosa panorámica de las llanuras que se extienden allá abajo en muchas leguas a la redonda, hasta que un policía mahometano y nativo le dijo que estaba obstruyendo el tráfico, y Purun Bhagat saludó con un «salaam» reverencial al representante de la Ley, porque conocía cuál era su valor y porque iba en busca de una Ley que le fuera propia. Siguió entonces su camino, y durmió aquella noche en una choza que encontró deshabitada en Chota Simla, que parece realmente el fin de la tierra, pero que en su caso era tan sólo el comienzo de su viaje.

Tomó el camino del Himalaya rumbo al Tíbet, una senda de tres metros de ancho abierta a golpe de barreno en la roca pelada, o suspendida mediante maderas trabadas sobre abismos que tienen cientos de metros de profundidad, que se hunde por valles tibios, húmedos, cerrados, y asciende al atravesar las lomas peladas de árboles, con algo de hierba, en las que cae el sol a plomo, como un espejo ustorio, o caracolea por bosques espesos, oscuros, donde los helechos arborescentes cubren los troncos de los árboles hasta la copa y el faisán llama a su compañera para aparearse. Y se encontró con pastores tibetanos, con sus perros pastores y sus rebaños, cada oveja de los cuales llevaba una bolsita llena de bórax sujeta en el lomo, y con los leñadores errantes, los lamas del Tíbet envueltos en sus capas y en sus mantas, que acudían a la India en peregrinación, y los enviados de los pequeños, solitarios estados perdidos entre las montañas, que recorrían el camino con furia, en postas, cambiando los caballos acebrados, pequeños, por los pintos, o la comitiva de un rajá que iba a hacer una visita; o bien se daba el caso de que durante un día largo y claro no veía nada más que un oso negro que rugía y desenterraba raíces en el valle. Durante las primeras jornadas de su viaje, el ruido del mundo que acababa de dejar atrás aún resonaba en sus oídos, tal como se prolonga el estruendo de un tren en el túnel que ha atravesado; pero cuando dejó atrás el paso de Mutteeanee todo aquello concluyó, y Purun Bhagat quedó a solas consigo mismo, caminando, meditando, maravillándose, los ojos fijos en la tierra, sus pensamientos entre las nubes.

Una noche cruzó el desfiladero más alto que le había salido al encuentro hasta entonces —dos días de ascensión tardó en llegar a la cota— y salió frente a una hilera de cumbres nevadas que ceñía todo el horizonte, montañas de cinco a seis mil metros de altitud, que parecían tan cercanas que se hallaran ya a tiro de piedra, si bien estaban a ochenta o cien kilómetros de distancia. El desfiladero lo remataba un bosque denso y sombrío de cedros deodara, nogales, cerezos, olivos, perales silvestres, aunque principalmente fueran cedros deodara, que es el llamado cedro del Himalaya, y a la sombra de los cedros encontró un santuario abandonado, consagrado en otro tiempo a Kali, que es Durga, que es Sitala, que es a veces venerado por ser protector contra la viruela.

Purun Dass barrió las losas del suelo, sonrió a la estatua que parecía mirarlo con una mueca, arregló con barro un hogar donde encender el fuego a espaldas del santuario, extendió su piel de antílope sobre un lecho de agujas de pino aún frescas, se apretó el *bairagi* —la muleta con travesaño de latón— bajo el sobaco y se dispuso a descansar.

Inmediatamente bajo él caía la ladera a la par que se alejaba, limpia y despejada por espacio de cuatrocientos metros, al cabo de los cuales una aldea de casas de muros de piedra, con techos de tierra amasada, parecía sujetarse a la escarpada pendiente. Alrededor, los pequeños sembradíos acotados en terrazas caían como delantales de colores sobre el regazo de la montaña, y unas vacas del tamaño de los escarabajos pastaban entre los círculos empedrados, de piedra lisa, que formaban la era para la trilla. Al otro lado del valle el ojo se engañaba con el tamaño de las cosas, sin llegar a darse cuenta de que lo que parecía maleza baja, en el flanco frontero del monte, era en realidad un boscaje de pinares con árboles de treinta y cuarenta metros de altura. Purun Bhagat vio un águila descender a través de la gigantesca hondonada, pero el ave, de gran tamaño, mermó hasta no ser siquiera una vírgula antes de haber salvado la mitad del camino. Algunas bandadas de nubes se esparcían y enhebraban por el valle, prendidas en las estribaciones de las montañas o bien alzándose hasta desaparecer al hallarse a la altura del desfiladero. Y... «Aquí he de hallar la paz», se dijo Purun Bhagat.

Para un montañés nada significan unos centenares de metros más arriba o más abajo, así que tan pronto vieron los lugareños el humo que ascendía en el santuario abandonado, el sacerdote de la aldea subió por las sucesivas terrazas de la ladera para dar la bienvenida al forastero.

Cuando vio los ojos de Purun Bhagat, los ojos de un hombre acostumbrado a mandar en miles de hombres, se inclinó hasta tocar el suelo, tomó el cuenco de mendigar sin decir palabra y regresó a la aldea, donde comunicó a los demás:

—Por fin tenemos a un santón. Nunca había visto a un hombre semejante. Viene de las llanuras, pero es de piel clara... Es la quintaesencia de los brahmanes.

—¿Crees acaso que se quedará con nosotros mucho tiempo? —le preguntaron las amas de casa, y todas ellas se desvivieron por preparar las comidas más sabrosas para el Bhagat. La comida de los montañeses es muy sencilla, pero se prepara con alforfón y maíz de la India, con arroz y pimiento rojo, con un poco de pescado del que se encuentra en los arroyos, con miel de las colmenas en forma de chimeneas que se construyen pegadas a los muros de piedra, con orejones, con azafrán, con jengibre silvestre, con tortas de harina, con todo lo cual una mujer entregada y resuelta a lucirse puede hacer platos muy sabrosos, de modo que el sacerdote llevó al cabo el cuenco lleno al Baghat. ¿Pensaba quedarse allí?, le preguntó el sacerdote. ¿Necesitaría tal vez un *chela*, un discípulo, que mendigara en su nombre? ¿Tenía una manta para guarecerse del frío? ¿Le había gustado la comida?

Purun Bhagat comió y dio las gracias al donante. Su intención era quedarse. Al saberlo, el sacerdote le dijo que no necesitaba nada más. Le indicó que dejase el cuenco de mendigar a la entrada del santuario, en la oquedad que se formaba entre dos raíces retorcidas, y añadió que a diario recibiría alimentos el Bhagat, pues los aldeanos se sentían honrados de que un hombre como él —miró con timidez al rostro del Bhagat— habitara entre ellos.

Ese día terminó el errar de Purun Bhagat. Había llegado al lugar que le estaba designado, a un lugar que era silencioso y anchuroso. Después de esto se detuvo el tiempo; sentado a la entrada del santuario, ya no supo si estaba vivo o si había muerto; fue un hombre cuya voluntad se imponía sobre su cuerpo, sobre una parte de los montes, sobre las nubes, sobre la lluvia ocasional, sobre la luz del sol. Repetía un Nombre en voz queda, para sus adentros, un centenar de centenares de veces, hasta que con cada nueva repetición parecía desplazarse y salir cada vez más fuera de su cuerpo, acercándose al umbral de una revelación portentosa, pero en el preciso instante en que la puerta comenzaba a abrirse su cuerpo lo arrastraba y lo obligaba a retroceder, y con gran pesar se sentía como si estuviera encerrado, atado a la carne, a los huesos de Purun Bhagat.

Todas las mañanas el cuenco de mendigar aparecía lleno, en silencio, en la oquedad de las raíces, a la entrada del santuario. A veces era el sacerdote quien lo llevaba; otras veces era un comerciante *ladaji* que se alojaba en la aldea y, deseoso de obtener algún mérito que le fuera reconocido, iniciaba el ascenso por la senda. Lo más corriente es que fuera la mujer misma que la noche anterior había preparado los alimentos, que al llegarse arriba le hablaba en un murmullo apenas más audible que su respiración:

—Intercede por mí ante los dioses, Bhagat. Ruega por la mujer de Fulano de Tal.

De cuando en cuando a un niño osado se le concedía el honor, y Purun Bhagat le oía dejar el cuenco y echar a correr a toda la velocidad que le permitieran sus piernas. Si bien el Bhagat jamás bajaba a la aldea, estaba tendida como un mapa a sus pies. Veía desde allí las reuniones vespertinas de los lugareños, que se congregaban en el círculo de la era por ser el único terreno llano; veía el estupendo verdor sin nombre del arroz cuando aún es joven, los azules índigo del maíz de la India, los trechos de terreno como diques en los que se cultivaba el alforfón y, en esta época del año, la roja floración del amaranto, cuyas minúsculas semillas, que no son grano ni legumbre, constituyen un alimento que legítimamente pueden ingerir los hindúes en épocas de ayuno.

Cuando el año tocaba a su fin, las techumbres de las chozas parecían minúsculos cuadrados de oro puro, ya que era sobre los techos donde se dejaban las mazorcas a secar. Las labores de la apicultura y de la cosecha, la siembra del arroz y su descascarillado, pasaban en sucesión ante sus ojos, todas ellas recamadas en los terrenos de múltiples lindes, y pensaba en todo aquello y se maravillaba al preguntarse a qué conducía todo aquello al fin y a la postre.

Ni siquiera en un mundo tan populoso como el de la India puede un hombre dejar que transcurra el día sentado en absoluta quietud sin que pasen a su lado seres salvajes como si fuera él mismo una roca; en aquella soledad muy pronto los seres salvajes, que conocían bien el santuario de Kali, volvieron a observar al intruso. Los langures, los grandes simios de bigotes grises que son naturales del Himalaya, fueron como es natural los primeros, porque siempre les reconcome la curiosidad; cuando hubieron tirado el cuenco de mendigar y lo hicieron rodar por el suelo, y cuando probaron a morder el travesaño de latón de la muleta, y cuando pusieron muecas ante la piel de antílope, llegaron a la conclusión de que el ser humano que estaba allí sentado e inmóvil era de todo punto inofensivo. De noche, saltaban de los pinos y le suplicaban con gestos que les diera algo de comer, tras lo cual se alejaban balanceándose con gracia. Les gustaba también el calor del fuego, y se acurrucaban allí cerca hasta que Purun Bhagat tenía que empujarlos para que le hicieran sitio y añadir más leña; por la mañana muchas veces se encontraba con un simio que compartía con él su manta. Durante el día entero, alguno de los de la tribu se sentaba a su lado y contemplaba las nieves, canturreando y adoptando una expresión de sabiduría y de pena indecibles.

Después de los simios llegaron el *barasingh*, ese ciervo de gran tamaño, que es similar a los nuestros, aunque tiene mayor fuerza. Su deseo era frotar el terciopelo de sus cuernos contra las frías piedras de la estatua de Kali, y dio un par de coces contra las losas al ver al hombre en el santuario. Pero Purun ni siquiera se movió, y poco a poco el magnífico ciervo avanzó hasta rozarle el hombro con el hocico. Purun Bhagat deslizó una de sus frías manos a lo largo de la cornamenta acalorada, y el tacto apaciguó al animal dolorido, que inclinó la cabeza, de modo que Purun Bhagat siguió restregando con gran suavidad el terciopelo que recubría las yemas. Luego se llevó al templo el *barasingh* a su hembra y a su cervatillo, animales afectuosos que masticaban el borde de la manta del santón, o bien volvía solo, de noche, los ojos verdes con el titilar del fuego, a recibir su parte de nueces frescas. Por fin, el ciervo almizclero, que es el más tímido y reservado, el más pequeño de los ciervos, también se acercó al santuario, con las orejas grandes, como de liebre, bien erguidas; incluso el abigarrado y silencioso *mushick-nabha* hubo de averiguar qué era aquella luz que brillaba en el santuario, de modo que asomó el hocico parecido al del alce hasta plantarlo en el regazo de Purun Bhagat, yendo y viniendo con las sombras que proyectaba la hoguera. Purun Bhagat los llamaba «mis hermanos», y a su grito en voz queda de «*¡Bhai! ¡Bhai!*» acudían todos desde el bosque, a mediodía, si alcanzaban a oír su llamada. El oso negro del Himalaya, mohíno y suspicaz —Sona, que lleva una mancha blanca en forma de V bajo el cuello— pasó por allí bastantes veces; como el Bhagat no daba muestras de tenerle miedo, Sona no dio muestras de cólera, y se limitó a observarlo al principio y a acercarse después, a suplicar su ración de caricias, un poco de pan o unos frutos silvestres. A menudo, en la quietud del amanecer, cuando el Bhagat subía a la cresta misma del desfiladero para observar cómo caminaba el día enrojecido sobre las cumbres nevadas, se encontraba a Sona, que jadeaba pegado a sus talones e introducía la mano con curiosidad bajo un tronco caído, sacándola con un ¡uf! de impaciencia; si no, sus pasos con la primera luz del día despertaban a Sona allí donde hubiera dormido acurrucado, y el gran animal se erguía pensando ya en plantar combate, hasta que oía la voz del Bhagat y se daba cuenta de que era su mejor amigo.

Casi todos los ermitaños y santones que viven alejados de las grandes ciudades tienen la reputación de ser capaces de obrar milagros con los animales, pero todo su milagro radica únicamente en estarse muy quietos, en no hacer nunca un movimiento apresurado y, durante mucho tiempo, en no mirar jamás a los ojos a uno de sus visitantes. Los lugareños veían la silueta del *barasingh* al acecho como una sombra en el bosque oscuro, tras el santuario; veían al *minaul*, el faisán del Himalaya, resplandeciente con sus mejores colores ante la estatua de Kali; veían a los langures sentados sobre los cuartos traseros, en el interior, jugando con las cáscaras de las nueces. Algunos de los niños también habían oído a Sona canturrear para sí, como hacen los osos, tras las rocas, y la reputación de milagrero que iba teniendo el Bhagat era de ese modo más firme.

Sin embargo, nada había tan lejos de su ánimo como los milagros. Creía que todas las cosas eran en sí un grandísimo milagro, y cuando un hombre llega a saber eso ya sabe algo a partir de lo cual puede continuar sus meditaciones. Sabía con toda certeza que no había nada grande y nada pequeño en este mundo: noche y día se desvivía por meditar y llegar así al corazón de las cosas, al lugar mismo del cual procedía su alma.

Pensando en estas cosas, el cabello descuidado le fue creciendo hasta caerle por encima de los hombros; en la losa de piedra que había junto a su piel de antílope se formó una mella por la contera de la muleta con el travesaño de latón, y la oquedad entre las raíces, en donde descansaba el cuenco de mendigar día tras día, se hundió hasta formarse en ella una cavidad casi tan alisada como el propio cuenco; cada uno de los animales dio en conocer su lugar exacto en torno a la hoguera. Los campos cambiaron de color con el transcurso de las estaciones; las eras se llenaron de mieses y se vaciaron de grano, y volvieron a llenarse y a vaciarse con la trilla; una y otra vez, con la llegada del invierno, los langures saltaban entre las ramas cubiertas por las plumas de nieve, hasta que la madre de los simios traía a sus pequeños de ojos tristes desde los valles más cálidos con la llegada de la primavera. Pocos cambios hubo en la aldea. El sacerdote envejecía, y muchos de los niños que antiguamente acudían con el cuenco de mendigar le enviaban ahora a sus propios hijos; cuando uno preguntaba a los lugareños cuánto tiempo llevaba viviendo el santón en el santuario de Kali, a la entrada del desfiladero, la respuesta era invariable: «Desde siempre».

Llegaron entonces unas lluvias de verano tan torrenciales como no se habían visto en las montañas a lo largo de muchas estaciones. A lo largo de tres meses enteros el valle estuvo envuelto por las nubes, empapado por una bruma húmeda y contumaz, con lluvias constantes, sin descanso, desprendidas por un chubasco tras otro. El santuario de Kali pasó la mayor parte del tiempo por encima de las nubes, y hubo incluso un mes entero en el que el Bhagat ni siquiera llegó a escrutar un solo instante su aldea. Se encontraba apelmazada bajo una gruesa capa de nubes blancas, que se volvía sobre sí misma y se modificaba y se henchía por la parte superior, pero sin llegar a soltar nunca las amarras que la tenían sólidamente atada a los flancos chorreantes del valle.

En todo ese tiempo no oyó otra cosa que el millón de ruidos que provocaban las aguas, ya fuera en las copas de los árboles, ya fuera en el terreno, al correr en regueros, encharcando las agujas de los pinos, goteando en las lenguas de los helechos vencidos por el peso, brotando en nuevos canales enfangados a lo largo de las laderas. Salió entonces el sol, que exprimió el buen incienso de los cedros deodoras y de los rododendros, además de arrancar aquel aroma lejano, límpido, que los montañeses llamaban «el olor de las nieves». El calor del sol duró una semana entera, y entonces las nubes de lluvia se acumularon para descargar un último chubasco, con lo que el agua cayó en láminas que descascarillaron la piel del terreno y que saltaban rebotadas en el fango. Purun Bhagat hizo una buena pila de leña para la hoguera de aquella noche, pues estaba seguro de que sus hermanos iban a necesitar el calor, pero no llegó un solo animal al santuario por más que los llamase con insistencia hasta el momento en que cayó dormido, preguntándose qué podía haber pasado en los bosques.

En el negro corazón de la noche, con el tamborileo de la lluvia como si cayera sobre el pellejo de mil timbales, le despertó un tirón en la manta y, estirándose, palpó la pequeña mano de un langur.

—Se está mejor aquí que en los árboles —dijo adormilado, aflojando un pliegue de la manta—. Toma, entrarás en calor.

El mono le tomó de la mano y tiró con fuerza.

—Ah, ¿es comida lo que quieres? —dijo Purun Bhagat—. Aguarda un poco y te prepararé algo.

Cuando se arrodillaba para echar leña a la hoguera, el langur se acercó corriendo a la puerta del santuario, lloriqueó como si entonase una triste canción y volvió corriendo, para tirar otra vez de la rodilla del hombre.

—¿Qué sucede? ¿Qué te inquieta, hermano? —dijo Purun Bhagat, pues en los ojos del langur vio cosas que no acertó a entender—. A menos que uno de tu misma casta se encuentre atrapado... y aquí nadie pone trampas... No saldré por nada con este tiempo que hace. Mira, hermano, ¡si hasta el *barasingh* viene en busca de cobijo...!

La cornamenta del ciervo chocó cuando entró en el santuario, chocó ruidosamente contra la sonriente estatua de Kali. Bajó los cuernos en dirección a Purun Bhagat y dio un par de coces con evidente inquietud, resoplando por el hocico entrecerrado.

—¡Ea! ¡Ea! —dijo el Bhagat, e hizo chasquear los dedos—. ¿Es así como me pagas el refugio que te doy esta noche?

El ciervo sin embargo lo empujó hacia la puerta, y fue entonces cuando Purun Bhagat oyó el ruido de algo que se abría con un suspiro y vio dos losas del suelo separarse una de la otra, mientras la tierra viscosa, debajo, formaba una boca cuyos labios emitieron un chasquido.

—Entiendo —dijo Purun Bhagat—. No se puede culpar a mis hermanos de que esta noche no vinieran a caldearse junto al fuego. La montaña se deshace a terrones. Y, sin embargo, ¿por qué había yo de marchar? —Miró entonces el cuenco de mendigar, que estaba allí vacío, y le mudó el semblante—. A diario me han dado de comer desde... desde que vine, y si no ando de prisa mañana no habrá una sola boca en el valle. Desde luego, debo ir a avisarles a los de allá abajo. Atrás, hermano. Déjame llegar al fuego.

El *barasingh* retrocedió de mala gana y Purun Bhagat introdujo una tea de madera de pino entre las llamas, haciéndola girar hasta que estuvo del todo encendida.

—¡Ah! Vinisteis a avisarme —dijo, y se puso en pie—. Aún hemos de hacerlo mejor; aún ha de ser mejor. Vamos, fuera, y préstame tu cuello, hermano, que yo sólo tengo dos pies.

Se aferró con la mano derecha al *barasingh* por las crines erizadas de la cruceta; sostuvo la tea encendida con la izquierda y salió del santuario a la noche, que era pavorosa. No soplaba el viento, pero el propio peso de la lluvia por poco apagó la tea a medida que el ciervo de gran alzada bajaba la ladera a buen paso, deslizándose a trechos sobre los cuartos traseros. Tan pronto dejaron atrás el bosque se sumaron a ellos otros hermanos del Bhagat. Oyó a los langures, a pesar de que no pudo verlos, apiñándose a su alrededor, y oyó tras ellos el resoplar de Sona. La lluvia le apelmazaba las largas guedejas blancas, que le formaban gruesos cordajes; el agua salpicaba bajo sus pies descalzos, y su túnica amarilla se adhería a su cuerpo frágil y envejecido, si bien siguió bajando la escarpada ladera a paso firme, apoyándose en el flanco del *barasingh*. Ya no era un santón: era sir Purun Dass, ccoii, primer ministro de un Estado nada pequeño, un hombre acostumbrado a estar al mando de muchos otros, resuelto a salvar las vidas de los demás. Bajaron la ladera empinada juntos bajo el aguacero el Bhagat y sus hermanos, bajaron sin descanso hasta que las pezuñas del ciervo emitieron un ruido seco y agudo al pisar las piedras de la era donde se trillaba, y resopló porque había percibido el olor del hombre. Se encontraban en el punto en que terminaba la única y tortuosa calle de la aldea, y el Bhagat golpeó con la muleta la ventana de la casa del herrero, protegida por barrotes, a la vez que con la antorcha iluminaba toda la pared bajo el alero.

—¡Levantaos, salid! —gritó Purun Bhagat, y ni siquiera reconoció su propia voz, pues habían pasado años desde la última vez en que habló en voz alta a un hombre—. ¡Se desploma la montaña! ¡Se cae a pedazos la montaña! ¡Levantaos, salid!

—Es nuestro Bhagat —dijo la esposa del herrero—. Está con sus animales. Recoge a los pequeños y haz correr la voz de alarma.

Se dio la voz de casa en casa; los animales, apretados en la callejuela, se apiñaban en torno al Bhagat. Sona resoplaba con impaciencia.

Los lugareños salieron corriendo —no eran más de setenta almas en total— y a la luz resplandeciente de las teas vieron a su Bhagat, que sujetaba al aterrorizado *barasingh*, mientras los monos le tiraban lastimeramente de los faldones. Sona se había erguido sobre los cuartos traseros y rugía.

—Atravesad el valle y subid al monte —gritó Purun Bhagat—. Que nadie se quede atrás. ¡Os seguimos!

Echó entonces a correr todo el mundo como sólo saben correr los montañeses, pues sabían que en un corrimiento de tierras hay que tratar de encaramarse al terreno más elevado que se encuentre al otro lado del valle. Vadearon el riachuelo por la parte menos profunda y ascendieron jadeando por las terrazas que formaban los cultivos del lado opuesto, seguidos en todo momento por el Bhagat y sus hermanos. Subieron sin descanso por la ladera de enfrente llamándose unos a otros por su nombre, como si la aldea entera pasara lista para que no faltara nadie, y pegados a sus talones subía el gran *barasingh*, lastrado por la flaqueza de Purun Bhagat, que empezaba a desfallecer. Por fin se detuvo el ciervo a la sombra de un pinar, trescientos metros más arriba. Por instinto, el mismo que le había avisado del inminente corrimiento de tierras, supo que allí estaban a salvo.

Purun Bhagat se dejó caer sin resuello a su lado, porque el frío de la lluvia y la velocidad del ascenso lo estaban matando, aunque antes dio una voz hacia las teas que se habían esparcido más adelante.

—Quedaos ahí, contad cuántos vais. —En un susurro se dirigió al ciervo al ver que las teas formaban una piña—. Quédate conmigo, hermano. Quédate conmigo... hasta que muera.

Hubo en el aire un suspiro leve que dio lugar a un murmullo, hubo un murmullo que dejó paso a un rugido, hubo un rugido que sobrepasó todo sentido del oído, y la ladera en la que se encontraba la aldea fue alcanzada en la negrura y se meció entera con el golpe. Una nota tan constante, tan honda y tan cierta como un do grave de un órgano lo ahogó todo tal vez durante unos cinco minutos, en los cuales las raíces mismas de los pinos se estremecieron ante la potencia del corrimiento. Pasó al cabo, y el rumor de la lluvia que caía sobre kilómetros innumerables de tierra dura se trocó en apagado tamborileo del agua sobre la tierra reblandecida. El rumor hablaba por sí solo.

Nunca hubo un solo lugareño, ni siquiera el sacerdote, capaz de armarse de valor para hablar al Bhagat que les había salvado la vida. Se acuclillaron bajo los pinos y aguardaron la llegada del alba. Cuando se hizo la luz miraron al otro lado del valle y vieron lo que había sido un bosque, y los campos dispuestos en terrazas, y los pastos surcados por las sendas, convertidos en un chafarrinón enrojecido, abierto en abanico, con unos cuantos árboles arrancados de cuajo sobre el declive del terreno. Aquella roja cicatriz ascendía por el monte de su refugio, represando el riachuelo, que había empezado a extenderse en un lago del color de la arcilla. De la aldea, del camino al santuario, del santuario mismo, del bosque que comenzaba más allá, no quedaba ni rastro. En más de dos kilómetros de anchura, en más de setecientos metros de altitud, la ladera se había desgajado materialmente, alisada por completo.

Y los lugareños fueron saliendo uno a uno del bosque para orar en presencia de su Bhagat. Vieron al *barasingh* de pie a su lado, aunque se dio a la fuga cuando se acercaron, y oyeron a los langures gemir en las ramas, y el doliente rugir de Sona en lo alto, si bien su Bhagat estaba muerto, sentado con las piernas cruzadas, la espalda apoyada contra el tronco de un árbol, la muleta bajo el brazo, la cara vuelta hacia el nordeste.

—He aquí un milagro tras otro milagro —dijo el sacerdote—, pues ésta es la actitud en la que todos los *sunnyasis* han de ser enterrados. Así pues, ahí donde ahora se encuentra erigiremos un templo que honre a nuestro santón.

Construyeron el templo antes de que terminase el año, un pequeño santuario de piedra y de arcilla, y al monte lo llamaron el monte del Bhagat, y allí le rinden adoración con luces encendidas, con flores y ofrendas, aún a día de hoy. No saben en cambio que el santo al que tanta devoción profesan es en realidad el difunto sir Purun Dass, ccoii, Doctor en Leyes Civiles, Doctor en Filosofía, etcétera, que fuera primer ministro del progresista e ilustrado Estado de Mohiniwala, y miembro honorario y correspondiente de más sociedades científicas de lo que puede ser a la postre provechoso en este mundo o en el que haya de venir.

SIN EL BENEFICIO DEL CLERO

Antes de mi primavera recogí la ganancia del otoño,
fuera de temporada estaban blancos los campos florecidos,
y entregó el año entero sus secretos a mi pena.
Forzada, desflorada, pasó cada estación enferma
en su misterio de incremento y decadencia.
El crepúsculo vi donde veían los hombres el día,
por ser demasiado sabio en lo que no debiera saber nada.

Aguas amargas

1

—¿Y si fuera niña?

—Señor mío de mi vida, eso es imposible. Tantas noches he rezado, y tantas ofrendas he enviado al santuario del Jeque Badl, que estoy cierta de que Dios nos ha de dar un hijo, un niño que crezca y se haga hombre. Piensa en esto y congratúlate. Mi madre será su madre hasta que pueda yo valerme y tomarlo otra vez a mi cargo, y el mulá de la mezquita de Pattan predecirá los augurios de su nacimiento. ¡Dios mediante, nacerá en una hora de buenos auspicios! Y entonces, así, entonces nunca, nunca te habrás de hartar de mí, de tu esclava.

—¿Desde cuándo has sido tú una esclava, mi reina?

—Desde el primer día. Desde que vino a mí esta merced. ¿Cómo podía yo estar cierta de tu amor, cuando bien sabía que me habías comprado con plata?

—No, no. Eso fue la dote. Se la pagué a tu señora madre.

—Y ella la tiene enterrada y se pasa el día entero sentada encima, como una gallina clueca. ¿Qué hablas tú de dote ni de dote? Fui yo objeto de una compraventa, igual que si hubiera sido una bailarina de Lucknow y no todavía una niña.

—¿Es que lamentas la compraventa?

—La he lamentado, pues me ha dolido, pero hoy estoy contenta. ¿Ahora ya nunca dejarás de amarme? Respóndeme, mi rey.

—Nunca, nunca. No, nunca.

—¿Ni siquiera si las *mem-log*, las mujeres blancas de mi propia sangre, te aman más que a nadie? Recuerda que las he visto pasar al atardecer, recuerda que son muy hermosas.

—He visto globos de aire caliente a centenares. He visto la luna, y entonces... se acabaron los globos, por más alto que quieran subir.

Amira dio una palmada y rió.

—Muy bien dicho —dijo. Y asumió un aire de gran dignidad—. Ahora, basta. Tienes mi permiso para marchar... si es que has de marchar.

El hombre no se movió. Estaba sentado en un sofá bajo, lacado en rojo, en una habitación amueblada tan sólo con una estera blanca y azul, algunas alfombras y una colección completa de almohadones indígenas. A sus pies se encontraba sentada la mujer, de dieciséis años de edad, que era a sus ojos el mundo entero. De acuerdo con todas las normas y según todas las leyes tendría que haber sido a la inversa, no en vano él era inglés y ella era la hija de un musulmán, comprada dos años antes previo pago efectuado a su madre, la cual, al no tener dinero ni medios de sobrevivir, habría vendido a Amira por más que se desgañitase al Príncipe de las Tinieblas, siempre y cuando éste le pagara un precio suficiente.

Fue un contrato sellado sin congoja en el corazón e incluso con alegría, pero antes que la muchacha estuviera en sazón llegó a colmar la mayor porción de la vida de John Holden. Para ella, y para la bruja astrosa de la madre, había alquilado él una pequeña vivienda desde la cual se veía la gran ciudad amurallada, y había descubierto —cuando florecieron las caléndulas junto al pozo del patio, y Amira se hubo acomodado de acuerdo con su propia idea del confort, y su madre hubo dejado de murmurar quejas por lo inapropiado del lugar en que debían cocinar, por lo lejos que se hallaba el mercado, por diversas cuestiones domésticas— que la casa era, para él, su propio hogar. Cualquiera podía entrar en el *bungalow* en que hacía su vida de soltero, ya fuera de día o de noche, y la vida que allí llevaba no poseía ningún encanto. En la casa de la ciudad, sólo podía franquear el patio exterior que daba a las habitaciones de las mujeres; cuando la gran cancela de madera se cerraba a su espalda, era el rey de su propio territorio, y era Amira su reina. Y a ese reino de fábula iba a sumarse una tercera persona cuya llegada Holden sentía inclinación de tomarse a mal. Su llegada sería una interferencia en la dicha perfecta de que disfrutaba. Trastornaría la paz y el orden de la casa que ya era su propia casa. Amira en cambio estaba desatada de contento sólo de pensar en ello, y no lo estaba menos su madre. El amor de un hombre, y en especial de un hombre blanco, era en el mejor de los casos algo inconstante, pero según criterio de las dos mujeres podría sojuzgársele mejor mediante las manos de un recién nacido.

—Entonces —decía siempre Amira—, entonces ya nunca le importarán nada las *mem-log* blancas. Las odio a todas ellas. Las aborrezco.

—A su debido tiempo volverá con los suyos, ya lo verás —decía la madre—; bendito sea Dios que esa hora aún está lejana.

Holden se sentó en silencio en el sofá a pensar en el futuro, y sus pensamientos no fueron plácidos. Son múltiples los reveses y contratiempos que entraña una doble vida. El Gobierno, con esmero singular, le había ordenado ausentarse del campamento por espacio de quince días para realizar una misión especial en lugar de un hombre que debía velar a su esposa convaleciente. La notificación verbal del cambio de planes vino precedida por un animado comentario, en el sentido de que Holden debiera darse por contento al ser soltero y por tanto libre. Fue a darle la noticia a Amira.

—No es buena cosa —dijo ella muy despacio—, pero no es mala del todo. Aquí está mi madre, así que nada malo podrá sucederme… a no ser que muera de pura alegría. Ve pues a tus quehaceres y no tengas pensamientos contrariados. Cuando pasen los días yo creo…, qué va, estoy segura. Y entonces, entonces lo pondré en tus brazos y me amarás por siempre jamás. El tren parte esta noche a las doce, ¿es así? Ve, ve ahora y no dejes que tu corazón se acongoje por mí. Pero no te demores en regresar. No te quedes en el camino para conversar con las osadas *mem-log* blancas. Ven veloz junto a mí, vida mía.

Cuando salió del patio para alcanzar su caballo, que estaba atado al poste de la cancela, Holden habló con el viejo guardián ya canoso que guardaba la casa, y le ordenó que si se producían ciertas contingencias despachara sin falta el telegrama ya cumplimentado que Holden le entregó. Era cuanto estaba en su mano hacer, y, con la sensación del hombre que acaba de asistir a su propio funeral, Holden se marchó en el correo nocturno rumbo a su exilio. A cada hora del día temió la llegada del telegrama; a cada hora de la noche se imaginó la muerte de Amira. A resultas de todo ello, el trabajo que hizo para el Estado no fue precisamente de primera calidad, como tampoco fue precisamente amistoso su temperamento con sus colegas. Transcurrió la quincena sin recibir noticias de su casa y, desgarrado de angustia, Holden regresó para dejarse devorar por las dudas a lo largo de un tiempo precioso, así fueran sólo dos horas, que fue lo que duró la cena en el club, durante la cual le llegaron, como llegan a un hombre en el momento en que pierde el conocimiento, voces que le acusaban de haber cumplido de una forma execrable con los deberes que tenía el hombre al que sustituyó, y de haberse congraciado de un modo lamentable con todos sus colegas. Huyó entonces a caballo en plena noche, con el corazón en un puño. No recibió respuesta al principio a sus llamadas en la cancela, y ya había vuelto la grupa del caballo para espolearlo cuando apareció Pir Khan con un farol en la mano, a sujetarlo por el estribo.

—¿Ha ocurrido algo? —preguntó Holden.

—No sale de mi boca la noticia, protector de los pobres, pero... —Alzó la mano temblorosa, como conviene a quien porta una buena nueva y tiene derecho a una recompensa.

Holden cruzó a grandes zancadas el patio. Ardía un farol en una de las habitaciones de arriba. Su caballo relinchó a la entrada, y oyó un gemido agudo y penetrante que le agolpó toda la sangre en la garganta. Era una voz nueva, aunque no fuera demostración de que Amira seguía con vida.

—¿Quién hay ahí? —llamó por la angosta escalera de ladrillo.

A Amira se le escapó un grito de entusiasmo, y le llegó entonces la voz de la madre, trémula de vejez y de orgullo.

—Somos dos mujeres y... el hombre...: Tu hijo.

En el umbral de la entrada, Holden pisó una daga desenvainada allí puesta para ahuyentar el mal fario, y se quebró por la empuñadura bajo su talón impaciente.

—¡Alá es grande! —dijo en voz baja Amira a la media luz—. Tú asumes sus desdichas sobre tu cabeza.

—Así es, pero..., ¿cómo estás tú, luz de mi vida? Vieja, ¿cómo está tu hija?

—Ha olvidado todos sus padecimientos ahora que ha nacido el niño. No ha sufrido daños, pero habla en voz baja —dijo la madre.

—Tan sólo era precisa tu presencia para que me encontrase bien del todo —dijo Amira—. Mi rey, has estado lejos mucho tiempo. ¿Qué dádivas me traes? ¡Ah, ah! Esta vez soy yo quien trae las dádivas. Mira, mi vida, mira. ¿Habrase visto alguna vez una hermosura igual? No, aún estoy tan débil que no puedo apartarlo de mi lado.

—Entonces descansa y no digas nada. Ya estoy aquí, *bachari* (mujercita).

—Bien dicho, pues hay un vínculo y una atadura (*peecharee*) ahora entre nosotros, y nada podrá romperla. Mira..., ¿lo ves bien con esta luz? No tiene tacha, no tiene defecto. Nunca se vio un hombrecito así. *¡Ya illah!* Será un sabio... No, será un soldado al mando de las tropas de la Reina. Y... mi vida, tú habrás de amarme como siempre. ¿Me amas igual que siempre, aunque ahora estoy débil y enferma y ajada? Responde la verdad.

—Así es. Te amo como siempre te he amado, con toda mi alma. Descansa, perla mía, descansa.

—No te marches. Siéntate a mi lado, así. Madre, el señor de esta casa necesita un almohadón. Tráeselo. Hubo un movimiento casi imperceptible por parte de la vida nueva que yacía en el hueco formado por el brazo de Amira.

—Hola —dijo, y se le quebró la voz por efecto del amor—. El pequeño es un campeón ya desde que nació. Me da poderosas patadas en el costado. ¿Habrase visto alguna vez un niño igual? Y es nuestro, es de los dos, es tuyo y es mío. Ponle la mano en la cabeza, pero con cuidado, que es muy pequeño y no tienen los hombres destreza en estas cosas.

Con suma cautela, Holden tocó con las yemas de los dedos la cabecita aterciopelada.

—Está dentro de la fe —dijo Amira—, pues durante las vigilias, de noche, le he susurrado al oído la llamada a la oración y la profesión de fe. Y es una maravilla que naciera en viernes, igual que yo. Ten cuidado con él, mi vida. Ya casi sabe cogerte con las manos.

Holden encontró una manita indefensa que se aferró sin fuerza apenas a su dedo. Y ese apretón recorrió su cuerpo entero hasta aposentarse en su corazón. Hasta entonces todos sus pensamientos habían sido para Amira. Comenzó a comprender que había alguien más en el mundo, pero no alcanzaba a sentir que fuera un hijo verdadero con un alma propia. Se sentó a pensar y Amira se adormeció.

—Vete, *sahib* —dijo su madre en un susurro—. No es bueno que te encuentre aquí cuando despierte. Es preciso que descanse.

—Me marcho —dijo Holden sumisamente—. Aquí tienes algunas rupias. Encárgate de que mi *baba* engorde y de que no le falte nada.

El tintineo de la plata despabiló a Amira.

—Yo soy su madre, no soy una alquilada —dijo con voz apenas audible—. ¿Habré de cuidarlo más o menos por el dinero? Madre, devuélveselo. He dado un hijo a mi señor.

El sueño profundo, causado por la falta de fuerzas, cayó sobre ella sin darle casi tiempo de completar la frase. Holden bajó al patio con sigilo y con el corazón en paz. Pir Khan, el viejo guardián, reía alborozado.

—Ahora esta casa está completa —dijo, y sin más que añadir depositó en manos de Holden la empuñadura de un sable desgastado años atrás, cuando él, Pir Khan, sirvió a la Reina en la policía. Llegó el balido de una cabra atada al brocal del pozo—. Son dos —dijo Pir Khan—, dos cabras de las mejores. Yo las he traído, y me han costado mucho dinero, pero como no habrá festejo por el natalicio la carne será toda para mí. ¡Empúñelo con maña, *sahib*! Es en el mejor de los casos un sable mal aplomado. Aguarda a que levanten la cabeza al terminar de mordisquear las caléndulas.

—¿Y esto por qué? —dijo Holden desconcertado.

—Por el sacrificio para celebrar el nacimiento, ¿por qué si no? De lo contrario, el niño a quien no se guarda del destino puede hallar la muerte, pero el protector de los pobres sabe cuáles son las palabras idóneas que es preciso decir.

Holden las había aprendido en su día sin pensar jamás que alguna vez le tocaría pronunciarlas de veras. El tacto frío de la empuñadura del sable, en la palma de la mano, le devolvió de golpe a la fuerza exigua con que lo agarró el niño en el piso de arriba, el niño que era su hijo, y le invadió el temor de la pérdida.

—¡Sacrifícalas! —dijo Pir Khan—. Nunca vino la vida al mundo sin que hubiera que pagar un precio. Mira, las cabras han levantado la cabeza. ¡Adelante! ¡De un mandoble!

Sin saber apenas qué estaba haciendo, Holden lanzó dos tajos a la vez que murmuraba la plegaria musulmana que dice: «Todopoderoso, en lugar de éste, mi hijo, te ofrendo vida por vida, sangre por sangre, cabeza por cabeza, hueso por hueso, pelo por pelo, pellejo por pellejo». El caballo, a la espera, piafó y tiró del ronzal que lo sujetaba a la estaca al percibir el olor de la sangre recién derramada, que había salpicado las botas de montar de Holden.

—¡Buen mandoble! —dijo Pir Khan a la vez que limpiaba la hoja del sable—. Gran espadachín se perdió contigo. Ve con el corazón sosegado, hijo del cielo. Yo soy tu siervo, y soy el siervo de tu hijo. Así perviva la Presencia un millar de años y... ¿la carne de las cabras es toda para mí?

Pir Khan se enriqueció el equivalente a un mes de salario. Holden subió de un salto a la silla de montar y cabalgó en medio del humo de leña que pendía suspendido en la noche temprana. Le invadía un ánimo exultante y desbordado, que alternaba con una ternura tan vaga como vasta, no dirigida a ningún objeto en particular, que le atenazaba la garganta a la vez que se inclinaba sobre el cuello de su caballo inquieto. «No me había sentido así en toda la vida —pensó—. Iré al club a tratar de apaciguarme».

Allí estaba a punto de empezar una partida de billar, y la sala estaba repleta de hombres. Holden entró ansioso de verse a la luz, en compañía de sus semejantes, cantando a pleno pulmón:

—«Paseando por Baltimore a una dama conocí...».

—No me digas... —le dijo el secretario del club desde su rincón—. ¿Y no te dijo la señora que tenías las botas encharcadas? ¡Dios santo, hombre! ¡Pero si es sangre!

—¡Pamplinas! —dijo Holden, y tomó el taco del estante—. ¿Puedo entrar? No es más que rocío. He cabalgado por los campos, donde la cosecha está ya alta. ¡La verdad es que tengo las botas hechas una pena!

> Y si fuera una niña una alianza llevará,
> y si fuera un niño por el rey ha de luchar
> con su puñal, su gorra y su guerrera
> por cubierta paseará...

—Amarillo sobre azul; siguiente turno, el verde —dijo el anotador con voz cansina.

—«Por cubierta paseará...». ¿Soy yo el verde, anotador? «Por cubierta paseará». ¡Eh! Lástima de tiro... «Igual que su padre paseaba».

—No veo yo que tenga motivos de jactancia —dijo un civil más joven y celoso de su contento—. El Gobierno no ha quedado exactamente complacido con su trabajo cuando fue a suplir a Sanders.

—¿Y eso quiere decir que habrá reprimenda en el cuartel general? —dijo Holden con una sonrisa distraída—. En tal caso, creo que podré asumirlo.

La charla versó en torno a la cuestión siempre candente del trabajo, el trabajo de cada uno de ellos, y a Holden le sirvió para pasar el rato hasta que fue la hora de regresar a su *bungalow* oscuro y desierto, donde lo recibió su mayordomo como quien está al cabo de todos sus asuntos. Holden pasó la mayor parte de la noche en vela, y tuvo sueños placenteros.

2

—¿Y qué edad tiene ahora?

—*¡Ya illah!* Pero hombre, ¡qué pregunta! Apenas ha cumplido seis semanas. Esta noche subiré contigo a la azotea, mi vida, a contar las estrellas. Eso da buena suerte. Y él nació en viernes, bajo el signo del sol, y se me ha dicho que a los dos nos ha de sobrevivir y que se hará rico. ¿Podríamos desear algo mejor, mi amado?

—No podría haber nada mejor. Subamos a la azotea y tú contarás las estrellas aunque sólo sean unas pocas, que está nublada la noche.

—Llegan tarde las lluvias del invierno, y tal vez incluso lleguen fuera de tiempo. Vayamos, antes de que se escondan todas las estrellas. Me he puesto mis mejores joyas.

—Has olvidado la mejor de todas.

—¡Así es! La nuestra. Pero él también viene. Aún no ha visto el cielo.

Amira subió por la angosta escalera que llevaba a la azotea. Plácido, sin pestañear, el niño iba acomodado en el hueco de su brazo derecho, espléndido con su ropaje de muselina de flecos de plata, con un gorro diminuto. Amira se había puesto todo aquello que tenía en más alta estima. El diamante en la nariz, que equivale al lunar que en el estilo occidental llama la atención sobre la curvatura de la aleta; el ornamento de oro en el centro de la frente, tachonado de gotas de esmeralda y rubíes defectuosos; el collar pesado, de oro batido, que llevaba abrochado en torno al cuello con la suavidad del metal puro; las esclavas de plata cuyos arabescos tintineaban al colgar sobre el rosado hueso del tobillo. Se había puesto un vestido de muselina verde, como correspondía a una hija de la Fe, y del hombro al codo y del codo a la muñeca llevaba brazaletes de plata sujetos con hilos de seda, y otros frágiles brazaletes de cristal que se le deslizaban sobre la mano en prueba de la esbeltez de la muñeca, además de ciertos brazaletes de oro, de mucho peso, que no formaban parte de los adornos propios de su país, pero que por ser regalo de Holden y abrocharse con un cierre ingenioso, a la europea, le deleitaban sobremanera.

Tomaron asiento junto al parapeto bajo y blanco de la azotea, desde donde se dominaba la ciudad y todas sus luces de noche.

—Son felices allá abajo —dijo Amira—. Pero no creo que lo sean tanto como nosotros. Y no creo que las *mem-log* blancas sean ni la mitad de felices. ¿Tú qué piensas?

—Yo sé que no lo son.

—¿Cómo lo sabes?

—Dan a sus hijos a las niñeras.

—Eso nunca lo he visto yo —dijo Amira con un suspiro—. Ni tampoco deseo verlo. *¡Ahí!* —apoyó la cabeza sobre el hombro de Holden—. He contado cuarenta estrellas y me he cansado. Mira al niño, amor de mi vida; él también las está contando.

El pequeño miraba con los ojos redondos las tinieblas del firmamento. Amira lo colocó en brazos de Holden, y allí quedó en silencio.

—¿Cómo hemos de llamarlo entre nosotros? —dijo ella—. ¡Mira! ¿No te cansas nunca de mirar? Tiene los mismos ojos que tú. En cambio, la boca...

—La boca es tuya, amor mío. ¿Lo sabrá alguien mejor que yo?

—Es tan feble esa boca... ¡Y tan pequeñita...! Y sin embargo tiene mi corazón entre sus labios. Dámelo, que ya pasa mucho tiempo lejos de mí.

—No, déjalo estar. Aún no ha empezado a quejarse.

—Pues cuando llore me lo devuelves, ¿eh? ¡Qué hombre tan hombre eres! Si llora, sólo se me vuelve aún más querido. Pero..., mi vida, ¿qué nombre le daremos?

El cuerpecito permanecía inmóvil junto al corazón de Holden. Estaba totalmente indefenso y era la blandura en persona. Holden apenas se atrevía a respirar por miedo a aplastarlo. Desde la jaula, el loro verde, que se tiene por una especie de espíritu guardián en la mayoría de las casas de los indígenas, cambió de postura en la percha y batió un ala adormecida.

—He ahí la respuesta —dijo Holden—. *Mian Mittu* ha hablado. Será el loro. Cuando llegue el día hablará poderosamente y correrá con fuerza. *Mian Mittu* es el loro en tu... en la lengua de los musulmanes, ¿no es cierto?

—¿Por qué me apartas tanto? —dijo Amira con intranquilidad—. Que sea más bien un nombre inglés, aunque tampoco deba serlo del todo, pues sigue siendo mío.

—Entonces llamémosle Tota, que es muy parecido al inglés.

—Eso es, Tota, y así aún sigue siendo el loro. Perdóname, mi señor, por lo ocurrido hace un momento, pero en verdad es muy pequeño para llevar el peso de *Mian Mittu* por nombre. Habrá de ser Tota..., nuestro Tota para nosotros. ¿Has oído, oh, pequeño? Pequeñín, tú eres Tota.

Tocó la mejilla del bebé, y al despertar lloró, y fue necesario devolverlo al regazo de su madre, que lo sosegó con la maravillosa cantinela que dice: «*Aré koko, Faré koko*», es decir...

¡Eh, cuervo, ve a graznar!
El niño duerme en paz

y las ciruelas silvestres
en la selva crecerán
sólo a penique la libra,
baba, a penique la libra.

Apaciguado una y mil veces con el precio de las ciruelas, Tota
se acurrucó y se durmió. Los dos bueyes blancos y relucientes
del patio devoraban el forraje sin descanso y sin prisa; el viejo
Pir Khan estaba acuclillado ante la cabeza del caballo de Holden, su sable de policía sobre las rodillas, fumando con gestos
de soñador una gran pipa de agua que croaba como un sapo en
su charca. La madre de Amira hilaba en la galería de la planta
baja, y la cancela estaba cerrada y atrancada. La música de una
procesión nupcial llegó hasta la azotea sobre el suave murmullo de la ciudad, y una fila de murciélagos pasó por delante de
la luna baja.

—He rezado y he elevado mis plegarias —dijo Amira tras
una larga pausa—, he rezado por dos cosas. Primero, que me
sea dado morir en tu lugar si tu muerte se exige; segundo,
que me sea dado morir en lugar del niño. He rezado al Profeta y a *Bibi Miriam* (la Virgen María). ¿Tú crees que atenderán
mis plegarias?

—¿Quién no habría de atender la más mínima palabra que
salga de tus labios?

—Te he pedido una respuesta llana y tú me respondes con
dulzuras. ¿Serán atendidas mis plegarias?

—¿Cómo quieres que lo sepa? Dios es muy bueno.

—De eso no estoy yo muy segura. Ahora, atiéndeme. Cuando
yo muera, o cuando muera el niño, ¿cuál ha de ser tu destino?
Si sobrevives, regresarás a las descaradas *mem-log*, a las blancas, porque la casta llama a la casta.

—No siempre.

—No siempre si se trata de una mujer; el caso del hombre
es distinto. Más adelante y en esta vida, cuando te llegue el
momento, habrás de volver con los tuyos. Eso es algo que casi
podré soportar, porque ya habré muerto. Pero en la hora de

tu muerte serás llevado a un lugar extraño y a un Paraíso que yo desconozco.

—¿Será el Paraíso?

—De cierto, pues ¿quién iba a hacerte daño? En cambio, nosotros dos, el niño y yo, estaremos en otro lugar, y no podremos ir a tu lado, ni podrás tú venir con nosotros. Antaño, antes que naciera el niño, no pensaba yo en estas cosas; ahora en cambio no me las quito de la cabeza ni un solo instante. Se me hace muy duro hablar de todo ello.

—Será como tenga que ser. Del mañana nada sabemos, pero el hoy y el ahora y el amor los conocemos bien. Ahora es seguro que somos felices.

—Tan felices somos que bien haríamos si asegurásemos nuestra felicidad. Y tu *Bibi Miriam*, a la que elevas plegarias, debería oírme, pues no en vano es mujer. Pero en tal caso me tendría envidia. No parece de recibo que los hombres adoren a una mujer.

Holden rió a carcajadas ante el ataque de celos que había tenido Amira.

—¿No es de recibo? En tal caso, ¿por qué no has querido impedir que yo te adore?

—¡Que tú me adoras! ¿A mí? Rey mío, a pesar de todas tus dulces palabras yo bien sé que soy tu sierva y tu esclava, que soy el polvo que hay bajo tus pies. Y no quisiera yo que fuera de otro modo. ¡Mira!

Antes que Holden pudiera impedírselo, ella se había postrado hasta tocarle los pies; recuperándose con una risa, abrazó a Tota estrechándolo más fuerte en su seno.

—¿Es verdad —dijo entonces de un modo casi salvaje—, es verdad que las descaradas *mem-log* blancas viven tres veces más de lo que yo viviré? ¿Es verdad que contraen matrimonio no mucho antes de ser ya viejas?

—Se casan como todas las demás, cuando son mujeres.

—Eso bien lo sé, pero se casan cuando tienen veinticinco años. ¿Es verdad?

—Es verdad.

—¡*Ya illah!* ¡Con veinticinco! Me pregunto quién, por su propia voluntad, tomará por esposa a una muchacha de dieciocho años. Es mujer y envejece con cada hora que pasa. ¡Con veinticinco! A esa edad seré yo vieja, y... esas *mem-log* en cambio son jóvenes por siempre. ¡Cuánto las aborrezco!

—¿Y qué tienen que ver con nosotros?

—Eso no lo sé. Tan sólo sé que ahora mismo puede vivir en la tierra una mujer diez años mayor que yo, que puede llegar a ti un día y arrebatarme tu amor diez años después que yo ya sea vieja, tenga el cabello canoso y cuide al hijo de Tota. Eso es injusto y eso es maligno. También ellas deberían morir.

—A pesar de los años que tienes eres una niña, y es hora de tomarte en brazos y llevarte abajo por la escalera.

—¡Tota! ¡Ten cuidado con Tota, mi señor! ¡Eres tan bobo como un niño chico! —Amira protegió a Tota colocándoselo en el cuello, y se dejó llevar en brazos, riendo al sentirse abrazada por Holden, a la vez que Tota abría los ojos y sonreía como sonríen los querubines.

Era un niño callado. Casi antes que Holden se diera cuenta de que realmente estaba en el mundo, creció y se hizo un diosecillo del color del oro y se convirtió en déspota sin discusión de la casa desde la cual se dominaba la ciudad. Fueron aquellos meses de una dicha absoluta para Holden y Amira, de una felicidad alejada del mundo, encerrada tras la candela que guardaba Pir Khan. De día, Holden se ocupaba de su trabajo con una inmensa compasión por quienes no tenían ni de lejos la fortuna que él tenía, y con una simpatía por todos los niños que asombraba y desconcertaba a las madres en las reuniones de la reducida guarnición. De noche regresaba junto a Amira, a su Amira, rebosante de las maravillas que había hecho Tota, de cómo lo había visto dar palmadas y mover los dedos con intención y con saber, lo cual era un milagro manifiesto, o de cómo más adelante, y por su propia iniciativa, salió a gatas de su cuna al suelo y se puso de pie y dio tres pasos él solo.

—Y fueron pasos largos, pues se me paró el corazón de puro deleite al verlo —le dijo Amira.

Más adelante celebró Tota reuniones con los animales: los bueyes del pozo, las ardillas grises, la mangosta que vivía en una madriguera cercana al pozo y, sobre todo, *Mian Mittu*, el loro, de cuya cola tiraba hasta hacerle daño, con lo que *Mian Mittu* se desgañitaba hasta que llegaban Amira y Holden a poner paz.

—¡Oh, qué villano! ¡Qué fuerza tiene el niño! ¡Esto le haces a tu hermano, el que vive en la azotea! *¡Tobah, tobah!* ¡Qué vergüenza! Pero conozco yo un hechizo que lo volverá tan sabio como Suleimán y Aflatún (Salomón y Platón). Mira —dijo Amira. Sacó de un bolso recamado un puñado de almendras—. ¡Mira! Contamos siete. ¡En el nombre de Dios!

Colocó a *Mian Mittu*, muy colérico y despeinado, encima de la jaula. Se sentó entre el niño y el ave y peló una almendra casi tan blanca como sus dientes.

—Éste es un hechizo muy cierto, mi vida. ¡No te rías! ¡Mira! Una mitad se la doy al loro y la otra se la doy a Tota. —*Mian Mittu*, moviendo el pico con cuidado, tomó su parte de los labios de Amira, que se colocó la otra mitad entre los labios y se la plantó con un beso en la boca del niño, el cual la comió despacio, con ojos maravillados—. Esto lo haré a diario, durante siete días seguidos, y sin duda éste que es nuestro será un valiente orador y habrá de ser sabio. Eh, Tota. ¿Qué vas a ser cuando seas un hombre hecho y derecho y yo peine canas?

A Tota se le formaron unos pliegues deliciosos en las piernas gruesas. Sabía andar a gatas, pero no iba a malgastar lo mejor de su juventud con vana palabrería. Lo que quería era tirarle de la cola a *Mian Mittu*.

Cuando fue ascendido a la dignidad de llevar un cinturón de plata —que, junto con un cuadrado mágico de plata repujada que le colgaba del cuello, constituía la mayor parte de su vestimenta— realizó a duras penas un peligroso viaje hasta el huerto donde estaba Pir Khan, al cual mostró todas sus joyas, ofreciéndoselas a cambio de un corto paseo en el caballo de Holden, pues había visto a su madre regatear con los buhoneros en la cancela. Pir Khan lloró y en señal de fidelidad puso aquellos piececitos que apenas habían caminado sobre su cabeza, para llevar después al osado aventurero a brazos de su madre, jurando a Tota que sería jefe destacado entre los hombres antes que le creciera la barba.

Una noche de calor, mientras estaba sentado en el tejado, entre su padre y su madre, contemplando la guerra interminable de las cometas que colaban los muchachos de la ciudad, exigió tener una cometa propia y que fuese Pir Khan quien la volase, pues le daba miedo enfrentarse con todo lo que fuese de tamaño mayor que él mismo, y cuando Holden lo llamó «poca cosa» se puso en pie y respondió despacio, en defensa de su individualidad recién descubierta, diciéndole así: «*Hum'park nahin hai. Hum admi hai*» (No soy poca cosa. Soy un hombre).

La protesta hizo que Holden se atragantara y que se dedicase muy seriamente a sopesar el futuro de Tota. No tendría por qué haberse tomado la molestia. El deleite de aquella vida era tan perfecto que no estaba llamado a durar. Así las cosas, le fue arrebatado tal como tantas cosas son arrebatadas en la India: de súbito y sin previo aviso. El señorito de la casa, que así lo había llamado Pir Khan, se tornó triste y comenzó a quejarse de dolores por más que hasta entonces desconociera el significado de la palabra dolor. Amira, despavorida, lo veló de noche, y al amanecer del segundo día le fue arrebatada la vida por efecto de la fiebre, una simple fiebre de otoño. Parecía de todo punto imposible que pudiera morir, y ni Amira ni Holden en un principio pudieron dar crédito a la realidad del cuerpo inerte en su lecho. Amira entonces se dio de cabezazos contra la pared, y se habría arrojado al pozo del huerto si Holden no la hubiera retenido haciendo uso de toda su fuerza.

Una sola merced le fue dada a Holden. Cabalgó hasta su despacho a plena luz del día y se encontró con que le esperaba un correo especialmente voluminoso, que exigió de él toda su concentración, toda su capacidad de trabajo. No fue sin embargo consciente de esa gracia que le fue concedida por los dioses.

3

El primer impacto de una bala no es más que un súbito pellizco. El cuerpo que ha sido alcanzado no emite su protesta, que no llega al alma hasta pasados diez o quince segundos. Holden tomó conciencia del dolor con lentitud, exactamente igual que había tomado conciencia de su felicidad, y con la misma e imperiosa necesidad de esconder todo rastro visible. En un primer momento tan sólo tuvo conciencia de que se había producido una pérdida y de que Amira necesitaba consuelo, sentada como estaba con la cabeza entre las rodillas, temblando, mientras *Mian Mittu* llamaba desde la azotea: «¡Tota! ¡Tota! ¡Tota!». Más adelante, todo su mundo, y la vida cotidiana, parecieron conjurarse en contra de él para hacerle daño. Era una afrenta que cualquiera de los niños que se juntaban al atardecer en el quiosco de la música estuviera vivo e hiciera tanto ruido cuando su propio hijo había muerto. Sentía más que un mero dolor cuando uno de ellos lo tocaba, y las historias que contaban los padres desbordados de cariño acerca de las últimas hazañas de sus hijos le dolían en lo más profundo. No podía confesar a nadie su dolor. No tenía ni ayuda, ni consuelo, ni simpatía de nadie; Amira, al término de cada día fatigoso, lo hacía pasar por el infierno de los reproches que contra sí misma lanzaba, un infierno reservado exclusivamente a quienes han perdido un hijo y aun creen que con un poco, sólo un poco más de atención, podría haberse salvado.

—Tal vez —decía Amira— no puse suficiente esmero. ¿Lo puse o no lo puse? Ese día, el sol que daba en la azotea, cuando estuvo jugando solo tanto tiempo y yo, ¡ay!, yo me estaba peinando, tal vez el sol fuera demasiado intenso, tal vez el sol le provocó la fiebre. Si lo hubiera guarecido del sol tal vez no habría pasado nada. Pero... ¡oh, vida mía! ¡Dime que no tengo culpa! Tú sabes que lo amé como a ti te amo. Dime que no pesa sobre mí la culpa. Dímelo, amor mío. Si no, me muero. ¡Me muero!

—No hay culpa ninguna. Ante Dios, de nada tienes culpa. Estaba escrito que sucediera, luego, ¿cómo íbamos nosotros a salvarlo? Lo pasado, pasado está. Déjalo estar, mi amada.

—Era para mí más que mi corazón. ¿Cómo voy a dejar estar el pensamiento cuando mis brazos me dicen todas las noches que él ya no está? *¡Ahi! ¡Ahi!* Oh, Tota... ¡vuelve a mí, vuelve conmigo, que todo sea entre nosotros como era antes!

—¡Paz, haya paz! Por ti, y por mí también, si es que me amas... debes calmarte y descansar, mi amor.

—Por esto que dices veo que no te importa. ¿Cómo había de importarte? Los hombres blancos tienen el corazón de piedra y de hierro el alma. ¡Ay, si me hubiera casado con un hombre de mi pueblo, por más que me pegara, y si nunca hubiese comido el pan de un extraño...!

—¿Soy yo un extraño, siendo tú la madre de mi hijo?

—¿Y qué otra cosa puedes ser... *sahib*? Oh, perdóname. ¡Perdóname! La muerte me ha hecho enloquecer. Tú eres la vida de mi corazón y la luz de mis ojos, tú eres el aliento de mi vida, y yo... yo te he alejado de mí, aunque sólo haya sido un momento. Si te fueras, ¿a quién iba yo a recurrir en busca de ayuda? No te enfades. Era el dolor quien hablaba en mí, en vez de tu esclava.

—Lo sé, lo sé. Somos dos cuando fuimos tres. Tanto más necesario es que seamos uno.

Estaban sentados en la azotea, como tenían por costumbre. La noche era cálida, de comienzos de primavera, y el destello de los relámpagos bailaba en el horizonte al compás de una melodía entrecortada, a cargo de los truenos lejanos. Amira se acomodó en brazos de Holden.

—La tierra seca muge como una vaca pidiendo lluvia, y yo... yo tengo miedo. No era así cuando contábamos las estrellas. Pero, tú... ¿me amas igual que antes, aunque un vínculo nos haya sido arrebatado? ¡Respóndeme!

—Te amo tanto más, porque un nuevo vínculo ha nacido de la pena que los dos hemos tenido que comer y soportar juntos. Y tú bien lo sabes.

—Sí, lo sé —dijo Amira en un susurro apenas audible—. Pero es bueno oír que me lo dices, mi vida, tú que eres fuerte y me ayudas. Ya no seré una niña, sino una mujer, y también te seré de ayuda. ¡Escucha! Dame mi sitar y cantaré con valentía.

Tomó el liviano sitar con incrustaciones de plata y entonó una canción del gran héroe, el rajá Rasalu. Pero le falló la mano al pulsar las cuerdas, se desdibujaron los acordes, se apagó la melodía, y con una nota grave emanó de sus labios la cantinela de cuna sobre el cuervo perverso:

> ... y las ciruelas silvestres
> en la selva crecerán
> sólo a penique la libra,
> *baba*, a penique...

Entonces asomaron las lágrimas a sus ojos, y repuntó la lastimosa rebelión contra el destino hasta que se durmió, llorando en sueños, con el brazo derecho apartado del cuerpo, como si así protegiera algo que ya no estaba allí. Después de aquella noche la vida resultó un poco más llevadera para Holden. El omnipresente dolor de la pérdida lo empujó al trabajo, y el trabajo le compensó con creces al ocupar su ánimo durante nueve o diez horas al día. Amira estaba en la casa, apenada, aunque fue sintiéndose más contenta cuando comprendió que Holden se encontraba mejor, según es costumbre entre las mujeres. Volvieron a tocar la felicidad, sólo que esta vez fue armados de cautela.

—Tota murió porque lo amábamos. Dios tuvo celos, y sus celos cayeron sobre nosotros —dijo Amira—. He colgado un gran jarrón negro ante la ventana para ahuyentar el mal de ojo; es preciso que no demos muestras de deleite, y que vayamos con sigilo bajo las estrellas, no sea que Dios nos encuentre. ¿No te parece que lo digo bien, *indigno* mío?

Había cambiado el acento al pronunciar la palabra que en su lengua significa «amado», y lo había hecho en prueba de la sinceridad de su intención. Pero el beso que siguió al nuevo

495

bautismo fue algo que cualquier deidad habría envidiado sin duda. En lo sucesivo se dedicaron a decirse «no es nada, no vale nada», con la esperanza de que todos los poderes los oyeran y no tuvieran duda.

Pero los poderes estaban ajetreados con otros asuntos. Habían otorgado a treinta millones de personas cuatro años de abundancia, con lo que los hombres se alimentaron como es debido, las cosechas estuvieron aseguradas y la tasa de natalidad ascendió año tras año; de los diversos distritos llegaban noticias de que la población dedicada puramente a las tareas agrarias oscilaba entre los cuatrocientos y los seiscientos habitantes por kilómetro cuadrado en aquellas tierras superpobladas que sin embargo les daban sostén; el diputado por Lower Tooting, que andaba de gira por la India con su sombrero de copa y su levita, habló largo y tendido de los beneficios que para toda la población constituía el dominio británico, e incluso dio a entender que lo único que realmente hacía falta era el establecimiento de un sistema electoral adecuado, así como la aplicación general del privilegio que suponía el derecho al voto. Sus anfitriones, que bastante habían tenido que soportar, sonreían ante sus palabras y le daban la bienvenida sin reservas, y cuando se detuvo a admirar, con palabras bien escogidas, la flor roja del árbol que llaman «la llama del bosque», que florecía a destiempo en señal de lo que estaba por venir, sonrieron más que nunca.

Fue el Delegado del Gobierno en la provincia de Kot-Kumharsen, que fue a pasar el día en el club, quien contó a la ligera una historia que a Holden le heló la sangre en las venas cuando oyó de lejos el final del cuento.

—Ése ya no molestará a nadie nunca más. No he visto a un hombre tan pasmado en mi vida. Por Júpiter que pensé que iba a formular una interpelación parlamentaria en toda regla. Un pasajero que viajaba en el mismo barco se declaró enfermo de cólera y murió en tan sólo dieciocho horas. No hay motivo de risa, amigos. El diputado por Lower Tooting está sumamente enojado, pero más que el enojo le puede el miedo.

Creo que piensa llevarse rápidamente de la India a su esclarecida persona.

—Yo daría cualquier cosa con tal de que la epidemia lo pillara a él y se lo llevara por delante. Así no saldrían de su parroquia los que son de su misma laya. ¿Y qué es esto que cuentan del cólera? Muy temprano me parece que es para que se produzca una alarma de esas características —dijo el apoderado de unas salinas que no daban apenas beneficios.

—Pues no lo sé —repuso el Delegado del Gobierno en tono reflexivo—. Hay langostas sin ser todavía plaga. Hay algún brote de cólera esporádico en el norte, o al menos lo llamamos esporádico por mantener las formas. Las cosechas de primavera han escaseado en cinco de los distritos, y nadie tiene ni idea de si vienen lluvias o no. Ya estamos casi en marzo. No quisiera yo asustar a nadie, pero me da la impresión de que la Naturaleza va a revisar cuentas con un gran lápiz rojo así que empiece el verano.

—¡Justo cuando me pensaba yo marchar de permiso! —dijo alguien al otro lado de la sala.

—No habrá muchos permisos este año, pero sí tendría que haber bastantes promociones. Yo tengo la intención de persuadir al Gobierno de que ponga mi canal preferido en la lista de trabajos de alivio de la hambruna. Ni es bueno ni sale a cuenta lo que nada aporta. Y así por fin veré terminadas las obras de ese dichoso canal.

—Así que nos las vemos con el viejo programa de siempre... —dijo Holden—. Hambruna, fiebre, cólera.

—Oh, no. Sólo hay escasez a nivel local además de una prevalencia insólita de las enfermedades propias de la estación. Lo verá usted en todos los informes siempre y cuando viva hasta el año próximo. Pero usted es un tipo con suerte. Usted no tiene una esposa a la que deba enviar a donde sea para alejarla del peligro. Este año, las localidades de montaña van a llenarse de mujeres.

—Creo que tienen ustedes una clara inclinación a exagerar las charlas que se oyen en los bazares —dijo un joven funcionario del Secretariado—. He tenido ocasión de observar...

—Seguro que sí —intervino el Delegado del Gobierno—, pero es mucho lo que le queda por observar, hijo mío. Entretanto, quisiera yo observarle a usted... —e hizo con él un aparte para comentar la construcción de aquel canal por el que tantísimo aprecio tenía. Holden se marchó a su *bungalow* y comenzó a entender que no estaba solo en el mundo; asimismo, entendió que tenía miedo por lo que le sucediera a otra persona, lo cual viene a ser el más dulce y satisfactorio de los miedos que conoce el hombre.

Dos meses más tarde, tal como había predicho el Delegado del Gobierno, la Naturaleza comenzó a revisar sus cuentas con un lápiz rojo. Con las cosechas de primavera se oyó un clamor que pedía pan, y el Gobierno, que había decretado que nadie muriese de indigencia, envió provisiones de trigo. Luego llegó el cólera desde los cuatro puntos cardinales. Afectó a las reuniones de peregrinos, más de medio millón de seres que se congregaban en un templo sagrado. Fueron muchos los que fallecieron a los pies de su dios; los demás huyeron en estampida y diseminaron a su paso la enfermedad por toda la tierra. Se abatió sobre una ciudad amurallada en la que perdieron la vida doscientas personas en un solo día. La gente se apiñaba en los trenes, se colgaba de las plataformas, se acuclillaba en el techo de los vagones, y el cólera los seguía, pues en cada estación bajaban del tren los muertos y los moribundos. Morían a la orilla del camino, y los caballos de los ingleses se espantaban ante los cadáveres semiocultos en la hierba. No llegaron las lluvias y la tierra se convirtió en hierro, no fuera que alguien pretendiese escapar a la muerte escondiéndose en ella. Los ingleses enviaron a sus esposas a las montañas y siguieron con su trabajo, presentándose en la medida en que fueran necesarios para cubrir las bajas que se habían producido en el frente. Holden, acongojado por el miedo a perder el mayor de los tesoros que poseía en la tierra, había hecho cuanto pudo por persuadir a Amira de que se marchase con su madre al Himalaya.

—¿Por qué había yo de irme? —dijo ella una noche en la azotea.

—Hay enfermedades, la gente se está muriendo, todas las *mem-log* blancas se han marchado a lugar seguro.

—¿Todas ellas?

—Todas…, a menos que se hayan quedado las más tercas, las que agobian a sus maridos al arriesgarse de ese modo a morir.

—No. La que se quede es mi hermana, y no debes insultarla, pues yo también seré terca. Me alegro que las *mem-log* más descaradas se hayan marchado.

—¿Estoy hablando con una mujer o con una niña chica? Ve a las montañas, te digo, y yo me encargaré de que vayas como la hija de un rey. Piensa un poco, chiquilla. Irás en un coche con un tiro de dos bueyes, lacado en rojo, velado, acortinado, con pavorreales de latón en las varas y colgaduras rojas de adorno. Me ocuparé de que dos asistentes vayan contigo de guardia y…

—¡Calma! Eres tú el niño si de este modo hablas. ¿De qué me sirven a mí esas fruslerías? Él sí habría dado una palmada en el flanco de los bueyes, y habría jugado en el interior del coche. Por él, tal vez… Muy inglesa me has hecho. Por él tal vez sí me habría ido. Ahora no me iré. Que huyan si lo desean las *mem-log*.

—Son sus maridos las que ordenan que se vayan, amada mía.

—Muy bien dicho. ¿Desde cuándo has sido tú mi marido, desde cuando me dices qué es lo que debo hacer? Yo tan sólo te he dado un hijo. Tú eres lo único que mi alma desea. ¿Cómo voy a marcharme a sabiendas de que si algo malo te sucediera, aunque fuera tan poca cosa como la uña del meñique, iba a saberlo aun cuando me encontrase yo en el Paraíso? Y es estando aquí donde este verano podrías morir… ¡*ai, janee*, morir! Y si murieses podrían llamar para que te cuidase a una mujer blanca, y ella me robaría al final tu amor.

—¡Pero no nace el amor en un momento, y menos en el lecho de muerte!

—¿Qué sabrás tú del amor, corazón de piedra? Cuando menos, recibiría tu agradecimiento y, por Dios y por el Profeta

499

y por *Bibi Miriam*, la madre de tu Profeta, eso es algo que yo nunca soportaré. Señor mío y amor mío, olvidemos esta insistencia insensata en que yo me vaya. Donde tú estés estoy yo. No hay más que hablar. —Y le puso un brazo alrededor del cuello y una mano sobre la boca.

No son muchas las felicidades que lleguen a ser tan completas como aquellas que se arrebatan a la sombra de una espada. Se sentaron juntos y rieron, y se llamaron abiertamente por todos los apelativos cariñosos que más podrían suscitar la ira de los dioses. Bajo la azotea en que estaban, la ciudad seguía encerrada en sus propios tormentos. Los fuegos de azufre iluminaban las calles; en los templos de los hindúes bramaban las caracolas y las trompetas, pues los dioses se mostraban desatentos en aquellos días. Hubo un servicio religioso en el gran santuario mahometano, y la llamada a la oración se oyó desde los minaretes de un modo casi incesante. Oyeron los gemidos en las casas de los difuntos, y el alarido de una madre que había perdido a su hijo y que gritaba para que le fuera devuelto. Con la grisura del alba vieron cómo se llevaban a los muertos fuera de la ciudad, por las puertas, y vieron que a cada litera seguía un grupo de dolientes. Ante todo aquello se besaron estremecidos.

Fue una revisión de cuentas hecha con lápiz de veras rojo y oneroso, pues la tierra se encontraba sumamente enferma, y necesitaba espacio para respirar antes que el torrente de la vida menos preciada lo anegara de nuevo. Los hijos de padres inmaduros y de madres aún sin desarrollar no tenían resistencia. Se acobardaban, se quedaban inmóviles, a la espera, hasta que llegase en noviembre el momento de envainar la espada, caso de que así fuera realmente. Hubo bajas entre los ingleses, aunque sus huecos fueron llenados por otros. El trabajo de supervisión de las labores de alivio de la hambruna, así como la hospitalización de los enfermos de cólera, el reparto de medicamentos y las pocas medidas sanitarias que fue posible introducir, se llevó a cabo porque así se había ordenado que se hiciera.

A Holden se le había indicado que estuviera disponible para sustituir al primer hombre que cayese. Cada día, durante doce horas no podía ver a Amira, y no sería de extrañar que ella muriese en menos de tres. Ya se había parado a sopesar cómo habría de ser el dolor que le invadiera si no pudiera verla por espacio de tres meses, o si falleciera sin que él pudiera verla. Estaba absolutamente seguro de que su muerte era inevitable; tan seguro estaba que cuando levantó los ojos del telegrama y vio a Pir Khan, que lo miraba sin aliento desde la puerta, se echó a reír.

—¿Y qué pasa? —dijo.

—Cuando se oye un grito en la noche y el espíritu aletea en la garganta, ¿quién posee el hechizo de la sanación? Ven deprisa, hijo del cielo. Es el cólera negro.

Holden acudió a su casa al galope. Las nubes se apiñaban en el cielo, pues las lluvias aplazadas durante tanto tiempo ya estaban próximas y el calor era sofocante. La madre de Amira le salió al encuentro en el patio.

—Se está muriendo —sollozó—. Se está dejando morir. Casi está muerta. ¿Qué he de hacer, *sahib*?

Amira yacía en la misma habitación en la que había nacido Tota. No hizo ninguna señal cuando entró Holden, porque el alma humana es algo muy solitario, y cuando está lista para marchar se esconde en esa tierra limítrofe y neblinosa a la que no pueden seguirla los vivos. El cólera negro hace su labor sin ruido y sin explicaciones. Amira estaba siendo expulsada de la vida como si fuera por obra del Ángel de la Muerte, como si éste le hubiera puesto la mano encima. La rápida respiración parecía dar muestra de que tenía miedo o dolores, pero ni los ojos ni la boca dieron respuesta a los besos de Holden. Nada se podía decir, nada se podía hacer. Holden tan sólo podía esperar y sufrir. Las primeras gotas de lluvia comenzaron a caer en la azotea. Oyó los gritos de alborozo en la ciudad cuarteada por el calor.

Volvió un instante el alma y movió sus labios. Holden se inclinó sobre ella para escuchar.

—No guardes nada que sea mío —dijo Amira—. No cortes siquiera un pelo de mi cabeza. Ella te obligará a quemarlo después. Esa llama la sentiría yo. ¡Agáchate! ¡Acércate más! Recuerda solamente que fui tuya y que te di un hijo. Aunque mañana te casaras con una mujer blanca, el placer de recibir en tus brazos a tu primer hijo ya te ha sido para siempre arrebatado. Recuérdame cuando nazca un hijo tuyo, el que ha de llevar tu nombre entre los hombres. Sus infortunios recaerán sobre mi cabeza. Doy testimonio…, doy testimonio… —con los labios formaba las palabras al oído de Holden—, de que no hay otro dios que tú, mi amado.

Y murió. Holden se quedó inmóvil, y todo pensamiento le fue vedado, hasta que oyó a la madre de Amira correr la cortina.

—¿Ha muerto, *sahib*?

—Ha muerto.

—Entonces cumpliré con el duelo y después haré inventario de los muebles que hay en esta casa, porque ha de ser mía. ¿No piensa el *sahib* ocuparla? Es poca cosa, muy poca cosa, *sahib*, y yo ya soy una mujer vieja. Me gustaría descansar con comodidad.

—Por el amor de Dios, guarda silencio. Sal fuera a cumplir con el duelo, allí donde no te oiga.

—*Sahib*, será enterrada en menos de cuatro horas.

—Conozco bien la costumbre. Me iré antes de que se la lleven. Todo queda en tus manos. Encárgate de todo, y que el lecho en el que yace…

—¡Ah! Ese bello lecho lacado en rojo. Hace mucho tiempo que deseo…

—Que el lecho en el que yace, digo, quede aquí, intacto, a mi disposición. Todo lo demás que haya en la casa es tuyo. Alquila un carro, y antes que salga el sol que no haya nada en esta casa, nada, salvo aquello que te he ordenado respetar.

—Soy una mujer y soy vieja. Yo me quedaría al menos durante los días del duelo. Las lluvias ya han comenzado. ¿Adónde iré?

—¿Y a mí qué me importa? Mis órdenes son claras: has de marcharte. Lo que hay en la casa valdrá mil rupias. Mi asistente te traerá trescientas esta noche.

—Eso es muy poco. Piensa en el alquiler de la carreta.

—Y será menos, o nada, si no te marchas deprisa. ¡Mujer, sal de aquí y déjame con mi muerta!

La madre bajó por la escalera arrastrando los pies, y, llevada por la angustia de saber qué y cuánto había en la casa, olvidó llorar a la difunta. Holden permaneció al lado de Amira mientras la lluvia rugía en la azotea. No pudo pensar con mucha claridad debido a la insistencia y al volumen del ruido, aun cuando lo intentó muchas veces. Llegaron entonces a la estancia cuatro espectros ensabanados, que goteaban sin cesar, y lo miraron desde el otro lado de los velos. Eran las encargadas de lavar a los difuntos. Holden abandonó la estancia y salió en busca de su caballo. Había llegado cuando reinaba una quietud sofocante, con una polvareda que le cubría hasta los tobillos. Descubrió que el patio era entonces una charca azotada por la lluvia, en la que saltaban las ranas; un torrente de agua amarillenta corría bajo la cancela, y un viento embravecido desataba la lluvia a rachas como si vaciase los cubos contra los muros de adobe. Pir Khan temblaba en su choza, junto a la cancela, y su caballo piafaba de incomodidad bajo la manta de agua.

—Me han comunicado las órdenes del *sahib* —dijo Pir Khan—. Bien está. Esta casa es ahora desolación. Yo también marcho, pues mi cara de simio sólo sería recordatorio de lo que ha sido. En lo que se refiere al lecho, mañana mismo lo llevaré a tu casa. Pero no olvides, *sahib*, que para ti será como un cuchillo en una herida todavía no sanada. Emprendo peregrinaje, y no llevaré dinero. He engordado gracias a la protección de la presencia cuyas penas son mis penas. Por última vez sostengo tu estribo.

Tocó el pie de Holden con ambas manos en señal de respeto, y el caballo salió al galope por el camino y luego por la carretera, donde el crujir de los bambúes azotaba el cielo al mecerse y las ranas croaban sin descanso. Holden no veía nada debido a la lluvia que le azotaba el rostro. Se puso las manos ante los ojos y murmuró:

—¡Bestia! ¡Eres una verdadera bestia!

La noticia de su desgracia ya había llegado a su *bunga-low*. Vio en los ojos de su mayordomo que estaba al corriente. Ahmed Kan le llevó de comer, y por primera y última vez en toda su vida puso una mano sobre el hombro de su señor.

—Come, *sahib*, come. La carne es buena para remediar las penas. También yo las he sufrido. Además, *sahib*, las penas vienen y van. Aquí tienes unos huevos al curry.

Holden no pudo probar bocado y tampoco pudo dormir. Del cielo cayó durante la noche más de un palmo de agua que limpió a fondo la tierra. El agua derribó muros, cortó carreteras, reventó las tumbas poco profundas del cementerio mahometano. Durante todo el día siguiente estuvo lloviendo sin cesar, y Holden permaneció inmóvil en su casa, sin hacer otra cosa que considerar su pena. A la mañana del tercer día recibió un telegrama que sólo decía así: «Ricketts, en Myndonie. Moribundo. Holden, sustituto. De inmediato». Pensó entonces que antes de marchar deseaba ver una vez más la casa de la que había sido dueño y señor. El tiempo lluvioso le dio un respiro, de la tierra emanaba el vapor.

Descubrió que las lluvias habían echado abajo los pilares de adobe de la entrada, y que la recia cancela de madera que había servido de salvaguardia a su vida colgaba de una sola bisagra. En el patio había crecido la hierba; la cabaña de Pir Khan estaba desierta, y la techumbre de paja, empapada, se hundía entre las viguetas. Una ardilla gris se había adueñado de la galería, como si la casa llevara más de treinta años sin ocuparse, en vez de los tres días transcurridos. La madre de Amira se lo había llevado todo, salvo unas esterillas enmohecidas. El tic-tic de los pequeños escorpiones que se escabullían por el suelo era todo cuanto se oía en la casa. La habitación de Amira, así como la otra, en donde había vivido Tota, estaban también llenas de moho; el fango traído por la lluvia se había acumulado en la angosta escalera que subía a la azotea. Holden lo vio todo despacio y salió de nuevo para encontrarse en la calle con Durga Dass, el propietario del inmueble. Orondo, afable, vestido de muselina blanca, guiaba una calesa de suspensión alta. Había ido a supervisar su propiedad, por ver cómo habían aguantado las techumbres las primeras lluvias del año.

—Tengo entendido —le dijo— que no ocuparás ya más esta casa, *sahib*. ¿Qué piensas hacer con ella?

—Tal vez la vuelva a alquilar.

—Entonces me la quedo mientras esté fuera de la ciudad.

Durga Dass guardó silencio unos instantes.

—No la conservarás, *sahib* —le dijo—. Cuando era joven, yo también... Pero ahora soy concejal del ayuntamiento. ¡Jo, jo! No. Cuando se marcha el ave, ¿qué necesidad se tiene de mantener el nido? Ordenaré demolerla. La madera siempre se podrá vender bien. La derribarán y el ayuntamiento construirá una calle de través, que es lo que se desea, que vaya desde la pira funeraria de la orilla del río hasta la muralla de la ciudad, para que nadie pueda decir jamás dónde estuvo esta casa.

EL PUEBLO QUE VOTÓ QUE LA
TIERRA ERA LLANA

Hasta ese momento, el paseo que dimos en coche había sido todo un éxito. El resto de los pasajeros eran mi amigo Woodhouse, el joven Ollyett, que era pariente lejano suyo, y Pallant, el parlamentario. Woodhouse se dedicaba profesionalmente al tratamiento y la cura de los periódicos que hubieran enfermado. Por instinto era sabedor del momento exacto, en la vida de un periódico, en el que el ímpetu de una buena administración se agota del todo y queda entonces en ese callejón sin salida que se halla entre la muerte lenta y el hundimiento a muy alto coste, por un lado, y el instante del recomienzo que se le puede insuflar por medio de inyecciones de oro… y de genio. Era un sabio ignorante de todo lo que fuera el periodismo en sí, pero cuando descendía sobre un diario cadavérico es que sin duda tenía carne. En aquella semana había sumado un periódico de la tarde moribundo y barato a su colección, en la que ya figuraban un próspero diario londinense, otro de provincias y un exánime semanario de vocación comercial. En aquel mismo momento me había colocado un paquete importante de las acciones del periódico de la tarde, y estaba explicándole las artes de la dirección de un diario a Ollyett, un joven que tres años antes había terminado sus estudios en Oxford, con el cabello del color del esparto y un rostro duramente modelado por duras experiencias, quien según entendí iba a echar una mano en la nueva aventura. Pallant, el larguirucho y arrugado parlamentario, que tiene voz más de grulla que de pavorreal, no había adquirido acciones, pero se prodigó en darnos a todos sus consejos.

—Se van a encontrar ustedes un basurero donde todo estará manga por hombro —dijo Woodhouse—. Sí, ya sé que a mí me llaman el Buhonero, pero también sé que dará buenos beneficios en el plazo de un año. Sucede con todos mis periódicos. No tengo más que un lema: «Respalda la suerte, respalda a tu plantilla». Todo saldrá bien.

El coche se detuvo y un policía se acercó a pedirnos nombres y direcciones por haber superado el límite de velocidad permitido. Le indicamos que la carretera trazaba una recta de más de un kilómetro, sin que se cruzase siquiera con un camino vecinal.

—Esa es la baza que tenemos a nuestro favor —dijo el policía de un modo desagradable.

—La estafa de siempre —masculló Woodhouse—. ¿Cómo dice que se llama el lugar?

—Huckley —dijo el policía—. H, u, c, k, l, e, y —y anotó algo en su libreta, ante lo cual el joven Ollyett protestó. Un hombre grandullón, pelirrojo, montado en un caballo bayo, que nos había estado observando desde el otro lado de un seto, dio a voces una orden que no llegamos a entender. El policía puso la mano sobre el borde de la portezuela derecha (Woodhouse lleva las ruedas de recambio a popa), y apretó sin darse cuenta el pomo de la bocina. El caballo se encabritó en el acto y oímos al jinete despotricar a galope tendido por todo el paisaje.

—Maldita sea, hombre —gritó Woodhouse—. ¡Ha puesto el puño encima! ¡Quítese de ahí!

—¡Ah, vaya! —dijo el policía, y se miró con cuidado los dedos, como si se los acabase de pillar—. Eso tampoco les valdrá de nada —añadió, y anotó algo más en la libreta antes de permitirnos marchar.

Fue éste el primer roce de Woodhouse con la ley por el código de circulación de vehículos de motor, y como yo no suponía que pudiera depararme consecuencias negativas me tomé la libertad de apuntarle que la cosa era más grave de lo que parecía. Fue la misma actitud que adopté cuando, a su debido tiempo, me enteré de que también yo estaba citado ante el juez para responder de acusaciones que iban desde el uso de un lenguaje obsceno hasta el entorpecimiento peligroso del tráfico.

La vista del caso tuvo lugar en una pálida, amarillenta población que servía de mercado a la comarca, rematada por una pequeña torre del reloj y una plaza amplia donde se celebraba periódicamente el mercado de cereales. Woodhouse nos llevó hasta allá en su coche. Pallant, que no estaba incluido en la citación, nos acompañó para prestarnos todo su apoyo moral. Mientras esperábamos a la entrada del juzgado, el gordo del caballo bayo se presentó con su montura y entabló una ruidosa charla con sus paisanos los magistrados. A uno de ellos le dijo así, y lo sé porque me tome la molestia de anotarlo:

—Cae directamente de las puertas de mi terreno, en línea recta, por espacio de casi dos kilómetros. Desafío a quien se atreva a resistirse. La semana pasada les aligeramos de unas setenta libras. No hay un sólo automóvil que se resista a la tentación. Tendrías que hacerte con una parecida y ponerla en la otra parte del condado, Mike. No pueden resistirse, te lo aseguro.

—¡Caramba! —dijo Woodhouse—. Nos espera una buena. No digan una sola palabra. Usted, Ollyett, tampoco. Yo me ocupo de pagar las multas. Terminemos cuanto antes con esta espinosa cuestión. ¿Dónde se ha metido Pallant?

—Por ahí anda, al fondo del juzgado, en alguna parte —dijo Ollyett—. Acabo de ver ahora mismo que se colaba ahí.

El gordo ocupó entonces su lugar en el banco en que se alineaban los jueces, no en vano era nada menos que presidente del tribunal, y supe —hube de interrogar a un testigo— que se llamaba Sir Thomas Ingell, que ostentaba el título de barón, que era parlamentario y que residía en la finca de Ingell Park, en Huckley. Comenzó por una alocución tan subida de tono que habría justificado una revuelta a lo largo y ancho del imperio. Se aportaron las pruebas y, a la vista de que el juzgado no ahogó sus palabras con una andanada de aplausos, fueron aportadas en las pruebas de las alegaciones. Todos estaban sumamente orgullosos de Sir Thomas, y todos lo miraban a él o a nosotros, preguntándose por qué no aplaudíamos también como todos los demás.

Tomándose el tiempo que le concedió el presidente, el tribunal disfrutó con nosotros durante diecisiete minutos. Sir Thomas explicó que estaba harto, que no soportaba ya la procesión de bellacos de nuestra calaña, a los que más valdría dar empleo de picapedreros en la construcción de carreteras si persistían en aterrorizar a unos caballos que tenían mayor valor que los lugareños o sus antepasados. Esto se dijo después de que se demostrase que el tal Woodhouse había accionado la bocina a propósito para incordiar a Sir Thomas, quien «casualmente paseaba a caballo por allí». Se vertieron otros comentarios, más que nada primitivos, aunque fue la inefable brutalidad del tono empleado, más incluso que la calidad de la justicia o las risas del público presente, las que nos escocieron en el alma fuera de toda razón. Cuando se nos despachó de la sala —con una bonita melodía de despedida, veintitrés libras, doce chelines y seis peniques—, aguardamos a que Pallant se sumara a nosotros, y mientras tanto asistimos al juicio del caso siguiente, en el que el acusado era alguien que había conducido un coche sin estar en poder de la licencia preceptiva. Ollyett, con el ojo puesto en su periódico de la tarde, ya había tomado notas muy extensas de nuestro proceso, si bien ninguno de nosotros quería pasar por ser una persona de prejuicios.

—Está bien como está —dijo por sosegar la tensión el reportero del periódico local—. Nunca informamos de lo que haga Sir Thomas *in extenso*. Sólo se publican las multas y las condenas.

—Ah, muchas gracias —replicó Ollyett, y le oí preguntar por el nombre de todos los presentes en la sala. El reportero local se mostró muy comunicativo.

La nueva víctima, un hombre bastante alto, de cabello rubio y lacio, que vestía de un modo un tanto llamativo, a tal punto que Sir Thomas, ya bien caliente, había llamado la atención del respetable sobre su vestimenta, dijo que se había olvidado la licencia en casa. Sir Thomas le preguntó si acaso suponía que la policía debía presentarse en su domicilio, así residiera en Jerusalén, para recogérsela. La sala estalló en grandes carcajadas. Tampoco vio con buenos ojos Sir Thomas el nombre del acusado, al cual insistía en llamar «Señor Mascarada», y cada vez que así lo llamaba su público gritaba a voz en cuello. Era evidente que se trataba del *auto-da fé* que tenían rutinariamente establecido.

—Si no me ha citado a mí también, tiene que ser porque soy parlamentario, digo yo. Me parece que voy a tener que formular una pregunta en el Parlamento sobre todo este asunto —dijo Pallant, que reapareció oportunamente cuando ya terminaba la vista del caso.

—A mí me parece que también voy a tener que darle un poco de publicidad —dijo Woodhouse—. No se puede consentir que este tipo de cosas sigan sucediendo como si nada, ya lo saben ustedes.

Había adoptado un gesto de seriedad y estaba muy pálido. Pallant, por su parte, estaba negro. A mí, el estómago me daba retortijones de rabia. Ollyett parecía impertérrito.

—En fin, vayamos a almorzar —dijo Woodhouse al cabo—. Vayámonos antes que termine este penoso espectáculo.

Arrancamos a Ollyett de brazos del reportero local, atravesamos la Plaza del Mercado y nos encaminamos a la taberna del León Rojo, donde nos encontramos al «Señor Mascarada» de Sir Thomas sentado ante un buen filete, una cerveza y unos encurtidos.

—¡Ah! —dijo con su vozarrón—. Mis compañeros de infortunio. Caballeros, ¿querrán sentarse conmigo?

—Con mucho gusto —dijo Woodhouse—. ¿Qué ha sacado en claro?

—Aún no me he decidido. La cosa podría salir bien, pero... me temo que el público carece de la educación requerida, al menos por el momento. Les sobrepasa. De no ser así, ese tiparraco colorado, el del tribunal, valdría incluso hasta cincuenta por semana.

—¿En dónde? —dijo Woodhouse. El hombre lo miró con sorpresa y sin afectación.

—En uno de mis teatros, naturalmente —respondió—. Pero... ¿ustedes tal vez viven aquí?

—¡Dios del Cielo! —exclamó de súbito el joven Ollyett—. Entonces, ¿es usted de veras Masquerier? Ya me lo estaba pareciendo...

—Bat Masquerier, caballero. —Dejó caer las palabras como si tuvieran el peso de un ultimátum en política internacional—. Sí, eso es cuanto soy. Pero no se aprovechen de la ventaja que les cedo, caballeros...

Por un instante, mientras procedimos a las presentaciones, me sentí desconcertado. Me acordé entonces de los cartelones con que se anunciaban los espectáculos del *Music Hall*, siempre enormes, que habían formado parte del telón de fondo, aunque yo no me percatase, de mis visitas a Londres en años anteriores. Aquellos carteles donde figuraban hombres y mujeres, cantantes, malabaristas, imitadores y audacias de todo tipo, envueltas o desenvueltas, los movía a su antojo por Londres y también por provincias Bat Masquerier, con la floritura de rabo largo que seguía a la «r» final.

—Lo había reconocido de inmediato —dijo Pallant, el avezado parlamentario, y al punto respaldé yo la mentira. Woodhouse se disculpó en murmullos. Bat Masquerier ni se inmutó; no pareció que se sintiera más a favor ni más en contra de nosotros que la fachada de cualquiera de los teatros en los que organizaba sus espectáculos.

—A mis empleados siempre les digo que ha de haber un límite en el tamaño de las letras —dijo—. Cuando uno se excede, la retina no lo asimila. La publicidad, caballeros, es la más delicada de todas las ciencias.

—Pues qué curioso. Hay en este mundo un hombre que va a recibir un poco de publicidad, al menos si yo sigo vivo las próximas veinticuatro horas —dijo Woodhouse, y pasó a explicar cómo pensaba operar.

Masquerier lo miró largo y tendido con sus ojos azules y acerados como el metal de una pistola.

—¿Lo dice en serio? —arrastraba las sílabas, y tenía una voz tan magnética como su presencia.

—Desde luego que sí —aseguró Ollyett—. Sólo por la historia esa de la bocina habría que suspenderlo tres meses, y que no pisara siquiera la sala del tribunal.

Masquerier lo estudió aún más detenidamente de lo que había hecho con Woodhouse.

—A mí me dijo —recordó de súbito— que mi domicilio estaba en Jerusalén. ¿Lo oyeron ustedes?

—Lo malo fue el tono, el tono... —exclamó Ollyett.

—¿De eso también se dieron cuenta? —dijo Masquerier—. Eso es tener auténtico temperamento de artista. Con eso se puede llegar muy lejos. Se lo digo yo, que por algo soy Bat Masquerier —siguió diciendo. Apoyó el mentón sobre los puños y frunció el ceño con la mirada perdida en el horizonte—. Yo he hecho las Siluetas. Yo he hecho el Trébol y la Jocunda. Yo soy el autor de Dal Benzaguen. —Al oírlo, Ollyett se enderezó en el asiento, pues en común con la juventud de aquel año se había rendido a los encantos de la señorita Vidal Benzaguen, del Trébol, por la que sentía una admiración sin reservas—. «¿Es una bata de andar por casa eso que lleva, o es un impermeable? ¿Me ha oído? Ah, claro. Supongo que no, no habrá tenido tampoco tiempo de cepillarse el cabello, naturalmente. ¿Me ha oído? ¡Pues óigame bien!» —Con su vozarrón llenó la sala del café, pero entonces la bajó hasta hablar en un susurro tan temible como las palabras de un cirujano antes de iniciar la operación. Así estuvo hablando durante unos minutos.

—¡Escuchen, escuchen! —murmuró Pallant. Vi que a Ollyett se le iluminaban los ojos; en realidad, era a Ollyett a quien Masquerier más claramente se estaba dirigiendo. Y vi a Woodhouse inclinarse sobre la mesa con las manos unidas.

—¿Me siguen ustedes? —siguió diciendo, y nos abarcó a todos en un gesto amplísimo que trazó con un solo brazo—. Cuando empiezo una cosa, me ocupo de que llegue a buen puerto, caballeros. Lo que Bat no pueda lograr es que es imposible. Pero aún no he dado con nada que se me resista. Éste no es un espectáculo que se pueda rechazar en un visto y no visto. Éste es un asunto en el que habrá que llegar hasta el final. ¿Me siguen ustedes, caballeros? ¿Están conmigo? ¡Bien! Ahora, pongamos en común nuestros recursos. Un diario matutino en Londres, un diario de provincias. ¿Eso es lo que ha dicho? Además, tenemos un semanario de vocación comercial y tenemos a un parlamentario con nosotros.

—Mucho me temo que no se le podrá dar un gran uso —sonrió Pallant.

—Pero un parlamentario tiene privilegios. Privilegios —replicó—. Y además contamos con mi pequeño equipo: Londres, Blackburn, Liverpool, Leeds. Ya les hablaré después de Manchester. ¡Y yo! Bat Masquerier en persona. —Dijo el nombre en voz baja, reverencialmente, como si hablase para su jarra de cerveza—. Caballeros, cuando la combinación de nuestras fuerzas haya terminado con Sir Thomas Ingell, barón, parlamentario y todo lo demás, sea lo que quiera ser, les aseguro que Sodoma y Gomorra van a ser por comparación un trocito de la Inglaterra más idílica. Ahora debo regresar a la ciudad, pero tengo la confianza, caballeros, de que me harán el favor de honrarme con su presencia esta noche y que compartirán conmigo mesa y mantel en el Chop Suey, en el Salón Rojo y Ámbar, para ser precisos, donde terminaremos de urdir la trama —Puso la mano sobre el hombro del joven Ollyett y añadió—: Es su inteligencia lo que necesito.

Se marchó entonces con su abundante cuello de astracán y su limusina niquelada. El local pareció bastante menos congestionado que antes.

Minutos más tarde pedimos nuestro coche. Cuando estábamos acomodándonos Woodhouse, Ollyett y yo, Sir Thomas Ingell, barón, parlamentario, salió del palacio de justicia que estaba al otro lado de la plaza y montó en su caballo. A veces he pensado que si se hubiera marchado sin abrir la boca se habría salvado, pero cuando estaba acomodándose él a horcajadas en la silla nos vio y debió de resultarle inevitable darnos una voz:

—¿Aún no se han largado? Pues más les vale desaparecer, y más les valdrá andar con cuidado.

En ese momento salió de la posada Pallant, que había entrado a comprar unas tarjetas postales. Miró a Sir Thomas a los ojos y con gran parsimonia subió al automóvil. Por un momento me pareció que pasaba una sombra de intranquilidad por el rostro grisáceo y bigotudo del barón.

—Espero —dijo Woodhouse al cabo de unas cuantas millas—, espero de veras que sea viudo.

—Desde luego —dijo Pallant—. Por el bien de su pobre y querida esposa, espero que lo sea, lo espero y lo deseo de veras. Supongo que no me vio en la sala del tribunal. Ah, aquí está la historia parroquial de Huckley, la que ha escrito el párroco, y aquí tienen su parte de las postales. ¿Cenamos todos esta noche con el señor Masquerier?

—¡Desde luego que sí! —dijimos todos.

Si bien Woodhouse no tenía ni idea de periodismo, el joven Ollyett, licenciado en uno de los colegios más exigentes, sabía más que de sobra. Nuestro periódico barato de la tarde, al cual llamaremos *El Bollo* para distinguirlo de su próspero hermano, el matutino *El Pastel*, no es que estuviera sólo enfermo: es que estaba poco menos que corrompido. Lo descubrimos cuando un individuo nos trajo el prospecto de un nuevo campo petrolífero y exigió que fuésemos los heraldos de su prosperidad. Ollyett le habló de tecnicismos incomprensibles durante unos tres minutos. Por lo demás, hablaba y escribía un correcto inglés comercial, una deliciosa amalgama de americanismos y epigramas. Pero por más que cambia el argot, el juego que se disputa siempre es el mismo, y Ollyett, yo y, al final, algunos de los otros, lo disfrutamos una barbaridad. Pasaron semanas hasta que logramos que los árboles nos dejaran ver el bosque, pero en cuanto el personal se dio cuenta de que tenían detrás unos propietarios dispuestos a respaldarles pasara lo que pasara, y sobre todo cuando lo que pasaba rozaba el desastre (he ahí el único secreto del periodismo), y comprendió además que no dependía su destino del humor pasajero y volátil de alguno de los dueños, se puso a hacer milagros.

Pero no dejamos que Huckley cayera en el olvido. Como ya dijo Ollyett, nuestra primera ocupación fue crear un cierto «ambiente de fascinación» en torno a la localidad. Comenzó a visitar el pueblo los fines de semana en una motocicleta con sidecar, razón por la cual dejé en paz el sitio en sí y me ocupé de él en el terreno de lo abstracto. Sin embargo, fui el primero en hacer sangre. Dos habitantes de Huckley escribieron para poner en entredicho un pequeño y potente párrafo suelto publicado en *El Bollo*, en el cual se decía que tras avistarse una abubilla en Huckley el ave fue «naturalmente abatida por los cazadores de la localidad». Sus cartas fueron un tanto acaloradas, y a ambas les dimos salida en la publicación. Nuestra versión sobre el modo en que recibió la abubilla su cresta del rey Salomón, y me apena decirlo, fue tan inexacta que el párroco en persona, que no era un cazador ni mucho menos, como bien se cuidó en señalar, nos escribió para corregirla. Dedicamos un buen espacio a la carta y le dimos las gracias.

—El sacerdote va a ser de gran utilidad —dijo Ollyett—. Es de mentalidad imparcial. Yo me encargaré de revitalizarlo.

Acto seguido creó a M. L. Sigden, un ermitaño de gustos refinados que desde las páginas de *El Bollo* exigió que se le informase de si aquel pueblo conocido como Huckley de la abubilla era el mismo «Hugly», como lo llamaban en su juventud por lo feo que era, y si por azar el cambio de nombre había sido debido a la colusión entre un magnate de la localidad y la compañía del ferrocarril, apoyándose en el erróneo interés por un refinamiento a todas luces espurio. «No en vano conocí yo la localidad y le tuve un gran aprecio, así como a las doncellas de mis tiempos, ay, *ab angulo*, y entonces se llamaba Hugly», escribió M. L. Sigden desde Oxford.

Aunque otros periódicos se mofasen del caso, *El Bollo* mostró una considerada simpatía. Varias personas escribieron para desmentir el cambio de nombre que se achacaba a Huckley. Sólo el párroco —que no era un filósofo, como bien se ocupó de señalar, sino un apasionado de la exactitud— tuvo ciertas dudas, que expuso públicamente ante el señor M. L. Sigden, el cual dio a entender, por medio de las páginas de *El Bollo*, que el lugar podría haber comenzado por ser en los tiempos de los anglosajones «Hogslea», o quizás entre los normandos «Argilé», debido a la gran abundancia de arcilla que hay todavía en los alrededores. El párroco también tenía algunas ideas propias (dijo que arcilla había, pero que la gravilla era más abundante), y M. L. Sigden encontró entonces todo un arcón de recuerdos. Por extraño que fuera —suele ser rara vez el caso de las lecturas que no son obligatorias—, nuestros suscriptores disfrutaron con la correspondencia cruzada, que los contemporáneos citaron generosamente.

—El secreto del poder —dijo Ollyett— no está en un garrote pesado. Está en un garrote que se puede levantar y esgrimir con facilidad. (Lo cual hace referencia a la cita «fascinante», de seis o siete líneas de longitud.) ¿Han visto que el *Spectator* publicó un reportaje sobre «Tenacidades en el medio rural» la semana pasada? Todo hacía referencia a Huckley. La semana que viene voy a publicar una «mobicuidad» a propósito de Huckley.

Nuestras «mobicuidades» eran reportajes que se publicaban en el vespertino de los viernes, acerca de sencillos viajes en motocicleta con sidecar por los alrededores de Londres, ilustrados (nunca conseguimos que la dichosa máquina funcionara como es debido) con mapas bastante llenos de borrones. Ollyett escribía los textos con un fervor y una delicadeza que siempre he atribuido precisamente al sidecar. Su reportaje sobre el bosque de Epping, por ejemplo, no era sino una historia de amor entre dos jóvenes con el anhelo a flor de piel. En cambio, su «mobicuidad» sobre Huckley habría hecho vomitar incluso a los amantes del culebrón. Era químicamente una combinación de aborrecible familiaridad, obscenas insinuaciones, piedad untuosa y «servicio social» al estilo más rancio, todo ello en un abono formado a partir de desechos, todavía humeante, que a mí por poco me tira de espaldas.

—Sí —dijo después de recibir los cumplidos de turno—. Es la pieza más patética que he hecho hasta hoy, pero además de patética es vitalista, es fascinante y es dinámica. *¡Non nobis gloria!* Me encontré con Sir Thomas Ingell cuando estaba en sus tierras. Volvió a dirigirme la palabra. Me he inspirado sobre todo en lo que me dijo.

—¿Qué parte? ¿Se refiere al «acento local arrastrado y glutinoso», o a las amígdalas olvidadas de los «niños de la aldea»? —pregunté.

—¡Oh, no! Eso sólo tenía por objeto poner en danza al médico de turno. Es el último tramo del texto el que realmente me enorgullece.

Trataba sobre «la penumbra crepuscular que extiende sus tenues brazos sobre el boscaje»; mencionaba «los alegres conejillos»; traía a colación un rebaño de «ovejas Angus selectas y grávidas»; no olvidaba mencionar «el rostro imponente, agitanado, de su dueño, cetrino y erudito aunque a la violeta, tan conocido en las Reales Ferias de Muestras de Agricultura como nuestro difunto rey y emperador».

—«Agitanado» es un acierto. Y «grávido» también lo es —dije—, pero al médico le molestará lo de las amígdalas.

—No tanto como a Sir Thomas la descripción de su rostro —dijo Ollyett—. ¡Y si supieran ustedes todo lo que he omitido...!

Tenía razón. El médico de turno se pasó el fin de semana (ésta es la ventaja de los artículos publicados los viernes) tratando de superarnos mediante un contraataque de gran carga profesional que no tuvo el menor interés para nuestros suscriptores. Así se lo dijimos, y él sobre la marcha se abrió paso en el *Bisturí*, un periódico en el que gustan una barbaridad las glándulas, olvidándose de nosotros. Pero Sir Thomas Ingell estaba hecho de una madera más resistente. Seguramente tuvo que pasar un dichoso fin de semana. En la carta que el lunes recibimos de él quedó como un majareta sin parentela, un venado de la rectitud en esta vida, ya que ninguna mujer, ni siquiera con un interés muy remoto por un hombre, habría dejado que se mantuvieran las costumbres de la casa que él propugnaba. Puso toda clase de reparos a las referencias que hicimos a su rebaño de ovejas de pura raza, a sus trabajos en su propia localidad, que a su entender era un «pueblo modelo», y condenó nuestra infernal insolencia; ante todo, puso serias objeciones al modo en que habíamos representado sus rasgos. Le escribimos cortésmente para preguntarle si la carta que nos remitió estaba destinada a su publicación. Acordándose, digo yo, del Duque de Wellington, respondió diciendo: «Publiquemos y condenémonos».

—¡Oh! Esto es demasiado fácil —dijo Ollyett cuando comenzó el encabezamiento de la carta.

—Alto, un momento —dije—. Este juego se nos está yendo de las manos. Esta noche tenemos la cena con Bat. (Es posible que se me haya olvidado contar que nuestra cena con Bat Masquerier en el Salón Rojo y Ámbar del Chop Suey se había convertido en una costumbre semanal.)

—Esperemos a que todos lo hayan visto.

—Quizá tenga usted razón —dijo—. Podríamos malgastar la pólvora en salvas.

Así las cosas, durante la cena la carta de Sir Thomas pasó de mano en mano. Bat parecía estar pensando en otros asuntos, pero Pallant se mostró sumamente interesado.

—Se me ha ocurrido una idea —dijo al cabo—. ¿Se podría publicar mañana sin más tardanza en *El Bollo* algún breve sobre la aparición de síntomas de fiebre aftosa en el ganado de ese individuo?

—Y hasta la peste, si lo prefiere —replicó Ollyett—. No son más que cinco escuchimizadas vacas de cuerno corto. Vi a una tumbada en el prado. Servirá de sustrato a los hechos.

—Entonces, hágalo, y retenga la carta por un tiempo. Creo que es aquí donde me toca intervenir —dijo Pallant.

—¿Por qué? —dije.

—Porque en el Parlamento se va a presentar algo sobre la fiebre aftosa, y porque él me escribió una carta después de aquel incidente que concluyó a su juicio, nunca mejor dicho, con la multa que les impuso a ustedes. Me ha llevado diez días pensarlo a fondo. Pero aquí tienen —dijo Pallant—. Con papel de membrete de la Cámara de los Comunes, ya lo ven.

Leímos todos la carta.

Querido Pallant,

Aunque en el pasado no hayan coincidido gran cosa nuestros caminos, estoy seguro de que estará usted de acuerdo conmigo si le digo que en la Cámara todos los miembros se hallan en pie de igualdad. Me permito la osadía, por tanto, de interpelarle a propósito de un asunto que me parece susceptible de una interpretación muy distinta de la que tal vez le hayan ofrecido sus amigos. Le agradeceré que tenga la bondad de hacerles saber que el caso se juzgó como debía y que no hubo en modo alguno animadversión en el ejercicio de mis obligaciones de magistrado, que siendo usted colega de magistratura sin duda sabe que a menudo resultan muy ingratas. Atentamente,

T. Ingell

P. D.: Me he ocupado de que la vigilancia de la circulación de vehículos de motor de la que sus amigos fueron objeto se haya relajado considerablemente en mi distrito.

—¿Y cuál fue su respuesta? —dijo Ollyett una vez hubimos expresado todas nuestras opiniones.

—Le dije que no estaba en mi mano hacer nada al respecto. Y es cierto que no pude hacer nada… entonces. Pero no se olviden ustedes de incluir ese párrafo sobre la fiebre aftosa. Necesito algo a partir de lo cual trabajar.

—Me empieza a parecer que *El Bollo* ha cumplido con todo el trabajo al menos hasta este momento —insinué—. ¿En qué momento entra en juego *El Pastel*?

—*El Pastel* —dijo Woodhouse, y después recordé que habló como un ministro en la víspera de la aprobación de los presupuestos del estado— se reserva el derecho de abordar las situaciones a medida que se vayan planteando.

—¡Eso es! —Bat Masquerier pareció que acabara de despertar de un sueño—. «Las situaciones a medida que se vayan planteando». Tampoco yo me he quedado mano sobre mano. Ahora bien, de nada vale echar el anzuelo si antes no se echa el cebo. Usted... —se volvió a Ollyett— usted sabe fabricar un cebo de excelente calidad... Siempre se lo he dicho a los míos. ¿Qué ha sido eso?

Se oyó que en otro de los comedores privados, al otro lado del rellano, los invitados se ponían a cantar.

—Son unas damas del Trébol —explicó el camarero.

—Oh, por favor. Eso ya lo sé. ¿Y qué están cantando?

Se puso en pie y salió, momento en el cual lo recibieron con ruidosos aplausos los alegres invitados al otro comedor. Se hizo entonces el silencio, igual que el que se hace en el aula nada más entrar el profesor. Y una voz que nos encantó comenzó a cantar entonces:

—«Allá vamos en mayo a recoger nueces, a recoger nueces en mayo...».

—Sólo es Dal... y unas cuantas chifladas —explicó al volver a la mesa—. Dice que vendrá a tomar el postre con nosotros.

Tomó asiento tarareando la melodía que acababa de oír, y la señorita Vidal Benzaguen en persona entró al poco, dejándonos a todos sin palabras y hablando sin parar, contándonos anécdotas a propósito del temperamento artístico en general.

Obedecimos a Pallant hasta el punto de introducir en *El Bollo* un precavido breve sobre las vacas tumbadas en el prado, babeantes, lo cual podría interpretarse como difamación intencionada o, en manos de un abogado capaz, como muestra de un fiel estudio del natural.

—Además —dijo Ollyett—, aludimos a la «gravidez de las Angus». Se me ha comunicado que no es posible tomar acciones de ninguna clase en lo tocante a unas vacas vírgenes de cuerno corto. Pallant pretende que esta tarde visitemos la Cámara. Nos ha conseguido localidades en la Galería de las Visitas. Me empieza a gustar este Pallant.

—A Masquerier parece gustarle usted —dije.

—Sí, pero él a mí me da miedo —respondió Ollyett con absoluta sinceridad—. Así es. Es un Alma Absolutamente Amoral. Nunca me las he visto con nadie como él.

Fuimos juntos a la Cámara. Resultó que se trataba de una velada irlandesa, y tan pronto supe identificar los gritos y los rostros, llegué a la conclusión de que se estaban ventilando algunos agravios, aunque no pude precisar cuántos eran.

—Todo en orden —dijo Ollyett, que por algo tenía el oído mejor educado—. Se han clausurado los puertos a la... eso es, a la exportación de ganado vacuno de Irlanda. Hay un brote de fiebre aftosa en Ballyhellion. ¡Ha sido idea de Pallant!

En la Cámara por el momento no se dejaba de hablar ni un instante, y la cosa, me pareció, iba muy en serio. Un ministro provisto de una hoja de papel en la que algo tenía escrito a máquina parecía defenderse o más bien esquivar una andanada de insultos. Me recordó, a saber por qué, a un cazador nervioso cuando suelta al zorro delante de los sabuesos encelados.

—Sólo es cuestión de tiempo. Se van a formular preguntas —dijo Ollyett—. ¡Miren! ¡Ahí está Pallant!

Resultó inconfundible. Su voz, que según sus enemigos era el único activo parlamentario que tenía a su favor, acalló los murmullos tal como un dolor de muelas acalla toda voz melodiosa que se perciba.

—A tenor de todo lo que se comenta, ¿me cabe el placer de preguntar si se ha mostrado alguna consideración especial, recientemente, en lo que se refiere a cualquier sospecha de brote de esta enfermedad del ganado vacuno a este lado del mar de Irlanda?

Alzó la mano; había empuñado la edición de mediodía de *El Bollo*. Habíamos pensado que era preferible suprimir el breve en cuestión de las ediciones posteriores. Sin duda habría seguido a la carga, pero algo que parecía vestir una levita gris lanzó un rugido y dio un brinco en el banco de enfrente, agitando otro ejemplar del *El Bollo*. Era, cómo no, Sir Thomas Ingell.

—En calidad de propietario del rebaño de vacuno tan aviesamente implicado... —se apagó su voz entre los gritos que pedían «¡Orden, orden!»—. Lo referente a Irlanda...

—¿Qué sucede? —pregunté a Ollyett—. Lleva el sombrero bien puesto y está a cubierto, ¿no?

—Sí, pero es que tendría que haber dado a su cólera la forma de pregunta parlamentaria.

—A tenor de todo lo dicho, ¡señor presidente! —Sir Thomas bramó aprovechando un silencio momentáneo—, ¿es usted consciente de que... de que todo esto no es sino una conspiración, o parte de una aviesa conspiración que sólo tiene por objeto ridiculizar a Huckley... y dejarnos en ridículo? Todo esto es parte de una trama urdida a fondo para ponerme en ridículo, señor presidente de la Cámara.

La cara se le había puesto prácticamente negra, lo cual se le notaba tanto más por los bigotes blancos, y hacía aspavientos con los brazos como si estuviera a punto de echar a nadar. Su vehemencia desconcertó y sobresaltó a la Cámara durante unos instantes, y el presidente se aprovechó de ello para poner a los partidarios de las medidas contra Irlanda, como sabuesos, sobre una nueva pista. Interpeló a Sir Thomas Ingell en un tono comedido, pero de manifiesta represión, destinado, supuse, también al conjunto de los parlamentarios, que aminoraron la ira al oírle tal como a los perros se les baja el pelo erizado. Pallant, asombrado y dolido, intervino entonces:

—Sólo puedo expresar mi más profunda sorpresa de que en respuesta a mi muy sencilla pregunta el honorable miembro de la cámara haya considerado oportuno permitirse un ataque personal. Si de algún modo he ofendido...

Volvió a intervenir el presidente, pues al parecer le correspondía moderar estos exabruptos.

También él manifestó su sorpresa, y Sir Thomas tuvo que sentarse en medio de un silencio reprobatorio, que parecía lastrado si cabe por una frialdad de muchos siglos. El Imperio reanudó sus trabajos.

—¡Magnífico! —dije, y sentí un escalofrío en toda la espalda.

—Ahora sí publicaremos su carta —dijo Ollyett.

Lo hicimos, y apareció en la misma página, más abajo, en la que se informaba cumplidamente de su estallido de cólera en la Cámara. No hicimos ningún comentario. Con ese poco frecuente instinto que se tiene para captar el meollo de una situación, y que es único entre los anglosajones, todos nuestros contemporáneos —y yo diría que dos terceras partes de nuestros corresponsales— quisieron saber cómo era posible que esa persona quedara aún más en ridículo, por comparación con lo irremediablemente ridícula que había demostrado ser. Pero más allá de imprimir su apellido con alguna falta de ortografía, no quisimos hacer leña del árbol caído.

—No será necesario —dijo Ollyett—. Toda la prensa está al tanto de la historia.

El propio Woodhouse se mostró un tanto asombrado por la facilidad con que se había conseguido el resultado, y así lo dijo.

—¡Tonterías! —replicó Ollyett—. Esto no ha hecho más que empezar. Huckley todavía no es noticia.

—¿Qué quiere decir? —dijo Woodhouse, quien poco a poco había desarrollado un gran respeto por el joven, y no sólo por ser pariente suyo.

—¿Qué quiero decir? Por la gracia de Dios, caballero: mi intención es que cuando Huckley duerma a pierna suelta, Reuters y la *Associated Press* salten de la cama para recoger lo que salta por el telégrafo.

A renglón seguido comentó por extenso determinadas obras de restauración que se habían llevado a cabo en la iglesia de Huckley, y que, según señaló —y cualquiera diría que allí pasaba todos los fines de semana—, los había perpetrado el predecesor del párroco, que había condenado «la ventana de los leprosos» y «un portanillo» (a saber qué eran tales cosas) para construir un cuarto de aseo en la sacristía. No me pareció a mí que fuese material por el cual ni Reuters ni la Asociación de la Prensa estuvieran dispuestas a prescindir de una hora de sueño, así que lo dejé declamando ante Woodhouse una larga perorata sobre una pila bautismal del siglo xiv que, según afirmó, había desenterrado en el cobertizo donde el sacristán guardaba las herramientas.

Mis métodos estaban más en línea con lo que se llama «penetración pacífica». Un ejemplar hallado en la destartalada biblioteca de la redacción de *El Bollo*, un inesperado ejemplar del *Libro de diario* de Hone, me había revelado la existencia de una danza popular fundada, como todas las danzas populares, en relación con los misterios druídicos, relacionados a su vez con el solsticio (que siempre es indisputable) y con la mañana del día de San Juan, que resulta refrescante por el rocío para ojos de los londinenses. No me arrogaré ningún mérito —el libro de Hone es una mina en la que cualquiera puede faenar—, aunque sí rebauticé dicha danza tras haberla revisado a fondo con el nombre de «El Gubby»: ése es mi billete hacia la fama inmortal. Aún estaba por presenciarla, escribí, «en toda su pureza, en toda su emoción, en Huckley, que por algo es el último refugio en el perviven ciertas costumbres ancestrales o vestigios medievales verdaderos». Y tanto me entusiasmó mi creación que la contuve durante varios días, sacándole brillo para que gozara de todo su esplendor.

—Más vale que lo saque usted a relucir —dijo al fin Ollyett—. Va siendo hora de que de nuevo ejerzamos presión. La competencia se nos está colando furtivamente en nuestro territorio. ¿Vio lo que publicó *El pináculo* sobre el «pueblo modelo» de Sir Thomas? Ha tenido que contar con uno de sus subordinados para que le haga el favor.

—No hay nada que duela tanto como las heridas que causa un amigo —dije—. Esa crónica de la taberna donde no se sirven bebidas alcohólicas era…

—A mí, el trozo que más me gustó fue el de la lavandería de azulejos blancos y las Vírgenes Caídas que lavan amorosamente las camisas de vestir del propio Sir Thomas. A nosotros no se nos habría ocurrido nada semejante, dese cuenta.

No tenemos el olfato que se precisa para el baboseo de índole sexual.

—Eso es lo que yo digo siempre —repliqué—. Dejémoslo estar. La competencia, como dice usted, nos está haciendo el trabajo sin que movamos un dedo. Además, me gustaría retocar un poco mi «Danza del Gubby».

—No, ni se le ocurra. Lo estropearía. Coloquémoslo en el número de hoy mismo. Para empezar, lo suyo es literatura con mayúscula. No soy yo muy dado a los cumplidos, ya lo sabe usted, pero le diré que... etcétera, etcétera.

Tuve una saludable sospecha sobre el joven Ollyett y la tuve en todos los aspectos, pero aun cuando me di cuenta de que me tocaría pagar por ello sucumbí a sus adulaciones, y se publicó mi valioso artículo sobre la «Danza del Gubby». Al domingo siguiente me pidió que me encargase de la edición de *El Bollo*, pues él iba a estar ausente. Como es natural, asumí la imposición, que supuse estrechamente relacionada con sus viajes en sidecar. Me equivoqué.

El lunes eché un somero vistazo a *El Pastel* a la hora del desayuno, para cerciorarme, como de costumbre, de su manifiesta inferioridad ante mi amado pero nada lucrativo *Bollo*. Lo abrí y encontré este titular: «El pueblo que votó que la Tierra era llana». Me puse a leer... y leí que la Sociedad Geoplanaria, una sociedad dedicada a defender la idea de que la Tierra es llana, había celebrado su Banquete Anual precisamente en Huckley, el sábado, en el transcurso del cual, tras convencer al público presente, entre escenas de gran entusiasmo el pueblo de Huckley resolvió por unanimidad, con 438 votos a favor y ni una sola abstención, que la Tierra era llana. Creo que no volví a respirar hasta haber leído las dos columnas descriptivas que seguían en torno al evento. Aquello sólo podía haberlo escrito un hombre. Eran de una tersura impecable, eran austeras y sin embargo humanas, eran penetrantes, vitales, fascinantes —ante todo, eran fascinantes—; poseían aquellas palabras el dinamismo necesario para mover de sitio a una ciudad; eran por demás altamente «citables», las podrían citar las muchedumbres incluso. Y además estaba el titular, un titular ponderado, serio, que a la segunda lectura me produjo tal risa que me partí por la mitad, hasta que recordé que me había quedado fuera; de un modo infame e injustificable, estaba yo fuera de todo aquello. Fui a visitar a Ollyett. Lo encontré desayunando. Por hacerle justicia, debo decir que parecía estar atribulado con problemas de conciencia.

—No ha sido culpa mía —empezó a decir—. Ha sido cosa de Bat Masquerier. Le juro que yo le habría invitado a venir si...

—Eso no tiene importancia —le dije—. Creo que es el mejor trabajo que ha hecho usted en su vida, tanto que será difícil que lo mejore. ¿Sucedió de veras como se cuenta?

—¿Que si sucedió, dice usted? ¡Cielo Santo! ¿Acaso cree que podría habérmelo inventado?

—¿Es una exclusiva de *El Pastel*? —exclamé.

—A Bat Masquerier le costó dos mil —dijo Ollyett por toda respuesta—. ¿Usted cree que habría permitido que nadie estuviera al tanto? Yo le doy mi sagrada palabra de honor: no sabía nada hasta el momento en que me pidió que acudiese para cubrir la información. Había empapelado todo Huckley con carteles a tres tintas: «Banquete Anual de los Geoplanarios». Así es, se inventó a los «Geoplanarios». Quería que en Huckley se pensara que se trataba de aeroplanos. Sí, ya lo sé, ya sé que existe una sociedad de verdad que defiende la convicción de que el mundo es plano. Tendría que estar agradecida por la publicidad gratuita. Pero Bat creó una sociedad propia. ¡En serio! Se sacó de la manga todo el montaje, se lo aseguro. Tuvo que vaciar la mitad de sus teatros para ello. ¿Se da cuenta? ¡En pleno sábado! Fueron... fuimos, quiero decir, en autocares, tres en total: uno rosa, uno rojo y otro de un curioso tono azul nomeolvides. Veinte personas en cada uno. «La Tierra es llana» pintado en los laterales y en la trasera. Yo fui con Teddy Rickets y con Lafone, del Trébol, y con las dos Hermanas Silueta, y... ¡un momento!, con el Trío Crossleigh. ¿Conoce al Trío de Dramas Cotidianos que actúa en la Jocunda? ¿Ada Crossleigh, «Bunt» Crossleigh y la pequeña Victorine? Pues a ellos me refiero. Estaba también Hoke Ramsden, ese tipo que se cambia de ropa a la velocidad del rayo en *Morgiana y Drexel*. Y Billy Turpeen. Sí, usted lo conoce. La Estrella del Norte de Londres. «Soy el árbitro que no le gustó nada al público en Blackheath». ¡El mismo que viste y calza! Y estaba también Mackaye, ese escocés tuerto por el que se vuelven locos en Glasgow nada más oír su nombre. ¡No me diga que así no da gusto subordinarse al arte! Mackaye hizo el papel del incrédulo; preguntó muy en serio varias cosas y al final de la reunión se dejó convencer. Y había muchas chicas a las que no conocía… Y… Ah, oh, también estuvo Dal. ¡Dal Benzaguen en persona! Estuvimos sentados juntos, tanto a la ida como a la vuelta. Es un verdadero encanto, está como nunca. Dijo que le envía todo su cariño, y me dijo que le dijera a usted que no se olvidará de Nellie Farren. Dice que le ha dado una idea, no, dijo un ideal, sobre el cual trabajar. ¿Ella? Ah, hizo el papel de secretaria perpetua de los Geoplanarios, como es lógico. Se me olvida quiénes estaban además de los citados, sobre todo estrellas de los teatros de provincias, pero hicieron todos una actuación memorable. El arte del *Music Hall* ha cambiado bastante desde sus tiempos, me temo. No se excedieron ni un poco. Dese cuenta de que la gente que cree que la Tierra es llana no viste precisamente igual que el resto de la gente. Tal vez se diera usted cuenta de que ya lo insinué en mi crónica. Se trata de un estilo plano, jónico, neovictoriano si quiere, salvo por los miriñaques; me lo dijo Dal, pero es que Dal estaba sencillamente celestial con su vestido. Y también estaba maravillosa la pequeña Victorine. Había una chica en el autocar azul… es de provincias, pero este invierno tiene previsto actuar en la ciudad. Nos dejará a todos patidifusos. Winnie Deans se llama. ¡No se olvide de ese nombre! Dijo ante todo Huckley cuántos padecimientos había sufrido ella por la causa cuando era institutriz de una familia acomodada en la que estaban convencidos de que el mundo es redondo. Contó que había preferido renunciar a un excelente puesto de trabajo antes que verse obligada a enseñar una geografía a su entender inmoral. Lo contó en la reunión de los que no cupieron en el teatro, en la capilla bautista. ¡Los dejó a todos hechos fosfatina! Hay que andar con ojo con esa Winnie... En cuanto a Lafone... Lafone estuvo por encima del bien y del mal: impacto, personalidad, convicción. ¡No le faltó de nada! Exudaba convicción. Dios mío, si a mí también me convenció durante el tiempo en que tomó la palabra. ¿Él? Él hizo el papel de presidente de los Geoplanarios, como es lógico. ¿Pero es que no ha leído usted mi crónica? Le aseguro que es una teoría infernalmente plausible. A fin de cuentas, dígame una cosa: ¿ha demostrado alguien de forma concluyente que la Tierra sea redonda? No, ¿no? Pues entonces...

—Olvídese de la Tierra. ¿Qué hay de Huckley?

—Oh, Huckley estaba de bote en bote. Eso es lo realmente malo de los llamados pueblos modélicos. Si se huele el agua de fuego... Hay un pub donde sí se sirve alcohol, un pub del que Sir Thomas no ha tenido forma de librarse. Bat asentó en él su base de operaciones, envió todo lo necesario para el banquete en dos camiones. Un almuerzo para quinientos y bebidas para diez mil. Huckley votó lo que tenía que votar. No vaya a equivocarse en esto: el que no votase no almorzaba. Por eso se aprobó por unanimidad, exactamente como he referido por escrito. A decir verdad, el párroco y el médico fueron los únicos disidentes. No los incluimos en el cómputo final. Desde luego, Sir Thomas estuvo presente. Apareció muy sonriente en la cancela de su finca. Hoy va a sonreír con más dificultad, me temo. Hay un tinte de anilina que se aplica frotándolo por medio de una trama y que penetra casi un palmo en cualquier piedra, y dura hasta los restos. Bat le pintó la base de la cancela con un rótulo: «¡La Tierra es llana!» Y pintó todos los graneros y todas las tapias que tuvo a tiro... Pero ¡hubo que ver la borrachera colectiva de Huckley! Tuvimos que darles de beber hasta hartarse para compensarles por no tener nada que ver con los aeroplanos. ¡Unos pazguatos desagradecidos! ¿Se da usted cuenta de que hasta los emperadores podrían haber requerido el talento que Bat les obsequió con toda finura? Caramba, si ya Dal por sí sola era... Y a las ocho de la tarde no quedaba ni un papel.

Todo el espectáculo estaba recogido y había desaparecido como si nunca hubiera pisado el pueblo, mientras todo Huckley gritaba a pleno pulmón que la Tierra es llana.

—Muy bien —empecé a decir—. Como usted bien sabe, soy propietario de la tercera parte de *El Bollo*.

—No me he olvidado de eso —me interrumpió Ollyett—. Eso es algo que tuve en mente en todo momento. Tengo una crónica especial para *El Bollo* de hoy. Es idílica. Y para que vea que he pensado en usted, le expuse a Dal, ya en el trayecto de vuelta, lo que se propone hacer usted con la Danza del Gubby, y ella se lo dijo a Winnie. Winnie volvió en nuestro autocar. Al cabo de un rato tuvimos que salir a bailar en un prado. Es una danza bastante conseguida tal como la hicimos. Lafone inventó una especie de paso de gorila en una procesión justo al final. Bat había enviado a un cámara con la esperanza de rodar algo. Era hijo de un clérigo, con una personalidad de lo más dinámica que se pueda imaginar. Dijo que no hay nada que valga la pena para el cine en una reunión como tal, que carece de acción. Las películas son una rama del arte por sí mismas. En cambio, se puso como loco con lo del Gubby. Dijo que aquello había sido como la visión que tuvo Pedro en Jaffa. Rodó no sé cuántos metros de película. Luego hice yo fotografías en exclusiva para *El Bollo*. Ya se las he enviado, sólo hay que acordarse de eliminar la pierna izquierda de Winnie en la primera de la serie. Resulta demasiado fascinante... ¡Ya lo ha visto! De todos modos, le repito que a mí Bat me da miedo. Es el Diablo en persona, se lo digo yo. Lo hizo todo por sí solo. Y ni siquiera tuvo que estar allí presente. Comentó que para sus «teatreros», así lo dijo, sería una bonita diversión.

—¿Por qué no me llamó para ir con ustedes? —insistí.

—Porque dijo que su presencia me distraería. Dijo que necesitaba de mi inteligencia. Dijo, mejor, que quería mi cerebro sobre una bandeja de hielo. Se lo serví. Creo, como usted, que es lo mejor que he hecho nunca —alcanzó el número de *El Pastel* y se puso a releerlo con delectación—. Sí, es de lejos lo mejor. De una «citabilidad» suprema —concluyó. Y aún al cabo de otro repaso dijo—: ¡Dios mío, qué genialidad la que tuve ayer!

Habría montado en cólera, pero no tenía tiempo para esa minucia. Esa mañana, las agencias de prensa me dieron la lata en el despacho de *El Bollo* para que les diera permiso para utilizar ciertas fotos que, según tenían entendido, era yo quien controlaba. Se trataba de unas fotos de una danza popular de un pueblo. Cuando despedí al quinto visitante al borde de las lágrimas sentí un aumento de mi propia estima. Por otra parte, había que poner en circulación el cartel de *El Bollo*. Como el arte funciona por eliminación, lo reduje a dos palabras (y, a lo que se ve, aún me iba a sobrar una): «¡El Gubby!», decía en letras rojas, a lo que nuestro administrador protestó enérgicamente, aunque a las cinco de la tarde me comunicó que éramos el Napoleón de Fleet Street. La crónica que hizo Ollyett en *El Bollo* sobre la reunión de los Geoplanarios y el subsiguiente festejo de amor no tuvo la mordiente que sí tenía su versión publicada en *El Pastel*, pero hizo más daño; al mismo tiempo, las fotos de «El Gubby» (que, incluida la pierna izquierda de Winnie, fueron la razón por la cual puse en funcionamiento las prensas a una hora tan temprana) excedieron todo elogio y al día siguiente se pagaban a doblón. Pero ni siquiera entonces había terminado yo de entender.

Creo que fue una semana después cuando me llamó por teléfono Bat Masquerier para que acudiese al Trébol.

—Ahora ha llegado su turno —dijo—. No he invitado a Ollyett. Venga a la mejor platea.

Fui y, en calidad de invitado de Bat, me dieron una recepción como las que ni siquiera se dan a la realeza. Estuvimos cómodamente sentados, contemplando a la multitud apiñada allá abajo. Era una función de *Morgiana y Drexel*, esa revista fluida y eléctrica que Bat, aun cuando él atribuyera el mérito a Lafone, había creado en realidad por sí solo.

—Así es —dijo Bat como si estuviera soñando, después que Morgiana diese «una buena sacudida» a los Cuarenta Ladrones en sus cuarenta «combinaciones»—. Como dice usted:

«soy yo quien los tiene y soy yo quien los contiene». No importa demasiado lo que uno haga o deje de hacer; tampoco importa el cómo. Lo vital es el cuándo, el momento psicológico. Eso no depende de la prensa, no depende del dinero, no depende de la inteligencia. Gran parte es pura suerte, pero el resto es puro genio. No me estoy refiriendo ahora a mi gente. Le hablo de mí mismo.

Entonces, Dal —fue la única que se atrevió— llamó a la puerta de la platea y se situó detrás de nosotros, rebosante de vitalidad y resoplando, aún muy metida en el papel de Morgiana. Lafone estaba interpretando la escena de la comisaría de policía, el teatro entero se desgañitaba de risa.

—¡Ah! Dígame una cosa —me preguntó por vigésima vez—. ¿Le gustaba Nellie Farren cuando era usted joven?

—¿Que si me gustaba? —respondí—. «Si la tierra y el cielo y el mar...» Éramos tres millones, Dal, los que adorábamos a Nellie Farren.

—¿Cómo se las ingeniaba? —siguió preguntando Dal.

—Es que era Nellie. Única, inconfundible. Los teatros aplaudían a rabiar cuando aparecía ella.

—A mí me han aplaudido mucho, pero nunca así..., de momento —dijo Dal con melancolía.

—Lo que cuenta no es el cómo, sino el cuándo —repitió Bat—. ¡Ah!

Se inclinó sobre la balaustrada en el momento en que todo el teatro se ponía a mecerse y a reír como un sólo hombre. Dal salió corriendo. Una procesión sinuosa y silenciosa pasaba por la comisaría de policía con un acompañamiento musical apenas audible. Estaba preparado. El mundo entero y todos sus teatros saben bien que estaba preparado, y así había de ser. Se armó un baile incesante, un baile constante, un baile en que a partir de aquel instante prendió en toda la humanidad, que hizo presa en las piernas de todo el mundo como si las mordiera, y así durante medio año, y terminó encadenado con el paso final que conmovió a los asistentes en masa hasta hacerles sollozar de puro estremecimiento. Desde el palco alguien dio una voz:

«¡Oh, Dios mío! ¡El Gubby!». Y la palabra corrió como la pólvora prendida, pues se repitió entre estremecimientos sin tiempo siquiera a respirar. Salió entonces Dal a escena, una estrella eléctrica con el cabello oscuro, los diamantes centelleantes en sus zapatos de tacón de nueve centímetros, una visión que no emitió señal alguna durante unos treinta segundos, mientras la escena de la comisaría de policía se disolvía a su espalda en el Palacio de la Manicura de Morgiana, y entonces se recobraron. Se le apagó la estrella que llevaba en la frente, y una luz suave la bañó del todo en su trayecto, avanzando despacio, muy despacio, con el canturreo de los instrumentos de cuerda rendidos en admiración, dieciocho pasos al frente. Primero la vimos solamente como una reina, luego como una reina consciente por primera vez de estar en presencia de sus súbditos y, al final, cuando hizo aletear ambas manos, como una mujer deleitada, no poco transida, pero al tiempo transfigurada e iluminada de puro afecto, de buena voluntad. Capté los aplausos de acogida, ese aplauso sentido de veras, que es mucho más que un tornado de aplausos. Se apagó y renació de un modo adorable.

—Lo ha logrado —susurró Bat—. Nunca la había visto actuar así. Le dije que diera más brillo a la estrella, pero yo estaba en un error y ella lo sabía. Es una verdadera artista.

—Dal, ¡eres una maravilla! —dijo alguien no demasiado alto, aunque se oyó por todo el teatro.

—¡Gracias! —respondió Dal, y con ese tono quebrado se oyó desaparecer el último estorbo que pudiera quedarle delante—. ¡Buenas noches, muchachos! Acabo de llegar de… ¿de dónde será que acabo de llegar ahora mismo? —se volvió hacia las filas de danzarines impasibles, los que habían bailado el Gubby, y siguió hablando—. Es muy amable por su parte recordármelo, queridos caras de bollo. Acabo de venir de un pueblo, precisamente del pueblo que votó que la Tierra era llana.

Atacó la canción con ayuda de toda la orquesta en pleno. Con su letra pegadiza, aquella melodía iba a devastar la tierra habitable durante los seis meses siguientes. Imagínese, entonces, qué vigor, qué pulso, qué incandescencia tuvo que despedir en el instante en que vio la luz. Ella tan sólo cantó el estribillo una vez. Al final de la segunda estrofa gritó: «Chicos, ¿estáis conmigo?»

El teatro entero se arrancó a cantar: «La Tierra era llana, la Tierra era llana. Llana como una diana, ¡más que una palangana!».

Y el griterío del público ahogó todos los instrumentos, menos los graves del trombón que marcaban el final de cada verso.

—Magnífico —le dije a Bat—. Y pensar que no es sino «Nueces en mayo», con algunas variaciones...

—En efecto. Pero las variaciones las he introducido yo —replicó.

En la última estrofa hizo una indicación a Carlini, el director, que le lanzó a Dal la batuta. Ella la atrapó al vuelo con toda facilidad.

—¿Estáis conmigo? —volvió a gritar, y el teatro, enloquecido, se arrancó a cantar con ella, prescindiendo de todos los instrumentos, con la excepción de la voz gutural de los trombones: «¡La Tierra era llana, la Tierra era llana!». Aquello fue el delirio. Se puso entonces al frente de los bailarines del Gubby y los condujo en un ruidoso, atronador e improvisado baile, al paso del cual dieron tres vueltas al escenario, hasta que con el último gesto lanzó el zapato de diamantes dando vueltas por el aire hacia los aparatos de luminotecnia.

Vi alzarse un bosque de manos para cazarlo al vuelo, oí el rugir y la estampida como el huracán desatado por un tifón; oí la cantinela subrayada por los fieles trombones como si fuera un bulldog que acorrala al toro entre mugidos, y la oí por encima del estruendo, hasta que por fin cayó el telón y Bat me llevó a los camerinos, donde estaba ella agotada tras haber salido siete veces a saludar. La cantinela seguía resonando en las paredes encaladas, y retemblaban los cimientos del Trébol como si fuesen varias barcazas que hacen trepidar los flancos del muelle de atraque.

—Estoy... Ha sido... La primera vez en mi vida. ¡Ah! Ahora sí se puede decir. ¿Lo he conseguido? —susurró con ronquera.

—Bien sabe usted que sí —repuse a la vez que ella bañaba la nariz en un vaso de agua de centeno—. Se han vuelto locos con usted.

Bat asintió.

—Y la pobre Nellie ha muerto… ¿No fue en África?

—Espero morir yo también antes que dejen de aplaudirme así —dijo Dal.

—¡La Tierra era llana, la Tierra era llana!

Aquello resonaba más bien como una bomba de achique en plena inundación.

—Van a echar el teatro abajo a menos que salgas otra vez —gritó alguien.

—Benditos sean —dijo Dal, y salió a saludar por octava vez. Ante la catarata de aplausos y de bravos dijo sencillamente—: Yo no sé vosotros, niños, pero yo estoy que me muero. Así que, ahora, a callar.

—¡Un momento! —me dijo Bat—. Tengo que enterarme de cómo ha ido la cosa en las provincias. Winnie Deans lo ha hecho en Manchester, Ramsden lo ha hecho en Glasgow, y luego están todas las películas que se han proyectado. Ha sido un fin de semana durísimo.

Los teléfonos no tardaron en confirmarlo.

—Creo que servirá —apostilló—. Y el muy merluzo dijo que mi domicilio estaba en Jerusalén.

Se marchó tarareando el estribillo de «La Ciudad Santa». Al igual que Ollyett, descubrí de pronto que aquel hombre me daba miedo.

Cuando salí a la calle, vi que los cinematógrafos en aquellos momentos vaciaban su contenido a las aceras y vi que la gente la tarareaba (había colocado gramófonos en las salas de proyección), y cuando vislumbré más al sur las luces eléctricas de los rótulos en las que destellaba «Gubby» sobre el Támesis, me dio más miedo que nunca.

Pasaron unos cuantos días que no se parecieron a nada, con la salvedad, seguramente, de uno de esos instantes de suspense que provoca la fiebre, en los que el enfermo percibe el haz de los faros del mundo, los focos de todas las flotas, a punto de converger sobre un mínimo fragmento de un naufragio, sólo uno en medio de todo un mar de negrura y agonía. Los haces de luz se concentraron entonces sobre sí mismos. La Tierra, tal como la habíamos conocido —la totalidad del circuito que traza el orbe—, dejó todo el peso de su curiosidad impersonal y desgarrada en manos de aquel villorrio, Huckley, que había votado que era llana. La Tierra misma exigía nuevas noticias de Huckley, deseosa de saber dónde estaba y cómo era, cómo se hablaba allí, no en vano ya se sabía como bailaba, y cómo pensaba y sentía con su alma maravillosa. Entonces, en medio del celo inmisericorde de la prensa, Huckley quedó extendido y expuesto, como se expone una gota de agua de una laguna en una linterna mágica. Pero la hoja en la que estaba expuesto Huckley sólo llegó a ser contérmina con el uso del tipo entre el género humano. En el preciso instante en que fue necesario, decretó el destino que no hubiera nada que revistiera la máxima importancia a ojos del mundo desocupado. Un asesinato atroz, una crisis política, un estadista incauto, un político continental a quien se le hubiera subido el pavo o el mero catarro de un monarca habrían barrido del todo el sentido que pudiera tener nuestro mensaje, tal como una nube pasajera anula la urgencia del helio. Pero disfrutamos de un tiempo espléndido en todos los sentidos. Ollyett y yo ni siquiera tuvimos que mover el dedo meñique, como tampoco lo mueve el alpinista cuya última frase ha desencadenado el arco de una avalancha imparable. Aquello rugía por sí solo, aquello lo pulverizaba todo a su paso, aquello seguía su camino más allá de donde la vista alcanzara, y todo por su cuenta y riesgo, todo sin ayuda de nadie. Y una vez emprendió su curso, ni siquiera el desplome de varios reinos podría haberlo desviado.

La nuestra, a fin de cuentas, es una tierra amable. Mientras se entonaba la cantinela de un modo machacón, con el soniquete cataléptico del «Ta-ra-ra-boom-de-ay», multiplicado por las repercusiones africanas que comporta eso de que «todo el mundo la canta», y sumada a lo infernal y a lo elemental de una melodía de *Dona et Gamma*; cuando de cara a todos los propósitos prácticos, literarios, dramáticos, artísticos, sociales, municipales, políticos, comerciales y administrativos, la Tierra a todas luces era llana, el párroco de Huckley nos envió una carta —de nuevo, investido en su condición de amante de la exactitud— para señalar que la votación de Huckley sobre «la presunta llanura de este paisaje en el que se desarrollan nuestros trabajos» no había sido unánime, que él y el médico habían votado en contra. Y el gran Barón Reuter en persona (estoy convencido de que no pudo ser otro) esgrimió aquella carta de punta a cabo por el frente, la retaguardia y las alas de este paisaje en que se desarrollan nuestros trabajos. Huckley era más que una simple noticia. *El Bollo* también aportó una fotografía que me costó algún trabajo falsificar.

—Somos una nación vital —dijo Ollyett mientras hablábamos de diversos asuntos en una de las cenas con Bat—. Sólo un inglés podría haber escrito esa carta en la actual coyuntura.

—Me recordó a un turista en la Cueva de los Vientos, debajo del Niágara. Una figura aislada con su impermeable. ¿Han visto ustedes la foto? —dije con orgullo.

—Sí —respondió Bat—. Yo también he estado en el Niágara. ¿Y cómo se lo están tomando en Huckley?

—No terminan de entenderlo, es lógico —dijo Ollyett—. Pero todo esto les está suponiendo unos fortísimos ingresos. Desde que comenzaron las excursiones en autobús...

—No estaba al tanto de esto —dijo Pallant.

—Pues sí, ya lo ve. Autobuses y autocares, guías de uniforme, clarines incluidos para llamar a los turistas. Aunque parece que empiezan a estar un poco hartos de la cantinela —añadió Ollyett.

—Se la tocan a la ventana de su casa, como si fuera una serenata, ¿no? —preguntó Bat—. Y no puede impedir el derecho de paso que existe por su finca.

—No, no puede —respondió Ollyett—. Por cierto, Woodhouse, he comprado aquella pila bautismal de la que hablamos. Sólo tuve que pagarle quince libras al sacristán.

—¿Y qué pretende que haga con ella? —preguntó Woodhouse.

—Pues haga una donación al Victoria and Albert Museum. Es una obra tallada en piedra del siglo xiv. Se lo garantizo.

—¿Y ahora... vale algo? —preguntó Pallant—. No es que me haga ninguna gracia, me refiero tan sólo al valor táctico que pueda tener.

—Pero... es que es cierto —dijo Ollyett—. Además, ése es mi *hobby*, siempre he querido ser arquitecto. Yo mismo me ocuparé del asunto. Es demasiado serio para *El Bollo*, y creo que es algo demasiado bueno para *El Pastel*.

Se explayó cuanto quiso en un sesudo semanario de arquitectura en el que nadie había oído hablar nunca de Huckley. No puso la menor pasión en sus disquisiciones, y se limitó a respaldar cada afirmación con un amplio abanico de autoridades. Pudo establecer fuera de toda duda que la antigua pila bautismal de Huckley había sido arrojada a un vertedero, por instigación de Sir Thomas, nada menos que veinte años antes, y sólo con la intención de hacer sitio a una nueva, de piedra de las canteras de Bath adornada con esmaltes de Limoges; asimismo, precisó que había estado arrinconada mucho tiempo en el cobertizo del sacristán. Demostró, con el respaldo de no pocos eruditos, que en toda Inglaterra sólo había otra con la que se pudiera comparar. Así las cosas, Woodhouse procedió a su adquisición y la donó a una agradecida parroquia de Kensington, en donde dijeron que se encargarían de que la Tierra fuese aún más llana antes de devolver semejante tesoro a los cegatos de Huckley. Los obispos en pleno y la mayor parte de los miembros de la Royal Academy, por no hablar de un grupo de presión que se hacía llamar «Margaritas ante Porcos», escribieron fervientemente a los periódicos. El *Punch* basó una tira de contenido político en lo sucedido; el *Times* sacó un editorial titulado «Codicia de la novedad»; el *Spectator* publicó un artículo de mediana extensión, erudito y delicioso, titulado «Hausmania aldeana». El mundo exterior, sumamente entretenido, dijo en toda clase de lenguas y de tipos: «¡Pues cómo no! ¡Es justo lo que haría Huckley en una situación así!». Y ni Sir Thomas, ni el párroco, ni el sacristán, ni nadie abrieron la boca ni mandaron una línea para desmentirlo.

—Dese cuenta —dijo Ollyett—, éste es un golpe mucho más duro de lo que parece para Huckley... porque resulta que absolutamente todo lo que se dice es verdad. Su baile, eso del Gubby, fue una verdadera inspiración, lo reconozco, pero no tenía sus raíces en...

—Dos hemisferios y cuatro continentes hasta la fecha —señalé.

—Sus raíces en el corazón de Huckley, eso es lo que iba a decir. ¿Por qué no viene usted algún día de estos a echar un vistazo al lugar? Ahora que lo pienso, no ha vuelto usted desde que nos dieron el alto.

—Sólo tengo libres los fines de semana —dije—, y parece que usted pasa todos los fines de semana allí con su sidecar. Me daba miedo que...

—Oh, no hay problema —dijo con desenvoltura—. Ya somos una pareja de prometidos hecha y derecha. A decir verdad, sucedió poco después del asunto aquel de «la gravidez de las Angus», seguramente lo recordará. Venga este sábado. Woodhouse dice que nos llevará después de almorzar. Él también tiene ganas de hacer una visita a Huckley.

A Pallant no le fue posible acompañarnos, pero Bat ocupó su lugar.

—Es extraño —dijo Bat— que ninguno de nosotros, salvo Ollyett, haya vuelto a ver cómo está Huckley desde aquella ocasión. Es lo que digo siempre a los míos: eso del color local está bien, pero antes ha de hacerse uno a la idea. Si llega antes, es un engorro.

Abundó por el camino en toda clase de vistas panorámicas del éxito, tanto en lo geográfico como en lo financiero, del «Gubby» y de la cantinela.

—Por cierto —dijo—, he asignado a Dal todos los derechos gramofónicos que devengue «La Tierra». Es una artista innata. A la mañana siguiente ni siquiera se le ocurrió hablar de cifras. Habría estado dispuesta a cobrárselo todo en aplausos y bravos.

—¡Bendita sea! ¿Y qué sacará en limpio de los derechos gramofónicos? —pregunté.

—¡Sabe Dios! —replicó—. De momento, en la pequeña parte que me toca de todo el asunto, he percibido cincuenta y cuatro mil. Y esto no ha hecho más que empezar... ¡Escuche eso!

Un autocar de color rosa rugió detrás de nosotros a la vez que un cornetín tocaba la melodía de «El pueblo que votó que la Tierra era llana». En cuestión de minutos adelantamos otros al pasar por el bosque. Sus ocupantes la iban tarareando de modo bien audible.

—No sé qué agencia es esa. Debe de ser Cook —dijo Ollyett—. La verdad es que tiene que ser duro. No la perderemos de vista, quiero decir de oído, durante el resto del camino hasta Huckley.

Aunque ya sabía que había de ser así, la verdad es que me decepcionó el aspecto real del lugar que habíamos —si es que no resulta excesivo decirlo así— creado ante las naciones del mundo entero. El pub donde se servía alcohol, la zona verde en el centro, la capilla bautista, la iglesia, el cobertizo del sacristán, la propia residencia del párroco de la que habían llegado aquellas cartas espléndidas; la cancela de entrada a la finca de Sir Thomas y la base de la misma, en la que violentamente aún se proclamaba que «La Tierra es llana», era todo ello tan mezquino, tan ordinario como la fotografía de una habitación en la que se ha cometido un asesinato. Ollyett, quien naturalmente conocía el lugar de un modo especial, fue quien nos lo enseñó exprimiéndolo al máximo. Bat, que por algo lo había empleado como telón de fondo de uno de sus dramas, lo descartó como si fuese algo ya usado y vaciado. Woodhouse en cambio expresó mis sentimientos cuando dijo: «¿Esto es todo? ¿Con todo lo que hemos hecho?»

—Lo sé, lo sé —dijo Ollyett para calmar los ánimos—. «Como esa extraña canción que oí a Apolo cantar: Cuando Ilion como la bruma se alzó en sus torres». He tenido a veces esa misma sensación aunque para mí haya sido el paraíso. Lo cierto es que aquí lo pasan mal.

Acababa de aparecer el cuarto autocar en media hora, acababa de entrar por la finca de Sir Thomas cantando a voz en cuello que «La Tierra era llana». Un apretado grupo de turistas evidentemente norteamericanos estaban masacrando con las cámaras la cancela de la finca; el salón de té que había frente a la entrada del camposanto estaba lleno de gente que compraba las postales de la antigua pila bautismal, tal como estuvo durante veinte años, criando polvo en el cobertizo del sacristán. Fuimos al pub donde servían bebidas alcohólicas y felicitamos al dueño.

—Esto trae bastante dinero, para qué negarlo —dijo—. Pero en cierto modo es un dinero que sale caro. No nos está haciendo ningún bien. La gente se ríe de nosotros, eso es lo que sucede... Con respecto a aquella votación de la que tal vez hayan ustedes oído hablar...

—Por todos los Santos... ¡ya basta con lo de la dichosa votación! —exclamó un anciano desde la puerta—. Traiga o no traiga dinero, estamos hartos de aquello.

—Bueno, yo la verdad es que pienso —dijo el tabernero cambiando de tema—, la verdad es que pienso que Sir Thomas podría haber hecho las cosas bastante mejor en algunos aspectos.

—A mí me dijo... —el anciano se abrió camino hacia la barra—. A mí me dijo hace veinte años que me llevara la pila bautismal al cobertizo. Me lo dijo él en persona. Y ahora, al cabo de veinte años, mi propia esposa piensa de mí que no valgo ni lo que vale un verdugo.

—Ése es el sacristán —nos explicó el tabernero—. Su señora es la que vende las postales, no sé si han comprado alguna. Pero es así, a todos nos parece que Sir Thomas podría haber hecho las cosas bastante mejor.

—¿Qué tiene él que ver con eso? —dijo Woodhouse.

—No hay nada que se le pueda achacar a él con todas las letras, pero pensamos que cuando menos podría habernos ahorrado el asunto de la pila bautismal. Por lo que se refiere a lo de la votación...

—¡Basta! ¡Ya basta! —clamó el sacristán—. Como sigan con eso, me corto el cuello en cuanto cante el gallo. Ahí viene otro hatajo de jaraneros.

Un autocar acababa de detenerse ante la puerta, y una multitud de hombres y mujeres bajaron en tropel. Salimos a mirar. Portaban pancartas enrolladas, un atril desmontado en tres piezas, y lo que más me llamó la atención fue un armónium plegable, como los que se usan en los barcos en alta mar.

—¿El Ejército de Salvación? —dije, aunque no se les veían los uniformes.

Dos de ellos desplegaron una pancarta entre cuyos dos palos de sujeción se leía una leyenda: «La Tierra es llana». Woodhouse y yo nos volvimos hacia Bat. Él negó con un gesto.

—¡No, no! Yo no... ¡Si al menos hubiese visto antes sus trajes...!

—¡Dios mío! —exclamó Ollyett—. ¡Si es la genuina Sociedad!

La compañía avanzó por el prado con la precisión de un grupo bien habituado a tales movimientos. Los operarios entre bastidores de un teatro no habrían sido tan veloces con el atril, ni los marinos de un barco con el armónium. Casi antes de que las patas cruzadas se hubieran afianzado con los flejes, antes desde luego de que los turistas que haraganeaban en la cancela de la finca se diesen la vuelta, una se había sentado ante el instrumento y se había puesto a entonar un himno:

Oíd la verdad que nuestras lenguas cuentan,
difundid la luz de orilla a orilla,
Dios ha dado al hombre una morada
llana y llana por siempre jamás.
Cuando desapareció la negrura primigenia,
cuando las honduras aún no eran nada,
Él con regla de metal dispuso
un hábitat para la humanidad.

Vi que a Bat se le ponía la cara verde de envidia.

—Maldita sea la Naturaleza… —murmuró—. Siempre consigue adelantárosenos. ¡Y pensar que no se me ocurrió esto de los himnos y el armónium!

Llegó entonces el estribillo:

Oíd la verdad que nuestras lenguas cuentan,
difundid la luz de orilla a orilla.
¡Sed fieles! ¡Sed exactos!
La Tierra es llana por siempre jamás.

Cantaron varias estrofas más con el fervor de los cristianos a la espera de que salieran los leones. Luego se oyeron gruñidos. El sacristán, a medias sujeto por el dueño de la taberna, había salido por la puerta del pub. Los dos intentaban callarle la boca a gritos al contrario.

—¡Mira que pedir disculpas antes de decir una maldad! —le gritó el tabernero—. ¡Anda, lárgate!

El sacristán logró colar alguna que otra palabra.

—No es momento ni lugar para hablar de… Basta de cháchara.

Aumentó el gentío. Vi al sargento de policía del pueblo que salía de su casa atándose el cinturón.

—Pero tiene que haber, seguro —dijo la mujer del armónium—, tiene que haber algún error. No somos sufragistas.

—¡Maldita sea! Ya va siendo hora de cambiar de melodía —clamó el sacristán—. ¡Fuera de aquí! ¡Que nadie diga nada! ¡Yo no lo aguanto más! ¡Fuera de aquí, o acaban todos en el pilón!

El gentío que acudía de todas las casas a la vista se hizo eco de la invitación. El sargento se abrió paso. Un hombre situado junto al atril tomó la palabra: —Pero es evidente que estamos entre amigos y simpatizantes… Escúchenme unos momentos, por favor.

En ese momento, los pasajeros de un autocar que circulaba por allí decidieron entonar la cantinela. El efecto fue instantáneo. Bat, Ollyett y yo, que por caminos diversos hemos aprendido en qué consiste y cómo funciona la psicología de las masas, nos retiramos al mismo tiempo hacia la puerta de la taberna. Woodhouse, propietario del periódico, preocupado y atento, digo yo, a mantenerse en contacto con el público, optó por internarse entre la multitud. Todos los demás dijeron a voces a los de la Sociedad que se largasen cuanto antes. Cuando la dama del armónium (empecé a entender entonces por qué a veces es necesario matar a las mujeres) señaló la base de la cancela y la pintada que ostentaba, cuando dijo que eran «los cromlechs de nuestra fe común», se oyó un gruñido entre la masa y se vio que muchos se abalanzaban hacia ella. El sargento de policía trató de contener la avalancha, pero al mismo tiempo aconsejó a los de la Sociedad que no se quedasen allí. Los de la Sociedad se pusieron a cubierto en uno de los autocares, formando una retaguardia de acción oratoria a cada paso que daban, por así decir. El armónium, plegado a toda prisa, fue lo último que se llevaron, y con la perfecta sinrazón de las muchedumbres los presentes gritaron a voz en cuello hasta que por fin el chófer accionó el embrague y el autocar salió a bastante velocidad. Entonces se diseminó la multitud, congratulándose todos los concernidos con la excepción del sacristán, de quien se afirmó que había deshonrado su oficio al haber insultado a las damas. Paseamos por la zona verde hacia donde se encontraba Woodhouse, que estaba conversando con el sargento de policía cerca de la cancela de la finca. No estábamos siquiera a veinte pasos de él cuando vimos a Sir Thomas Ingell salir de la caseta del guarda y lanzarse furioso contra Woodhouse, empuñando un bastón a modo de estaca, al tiempo que daba alaridos: «Ya os enseñaré yo a reír, so...».

Pero es Ollyett quien tiene el registro de lo que dijo. Cuando llegamos a donde estaban ellos, Sir Thomas había caído al suelo; Woodhouse, muy blanco, sostenía la estaca en la mano y estaba diciéndole al sargento:

—Acuso a esta persona de intento de agresión.

—Pero... ¡Dios Santo! —dijo el sargento, que se había puesto aún más blanco que Woodhouse—, si es Sir Thomas.

—Sea quien sea, no está en condiciones de que se le deje en libertad —dijo Woodhouse. El gentío, al sospechar que algo no estaba como debiera, comenzó a congregarse de nuevo, y el tradicional espanto de los ingleses ante una trifulca en público nos llevó, encabezados por el sargento, al interior de la caseta del guarda. Cerramos tanto las puertas de la cancela como la puerta de la caseta.

—Usted ha presenciado la agresión, sargento —siguió diciendo Woodhouse—. Usted puede testificar y decir si empleé más fuerza de la necesaria para proteger mi integridad. Puede usted dar testimonio de que ni siquiera he causado daños en la propiedad de esta persona. (¡Tenga! ¡Tome su bastón, mastuerzo!) Usted mismo ha oído el lenguaje soez que empleó.

—Yo... yo no podría decir que... —balbució el sargento.

—Ah, pero nosotros sí —dijo Ollyett, y lo repitió, ante el espanto de la esposa del guardia.

Sir Thomas, sentado en una silla de la cocina, tomó la palabra. Dijo que bastante había aguantado «dejándose fotografiar como un animal salvaje», y expresó su hondo pesar por no haber matado a «ese individuo» que «conspiraba con el sargento para seguir riéndose de él».

—¿Lo había visto alguna vez, Sir Thomas? —preguntó el sargento.

—¡No! Pero ya iba siendo hora de dar un escarmiento a quien fuese. Nunca había visto a este petimetre.

Creo que fue la magnética mirada de Bat Masquerier la que le refrescó de golpe la memoria, pues le cambió la cara y se quedó boquiabierto.

—¡Eh, claro que sí! —masculló—. Ahora lo recuerdo.

Entró en ese momento por la puerta de atrás un hombre que parecía retorcerse de dolor. Era, según dijo, el abogado del pueblo. No llegaré al extremo de afirmar que le lamiese las botas a Woodhouse, pero sí diré que le habríamos tenido mayor respeto si lo hubiera hecho y se hubiese largado con viento fresco. Vino con la idea de que la cuestión se podía zanjar con una solución de compromiso acordada entre las partes, mediante pago en oro y con todo el oro que fuera preciso añadir. El sargento pensaba lo mismo. Woodhouse los desengañó a ambos. Al sargento le dijo:

—¿Piensa tramitar la denuncia, sí o no?

Al abogado del pueblo le dio el nombre de sus abogados, a lo que el hombre se retorció las manos y se puso a clamar:

—¡Ay, Sir T., Sir T.!

Y lo hizo en un falsete de pura desdicha, porque sus abogados eran el Bat Masquerier de los bufetes. Conferenciaron en trágicos susurros.

—No es que Dickens sea santo de mi devoción —nos dijo Ollyett a Bat y a mí por la ventana—, pero cada vez que me veo envuelto en una trifulca me percato de que la comisaría de policía siempre se llena de personajes suyos.

—También yo me he dado cuenta —dijo Bat—. Lo curioso es que no conviene darle al público un Dickens en estado puro. Al menos no en mis montajes. Me pregunto por qué será.

Entonces Sir Thomas tomó aliento por segunda vez y maldijo el día en que nació, o tal vez fuese el día en que nacimos nosotros. Mucho me temí que, si bien era un radical de los pies a la cabeza, podría pedir disculpas, y como no en vano tenía escaño en el Parlamento podría salir del embrollo sin mayores complicaciones. Lo cierto es que estaba total y verdaderamente fuera de sus casillas. Formuló toda clase de estúpidas preguntas: por ejemplo, qué estábamos haciendo nosotros en el pueblo, y qué cantidad esperaba sacarle Woodhouse mediante chantaje. Pero ni Woodhouse, ni el sargento, ni el abogado, que seguía con sus retortijones, le hicieron caso entonces. El resultado de toda su charla en el rincón de la chimenea fue que Sir Thomas quedase comprometido y presentarse el lunes siguiente ante sus colegas los magistrados para responder de las acusaciones de agresión, comportamiento desordenado y uso de un lenguaje calculado para... etcétera. Ollyett puso especial énfasis en la cuestión del lenguaje.

Nos marchamos. El villorrio estaba bonito a la luz de la tarde. Bonito y melodioso como un nido de ruiseñores.

—Confío en que se presenten el lunes —dijo Woodhouse cuando llegamos a la ciudad. Ésa fue la única alusión que hizo al asunto.

Así que allí nos presentamos, pasando por un mundo en el que se seguía cantando a todas horas que «La Tierra era llana», en la pequeña localidad de color arcilla, con su gran mercado de cereales y su pequeño monumento en conmemoración del jubileo de la reina. Tuvimos cierta dificultad para encontrar asiento en la sala del tribunal. El abogado que Woodhouse se había llevado de Londres era un hombre de personalidad dominante con una voz adiestrada para transmitir explosivas imputaciones sólo por medio del tono empleado. Cuando comenzó la vista se puso en pie y proclamó que la intención de su cliente no era seguir adelante con las acusaciones. Su cliente, siguió diciendo, no había considerado en ningún momento y a tenor de las circunstancias no podría haber considerado siquiera la sugerencia de aceptar en favor de ninguna obra de caridad ningún dinero que se le hubiera ofrecido por parte de Sir Thomas. Al mismo tiempo, nadie podía reconocer con más sinceridad que su cliente el espíritu de bien con el que esas ofertas se le habían extendido, máxime por parte de quienes estaban con creces autorizados a hacerlas. A decir verdad, y aquí apareció el hombre de mundo en pleno coloquio con sus pares, determinados... detalles habían llegado a conocimiento de su cliente con posterioridad al lamentable incidente, detalles que... —se encogió de hombros—. No valdría de nada entrar en todos esos detalles, aunque sin embargo se aventuró a decir que en el caso de haberse conocido con anterioridad esas dolorosas circunstancias, su cliente nunca habría —una vez más, «por supuesto»—, nunca habría soñado siquiera... Con un gesto concluyó la frase, y los jueces, embrujados, contemplaron a Sir Thomas con ojos nuevos y cuando menos cautos. Francamente, como bien se podía ver, no sería sino manifiesta crueldad seguir adelante con ese... digamos desafortunado asunto. Pidió permiso así pues para retirar las acusaciones y para expresar al mismo tiempo la más profunda simpatía de su cliente con todos los que de un modo u otro hubieran sufrido, como había sido el caso de su propio cliente, las consecuencias de la publicidad dada al caso, que, como es natural, podía una vez más garantizar que su cliente jamás había siquiera soñado con poner en pie, y nunca lo habría hecho si, tal como esperaba que hubiera quedado claro, determinados hechos hubieran obrado en conocimiento de su cliente en el momento en que... Pero ya había dicho más que suficiente. A tenor de los emolumentos que percibía, me pareció que sí, que era suficiente.

El abogado de Sir Thomas tuvo la celestial inspiración —agobiado seguramente sólo de pensar que el lenguaje empleado por su cliente pudiera salir de nuevo a la luz— de ponerse en pie y darle efusivamente las gracias. Entonces, Sir Thomas, sin ser aún consciente de la lepra que le acababa de ser transmitida, y agradecido ante la posibilidad de escapar del apuro sin mayores rasguños, hizo lo propio con parquedad. Se hizo un silencio interesado para escucharle, y los presentes dieron un paso atrás en el momento en que el espíritu de Giezi, el criado de Elías, pasó de largo.

—Ha sido un durísimo golpe el suyo —dijo Bat a Woodhouse ya después—. Sus propios vecinos pensarán que está loco.

—¿Es que a ustedes no se lo parece? Esta noche en la cena le mostraré algunas de sus cartas —replicó.

Las llevó al Salón Rojo y Ámbar del Chop Suey. Nos olvidamos de quedarnos asombrados, tal como hasta entonces siempre estuvimos asombrados, por lo de la cantinela o el «Gubby», e incluso por la marea llena que el destino parecía mover sólo a tenor de nuestras apetencias. Ni siquiera mostró Ollyett especial interés al comprobar que el verbo «flaquear» había pasado a formar parte del acervo de los que escribían titulares en inglés. Estábamos estudiando el interior de un alma, iluminada por una potente linterna hasta en sus rincones menos aseados por el temor de «perder su posición en sociedad».

—¿Y entonces le dio las gracias, es así, por haber retirado las acusaciones? —dijo Pallant.

—Sí, y además me envió un telegrama a modo de confirmación —Woodhouse se volvió hacia Bat—. ¿Le parece a usted que le di con demasiada fuerza? —preguntó.

—¡No-o-o! —dijo Bat—. A fin de cuentas, y ahora hablo de algo que nos compete a todos, en el Arte nunca es posible hacer nada que se equipare a la Naturaleza y a los juegos que nos tiende en la vida. Piensen ustedes en el modo en que todo esto...

—Permítame repasar una vez más ese pequeño contencioso —dijo Pallant, y tomó *El Bollo*, que tenía abierto delante de él.

—¿Cabe alguna posibilidad de que Dal nos visite esta noche? —comenzó a decir Ollyett.

—Me temo que también ella está ocupada con su arte —respondió Bat con amargura—. A veces me pregunto de qué sirve el arte, caballeros. Díganmelo, si es que lo saben. —Un organillo, en la calle, rápidamente apuntó, no nos fuésemos a olvidar, que «La Tierra era llana»—. El gramófono está acabando con los organillos callejeros, aunque yo mismo puse en circulación ciento setenta y cuatro sólo doce horas después de poner en marcha la cantinela —dijo Bat—. Sin contar los de provincias —se le iluminó el rostro.

—¡Vean! —dijo Pallant por encima del periódico—. No creo que ni ustedes ni esos asnos de jueces ante los que se presentó el caso lo supieran, pero su abogado al menos tendría que haber sido consciente de que todos ustedes han estado muy confundidos en esto de la acusación por intento de agresión.

—¿Qué es lo que sucede? —dijo Woodhouse.

—Es ridículo. Es una locura. No hay ni dos peniques de legalidad en todo este asunto. Evidentemente, no pudieron ustedes retirar la acusación, pero es que el modo de hacerlo es sencillamente pueril... además de que es ilegal. ¿En qué demonios estaría pensando el representante de la policía?

—Es que era amigo de Sir Thomas. La verdad es que todos lo son —repliqué.

—Tendrían que colgarlo. Y lo mismo digo del presidente del jurado. Se lo digo en mi condición de abogado.

—¿Por qué, de qué somos culpables? ¿De callar una traición, de ser cómplices de felonía, de qué? —dijo Ollyett.

—Se lo diré un poco más adelante —Pallant reanudó la lectura del periódico con las cejas apretadas, sonriendo de cuando en cuando de un modo nada agradable. Por fin se echó a reír.

—¡Gracias! —le dijo a Woodhouse—. Todo esto tendría que sernos de gran utilidad.

—Oiga, ¿qué es lo que pretende decir? —dijo Ollyett.

—Hablo de nuestro bando. Son unos radicales todos los que están envueltos en esta historia, empezando por el policía y siguiendo por el juez. Es preciso interponer una pregunta parlamentaria. Es preciso.

—Sí, pero no olvide que yo quise retirar la acusación a mi manera —insistió Woodhouse.

—Esto no tiene nada que ver con el caso. Me refiero a la legalidad de los absurdos métodos que... No, no creo que me entendieran aunque estuviese hablando hasta el amanecer —se puso a caminar de un lado a otro del comedor, con las manos a la espalda—. No sé si podré pasar la pregunta por medio de nuestro portavoz, que en el fondo es un cabezota. Pero hay una posibilidad... En fin, es lo que pasa por llenar la judicatura de pensadores radicales —musitó.

—¡Oh, siéntese! —dijo Woodhouse.

—¿Dónde puedo encontrar a su abogado? —dijo de pronto muy agitado.

—En el Trébol —respondió Bat de inmediato—. Esta noche le he cedido la mejor platea. Él también tiene madera de artista.

—Entonces me marcho a verle —dijo Pallant—. Si se maneja como es debido, todo esto tendría que ser un regalo del cielo para nuestros intereses —y se retiró sin disculparse.

—Ciertamente, este asunto no deja de abrirse a nuevas perspectivas —comenté con inanidad.

—A mí desde luego se me escapa —dijo Bat—. No creo que jamás haya sabido yo que... Sí, ahora que lo pienso... Dijo que mi domicilio estaba en...

—¡Era su tono, su tono, su manera de hablar! —Ollyett prácticamente lo dijo a gritos. Woodhouse no dijo nada, pero se había puesto blanco como el papel mientras meditaba.

—Bueno, de todos modos —siguió diciendo Bat— me alegro, de veras, de haber creído siempre en Dios y en la Divina Providencia y en todas esas cosas. De lo contrario, habría perdido mi aplomo. Lo hemos difundido por el mundo entero, por la totalidad geográfica del globo. Ahora mismo no podríamos ponerle coto ni siquiera aunque quisiéramos. Tendrá que quemarse y apagarse por sí solo. Yo ya no estoy al frente. ¿Qué piensan ustedes que sucederá ahora? ¿Una aparición de los ángeles del Cielo?

Yo no esperaba nada. Nada de lo que yo esperase se acercaba ni de lejos a lo que se dio. La política no es asunto mío, aunque por el momento, y como daba la impresión de que la política se iba a amoldar al movimiento de todo lo demás, debo reconocer que me sentí interesado. Todo lo que fuera la política me parecía que era una vida de perros, pero sin las decencias de que disfrutan los perros, y todo esto me lo confirmó la aparición de un Pallant sin afeitar y sin asear a las diez de la mañana, pidiéndome que le permitiera darse un baño y echarse un rato en el sofá.

—¿Y además una fianza? —pregunté. Vino vestido como la noche anterior y tenía los ojos hundidos un palmo en las cuencas.

—No —dijo con rudeza—. Toda la noche en vela. Quince divisiones. No había otro. Su casa me quedaba más cerca que la mía, de modo que... —comenzó a desvestirse en el vestíbulo.

A la una de la tarde, cuando despertó, me dio una crónica escabrosa de lo que dijo que era historia, aunque evidentemente era histeria colectiva. Se había producido una crisis política de verdadera magnitud. Junto con sus colegas parlamentarios había estado «haciendo cosas», aunque nunca llegué a saber qué clase de cosas, durante dieciocho horas seguidas, sin descanso, y los inmisericordes portavoces y jefes de disciplina del grupo parlamentario aún estaban colgados de los teléfonos para conducirlos a una nueva pelea a cara de perro. Resopló y volvió a acalorarse, cuando más bien le convendría descansar.

—Esta misma tarde voy a plantear mi pregunta sobre la mala administración de justicia que se produjo en Huckley, si es que le interesa saberlo —dijo—. Será desestimada por completo teniendo en cuenta cómo estamos. Ya se lo he dicho a los míos, pero es la única oportunidad que tendré en varias semanas. A lo mejor a Woodhouse le gustaría venir.

—Estoy seguro de que sí. Todo lo que tenga relación con Huckley nos sigue interesando —dije yo.

—Erraremos el tiro, me parece que no tenemos ninguna posibilidad de que salga adelante. Los dos bandos están más calientes que nunca. La situación del momento llevaba ya tiempo cociéndose. Este enganchón tenía que producirse tarde o temprano, y... —y volvió a perder los estribos.

Llamé por teléfono a Woodhouse y acudimos juntos a la Cámara. Hacía una tarde mortecina y pegajosa, que amenazaba truenos. Por la razón que fuera, cada uno de los bandos estaba resuelto al máximo a demostrar por todos los medios la virtud de su proceder y la resistencia de sus posturas. Oí a no pocos hombres que se lanzaban gruñidos a mi alrededor: «Si de veras insisten en no perdonar, nosotros no tendremos ni un ápice de misericordia»; «Mejor hacerles pedazos desde el primer momento. No aguantan si han de quedarse hasta tarde»; «¡Vamos! ¡Que nadie se arrugue! Sé muy bien que se ha dado usted un baño turco». Tales fueron algunas de las frases que capté al pasar. La Cámara estaba ya llena a rebosar, y era patente la carga de electricidad negativa, la animosidad belicosa de una multitud empeñada en retorcer los nervios del contrario y en hundir los ánimos que le pudieran quedar a la turbia tarde.

—Esto está fatal —susurró Woodhouse—. Seguro que hay pelea antes de que terminen. ¡Fíjense en los bancos de delante! —Y señaló una serie de síntomas por medio de los cuales tuve que darme perfecta cuenta de que todos los implicados estaban realmente al borde de un ataque de nervios. Podría haberse ahorrado los comentarios. El ambiente en la Cámara era tal que los parlamentarios podrían haberse tirado a degüello antes que se les echase un hueso de roer. Un ministro malencarado se puso en pie para dar respuesta a una pregunta lanzada con inquina. Sus partidarios lo vitorearon. «¡Nada de eso! ¡Nada de eso!», se oía gritar desde los bancos posteriores. Vi el rostro del Presidente, rígido como el de un timonel cuando arriba a puerto con un yate ingobernable tras una dura travesía. El problema de fondo se afrontó sin que apenas pasara el tiempo. Minutos más tarde se percibió una racha de viento fresco, aparentemente sin motivo que la provocase, pero en el fondo feroz, amenazante y sin embargo fútil. Se apagó —se oyó el suspiro colectivo— en cuanto los encausados comprendieron con enojo las largas horas de tedio que les quedaban por delante, y la nave del estado siguió su curso a la deriva.

Pallant —y la Cámara entera hizo un aspaviento ante la tortura de su voz— se puso en pie. Su pregunta no tendría ni siquiera veinte renglones y estaba tachonada de tecnicismos legales. En resumidas cuentas, deseaba saber si el ministro de turno estaba al tanto de que se había producido una mala aplicación de la justicia en tal y en cual fecha, en tal y en cual lugar, ante tal y cual juez de paz, en lo referente a un caso que surgió cuando…

Oí una desesperada, extenuada interjección —«¡maldita sea!»— que salió flotando del fondo del tormento. Pallant siguió a lo suyo como si tal cosa —: Cuando determinados acontecimientos tuvieron lugar en el pueblo de Huckley.

La Cámara pareció ponerse firme en pleno, como si todos los parlamentarios hubieran tenido un hipido al mismo tiempo, y se me pasó por la cabeza que…

—Huckley —repitió Pallant—. El pueblo…

—… que votó que la Tierra era llana —Una sola voz aislada, en uno de los bancos posteriores, canturreó como una rana solitaria en una charca.

—La Tierra era llana —croó otra voz en los bancos de enfrente.

—La Tierra era llana. —Eran varias las voces, y acto seguido eran bastantes más.

Hay que entender que se trataba del nervio colectivo de la Cámara, un nervio en tensión, que soltaba chasquidos hebra por hebra, cada una con su nota, según la soga va deshilachándose y soltándose de la amarra.

—El pueblo que votó que la Tierra era llana. —La melodía iba cobrando forma: iban alzándose más y más voces, y no pocos seguían el compás con los pies. Con todo, no se me llegó a ocurrir que...

—¡El pueblo que votó que la Tierra era llana!

Era mucho más fácil precisar quiénes no estaban cantando. Aún quedaban unos pocos. De pronto (y así se demuestra la inestabilidad fundamental de esa mentalidad que se superpone a los bancos de ambos partidos) un tránsfuga dio un brinco en su asiento y se puso a tocar un trombón imaginario con tremenda maestría y grandes movimientos de los codos.

Se partió la última hebra que quedaba intacta. La nave del estado se fue a la deriva sin poder evitarlo, mecida por el balanceo de la melodía.

> ¡El pueblo que votó que la Tierra era llana!
> ¡El pueblo que votó que la Tierra era llana!

Los irlandeses fueron los primeros a los que se les ocurrió la idea de utilizar los papeles como cucuruchos con los que alcanzar el «brrruum, brrruum» apropiado al término de cada verso, coincidiendo con «la Tierra». Los laboristas, siempre conservadores y respetables en un momento de crisis, aguantaron más que los de la sección opuesta, pero cuando por fin entraron en harina fue con la potencia vocal del sindicalismo. Entonces, sin distinción de partido, sin el menor temor por los votantes, sin ningún deseo de alcanzar el poder, sin ninguna esperanza de mejorar sus emolumentos, la Cámara en pleno se puso a cantar a todo pulmón, en agudos y en graves por igual, meneando los parlamentarios sus cuerpos rancios y golpeando epilépticamente sus pies hinchados. Entonaron «El pueblo que votó que la Tierra era llana»: primero, porque les apetecía; segundo —y ése es el espanto que contiene la cantinela—, porque no lo pudieron evitar ni pudieron tampoco dejar de cantarla una vez empezaron. Bajo ningún concepto habría dejado nadie de cantar.

Pallant aún seguía en pie. Alguien lo señaló y se echo a reír. Otros hicieron lo propio y siguieron señalándolo al compás de la melodía. En ese momento dos personas salieron prácticamente a la vez de detrás de la silla que ocupaba el presidente de la Cámara y se quedaron de piedra. Una era el primer ministro y la otra era un mensajero. La Cámara en pleno, con lágrimas corriéndoles a todos por las mejillas, desplazó su atención a aquella pareja paralizada en el umbral. A los dos les señalaron seiscientos dedos al tiempo. Se balancearon, se contonearon, se despiporraron a la vez que los señalaban, pero sin dejar de cantar. Si la cosa decaía un poco, Irlanda daba una voz al punto: «Chicos, ¿estáis conmigo?». Y todos renovaban su fuerza igual que Anteo. Nadie pudo explicar después qué sucedió en la Galería de la Prensa o en la Galería de los Invitados. Fue la Cámara, la histérica Cámara de los Comunes, en total abandono, la que llamó la atención de todos los ojos al tiempo que ensordecía los oídos de todos. Vi que los bancos delanteros de ambos bandos estaban llenos de individuos doblados en dos, con la frente apoyada en el respaldo, el resto con la cara entre las manos; vi que el movimiento de sus hombros sacudía toda la Cámara hasta que no le pudo quedar encima ni un hilo de decencia. Sólo el presidente permaneció impertérrito. Toda la prensa de Gran Bretaña dio al día siguiente testimonio de que ni siquiera había inclinado un centímetro la cabeza. El Ángel de la Constitución, ya que vana fue toda la ayuda que pudo prestar el hombre, le indicó con una cierta antelación el momento exacto en que la Cámara se habría puesto a bailar el «Gubby». Se dice que dijo: «Me pareció que los irlandeses estaban a punto de emprender el baile. Por eso decreté que se aplazaba la sesión». Según la versión de Pallant,

555

añadió: «Y nunca me sentí tan agradecido a un miembro de la Cámara, en toda mi vida, como al señor Pallant».

No dio ninguna explicación. No hizo referencia a ninguna orden y a ningún desorden. Se limitó a aplazar la sesión hasta las seis de la tarde. Y los parlamentarios se tomaron con gusto el aplazamiento. Algunos casi durante cuatro horas.

No estaba en lo cierto cuando dije que el presidente fue el único hombre que no se echó a reír. Woodhouse estuvo en todo momento a mi lado. Tenía el rostro desencajado y blanco, tan blanco, me han dicho, como Sir Thomas Ingell cuando acudió, convocado por el portavoz de su grupo, a una reunión disciplinaria en privado.